Sara Douglass

Tranchant d'Acier

La Trilogie d'Axis – 1

Traduit de l'anglais (Australie) par Jean Claude Mallé

Bragelonne

Milady est un label des éditions Bragelonne

Cet ouvrage a été originellement publié en France par Bragelonne.

Titre original : *BattleAxe – Book One of the Axis Trilogy*

ISBN : 978-2-8112-0003-9

Bragelonne – Milady
35, rue de la Bienfaisance - 75008 Paris

E-mail : info@milady.fr
Site Internet : http://www.milady.fr

Les romans de ce cycle sont pour A. Lynn Martin, Tim Stretton et Frances Thiele, qui ont observé avec une amicale tolérance la lente progression de leur collègue vers la Danse des Étoiles.

Nord
Océan d'Iskel
Toundra inexplorée
Forêt du Bois Mort
Skraelings
Côte de l'Ours des Glaces
Col de Gorken
Ravensbund
Fleuve Andalisha
Glacier
Mont Serre-Pique
Glacier
Éperons de Glace
Skraelings
Fort et ville de Gorken
Baie du Phoque
Terres désolées des Éperons de Glace
Ichtar
Ombregarde (Avarinheim)
Bois de la Muette
Plaines du Chien Sauvage
Chaîne de la Forteresse
Île de Straum
Fleuve Ichtar
Collines d'Urqhart
Fleuve Nordra
Mer Faiseuse de Veuves
Sigholt
Ouest Ichtar
Ponton de Jervois
Col de Garde-Ours
Fleuve Azle
Méandre de Tailem
Fleuve Nordra
Vallée des Proscrits
Aldeni
Smyrton
Mer d'Herbe
Rivière Fluriat
Skarabost
Baie de Murkle
Mont Murkle
Fleuve Nordra
Kastaleon
Lac des 3 Frères
Chaîne des Fougères
Fleuve Fougères
Mer d'Andeis
Chaîne Occidentale
Rhaetia
Lac des Ronces
Arcen
Arcness
Avonsdale
Marécage de la Tourbe
Bois de la Muette
Tumulus
Carlon
Lac Graal
Tour du Senechal
Lac du Chaudron
Fort de Bedwyr
Tare
Îles Tumulus
Plaines de Tare
Romsdale
Nordmuth
Tarantaise
Baie du Grand Mur
L'Antre des Pirates
Ysbadd
Nor
Coroleas
Mer de Tyrre
Bras de Mer de Coroléan
Échelle
0 10 20 30 40
Lieues
Tencendor

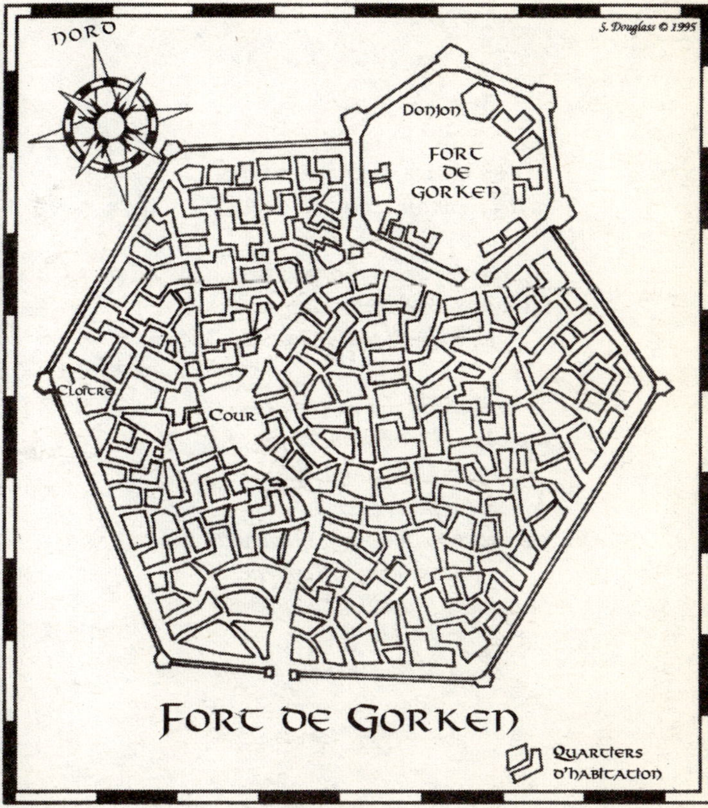
S. Douglass © 1995
NORD
Donjon
FORT
DE
GORKEN
Cloître
Cour
FORT DE GORKEN
Quartiers
d'habitation

Lorsque mourront les cent étés
Revivront le temps et l'idée.
Alors une nouvelle science
Attirée par ces renaissances
Apportera à l'âme humaine
Une vérité souveraine.

Ici, toute chose demeure
À sa place comme ce fut
Ordonné depuis le début.
Venez Affection et Bonheur,
Venez donc Espoir et Douleur !
Et qu'avec vous soit amené
Le prince au malheur condamné.

Lord Alfred Tennyson
« Le Palais Endormi »

Prologue

Le fagot de bois mort presque aussi lourd, sur son dos, que le bébé lové dans son ventre, la jeune femme luttait pour avancer malgré la neige qui lui montait jusqu'aux genoux. Avant de former un nuage de buée devant sa bouche, son souffle lui râpait la gorge comme de l'acide.

Petite et solide, les jambes et les épaules fines mais musclées par vingt-huit ans de lutte pour survivre dans une région impitoyable, elle avait toujours pu compter sur la compagnie et l'aide des siens. Désormais seule, elle devrait porter cet enfant – son troisième – sans aucun soutien.

Elle traversait la vallée pour la dernière fois. Les semaines précédentes, piégée dans son refuge par le blizzard, elle avait regardé s'envoler en fumée ses précieuses réserves de bois. Sans feu, elle ne résisterait pas au froid et son petit périrait avec elle. La veille, le ciel s'était assez éclairci pour qu'elle ose sortir et se frayer un chemin jusqu'aux arbres. Mais avec le vent qui redoublait de violence, et les chutes de neige de plus en plus denses, il lui restait peu de temps pour regagner son refuge. Savoir qu'elle ne pourrait plus s'en éloigner, une fois l'enfant venu au monde, l'avait poussée à prendre des risques.

Bien qu'elle eût choisi son isolement, l'angoisse la rongeait.

Elle s'inquiétait surtout à cause du bébé. Un peu pénibles, en particulier les dernières semaines, ses deux autres grossesses n'avaient rien eu de dramatique. À chaque occasion, elle s'était remise très vite et sans garder de séquelles. Cette fois, elle redoutait plus l'accouchement que le long hiver solitaire qui l'attendait. L'enfant à naître était trop gros et trop… furieux. Souvent, alors qu'elle essayait de s'endormir, il lui martelait les entrailles de coups de pied et de poing si violents qu'elle en gémissait de douleur ou se contorsionnait avec l'espoir absurde d'échapper à sa rage.

La jeune femme s'arrêta un instant pour équilibrer le poids du fagot sur ses épaules. S'il avait été possible d'en faire autant avec le fardeau qu'elle portait en elle…

La nuit précédente, l'enfant s'était retourné, en quête du canal qui le conduirait vers le monde. Le terme était proche – ce soir, ou peut-être demain. À chaque pas, les os de son pelvis souffraient sous la pression du petit crâne. Dans ces conditions, marcher devenait une torture.

Les yeux plissés pour percer le rideau de neige, elle distingua la ligne de conifères, à trois cents pas de là. Elle n'avait pas ménagé ses efforts pour dresser son camp, niché loin derrière les arbres, à l'abri d'une colline rocheuse. Plus haute que les pins, c'était la première de la longue série de buttes qui conduisait aux Éperons de Glace.

Longtemps avant que sa grossesse se remarque, la jeune femme avait faussé compagnie aux siens. Au-delà de la forêt d'Avarinheim, elle avait atteint une région inexplorée, à l'extrême nord des bois où elle vivait d'habitude. Dès le mois de FeuilleMorte, le premier de l'automne, elle s'était consacrée à cueillir et stocker autant de baies, de noix et de graines que possible. Hélas, malgré ses efforts, elle avait glané une dérisoire quantité de malfari, le tubercule sucré qui assurait pendant l'hiver l'essentiel de la nourriture de son peuple. Privée de cette manne, elle se réveillait la nuit, terrifiée par les dangers que la malnutrition faisait courir à l'enfant – et à elle-même. En matière de protéines, il lui restait quelques lanières de viande séchée prélevées sur des lapins faméliques…

Elle soupira et se massa distraitement le ventre. Pour oublier la douleur, dans ses jambes et son bassin, elle rêva aux poulets ou aux chevreaux qui auraient pu améliorer son ordinaire.

Elle n'aurait jamais dû essayer de porter ce bébé à terme. D'ailleurs, son peuple le lui aurait interdit, si elle n'avait pas fui…

C'était un enfant de Beltide, conçu une nuit de libations, lors des festivités du printemps. Un moment de l'année où les résidents de la forêt rencontrent les montagnards des Éperons de Glace dans la vallée qui sépare leurs territoires. Les rites religieux consacrés au renouveau de la vie, au moment du dégel, étaient suivis de beuveries où succombaient les tonneaux de vin qui avaient survécu aux longues veillées hivernales autour des feux de camp. La nuit de Beltide était la seule où les deux peuples, toutes défenses baissées, poussaient les relations interraciales à des extrêmes inconnus en temps normal.

Ces trois dernières années, la jeune femme avait admiré et désiré le même homme. Venu dans la vallée en compagnie des siens, il l'avait fascinée avec sa peau aussi blanche et douce que les arches de glace de son pays natal, et ses cheveux dorés comme les rayons de l'astre du jour – le dispensateur de la vie – que leurs deux cultures adoraient. Envoûteur le plus puissant de son peuple, il conduisait les rites avec le maître Eubage du peuple de la forêt. Effrayée par son pouvoir et sa magie, la jeune femme admirait pourtant son talent, sa beauté et sa grâce. La dernière nuit de Beltide, huit mois plus tôt, assez saoule pour oublier ses inhibitions, elle avait trouvé le courage d'aller vers lui.

Avec sa crinière de cheveux châtains, la jeune femme, au zénith de sa beauté et de son épanouissement, n'aurait laissé personne indifférent. Alors qu'elle traversait la clairière, l'homme avait plissé le front, puis écarquillé les yeux et souri avant de tendre les bras. Le regard rivé dans le sien, elle lui avait caressé les doigts, émerveillée par le contact soyeux de sa peau contre ses paumes calleuses. Étrangement doux pour un Envoûteur, il lui avait murmuré des mots tendres avant de l'entraîner dans un coin isolé.

— Vagabond des Étoiles…, murmura-t-elle avant de se passer sensuellement la langue sur les lèvres.

S'arrachant à sa rêverie, elle constata qu'elle ne distinguait presque plus les conifères, derrière le rideau de neige. Il lui fallait se hâter. Déséquilibrée par le poids de l'enfant, elle pressa le pas et tituba.

Les mains de l'Envoûteur s'étaient posées sur son corps avec une telle confiance – et tant de puissance – qu'elle n'avait pas été surprise, un peu plus tard, de voir son ventre s'arrondir. L'enfant de cet homme serait si surprenant et si… exceptionnel !

Mais les deux peuples, s'ils toléraient les excès de Beltide, tenaient leurs fruits pour une abomination. Depuis toujours, la jeune femme savait que beaucoup de filles – quatre à six semaines après la fête – s'enfonçaient dans la forêt à la recherche des herbes qui les débarrasseraient du rejeton conçu cette nuit-là.

Sans savoir pourquoi, elle n'avait pas pu se forcer à boire la décoction fumante qu'elle s'était pourtant préparée plusieurs fois. Alors, elle avait résolu d'aller jusqu'au bout de sa grossesse. Après la naissance, devant un bébé semblable à tous les autres – n'étaient sa beauté et son pouvoir hors du commun, comme il sied à l'enfant d'un Envoûteur – son peuple accepterait le petit. Car le fruit de cet homme ne pouvait pas être une abomination.

Certaine qu'on arracherait la graine de son ventre si elle restait avec les siens, elle avait dû fuir pour préserver sa grossesse. Aujourd'hui, elle se demandait si le bébé serait aussi merveilleux qu'elle l'imaginait. Pouvait-elle s'être trompée à ce point ?

Les mâchoires serrées à force de lutter contre le froid, elle s'obligea à poser un pied devant l'autre. Elle réussirait malgré la tempête de neige ! Il le fallait, car elle n'avait aucune envie de mourir.

À peine audible sous les sifflements du vent, un étrange murmure vint mourir à ses oreilles.

Elle s'immobilisa, tendue à craquer. Ses mains gantées écartant les mèches collées sur ses yeux par le givre, elle sonda la pénombre, attentive au moindre bruit suspect.

Voilà que ça recommençait ! Un murmure porté par le vent… et un hoquet.

Des Skraelings !

L'estomac noué, la jeune femme ne put retenir un gémissement. Après un bref moment de paralysie, elle entreprit de défaire les lanières qui fixaient le fagot sur son dos. Débarrassée de sa charge, elle aurait une chance d'avancer plus vite que les Skraelings. Et d'atteindre avant eux les arbres dont ils détestaient s'approcher.

Mais comment courir à ce stade d'une grossesse ? Surtout quand on portait cet enfant-là ?

Les lanières cédèrent, le fagot tomba et la jeune femme bascula vers l'avant. Après une glissade, elle s'écroula et percuta durement le sol. Le souffle coupé, elle eut le sentiment qu'on lui déchirait le ventre de l'intérieur.

L'enfant frappait, plus vicieux que jamais.

Le murmure se répéta, atrocement proche…

La jeune femme rampa sur la neige, en quête de la racine ou de la souche qui l'aiderait à se redresser. Si au moins elle avait pu reprendre sa respiration…

À quelques pas, sur sa gauche, un éclat de rire rauque retentit.

Des larmes de terreur dans les yeux, la fugitive parvint à se relever, avec une seule idée en tête : atteindre les arbres et ne plus rien risquer.

Un autre murmure monta juste derrière elle. Sans le coup de pied que l'enfant lui donna dans le diaphragme, lui coupant de nouveau le souffle, elle aurait hurlé à s'en briser les cordes vocales.

Plus horrible que les autres, un murmure s'éleva *devant* elle.

— Jolie-jolie… Bon goût-bon goût…

Le visage sans substance du Spectre apparut au cœur de la brume. Avec une lueur obscène dans ses yeux couleur argent, il ouvrit sa gueule garnie de crocs.

La jeune femme retrouva enfin son souffle et hurla. Alors que son cri déchirait la pénombre, elle tituba vers la droite et battit des bras comme si cela eût suffi à chasser les Spectres. Autant que de sa chair, les Skraelings se nourrissaient de la terreur du gibier. Plus elle paniquerait, plus ils prendraient de substance et la videraient de ses forces. Implacables, ils la traqueraient et s'amuseraient avec elle jusqu'à ce que la peur elle-même l'ait abandonnée.

Alors, ils se repaîtraient de son corps.

L'enfant s'agitait dans son ventre, comme s'il cherchait à s'évader d'un piège mortel. Frappant des poings, des coudes et des talons, il redoublait de violence dès que l'écho d'un murmure atteignait ses oreilles à travers le liquide amniotique.

Même si elle se savait condamnée, le besoin primal de fuir poussa la jeune femme à continuer la lutte. Gémissant d'angoisse, elle vacillait comme un ivrogne chaque fois que les ruades du petit menaçaient de lui faucher les jambes. Mais le désir d'échapper à la mort, à présent, animait autant le bébé que sa mère.

Les cinq Spectres reculèrent un peu pour mieux savourer la peur de leur proie. La chasse se déroulait à merveille…

Soudain, l'humaine bascula en avant, s'écrasa sur la neige et se tordit de douleur, les mains serrées sur son ventre distendu. Surpris, les Skraelings s'écartèrent et l'encerclèrent – mais d'assez loin pour rester hors de portée de ses bras.

La proie poussa un cri venu du plus profond de ses entrailles. Grisés par tant de terreur, les Spectres gémirent d'extase.

—Aidez-moi, par pitié, aidez-moi ! implora la jeune femme, une main tendue vers le Skraeling le plus proche.

Décontenancées par cet appel au secours – le premier qui leur fût jamais adressé – les créatures tournèrent en rond autour de l'humaine. Ne les redoutait-elle plus ? Et, dans ce cas, comment était-ce possible ? Tous les êtres de chair et de sang les craignaient !

Unissant leurs esprits, les Spectres se demandèrent si ce n'était pas à leur tour d'avoir peur.

La femme se tordait toujours de douleur et la neige, sous ses hanches, se colorait de rouge.

L'odeur du sang frais qui titilla les narines des Skraelings les rassura. Cette proie allait mourir plus vite que prévu. Et sans leur intervention, qui plus est… Leurs crocs ne lui ôteraient pas la vie – une fin désolante qui ne l'empêcherait pas d'avoir bon goût.

Les Spectres continuèrent à flotter autour de la moribonde, leur appétit aiguisé par l'attente.

Quelques minutes plus tard, sur un dernier râle, la jeune femme s'immobilisa, le visage figé et les yeux écarquillés. Sur son ventre, ses mains s'ouvrirent lentement…

Ondulant au gré du vent qui soufflait à travers leurs corps, les Skraelings réfléchirent en silence. Cette traque avait si bien commencé, avec une proie effrayée à souhait. Mais sa mort était inquiétante…

Le Spectre le plus téméraire flotta jusqu'au cadavre et l'étudia un moment. Incapable de résister à l'odeur du sang chaud, il tendit une griffe à demi immatérielle vers la tunique de cuir de la morte et s'attaqua aux lacets. Après une brève résistance, le vêtement s'ouvrit.

Stupéfait, le Skraeling recula vers ses congénères.

Dans une bouillie d'entrailles et de fluides puants, un nouveau-né défiait les monstres du regard, la haine suintant par tous les pores de sa peau.

L'enfant s'était frayé avec les dents un chemin hors du ventre de sa mère!

Les Skraelings gémirent d'extase. Le plus courageux avança, se pencha et ramassa le nourrisson souillé de sang.

— La haine est en lui, murmura-t-il. Vous la sentez?

Se laissant porter par le vent, les autres Spectres firent cercle autour de leur compagnon, les yeux voilés par une émotion étrangement proche de l'affection.

L'enfant leva sa tête munie de défenses et foudroya les Skraelings du regard. Quand il hoqueta, une bulle de sang se forma au coin de sa bouche.

Émus, les Spectres se penchèrent sur leur trouvaille. Sans échanger un mot, ils prirent immédiatement une décision. Ils amèneraient l'enfant chez eux et le nourriraient. Au fil du temps, ils apprendraient à l'aimer. Enfin, dans un avenir trop lointain pour qu'ils puissent le distinguer, ils le vénéreraient.

Pour l'heure, ils crevaient de faim et un festin refroidissait dans la neige. Si attendrissant qu'il fût, le bébé, fou de rage, dut attendre sur le sol glacé que ses parents adoptifs aient fini de se régaler.

Six semaines plus tard…

Séparée de la première femme par toute la longueur des Éperons de Glace, et plus encore par la race et la naissance, une autre luttait contre le froid au cœur des contreforts occidentaux de la chaîne de montagnes.

Elle trébucha sur un rocher dissimulé par la neige, tenta de se retenir et brisa le dernier ongle intact de ses mains naguère douces et blanches. Recroquevillée contre le bloc de pierre glacé, elle suça le bout de son doigt et gémit de fureur. Des larmes arrachées par le froid et le désespoir perlèrent à ses paupières. Depuis vingt-quatre heures, elle s'acharnait à survivre dans une région désolée qui serait venue à bout du plus solide des hommes. Et on l'y avait abandonnée alors qu'elle souffrait encore de la désastreuse naissance de son fils, deux jours plus tôt.

Malgré ses efforts, ses prières, ses larmes et ses malédictions, l'enfant sorti de son ventre était si inerte – avec la peau tellement bleue – que les sages-femmes l'avaient emporté, lui interdisant de le serrer contre elle ou de le pleurer. Alors qu'elles sortaient de la chambre, deux hommes y étaient entrés, les yeux froids et moqueurs. Un rictus méprisant sur les lèvres, ils avaient tiré hors de son lit la jeune mère encore gluante de sang, l'arrachant sans cérémonie à une vie de confort où tout le monde la vénérait. Après l'avoir jetée dans un chariot branlant, ils lui avaient imposé une pénible journée de voyage jusqu'au pied des montagnes.

En chemin, ils n'avaient pas dit un mot.

Puis ils l'avaient éjectée du véhicule, comme on se débarrasse d'une cargaison d'ordures. Même s'ils voulaient sa mort, aucun n'avait osé se souiller les mains avec son sang. Mieux valait qu'elle crève lentement, livrée à la cruauté des Proscrits qui grouillaient entre les rochers.

Mourir de froid, avec tout le temps de penser à sa honte : avoir eu un enfant illégitime et mort-né !

Mais elle refusait de mourir. Et sa seule chance, elle le savait, était de monter le plus haut possible dans les Éperons de Glace.

Tremblant dans ses vêtements en lambeaux, la jeune fille, presque une adolescente, se jura pourtant de réussir.

Depuis des heures, elle ne sentait plus ses pieds, aux orteils déjà noircis par le froid. Au bout de ses doigts gelés, à la place des ongles, des plaies à vif se couvraient de givre. À présent, ses phalanges noircissaient aussi…

Trop sèches et glacées, ses lèvres retroussées sur ses dents blanches dessinaient un rictus fantomatique.

Elle se serra davantage contre le rocher. Bien qu'elle eût commencé l'escalade pleine de détermination et d'espoir, la raison – plus forte que son entêtement naturel – lui soufflait que sa situation était désespérée.

Quelque temps plus tôt, elle avait cessé de trembler. Un très mauvais signe.

Depuis des heures, perchée sur le flanc de la montagne, la créature braquait sur l'humaine ses yeux capables de repérer une souris à cinq lieues. Agacée qu'on ose s'aventurer si près de son perchoir diurne, elle s'ébroua, déploya ses ailes dans l'air glacé et amorça un piqué vertigineux.

À dire vrai, elle aurait préféré passer la journée à se dorer au soleil, si pâlichon fût-il. Mais, paresseuse ou pas, elle se montrait très pointilleuse au sujet de son territoire…

Malgré les points noirs qui dansaient devant ses yeux, la jeune femme tentait de suivre les cercles que la créature volante décrivait au-dessus d'elle.

— Vagabond des Étoiles ? souffla-t-elle, l'espoir redonnant un peu de force à son cœur et à sa voix. (Très lentement, elle leva vers le ciel une main aux doigts déjà noirs.) C'est vraiment toi ?

1

La tour du sénéchal

Vingt-neuf ans plus tard…

L'aigle bleu moucheté planait très haut dans le ciel, au-dessus des espoirs et des œuvres éphémères de l'humanité. Porté par des ailes d'une envergure de six pieds – la taille d'un homme – il dérivait nonchalamment sur les courants ascendants venus des immenses plaines du royaume d'Achar. Pour l'heure, il volait au-dessus du lac Graal, dont les eaux argentées alimentaient le fleuve Nordra longtemps avant qu'il aille se jeter dans la mer de Tyrre. Très grand et poissonneux à souhait, le lac était un excellent garde-manger pour l'aigle. Il ne valait pourtant pas les décharges d'ordures de Carlon, la ville située sur ses berges. Si somptueuse que fût leur cité – avec ses murs de pierre rose ou crème, ses toits ornés d'or et d'argent et ses milliers de fanions, d'étendards et de drapeaux flottant au vent –, les Carlonites mangeaient et déféquaient comme toutes les créatures de l'univers. Les montagnes de déchets qui se dressaient au pied des murailles de leur ville abritaient assez de souris et de rats pour nourrir une colonie d'oiseaux de proie.

Ayant déjà festoyé dans la matinée, l'aigle n'aurait pas d'appétit avant un moment. Il plana donc vers l'est, au-dessus du lac, jusqu'à ce que les murs blancs de la tour du

Sénéchal, un bâtiment à sept côtés, se dressent devant lui, si hauts qu'ils semblaient tutoyer le ciel.

L'aigle vira majestueusement sur une aile et fila vers le nord, en quête d'un perchoir ombragé où se prélasser jusqu'au soir. Très vieux et très sage, il se résignait déjà – dans un royaume où les arbres étaient rares – à se rabattre sur le toit plus ou moins accueillant d'une grange.

En plein vol, il pensa aux humains, absurdement acharnés à imposer le règne de la Hache et de la Charrue. Effrayés par les arbres, ces fous avaient rasé les forêts qui couvraient jadis le pays…

Très loin au-dessous de l'aigle, le frère-maître Jayme, actuel chef de l'ordre du Sénéchal, faisait les cent pas dans son confortable bureau, au dernier étage de la tour.

—Les nouvelles sont de plus en plus troublantes, marmonna-t-il, son visage bienveillant sillonné de rides d'angoisse.

Premier intermédiaire entre le dieu unique – Artor le Laboureur – et les Acharites, Jayme avait refusé pendant des années la charge que ses frères brûlaient de lui confier. Cinq ans après qu'il s'y fut résigné, disposé à croire qu'Artor en personne désirait le voir présider aux destinées du Sénéchal, il redoutait d'être l'homme qui verrait son ordre – non, le royaume d'Achar tout entier ! – vivre sa crise la plus grave depuis un millénaire.

Jayme soupira et se tourna vers la fenêtre. Dès le début de Feuille-Morte, le premier mois de l'automne, le vent était déjà glacial et on avait dû fermer hermétiquement toutes les ouvertures de la tour. Dans la cheminée en marbre veiné de vert, derrière le bureau du frère-maître, la lumière des flammes faisait briller les dorures du bâti et les objets en or, en argent et en cristal exposés sur le manteau.

Le plus jeune des deux assistants de Jayme fit un pas en avant.

— Frère-maître, vous pensez que ces récits sont fiables ?

Jayme se retourna pour rassurer Gilbert, naturellement enclin à l'inquiétude et à la panique. Une tendance – comment le savoir ? – qui servirait peut-être les desseins de son supérieur, ces prochains mois.

— Mon fils, voilà des générations que plus personne n'a vu un Proscrit. Ces récits, comme tu dis, sont sans doute les affabulations de paysans superstitieux terrorisés par des lièvres qui courent dans la neige au crépuscule.

Gilbert gratta nerveusement son crâne tonsuré. Avant de reprendre la parole, il regarda Moryson, le premier assistant et conseiller de Jayme.

— Frère-maître, ces rapports viennent directement de membres de notre ordre.

Un argument sans valeur, faillit répliquer Jayme, puisque les frères du cloître de Gorken – le coin perdu, au nord, d'où arrivaient la plupart de ces histoires – ne valaient guère mieux que des paysans superstitieux. Mais le jeune Gilbert ne s'était jamais beaucoup éloigné de Carlon, un haut lieu de la culture et du raffinement, et ces choses-là le dépassaient. Rien d'étonnant, quand on avait été éduqué dans la studieuse piété de la tour du Sénéchal, puis admis au sein de l'ordre pour servir le divin Artor.

De plus, Jayme lui-même craignait que les frères de Gorken n'aient pas été effrayés par des lièvres. Car des rapports en provenance de Smyrton, un lointain village du Nord-Est, confirmaient les leurs.

Le frère-maître soupira de nouveau et s'assit dans un fauteuil moelleux, derrière son bureau. Parmi d'autres avantages, son poste lui assurait un confort matériel appréciable. Pour un homme de son âge, prétendre que cela le laissait de marbre eût été de l'hypocrisie. Quand les articulations deviennent douloureuses, des meubles de haute qualité – et bien rembourrés – se révèlent miséricordieux. Et il avait le palais trop fin pour ne pas estimer à leur juste valeur les festins qu'on lui offrait régulièrement dans les meilleures maisons de Carlon.

Lorsque ses obligations mondaines et religieuses le laissaient en paix et qu'il pouvait négliger pour un temps les tracas administratifs de l'ordre du Sénéchal, des milliers de livres reliés de cuir lui fournissaient une excitante nourriture spirituelle. Quant à la paix de l'âme, il lui suffisait, pour l'obtenir, de contempler en silence les centaines d'objets sacrés et d'antiques portraits qui transformaient ses appartements en un fabuleux musée de l'histoire humaine.

Ses yeux bleus, encore perçants après des années passées à traquer les péchés des Acharites, s'attardaient avec une sincère émotion sur une magnifique représentation d'Artor, le jour où il avait offert la Charrue à l'humanité. Un don qui avait permis aux hommes, en cultivant la terre et leurs esprits, d'échapper à la barbarie originelle.

Grand gaillard mince aux sourcils broussailleux, Moryson regardait le frère-maître avec une respectueuse tendresse. Les deux hommes se connaissaient depuis des décennies. D'abord chargés de représenter l'ordre du Sénéchal à la cour, dans leur jeunesse, ils avaient ensuite été affectés à la maison royale.

Tant d'années s'étaient écoulées, pensa Moryson en contemplant la barbe et les cheveux blancs de Jayme. Et ses propres cheveux, jadis noirs comme le jais, avaient pris le même chemin…

Après avoir accepté le poste de frère-maître, qu'il garderait jusqu'à sa mort, Jayme avait exigé que son vieil ami soit son premier assistant et conseiller. Son deuxième ordre, au grand dam des courtisans et de la maison royale, avait été de nommer son protégé, Axis, Tranchant d'Acier des Haches de Guerre, la branche militaire – et militante – de l'ordre du Sénéchal. Malgré l'opposition du roi Priam, ces guerriers d'élite restaient sous le contrôle de l'ordre, où la parole du frère-maître avait force de loi. Au grand déplaisir de Sa Majesté, Axis était devenu le plus jeune général du bras armé d'Artor.

Conscient que Jayme attendait de connaître son opinion, Moryson sortit enfin de sa réserve.

S'inclinant en signe de respect, il glissa les mains dans les manches de sa robe et prit la parole :

— Frère-maître, il serait judicieux d'examiner les faits. Si nous étudions tous les rapports de ces derniers mois, un fil directeur nous apparaîtra…

Jayme acquiesça et fit signe à ses collaborateurs de s'asseoir en face de lui, sur des sièges délicatement sculptés. Prélevé sur un des chênes vénérables qui dominaient jadis le royaume d'Achar, le bois soigneusement poli et ciré brillait à la lumière des flammes. Les arbres ne servaient-ils pas mieux l'humanité ainsi, plutôt qu'en envahissant des terres destinées au soc de la charrue ? Ou pire, en offrant un abri aux Proscrits, toujours avides de se réfugier dans la touffeur des forêts ?

— Comme d'habitude, ta logique me rassure, Moryson. Gilbert, aurais-tu l'obligeance de nous résumer les événements tels que tu les as perçus ? À part toi, aucun de nous n'a lu *tous* les comptes rendus de nos frères du Nord…

Jayme et Moryson n'avaient aucune affection pour Gilbert. Un sentiment indigne de frères du Sénéchal, ils l'admettaient volontiers. Mais ce rejeton arrogant d'une grande famille carlonite, en sus d'un caractère détestable, arborait un teint maladif, des jarrets maigrichons et des paumes toujours moites qui n'arrangeaient rien. Cela dit, très intelligent, il avait le don de repérer sans coup férir le lien qui unissait des milliers d'informations apparemment sans rapport. Conscients de son ambition dévorante, Jayme et Moryson jugeaient préférable de garder un œil sur lui – d'où son accession au poste de second assistant.

Gilbert s'adossa à son siège, droit comme un *i*, prêt à débiter un de ses discours pompeux. Après avoir réprimé un sourire condescendant, ses deux aînés ouvrirent en grand les oreilles.

— Mes frères en la grâce d'Artor, depuis la période du dégel, étrangement tardive ce printemps, l'ordre du Sénéchal a reçu une multitude de rapports alarmants venus des régions frontalières d'Achar. Pour commencer, nos frères du cloître de Gorken ont signalé que le commandant de la garnison locale a perdu beaucoup d'hommes au cours des patrouilles hivernales.

Village situé à deux cents lieues au nord de la capitale, Gorken s'était placé sous la protection du fort homonyme. Des siècles plus tôt, la monarchie d'Achar avait érigé la citadelle afin de protéger le col de Gorken, à la lisière nord d'Ichtar. Depuis, elle était le maillon essentiel des défenses acharites de la région.

— Quand on envoie de jeunes hommes dans les terres dévastées du Nord, en plein hiver, comment s'attendre à ce qu'ils en reviennent tous ? marmonna Jayme, toujours disposé à déstabiliser le jeune pédant.

Gilbert leva à peine un sourcil et retrouva vite son aplomb.

— Les pertes ont été anormalement élevées, frère-maître. Les soldats du fort de Gorken comptent parmi les meilleurs d'Achar. Comme vous le savez, on les choisit dans les rangs de la garde nationale du duché d'Ichtar. Le duc Borneheld et le seigneur Magariz, le chef de la garnison, n'ont jamais espéré passer l'hiver sans y laisser des plumes. Mais pas en voyant mourir quatre-vingt-six hommes ! D'habitude, le climat est le pire ennemi du régiment. Cette année, le duc et le seigneur pensent avoir eu affaire à un autre adversaire, plus redoutable encore.

— Borneheld a-t-il vu de ses yeux la preuve de ce qu'il avance ? demanda Moryson. Ces dernières années, il a consacré plus de temps à se prosterner au pied du roi qu'à inspecter ses troupes.

Une lueur de défi passa dans les yeux de Gilbert. Même si ces deux vieillards le prenaient pour un crétin prétentieux, il tenait ses informations de sources très fiables.

— Le duc a séjourné à Ichtar pendant deux mois. Ceux de la Fleur et de la Rose, si vous voulez le savoir… Et il ne s'est pas contenté de quelques semaines de repos à Hsingard ou à Sigholt. Chevauchant jusqu'à la frontière nord, il a interrogé Magariz et ses hommes afin d'en savoir plus. Mais vous étiez sans doute trop occupé à engranger les impôts, frère Moryson, pour vous soucier des événements du monde extérieur…

— Gilbert ! s'écria Jayme, indigné.

Contrit, le second assistant inclina la tête. Croisant le regard de Jayme au-dessus de son crâne tonsuré, Moryson devina que son vieil ami n'en resterait pas là. Dès qu'il serait seul avec son supérieur, Gilbert paierait son insolence au prix fort.

— Puis-je continuer, frère-maître ? demanda humblement le second assistant.

Ses phalanges tavelées par l'âge devenues blanches à force de serrer les accoudoirs de son fauteuil, Jayme hocha sèchement la tête.

— Le seigneur Magariz a retrouvé les cadavres de certains hommes. Il semble qu'ils aient été dévorés. Ou plutôt grignotés, comme si on avait voulu s'assurer de la saveur de leur chair. (La voix égale, Gilbert faisait montre d'un talent pour le morbide qui étonna ses interlocuteurs.) Au nord d'Ichtar ou de Ravensbund, aucun animal n'attaquerait un homme en armure porteur d'une épée et d'une lance. Quant à le dévorer…

— Même pas les ours des glaces géants ? demanda Jayme, désormais plus perplexe que furieux. J'ai entendu parler de plantigrades mangeurs de chair humaine, au nord de Ravensbund.

— Gorken est trop à l'intérieur des terres, frère-maître. Pour y aller, ces prédateurs devraient descendre le col de Gorken sur près de soixante lieues, ou couper par la pointe nord des Éperons de Glace. (Gilbert réfléchit un instant.) Ces animaux ont horreur de l'altitude. Je crains qu'ils ne soient pour rien dans cette affaire…

— Et les chasseurs de Ravensbund ? avança Moryson.

Théoriquement une province d'Achar, cette région était sous l'autorité du duc d'Ichtar, fidèle vassal du roi Priam. Peu intéressés par ces terres désolées et sauvages, les deux hommes les abandonnaient aux tribus de chasseurs de phoques et d'ours qui les peuplaient. Par conséquent, la garnison de Gorken était l'ultime représentante, au nord, du pouvoir militaire et politique d'Achar.

Bien qu'ils fussent inoffensifs, la plupart des Acharites tenaient les chasseurs de Ravensbund pour des barbares.

— Ils semblent innocents, frère Moryson, répondit Gilbert. Apparemment, ils ont autant souffert, sinon plus, que la garnison de Gorken. Beaucoup de tribus se sont enfuies vers le sud, pour gagner Ichtar, et elles racontent d'abominables histoires.

— De quel genre ? demanda Jayme en tapotant son menton barbu.

— Les sauvages disent que l'hiver est devenu fou furieux et que le vent est vivant. Des créatures invisibles avides de chair humaine s'y tapiraient. Et le seul avertissement, avant une attaque, serait un murmure porté par les bourrasques... Après avoir dévoré leurs proies, les monstres redeviendraient visibles à cause du sang de leurs victimes. Les sauvages sont assez terrorisés pour quitter leur terre ancestrale. À ma connaissance, c'est la première fois que quelque chose les effraie...

— Ont-ils tenté de se défendre ?

— Bien sûr, mais ces créatures n'ont pas de substance. L'acier les traverse sans leur faire de mal, et elles n'ont peur de rien. Quand des guerriers les approchent assez pour en découdre, ils signent leur arrêt de mort. Très peu ont survécu à une rencontre avec...

— Des Proscrits ? coupa Moryson, sinistre.

Aucun des trois hommes n'aurait voulu être le premier à évoquer la possibilité qui leur glaçait les sangs...

— Pas de précipitation, mon ami, lui conseilla Jayme. Attendons que Gilbert en ait terminé...

Face à la menace, la tension due à la remarque incongrue du jeune homme, quelques minutes plus tôt, s'était dissipée comme la fumée d'une bougie emportée par une tempête.

— Les soldats de Magariz ont rencontré des créatures similaires, semble-t-il. On ne peut pas en être sûrs, parce qu'aucun n'a survécu. Mais le seigneur a interrogé un agonisant, quelques minutes avant qu'il rende l'âme. L'homme affirmait avoir combattu des monstres que son épée ne parvenait pas à toucher...

— Et comment ont-ils blessé ce soldat ? demanda Jayme. À ce qu'on dit, la garnison de Gorken est équipée des meilleures armures du royaume.

— Selon Magariz, les créatures ont encerclé l'homme, puis elles se sont infiltrées par les jointures de son armure et ont entrepris de le dévorer vivant.

Gilbert se tut, aussi horrifié que ses interlocuteurs par l'évocation d'une pareille agonie.

Puisse Artor veiller sur moi et me garder en Sa Sainte Grâce, pria Jayme, les yeux fermés.

— Pourquoi ce soldat était-il encore vivant ? demanda Moryson.

— Après avoir consommé une patrouille, lâcha froidement Gilbert, les monstres devaient avoir un poids sur l'estomac…

Jayme se leva d'un bond et approcha de son cabinet à liqueurs.

— Mes frères, je suis sûr qu'Artor nous pardonnera de boire un peu d'alcool au milieu de l'après-midi. Sachant qu'il nous reste à entendre les rapports de Smyrton, je crois que ça s'impose…

Il remplit trois coupes de vin rouge, en donna une à chacun de ses assistants et se rassit.

— Sillon large, sillon profond ! lança-t-il.

— Sillon large, sillon profond ! répétèrent en chœur Gilbert et Moryson.

Chère au cœur de tout Acharite élevé dans la crainte d'Artor, cette bénédiction convenait à chaque circonstance de la vie. Un peu réconfortés par le rituel et le vin, les trois hommes reprirent leur conversation.

— Qu'as-tu d'autre à nous dire sur le Nord, Gilbert ? demanda Jayme.

Serrant la coupe entre ses paumes pour réchauffer le reste du vin, il espérait que la rasade qu'il venait de boire repousserait le froid mortel qui envahissait son âme.

— L'hiver a été très dur. Même ici, nous avons gelé pendant les mois du Corbeau et de la Faim. Le dégel a eu lieu au début de la Fleur, avec quatre semaines de retard. Au nord, le climat fut encore pire et, en été, il restait encore de la neige et de la glace au sommet des collines d'Urqhart.

En principe, la fonte était totale en été, même à l'extrême nord d'Ichtar...

Jayme plissa le front. Les renseignements de Gilbert étaient de première qualité. Avait-il des sources inconnues de son supérieur ? Aucune importance ! L'essentiel était de savoir que le nord d'Ichtar avait passé la saison chaude sous la glace, qui fondait normalement dès le mois du Dégel.

— De ce que tu nous dis, on peut déduire que Gorken aussi a connu un été très froid. Les attaques ont-elles continué ?

— Non, répondit Gilbert avant de boire une autre gorgée de vin. Les créatures se sont seulement manifestées au cœur de l'hiver. Il se peut qu'elles soient reparties.

— Et il se peut que non... Sachant que le nord d'Ichtar n'a pas connu de dégel en été, je redoute l'hiver qui se prépare... Si ces monstres apprécient les rigueurs climatiques, ne risquent-ils pas de revenir ?

— N'oublions pas les rapports venus du cloître de Gorken, frère-maître !

L'ordre avait érigé dans la région un couvent destiné à ses membres désireux de mener une vie ascétique consacrée à la contemplation d'Artor.

— Tu as raison, Gilbert, ne les oublions pas...

— Nos frères pensent que les Proscrits sont impliqués dans cette affaire.

— Et d'où tirent-ils cette conclusion ?

— Des rapports de la garnison, pour commencer... Et plusieurs racontent que des démons hantent leurs rêves les nuits où le vent se déchaîne.

Jayme s'autorisa un petit rire.

— L'argument ne tient pas, Gilbert. Tu me donnes des cauchemars presque toutes les nuits, et je ne t'ai jamais pris pour un Proscrit !

Les trois hommes sourirent – un peu jaune, en ce qui concernait le second assistant.

Moryson intervint, son ton amical faisant oublier au jeune homme l'humour pesant du frère-maître.

— Ont-ils vu quelque chose, Gilbert ?

— Le village et le fort n'ont jamais essuyé d'attaque. Les créatures s'en prennent exclusivement aux petites patrouilles ou aux individus isolés. Bref, nos frères n'ont rien vu, mais ils ont observé les habitants et les soldats, et remarqué qu'ils crèvent d'angoisse. Artor reçoit chaque jour plus de prières. Pourtant, la peur se répand comme une fièvre maligne…

— Et personne, aujourd'hui, ne sait quoi que ce soit sur les Proscrits ! rugit Jayme, furieux de son impuissance face à une menace qu'il ne parvenait pas à cerner.

Il se leva et recommença à faire les cent pas.

— Gilbert, oublions Gorken pour le moment… Que peux-tu nous dire sur Smyrton ?

— Il s'y passe des choses étranges, mais pas les mêmes qu'au nord d'Ichtar.

Gros bourg construit à la lisière des plaines de la Mer d'Herbe, également appelées le « grenier du royaume », Smyrton était la zone habitée la plus proche de la vallée des Proscrits. Si les créatures attaquaient de nouveau, elles passeraient par là pour sortir d'OmbreGarde, le lieu le plus maléfique qui jouxtât Achar.

Un jour, pensa Jayme, *nous devrons porter la hache jusqu'au cœur d'OmbreGarde, pour vider à jamais l'abcès.*

— Frère Hagen, le gardien de la Charrue local, dit avoir vu d'étranges créatures aux alentours de la vallée des Proscrits. Plus inquiétant encore, certaines rôdaient aussi autour du village. En quelques mois, Hagen a relevé cinq cas de ce genre…

— S'agit-il de…, commença Moryson.

Gilbert ne le laissa pas finir sa phrase.

— Aucun rapport avec les monstres de Gorken ! Mais ces êtres, à leur façon, paraissent au moins aussi bizarres. Ils ressemblent à des hommes mais n'en sont pas.

— Peux-tu être plus précis ? demanda Jayme.

Gilbert dut se tourner un peu sur sa chaise pour ne pas quitter son supérieur du regard tandis qu'il faisait la navette entre la fenêtre et la cheminée.

— Ils sont petits, musclés et très noirs de peau – donc presque impossible à distinguer la nuit. Loin de traquer les villageois, ils s'efforcent de les éviter. Chaque fois, ils avaient un enfant avec eux. Toujours selon Hagen, bien qu'aucun gamin n'ait disparu, les habitants se barricadent chez eux dès le crépuscule. Mais ces enfants ont pu être enlevés ailleurs...

— Tu as parlé d'« hommes qui n'en sont pas », rappela Jayme. (Il s'arrêta près du siège de Gilbert et croisa rageusement les bras.) Que voulais-tu dire ?

— Ce sont les paroles de Hagen, frère-maître. Il n'en a pas raconté plus...

Jayme soupira et tapota l'épaule de son assistant.

— Je ne peux m'empêcher de penser que les Proscrits sont de retour...

Cette seule idée fit frissonner les trois hommes. Mille ans plus tôt, pendant la Guerre de la Hache, les glorieux ancêtres des Acharites avaient repoussé au-delà de la chaîne de la Forteresse les deux races de sorciers qui dominaient jusque-là le royaume, les confinant en OmbreGarde et dans les Éperons de Glace. Après cette victoire, et avec l'aide des Haches de Guerre, ils avaient rasé les forêts qui abritaient jadis les Proscrits. Livrées à la Charrue, ces terres sauvages s'étaient lentement converties à la civilisation.

Selon les légendes, les Proscrits déferleraient tôt ou tard sur Achar, réclamant le pays qui leur appartenait jadis.

Tous les parents agitaient cette menace dès qu'il leur fallait calmer un peu leur progéniture.

Le dos voûté, Jayme se pencha vers la cheminée et se réchauffa les mains au-dessus des flammes. Remarquant qu'elles tremblaient, il sursauta et les glissa promptement dans les manches de sa tunique.

Même si rien ne reliait les récits venus de Gorken et de Smyrton, Jayme n'était pas aveugle, et les responsabilités de sa charge l'écrasaient.

Moryson et Gilbert le regardèrent en silence, conscients de la gravité du problème et soulagés de ne pas avoir à prendre de décision. Puis le premier assistant se gratta pensivement le menton, certain que des heures sombres les attendaient.

Le frère-maître se tourna vers ses collaborateurs.

— Demain, Carlon célébrera l'anniversaire du roi Priam. Les réjouissances finiront par un banquet, au palais, auquel je suis invité. Le roi m'a fait savoir que nous nous verrions en privé, afin d'évoquer les événements de Gorken. Priam et notre ordre ne peuvent pas affronter ce problème seuls. Si nous voulons survivre, le royaume devra *vraiment* s'unir. Puisse Artor nous aider, aujourd'hui et jusqu'à la fin des temps.

— Aujourd'hui et jusqu'à la fin des temps, répétèrent les deux assistants avant de vider leur coupe.

2

À LA COUR DU ROI PRIAM

L'anniversaire du roi était prétexte à de grandes réjouissances dans tout le royaume d'Achar. À Carlon, on en avait même fait un jour férié. Le matin, assis sous un dais qui protégeait sa royale personne du soleil, Priam présidait au défilé qui remontait les rues sinueuses de la ville.

Aujourd'hui, le carré de tissu richement brodé interdisait qu'une bruine, très surprenante pour la saison, ose mouiller son auguste crâne couvert de frisettes.

Malgré les rumeurs alarmantes venues du Nord, les citadins se pressaient sur les trottoirs pour admirer la procession organisée en l'honneur du souverain par les diverses guildes de la capitale. Même s'il s'ennuyait à mourir, Priam salua chaleureusement les cinquante-sept chars fleuris qui passèrent devant lui. Quand ce fut terminé, il se fendit d'un discours à l'enjouement bien feint. Après avoir remercié les guildes, il eut un petit mot pour la multitude de fils et de filles de notables qui s'étaient échinés à chanter et à danser avec une lamentable absence de talent.

La foule applaudit son monarque, qui salua et sourit de plus belle. Puis tout le monde rentra chez soi, chassé par le froid et se demandant si la température gâcherait les festivités vespérales.

Le jour de son anniversaire – et aucun autre dans l'année –, Priam faisait bénéficier de ses largesses toute la population de Carlon. Unique restriction, ceux qui désiraient s'asseoir étaient priés d'apporter leur siège…

Un banquet destiné à des dizaines de milliers de bouches exigeait des mois de préparation minutieuse. C'était aussi un excellent moment, pour les seigneurs des différentes provinces, de prouver leur loyauté au roi. Le comte Burdel d'Arcness avait livré cinq cents cochons engraissés spécialement pour l'occasion. L'énorme duc d'Aldeni, Roland le Marcheur – ainsi surnommé parce qu'il était trop lourd pour chevaucher – était arrivé avec deux cent trente-cinq chariots de fruits et de légumes. Le baron Fulke de Romsdale, lui, avait apporté assez de tonneaux de bière pour flanquer la migraine aux Carlonites pendant trois jours – plus deux cent vingt barriques de son meilleur vin rouge. Devinant que les citadins, une fois repus et ivres, auraient besoin de distraction, le baron Ysgryff de Nor proposait gratuitement les services de cent quatre-vingt-cinq prostitués des deux sexes ramassés dans les rues d'Ysbadd.

Si tous les seigneurs contribuaient de leur mieux à la fête, le plus généreux, et de loin, était le duc Borneheld d'Ichtar. Non content d'offrir deux troupeaux – un de bœufs et un de moutons –, il avait distribué aux membres les plus éminents des guildes une petite fortune en émeraudes et diamants extraits de ses mines des collines d'Urqhart. Bien entendu, comme ne manquèrent pas de le souligner les quatre autres seigneurs en vidant leur coupe de rouge de Romsdale, donner sans compter n'est pas difficile quand on contrôle plus de territoire que tous ses pairs réunis.

À partir de 21 heures, les Carlonites commencèrent à s'empiffrer dans les lieux aménagés à cet effet : l'hôtel de ville, la place du marché et sept immenses salles mises à disposition par les guildes. Dans les rues adjacentes, les garçons et les filles de joie se préparaient à une nuit de travail harassante.

À des lieues de cette agitation, un autre banquet, beaucoup plus protocolaire, se tenait dans le palais aux murs crème et or de Priam.

Également appelée le hall des Lunes, l'immense salle de réception circulaire était le cadre des audiences royales les jours ordinaires de la semaine. Soutenu par de majestueuses colonnes de marbre, son dôme peint en bleu foncé imitait à la perfection la voûte céleste. Sur un fond d'étoiles incrustées de gemmes, on y voyait des images en or et en argent de la Lune aux différentes phases de son cycle mensuel – d'où le surnom inventé par le peuple. Tout aussi spectaculaire, le sol en marbre émeraude était sillonné de veines d'or.

Ce soir, on le voyait à peine entre les dizaines de tables serrées les unes contre les autres. Et aucun invité n'était déjà assez saoul pour s'étendre sur le dos et contempler le magnifique dôme.

Sur un côté de la salle, en face de l'entrée, se dressait l'estrade où Priam, les jours normaux, prenait place pour donner ses audiences. Ce soir, on y avait installé la table royale où le souverain dînait avec ses parents les plus proches – enfin, les rares qui avaient survécu –, les grands seigneurs du royaume et leurs épouses. Assis non loin du souverain, Jayme avait décidé d'apprécier la bonne chère, oubliant le Nord et ses problèmes jusqu'au moment où il pourrait s'entretenir en privé avec le roi.

Au pied de l'estrade, les enfants des nobles festoyaient à une table spéciale. Les autres invités étant placés par ordre d'importance, les moins huppés se voyaient relégués au-delà des colonnes, dans la pénombre.

Fille du comte Isend de Skarabost, Faraday s'imprégnait de l'atmosphère en promenant partout son regard brillant d'intelligence. Ayant fêté ses dix-huit printemps six mois plus tôt, c'était sa première invitation à un banquet royal. À dire vrai, jusqu'à ce jour, elle n'avait jamais mis les pieds à Carlon. Mais bien qu'elle eût grandi loin de la cour, elle n'ignorait presque rien de ses us et coutumes. Merlion, sa mère, avait passé des années à la former à l'étiquette. Dotée d'un esprit vif et de manières délicieuses, la jeune femme savait se tenir en la plus noble compagnie. Ajoutés à ses compétences sociales, ses yeux verts, ses cheveux châtains et sa silhouette déjà épanouie avaient promptement attiré l'attention d'une meute de jeunes nobles en quête d'une épouse de haute naissance et de belle fortune.

Faraday s'était arrangée pour être à côté de Devera. Fille de Roland le Marcheur, la jeune femme aux yeux bleus et aux cheveux blonds était d'une beauté qui éblouissait sa nouvelle amie.

Priant pour que son chignon compliqué tenu par des épingles incrustées de perles et de diamants ne s'écroule pas, Faraday se pencha vers Devera.

— Tous ces gens ont si belle allure, souffla-t-elle, incapable de contenir son excitation.

Baissant les yeux, elle admira une nouvelle fois son gobelet de vin coupé d'eau. Les éclats de diamant qui le décoraient valaient à eux seuls une petite fortune !

Si noble que fût sa naissance, la fille d'Isend était encore assez jeune pour s'émerveiller des fastes de la cour du roi Priam…

Devera sourit. Deux ans plus tôt, lors de sa première visite au palais, elle avait été aussi impressionnée que la provinciale. Mais il n'était pas question de le lui avouer.

— Essaie d'avoir l'air de t'ennuyer, conseilla-t-elle. Si ces gens s'aperçoivent que tu les admires, ils tenteront d'en tirer avantage.

Faraday leva sur sa compagne des yeux soudain pleins de gravité.

— Devera, n'as-tu pas lu la parole d'Artor, dans le *Livre des Champs et des Sillons* ? Profiter des autres n'est pas dans les habitudes de ceux qui l'adorent et le craignent.

En plus de lui enseigner les bonnes manières, Merlion avait insisté pour que sa fille reçoive une stricte éducation religieuse.

Devera eut une petite grimace. À son goût, Faraday était bien trop pieuse. Tout le monde, à la cour, redoutait sincèrement l'ire d'Artor. Mais si la plupart des nobles respectaient le frère-maître, il en allait autrement de l'ordre du Sénéchal, qu'ils vénéraient surtout en parole. Pour l'élite du royaume – voire pour tous les Carlonites –, la doctrine de la Charrue sentait un peu trop la terre fraîchement labourée et le fumier. De plus, beaucoup de seigneurs voyaient d'un mauvais œil l'influence de l'ordre sur la politique du royaume.

Si elle voulait séduire un des jeunes héritiers, Faraday devrait au plus vite renoncer à ses mièvreries de petite dévote de province.

Car il ne faisait pas de doute, pour Devera, que le comte avait l'intention de lui trouver un mari. Sinon, pourquoi l'aurait-il exhibée dans une robe de soie jaune si somptueuse et avec de si belles perles ? Promise à un des fils cadets du baron Fulke, Devera elle-même serait mariée dans moins d'un mois. Un événement qu'elle attendait avec impatience.

Si la foi de Faraday était vraiment indécrottable, son père lui obtiendrait peut-être une audience avec le frère-maître...

— Tu as déjà rencontré le chef de l'ordre du Sénéchal ? demanda Devera en désignant le vieil homme aux cheveux blancs assis deux places à la gauche du roi.

Faraday étudia le chef religieux, qui ne se démarquait en rien des autres nobles. La coiffure impeccable – et sans tonsure –, il s'était poudré la barbe et portait de riches atours. Une grosse émeraude brillant à sa main gauche, il utilisait sa serviette avec autant de grâce que le souverain en personne. Et bien qu'il semblât préoccupé, on ne pouvait douter de sa bienveillance naturelle – et moins encore de son intelligence.

— Je n'ai pas eu cette chance, souffla Faraday. Est-il de sang royal ?

Devera ricana derrière sa serviette tachée de sauce.

— Non, ma chère. Jayme est né dans une famille de fermiers très ordinaires, quelque part au fin fond d'Arcness. Connaissant la spécialité de cette province, je parie que c'est un expert en matière de cochons, même s'il le cache bien. Mais il a été nommé chapelain de la maison royale très jeune, et c'est sans doute là qu'il a appris à bien se tenir. Jayme étant ambitieux, il a vite retenu sa leçon. Voilà comment on devient frère-maître en partant de rien ! Si tu le rencontres, n'oublie pas qu'il est *toujours* ambitieux.

— Devera, souffla Faraday, choquée par ce sacrilège, on ne doit pas parler ainsi du frère-maître. L'ordre du Sénéchal élit son chef spirituel. La maison royale n'a rien à voir là-dedans !

Au nom d'Artor, pensa Devera, *comment peut-on être si naïve ?*

À l'évidence, cette fille avait encore beaucoup à apprendre sur les intrigues de la cour et du Sénéchal. Pour l'heure, mieux valait éviter de parler religion avec elle.

— Que penses-tu du roi Priam, très chère ?

Faraday sourit, révélant ainsi toute sa beauté en devenir.

— Il est magnifique ! (La jeune femme battit malicieusement des cils.) Mais ces frisettes !

Devera ne put s'empêcher de glousser. Priam avait hérité de la beauté aristocratique de sa lignée, les magnifiques cheveux auburn compris. Cela dit, pour un homme proche de la cinquantaine, continuer à les faire friser ainsi était un rien ridicule.

— Est-ce la reine Judith ? demanda Faraday en montrant discrètement du doigt la femme aux allures éthérées assise entre Priam et le frère-maître.

À cet instant, le roi se pencha vers son épouse, sélectionna dans son assiette les meilleurs morceaux de viande et les lui offrit.

— C'est bien elle, oui… Quelle tristesse ! On raconte que le roi l'adore. Hélas, elle ne peut pas avoir d'enfants. À part ces deux dernières années, elle est tombée enceinte tous les ans, mais elle a perdu le bébé au quatrième ou au cinquième mois. Maintenant, elle est peut-être trop vieille…

Méditant sur cette poignante tragédie, les deux jeunes nobles se turent quelques minutes. La mission d'une femme de haute naissance était de donner rapidement des fils à son mari. Nonobstant sa dot, la puissance de sa famille et sa beauté, la vie d'une épouse d'aristocrate perdait tout son sens quand elle ne produisait pas d'héritier.

Faraday prit un morceau de fromage aux framboises et en grignota délicatement les bords.

— Si le roi n'a pas de fils, ce sera un drame, dit-elle, le front plissé d'inquiétude.

— Dans ce cas, la voie sera libre pour son plus proche parent encore de ce monde. Au fait, sais-tu de qui il s'agit, à ce jour ?

Le ton condescendant de Devera déplut souverainement à Faraday.

— Bien sûr ! C'est son neveu, le duc Borneheld d'Ichtar !

Arrivée la veille à la cour, Faraday attendait encore d'être présentée au roi et à sa famille. Si elle connaissait les noms, les visages ne lui disaient rien. Si humiliant que ce fût, elle aurait été incapable de reconnaître Borneheld parmi les trois ou quatre convives de la table royale qu'elle n'avait pas encore identifiés. Lequel était-ce donc?

Devera savoura un moment la confusion de la provinciale. Puis, du menton, elle désigna l'homme assis à la droite de Priam.

— Bien sûr..., souffla Faraday.

Maintenant qu'elle savait, la ressemblance était évidente. Borneheld avait les mêmes yeux gris que le roi et des cheveux auburn identiques, bien qu'ils fussent coupés en brosse à la manière des soldats. Encore jeune, tout au plus la trentaine, il était bâti en force, à l'inverse de son oncle. Si Priam avait tout du courtisan, le duc était l'incarnation même du guerrier. Avec son corps sculpté par les années passées à chevaucher et à manier l'épée, il était vraiment impressionnant...

Curieusement, la mère de Faraday n'avait jamais été très diserte sur les proches parents du roi.

— Borneheld est le fils de l'unique sœur de Priam. La princesse Rivkah a épousé le duc précédent, Searlas...

Faraday cessa d'admirer le jeune noble et regarda sa compagne de table. Elle avait cru entendre une hésitation, voire du doute, dans la voix de Devera, mais c'était peut-être un effet de son imagination.

— Ainsi, si Priam reste sans héritier direct, Borneheld lui succédera...

— Probablement, dit Devera avant de boire une gorgée de vin. Sauf si les autres ducs et comtes décident de le combattre pour s'approprier la Couronne.

— Une guerre civile! s'écria Faraday. Tu crois que nos pères se montreraient déloyaux à ce point?

Depuis toujours, elle plaçait la fidélité au-dessus de toutes les autres vertus.

— Eh bien, le jeu en vaudrait la chandelle, lâcha Devera, le vin lui déliant dangereusement la langue.

Faraday baissa les yeux sur son assiette. N'était-il pas temps que son amie fasse la conversation au jeune homme assis à sa droite ?

Après une vingtaine de minutes de silence gêné, Faraday remarqua qu'un homme avançait tranquillement dans la pénombre, derrière le cercle de colonnes. Quittant ce refuge, il commença à se faufiler entre les tables, parmi la foule de domestiques qui s'affairaient au service. De temps en temps, nota la jeune femme, il se penchait pour souffler quelques mots à l'oreille d'un des convives.

Faraday ne le quitta pas du regard, émerveillée par sa grâce hors du commun et la fluidité de ses mouvements. Alors qu'il approchait de l'estrade, elle se demanda, intriguée, s'il faisait partie de la famille royale.

Quand il se dirigea vers sa table, elle put enfin le voir clairement et ne parvint pas à retenir un hoquet de surprise. Priam lui-même n'avait pas la prestance de cet homme !

Encore jeune – dix ou onze ans de plus qu'elle –, il était plus impressionnant que beau. Sa grâce devait y être pour quelque chose, bien entendu, mais sans doute moins que son allure franchement exotique. Comme sa barbe soigneusement taillée, ses longs cheveux noués en queue-de-cheval rappelaient la couleur des épis de blé murs, et ses yeux bleus, également délavés, semblaient aussi perçants que ceux d'un oiseau de proie. Grand et mince, il était vêtu d'un uniforme comme Faraday n'en avait jamais vu, que ce fût chez elle, à Skarabost, ou dans les rues de Carlon. Chaussé de bottes de cavalerie, il portait un pantalon de cuir noir moulant et une tunique en laine de la même couleur qui lui tombait sur les hanches. Bizarrement, les broderies, le long des manches et autour des poignets, étaient également noires. Unique touche de couleur, deux haches croisées, brodées en fil d'or, brillaient au-dessus de son cœur.

Alors qu'il avançait vers l'estrade, on eût dit qu'une panthère jaillie d'une jungle obscure venait de se mettre en chasse dans une clairière inondée de soleil.

— Devera..., souffla Faraday.

La jeune noble tourna la tête et suivit la direction de son regard.

— Comme d'habitude..., murmura-t-elle, énigmatique.

Quand elles posaient pour la première fois les yeux sur le Tranchant d'Acier, toutes les femmes réagissaient comme la provinciale. Conscient du phénomène, le militaire jouait de son charme, et, quand il était d'humeur, en tirait quelque avantage.

Devera soupira d'agacement puis tapota la main de Faraday, le regard toujours rivé sur le guerrier.

— C'est Axis, le Tranchant d'Acier des Haches de Guerre.

Les Haches de Guerre! pensa Faraday, stupéfaite.

La branche militaire de l'ordre du Sénéchal était légendaire dans tout le royaume. Et elle avait son chef sous les yeux. Pas étonnant qu'il l'ait fascinée...

Elle n'avait même pas rêvé d'apercevoir un de ces guerriers pendant son séjour à Carlon. Cantonnés près de la tour du Sénéchal, sur l'autre rive du lac Graal, ils avaient la réputation de ne jamais s'en éloigner, sauf pour aller au combat.

Devera fit la moue. Ruiner les illusions de Faraday lui déplaisait, mais si elle ne s'en chargeait pas, quelqu'un d'autre le ferait à sa place.

— Très chère, regarde Priam un moment et dis-moi si tu vois une ressemblance.

Faraday obéit... et sursauta.

— Ils sont parents, c'est sûr! Ils ont le même front et une implantation de cheveux identique.

— Tu as raison. Axis est l'autre neveu de Priam, et le demi-frère de Borneheld. Mais le roi et le duc ne l'admettraient à aucun prix. Bref, Axis est une épine dans le flanc de la famille royale.

Sans détourner les yeux du Tranchant d'Acier, qui s'était arrêté pour échanger quelques mots avec une dame de moyenne noblesse, à quelques tables de là, Faraday se demanda pourquoi sa mère ne lui avait jamais parlé de lui.

— Que veux-tu dire ? demanda-t-elle à Devera.

La jeune femme se contenta d'abord de sourire. À Carlon, contrairement au reste du royaume, l'histoire de la naissance d'Axis était de notoriété publique. L'occasion de la raconter à quelqu'un qui l'ignorait ne courait pas les rues, et Devera savourait d'avance le plaisir de révéler ce merveilleux scandale à une jeune dévote.

— Axis est le fils illégitime de Rivkah, la sœur de Priam.

À ces mots, Faraday détourna enfin la tête du militaire pour regarder sa compagne de table.

— Vraiment ?

— Oui. (Devera hocha pensivement la tête.) Rivkah dut se marier très jeune – elle n'avait même pas ton âge ! – au vieux duc Searlas d'Ichtar. Moins d'un an plus tard, elle donna le jour à Borneheld. Bien entendu, son mari en fut ravi. Pensant que le bébé l'occuperait, il la laissa au fort de Sigholt, dans les collines d'Urqhart, et partit inspecter ses défenses à Gorken et le long du fleuve Andakilsa. Quand il revint chez lui, un an plus tard, Borneheld était déjà un solide petit gaillard, et sa duchesse tenait cour à Sigholt avec le ventre rond d'une femme enceinte de huit mois. Tu imagines le scandale ? Même les palefreniers l'avaient appris avant Searlas !

— Qui était le père ? demanda Faraday, morte de curiosité.

Devera battit des cils et fit la moue. Quand elle réarrangea nonchalamment ses boucles blondes, ses seins tressautèrent dans son bustier trop serré.

— On ne l'a jamais su, Faraday. Rivkah refusa catégoriquement de le dire. Sachant qu'elle avait épousé le duc contre son gré, beaucoup de gens pensèrent qu'elle avait trouvé une façon imparable de mettre fin à leur union. De fait, comme c'était son droit, Searlas fut fou de rage. Le fort de Sigholt étant un des lieux les plus fermés du royaume, il soupçonna immédiatement les soldats et les domestiques. Avant de se calmer un peu, dit-on, il fit torturer à mort la moitié de ses hommes. Pour dissimuler son infortune, il envoya sa femme dans le Nord, au cloître de Gorken. Bien entendu, cela ne servit à rien, car la nouvelle avait déjà atteint Carlon, et toute la cour savait qu'il ne pouvait pas être le père. Le roi Karel, lui aussi fou de rage, fit dire au duc de disposer de sa fille comme il l'entendait. Mais Searlas n'eut pas besoin de se salir les mains, car elle mourut en couches.

— Quelle tragédie ! s'écria Faraday, des larmes aux yeux.

— Tu veux rire ? Il ne pouvait rien arriver de mieux, au contraire, sinon que le bâtard soit mort avec sa mère. Mais cette grâce ne fut pas accordée au duc, qui refusa bien sûr de reconnaître l'enfant. Le roi Karel et son fils ne prononcèrent plus le nom de Rivkah et n'admirent jamais que son rejeton était de leur sang.

— Et le bébé, qu'est-il devenu ? Qui s'est occupé de lui ?

— Le frère-maître Jayme, alors attaché à la maison royale, était présent au cloître au moment de la naissance. Il prit l'enfant sous son aile, avec l'espoir qu'il entrerait un jour dans les ordres et ferait carrière dans un obscur couvent, aux confins du royaume. Une excellente solution qui débarrassait le roi et le duc d'un fardeau. Mais Axis ne fit montre d'aucun penchant pour la vie religieuse. En revanche, il se révéla très doué une hache ou une épée au poing. À dix-sept ans, après une longue formation aux armes dans une maison noble, il intégra les rangs des Haches de Guerre. Dès son élection à la charge de frère-maître, il y a cinq ans, Jayme le nomma Tranchant d'Acier. Feignant de ne pas voir les regards irrités du roi et des courtisans, il affirma que son protégé, malgré sa relative jeunesse, était le candidat idéal pour ce poste. Et, à ce jour, rien n'a prouvé le contraire...

» Voilà comment la cour fut forcée d'avoir pour principal chef militaire un bâtard qu'elle aurait voulu voir sombrer dans l'oubli.

Faraday jeta un bref coup d'œil au frère-maître.

— J'ai entendu dire que Jayme était un homme bienveillant et juste, et cette histoire le prouve. Avoir offert un foyer à un enfant dont personne ne voulait est une bonne action. Puisse la bénédiction d'Artor être à jamais sur lui !

Quand il passa près de sa table, Axis remarqua la jeune femme qui ne le quittait pas des yeux. Habitué à cette réaction, il n'en fit pas grand cas.

Dès qu'il eut sauté sur l'estrade, il se délecta de sentir la tension monter chez la plupart des convives. Le poing droit plaqué au-dessus des deux haches croisées, sur sa poitrine – le salut traditionnel de son armée –, il s'inclina devant Priam.

— Majesté, puisse Artor vous garder à jamais dans Sa Sainte Grâce.

— Pareil pour toi, Tranchant d'Acier, grommela le souverain.

Axis se redressa et regarda Priam dans les yeux. La courtoisie la plus élémentaire, de la part du roi, eût été de lui offrir une place à sa table. Car le chef des Haches de Guerre était un des personnages éminents du royaume. Mais le monarque, nota amèrement Axis, oubliait les bonnes manières dès qu'il s'agissait du bâtard de sa sœur.

Les yeux dans le vague, la reine Judith jouait distraitement avec un pompon cousu sur sa manche. La fécondité, légitime ou non, de sa défunte belle-sœur soulignait désagréablement sa stérilité.

— Ta présence est inattendue, dit Priam en se tamponnant délicatement le coin des lèvres avec sa serviette.

— Je le vois bien, Sire, puisque vous avez commencé à dîner sans moi.

Très raide, le roi posa sa serviette sur la table.

— En quel honneur es-tu revenu si vite de Coroleas, Tranchant d'Acier ?

Deux mois plus tôt, Axis avait conduit six cohortes de Haches de Guerre dans l'empire voisin d'Achar. L'été, les Coroléiens subissaient des raids de pirates venus de l'autre côté de la mer Orientale. La mission avait deux objectifs : renforcer les liens entre les deux royaumes et, le plus important, permettre à Axis d'enrichir l'expérience au combat de ses guerriers. C'était la septième fois que le jeune Tranchant d'Acier volait au secours de l'empire, l'aidant à repousser des intrus ou à mater des rébellions. En cinq ans, ces remarquables interventions lui avaient valu une réputation de brillant stratège.

Une semaine plus tôt, un message de Jayme lui avait demandé de revenir au plus vite avec ses hommes. La lettre ne précisant pas ce qui se passait, Axis avait bouilli d'impatience pendant les cinq jours de traversée entre Coroleas et le port acharite de Nordmuth. Partant avant ses soldats, il avait chevauché sans relâche jusqu'à la tour du Sénéchal. Épuisé, il y était arrivé le jour même, en fin d'après-midi, pour apprendre que Jayme assistait au banquet royal, de l'autre côté du lac. Furieux du temps supplémentaire que lui prendrait la traversée, il espérait que le frère-maître ne l'avait pas rappelé pour le forcer à faire des ronds de jambes devant Priam.

— Sire, j'ai obéi aux ordres du frère-maître, répondit enfin Axis.

Si anodine qu'elle parût, cette réponse visait à irriter le roi. Depuis des siècles, les souverains enrageaient que les Haches de Guerre, l'élite de l'armée, soient sous les ordres du Sénéchal.

Axis regarda brièvement Borneheld. Fou de colère de le voir ici, son demi-frère serrait si fort le pied de sa coupe de vin qu'il menaçait de le plier en deux. Depuis toujours, l'inimitié était le seul sentiment qui unissait les deux hommes…

Le Tranchant d'Acier se concentra de nouveau sur Priam. Avec ses frisettes, le pauvre avait l'air efféminé et impuissant.

— Sire, me permettez-vous de dire que les années vous confèrent toujours plus d'élégance et de majesté ? Ayez la grâce d'accepter mes félicitations, en ce merveilleux jour de fête. Être entouré de *toute* votre famille, j'en suis sûr, vous réjouit le cœur… (Axis se tut, les yeux rivés sur le roi, comme s'il n'avait pas vu les convives blêmir de l'entendre accentuer ainsi le mot « toute ».) À présent, ai-je l'autorisation de vous quitter pour aller m'entretenir avec le frère-maître ?

Priam foudroya l'insolent du regard et le libéra d'un revers de la main.

— Sillon large, sillon profond ! lança Axis en s'inclinant.

— Large et profond, oui…, marmonna le roi pendant que le Tranchant d'Acier allait rejoindre son protecteur.

— Au nom d'Artor, grogna Borneheld, pourquoi Jayme l'a-t-il fait revenir ?

Oubliant sa propre colère, Priam posa une main apaisante sur le bras du duc.

— Calme-toi, mon neveu... Au fond, sa présence est un bien. Avec les mauvaises nouvelles qui viennent du Nord, nous aurons sans doute besoin de ses compétences et du courage des Haches de Guerre.

En matière de diplomatie, Priam s'était souvent montré plus inspiré. S'il était le chef suprême des troupes régulières, Borneheld les dirigeait dans les faits. Ayant consacré sa vie à l'armée, le duc passait à juste titre pour un grand théoricien du combat, et tant pis si l'expérience pratique lui faisait quelque peu défaut. Récemment, le roi lui avait accordé le titre de Seigneur de Guerre d'Achar. Un tremplin pour la succession, disait-on, plus qu'une réelle reconnaissance de sa valeur martiale.

Suggérer qu'il aurait besoin d'Axis pour affronter la menace venue du Nord revenait à jeter du sel sur une plaie à vif. Jaloux de la loyauté aveugle que les Haches de Guerre manifestaient à leur chef, Borneheld rêvait de dissoudre ce corps d'élite pour l'intégrer à son armée. Hélas, les triomphes du Tranchant d'Acier lui liaient les mains. Au cours de leurs campagnes dans l'Empire coroléien, les Haches de Guerre, en cinq ans, avaient acquis plus d'expérience du feu que Borneheld en quatorze. Pour ne rien arranger, bien que le duc fût loin d'être insignifiant, Axis avait hérité de l'essentiel de la beauté et de la classe de sa mère – sans préjuger de ce qu'il devait à son père.

Axis était né du même ventre que lui, voilà, en vérité, ce que Borneheld ne lui pardonnerait jamais ! Même si elle avait trahi son mari et son fils aîné en concevant un bâtard, le duc vénérait toujours la mémoire de sa mère. Et Axis l'avait tuée !

Ce chien lui avait volé Rivkah ! Chaque jour, il le maudissait pour cela.

Tôt ou tard, je le défierai en duel, et le monde entier verra que je suis le meilleur. Artor décidera qui de nous deux a le droit de vivre.

Son pied ayant fini par plier, la coupe glissa des mains du duc et tomba sur le sol.

Un domestique s'empressa de lui en donner une autre, puis briqua le parquet.

Un instant, Borneheld croisa le regard d'Axis au-dessus des têtes de Priam et de Judith. La haine qu'il y lut était le fidèle reflet de la sienne.

Jayme tira sur la manche d'Axis pour qu'il se détourne de Borneheld.

— Mon fils, dit il doucement, afin que personne n'entende, je suis ravi, et soulagé, que tu sois revenu si vite de Coroleas. Pour tout te dire, je ne t'attendais pas aussi tôt.

— Quand j'ai reçu ton message, nous étions près du détroit de Coroleas, mon père.

Prononcé par Axis, ce titre exprimait le respect et la gratitude. En dehors de ses hommes, personne ne l'avait jamais accepté aussi sincèrement que l'ordre du Sénéchal.

— Dans ces conditions, continua le Tranchant d'Acier, il a été facile de prendre la mer pour Achar.

Les Coroléiens n'avaient pas apprécié de les voir partir au moment où les pirates étaient les plus menaçants. Mais le charme d'Axis avait arrondi les angles.

— Mon fils, dit Jayme, nous ne pourrons rien faire ce soir. Ici, parler est impossible, et tu parais épuisé. Demain, à l'aube, viens me voir dans ma chambre. On m'a logé dans l'aile est du palais, comme d'habitude. Nous prierons, puis nous aurons tout le temps de converser. Je parie que le roi nous convoquera ensuite ensemble.

— Les nouvelles du Nord sont vraiment si mauvaises ?

Jayme sourit à son protégé. Même à Coroleas, Axis était resté en contact avec son réseau d'informateurs.

— Oui. Mais attendons demain pour en parler à voix haute.

— Tu as raison… Si je reste plus longtemps ici, les convives finiront par vomir dans leurs assiettes.

Jayme pinça durement le bras du guerrier, mais ses yeux pétillèrent de malice.

— Bon repos, Tranchant d'Acier. Sillon large, sillon profond !

— Sillon large, sillon profond, mon père !

Axis embrassa la bague du frère-maître, retourna s'incliner devant Priam et sauta de l'estrade.

En se dirigeant vers la sortie, il jeta un regard à la jeune femme qui l'avait dévisagé. Mais elle rougit et détourna les yeux. Trois ou quatre tables plus loin, son regard croisa celui d'une noble beauté, la dame de Tare, qui hocha la tête et lui sourit.

3

La dame de Tare

Embeth de Tare remontait discrètement les couloirs obscurs du palais. Dans le hall des Lunes, la plupart des invités continuaient à festoyer. Par bonheur, après que le roi et la reine se furent retirés, elle avait réussi à s'éclipser. Avant, l'étiquette le lui aurait interdit.

Voir Axis au banquet l'avait surprise et… enchantée. En principe, il n'aurait pas dû revenir de Coroleas avant le mois du Gel. Et quelle chance qu'il dorme au palais, plutôt qu'à la tour du Sénéchal ! Là-bas, ils avaient un mal fou à se voir en privé – en supposant qu'elle trouve un prétexte pour y aller.

De huit ans plus vieille qu'Axis, Embeth approchait de la quarantaine. Leur amitié remontait à l'époque où le futur Tranchant d'Acier, âgé de onze ans, avait été envoyé à Tare pour se former au maniement des armes dans la maison de son mari. Encore très jeune, Embeth s'était vite liée avec ce garçon si sérieux et si réservé. Plus tard, il était devenu le compagnon de jeu de ses enfants. Et un de ses fils, Timozel, servait à présent sous ses ordres.

Après la mort du seigneur de Tare, cinq ans plus tôt, leur relation s'était approfondie. Aujourd'hui, ils se définissaient comme des « amants occasionnels ». Et pas seulement parce qu'ils se voyaient rarement…

La honte de Rivkah rejaillissait hélas sur son fils. En âge de se remarier et d'enfanter, la dame de Tare avait une réputation à préserver. Leurs nuits d'amour étaient donc entourées d'un secret qui les rendait plus délicieuses encore.

Par souci de discrétion, Embeth n'avait pas de chandelle, convaincue que la lumière des lampes du couloir, si peu nombreuses fussent-elles, lui suffirait à s'orienter. Pour qu'il ne fasse pas de bruit en frottant le parquet, elle avait relevé l'ourlet de sa robe, se félicitant d'avoir choisi une tenue noire pour le banquet.

Frissonnait-elle à cause de la fraîcheur de l'air ou parce qu'elle approchait de la chambre d'Axis ?

Grâce en soit rendue à Artor, le Tranchant d'Acier, contrairement à ses hommes, ne dormait pas à la caserne. Avec un petit sourire, Embeth se demanda si elle aurait quand même tenté de se glisser dans son lit. À l'idée d'être surprise, nue, dans un dortoir plein de soldats, elle eut un certain mal à ne pas éclater de rire.

Elle faillit s'évanouir quand on l'attaqua par-derrière. Un bras puissant la ceintura et une main se plaqua sur sa bouche pour l'empêcher de crier. Sa panique dissipée, elle comprit et se laissa aller contre son « agresseur ». Au fond de la fosse la plus noire de l'Après-Vie, elle aurait reconnu le contact de cette main… et l'odeur de son propriétaire.

— Axis !

— Tu es passée droit devant ma chambre, lui souffla-t-il à l'oreille. Je me suis demandé si tu avais un autre rendez-vous, plus loin dans le couloir.

Sous sa paume, le Tranchant d'Acier sentit les lèvres de sa maîtresse dessiner un sourire.

Il la tira en arrière jusqu'à une porte, l'ouvrit d'un petit coup d'épaule et la fit entrer dans une pièce des plus ordinaires. Le chambellan de Priam avait ordre de ne jamais affecter au bâtard une chambre d'apparat, dans l'aile principale du palais…

Embeth se retourna dans les bras d'Axis et se serra contre sa poitrine. Ils s'étreignirent en silence, la profondeur de leur amitié pour le moment plus importante que le désir.

S'écartant enfin de lui, Embeth étudia le visage du guerrier à la chiche lumière de l'unique candélabre de la pièce.

— Tu as l'air épuisé… Combien de temps as-tu chevauché ?

— J'ai quitté Nordmuth il y a trois jours…

Embeth accepta une coupe de vin et y trempa les lèvres. La route entre Nordmuth et Carlon étant très pénible, Axis devait avoir eu de sacrées bonnes raisons de pousser ainsi son cheval – et de frôler les limites de sa propre résistance. D'ailleurs, son retour précipité de Coroleas confirmait les rumeurs alarmantes. Et si le Tranchant d'Acier revenait pour affronter une situation périlleuse, Timozel serait inévitablement à ses côtés…

La dame de Tare fit quelques pas dans la petite chambre. Voyant qu'Axis avait jeté dans un coin ses sacoches de selle et son équipement, elle dut résister à l'impulsion de mettre un peu d'ordre. La petite harpe de voyage du soldat, dont il ne se séparait jamais, reposait contre un montant du lit. Sa hache, le symbole de l'ordre du Sénéchal et de son régiment, avait atterri près du mur du fond.

Comme presque tous ses hommes, Axis portait une épée qu'il tenait pour son arme principale. Glissée dans un fourreau très simple, elle pendait à la tête de lit, jamais loin de sa main. Combien d'ennemis avait-il tués avec cette lame ? se demanda Embeth. Au nom d'Artor et de la Charrue, combien de vies l'ordre lui avait-il ordonné de prendre ?

Embeth aimait et respectait Axis. Pourtant, sa position au sein de l'ordre la laissait plus que perplexe. Et elle avait franchement peur du pouvoir du Sénéchal et de son frère-maître.

— Puisque tu as dû voyager si vite, dit-elle, les nouvelles ne doivent pas être bonnes.

Axis enlaça sa maîtresse par-derrière et lui caressa la nuque, émerveillé par la douceur de sa peau et de ses cheveux bruns et brillants.

— Je sais très peu de chose… Pour le moment, les cancaniers de la cour sont aussi bien informés que moi.

Embeth en doutait, mais elle comprit qu'il ne veuille pas en dire plus. Déjà peu enclin à parler de son travail courant au sein de l'ordre, il n'évoquait *jamais* ses missions, même vaguement.

— Tu as été content de Timozel, à Coroleas ? demanda-t-elle, s'abandonnant au doux « massage » de son amant.

— Il continue d'être excellent, dame de Tare, et tu peux être fière de lui. Et si Ganelon, ton défunt mari, était encore de ce monde, il le serait aussi. (Axis embrassa la nuque de sa compagne.) Chaque semaine, ton fils devient plus grand, plus fort et plus sage. (Faisant tourner Embeth dans ses bras, il posa ses lèvres sur les siennes.) Dans deux ou trois jours, il arrivera à Carlon avec ses frères d'armes. Pour l'heure, chère dame, je crains d'être trop fatigué pour continuer cette conversation.

Parler de Timozel à Embeth était une épreuve. Que lui dirait-il si son fils finissait un jour avec trois pieds d'acier dans la poitrine ? Comment lui annoncerait-il cela ?

Axis se força à chasser cette image atroce de son esprit.

Incapable de bouger, il était englué par la haine qui bouillonnait dans le cloaque obscur qui le séparait du monstre. Il se débattit, tentant de libérer ses bras et ses jambes pour échapper à l'horreur qui approchait de lui.

— Non, gémit-il, va-t'en… Je ne veux pas de toi. Et tu n'es pas mon père ! Laisse-moi en paix !

L'immonde présence continua d'avancer. Dans quelques instants, il le savait, il sentirait son souffle putride. Pourquoi perdre en vain son énergie à tenter de se libérer, alors qu'il aurait besoin de toutes ses forces pour le combat qui l'attendait ?

— Va-t'en ! coassa-t-il pourtant.

La créature approcha encore. Il la sentit décrire autour de lui des cercles concentriques.

—Axis, mon fils…

Le guerrier trembla quand cette voix honnie transperça le cloaque obscur comme une lame.

—Non !

Cet être ne pouvait pas être son père ! Pas avec la haine qu'il sentait émaner de lui !

—Mon fils… Tu n'aurais jamais dû avoir le droit de naître. Car tu es une abomination ! Il aurait fallu t'écraser comme un œuf de serpent ! Mais tu as tué ta mère… ta si jolie mère…

Axis faillit vomir de peur et de dégoût. Dans cette bouche, le mot « jolie » était d'une telle obscénité…

— Ta jolie mère, oui… Elle est morte à cause de toi, mon fils. À la fin, pendant que tu la déchirais de l'intérieur, elle t'a maudit et s'est juré de te noyer, si elle parvenait à s'emparer de toi. Mais tu l'as tuée d'abord. En mourant, elle t'a inondé de son sang. Quel flamboyant baptême !

Fière de son humour noir, la voix émit un semblant de rire qui prit Axis à la gorge comme s'il respirait une fumée âcre.

Il éclata en sanglots, désespéré d'avoir fait tant de mal à sa mère, d'avoir été maudit par elle et de ne l'avoir jamais connue.

—Je ne t'ai pas désiré, mon fils. Si j'avais su qu'elle était enceinte, je t'aurais arraché moi-même de son ventre.

— Tu n'es pas mon père ! cria Axis.

Mais au fond de son âme, il crevait de peur que cette voix soit vraiment celle de son géniteur.

Les muscles de ses bras et de ses jambes faillirent se déchirer, tant il les banda pour se libérer des liens magiques invisibles qui l'empêchaient de fuir.

Il resta piégé dans le cloaque obscur, en compagnie d'un père qui le haïssait plus que tout au monde.

— Tu as détruit ta mère, comme tu provoqueras la perte de tous ceux qui t'entourent. Personne ne veut de toi, Axis, et nul ne t'aime. Tu aurais dû mourir à la place de ta si jolie mère !

Des rangées de crocs brûlants s'enfoncèrent dans la chair d'Axis et en arrachèrent des lambeaux. Pas assez gros pour le tuer vite, mais suffisamment pour qu'il meure à petit feu.

Et pas avant d'être devenu fou.

— Tu vois, dit la présence, soudain compatissante, mes amis vont t'aider. Bon goût-bon goût… (Comme toujours, la haine reprit le dessus.) Tu es une abomination, Axis ! Il faut que tu meures, et je suis venu faire ce qui aurait dû être accompli quand tu grandissais dans le ventre de ta mère. Te déchirer en mille morceaux, mon fils !

À cet instant, comme chaque fois, Axis hurla à la mort. Le seul moyen de fuir qu'il connaissait.

Réveillée en sursaut, Embeth s'assit dans le lit et se tourna vers son amant. Couvert de sueur, les mains agrippant le matelas, il se débattait comme un animal pris au piège.

— Non…, souffla-t-il, ses yeux grands ouverts fixant quelque chose qu'il était seul à voir. Tu n'es pas mon père !

Le cœur serré, Embeth le prit par les épaules, parvint à ne pas le lâcher malgré ses ruades, et le secoua aussi fort qu'elle put.

— Axis ! Réveille-toi ! Tout va bien, mon amour ! Réveille-toi !

Il faisait déjà des cauchemars à onze ans, quand il était arrivé chez elle. Une ou deux fois par mois, il hurlait au milieu de la nuit, réveillant ses hôtes alors qu'il dormait pourtant dans le grenier de leur manoir. Mais ça n'avait jamais été si grave… et elle le croyait guéri.

— Réveille-toi ! cria-t-elle en le giflant.

Libéré du sommeil, et de l'horreur qui le hantait, Axis saisit au vol le bras d'Embeth et la regarda, toujours terrorisé, comme s'il ne la reconnaissait pas et ignorait où il était.

— Tout va bien…, souffla la dame de Tare. Pose la tête contre ma poitrine… Allons, c'est fini… Je suis là…

Axis l'enlaça et la serra aussi fort qu'il osa. Un moment, ils se bercèrent comme des enfants, Embeth dispensant à son amant le réconfort dont il avait besoin pour reprendre contact avec la réalité et la santé mentale.

— Du calme, murmura la dame de Tare, bouleversée de sentir trembler un homme qu'elle aurait cru insensible à la peur.

Finalement, Axis s'écarta d'elle et s'allongea sur le lit en désordre. Elle ne dit rien et attendit qu'il parle le premier.

— Merci d'être là, dit-il en lui prenant la main.

Combien de nuits s'était-il réveillé seul face à cette horreur ? se demanda Embeth, désespérée.

— C'est le cauchemar que tu faisais enfant ?

— Oui… Mais ces derniers mois, il est devenu plus terrible. Des dizaines de fois pis…

Embeth lui caressa le visage et sentit que la sueur commençait à sécher sur sa peau et dans sa barbe.

— Pourquoi me hait-il autant ? Je n'ai pas demandé à naître. En quoi suis-je coupable ? (Il se tut un instant.) Embeth ?

— Oui ?

Un jour, il faudrait qu'il lui raconte son cauchemar. Même enfant, malgré son insistance, il lui avait toujours dissimulé l'essentiel de ses angoisses.

Axis tourna la tête vers sa compagne. Il avait failli demander si elle avait jamais cru, en accouchant, être sur le point de mourir. Et, si ça lui était arrivé, avait-elle accusé ou maudit l'enfant qui la poussait au tombeau ?

Au moment de poser sa question, il s'était ravisé. Sinon, elle aurait compris qu'il était encore rongé par la culpabilité d'avoir tué sa mère. Sa si jolie mère…

Embeth vit le visage d'Axis se fermer et devina qu'elle devait le laisser seul. Rejeté par sa famille, il n'était toujours pas parvenu à croire qu'on pouvait l'aimer pour lui-même et sans rien demander en échange.

Elle lui embrassa le front, se glissa hors du lit et récupéra ses vêtements sur le sol. Transie de froid, elle s'habilla rapidement et s'improvisa un chignon assez bien troussé pour ne pas éveiller la curiosité malsaine des lève-tôt qu'elle risquait de croiser.

Axis la regarda sans bouger, reconnaissant qu'elle ne lui pose pas de questions – et qu'elle ait senti son besoin de solitude.

Avant de partir, elle s'arrêta près du lit.

— Si tu as besoin de moi, appelle et je viendrai aussitôt.

Il se contenta de hocher la tête.

Embeth lui sourit tristement et sortit de la chambre.

Axis le bâtard resta seul dans le noir.

4

Au pied de la chaîne de la Forteresse

Emmitouflées dans leurs manteaux de laine, les deux femmes assises côte à côte regardaient l'aube poindre au-dessus de la chaîne de la Forteresse. Elles avaient parlé toute la nuit. À présent, elles devaient se séparer, pour que la plus jeune regagne son lit avant qu'on remarque son absence.

L'aînée baissa enfin les yeux. Les traits fins, elle arborait une crinière si épaisse et bouclée qu'elle menaçait de faire sauter à tout instant les épingles de son chignon. Au milieu de son front, à l'endroit où ses cheveux argentés formaient un *V*, une mèche dorée large d'un pouce les séparait comme le lit d'une rivière entre deux bandes de terre.

Elle sourit à sa compagne, qui avait pris beaucoup de risques pour la rencontrer.

— Proposer de nous aider est très généreux de ta part, ma chère.

— Je sens que vous ne me faites toujours pas confiance…

Dans les yeux de la femme aux cheveux argentés, gris comme la fumée d'un feu de bois humide, des étincelles crépitèrent.

— Tu devines sans peine pourquoi, je suppose…

— Oui. Mais que puis-je faire pour que ça change ?

— La confiance ne s'achète pas, elle se gagne. Et ça prend du temps.

— Vous n'en avez pas !

— Azhure, nous en avons toujours manqué, comme d'espace et de respect. Alors, même s'il nous faut l'aide de gens comme toi, nous devons rester méfiants.

Blessée par cette rebuffade, Azhure détourna la tête et désigna le village, dans le lointain.

— Ils détestent tout ce qu'ils ne comprennent pas. C'est cela, la Voie de la Charrue.

— Je sais, je sais..., souffla la femme aux yeux gris en tapotant le bras de sa compagne.

— Plume d'Or, tu dois te fier à moi. Je t'en prie ! Tu as besoin d'aide pour les enfants...

Résignée, Plume d'Or secoua tristement la tête.

— Non, Azhure. Il est trop tard. Le seul être qui peut nous protéger du Destructeur est à jamais perdu. Les Sentinelles n'arpentent pas encore le pays, et l'Ami de l'Arbre reste introuvable. L'hiver approche. Bientôt, la glace viendra réclamer nos vies. Divisé, Tencendor ne peut pas combattre.

Les yeux de Plume d'Or se remplirent de larmes.

— Azhure, rentre chez toi avant qu'il soit trop tard. Chante bien et vole haut dans le ciel, mon amie. Puisses-tu trouver une forme de paix sur ces terres privées d'arbres.

Elle se pencha et posa un baiser sur la joue pâle de sa jeune compagne.

5

Au palais du roi

Après le départ d'Embeth, Axis resta étendu une heure sans se rendormir. Quand les premières lueurs du jour filtrèrent par la fenêtre, il jura en silence et se leva, encore épuisé. Le cauchemar avait frappé alors qu'il se reposait depuis moins de deux heures, et il lui aurait fallu une nuit entière pour se remettre de sa chevauchée.

Il se débarbouilla avec de l'eau glacée puis s'habilla dans la pénombre.

Ce que Jayme allait sûrement lui dire, ce matin, lui nouait déjà les entrailles.

Le frère-maître était réveillé quand Axis arriva. Agenouillé devant l'autel installé dans sa chambre, il priait, les yeux rivés sur une icône d'or et d'argent d'Artor le Laboureur. Au pied du lit, un gros chat blanc lové sur le tapis rivait sur lui ses étranges yeux bleus.

Le Tranchant d'Acier s'accroupit derrière son protecteur. Tête inclinée, il tenta de retrouver la paix de l'esprit en récitant mentalement les antiques paroles du rituel matinal.

Après son terrible cauchemar, elles ne purent rien pour le réconforter. Son esprit dérivant, il recommença à penser aux innombrables problèmes que devait résoudre chaque jour le chef d'une force de quatre mille hommes.

Quelques minutes plus tard, Jayme vint se placer près de lui et lui posa une main amicale sur l'épaule. Le Tranchant d'Acier soupira de frustration. Le frère-maître l'interrompait alors qu'il réfléchissait à la logistique nécessaire pour transférer de Nordmuth à Carlon six cohortes de Haches de Guerre.

— Mon fils, tu ne devrais pas prier avec autant de ferveur. Sinon, on finira par croire que le Tranchant d'Acier est plus dévot que le frère-maître. Voilà qui serait fort mal venu…

Axis sourit et posa sa main droite sur celle du vieil homme.

— Je trouve un grand réconfort dans la prière, mon père, mais personne au monde ne sert Artor plus fidèlement que toi.

Quand Jayme eut aidé Axis à se relever, ils s'étreignirent avec une sincère chaleur. Puis le vieil homme effleura le front du guerrier – une bénédiction rituelle.

— J'aurais au moins réussi à impressionner quelqu'un, plaisanta-t-il. Mon fils, on m'a fait apporter des fruits, du pain et du lait frais bien chaud. Allons prendre un bon petit déjeuner.

Jayme avait disposé ces merveilles sur une table, près d'une fenêtre qui dominait les rues sinueuses de Carlon, au pied du palais.

Le soleil pointait à l'horizon. Malgré les bancs de nuages qui dérivaient dans le ciel, ses premiers rayons se reflétaient déjà sur les toits de la capitale. Un moment, Jayme contempla la vue, fasciné par les multitudes d'étendards et de bannières qui flottaient au vent. Ayant perdu leurs feuilles depuis des semaines, tous les arbres fruitiers de la cité tendaient vers le ciel des branches nues semblables à des bras squelettiques.

À la lumière du jour, Jayme paraissait vieilli et fatigué. Axis, lui, se demanda s'il avait l'air aussi hagard qu'il se sentait.

Dès qu'ils se furent assis, le frère-maître entra dans le vif du sujet :

— Tu es sans doute au courant de ce qui se passe dans le Nord ?

— J'ai entendu des rumeurs...

— Je redoute, mon fils, qu'elles soient tristement exactes. Gilbert et Moryson te communiqueront plus tard les données militaires, et nous devons encore découvrir ce que sait Priam. Mais laisse-moi te livrer les informations que je détiens.

Pendant vingt minutes, Axis écouta en prenant son petit déjeuner. Mais son appétit l'abandonna très vite...

— Tranchant d'Acier, conclut Jayme, tes hommes sont-ils de taille à combattre des Spectres qui ont massacré l'élite de l'armée régulière ?

Axis posa le morceau de pain qu'il n'avait plus envie de mordre depuis un moment. Les nouvelles étaient abominablement mauvaises. Le seigneur Magariz comptait parmi les meilleurs officiers du royaume et ses soldats valaient presque les Haches de Guerre. Pour qu'il ait perdu tant de guerriers, il fallait que la situation soit gravissime.

— Peut-on espérer que ces événements ne se reproduisent pas, mon père ?

— Les Proscrits, ou je ne sais quels autres monstres, se sont mis en route pour le Sud. L'hiver dernier...

— ... Ils ont tâté le terrain, acheva Axis à la place du vieil homme. Et maintenant, ils risquent de venir en force.

— C'est ce que je pense, oui... Priam et Borneheld aussi, à mon avis. Ces dernières semaines, ils étaient excités comme des puces. Pendant l'été, le duc est allé à Gorken pour évaluer la menace. En ce moment, il expédie au nord des régiments d'infanterie et de cavalerie. Depuis dix jours, tous les bateaux commerciaux, sur le fleuve Nordra, transportent des hommes, du matériel militaire et du grain.

Selon les frères de Gorken, le moral est au plus bas dans leur région. Et il n'est guère plus reluisant à Carlon. Les beuveries en l'honneur de Priam, hier soir, manquaient étrangement de conviction. Les hommes sont rentrés auprès de leurs épouses au lieu de profiter des… hum… occasions qui s'offraient à eux. Ces dernières semaines, dans la capitale et les districts environnants, nous avons célébré beaucoup plus de mariages que d'habitude. Les soldats en partance pour le Nord tiennent à mettre leurs affaires en ordre, au cas où ils ne reviendraient pas.

— Priam et Borneheld nous demanderont-ils de l'aide ?

— Si les Proscrits menacent Achar, ils y seront obligés. Axis, je suis ravi que tu sois revenu si vite. Ces prochains mois, nous aurons plus besoin de toi que jamais.

Les deux hommes se regardèrent un long moment en silence. Puis ils contemplèrent de nouveau la ville.

Axis s'était étonné que Jayme veuille manger près de la fenêtre alors qu'un bon feu brûlait dans la cheminée. À présent, il comprenait. Son protecteur tenait à ce qu'il voie le ciel. De pareils nuages de neige n'auraient jamais dû être là au mois de FeuilleMorte. Ils avaient huit semaines d'avance !

6

DANS LA SALLE D'AUDIENCE PRIVÉE DU ROI

Priam avait convoqué Jayme et Axis dans sa salle d'audience privée, à 10 heures précises. Moryson les accompagnait afin de conseiller le frère-maître et de renforcer la délégation de l'ordre du Sénéchal.

La salle « privée », la plus grande du palais à part le hall des Lunes, était éclairée par d'étroites fenêtres placées très haut dans les murs. Remarquablement sobre, elle comportait, en guise d'ornement, les armoiries des neuf provinces principales d'Achar. Au centre trônait une énorme table ronde. Selon la légende, elle avait été coupée d'un seul tenant dans le tronc du chêne géant qui se dressait sur l'emplacement du palais, des siècles avant son érection.

Dès qu'ils entrèrent, les trois hommes sentirent la tension des cinq seigneurs qui siégeaient déjà à la table : le roi Priam, Borneheld, le comte Isend de Skarabost, le duc Roland d'Aldeni et le comte Jorge d'Avonsdale. Gautier, le second de Borneheld, se tenait derrière le fauteuil de son maître. Nevelon, le bras droit de Roland, veillait de la même manière sur le sien.

Il n'y avait personne d'autre. Un détail surprenant : d'habitude, Priam exigeait au moins la présence d'un greffier chargé de consigner par écrit les débats et les décisions du

Conseil. Cela dit, il ne s'agissait pas d'une séance plénière, où auraient dû assister les neuf seigneurs provinciaux et leurs assistants.

Axis et Jayme ne furent pas dupes un instant.

Borneheld était le duc d'Ichtar et le Seigneur de Guerre d'Achar. Le comte Isend – un homme à la sombre beauté, mais un rien trop maniéré – et Roland le Marcheur dirigeaient les deux provinces jouxtant Ichtar. Le comte Jorge, un vétéran blanchi sous le harnais, était une mine d'or en matière d'expérience militaire.

Un conseil de guerre, voilà de quoi il s'agissait ! Le roi avait convié les plus grands officiers du royaume et les seigneurs les plus directement concernés par un assaut sur Ichtar.

Isend et Roland parurent soulagés de voir entrer les représentants du Sénéchal. Leur arrivée brisait-elle un silence inconfortable ? Cela semblait probable…

Borneheld ne cacha pas que la présence d'Axis le mettait hors de lui. Jorge bouillait d'impatience et Priam semblait hébété comme si des cauchemars hantaient également ses nuits.

Le roi désigna deux chaises au frère-maître et au Tranchant d'Acier. Moryson se posta quelques pas derrière son supérieur, prêt à se mêler à la conversation si on le lui demandait.

— Désolé de vous avoir fait attendre, Priam, dit Jayme en inclinant brièvement la tête.

Chef spirituel d'Achar, le vieil homme se tenait pour l'égal du souverain. En conséquence, il sacrifiait rarement au protocole – un manque d'égards qui faisait souvent grincer des dents le roi.

— Est-il nécessaire que les laquais du frère-maître assistent à cette réunion ? lança rageusement Borneheld.

— Duc d'Ichtar, répondit Priam en passant une main sur

ses yeux rouges, le Tranchant d'Acier est ici à ma demande et je ne vois aucune objection à la présence de Moryson.

Axis aurait juré que le roi n'avait pas dormi, cette nuit. Le visage marqué, ses fameuses frisettes en bataille, il semblait s'être vêtu à la hâte, sans autre souci que dissimuler sa nudité. Bref, aucun rapport avec le faste qu'il affectionnait d'habitude. Et cela ne fit rien pour dissiper l'inquiétude du Tranchant d'Acier…

Priam prit une grande inspiration, s'adossa à son siège et baissa les yeux sur ses mains, croisées devant lui.

— Entrons dans le vif du sujet et ne gaspillons pas notre salive, dit-il. Nous sommes tous informés des troubles qui ont eu lieu au nord d'Ichtar, et nous savons que des villageois de Smyrton disent avoir vu des Proscrits. L'hiver dernier, le seigneur Magariz a perdu près de quatre-vingt-dix hommes aux alentours de Gorken. Les chasseurs de Ravensbund ont également été touchés, au point que des milliers d'entre eux se sont réfugiés en Ichtar. Quoi que l'on pense de ces gens…

— Des barbares bouffeurs de charogne…, marmonna Jorge.

— … nous savons que ce ne sont pas des lâches, continua Priam, ignorant l'interruption. Mais ces derniers mois, les patrouilles ont subi moins d'attaques, n'est-ce pas, Borneheld ?

— Pendant l'été, Magariz n'a perdu que trois hommes. Cela dit, de plus en plus de chasseurs traversent le col de Gorken pour se réfugier dans ma province. Au nord, le climat devient inhabituellement rude. J'ignore s'il y a un rapport entre ces deux événements.

— L'hiver approche, dit simplement Axis.

Il leva les yeux de la table, cessant de suivre du bout de l'index les nœuds qui couraient dans le bois.

Borneheld foudroya son demi-frère du regard.

— Duc d'Ichtar, reprit Priam d'une voix plus ferme, tu reviens de Gorken. Aurais-tu l'obligeance de nous faire un rapport sur ce qui s'y passe ?

Avant de répondre, Borneheld regarda tous les participants au conseil de guerre – sauf Axis, et ce n'était pas un hasard.

— On n'a jamais rien vu de semblable. Un ennemi sans substance qui se nourrit de l'hiver et signale sa présence avec un murmure porté par le vent… Ces créatures se jouent des épées et n'ont aucun respect pour la bravoure de nos soldats. Elles refusent de tuer proprement. Acharnées à infliger autant de douleur que possible à leurs victimes, elles les harcèlent pendant des heures, les regardant se vider lentement de leur sang. Les chasseurs disent que ces monstres se nourrissent autant de la peur que de la chair de leurs proies. Quelle menace affrontons-nous ? Pour être franc, je n'en sais rien. Mais j'ai une certitude : si braves, compétents et déterminés que fussent ceux qui les ont combattus, aucun n'a réussi à tuer un seul de ces adversaires. S'ils attaquent un jour en force, puisse Artor veiller sur nous !

— Borneheld, dit le comte Isend, je sais que tu envoies des renforts à Gorken.

— Je m'attends à une attaque dès les premières neiges, c'est vrai…

Accablé, Priam appuya son visage sur ses mains croisées. Axis le regarda, très inquiet. Mais le souverain releva vite la tête, les yeux plus voilés que jamais.

— Jayme, tu crois que ce sont les Proscrits ? demanda-t-il.

Pour la première fois de sa vie, Axis vit le frère-maître chercher péniblement ses mots.

— À ma courte honte, Priam, j'ignore quoi répondre. Voilà presque mille ans qu'ils sont confinés au-delà de la chaîne de la Forteresse, dans les Éperons de Glace. Nous ne savons plus rien d'eux, et les textes que nous possédons sont incompréhensibles. Mais si le Conseil exige mon opinion, sachez que je redoute, au plus profond de mon âme, qu'il s'agisse bien d'eux. Qui d'autre pourrait nous attaquer ?

—Achar et *Ichtar* sont en danger, rugit Borneheld en se levant à demi, et vous restez assis là à pleurnicher ! « Désolé, mais il y a trop longtemps, et je ne me souviens plus... » Frère-maître, à quoi sers-tu pendant que mes hommes crèvent dans la neige, les entrailles à l'air ? Les platitudes que tu débites sont-elles censées arrêter les Proscrits ? Crois-tu qu'ils ont perdu la mémoire, comme toi, et oublié qui ils traquent ?

Jayme tressaillit, mais il fit signe à Axis de ne pas se lever.

—Duc d'Ichtar, je suis aussi frustré que toi. Mais sois assuré que l'ordre et moi ferons notre possible pour t'aider.

À regret, Axis lui-même dut reconnaître que la réponse de Jayme était tragiquement inadéquate. Moryson fit mine d'avancer, comme s'il voulait prendre la défense de son supérieur, mais un regard glacial de Borneheld l'en dissuada.

—J'ai autre chose à vous dire, annonça Priam, une main levée. Veuillez m'écouter tant que j'ai le courage de parler...

Tous les regards se rivèrent sur le roi.

Décomposé, ce dernier continua à fixer le mur, en face de lui.

—À l'aube, j'ai reçu des nouvelles du fort de Gorken. Un message livré par un pigeon voyageur... (Priam se tourna vers Borneheld, qui ne dissimulait pas sa surprise.) Je sais, duc d'Ichtar, que cette lettre aurait dû t'être adressée. Mais son contenu est si atroce qu'on a préféré me la destiner...

Roland et Jorge échangèrent un bref coup d'œil. De mauvaises nouvelles étaient arrivées des heures plus tôt, et le roi ne les avait pas convoqués sur-le-champ ?

— Mes amis…, commença Priam.

Tous en eurent les sangs glacés. Le souverain ne les avait jamais appelés ainsi…

— Mes amis, il y a quatre jours, le fort et le cloître de Gorken ont subi l'assaut de créatures comme nul n'en avait jamais vu.

Borneheld et Jayme se penchèrent en avant, tendus à craquer.

— Le seigneur Magariz a été attaqué dans ses quartiers. Il a réussi à s'échapper, mais il est gravement blessé et plusieurs de ses gardes ont été taillés en pièces.

— Comment est-ce possible ? demanda Borneheld. Le fort de Gorken est imprenable. Personne n'a pu malmener Magariz, chez lui, sans qu'on ait d'abord donné l'alarme.

— Ce n'est pas tout…, souffla Priam.

Un frisson glacé courut le long de l'échine d'Axis.

— L'attaque du fort était un leurre, pour détourner l'attention de la garnison de la véritable cible : le cloître !

Jayme gémit, les mains fermées sur le bord de la table. Si ces créatures s'étaient infiltrées dans le fort, tellement bien défendu, quelles horreurs avaient-elles pu commettre dans le cloître ?

— Jayme, dit Priam, je suis navré de te l'apprendre, mais presque tous les frères ont péri. En fait, il n'y a que deux survivants… Un carnage…

Le roi se tut un moment, avant d'ajouter, blanc comme un linge :

— Ce n'est pas tout… Il semble que l'assaut des monstres ait eu deux objectifs. Le moins important était de détruire les archives et la bibliothèque du cloître. (Jayme posa la tête sur ses mains et gémit.) Le principal… le principal… (La voix du roi se brisant, le frère-maître releva vivement les yeux.) Les créatures se sont introduites dans la crypte… et elles ont volé le corps de ma sœur. Oui, le cadavre de Rivkah ! Ensuite, elles ont profané sa tombe avec leurs excréments et les entrailles des frères qu'elles venaient de massacrer.

À l'exception de ceux de Priam et de Borneheld, tous les regards se tournèrent vers le Tranchant d'Acier. Car Rivkah avait été inhumée dans la crypte après lui avoir donné le jour…

Reprenant ses esprits, Jayme posa une main sur l'avant-bras d'Axis.

— Mon fils, je suis désolé…

Le destin de Rivkah étant tragiquement lié à son second fils, tout le monde semblait avoir oublié, pour l'heure, qu'elle était aussi la mère de Borneheld.

Le duc d'Ichtar se chargea de rafraîchir la mémoire de ses interlocuteurs. Il se leva d'un bond, renversant sa chaise, et porta d'instinct la main à son épée… qu'il avait laissée dans l'antichambre, comme l'exigeait le protocole.

— Ils ont volé ma mère ! cria-t-il, les yeux fous.

Comme si une épée venait de lui transpercer l'âme, Axis sombra un instant dans le cloaque obscur où un démon prétendait être son père. Le regard vide, insensible à la réaction de Borneheld, il resta un long moment immobile, puis tourna enfin la tête vers Jayme et posa une main sur celle du vieil homme, qui lui serrait toujours le bras.

— Ça va…, murmura-t-il.

Le bras droit toujours en l'air, le duc d'Ichtar fit un pas vers son demi-frère.

— Ça va ! répéta-t-il, empourpré jusqu'aux oreilles. C'est tout ce que tu trouves à dire, alors que des démons ont volé le corps de ma mère ? C'est ainsi que tu réagis ?

Il avança encore.

— Voilà le commentaire du bâtard qui l'a poussée au

tombeau ! Du chien responsable de sa mort !

Borneheld plongea en avant, saisit Axis à la gorge et le fit basculer sur le sol.

Alors que tous se levaient, Jorge et Gautier ceinturèrent le duc et Nevelon se chargea d'empêcher Axis de se jeter sur lui.

Les deux hommes étaient en piètre état. Moins lourd et moins musclé, le Tranchant d'Acier semblait un rien plus amoché que le duc. Il se reprit pourtant très vite. Se dégageant de l'étreinte de Nevelon, il épousseta sa tunique et, d'un revers de la main, essuya le sang qui coulait aux coins de sa bouche.

Il regarda Borneheld, dont une arcade sourcilière avait éclaté.

— Rivkah aimait et respectait assez mon père pour refuser de le trahir, dit Axis d'un ton égal, mais en défiant le duc du regard. Le tien ne pourrait pas en dire autant…

Cette provocation eut l'effet escompté sur Borneheld. Fou de rage, il tenta d'écarter Jorge et Gautier…

… Et se trouva soudain face au gros Roland, décidé à mettre un terme aux hostilités.

— Au nom d'Artor, cria-t-il, toute sa graisse tressautant d'indignation, les menaces venues du Nord ne vous suffisent pas ? Comment les repousser, si nos guerriers s'entretuent ? (Avec une vivacité étonnante pour un obèse, il gifla Borneheld, lui faisant éclater une lèvre.) Est-ce ainsi qu'un Seigneur de Guerre se comporte sur le champ de bataille ? Si tu perds ton sang-froid dans une salle de Conseil, quelles bêtises feras-tu quand un ennemi t'accablera de lazzis ?

Roland dévisagea le duc d'Ichtar, qui finit par baisser les yeux et cessa de se débattre contre la poigne de Jorge et de Gautier. Alors, l'énorme Marcheur se tourna vers Axis.

— Tranchant d'Acier, les perfidies de ce genre sont

réservées aux boudoirs des femmes ! (Axis se redressa de toute sa taille, le regard brûlant de défi.) Si tu comptes évoluer à ce niveau de bassesse, nous finirons par t'y envoyer !

Axis se raidit mais il tint sa langue.

— L'incident est clos, dit Roland en reculant un peu pour embrasser les deux hommes du regard. Je ne m'attendais pas à voir des officiers supérieurs se comporter ainsi. Devant vos soldats, j'ose espérer que vous gardez la tête un peu plus froide.

Après un court silence, Priam s'approcha de Roland.

— Des nouvelles pareilles ont de quoi rendre fou n'importe qui, dit-il. Mais le duc d'Aldeni a raison, et je me réjouis que quelqu'un, dans cette pièce, ait conservé son bon sens. De pires épreuves nous attendent, mes amis, j'en ai la certitude. Si vous le voulez bien, décidons aujourd'hui de les affronter en restant unis quoi qu'il arrive. À présent, je propose que nous nous rasseyions.

Personne ne bronchant, Moryson osa avancer d'un pas.

— Sire, puis-je parler ?

Le roi hocha la tête.

— Avons-nous des témoignages directs sur les créatures qui ont attaqué le fort et le cloître ?

— Oui. Ceux des deux frères survivants et des gardes qui se sont précipités au secours de Magariz. Le seigneur était aux prises avec des monstres comme on n'en a jamais vu. Trois de leurs semblables ont dévasté le cloître.

— Et à quoi ressemblent ces monstres ? demanda Roland, pour une fois plus verdâtre que rubicond.

— Ils sont aussi gros que les Spectres, et beaucoup plus… substantiels… De forme humaine, mais d'une taille bien supérieure, ils semblent être composés de vieux ossements tenus ensemble par une gelée jaunâtre et quelques lambeaux de chair. En guise de tête, ils arborent un étrange crâne d'animal à cornes. Leurs yeux sont des orbes d'argent, et un bec leur tient lieu de bouche. Enfin, ils ont d'énormes pattes griffues et des ailes à la pointe garnie de serres… Ah, j'allais oublier : de curieuses touffes de fourrure blanche couvrent par endroits leur corps. Enfin, il y en avait deux dans les quartiers de Magariz, et trois dans le cloître.

— C'est terrible, marmonna Isend, ses yeux sombres volant tour à tour sur ses compagnons.

— Mais que voulaient-ils, Sire ? demanda Axis. (Il pesa soigneusement ses mots, conscient d'aborder un sujet délicat.) Cherchaient-ils vraiment à s'approprier le cadavre, ou est-ce arrivé par hasard ?

Une lueur proche de la folie dans les yeux, Priam secoua la tête.

— Les deux survivants sont formels : pendant qu'ils massacraient les frères, les monstres marmonnaient le nom de Rivkah. Après avoir volé le corps, ils sont retournés dans le scriptorium, où ils ont détruit les livres et les archives.

Jayme et Moryson échangèrent un bref regard.

— Ces survivants les ont vus emporter la dépouille ? demanda le frère-maître.

— Non. Pour échapper à la mort, ils se sont cachés dans une armoire. Ils ont entendu les monstres descendre dans la crypte, puis revenir vers le scriptorium. Après avoir tout détruit, ils se sont repus des cadavres. Le silence revenu, les deux frères ont attendu une heure avant de sortir de leur refuge. C'est là qu'ils ont découvert le carnage.

— Pourquoi ces horreurs ? souffla Borneheld. Pourquoi ?

Personne ne connaissait la réponse. Accablé par son impuissance, Priam écarta les mains et Jayme, plus blême qu'un mort, appuya la tête sur son poing droit tremblant. Jorge le regarda un moment, puis il se pencha en avant et parla, d'abord à voix basse, puis d'un ton de plus en plus coléreux.

— Messires, je suis consterné par vos réactions. Et tant pis si vous le prenez mal ! À mon âge, un homme se fiche de froisser la susceptibilité des puissants. Vous osez appeler ça un conseil de guerre ? Vous ressemblez à une bande de pucelles acculées dans un coin sombre par un violeur. Devons-nous fuir en criant, se demandent-elles, ou sourire et relever nos robes pour lui faciliter la tâche ?

Ses sourcils gris frémissant d'indignation, le vétéran dévisagea tour à tour les pairs du royaume et leur souverain.

— La vraie tragédie, messires, aurait été que Magariz soit tué ou capturé. Pour l'heure, le destin d'Achar est entre ses mains. Tant qu'il n'aura pas été relevé, c'est lui et personne d'autre qui pourra repousser ces créatures.

Jorge se pencha sur la table, l'air menaçant.

— Je sais que Rivkah était la sœur de l'un d'entre vous et la mère de deux autres. Et j'ai conscience que la mort de tant de frères est un drame pour l'ordre du Sénéchal. Mais le royaume est confronté à une menace mortelle ! L'heure n'est pas à gémir sur un cadavre froid depuis près de trente ans. Unissez vos efforts, que diantre ! Comportez-vous comme les maîtres d'un royaume que vous prétendez être !

Jorge se radossa à son siège et défia l'assemblée du regard. Le comportement de Priam le révulsait. Le roi devait être l'âme de la nation, lui donnant la force et le courage dont elle avait besoin. Mais il était resté assis comme une larve, à pleurnicher sur la disparition d'une vieille dépouille. Quant à Borneheld…

Jorge n'avait jamais été convaincu par la nomination au poste de Seigneur de Guerre d'un homme sans véritable expérience du combat. Son comportement, aujourd'hui, confortait ses doutes.

Le vieux noble regarda Axis, qui s'était adossé à son siège, les yeux mi-clos.

— Tranchant d'Acier, demanda-t-il, quel est le danger, selon toi ?

Voyons de quel bois il est fait, celui-là ! pensa le vétéran.

— Vous l'avez très bien défini, répondit Axis. Achar risque d'être envahi par des créatures dont nous ne savons rien, et qui menacent de submerger le fort de Gorken censé nous défendre. D'une certaine façon, elles y sont déjà parvenues.

— Oui, dit Jorge, et je crois que…

— Pire encore, continua Axis, sans se laisser couper la parole, je crois que Gorken n'est pas le seul foyer d'incendie. L'exode massif des chasseurs de Ravensbund le laisse penser. Et les rapports venus de Smyrton, au sujet d'êtres qui émergent de la vallée des Proscrits, militent dans ce sens. Imaginez que les créatures qui poussent les chasseurs vers le Nord tentent aussi d'expulser de chez eux les habitants d'OmbreGarde ?

Jorge approuva du chef cette analyse.

— Axis, demanda Jayme d'une voix blanche, les Proscrits d'Ombre-Garde et ceux des Éperons de Glace ne sont-ils pas les mêmes ? Tu penses qu'ils se battent entre eux ?

— Ou avons-nous affaire à d'autres ennemis ? suggéra Roland. Plus étranges, puissants et effrayants que les Proscrits ?

— Par l'enfer, nous n'en savons rien ! rugit Jorge, aussi furieux contre lui-même que contre ses compagnons. Sans connaître nos adversaires, quelle décision prendre ?

Borneheld tapa du poing sur la table, s'attirant aussitôt l'attention de tous. Son éclat oublié, il semblait calme et déterminé.

— Nous agirons, et vite ! (Il jeta un regard noir à Axis.) Il faudra plus que quelques rapports pour me persuader que le danger vient aussi d'OmbreGarde. Mais nous savons que Gorken est menacé. Si ces créatures veulent traverser

Ichtar pour déferler sur Achar, elles devront traverser le col de Gorken. Ensuite, il leur faudra submerger le fort. Le comte Jorge a parlé sagement. Mais les pucelles ne fuiront pas en criant et elles ne relèveront pas leurs robes. Nous nous battrons, et cet hiver, le fort de Gorken sera le point stratégique vital. J'y ai déjà envoyé des renforts, mais ils ne suffiront pas. En quelques jours, si vous m'y autorisez, je peux organiser le départ de sept mille hommes supplémentaires. La plupart prendront le chemin le plus rapide : par bateau, d'abord sur la mer d'Andeis, puis en remontant le fleuve Andakilsa.

— En automne, la navigation en haute mer peut être dangereuse, rappela Priam.

— Tu voudrais que mes hommes remontent à la rame le fleuve Nordra, puis traversent à pied les plaines d'Ichtar ? Après six semaines de voyage, ils arriveraient à Gorken trop épuisés pour se battre. Il faut agir vite, se déplacer aussi rapidement que possible et garder les soldats en état de lutter quand ils seront sur place. Si je réquisitionne tous les navires disponibles à Nordmuth, je serai à Gorken trois semaines après avoir quitté Carlon. Mais il faudra une dizaine de jours pour rassembler les régiments et mettre sur pied la logistique. (Borneheld réfléchit quelques instants.) Le gros des forces, que je dirigerai en personne, sera prêt à combattre vers la moitié du mois de l'Os. Ou à la fin, si nous rencontrons des difficultés imprévues. Les autres soldats passeront par le fleuve Nordra et arriveront au milieu du mois du Gel. Ou au début de celui de la Neige, en mettant les choses au pire. Messires, je suis prêt à passer à l'action.

Axis se redressa sur son siège et regarda froidement son demi-frère.

— Les Haches de Guerre n'attendent qu'un ordre pour défendre Achar.

Pas question de laisser penser que Borneheld était le seul à commander une force apte à affronter la menace venue du Nord !

Le duc voulut répliquer, mais Jayme leva une main pour l'en empêcher.

— Tranchant d'Acier, nous aurons besoin de toi ailleurs. J'ai honte de ne pas pouvoir fournir au roi et à son Seigneur de Guerre les informations indispensables pour mieux combattre nos adversaires. Mais je sais où les trouver…

Il se tourna vers Moryson, qui acquiesça.

— La citadelle de la Muette…

Les autres membres du Conseil échangèrent des regards inquiets. Depuis quarante générations, très peu d'hommes, et aucun qui fût présent dans cette salle, ne s'étaient aventurés dans la citadelle qui se dressait au cœur de l'ultime forêt d'Achar, appelée le bois de la Muette. Bien qu'il jugeât les forêts maléfiques, l'ordre, murmurait-on, avait épargné celle-là pour préserver le secret de la citadelle.

Fort peu d'Acharites se risquaient à s'approcher de ce bois – y compris à plusieurs lieues. Et pas un n'aurait osé manifester de la curiosité au sujet du petit groupe de frères qui montaient la garde dans l'édifice lui-même.

— Tranchant d'Acier, dit Jayme, je propose que tes hommes soutiennent ceux du Seigneur de Guerre. Mais pour le rejoindre, ils devront faire un grand détour. À leur tête, tu voyageras jusqu'à la citadelle, où nos frères veillent sur des archives qui remontent au temps lointain de la Guerre de la Hache. Quand tu en auras appris plus sur les Proscrits, gagne Smyrton en passant par Arcness et Skarabost. (Le frère-maître se tourna vers Priam et Borneheld.) Lorsqu'Axis aura évalué le danger, à Smyrton, il y laissera une partie de ses hommes et partira pour Gorken. Si la menace est aussi grave qu'elle semble l'être, le duc d'Ichtar aura un besoin vital d'informations et de soutien.

Borneheld voulut répliquer, mais Priam le devança.

— Un plan subtil, Jayme. Nous devons en savoir davantage sur ces monstres.

Jorge acquiesça de nouveau. « Subtil » était l'adjectif approprié. En procédant ainsi, Borneheld et Axis seraient séparés jusqu'au début probable des combats. Et les Haches de Guerre, même avec leur détour, arriveraient à Gorken au début de l'hiver. Soit le moment où les monstres, s'ils restaient fidèles à leurs habitudes, lanceraient un assaut massif. Si Artor le voulait, le Tranchant d'Acier aurait glané des informations précieuses sur leurs adversaires. Et avec un peu de chance, face à l'ennemi, les deux chefs oublieraient leur querelle privée.

— Sire, mes forces suffiront à..., commença le duc d'Ichtar, visiblement mécontent.

— Bien entendu, Seigneur de Guerre, coupa Jayme, à Gorken, le Tranchant d'Acier et ses soldats seront sous ton commandement.

Le visage du duc s'éclaira.

— Oui, voilà une bonne solution... À n'en pas douter, je trouverai une utilité à tes hommes, Tranchant d'Acier. Et à toi aussi, bien sûr...

Incrédule et furieux, Axis se tourna vers son protecteur.

— Frère-maître, je..., dit-il en serrant dans son poing le mouchoir qui lui avait servi à essuyer ses lèvres.

— Nous avons beaucoup à nous dire en privé, lâcha Jayme. (Il prit le bras du guerrier et le serra très fort, en guise d'avertissement.) En attendant, restons-en là.

Axis se radossa à son siège sous le regard triomphant de Borneheld.

Que ce crétin jubile autant qu'il voudrait ! Plutôt brûler dans une fosse de l'Après-Vie que de le voir un jour commander les Haches de Guerre !

— Eh bien, dit Priam, soulagé que des décisions soient

prises, la machine est lancée. Roland et Jorge, puis-je compter sur vous pour soutenir Borneheld ? Il aura besoin de troupes, de vivres… et de conseils avisés. (Les deux hommes hochèrent la tête.) Parfait. Messires, je propose de mettre un terme à cette réunion. Nous avons du pain sur la planche, et le temps presse. Sillon large, sillon profond ! Puisse Artor nous guider tout au long de l'épreuve qui nous attend.

Alors que tous sortaient, le comte Isend s'approcha de Borneheld et le prit par le coude.

— Duc, puis-je te parler en privé ?

Borneheld se dégagea et accéléra le pas. Il ne portait pas ce gandin dans son cœur…

Le comte dut courir pour ne pas se laisser distancer.

— Duc, c'est au sujet de ma fille, Faraday…

Borneheld s'arrêta net et se retourna, une lueur d'intérêt dans le regard. La veille, dans le hall des Lunes, quand son père l'avait officiellement présentée à Priam, il avait remarqué la jeune femme. Comme tous les autres invités, célibataires ou non…

7

Dans les appartements du frère-maître

Axis récupéra sa hache dans l'antichambre. Puis il suivit Jayme et Moryson, sa fureur contre le frère-maître augmentant à chaque pas. Après des centaines d'années de tradition, comment un chef du Sénéchal pouvait-il confier à un officier séculier le commandement des Haches de Guerre ? Et à Borneheld, qui plus est !

Rageur, le Tranchant d'Acier glissa l'arme dans son ceinturon. Presque toujours d'accord avec Jayme, il n'avait jamais explosé de colère devant lui. Mais cette décision était désastreuse, et il entendait le lui dire, frère-maître ou non !

En trombe, il dépassa Isend et Borneheld qui tenaient une messe basse dans le couloir. À coup sûr, le comte, un gandin empoudré, n'offrait pas ses services de guerrier au duc d'Ichtar. En guise d'armes, ce pantin n'avait jamais rien arboré de plus qu'un couteau à fruit pendu par une chaînette d'argent à son ceinturon incrusté d'éclats de gemmes…

Axis s'engagea dans un couloir latéral, derrière Jayme et Moryson, qui débattaient de l'opportunité d'adjoindre Gilbert à l'expédition vers la citadelle de la Muette. Se fichant de qui l'accompagnerait, le Tranchant d'Acier n'avait qu'une idée en tête : ne pas perdre le commandement de ses hommes.

Le gros chat blanc qu'il avait remarqué un peu plus tôt, avant le petit déjeuner, le suivait à présent comme son ombre. Quand il ferma la porte des appartements de Jayme, le félin se glissa entre ses jambes et il manqua lui coincer la queue.

Le frère-maître et son conseiller se tournèrent vers Axis.

— Mon père, à Gorken ou ailleurs, je ne livrerai pas mes hommes à Borneheld !

— Axis ! grogna Jayme en avançant d'un pas.

Emporté par la colère, le guerrier osa couper la parole à son protecteur :

— Es-tu devenu fou ? As-tu simplement idée de ce que tu viens de faire ? Dès cet après-midi, tu annonceras à Borneheld que les Haches de Guerre resteront sous mes ordres !

Rouge de fureur, Jayme s'immobilisa devant Axis.

— N'oublie pas à qui tu parles, Tranchant d'Acier ! Tu n'as pas à contester les ordres du frère-maître. Et aucun droit de lui en donner !

Axis bomba le torse, les poings plaqués sur les hanches, et défia le vieil homme du regard. Moryson s'approcha, prêt à intervenir.

— Je n'ai pas servi toute ma vie dans les Haches de Guerre pour voir un ignare les commander ! Ces cinq dernières années, j'ai fait de mes hommes les meilleurs combattants qu'Achar ait connus. Et tu prétends galvauder ainsi leurs talents ? (Hors de lui, Axis n'hésita pas à insulter le frère-maître.) Es-tu encore conscient de tes actes, vieillard ? Ou serais-tu décati et gâteux ?

Les narines de Jayme frémirent d'indignation.

— Donne-moi une bonne raison de laisser Borneheld commander les Haches de Guerre, si tu en es capable !

Le Tranchant d'Acier se tut un instant et tenta de se calmer.

— Oui, donne-moi une bonne raison, répéta-t-il d'une voix un peu moins agressive.

Jayme le regarda un moment, lui aussi résolu à baisser d'un ton.

— Parce qu'Achar doit être uni face au danger, Tranchant d'Acier, répondit-il enfin. Au fort de Gorken, il devra y avoir une seule armée, sous les ordres d'un unique chef. C'est ainsi que l'ordre du Sénéchal et la monarchie ont vaincu les Proscrits, il y a mille ans. Et c'est comme ça que nous triompherons. Tu comprends ce que je dis ? Il n'est pas question de sacrifier Achar pour ménager ton foutu orgueil !

Axis continua à dévisager le vieil homme, ses poings s'ouvrant et se fermant alternativement sur ses hanches.

— Je comprends, frère-maître, et je peux tenter d'accepter ton raisonnement. Mais n'imagine pas, pour autant, que je l'approuve...

Moryson espéra que Jayme en resterait là, car il doutait qu'Axis fasse plus de concessions. Sans la vieille affection qui unissait les deux hommes, il ne serait même pas allé si loin. Car le Tranchant d'Acier n'aurait plié devant personne d'autre...

Il doit tenir sa fierté de son père, pensa le premier assistant.

— Il me suffira que tu jures d'obéir, Tranchant d'Acier, dit Jayme, ses yeux hypnotiques engluant peu à peu son protégé dans un piège subtil.

— Je le jure..., souffla Axis.

Sans raison apparente, le chat se hérissa et souffla en direction du vieil homme. L'incident fit baisser d'un coup la tension qui régnait dans la salle.

— Au moins, plaisanta Jayme, tu as un allié dans cette pièce.

Axis se pencha, ramassa l'animal et lui caressa le dos. Apaisé, le félin cligna des yeux, ronronna et lui donna de petits coups de museau dans la paume.

Brisant un silence gêné, Moryson s'éclaircit la voix.

— Si nous parlions un peu de ton voyage, Axis ?

Sur un geste de Jayme, les trois hommes allèrent s'asseoir autour de la cheminée.

— Le responsable des archives de la citadelle se nomme Ogden, dit Moryson. Ce frère vit là-bas depuis des années, et il est le mieux informé de sa congrégation. Je le connais bien, Axis. Fiable et dévoué à son devoir, il fera tout pour t'aider.

— Le bougre est presque aussi fier et indomptable que toi, mon fils, souffla Jayme. Dès aujourd'hui, je lui enverrai un messager pour le prévenir de ton arrivée.

— Gilbert t'accompagnera, annonça Moryson. Quand tu partiras pour Smyrton, il reviendra nous communiquer les informations qu'Ogden et toi aurez découvertes.

Le plan se tenait. Cerise sur le gâteau, Jayme et Moryson n'auraient pas Gilbert dans les pattes pendant quelques semaines.

Les yeux fermés, Axis savoura la chaleur du feu sur son visage. Sans cesser de caresser le chat, il s'autorisa un moment de réflexion.

Moryson et son supérieur échangèrent des regards surpris.

— Quand seras-tu prêt au départ, Tranchant d'Acier ? demanda enfin Jayme. Et combien de temps te faudra-t-il pour atteindre la citadelle, puis Smyrton ?

Axis médita encore un peu avant de daigner ouvrir les yeux.

— Combien d'hommes devrai-je emmener ?

— Presque tous… La présence d'une force symbolique à la tour du Sénéchal suffira amplement. Prends sept cohortes sur les huit dont tu disposes. Selon ce que tu trouveras à Smyrton, il faudra peut-être y laisser plusieurs unités. Les autres t'accompagneront à Gorken.

— Les six cohortes que j'ai ramenées de Coroleas seront ici demain. Après une semaine de voyage, les hommes et les bêtes auront besoin de repos. J'en profiterai pour organiser la logistique et l'intendance. Nous partirons dans cinq ou six jours. Quinze suffiront pour atteindre la citadelle. Quant à gagner Smyrton… (Axis se livra à un rapide calcul mental.) Je dirai que ça prendra un mois, si nous passons par Arcen et traversons le fleuve Fougères.

— Et de Smyrton à Gorken ?

— Ce sera plus lent et plus difficile… S'il y a vraiment de la glace au sommet des collines d'Urqhart, nous souffrirons beaucoup, surtout avec cet hiver précoce… (Assis face à la fenêtre, Jayme et Moryson regardèrent sombrement les nuages gorgés de neige.) Il faut compter une vingtaine de jours, je crois. Sans mauvaises surprises et si je ne dois pas rester trop longtemps à Smyrton, nous atteindrons le fort de Gorken entre le début et le milieu du mois de la Neige.

— Ça me paraît bien tard, dit Jayme, inquiet. L'hiver risque d'arriver avant toi.

— En suivant cette route et avec autant d'hommes, je ne pourrai pas faire mieux.

— Et s'il envoyait une ou deux cohortes directement à Gorken, via le fleuve Nordra ? proposa Moryson. Elles seraient à destination des semaines avant les autres.

— Les Haches de Guerre ne se séparent pas de leur chef, dit Axis.

Le frère-maître pesa le pour et le contre.

— Je peux te concéder cela, Tranchant d'Acier. Borneheld aura assez de soldats, sans parler du soutien de Jorge et de Roland… Que tes sept cohortes te suivent, Axis !

— Merci, frère-maître. À présent, si vous voulez bien m'excuser, messires, j'ai une expédition à préparer.

Jayme fit signe au guerrier qu'il pouvait partir. Puis, de la main droite, il le gratifia d'une rapide bénédiction.

— Sillon large, sillon profond, Tranchant d'Acier !

— Sillon large, sillon profond, frère-maître ! répondit Axis en se levant.

Le chat sauta de ses genoux et vint se lover devant la cheminée.

Le poing plaqué au-dessus des deux haches d'or, le chef des Haches de Guerre salua les deux hommes et sortit.

— Ce n'était pas simple…, soupira Moryson quand Axis eut refermé la porte derrière lui.

— Pas simple du tout…

— On peut se fier à lui ?

— Oui. Il détestera renoncer à son commandement, mais il finira par s'y résoudre. Le royaume s'indignerait que nos soldats ne participent pas à sa défense. Et les rumeurs iraient bon train s'ils partaient en campagne sans leur chef.

— Que découvrira-t-il, Jayme ?

Le frère-maître s'agita sur sa chaise. Cessant de se lustrer le poil, le chat braqua ses yeux brillants sur lui.

— Rien, j'espère… Avec un peu de chance, sa haine de Borneheld et la menace d'invasion l'occuperont assez. Moryson…

— Je sais, mon vieil ami… Les nouvelles de Priam m'ont troublé autant que toi. Pourquoi ces monstres ont-ils emporté le corps de Rivkah ?

Les yeux froids et calculateurs, Jayme dévisagea son assistant sans une once de sa bienveillance coutumière.

— Et que feront-ils quand ils verront que ce n'est pas le sien ?

Moryson sembla vieillir de dix ans en une seconde.

— Mon ami, je crois qu'ils le savent déjà. De fureur, ils ont ravagé le scriptorium…

— Et je les en félicite ! Ces archives ont enfin disparu, un « miracle » que je désirais depuis des années. J'espère que les deux frères survivants sont trop jeunes pour se souvenir d'événements vieux de trente ans.

Le chat arrêta de se nettoyer la queue et regarda de nouveau Jayme. Puis il roula sur le dos et s'attaqua avec enthousiasme à son ventre proéminent.

— Ma question n'a toujours pas de réponse, dit Moryson, de plus en plus tendu. Pourquoi ont-ils volé la dépouille ?

Jayme ne sut que dire.

Le chat s'étira, s'assit un moment et riva sur les deux hommes ses étranges yeux bleus. Puis il gagna lentement la porte et gratta pour qu'on le laisse sortir.

Moryson s'empressa d'accéder à ses désirs.

8

Les fiançailles de Faraday

Assise devant la fenêtre à plombures des appartements de son père, Faraday regardait une petite foule s'affairer dans la cour du palais. Depuis cinq jours, la résidence du roi et le reste de la cité grouillaient d'activité. Des fantassins, des archers, des piquiers et des cavaliers déboulaient, formaient leurs unités et se dispersaient de nouveau. Quatre jours plus tôt, six cohortes de Haches de Guerre étaient arrivées de Coroleas. Venue de la tour du Sénéchal, une septième les avait rejointes. Partout à Carlon, les soldats réguliers et ceux de l'ordre étaient cantonnés chez l'habitant, où ils attendaient la fin des préparatifs d'une grande campagne.

Dans le palais, tout le monde se marchait sur les pieds. Les cuisiniers protestaient, les officiers beuglaient des ordres, les chiens aboyaient, les servantes harcelées par des hordes de mâles détalaient à toutes jambes et les officiels, gonflés d'importance, couraient dans les couloirs avec des liasses de documents sous le bras.

Les nobles invités au palais pour l'anniversaire de Priam se réunissaient par petits groupes et murmuraient à longueur de journée.

Faraday avait passé le plus clair de son temps à regarder par la fenêtre. Dès qu'elle apercevait le Tranchant d'Acier, elle se penchait un peu plus, collait le front aux carreaux gelés et le regardait parler à ses officiers ou plaisanter avec ses hommes. Énervé par un incident – un harnais cassé ou un domestique trop lent – il lui arrivait de crier, et le son de sa voix venait mourir aux oreilles de la jeune femme.

Fidèle comme un chien, un gros chat blanc courait sans cesse dans ses jambes. Quand il finit par faire trébucher son maître, qui s'étala sur une meule de paille, Faraday, malgré ses tourments actuels, ne put s'empêcher d'éclater de rire. Axis lui-même sourit brièvement de sa mésaventure, et le félin, facétieux, sauta sur ses genoux pour lui donner de grands coups de tête sur le menton.

Alors que le crépuscule tombait, Faraday distinguait à peine son père, qui continuait à palabrer avec le Tranchant d'Acier. Le guerrier secouait obstinément la tête tandis que le comte ponctuait ses arguments de gestes nerveux. La scène durait depuis un quart d'heure, et Axis, à l'évidence, avait hâte d'en terminer. Mais Isend, connu pour ses capacités de persuasion, refusait de lâcher sa proie. Après quelques minutes supplémentaires de ce manège, Axis baissa les bras et accéda aux désirs de son interlocuteur, quels qu'ils puissent être.

Quand Borneheld entra dans la cour et s'approcha des deux hommes, son demi-frère tourna les talons et laissa les nobles en tête-à-tête.

Alors qu'ils conversaient dans la pénombre, le joli visage de Faraday perdit toutes ses couleurs. Et dire qu'elle était si contente, en arrivant à Carlon !

Depuis sa plus tendre enfance, elle rêvait de connaître la cour. Informée par ses parents qu'on l'avait invitée à l'anniversaire du roi, elle ne s'était plus tenue d'excitation – sans se départir de la sagesse et de la distinction qui convenaient à une dame. Les semaines passées à essayer des vêtements assez somptueux pour l'occasion l'avaient amusée. Pendant le voyage vers Carlon, elle avait vu des paysages et des gens dont elle n'imaginait même pas l'existence. Les bruits, les images, les tenues, les bijoux, la foule bigarrée qui grouillait dans la capitale… Tout l'avait émerveillée.

Trois jours plus tôt, le rêve s'était transformé en cauchemar – un retour sur terre brutal s'il en fut. Tout sourire, les yeux brillant de plaisir, son père était venu lui annoncer qu'elle serait bientôt mariée.

Faraday savait qu'elle devrait tôt ou tard en passer par là. Si ses parents l'avaient amenée à Carlon, c'était bien entendu pour la présenter aux jeunes nobles. Mais elle pensait, ou espérait, avoir encore un an ou deux devant elle. Hélas, la fièvre qui avait saisi le palais s'était communiquée à ses géniteurs. Apparemment, elle avait aussi attisé la ferveur de son futur époux…

Borneheld ! Elle serait bientôt la duchesse d'Ichtar… Une union idéale sous tous les aspects, il fallait l'admettre. Le duc était le noble le plus puissant du royaume et l'héritier présomptif de Priam. Merlion et Isend ronronnaient de bonheur.

Stupéfaite, Devera avait passé presque toute la matinée avec Faraday, qu'elle appelait désormais sa « chère amie ». Lassée d'entendre parler de chiffons, de domestiques et de bébés, la future duchesse avait fini par la ficher dehors. Vexée, Devera lui avait conseillé d'apprendre les bonnes manières, avant de devenir l'épouse de Borneheld.

Faraday se moquait de tout ça. Pour le bien de ses parents, elle se forçait à paraître enthousiaste. Au fond de son âme, elle se sentait vide et perdue.

Borneheld ne lui disait rien de bon. Cet homme était trop grand et trop arrogant, sans parler de ses manières brusques. La veille, ils avaient brièvement parlé de tout et de rien sous les yeux pleins de fierté de Merlion et d'Isend. Bien qu'elle s'efforçât de n'en rien faire, Faraday ne pouvait s'empêcher de comparer le duc à son demi-frère. Une conversation avec Axis, elle en était sûre, n'aurait pas été entrecoupée de silences gênés. Alors que le Tranchant d'Acier lui semblait un homme doux et subtil, le duc la frappait par sa brutalité et son impatience. À deux occasions, elle avait lancé une remarque pleine d'esprit qui lui était passée bien au-dessus de la tête.

Faraday frissonna et tenta de retenir ses larmes. La cérémonie des fiançailles aurait lieu le soir même. Que penserait-on si elle avait les yeux rouges et gonflés ?

On avait précipité le mouvement parce que le fiancé devait bientôt partir pour le Nord. L'encre du contrat prénuptial, qui précisait le montant légal de la dot et du douaire, était à peine sèche qu'on sautait à la suite. Quelques heures plus tôt, Merlion avait fait passer à sa fille une robe de soie qui lui dénudait les épaules et dévoilait ses seins à la limite de l'attentat à la pudeur. En compensation, ses longs cheveux, détachés, cascadaient dans son dos pour lui donner un air virginal.

Faraday s'avisa soudain que Borneheld et son père n'étaient plus dans la cour. Ils la rejoindraient bientôt, pensa-t-elle, la bouche atrocement sèche.

Elle se leva, et, les jambes flageolantes, se tourna vers la porte au moment où elle s'ouvrait.

Isend et Merlion entrèrent les premiers. Borneheld les suivait, flanqué de Gautier et du comte d'Arcen. Faraday s'humidifia discrètement les lèvres puis s'inclina devant son futur mari.

— Ma chère…, la salua-t-il d'une voix mal assurée.

Peu habitué à l'étiquette de la cour, il tendit maladroitement sa grosse main. Faraday la saisit délicatement et se releva avec grâce. De haute taille, elle n'avait pas besoin de se hisser sur la pointe des pieds pour regarder le duc dans les yeux.

— Mon seigneur, je suis très honorée par votre demande en mariage.

C'était mot pour mot la déclaration que Merlion avait dictée à sa fille.

Comment Faraday aurait-elle su que son père avait arrangé cette union à la force du poignet ? Cédant à son désir et à sa cupidité, Borneheld avait écouté les arguments du comte et fini par donner son accord. Bien que le seigneur de Skarabost ne fût pas très fortuné, sa fille hériterait en ligne directe des terres de son grand-père maternel. En plus d'être jolie, la promise déposait un superbe cadeau dans la corbeille de mariage. Bref, le duc n'avait pas eu besoin d'une longue réflexion pour se décider.

— Tout l'honneur est pour moi, répondit-il après avoir laborieusement cherché ses mots.

Gautier sourit dans le dos de son maître. Depuis des années, c'était la phrase la plus courtoise qu'il ait entendu sortir de la bouche du duc, plus habitué à rudoyer ses soldats qu'à conter fleurette aux dames de haute naissance.

Isend s'avança et se racla la gorge.

— Faraday, le duc d'Ichtar est un homme très occupé. Je propose que nous célébrions sans plus tarder vos fiançailles. Le comte Burdel et le lieutenant Gautier en seront les témoins.

Même si son sourire tremblait un peu, Faraday parvint à ne pas baisser la tête quand Borneheld lui prit la main – sans la moindre douceur – et entreprit de réciter l'antique texte rituel qui le lierait à sa promise.

— Moi, Borneheld, fils de Searlas, duc d'Ichtar, m'engage à épouser Faraday, fille d'Isend de Skarabost. Devant Artor et cette noble assemblée, je jure de te prendre pour épouse et de t'accorder pour toujours une place honorable à mes côtés. À cela, je déclare consentir librement.

Tous les regards étant braqués sur elle, Faraday hésita un moment avant de répéter la formule consacrée. Après une pause que le protocole ne prévoyait pas, elle conclut :

— À cela, je déclare consentir librement.

Borneheld eut un sourire mi-figue mi-raisin, puis il glissa sa main libre dans sa poche et en sortit une grosse bague en or brunâtre ornée d'un énorme rubis. Non sans difficulté, il la glissa à l'annulaire gauche de Faraday, auquel elle allait parfaitement.

La jeune femme écarquilla les yeux. De sa vie, elle n'avait jamais vu une pierre de cette taille.

— Magnifique…, souffla sa mère.

Borneheld sourit de nouveau – sans restriction, cette fois. Posant un de ses battoirs sur l'épaule de Faraday, il se pencha et l'embrassa.

La jeune femme tenta de ne pas trop se raidir. Le duc empestait le cheval, le cuir et la sueur, et elle se sentait écrasée par son imposante stature.

Elle tremblait un peu quand il s'écarta enfin. Pourquoi n'éprouvait-elle pas pour lui l'attirance que lui avait spontanément inspirée son demi-frère ?

Le duc prit sa réaction pour le trouble bien naturel d'une jeune vierge.

— J'attends avec impatience le jour de notre mariage, ma chère, souffla-t-il d'une voix rauque.

Il retira sa main de l'épaule de Faraday, l'air de ne plus savoir que dire ou que faire.

Faraday se força à sourire et se creusa la cervelle en quête d'une réponse aimable. Avec le temps, sa relation avec le duc s'arrangerait sans doute. Pour l'heure, elle espérait que quelqu'un aurait vite la bonne idée de mettre un terme à cette pénible séance.

Le comte Burdel approcha du duc d'Ichtar et lui tapa joyeusement sur l'épaule.

— Je veillerai sur elle d'un œil d'aigle, mon ami ! Sur ma vie, je jure qu'il ne lui arrivera rien. Et dès ton retour de Gorken, nous t'organiserons le plus beau mariage de tous les temps !

Troublée, Faraday regarda son père. Burdel ? Que racontait-il ? Jusqu'aux noces, elle entendait bien rester avec ses parents.

— Ma chérie, dit Isend, souriant de sa perplexité, avec ce qui se passe dans le Nord, ton futur mari (il fit un grand sourire au duc) et moi jugeons trop dangereux que tu repartes pour Skarabost. Et la cour, bien entendu, n'est pas un endroit convenable pour une jeune fille.

Non ! pensa Faraday, accablée. *Laissez-moi rester avec vous aussi longtemps que possible…*

— Ta mère et toi irez vivre avec la famille de Burdel, à Arcen. Quand il en aura fini avec ce qui le retient ici, le comte vous rejoindra. Un arrangement parfait, dois-je dire. Mais pour que tu sois au plus vite en sécurité, et sans courir de risques pendant le voyage, il te faudra partir dès demain matin.

Faraday plissa le front, n'y comprenant plus rien.

— Les Haches de Guerre traverseront Arcness pour gagner Smyrton. J'ai convaincu le Tranchant d'Acier de vous laisser chevaucher avec lui, ta mère et toi. Trois mille cinq cents soldats devraient constituer une escorte suffisante ! La dame de Tare fera avec vous une partie du chemin, donc tu ne manqueras pas de compagnie féminine. Oui, je sais, je sais… La colonne avancera vite, mais Merlion et toi êtes d'excellentes cavalières.

Ravi du déroulement de la soirée, Borneheld se tenait un peu à l'écart, pressé de retourner malmener ses soldats. À vrai dire, il n'était pas très heureux qu'Axis conduise sa future femme à Arcen. Mais ne pouvant se permettre de lui fournir une escorte – à Gorken, il aurait besoin de tous ses hommes –, il n'était pas assez fou pour dédaigner cette occasion.

Histoire de se remonter le moral, le duc pensa que son demi-frère aurait des semaines pour crever de jalousie devant sa future épouse. Ce bâtard ne se dénicherait jamais une femme si riche et bien née !

— Alors, qu'en dis-tu ? demanda Isend, agacé par le silence de sa fille.

Faraday regarda son père, puis le duc d'Ichtar. Soulagée de ne pas avoir à supporter la présence de son promis avant longtemps, elle se désolait de ne pas pouvoir rentrer chez elle. Mais l'idée de côtoyer Axis pendant le voyage la consolait… et faisait naître en elle des émotions complexes qu'elle ne parvenait pas à analyser.

Continuant à sourire – même si elle eût juré que tout le monde, dans la pièce, savait que c'était pure hypocrisie –, elle répondit enfin, consciente de l'ambiguïté de sa phrase :

— Il me semble que c'est la meilleure solution, père…

9

DÉPART À L'AUBE

Alors que le soleil ne s'était pas encore montré, Axis tournait en rond dans la cour, impatient de partir et furieux de devoir chevaucher avec un groupe de femmes. Que la dame de Tare fût du lot ne l'apaisait pas le moins du monde…

— Belial ! cria-t-il, tentant de repérer son second parmi les hommes et les chevaux massés dans le petit espace. Belial !

— Oui, messire ?

Grand et costaud, l'officier aux yeux noisette arborait une fine couronne de cheveux blonds au-dessus de son visage imberbe à la peau tannée. Comme chaque Hache de Guerre, il portait une tunique de laine grise sur une chemise blanche et des pantalons de cuir gris. Plus vieux que son chef – de sept ou huit ans –, ce vétéran aux brillants états de service n'avait jamais manifesté l'intention de diriger le corps d'élite. Ravi que quelqu'un d'autre prenne les décisions et les assume, il était heureux de servir sous les ordres d'Axis.

— Pourquoi tous les hommes ne sont-ils pas en formation ? Il est déjà tard !

Belial ne se formalisa pas de la mauvaise humeur du Tranchant d'Acier, toujours sur les dents avant un départ en campagne.

— C'est la seule cohorte encore désorganisée, messire. Les autres attendent dehors. Les chevaux de bât ploient sous le poids des vivres et les hommes sont équipés de la tête aux pieds. Ils ont bu, mangé et soulagé leur vessie…

Axis voulut foudroyer son second du regard. Avec si peu de lumière, ce fut peine perdue…

— Alors, où sont ces maudites bonnes femmes !

— Elles ont bu, mangé… et soulagé leur vessie, répondit une voix féminine derrière le Tranchant d'Acier.

Qui se retourna et reconnut dame Embeth, suivie par une redoutable meute de femmes.

Par les saintes gonades d'Artor ! pesta Axis, se retenant difficilement de jurer à voix haute.

— Dame de Tare, je ne m'attendais pas à devoir emmener vos couturières, vos blanchisseuses et vos servantes. Vous envisagez d'apprendre la broderie à mes hommes, la nuit autour des feux de camp ?

— La dame de Skarabost, sa fille Faraday et moi ne pouvons pas voyager sans nos suivantes, Tranchant d'Acier.

— Dans ce cas, espérons qu'elles savent chevaucher. Si elles basculent de leur selle en traversant le premier caniveau venu, vous devrez faire votre deuil de leur foutue compagnie.

Ignorant le hoquet indigné d'Embeth face à tant de muflerie, Axis tourna les talons et disparut dans la grappe d'hommes occupés à monter en selle.

Belial fit un petit signe compatissant aux femmes et fila chercher leurs chevaux.

— On m'a assuré que l'humeur de ce gentilhomme s'améliore au lever du soleil, dit Embeth à Merlion et Faraday. Prions pour que ce soit le cas.

— Je ne m'étonne plus que Priam lui batte froid, souffla Merlion, agacée que son mari ne lui ait pas dégoté un protecteur plus courtois – et d'une ascendance moins douteuse.

Faraday fit mine d'être choquée par la déclaration de sa mère, puis elle gloussa en imaginant leurs servantes, les fesses dans l'eau, plantées là par le fringant Tranchant d'Acier.

— Faraday ! s'exclama Merlion, que tant de légèreté scandalisait.

Embeth lutta tant qu'elle put avant d'éclater de rire, une main sur la bouche pour que ça ne s'entende pas trop. N'y tenant plus, elle écarta ses doigts et laissa libre cours à son hilarité… juste au moment où Belial et une poignée de domestiques arrivaient avec les montures.

— En avant, marche ! cria-t-elle avant de sauter sur le dos de son cheval.

Assise en amazone sur sa selle, Faraday rajustait ses jupes quand une main rude s'abattit sur ses genoux.

— Borneheld ! s'écria-t-elle.

Le soleil venant de se lever, un rayon malicieux contraignait le duc à plisser les yeux pour mieux voir sa promise.

— Je devais m'assurer que tout allait bien, ma chère…, dit-il.

Même si elle avait consenti à se pencher, Faraday était trop haut perchée pour qu'il l'embrasse sur la bouche. Il se consola en lui malaxant maladroitement la jambe, sous sa jupe d'équitation.

— Je compterai les jours qui me séparent de nos retrouvailles, duc, souffla la jeune femme, pressée d'en finir.

Si Axis revenait, elle ne voulait surtout pas qu'il la surprenne avec son demi-frère.

Elle bougea la jambe, désireuse que son soupirant la lui lâche. Hélas, il cessa ses « caresses » mais ne retira pas son bras.

— Où est donc… ? marmonna-t-il en sondant la cour. Ah, le voilà !

La dernière cohorte enfin en formation, Axis observait la scène dans un coin de la cour. Talonnant Belaguez, son étalon gris pommelé – pour l'heure aussi ombrageux que lui à cause du froid et des pavés glissants sous ses sabots ferrés –, il avança lentement vers le duc.

Mortifiée, Faraday regretta que le divin Artor, dans sa grande sagesse, ne décide pas de la foudroyer sur sa selle. Rouge comme une pivoine, elle baissa les yeux pour ne pas croiser ceux du Tranchant d'Acier.

Axis reconnut du premier coup d'œil son admiratrice du banquet. Son père, le comte Isend, lui avait tenu la jambe pendant une éternité pour le convaincre d'escorter jusqu'en Arcness la jeune femme chaperonnée par sa mère.

— Borneheld…, lâcha-t-il sèchement, les yeux rivés sur la main baladeuse de son demi-frère.

Un instant, il eut pitié de la future épouse d'un tel maraud.

Fidèle à sa réputation, le duc ne put s'empêcher de lancer une pique.

— Ne perds pas trop de *mes* Haches de Guerre avant d'arriver à Gorken, Tranchant d'Acier.

Axis serra les mâchoires et tira sans vraiment le vouloir sur les rênes de Belaguez, qui fit un demi-pas en arrière.

— Si tu penses sans cesse à ton futur mariage, duc, tu ne vivras pas assez longtemps pour mettre la bride au cou de ta monture…

Borneheld lâcha enfin les genoux de Faraday et lui tapota le bras avec une satisfaction de maquignon. Voulant renchérir sur la métaphore chevaline, il parla sans réfléchir, histoire d'irriter Axis.

— Isend m'a confié les rênes de sa plus belle pouliche, Tranchant d'Acier. N'escompte pas posséder un jour un spécimen de cette qualité…

Très fier de son esprit, le duc abandonna le bras de sa fiancée et recommença à lui agacer la jambe.

Sous un embarras de bon aloi, pour une jeune fille innocente, Faraday bouillait de colère. Par Artor, elle n'avait rien d'une jument que des rustres se disputaient comme un trophée ! Flanquant un coup de talon à son cheval, elle lui donna discrètement une tape avec la cravache qu'elle tenait de la main droite, du côté que le duc ne pouvait pas voir.

L'étalon hennit d'indignation, fit un pas de côté et percuta Borneheld, qui dut battre ridiculement des bras pour ne pas tomber sur les fesses.

— Très cher duc ! s'écria Faraday avec une inquiétude qu'elle espérait parfaitement imitée.

Avant de prendre un air consterné, elle s'autorisa à jeter un regard malicieux à Axis.

Derrière elle, Merlion lâcha un cri angoissé.

Dès qu'il eut repris son équilibre, le duc leva des yeux énamourés sur sa promise, convaincu qu'elle avait perdu le contrôle du cheval, effrayée par une ombre imaginaire.

Feignant la contrition, Faraday écarta les mains en signe d'impuissance.

— Ce n'est rien, ma chère... Quand nous serons mariés, je vous apprendrai à monter comme il faut.

La discrète manœuvre de la jeune femme ne lui ayant pas plus échappé que son regard complice, Axis dut se retenir de sourire. Cette dame ne manquait pas de caractère, semblait-il.

— En échange, duc d'Ichtar, ton épouse t'apprendra quelques pas de danse. Ta récente démonstration était lamentable...

Borneheld blêmit et chercha en vain une riposte mordante.

— Ne traîne pas sur la route de Gorken, lâcha-t-il finalement, écarlate de colère.

Il tapota une dernière fois le bras de Faraday, tourna les talons et partit à grandes enjambées vers le palais.

Amusée par la repartie du Tranchant d'Acier, Faraday se demanda pourtant pourquoi elle avait agi si stupidement. L'antagonisme entre les deux frères était déjà tellement fort…

— Je suis venu te dire au revoir, Axis, dit soudain Jayme en sortant de l'ombre où il avait sans doute suivi toute la scène.

Le guerrier s'inclina et salua son protecteur en se frappant la poitrine du poing droit.

— Que ton voyage se passe bien, mon fils. Trouve les réponses dont nous avons tant besoin… et ne reviens pas sur ta promesse.

Depuis leur querelle, cinq jours plus tôt, la tension ne s'était toujours pas dissipée entre les deux hommes.

— Sillon large, sillon profond, frère-maître ! lança Axis en faisant reculer son cheval.

— Large et profond, mon enfant, répéta Jayme. Puisse Artor veiller sur toi aujourd'hui et jusqu'à la fin des temps.

Un long moment, les deux hommes restèrent silencieux, les yeux dans les yeux. Puis le Tranchant d'Acier fit volter son étalon et s'éloigna.

— Prêts au départ, Haches de Guerre ? cria-t-il.

Dans la cour et dehors, la réponse jaillit de trois mille cinq cents gorges.

— Nous attendons tes ordres, Tranchant d'Acier !

— Alors, en avant !

Effrayés par le formidable roulement de sabots qui montait des rues, les aigles et les faucons perchés sur les murailles de Carlon s'envolèrent dans le plus parfait désordre.

10

Les plaines de Tare

Toute sa vie, la dame de Tare avait entendu des récits sur la légendaire aptitude des Haches de Guerre à voyager vite et loin, quel que soit leur nombre. Elle n'y avait jamais cru, convaincue qu'il s'agissait de vantardises de soldats ivres. Après cinq jours de chevauchée continue, de l'aube au crépuscule, elle avait changé d'avis.

La colonne comptait plus de trois mille cinq cents cavaliers, trois cents chevaux de bât, des centaines de montures de rechange que les hommes se partageaient chaque jour... et sept femmes totalement épuisées – dont aucune, il fallait le noter, n'était tombée dans le premier caniveau venu.

On y trouvait enfin le frère Gilbert, tout aussi fatigué que les dames, et – si invraisemblable que ce fût – un gros chat blanc qui devait jouer les passagers clandestins sur le dos d'une des bêtes de somme. Tous les soirs, il jaillissait de nulle part pour venir se frotter aux jambes du Tranchant d'Acier, qui l'accablait en vain d'imprécations. Le matin, il disparaissait et plus personne ne le voyait jusqu'au coucher du soleil.

Embeth jeta un coup d'œil derrière elle. Aussi morose qu'à l'accoutumée, Gilbert la suivait à une vingtaine de pas. Toujours furieux de faire partie de l'expédition, il ne desserrait pratiquement pas les dents.

Dame Merlion s'accrochait au pommeau de sa selle, l'air sinistre. À supposer que sa bonne éducation le lui autorise, elle devait maudire à chaque instant son mari de l'avoir engagée dans cette pénible aventure.

Plus jeune et plus souple, au mental comme au physique, Faraday réagissait beaucoup mieux. Dès le deuxième jour, elle avait troqué sa jupe droite de voyage contre un modèle fendu qui lui permettait de ne plus monter en amazone. Dans le même esprit, elle avait tressé ses longs cheveux pour qu'ils cessent de lui voler devant les yeux.

Merlion avait reproché ces audaces à la jeune femme. Sans aucun résultat, jusque-là…

— Nous ralentissons ! lança Embeth en tirant sur les rênes de sa monture pour que Merlion et Faraday puissent la rejoindre. Il y a un vallon, cinq cents pas devant nous. Le Tranchant d'Acier aura peut-être pitié de nous au point de décider d'y camper…

Quelques soldats étaient partis en éclaireurs pour inspecter l'endroit. Revenus de leur mission, ils faisaient leur rapport à Axis, qui chevauchait en tête de la colonne.

— Espérons-le…, soupira Merlion.

L'air à bout de force, des mèches encrassées de poussière s'échappant de sa coiffe, elle semblait avoir vieilli de quinze ans en cinq jours.

— Ce rustre ignore que les femmes ne sont pas faites pour les marches forcées, continua-t-elle. Le soir, mes servantes sont si fatiguées qu'elles peuvent à peine s'occuper de moi.

— Ce n'est pas une promenade d'agrément, mère, dit Faraday en souriant à Embeth. Le Tranchant d'Acier est un guerrier en campagne.

Jusque-là, Axis s'était tenu aussi loin que possible des femmes. Alors que leur campement, le soir, était placé près du sien – sans doute une mesure de sécurité –, il passait son temps à parler avec ses hommes, allant de feu de camp en feu de camp. De retour très tard sous sa tente, il sombrait aussitôt dans un sommeil de plomb.

Les voyageuses restaient entre elles, îlot de féminité perdu dans un océan de brutale virilité. Certaine que sa fille saurait défendre sa vertu, Merlion gardait à l'œil les servantes qui les accompagnaient, bizarrement enclines à s'éclipser en pleine nuit…

Un cavalier se sépara de la tête de la colonne et galopa pour rejoindre les dames.

— Timozel ! s'écria joyeusement Embeth.

Depuis le départ de Carlon, elle avait à peine vu son fils.

Il lui sourit et salua courtoisement ses compagnes.

— Nobles dames, j'espère que vous appréciez cette petite excursion.

Faraday éprouva une sympathie spontanée pour le jeune homme. Bien que son aîné d'un an ou deux, il gardait des airs adolescents, comme s'il lui manquait encore des muscles et de l'expérience pour être véritablement adulte. Ses boucles brunes et ses yeux bleu foncé lui venant à l'évidence de sa mère, il devait en revanche tenir du côté paternel sa bouche charnue et son nez recourbé.

Adolescent ou pas, il guidait son bel étalon bai d'une main sûre. Et tout bien pesé, la hache et l'épée qu'il portait au côté lui donnaient plus l'allure d'un homme que celle d'un gamin.

Quand il regarda Faraday, le sourire de Timozel s'élargit. Bien qu'elle lui répondît d'un sourire tout aussi éclatant et d'un regard ravi, la jeune femme s'empourpra légèrement.

Embeth s'aperçut du manège des deux jeunes gens et ne s'en offusqua pas. Fiancée trop tôt, Faraday ne pourrait jamais savourer les délices des flirts innocents de la cour. Surtout avec un homme comme Borneheld pour la surveiller…

— Nobles dames, j'ai une nouvelle qui vous ira sans doute droit au cœur. Ce soir, nous nous arrêterons plus tôt ! Devant nous s'étend un site bien abrité et doté d'un point d'eau. Satisfait de notre progression, le Tranchant d'Acier pense qu'un peu plus de repos sera bénéfique aux hommes comme aux bêtes.

— Il a donc un peu de compassion…, marmonna Merlion en tentant, sans succès, de passer sa chevelure rebelle sous sa coiffe.

— Il m'a aussi chargé d'inviter humblement les dames Merlion, Embeth et Faraday à partager son repas. Il vous attendra près de son feu de camp, dès que vous estimerez être prêtes à le rejoindre…

Bien qu'il eût quelques réserves sur le message qu'il transmettait, Timozel parvint à garder un ton charmant et léger.

À l'insu de sa mère, il était parfaitement au courant – et pas d'hier ! – de sa relation avec le Tranchant d'Acier. Une découverte qui avait porté un coup presque fatal à l'admiration qu'il vouait à son chef. Très bon comédien, le jeune homme dissimulait son ressentiment sous une jovialité et une politesse de chaque instant.

Axis non plus ne se doutait pas qu'il savait…

Embeth sourit, très fière de la courtoisie de son fils. Car le message original, elle l'aurait parié, avait dû être nettement moins fleuri.

Elle se tourna vers Merlion, l'aînée du groupe, à qui revenait l'honneur d'accepter ou de refuser l'invitation.

— S'il te plaît, maman ! s'écria Faraday. Les soirées précédentes étaient si ennuyeuses ! Et Timozel se joindra peut-être à nous…

— Ce sera un grand plaisir, noble dame, répondit le jeune homme en saluant son interlocutrice de la tête.

Se tournant vers Merlion, il s'inclina respectueusement sur sa selle.

Ce feu d'artifice de bonnes manières impressionna la dame de Skarabost. Si ce gentilhomme était présent, la conversation aurait de grandes chances de rester convenable. De plus, elle aussi s'était languie d'une compagnie masculine, les soirs précédents. Car le frère Gilbert ne comptait pas, bien entendu…

— Nous acceptons la gracieuse invitation du Tranchant d'Acier. Ayez l'obligeance, noble Timozel, d'aller lui porter notre réponse.

Le repas terminé, ils restèrent un long moment devant le feu de camp, ravis de regarder crépiter ses flammes.

Gilbert, Timozel et Belial avaient dîné avec Axis et ses trois invitées. En accord avec les traditions de la cour, on comptait ainsi plus d'hommes que de femmes autour de la « table ».

Une fois le camp installé, ces dames avaient eu le temps de se débarbouiller et de démêler leurs cheveux. Alors qu'Embeth et Merlion arboraient des chignons sophistiqués, Faraday s'en était tenue à sa tresse, dont s'échappaient de petites boucles rebelles qui venaient lui caresser les joues.

Bien que simple, la nourriture s'était révélée excellente.

Détendu pour la première fois depuis qu'il avait reçu le message de Jayme, à Coroleas, Axis avait fait assaut de courtoisie et d'esprit.

N'ayant jamais emmené sept cohortes en campagne, il s'était beaucoup inquiété. Une telle colonne pourrait-elle avancer rapidement ? Avait-on prévu assez de vivres ? De chevaux de rechange ?

Mais tout se passait bien, et ils progressaient même plus vite que prévu. Le bénéfice d'années d'entraînement intensif et d'une planification rigoureuse ! L'efficacité de ses hommes l'emplissait de fierté.

Le vallon, large de sept cents pas, les protégeait du vent mordant qui soufflait dans les plaines. S'adossant à un rocher, Axis étendit les jambes vers le feu pour se réchauffer les pieds et tourna la tête vers Faraday.

— Noble dame, dit-il, je m'étonne de trouver votre visage familier alors que nous ne nous étions jamais vus avant notre départ de Carlon. À ma connaissance, du moins…

Admettrait-elle qu'elle l'avait dévisagé sans vergogne, la nuit du banquet ? Ce petit jeu, un rien pervers, amusait follement Axis.

— Vraiment ? demanda Faraday avec un sourire gêné.

Elle n'alla pas plus loin, bloquée par une question d'étiquette. Comment s'adresser au guerrier ? Par son grade ? C'eût été inadapté, lors d'une soirée pour ainsi dire intime. Par son prénom ? Là, on frôlait la familiarité déplacée…

« Mon seigneur » aurait fait l'affaire dans la plupart des cas. Hélas, avec son ascendance, il était hors de question de lui donner ce titre.

— Vous avez dû me voir lors du banquet, dans le hall des Lunes. Je crains de vous avoir… hum… fixé. À Skarabost, les Haches de Guerre ont une telle réputation ! Comme dans le reste du royaume, d'ailleurs… J'ai toujours rêvé de voir un de ces héros, et voilà que je me trouvais dans la même salle que leur chef ! Je me suis mal comportée et je vous prie d'accepter mes excuses, Axis Rivkahson.

Embeth en resta bouche bée… et elle ne fut pas la seule.

Personne ne s'était jamais adressé ainsi à Axis. Avec la plaie de sa naissance encore à vif, nul n'aurait osé évoquer sa mère devant lui ou faire allusion à son statut d'enfant illégitime.

La dame de Tare était stupéfaite, et pas seulement par l'audace – sûrement sans malice – de la jeune femme. Confrontée à une situation embarrassante, Faraday s'en était tirée avec une grâce qui forçait l'admiration. Ne sachant comment s'adresser à Axis, elle avait réussi l'impossible : mentionner sa filiation comme un honneur, non comme une infâme souillure.

Axis semblait aussi troublé que sa vieille amie. Le connaissant, Embeth devina que des sentiments contradictoires tourbillonnaient dans son esprit. D'abord furieux et humilié par la sortie de Faraday, il avait sûrement remarqué, dans le même temps, l'absence de moquerie ou de malveillance dans son ton et son regard…

Déchiré par son conflit intérieur, le pauvre ne parvenait plus à trouver ses mots. Et cela devenait terriblement gênant.

Consciente de la tempête qu'elle avait déchaînée, Faraday comprit qu'il lui revenait de l'apaiser. Dans un silence de mort, elle reprit courageusement la parole, les yeux rivés sur Axis :

— Tout ce que j'ai entendu sur la princesse Rivkah brosse le portrait d'une femme d'exception. Comment ne seriez-vous pas fier d'être son fils ? Si elle avait vécu, elle vous aurait aimé tendrement, n'en doutez pas. Et savoir que vous portez son nom, après tant d'années, la consolerait un peu d'avoir dû quitter si tôt le monde.

Embeth ferma les yeux pour lutter contre les larmes qui lui perlaient aux paupières. En dix-huit ans, elle ne s'était jamais sentie assez sûre de son amitié avec Axis pour lui parler si ouvertement de sa mère. Et voilà qu'une jeune femme employait à ce sujet des mots tels que « fierté », « consolation » ou « amour », comme si cela allait de soi.

La dame de Tare avait rarement été si émue, surtout par les propos d'une si jeune personne. Elle rouvrit les yeux et regarda tour à tour Axis et Faraday. Sa retenue, pendant tant d'années, avait-elle été une grossière erreur ?

Profondément touché, Axis prit une grande inspiration.

— Merci, Faraday. Il est rare qu'on me parle si élogieusement de ma mère.

Embeth eut alors une prémonition qui lui glaça les sangs.

Non…, pensa-t-elle. *Cher Artor, je t'en prie, pas ça !*

Pas alors que Faraday était promise à Borneheld, le contrat signé et les vœux prononcés devant témoins. Sans parler de l'amertume qui existait déjà entre les deux hommes.

Il fallait étouffer cela dans l'œuf, pour éviter une tragédie !

Oui, je parlerai le plus vite possible à Faraday ! En attendant, une diversion s'impose…

— Axis, lança Embeth, forçant le guerrier à tourner la tête vers elle, voilà une éternité que je ne t'ai pas entendu jouer de la harpe. Nous interpréterais-tu quelques airs ? Avec Timozel, s'il a emporté son luth…

Tous les convives réunis autour du feu soupirèrent de soulagement et la tension se dissipa.

— Nous jouerons, dit Timozel, si ces dames nous font l'honneur de chanter avec nous.

Ne sachant que penser de la scène qu'il venait d'observer, il s'en tirait comme toujours par un assaut de courtoisie.

Pour un homme qui s'était consacré toute sa vie à l'art de la guerre, Axis avait un étrange talent de musicien et de chanteur. Embeth ignorait d'où il le tenait, car il le manifestait déjà à onze ans, lors de sa venue chez Ganelon.

Beaucoup moins doué, Timozel jouait cependant assez bien pour l'accompagner. Les femmes ayant de jolies voix, la soirée se conclut sur un agréable récital de chansons d'amour et d'héroïques ballades.

Affirmant qu'il chantait comme une casserole, Gilbert se contenta d'applaudir les artistes et de sourire avec indulgence quand ils éclataient de rire à la fin d'un morceau.

Cependant, il ne quitta pas Axis et Faraday des yeux. À Carlon, Jayme lui avait demandé de lui rapporter tout ce qu'il voyait et entendait.

Absolument tout.

Et il avait l'intention de remplir sa mission.

11

Des portes déverrouillées

Deux jours plus tard, ils entrèrent à Tare, la petite ville située à la lisière des plaines et de Tarantaise, une province mineure. Dans cette région défavorisée, l'usage de la charrue – même intensif – rapportait de bien maigres récoltes. La cité tirait donc essentiellement ses revenus du trafic commercial qui traversait Achar d'est en ouest.

Jeune mariée, quand elle était venue vivre chez son époux, Embeth avait été désagréablement impressionnée par les grandes plaines verdoyantes qui entouraient la ville. Au fil des ans, elle avait appris à aimer son nouveau foyer et le rythme nonchalant de la vie tarienne.

Les habitants s'étaient massés sur le mur d'enceinte pour regarder approcher la colonne, qu'ils accueillirent avec de grands saluts et des cris de joie. Voir un tel nombre de Haches de Guerre les étonnait un peu, mais c'était loin de leur déplaire. Qu'ils appartiennent à l'armée régulière ou aux forces du Sénéchal, les soldats avaient tendance à délier promptement leur bourse.

La majorité des hommes devraient camper hors de la ville, trop petite pour leur offrir à tous un cantonnement. Toujours délicate, Embeth invita les femmes, Gilbert, Axis et Belial à séjourner dans son château. Après un moment de flottement embarrassant, le Tranchant d'Acier autorisa Timozel à rester avec sa mère tant qu'il serait à Tare. Le jeune homme en fut ravi, mais n'apprécia pas outre mesure de devoir attendre la permission d'Axis pour dormir sous son propre toit. Surtout en sachant que son chef tirerait avantage de l'invitation pour se glisser dans le lit de la châtelaine.

Axis prévoyait une halte de deux jours, afin de reconstituer les provisions et d'offrir un repos mérité aux hommes et aux bêtes. Après la marche forcée, une multitude d'équipements avaient besoin de réparation. Il fallait aussi changer les fers de certains chevaux, et laisser aux hommes un peu de temps pour s'entraîner aux armes, histoire qu'ils ne se rouillent pas.

Si les rapports venus du Nord ne mentaient pas, d'ici quelques semaines, ces guerriers n'auraient plus l'occasion de se détendre. Et certains d'entre eux ne connaîtraient jamais plus le bonheur de vider une chope de bière ou de lutiner une servante...

Axis demanda à ses officiers de laisser autant d'hommes que possible s'offrir une soirée inoubliable en ville.

Le château, une bâtisse aux murs hauts et épais, était adossé à l'enceinte fortifiée de la ville et séparé de ses rues par une grande muraille. Perché sur une petite colline, il offrait, depuis ses jardins et ses remparts, une vue plongeante sur le cœur même de Tare. Y loger Gilbert, les nobles dames, leurs servantes et les trois Haches de Guerre posa d'autant moins de problèmes que les deux autres enfants d'Embeth – un garçon et sa jumelle nés un an après Timozel – étaient restés à la cour de Priam.

Embeth voulait absolument parler à Faraday avant son départ. Hélas, Merlion l'en empêcha. Deux jours durant, elle s'enferma dans sa chambre avec sa fille, la força à étudier de fastueux projets de robes et lui fit un sermon sur les devoirs et les responsabilités qui attendaient la future duchesse d'Ichtar.

Faraday aurait de loin préféré passer un peu de temps seule ou en compagnie d'Embeth. Sans parler de visiter la ville et d'assister aux entraînements des Haches de Guerre. Mais sa mère, inflexible, déclara que l'épouse de Borneheld n'aurait plus de temps à perdre avec de telles frivolités. Alors, autant s'y habituer tout de suite…

Merlion avait apporté la liste des plus grands nobles du royaume, de leur parentèle – jusqu'aux cousins au troisième degré –, de leurs propriétés et de leurs revenus. Faraday était censée mémoriser toutes ces informations – en fait, les apprendre par cœur. Elle devrait faire de même avec les villes et les villages d'Ichtar, et graver dans son esprit le nom des divers administrateurs et des principaux domestiques de Borneheld.

Le deuxième soir, elle se sentit accablée. Le départ était prévu à l'aube, et sa mère, avec ses absurdes exigences, l'avait empêchée de se reposer. Soulagée d'être enfin seule, elle s'assit dans son lit, contempla par la fenêtre les nuages qui défilaient lentement devant la lune, et pensa à son union imminente avec le duc d'Ichtar. À présent qu'il était loin d'elle, elle pouvait y réfléchir avec la distance requise.

Dès le premier coup d'œil, Axis l'avait littéralement éblouie. Mais il n'était pas question que sa fascination pour le Tranchant d'Acier ruine son mariage avec Borneheld.

Axis avait plus fière allure que son demi-frère, et diriger les Haches de Guerre lui conférait une aura que le duc n'aurait jamais. Cela dit, ça ne faisait pas de Borneheld un mauvais parti. Priam excepté, il était l'homme le plus riche du royaume, sans parler de son titre de Seigneur de Guerre et de son statut d'héritier du trône. Isend et Merlion débordaient de fierté et ils avaient parfaitement raison.

S'était-elle comportée dignement, dans la cour du palais ? Pour tout dire, elle commençait à en douter. Loin de vouloir l'insulter, Borneheld, à sa façon, avait tenté de se montrer gentil avec elle.

Faraday récapitula ce qu'elle savait sur le passé du duc. Devait-il sa nature quelque peu frustre à l'absence d'amour maternel dès sa plus tendre enfance ? Résolu à ne pas se remarier après la mort de Rivkah, Searlas n'avait pas vécu très vieux, laissant son fils – à quatorze ans – assumer seul les écrasantes responsabilités du plus important duché d'Achar.

Avoir à ses côtés une épouse aimante métamorphoserait sûrement Borneheld. Tentant de l'imaginer après deux ans de vie commune, Faraday le vit sous des traits bien différents. Toujours un guerrier, bien entendu, mais doté de bonnes manières et apte à tenir une conversation spirituelle. Cet homme avait besoin d'un peu de raffinement, et elle serait là pour le lui apporter...

Soudain, elle se demanda si Embeth avait été confrontée aux mêmes problèmes qu'elle, lors de son mariage avec Ganelon. Issue d'une famille carlonite, la dame de Tare avait épousé un seigneur provincial sans doute mal dégrossi. Et, à l'époque, elle était plus jeune encore que Faraday...

Je dois lui parler, décida la future duchesse d'Ichtar en triturant la mèche de cheveux qui prenait un malin plaisir à s'échapper de sa tresse. Avec un peu de chance, la châtelaine ne dormirait pas encore, même s'il se faisait tard. Mais était-il convenable de la déranger ?

Au fond, je verrai bien !

Sa décision prise, Faraday se leva, se drapa les épaules d'un châle qui la protégerait de la fraîcheur nocturne et sortit.

Tout le monde étant allé au lit tôt en prévision du départ, les couloirs étaient déserts. La plupart des torches étant mouchées, la jeune femme avança lentement et s'orienta au toucher, le bout des doigts courant le long de la pierre froide des murs. Le sol aussi était glacé – beaucoup trop pour quelqu'un qui portait de fines pantoufles.

Devant la porte de sa mère, Faraday tendit l'oreille et ne capta aucun bruit inquiétant. Merlion devait dormir à poings fermés, la maudite liste glissée sous son oreiller !

Le soir des noces, Borneheld se contenterait-il qu'elle lui récite les noms de ses administrateurs ? Sûrement pas… Mais il n'y avait pas moyen de tirer de sa mère l'ombre d'une information sur ce qu'un mari attend de sa femme…

Faraday s'immobilisa devant la chambre d'Embeth et remarqua qu'un peu de lumière filtrait de sous la porte. Parfait ! La dame de Tare ne dormait pas encore.

La future duchesse frappa doucement au battant, attendit un moment, puis recommença. Un murmure indistinct lui répondit. Le prenant pour une invitation à entrer, puisqu'il était amical, Faraday ouvrit et se glissa dans la chambre.

Assise au bord du lit et enveloppée dans une couverture verte, Embeth riva un regard incrédule sur sa visiteuse nocturne.

— Ma dame…, dit Faraday en avançant, je suis navrée de vous déranger, mais j'avais des questions à…

Bien trop tard, elle vit Axis, debout près de la cheminée dans le plus simple appareil. Stupéfaite, elle se pétrifia, incapable de détourner les yeux de lui.

— Faraday ! cria Embeth.

Se levant d'un bond, elle tendit une main vers la jeune femme…

… qui parvint enfin à regarder ailleurs.

Les mains prises de tremblements sur l'ourlet de son châle, qu'elle serrait convulsivement, Faraday se demanda comment elle avait pu être si stupide. La honte lui arrachant des larmes, elle recula vers la porte.

— Je suis navrée… Par pitié, pardonnez-moi !

Avant d'éclater en sanglots, elle fit volte-face et sortit.

Axis voulut la suivre, mais sa maîtresse l'en dissuada du regard.

— Attends-moi ici, je vais lui parler.

Dans le couloir, Embeth courut aussi vite qu'il lui sembla raisonnable, en de telles circonstances. Dans l'impossibilité d'appeler Faraday, au risque de réveiller Merlion, elle espéra que la jeune femme ne claquerait pas la porte de sa chambre. Et surtout qu'elle ne la verrouillerait pas.

Par bonheur, aucune de ces catastrophes ne se produisit. Une fois entrée, Embeth referma doucement le battant et approcha du lit où Faraday s'était réfugiée pour pleurer, le visage entre les mains.

— Faraday ?

— Embeth, souffla la jeune femme en écartant les mains de ses yeux, je suis désolée... Mais je ne savais pas... que... que...

— Tout va bien, mon enfant, et tu n'as rien fait de mal. Axis et moi n'aurions pas dû prendre de tels risques avec tant d'invités au château. Remets-toi...

Faraday inspira à fond et tenta d'arrêter de sangloter. Par Artor, quelle gourde elle était !

— Depuis... combien de temps...

— Environ trois ans, ma chérie... À présent, écoute-moi bien. Axis et moi sommes amis depuis des années. Aujourd'hui, nous sommes des amants occasionnels. Pas des amoureux ! Tu comprends ce que je veux dire ?

— Je crois... (Du dos de la main, Faraday sécha tant bien que mal ses larmes.) Mais je me sens si stupide.

— Tu auras au moins appris une règle essentielle de la cour : ne jamais faire irruption dans une chambre en pleine nuit, même si son occupant est censé être seul.

— Ma mère ne m'a jamais parlé de cet aspect de l'étiquette...

Embeth tapota l'épaule de sa jeune amie puis s'assit au bord du lit.

— Pourquoi voulais-tu me voir ?

— Puis-je commencer par une autre question ? Au sujet de ce qui vient d'arriver…

— Bien sûr.

— Les dames mariées prennent-elles souvent des amants ?

Eh bien, pensa Embeth, *nous voilà sur un terrain glissant, dans le contexte qui me préoccupe…*

Il était fréquent que les nobles épouses, comme leurs maris, se montrent infidèles. Mais le révéler à Faraday, à ce moment précis, aurait conduit à un désastre.

— Il arrive que les dames aient un amoureux, mais uniquement quand elles sont veuves.

Artor, pardonne ce mensonge, car c'est pour la bonne cause !

— Donc, du vivant de Ganelon, Axis et vous n'étiez pas amants.

— Non. Tout a commencé après sa mort. Et si je me remarie un jour, je serai fidèle à mon époux.

Enfin une vérité dans un tissu de mensonges !

— Je voulais vous parler du mariage, souffla Faraday après un long silence. Savoir comment c'est, et ce que vous avez éprouvé.

— Aurais-tu des doutes, mon enfant ?

La future duchesse acquiesça timidement.

— C'est normal, rassure-toi… Le mariage est un tel saut dans l'inconnu ! Mais tes parents, ne l'oublie pas, ont déjà signé un contrat avec le duc. Bien que l'union n'ait pas été célébrée, et encore moins consommée, il est impossible de revenir en arrière. Légalement, Borneheld et toi êtes liés. Et seule la mort brisera cet engagement. Devant Artor et en présence de témoins, vous vous êtes promis l'un à l'autre.

— Je sais, Embeth… Mais que se passera-t-il si nous ne sommes pas heureux ensemble ?

— Ton devoir est de vivre aux côtés du duc. Il faudra t'occuper de lui, veiller sur son domaine et lui donner des enfants. Si l'amour s'en mêle, ce sera parfait. Sinon, tu auras mission, quoi qu'il arrive, de le respecter et de l'honorer. Tu seras bientôt la duchesse d'Ichtar et il se peut que tu deviennes un jour la reine d'Achar. Alors, tes responsabilités iront bien au-delà de ta simple personne et de tes proches. Tu parles de bonheur ? (Embeth haussa les épaules.) Il ne pèse pas lourd, ma chère, face à l'honneur et au respect. La voie du devoir s'ouvre devant toi. Ne t'en laisse pas écarter par un romantisme absurde et dangereux.

Troublée par l'austérité de ce discours, Faraday sembla pourtant l'accepter.

— Je comprends, Embeth… Mais, vous, avez-vous été heureuse avec Ganelon ?

— C'était un homme de bien et il s'est toujours soucié de moi. J'ajoute qu'il me respectait. (Plongée dans ses souvenirs, la dame de Tare sourit.) Au début, je ne l'aimais pas et vivre ici me déplaisait. Au fil des ans, notre lien s'est renforcé, l'amour et le bonheur venant avec. Un beau matin – après lui avoir donné trois enfants – j'ai compris que j'aimais Ganelon. Deux ans plus tard, les défenses d'un sanglier me l'ont arraché à jamais…

Embeth ne précisa pas qu'elle avait failli mourir de chagrin le jour où un serviteur était venu lui annoncer le décès de son mari. Le cœur serré, elle revit ce pauvre homme, la tunique rouge de sang, des larmes dans les yeux…

Faraday se sentit toute ragaillardie. Il en serait ainsi entre Borneheld et elle ! L'amour ne viendrait pas tout de suite, ni même la première ou la deuxième année. Mais il naîtrait tôt ou tard, et elle serait une aussi bonne épouse qu'Embeth. Il suffisait pour ça d'un peu de patience, de beaucoup de respect et d'un sens du devoir inébranlable.

— Merci, Embeth… Je suis contente que nous ayons eu cette conversation.

— Artor récompense ceux qui ne se détournent pas de leur devoir. (Embeth poussa Faraday dans le lit comme elle l'aurait fait avec sa fille.) À présent, il est temps de dormir. Vous partirez tôt, demain matin.

Quand la dame de Tare revint dans sa chambre, peu après, Axis ne l'avait pas attendue. Elle s'en désola, car elle n'avait aucune envie de passer la nuit seule après avoir évoqué son bonheur avec Ganelon.

Si Faraday avait été promise à un homme de cette trempe, elle n'aurait eu aucun doute sur son avenir.

Mais Borneheld n'était pas Ganelon.

12

À LA LISIÈRE DU BOIS DE LA MUETTE

Le voyage entre Tare et le bois de la Muette prit cinq jours. Le mois de l'Os commençait, charriant son lot habituel d'intempéries. Sous un ciel constamment lourd de nuages, la colonne subit une série d'orages et quelques averses de grêle. À l'évidence, la neige ne tarderait plus.

Enveloppés dans leurs manteaux cirés pour être plus ou moins imperméables, le col remonté au maximum, les soldats tentaient d'ignorer l'eau glacée qui leur ruisselait néanmoins dans le cou. Au nord de Tarantaise, les plaines, de vastes étendues désolées, n'offraient pas le moindre abri.

Tremblant de froid malgré plusieurs couches de vêtements, Merlion maudissait plus que jamais la malencontreuse initiative de son mari. Déprimée par le mauvais temps, Faraday était presque aussi morose que sa mère.

Timozel venait parfois chevaucher près d'elles, résolu à leur remonter le moral avec des histoires amusantes. Les voyant sourire à peine poliment, il finissait par rejoindre son unité.

En deux ou trois occasions, Axis tenta de parler avec Faraday. Même si Embeth affirmait que la question était réglée, il se sentait obligé de revenir sur le sujet. L'unique fois où il parvint à voir la jeune femme seule, elle s'excusa de son intrusion puis tourna les talons sans ajouter un mot.

Axis ne s'en était pas formalisé. Mais la jeune dame devrait grandir, tôt ou tard, et il valait mieux qu'elle se hâte, avant que Borneheld lui mette la main dessus.

Le cinquième soir, alors qu'il ne pleuvait pas, pour une fois, les contours noirs et massifs du bois de la Muette apparurent à l'horizon, qu'ils barraient quasiment d'un bout à l'autre.

Belial s'approcha de son chef. Immobile sur Belaguez, Axis sondait la forêt, droit devant eux.

— C'est assez inquiétant pour que tout bon fidèle d'Artor s'empare de sa hache, n'est-ce pas, Tranchant d'Acier ?

Axis acquiesça distraitement. Il avait vu une fois le bois de la Muette, de très loin, et s'était réjoui de le contourner par le sud. Mais là, il allait devoir y entrer…

— Nous camperons dans deux heures, Belial. Si on approche plus, tout le monde fera des cauchemars. Demain matin, nous… eh bien, nous entrerons…

Le second comprit l'hésitation de son chef. De loin, le bois était déjà effrayant. Alors, s'en approcher, et, pire encore, le traverser…

— Toute la colonne s'y enfoncera, Tranchant d'Acier ?

— Non. J'irai avec frère Gilbert et deux autres hommes. Sûrement Timozel et Arne… En attendant mon retour, tu commanderas les Haches de Guerre.

— À tes ordres, Tranchant d'Acier ! lança Belial sans parvenir à dissimuler tout à fait son soulagement.

Vu du camp, le bois de la Muette était encore plus angoissant. Noirs, épais et tordus, les arbres se serraient les uns contre les autres comme des soldats avant un assaut. Avec leurs cimes entrelacées, ils composaient une frondaison si dense que les rayons du soleil devaient rarement caresser le sol de la forêt. Tapis au cœur de la végétation, des yeux semblaient espionner sans cesse les intrus qui avaient osé investir les plaines environnantes.

Pour ne rien arranger, un concert de murmures et de craquements étouffés montaient constamment du bois.

Inquiets, les hommes avaient dressé le camp dans un silence de mort – et en tournant autant que possible le dos à la forêt. En l'attente du repas, presque tous avaient jugé bon de s'entraîner ostensiblement à la hache ou à l'épée, histoire de décourager d'éventuels agresseurs.

Emmitouflée dans son manteau, Faraday alla rejoindre Axis et Gilbert, campés face à la sinistre forêt.

— C'est terrorisant, souffla-t-elle d'un ton égal démenti par son regard voilé. Un monde sauvage et indompté qui ignore la civilisation... Seuls des démons peuvent y résider, n'est-ce pas ?

— Dame Faraday, dit Gilbert, soucieux de rassurer la jeune femme, l'ordre du Sénéchal contrôle parfaitement le bois de la Muette. N'ayez aucune crainte, Artor veille sur nous.

— Aujourd'hui et jusqu'à la fin des temps..., répondit machinalement la future duchesse. (Elle se tourna vers Axis.) Et vous devez y entrer demain ?

— Je n'ai pas le choix, répondit le guerrier. Mais Artor seul sait comment des frères peuvent vivre reclus dans cette citadelle !

— Gilbert, demanda Faraday, pourquoi ce nom étrange ? Le bois de la Muette ?

— Parce que cette forêt, répondit Axis à la place du frère, ne pose pas sans cesse des questions. Contrairement à la plupart des femmes !

— Désolée de vous avoir dérangé, Tranchant d'Acier, dit Faraday avant de faire volte-face.

Elle repartit pour le camp, le chat blanc sur les talons.

Furieux, Axis foudroya le maudit félin du regard.

Personne ne dormit très bien cette nuit-là. Ceux qui s'étaient écroulés comme des masses, terrassés par la fatigue, se réveillèrent quelques minutes plus tard, trempés de sueur et hantés par des terreurs impossibles à identifier.

Après avoir lutté des heures pour trouver le sommeil, Axis retomba dans les rets de son cauchemar.

Plaqué sur le sol par des liens invisibles, nu comme un ver, il se retrouva dans le cloaque obscur, acharné à se libérer alors qu'il aurait dû, il le savait, épargner son énergie pour le combat qui l'attendait. Suant à grosses gouttes, il sentit son souffle s'accélérer à mesure que la peur envahissait son âme.

Puis la présence survint, si puissante qu'elle aurait pu l'écraser sans effort.

—Non, gémit-il, tu n'es pas mon père!

L'entité se comporta étrangement. Elle ne parla pas et n'émit aucune onde mentale de haine, comme si elle était... intriguée.

—Qui es-tu? souffla Axis. Qui es-tu?

—Et toi, qui es-tu? répéta une voix rauque bizarrement distordue par les ténèbres.

Rien n'était comme d'habitude. La peur demeurait – et le sentiment justifié d'être en danger – mais sa nature n'était plus la même.

Les liens qui entravaient ses bras et ses jambes s'étant volatilisés, Axis se leva d'un bond et regarda autour de lui, les yeux plissés pour distinguer une ombre ou un mouvement. Sous ses pieds, le sol était froid et humide.

—Nous ne savons pas qui il est..., dit une voix derrière lui.

Le Tranchant d'Acier se retourna si vivement qu'il faillit perdre l'équilibre.

—D'où vient-il et que fait-il ici? continua la voix. Comment a-t-il trouvé le chemin? Qui le lui a montré?

— Qui êtes-vous ? lança Axis d'un ton désormais féroce.

Prêt à tout, il tenta de voir si sa hache ou son épée n'étaient pas près de lui, prêtes à frapper.

Dans le silence qui suivit, il sentit de nouveau l'étonnement de ses tourmenteurs.

— Nous sommes… ce que nous sommes… et nous avons toujours été là. Mais toi, qui es-tu ?

— Axis Rivkahson, Tranchant d'Acier des Haches de Guerre !

Alors, tout changea autour du guerrier. L'étonnement ayant disparu en un éclair, des ondes de rage et de haine le percutèrent comme la marée montante quand elle balaie le sable. Autour de lui, les créatures sifflèrent et gémirent en chœur. Submergé par tant de malveillance, Axis serra les poings et se ramassa sur lui-même, prêt à livrer un combat perdu d'avance.

Une vive lueur jaillit sur sa droite. Il se tourna de ce côté, les yeux plissés pour ne pas être trop ébloui, et aperçut les contours d'une silhouette.

— Va-t'en, Axis Rivkahson, Tranchant d'Acier des Haches de Guerre ! crièrent autour de lui des milliers de voix enragées. Quitte immédiatement cet endroit où tu n'es pas le bienvenu !

La silhouette qui semblait brandir la lumière avança et devint plus distincte. La lueur s'intensifiant encore, Axis vit enfin où il était.

Un grand bosquet, au milieu d'une forêt, où des arbres noirs se pressaient les uns contre les autres. Entre les troncs, une multitude de créatures bougeaient sans cesse, impossibles à voir clairement dans la pénombre – ce qui était sans doute préférable pour la santé mentale du Tranchant d'Acier.

L'être qui tenait la lumière fit encore quelques pas et s'immobilisa, toujours sur la droite du guerrier, qui cria d'horreur en le voyant de plus près.

Sur un corps d'homme puissamment musclé et vêtu d'un simple pagne se dressait l'énorme tête d'un cerf adulte. Des andouillers jaillissaient de son front et ses yeux rouges brillaient de haine. Le monstre avança de nouveau, un rictus de mépris dévoilant ses dents jaunâtres.

— Va-t'en ! beugla-t-il.

Axis se réveilla en hurlant et s'assit d'un bond sur sa paillasse, persuadé qu'un cri était vraiment sorti de sa gorge. Mais les soldats, autour de lui, n'avaient pas bronché, sans doute piégés dans leurs propres cauchemars.

Axis se prit la tête entre les mains.

Cela ne finirait-il donc jamais ?

Sentant le contact d'une masse chaude contre son flanc, il sursauta avant de comprendre qu'il s'agissait du chat.

Le Tranchant d'Acier se rallongea, serra le félin contre sa poitrine et tenta de prendre un peu de repos avant l'arrivée imminente de l'aube. Grâce en soit rendue à Artor, il sombra dans un sommeil sans rêves dont Belial le tira alors que l'horizon, à l'est, s'illuminait peu à peu.

13

Le lac du chaudron

Une heure après l'aube, leur petit déjeuner avalé à la hâte, les cinq hommes poussèrent leurs chevaux à moins de cinquante pas du bois de la Muette. Sous le vent mordant qui battait la plaine, tous frissonnaient dans leurs manteaux. Gagnées par la nervosité de leurs maîtres, les montures renâclaient sans cesse.

— Il ne sera pas assez large pour que vous avanciez à deux de front, dit Belial en étudiant le chemin qui s'enfonçait dans le bois.

— À quelle distance est la forteresse, Gilbert ? demanda Axis.

— Eh bien… hum… je n'en suis pas tout à fait sûr, Tranchant d'Acier.

— Je croyais que tu savais tout sur tout, frère Gilbert, lâcha sèchement Axis. Mais tu ignores où est exactement la citadelle, pas vrai ?

— Au bout du chemin, voilà où elle est…, marmonna le frère, rouge d'embarras.

— Si c'est tout ce que tu as à dire, espèce de gros tas de…, commença Belial.

— Mon ami, coupa Axis, il n'est jamais avisé d'insulter un membre de l'ordre du Sénéchal. Si Gilbert affirme que la citadelle est au bout du chemin, c'est qu'elle y est. Bien sûr, nous serions plus avancés s'il connaissait la longueur de ce chemin oublié d'Artor. N'est-ce pas, cher frère ?

Une nouvelle fois, Gilbert maudit le jour où il avait quitté la tour du Sénéchal.

— Nous n'avons pas communiqué avec la citadelle depuis longtemps, Tranchant d'Acier.

— Vraiment ? dit Axis, le front plissé. Je pensais que Jayme avait envoyé un messager avertir les frères de notre arrivée…

— Il l'a fait… Hélas, l'homme n'est jamais revenu.

Les deux benjamins du détachement, Timozel et Arne – un des commandants de cohorte – échangèrent des regards inquiets et s'assurèrent que leur hache pendait bien à leur ceinturon.

Le Tranchant d'Acier, plus placide, se souvint de l'évidente incertitude de Jayme au sujet des archives qu'il trouverait.

— Gilbert, depuis combien de temps le frère-maître n'a-t-il plus de nouvelles de la citadelle ?

Blêmissant à vue d'œil, le frère leva les yeux au ciel, comme si la parole d'Artor était soudain écrite dans les nuages.

— Trente-neuf ans, répondit-il, piteux.

— Trente-neuf ans ? répéta Axis, soufflé. Gilbert, comment savoir si cette citadelle est davantage qu'un tas de ruines ? Jayme m'a parlé d'un certain Ogden, qui serait le supérieur de cette congrégation. Après trente-neuf ans de silence, comment le sait-il ?

— Parce que l'ordre, avança Arne, il y a quarante ans, a nommé Ogden à ce poste…

Le jeune homme au visage austère et aux cheveux noirs ponctua son hypothèse d'un ricanement sinistre.

— C'est ça, Gilbert ? demanda Axis.

— Oui… Vous savez, les frères ne sont pas très portés sur la communication. Alors…

Pourquoi Jayme m'a-t-il caché ça ? pensa Axis, de plus en plus mécontent de toute cette affaire.

— Belial, si nous ne sommes pas revenus dans trois jours, lance un détachement à notre recherche. Au cas où ces hommes-là ne se remontreraient pas au bout de trois autres jours, lève le camp et retourne à Carlon. Là, tu diras à Jayme que plus personne ne devra s'aventurer dans le bois de la Muette, à part lui, si ça lui chante. S'il refuse, conseille-lui d'aller au fort de Gorken, pour y arrêter tout seul les Proscrits.

Belial acquiesça et fit reculer son cheval d'un pas.

— Puisse Artor vous serrer tous dans sa sainte main, Tranchant d'Acier !

— Aujourd'hui et jusqu'à la fin des temps, soufflèrent Gilbert, Arne et Timozel.

Axis se tourna vers ses deux Haches de Guerre.

— Des questions ? (Les deux hommes secouèrent la tête.) Parfait… Frère Gilbert, tu passeras le premier. Avec un peu de chance, tes prières tiendront les démons à l'écart. Timozel, derrière moi. Arne, tu fermeras la marche. Vous êtes prêts, Haches de Guerre ?

— Nous attendons tes ordres, Tranchant d'Acier !

— Alors, en avant ! cria Axis en talonnant Belaguez.

Belial regarda les quatre hommes disparaître dans la forêt, puis il fit volter son cheval. Jusqu'au retour de leur chef, des hommes monteraient la garde jour et nuit à l'entrée de ce maudit sentier.

À mi-chemin du camp, l'officier vit Faraday, debout dans les herbes battues par le vent, les yeux rivés sur l'entrée du bois de la Muette.

Les quatre hommes firent ralentir leurs chevaux dès qu'ils furent dans le bois. Après une trentaine de pas, la pénombre les enveloppa, comme si le soleil avait disparu.

Très droit sur sa selle, chaque cavalier sondait les alentours, convaincu qu'une attaque ne saurait tarder.

Pour eux, un monde sans grands espaces où le ciel restait invisible était tout simplement inconcevable. Épées dégainées, les trois Haches de Guerre se préparaient à frapper à la première alerte. Mort de peur, Gilbert se serait arrêté si Belaguez n'avait pas collé au train de sa monture avec autant d'insistance.

— Tranchant d'Acier! cria soudain Timozel dans un silence que ne troublait même pas le chant des oiseaux.

Axis tira sur les rênes de son étalon et se tourna sur sa selle.

— Que se passe-t-il?

Plié en deux, le jeune soldat avait déjà à demi glissé de sa selle.

— C'est ma hache... Elle...

À cet instant, Axis fut victime du même phénomène. Un poids énorme le forçait à se pencher sur la droite, comme si une main géante avait saisi le manche de sa hache et le tirait inexorablement vers le sol.

Le Tranchant d'Acier tenta de basculer de l'autre côté, mais la traction se fit plus forte. Glissant à son tour de sa selle, il voulut se raccrocher au pommeau et dut vite le lâcher pour ne pas avoir les bras arrachés. Devant lui, Gilbert cria de terreur, mais il était bien trop occupé pour s'en soucier.

La traction augmenta encore – la main invisible avait une force incroyable – et Axis tomba de son cheval quelques instants après avoir entendu Timozel percuter le sol. Son propre atterrissage fut si violent qu'il en eut le souffle coupé.

À moitié sonné, il déboucla son ceinturon pour se débarrasser de sa hache. La seconde suivante, la traction disparut et il se releva d'un bond. Près de leurs chevaux, un peu derrière lui, Timozel et Arne gisaient sur la terre meuble, dépassés par ce qui leur arrivait.

Le sol vibra sous les pieds du Tranchant d'Acier, qui manqua perdre l'équilibre.

— Timozel, Arne, enlevez vos ceinturons ! Vite !

Axis courut vers le fils d'Embeth, dont les jambes disparaissaient déjà dans la terre. S'agenouillant, il l'aida à se débarrasser de son ceinturon puis à se relever.

Il passa ensuite à Arne et constata, soulagé, qu'il s'était libéré tout seul de l'étrange piège.

Impuissants, les trois soldats regardèrent leurs haches disparaître sous le tapis d'aiguilles et de feuilles mortes qui recouvrait le sol.

Les jambes tremblantes, ils reculèrent jusqu'à un endroit où la terre n'ondulait pas comme un serpent.

— Artor nous a sauvés ! s'écria Arne. Les haches nous auraient entraînés avec elles !

Épée au poing, ils restèrent un long moment silencieux, le souffle encore court. Fixant les endroits où avaient disparu leurs armes, ils ne parvenaient pas à en croire leurs yeux. Tout avait l'air si normal à présent...

Mais comment la terre pouvait-elle avaler des haches ? Et de quelle façon combattre une ennemie si puissante ?

— Je me demande si le messager de Jayme avait une hache, dit Timozel, le teint grisâtre. Et s'il a débouclé son ceinturon à temps...

— Combien d'autres soldats sont enterrés là-dessous ? souffla Arne.

Jugeant inutile de s'appesantir sur cette question, Axis s'arracha à une fascination par trop morbide.

— Remontons en selle, dit-il. Je me sentirai mieux avec ce bon vieux Belaguez entre cette terre et moi.

— Que s'est-il passé ? demanda Gilbert, qui avait rebroussé chemin.

— On nous a confisqué nos haches, cher frère, répondit Axis en enfourchant Belaguez. Espérons que ce bois ne finira pas par nous dévorer aussi… En route, messires !

Plus rien ne vint troubler les voyageurs, qui ne se détendirent pas pour autant, angoissés dès qu'une brindille se brisait sous un sabot ou qu'une branche basse leur percutait l'épaule. Trempées de sueur, leurs mains glissaient sur la garde de leurs épées. Aucun des trois soldats ne prit le risque d'essuyer sa paume sur son manteau, au cas où les démons qui peuplaient le bois choisiraient ce moment pour attaquer.

Après huit heures de chevauchée, le chemin commença à descendre abruptement, et les cavaliers durent tirer sur les rênes de leurs montures pour les empêcher d'aller trop vite et de glisser.

Une soixantaine de minutes plus tard, Gilbert s'arrêta et tourna vers Axis un visage décomposé par la fatigue et l'angoisse.

— Tranchant d'Acier, dit-il, il y a un point d'eau devant nous.

Plissant les yeux, Axis sonda la pénombre et vit effectivement des reflets miroitants qui ne trompaient pas.

— Continue d'avancer, ordonna-t-il à Gilbert. Il est plus que temps de trouver un endroit où manger et prendre un peu de repos.

— Si nous en dénichons un…, marmonna Timozel dans le dos de son chef.

Axis voulut relever un peu son épée. Les doigts raidis par les crampes, il faillit la laisser tomber.

Par Artor, pensa-t-il, *si ça continue, nous finirons par nous coucher au milieu du chemin, morts de fatigue !*

Pour être engloutis par la terre, comme leurs haches ?

À cet instant, le cheval de Gilbert sauta un petit obstacle et retomba sur un sol à peu près plat. Rudement secoué, le frère parvint par miracle à rester en selle.

Un homme averti en valant deux, Axis serra très fort les flancs de Belaguez avec ses genoux. Une fois le ruisseau franchi sans encombre, il se retourna et cria à ses Haches de Guerre de faire attention.

Devant eux, la piste, presque plane, s'élargissait considérablement. Soulagés, les quatre voyageurs s'autorisèrent un soupir ravi. Saisissant la première occasion de ne plus ouvrir la marche, Gilbert tira sur les rênes de sa monture et se laissa dépasser par Belaguez.

— Devant nous, les arbres sont moins denses, dit Axis. J'aperçois un lac…

Quelques minutes plus tard, ils s'arrêtèrent à la lisière du plus fabuleux paysage qu'ils aient jamais vu. Le bois de la Muette tout entier se jetait comme un fleuve vers un énorme bassin circulaire où la végétation disparaissait abruptement au bord d'un lac parfaitement rond aux eaux couleur d'or.

— Tu connaissais cet endroit ? demanda Axis, qui n'en croyait pas ses yeux.

Sans détourner le regard du lac, le frère fit signe que non.

— De la sorcellerie ! déclara le Tranchant d'Acier. L'eau n'est pas jaune.

— Et si ce n'était pas de l'eau ? avança Timozel.

Inquiet, il fit le signe de la Charrue pour éloigner le démon.

— Regardez, dit Arne, son épée pointée, je crois que c'est cette foutue citadelle.

Construit au bord du lac, l'édifice en pierre jaune pâle était baigné par les doux reflets de l'eau. Avec ses murs de quatre-vingt-dix pieds de haut percés çà et là de meurtrières, il semblait abandonné depuis des lustres.

— Messires, dit Axis, allons à la recherche de cette tribu perdue de frères du Sénéchal !

Sur ce terrain glissant, les quatre cavaliers contournèrent le lac au pas. Quand ils atteignirent la citadelle, les derniers rayons du soleil disparaissaient déjà derrière la cime des arbres. De près, le bâtiment semblait encore plus désert et franchement sinistre.

Les voyageurs se regardèrent, mal à l'aise. Ils n'avaient aucune envie de passer la nuit dehors dans ces bois.

Axis guida Belaguez jusqu'à la porte barrée de fer et frappa trois fois avec le pommeau de son épée.

— Au nom d'Artor, je vous somme d'ouvrir ! Nous avons besoin d'un abri et de nourriture.

Autant parler à un mur !

Timozel et Arne ne cachèrent pas leur inquiétude, et Gilbert se contenta d'un grognement énigmatique. Axis frappa trois nouveaux coups, puis fit reculer Belaguez pour mieux étudier la façade de pierre.

— Répondez, bon sang..., murmura-t-il.

Comme si on l'avait entendu, un guichet défendu par des barreaux s'ouvrit sur la lourde porte de chêne.

— Oui ? demanda une voix éraillée.

— Je suis Axis, Tranchant d'Acier des Haches de Guerre. Mes deux soldats se nomment Timozel et Arne. (Il désigna le frère.) Et voilà Gilbert, assistant et conseiller du frère-maître Jayme.

À présent, laissons notre futur hôte méditer un peu sur ces présentations...

Derrière le guichet, deux yeux gris soupçonneux étudièrent rapidement le petit groupe.

— Tranchant d'Acier, mon œil ! lança la voix éraillée. Et assistant, mes fesses !

Le guichet se referma si violemment qu'Axis eut le sentiment d'être souffleté.

— Quoi ! s'étrangla-t-il. (Il martela la porte de coups de pommeau.) Au nom de l'ordre du Sénéchal, laissez-nous entrer !

Le guichet s'ouvrit de nouveau.

— Tu n'es pas le Tranchant d'Acier, jeune homme, dit la voix. Le vrai s'appelle Fingus, et je le connais. Et ton complice n'a jamais conseillé le frère-maître. À vrai dire, il n'a même jamais dû lui cirer ses chaussures. Le conseiller, c'est moi !

Le guichet se referma.

Axis s'appuya contre la porte et se massa le front, au bord de la crise de nerfs. Fingus commandait les Haches de Guerre des décennies plus tôt. Depuis trente-neuf ans, son interlocuteur n'avait reçu aucune nouvelle du royaume…

Le Tranchant d'Acier trouva la force de frapper encore à la porte.

— Fichez le camp ! cria l'homme tapi derrière le battant.

— Nous crevons de faim et de fatigue, et il nous faut un endroit où dormir, dit Axis d'un ton qu'il espérait raisonnable. Nous aiderez-vous, pour l'amour d'Artor ?

Il y eut un bruit de verrou. Prudent, Axis se redressa sur sa selle une fraction de seconde avant que la porte s'ouvre vers l'extérieur. Un petit frère obèse, d'environ soixante-dix ans, se campa sur le seuil, la méfiance assombrissant son visage de vieux chérubin surmonté par une couronne de cheveux blancs hirsutes.

— Vous ne pouviez pas le dire plus tôt ? bougonna-t-il. Allez, entrez vite !

Avant de suivre les autres, Timozel attacha les chevaux aux anneaux de fer scellés dans le mur de la citadelle.

Toujours aussi peu aimable, le frère claqua bruyamment la porte derrière eux.

14

La citadelle de la muette

— Eh bien, demanda le vieil homme, que fichez-vous ici ? Pourquoi vous êtes-vous perdus dans ce bois ?

Avant de répondre, Axis prit le temps de regarder autour de lui. Le frère les avait fait entrer dans une grande pièce circulaire et obscure qui devait couvrir toute la surface au sol de la citadelle. Dans un coin, un escalier en colimaçon menait aux étages supérieurs. La moitié de la place disponible était occupée par des caisses sommairement empilées. L'autre contenait une cuisine rudimentaire et ce qui pouvait passer pour une salle à manger. Un grand garde-manger en bois, soutenu par des briques, était posé en équilibre précaire contre le mur. Non loin de là, une table branlante reflétait la lueur des flammes d'une cheminée en fer. Une hotte trop petite et au tirage insuffisant orientait vers le tuyau qui perçait le plafond une infime partie de la fumée. Le reste se répandait simplement dans la pièce…

Axis gratifia le vieil homme du salut des Haches de Guerre. À quoi aurait-il servi de l'insulter ?

— Frère Ogden, je suppose ?

— C'est mon nom, oui…

— Frère Ogden, je suis Axis, l'actuel Tranchant d'Acier des Haches de Guerre. (Voyant le vieil homme secouer la tête et s'empourprer, le guerrier leva une main.) Ne vous emballez pas, surtout ! Voilà trente-neuf ans que vous n'avez pas eu de contact avec le monde extérieur. Bien des choses ont changé depuis que vous avez quitté la tour du Sénéchal. Fingus est mort il y a des années. Aujourd'hui, c'est moi qui le remplace. Sachez aussi que le roi Karel n'est plus et que son fils, Priam, porte la couronne d'Achar.

— La dernière fois que je l'ai vu, grogna Ogden, ce gamin avait encore la morve au nez !

Imaginant le jeune prince avec ses frisettes et de la morve au nez, Timozel eut du mal à ne pas éclater de rire.

— Qui est le nouveau frère-maître, as-tu dit ? reprit Ogden. Jayme ?

— C'est ça...

Le vieil homme plissa le front puis sourit, comme si de vieux souvenirs lui revenaient.

— Mazette... Un joli parcours, pour un fils de paysan ! Afin d'atteindre cette position, il a dû se faire des amis haut placés. (Ogden se rembrunit, marmonna un moment dans sa barbe, puis releva les yeux.) Venez donc vous asseoir ! Inutile de rester debout comme des bouseux invités à la cour. (Du bout d'un pied, il tira deux bancs de sous la table.) Les lois de l'hospitalité imposent que nous vous servions à manger en vous écoutant raconter votre histoire. (Ogden prit une grande inspiration et brailla à pleins poumons :) Veremund !

Les quatre visiteurs en sursautèrent de surprise. Ayant déjà entrepris de s'asseoir sur le banc poussiéreux, Gilbert aurait basculé les quatre fers en l'air si Timozel ne l'avait pas retenu.

— Veremund ! beugla de nouveau le vieil homme, les yeux rivés sur l'escalier.

Dans un vacarme épouvantable, quelqu'un dévala les marches de fer et déboula dans la pièce, une petite lampe à la main.

Aussi grand et maigre qu’Ogden était gros et petit, Veremund avait le teint pâle, de grands yeux noirs, des cheveux blancs en bataille… et des taches d’encre sur les doigts et les vêtements.

— Des invités ! s’exclama-t-il dès qu’il aperçut Axis et ses compagnons. Ogden, nous avons de la visite ! (Il courut vers les quatre hommes et leur serra chaleureusement la main.) Enchanté ! C’est un plaisir, mes amis ! Que dis-je, un délice !

Il tapota la tête de Timozel, flanqua une grande tape sur l’épaule de Gilbert, puis remarqua les deux haches au-dessus du cœur d’Axis.

— Un Tranchant d’Acier ? Nous sommes honorés… n’est-ce pas, Ogden ? (Veremund regarda son collègue, qui marmonna de nouveau dans sa barbe, approcha du feu et poussa une grosse bouilloire plus près des flammes.) Eh bien, continua le frère, son enthousiasme douché, disons que nous sommes honorés… Ça faisait si longtemps ! Messires, veuillez excuser ce rustre d’Ogden. Il déteste qu’on l’arrache à sa contemplation, vous savez… Moi, j’adore avoir de la compagnie. Mais, je vous en prie, asseyez-vous, asseyez-vous…

Ogden jeta sur la table des assiettes sales, les étudia d’un œil critique puis les essuya avec sa manche, ajoutant encore au désastre.

— Ils ne m’ont pas dit ce qu’ils venaient fiche ici, lâcha-t-il avant de distribuer les assiettes.

— Ça n’a aucune importance ! s’écria Veremund en souriant à ses invités. Nous avons tout le temps d’entendre leur histoire. (Il marqua une pause, l’air soudain morose.) Messires, pardonnez-moi de poser cette question, mais elle me brûle les lèvres. Avez-vous eu des problèmes en traversant le bois ?

— Nous n’avions pas fait trois cents pas, quand…, commença Axis.

— Oui, oui, coupa Veremund, l'air accablé. Le bois n'a pas voulu de vos haches, c'est ça ?

— Repaire de démons..., souffla Arne. Aucune forêt ne devrait souiller la terre d'Achar. C'est une insulte à Artor !

— Jeune homme, dit Ogden en jetant un jambon au miel sur la table, l'ordre du Sénéchal essaie de raser ce bois depuis mille ans. Un jour, à ce qu'on raconte, dix cohortes de Haches de Guerre l'ont entouré et se sont attaquées aux arbres. Aucun n'a survécu à l'aventure. Je parle des soldats, bien sûr...

— Je pensais, dit Axis, que l'ordre avait épargné ce bois afin de préserver la citadelle.

Veremund s'assit et soupira à pierre fendre.

— Hélas, en vérité, le Sénéchal n'est pas assez puissant pour abattre ces arbres. La vieille magie lui résiste encore...

Au mot « magie », Gilbert plissa le front, l'air choqué. Veremund regarda Ogden, qui revenait du garde-manger, un plateau lesté de nourriture sur les bras.

Une question muette traversa tous les esprits : pourquoi le bois avait-il volé les haches mais laissé la vie à leurs propriétaires ? Depuis des années, personne n'était arrivé vivant à la citadelle.

La bouilloire ayant sifflé, Veremund se leva pour aller faire du thé. Quand Ogden entreprit de décharger son plateau, les quatre invités écarquillèrent les yeux. La chère, ici, était au moins aussi raffinée qu'à la table de Priam.

Quatre sortes de pain, un assortiment de viandes froides, des cornichons, de la moutarde, des légumes frais, des tartes aux fruits ou à la confiture, de la crème, du beurre, des fruits confits, une montagne de fromages...

— Veuillez m'excuser, frères, dit Gilbert, mais... hum... comment faites-vous pour festoyer ainsi ?

Ogden et Veremund vinrent se rasseoir, l'air stupéfait.

— La nourriture sort du garde-manger, simplement, répondit le gros frère.

— J'entends bien, insista Gilbert en se tortillant sur son banc. Mais comment y entre-t-elle ? Si vous voyez ce que je veux dire… Avez-vous des talents de boucher et de cuisinier ? Cela dit, nous n'avons vu ni troupeaux ni jardin, dehors…

— Mon jeune ami, grogna Ogden, la nourriture vient du garde-manger. Où Veremund l'a préalablement mise, dois-je supposer.

— Ah, non, Ogden ! se défendit l'autre frère. C'est toi qui la ranges là, pas moi !

Furieux d'être contredit, Ogden foudroya son collègue du regard.

— Non, non et non ! Je suis formel, c'est toi qui la mets dans le garde-manger.

— Mes frères, intervint Axis, peu désireux d'assister à une dispute, cette question est sans intérêt. Si Gilbert vous a offensés, faites-moi la grâce de lui pardonner. Ce repas dépasse de loin tout ce que nous espérions.

— Mes amis, dit Veremund, je devrais aller m'occuper de vos chevaux. Il y a une écurie derrière la citadelle… Si vous attendez mon retour pour raconter votre histoire, ça vous évitera de la répéter. (Il se leva et foudroya Ogden du regard.) Seras-tu assez bon pour servir le thé pendant mon absence ?

Sur ces fortes paroles, il sortit et claqua la porte derrière lui.

Une heure plus tard, le ventre plein, dans une salle agréablement chaude, les visiteurs commencèrent à se détendre vraiment.

Veremund était revenu vers le milieu du repas. Refusant de manger, il s'était contenté d'une chope de thé.

— Messires, dit Ogden, les mains sur son ventre rebondi, il est temps de nous dire pourquoi le Tranchant d'Acier, deux de ses hommes et un soi-disant conseiller du frère-maître se sont enfoncés dans le bois de la Muette pour déranger des vieillards qui ne leur ont rien fait ?

Axis contempla un moment sa chope vide, puis il leva les yeux vers les deux frères.

— Nous sommes là parce que l'ordre du Sénéchal et le royaume tout entier ont besoin de votre aide.

Une bonne heure durant, Axis exposa la situation à leurs hôtes. Gilbert l'aidant à préciser quelques détails, il répondit aussi sincèrement que possible aux questions des deux vieillards.

— Alors, conclut-il, pouvons-nous compter sur vous ? Nous direz-vous comment vaincre ces Spectres ?

Ogden regarda le Tranchant d'Acier puis dévisagea ses trois compagnons.

— Mes enfants, soupira-t-il, ces nouvelles sont très graves. Désolé de dire ça, mais je les pense – *nous* les pensons – pires que vous le croyez.

Le vieil homme se tut.

— Alors, parlez, bon sang ! Ne restez pas assis les bras ballants à nous faire jouer aux devinettes !

— Tranchant d'Acier, intervint Veremund, à un moment, tu as émis l'hypothèse que le danger ne venait peut-être pas des Proscrits. Sache que tu avais raison. Ogden et moi craignons que vous ayez affaire au Destructeur en personne. Oui, Gorgrael, à la tête de ses fantômes, de sa glace et de ses nuages, menace de déferler sur le Sud !

Du regard, Axis interrogea Gilbert, qui semblait hélas aussi perplexe que lui.

— De quoi parlez-vous, Veremund ? Qui est le Destructeur ? Gorgrael, c'est ça ?

— Tranchant d'Acier, dit Ogden, tu devrais d'abord écouter quelques explications au sujet de cette citadelle.

— Je suis tout ouïe, frère Ogden.

— Si j'ai bien compris, Jayme t'a parlé d'antiques archives qui remontent au temps où les Acharites repoussèrent les Proscrits au-delà de la chaîne de la Forteresse ?

— Il espérait y trouver des informations sur la meilleure manière de combattre les Proscrits.

— Eh bien, jeune homme, il se trompait. Nos archives sont celles des Proscrits eux-mêmes. Et les plus vieilles ont huit mille ans.

— Quoi ? s'écria Gilbert, indigné. On aurait dû les brûler il y a des siècles !

Depuis l'exil forcé des Proscrits, l'ordre du Sénéchal s'acharnait à débarrasser Achar de tout ce qui les évoquait de près ou de loin. Y compris des anciennes légendes qui les mentionnaient.

Dans cet ordre d'idées, il n'était pas étonnant que le bois de la Muette et sa citadelle aient été laissés à l'abandon.

— C'est pour cette raison, jeune imbécile, que l'ordre ne fait pas grande publicité de notre existence ! Ces archives sont maudites, je veux bien te l'accorder, mais c'est justement ça qui fait leur valeur.

— Frère Ogden, intervint Axis, les Proscrits sont des sauvages guère plus évolués que des animaux. Comment ont-ils pu tenir des archives ?

Le Tranchant d'Acier se pencha en avant et la lumière du feu vint danser dans ses yeux bleus et sur sa courte barbe blonde.

— Mon ami, répondit Veremund, les Proscrits, comme tu les appelles par manque de savoir, avaient une culture orale et écrite bien plus sophistiquée que la nôtre. Après des centaines d'années d'études, menées par des frères très érudits, nous appréhendons à peine la beauté et la complexité de leur vie.

— On dirait que vous les admirez, grogna Arne en foudroyant les deux vieillards du regard.

— Mon garçon, Ogden et moi aurions du mal à ne pas être émerveillés. Ces peuples étaient magnifiques.

— Sacrilège ! brailla Gilbert. Vous n'êtes pas dignes de porter les robes de l'ordre du Sénéchal.

— Silence ! ordonna Axis, même s'il comprenait et approuvait la réaction de Gilbert.

Mais comment ces vieux fous pouvaient-ils admirer des créatures qui avaient tenté de massacrer les hommes, les femmes et les enfants du royaume ? Tout Acharite élevé dans la crainte d'Artor savait qu'ils étaient des monstres...

— Vous avez dit « ces peuples », Veremund ?

— Il y a deux espèces de Proscrits : les Icarii, parfois appelés les Enfants de l'Aile, et les Avars, également connus sous le nom d'Enfants de la Corne. La plus grande partie de nos archives est l'œuvre des Icarii. Mais nous avons aussi des documents sur les Avars...

— Et par quel miracle lisez-vous la langue des Proscrits, mes frères ? demanda Gilbert, ignorant l'ordre du Tranchant d'Acier.

— Toutes les races de cette antique terre vivaient jadis ensemble et elles parlaient le même langage. Au fil des siècles, il a très peu évolué.

Nous pratiquons la même langue que les Proscrits ? pensa Axis, incrédule. Mais ce n'était pas le moment d'explorer ce sujet...

— Ces textes nous en diront plus sur nos ennemis ? demanda-t-il.

— Je crois, oui... Mais il serait plus simple de vous les montrer. Ogden, tu crois que c'est une bonne initiative ?

— Oui, mon vieil ami... À mon avis, il n'y en a pas de meilleure.

Veremund hocha deux ou trois fois la tête, se leva, s'empara de sa petite lampe, posée sur le coin de la table, trottina vers l'escalier et le gravit bruyamment.

Un frisson glacé prémonitoire courut le long de l'échine d'Axis, qui chercha d'instinct sa hache. Mais elle gisait sous la terre du bois de la Muette, et son épée était posée contre un mur, hors de portée pour l'instant.

Arne et Timozel, constata-t-il du coin de l'œil, étaient aussi inquiets que lui. Comment avaient-ils pu se laisser séparer ainsi de leurs armes ?

Ogden capta la tension des trois soldats.

— Messires, je vous assure qu'il n'y a aucun danger. Veremund est simplement parti chercher un livre icarii.

Un vacarme familier leur annonça que le vieil homme redescendait déjà. Sa lampe abandonnée, il serrait contre son cœur un gros volume relié de cuir. Quand il le laissa tomber sur la table, Axis comprit qu'il était très lourd.

Ogden tourna le livre dans le bon sens, l'ouvrit et le feuilleta en marmonnant dans sa barbe, comme il adorait le faire. Se penchant un peu, les quatre visiteurs virent l'écriture inconnue qui couvrait les pages en vélin aux superbes enluminures. L'auteur de ces lignes avait utilisé des encres de couleur vive qui faisaient briller davantage encore les ors et les argents des gravures.

— Nous y voilà, souffla Ogden, un index pointé sur un paragraphe. D'une nature très secrète, les Avars et les Icarii avaient en commun une Prophétie qui remonte à des milliers d'années. Tous priaient pour ne plus être de ce monde quand elle se réaliserait. Écoutez donc ça, jeunes gens…

Le vieil homme inspira à fond, plissa le front et lut d'une voix devenue étrangement musicale :

— « *Lorsque naîtront les deux enfants… liés par la… la peur et le…* (Il s'arrêta et se frotta les yeux.) Maudite pénombre ! Tu aurais pu rapporter ta lampe, Veremund ! Veux-tu bien lire à ma place ?

— Tu sais que ma vue est encore plus mauvaise que la tienne... Tranchant d'Acier, tu dois avoir des yeux d'aigle ?

Axis hésita, mais Ogden l'encouragea d'un geste impérieux.

— Les mots ne te mordront pas, soldat, et, à ton âge, on réussit à lire dans la pénombre. Jadis, je connaissais ce texte par cœur. Mais il y a si longtemps que je n'ai pas eu besoin de m'en souvenir... Commence à cet endroit, mon garçon. Oui, les lignes que je te montre de l'index !

Le Tranchant d'Acier scruta un long moment la page. La calligraphie était si étrange – voire étrangère – qu'il ne reconnaissait pas les mots.

— Frère Ogden, je n'y arrive pas. L'écriture ne m'est pas familière, et...

— Tu racontes des âneries, fiston ! coupa le frère. Concentre-toi et tu y arriveras, j'en mets ma tête à couper.

Non sans soupirer, Axis baissa de nouveau les yeux sur la page. Quand il la caressa du bout d'un doigt, elle lui parut plus chaude qu'elle aurait dû. Avec ces lettres alambiquées et exotiques, les mots semblaient emmêlés les uns aux autres. Et toutes ces couleurs vives le distrayaient. Bref, il n'avait aucune chance de réussir.

Axis se pencha un peu plus, le sang lui battant aux tempes à force de se concentrer dans une telle pénombre.

Quand le texte dansa devant ses yeux, il battit plusieurs fois des paupières pour focaliser sa vision. Alors, un miracle se produisit.

— C'est vrai, je peux lire..., souffla-t-il. Ne me demandez pas comment, mais c'est ainsi...

Une étrange mélodie retentit dans la tête du guerrier, qui s'efforça de l'ignorer.

— Alors, lis pour nous, Tranchant d'Acier, dit Ogden, le regard rivé sur le protégé de Jayme.

Axis obéit. Aussitôt, sa voix baissa de plusieurs tons et résonna plus profondément, comme s'il chantait :

« *Lorsque naîtront les deux enfants*
Liés par la peur et le sang,
Le fils de la Corne et de l'Aile
Crachera mille fois son fiel
Sur le rival abominé
Qui l'Homme Étoile est appelé.

» *Le Destructeur au nord se lève*
Poussant ses Spectres vers le sud
Comme des pustules qui crèvent
Ivres du pus qu'elles exsudent.
Bientôt de Gorgrael la glace
Rongera la chair de nos races.

» *Pour les sauver il vous faudra*
Oublier les anciens combats.
De Tencendor réveiller l'âme
Puis du mensonge délivrer
Celui que vous avez nommé
L'Homme Étoile au poitrail de flammes.

» *Si la Charrue, la Corne et l'Aile*
Ne retrouvent pas l'unité
La destruction de Gorgrael
Frappera pour l'éternité. »

Sans lever les yeux du texte, Axis se tut un moment puis murmura une question :

— Tencendor ?

—Je t'expliquerai plus tard, mon garçon, répondit Ogden en posant une main sur l'épaule du Tranchant d'Acier. Mais continue, je t'en prie…

« Homme Étoile, prends garde à toi
Car ton pouvoir te détruira
Si tu t'en sers dans ce conflit
Avant que tout soit accompli,
Et que n'aient plus à advenir
Les Prophéties que tu vas lire.

» Les Sentinelles veilleront
Inlassables sur tous les fronts
Jusqu'au moment où la puissance
Aura souillé leur innocence.

» Une enfant tournera la tête
Et d'anciens arts révélera
À l'heure où elle pleurera.
Une épouse longtemps muette
Comblera de joie chaque nuit
Le meurtrier de son mari.

» Le chant des âmes millénaires
Longtemps retenues en enfance
Retentira sur cette terre.
Celle dont la mort fut duelle
Le ventre lourd d'une naissance
Accouchera d'un mal cruel.

» Un pouvoir plus noir que la nuit
Se lèvera, disant : "Je suis
Le père de votre salut."
Alors les eaux comme une crue

Feront jaillir des yeux-soleils
Le grand Sceptre de l'Arc-en-Ciel. »

Axis marqua une nouvelle pause.

— Il y a un blanc, dit-il d'une voix égale, puis un dernier poème…

Comme s'il était prisonnier d'un rêve, le guerrier ne se sentait plus tout à fait réel. Sous son crâne, la mélodie devenait plus forte et plus insistante. Rassuré par la présence de la main d'Ogden, sur son épaule, il ne s'aperçut pas, lorsqu'il reprit sa lecture, que sa pression se faisait soudain plus forte.

« *Homme Étoile, écoute-moi bien,*
Car je sais que ce Sceptre en main
Tu pourras briser Gorgrael
Et libérer la vie du gel.
Mais ton triomphe n'est pas sûr
Et ton chemin sera très dur.

» *Un félon dans ton sein nourri*
Complotera pour te blesser
Et la souffrance de ta mie
Si tu ne sais pas l'ignorer
Te déchirant l'âme et le corps
Signera ton arrêt de mort.

» *Si la force du Destructeur*
Est la haine qu'il porte au cœur,
En essayant de l'imiter,
Ta perte sera assurée.
Car seul le pardon est certain
De sauver Tencendor demain. »

Dans un silence tendu, Axis finit par lever les yeux de la magnifique page. Sa vue se brouilla, puis s'éclaircit de nouveau dès qu'il regarda le visage ridé d'Ogden. Dans son esprit, la mélodie s'en était allée, aussi étrangement qu'elle était venue.

— Je n'y comprends rien, dit Timozel, l'air perdu. (Comme pour s'excuser, il jeta un regard contrit aux deux vieillards.) Je n'ai jamais passé beaucoup de temps dans les livres, mes frères. La compagnie de mon maître d'armes me semblait plus instructive...

— Axis, lui, devait être un grand lecteur, souffla Gilbert.

Assis à côté du Tranchant d'Acier, il avait fixé la page durant toute la lecture, sans parvenir à déchiffrer un mot. Pourtant, sur ce plan, il avait reçu une bien meilleure formation que le soldat. Comment cet homme avait-il pu percer un mystère dont la solution s'était refusée à lui ?

— Tencendor, dit Veremund, était le nom d'Achar à l'époque où les trois races y vivaient en harmonie. Les Enfants de la Charrue, de l'Aile et de la Corne... La Prophétie du Destructeur parle de l'époque où Gorgrael lancera ses armées de glace et de nuages sur Tencendor... enfin, Achar.

— « *Le Destructeur au nord se lève, poussant ses Spectres vers le sud* », cita Axis. Mes frères, ces Spectres sont-ils les monstres qui ont attaqué les patrouilles ? Et les créatures de glace les responsables des assauts sur le cloître et le fort de Gorken ?

Le vieil homme fit oui de la tête.

— C'est absurde ! explosa Gilbert, surpris que le Tranchant d'Acier prenne au sérieux de telles fadaises. C'est un livre hérétique ! On ne doit pas prêter l'oreille à ces mensonges !

Axis foudroya le frère du regard.

— J'écouterais les délires d'une catin au cerveau rongé par la syphilis, s'ils semblaient pouvoir m'aider. (Il se tourna vers Ogden et Veremund.) Mes frères, je comprends la référence au Destructeur et aux périls venus du Nord. Mais le reste ? On dirait une série de devinettes…

— Les Prophéties, mon garçon, répondit Ogden, sont souvent énigmatiques. Quand on connaît la solution, on les interprète sans mal. Sinon, c'est pratiquement impossible.

Et dangereux, quand on se trompe…

— Nous savons au moins, dit Timozel, que l'Homme Étoile peut vaincre le Destructeur. C'est un début, non ?

— On nous apprend aussi, ajouta Veremund, qu'il est lié à Gorgrael par le sang. Ce sont peut-être des frères…

— De mieux en mieux ! lança Gilbert avec un rire incrédule. Selon vous, nous affrontons le Destructeur, qui est une légende des Proscrits. Et, comme si ça n'était pas assez, nous devrions nous fier à son frère ? Si Gorgrael est né de l'Aile et de la Corne, c'est un Proscrit, tout simplement, et son frère aussi. Mes pauvres amis, vous êtes restés trop longtemps enfermés avec vos livres. L'ordre du Sénéchal n'autorisera jamais le retour des Proscrits en Achar. Jamais !

Veremund se leva et entreprit de débarrasser la table. Au passage, il tapota rapidement l'épaule d'Arne et de Timozel, qui semblaient en avoir assez entendu pour ce soir.

— Mes amis, le voyage vous a épuisés… Il se fait tard, et dormir un peu sur tout ça ne peut pas vous nuire. À la lumière du jour, tout vous semblera plus limpide.

Timozel bâilla à s'en décrocher la mâchoire, et Arne l'imita aussitôt.

— Venez avec moi…

Veremund tapota le bras d'Axis, puis laissa courir ses doigts sur le dos de Gilbert, quand il passa derrière lui.

— Je vais vous improviser un dortoir à l'étage. Demain, nous serons tous en pleine forme.

Écrasé de fatigue, Axis dut reconnaître qu'il n'était plus en état de penser clairement. Veremund parlait d'or.

—À mon avis, nous devrions…, commença Gilbert. (Un bâillement titanesque le força à s'interrompre.) Hum… Vous avez peut-être raison, frère Veremund. Je me sens un peu las…

—Alors, suivez-moi. Des lits vous tendront bientôt les bras…

Un quart d'heure plus tard, un concert de ronflements monta du « dortoir » préparé par Veremund. Prenant à peine le temps de retirer leurs bottes et leur manteau, les quatre voyageurs s'étaient précipités sous les couvertures.

Veremund attendit encore un peu, l'oreille tendue, puis redescendit l'escalier, l'air pensif.

Les mains amoureusement posées sur la page qu'Axis venait de lire, Ogden n'avait pas bougé de sa place, près du feu agonisant.

—Alors, mon ami, dit-il tandis que Veremund s'asseyait, prenant garde à ménager ses vieux genoux arthritiques, notre attente est-elle terminée ?

Les yeux rivés sur la cheminée, Veremund s'emplit les poumons d'air… et de fumée.

—Depuis près de mille ans, aucun Acharite n'a réussi à lire ces mots. (Il tourna la tête vers son compagnon.) À moins d'avoir du sang icarii, personne ne peut les déchiffrer.

Le vieillard s'était contenté d'une demi-vérité quand Gilbert l'avait interrogé sur la langue des Proscrits. Si les trois races partageaient bien un langage commun, les Icarii pratiquaient un idiome sacré réservé aux sujets vraiment importants.

—Du sang icarii ne suffit pas, dit enfin Ogden. Il faut appartenir à la lignée des Envoûteurs. Le dernier poème était bardé de protections magiques. À ce jour, nous ne l'avions jamais entendu.

Les deux vieillards se regardèrent un moment en silence.

— Notre devoir est d'être attentifs…, souffla enfin Ogden.

— Non, vigilants ! rectifia Veremund.

Aucun des deux n'osa exprimer à voix haute l'évidence qui s'était imposée à leur esprit quand Axis avait commencé à lire le dernier poème. Ces vers étaient destinés à une seule personne. Nul ne les avait lus depuis que l'encre des mots et des sorts de garde avait séché.

La Prophétie du Destructeur était revenue à la vie ! Réincarnée, elle arpentait l'antique pays nommé Tencendor. Depuis une trentaine d'années, à en juger par l'allure du Tranchant d'Acier…

15

Une nuit dans la citadelle

Sous sa couverture, incapable de trouver le sommeil, Faraday écoutait sa mère ronfler en sourdine. Comme si la nuit l'écrasait, elle se sentait prisonnière de la minuscule tente. Elle se tourna sur l'autre côté, ferma les yeux et essaya de s'endormir. Dix minutes plus tard, aussi éveillée qu'en plein jour, elle renonça et s'assit, persuadée qu'un peu d'air frais lui ferait du bien.

Très lentement, pour ne pas troubler le repos de Merlion – et s'attirer une cataracte de récriminations –, elle s'assit et tâtonna dans l'obscurité pour trouver ses chaussures. Dès qu'elle fut debout, surprise par la fraîcheur de l'air, elle prit son manteau de voyage et le passa par-dessus sa chemise de nuit.

Une fois dehors, elle en releva le capuchon, soucieuse de ne pas se faire remarquer.

Sa tente se dressait au centre du campement. Autour, des milliers de soldats se reposaient, enroulés dans leurs couvertures. Une situation cocasse… En toute autre circonstance, sa mère n'aurait jamais accepté qu'elle passe ses nuits si près de tant de mâles !

Faraday se faufila à pas de loup entre les dormeurs. Malgré les bancs de nuages, la lumière de la lune suffisait à éclairer son chemin.

Elle s'arrêta à la lisière du camp, surprise qu'aucune sentinelle ne l'ait interpellée. Bizarrement, tout était calme.

Devait-elle rebrousser chemin ou continuer encore un peu ? Alors qu'elle se posait cette question, une lueur blanche, dans l'herbe, attira son attention.

— Minou ? appela-t-elle. Minou ?

Elle n'avait pas vu le chat depuis la veille. Si elle le ramenait avec elle, il l'aiderait peut-être à s'endormir, surtout s'il ronronnait.

Faraday sortit des limites du campement et tendit un bras pour attraper le félin. Mais quand elle lui effleura le dos, il bondit en avant et lui échappa.

— Méchant minou ! grommela la jeune femme.

Elle avança vers le fichu animal, qui recommença son manège. Résolue à l'attraper, elle continua un moment à le poursuivre. Puis elle se pétrifia, soudain angoissée, et jeta un coup d'œil derrière elle. Les feux de camp n'étaient pas si loin que ça, tout compte fait. Et le chat, comme s'il s'était lassé de ce jeu, vint se frotter à ses jambes et se laissa attraper sans se débattre.

Alors qu'elle faisait demi-tour, des silhouettes jaillirent de l'obscurité. Le félin serré contre sa poitrine, Faraday cria de terreur. Outré qu'on lui perce les tympans et qu'on l'écrabouille, le chat miaula d'indignation et sauta des bras de la jeune femme. Affolée, elle voulut courir, se prit les pieds dans l'ourlet de son manteau, s'étala dans l'herbe et s'écorcha les mains en tentant d'amortir sa chute.

Une grande silhouette noire se pencha sur elle.

— Fichez-moi la paix ! cria Faraday en rampant en arrière sur les fesses.

— C'est seulement moi, ma dame, dit une voix au fort accent campagnard. Jack Simplet, le gars qui s'occupe des cochons. N'ayez pas peur, je ne ferais pas de mal à une mouche.

Faraday étouffa un nouveau cri. Les nuages qui dissimulaient la lune s'effilochant, elle put distinguer les traits de l'homme. D'âge moyen, avec une chevelure blonde déjà clairsemée, il affichait un sourire amical sur son visage ridé et bruni par la vie au grand air. Mais quelque chose, dans ses traits, clochait. Qu'avait-il donc d'étrange ?

La jeune femme comprit soudain. Jack n'avait pas de « simplet » que le nom. Mais il était bien disposé à son égard – et parfaitement inoffensif malgré le long bâton au pommeau en métal noir gravé qu'il brandissait.

Les autres silhouettes, s'avisa Faraday, n'étaient qu'une bande d'énormes cochons aussi peu dangereux que leur gardien.

Ronronnant assez fort pour attirer l'attention des sentinelles, le chat blanc se frotta contre la jambe de Jack, qui se pencha et le ramassa.

— Gentil minou, murmura-t-il. Oui, oui, tu es très beau…

Le matou calé dans le creux de son bras, Jack entreprit de lui caresser le ventre. Ses mains, remarqua Faraday, étaient plutôt jolies, avec de longs doigts et des ongles proprement coupés.

Se relevant, elle tira sur les pans de son manteau puis se frotta les mains pour les débarrasser de la terre et des brindilles.

— Que fiches-tu ici ? demanda-t-elle sèchement, encore secouée par la frousse que cet idiot lui avait flanquée.

Penaud, Jack sautilla sur place.

— Je ne voulais pas vous effrayer, ma dame. Mes amis aiment bien se promener la nuit… Vous comprenez ?

Faraday étudia la quinzaine de cochons qui attendaient patiemment derrière leur maître. Tous étaient gras à souhait. Venant d'une lointaine ferme, Jack devait passer son temps à engraisser ces animaux destinés à un marché de village.

— Tu m'as fait peur, dit-elle, regrettant aussitôt son ton trop agressif.

Le pauvre Jack se décomposa.

— Ma dame, par pitié, je ne voulais pas vous effrayer !

— C'est fini, Jack, je sais que tu n'avais pas de mauvaises intentions. (Pour déculpabiliser le porcher, Faraday changea de sujet :) En tout cas, tu as séduit le chat !

À dire vrai, la réaction du félin lui inspirait une vague jalousie. Jusque-là, il n'avait frayé ainsi qu'avec Axis et elle, tissant entre eux un lien qu'elle ne trouvait pas déplaisant.

— Il s'appelle Yr, ma dame ! s'écria Jack avec un sourire éclatant. Ça faisait un bail que je ne l'avais pas vu. Au moins autant d'années que j'ai de cochons. Et sûrement deux fois plus, je parie !

Faraday sourit à l'idiot avec une indulgence un peu forcée. Le chat blanc n'était sûrement jamais sorti de Carlon avant ces derniers jours et il n'avait pas l'air d'un animal de quinze ans. Quant à en avoir trente… Apparemment, ce pauvre Jack vivait dans un monde bien à lui.

— Que fais-tu ici ? demanda de nouveau la jeune femme, d'une voix plus posée.

— Nous venons de la forêt, jolie dame !

— Quoi ? Tu t'es aventuré dans le bois de la Muette ? Jack, cet endroit est dangereux. Tu ne le sais pas ?

— Ce sont des blagues, ma dame. Les gens me l'ont dit, mais ils racontent n'importe quoi. Dans ces bois, mes cochons se régalent avec des noix et des pommes de pin. C'est un très bon endroit, au contraire.

Sondant la pénombre, derrière Jack, Faraday s'avisa qu'elle s'était laissé entraîner jusqu'à la lisière de la forêt. Sans l'intervention du porcher, elle aurait…

— N'ayez pas peur, jolie dame, dit Jack en la voyant blêmir. Ce n'est rien du tout. Je vais vous montrer.

Il prit la main de la jeune femme et voulut la tirer vers le bois.

—Non, je ne veux pas y aller ! Lâche-moi !

Le porcher obéit aussitôt.

—Ma dame, je ne vous veux pas de mal. Et les bois non plus, d'ailleurs. Sauf si vous essayez de leur nuire. (Il baissa la voix et prit un ton de conspirateur.) Au contraire, les arbres vous diront des secrets… Parce qu'ils sont magiques, vous savez ? Si vous le leur demandez gentiment, ils vous révéleront peut-être des choses sur votre avenir.

—Vraiment ? dit Faraday, dubitative, mais intriguée.

Et si c'était vrai ? Qu'apprendrait-elle sur sa vie future ? Se verrait-elle avec les fils et les filles de Borneheld accrochés à ses jupons ? Découvrirait-elle à ses côtés un mari devenu raffiné et prévenant ? Des visions de ce genre, elle le savait, apaiseraient l'angoisse que lui inspirait ce mariage.

—Vraiment ? répéta-t-elle, cédant à la curiosité. Et il faut en approcher beaucoup, de tes arbres ?

Les deux créatures qui avaient pris l'apparence d'Ogden et de Veremund s'arrêtèrent un instant devant la porte du « dortoir » improvisé. Comme le lac du Chaudron, leurs yeux brillaient d'une douce lueur jaune.

—Ils dorment, dit « Ogden ».

—Oui, confirma son compagnon, et à poings fermés.

Ils entrèrent dans la pièce et vinrent se camper des deux côtés de Timozel, enveloppé jusqu'au menton dans sa couverture. « Veremund » se pencha et, les doigts écartés, lui posa une main sur le visage, le couvrant du menton jusqu'au front.

—Celui-ci, murmura-t-il, a un cœur pur, même s'il déborde de chagrin. (Il secoua la tête.) Il devra supporter plus de peines encore, et connaître les tourments de l'incertitude. Car ses choix seront déchirants…

Ils approchèrent de Gilbert et hésitèrent un moment. Puis Ogden se décida à lui couvrir le visage d'une main.

— Je savais bien, siffla-t-il, que je ne l'aimais pas ! Son cœur est un nid de serpents. Et son esprit un labyrinthe où il veut piéger un innocent. Il ne sera pas loyal, parce qu'Artor le tient entre ses griffes. (Ogden retira sa main du visage de Gilbert et l'essuya contre sa tunique, comme si elle était souillée.) Que devons-nous faire, mon compagnon ?

— Notre mission est d'observer avec vigilance, répondit Veremund. Agir nous est interdit, mais nous pouvons peut-être lancer un avertissement. (Il approcha d'Arne, qui dormait les bras le long des flancs – hors de sa couverture.) Viens, je me demande si celui-ci fera l'affaire...

Il se pencha et posa une main sur le visage de l'homme.

— Encore un homme courageux et pur, dit-il. Il est plein de certitudes et il en faudra beaucoup pour qu'il change d'avis. Crois-moi, il détestera découvrir ce qui se cache dans les coins sombres et il n'appréciera pas les secrets qui lui seront révélés. Mais sa fidélité à Axis garantira sa loyauté... Si le Tranchant d'Acier le lui demandait, il le suivrait jusque dans la tombe. Oui, il fera l'affaire... (Sur la peau d'Arne, le bout des doigts de Veremund émit une lueur jaune.) Homme de bonne volonté, écoute ce que je vais te dire. Un jour, ton Tranchant d'Acier sera en danger. Observe attentivement les gens qui l'entourent, surtout ceux qui se prétendent ses amis et protestent le plus fort de leur loyauté. La trahison le suivra comme son ombre. Surveille son dos et protège-le des félons qui voudraient y enfoncer une lame...

Arne gémit dans son sommeil et ferma rageusement les poings. Veremund attendit un peu, puis il retira sa main et se redressa.

— C'est tout ce que nous pouvons faire... À présent... (Les deux créatures se tournèrent vers Axis.)... c'est à lui.

Pour la première fois depuis des mois, le Tranchant d'Acier connaissait un sommeil profond et paisible. Ainsi, il semblait beaucoup plus jeune qu'en état de veille.

— Puis-je être celui qui…, commença Ogden d'un ton implorant.

Veremund hocha la tête.

— Mon cher, nous le ferons ensemble. Si tu le touches d'une certaine façon, nous partagerons cet instant.

Il prit la main d'Ogden, la mit en place sur le visage d'Axis puis la recouvrit de la sienne, ses doigts touchant la peau du jeune homme à travers ceux de son compagnon.

Les deux vieillards se turent un long moment et sondèrent le cœur du Tranchant d'Acier.

— Oui, oui, oui ! murmura Veremund, extatique. Je crois que c'est lui ! Mais… sens-tu la même chose que moi ?

— Oui… Le Destructeur est à ses trousses. Il s'insinue dans ses rêves et tente de semer le doute dans son esprit. Et d'y instiller la haine… (Ogden marqua une courte pause.) C'est incroyable ! Cet homme a déjà été dans le Bosquet Sacré !

— Et il y est parvenu tout seul, renchérit Veremund, incrédule. C'est un miracle qu'*ils* l'aient laissé vivre. Nous devons veiller sur lui. Mon cher ami, le destin le tient fermement entre ses mains. Je ne m'étonne plus que le bois de la Muette ne l'ait pas blessé. Il y était obligé.

Les deux créatures lâchèrent le visage d'Axis et s'agenouillèrent près de lui.

— Pourtant, nous ignorons encore tant de choses… Mais si nous découvrons son père, nous en saurons beaucoup plus long sur le Destructeur.

Très nerveuse, Faraday s'arrêta devant l'arbre. Selon Jack, elle n'aurait pas besoin d'entrer dans le bois, car toucher le tronc le plus proche suffirait. À présent qu'elle était à pied d'œuvre, cette aventure lui semblait une pure folie.

Mais le porcher souriait avec un tel bonheur. Et Yr, qui les avait suivis, était assis à quelques pas de là, ses yeux bleus brillant de curiosité. Bien que cela parût impossible, le sourire de Jack s'élargit encore quand il se tourna vers la jeune femme.

— Jolie dame, laissez-moi prendre votre main si délicate…

Celles du porcher étaient calleuses, mais étrangement réconfortantes. Quand il lui fit un clin d'œil, Faraday remarqua que ses pupilles étaient d'une nuance de vert des plus inhabituelles. Comment aurait-elle pu ne pas se fier à un homme au cœur si pur et si simple ?

— Regardez, dit-il, les arbres aussi sont nerveux.

— Nerveux ? Pourquoi donc ?

— À cause des haches… (Jack se rembrunit.) Ces hommes en portent tous. Les arbres n'aiment pas ces armes et ils se méfient des humains. Ma dame, avez-vous également le cœur plein de haine pour les arbres ?

— Non, Jack, je ne leur veux pas de mal. Mais je me sens un peu… désorientée…

— Venez, alors, et posez une main sur le tronc. À cet endroit…

Le porcher plaça la paume de Faraday contre l'écorce rugueuse et continua à lui tenir le poignet.

— Comment dois-je m'y prendre, Jack ? Je veux dire, pour interroger l'arbre ?

— Il faut lui parler avec votre cœur, adorable dame, pas avec des mots. Gardez la bouche fermée et laissez s'exprimer vos sentiments. Alors, vous entendrez ce que l'arbre veut vous dire.

Plus qu'un simple d'esprit, cet homme est un fou, pensa Faraday. Pour ne pas le contrarier, elle pinça les lèvres et baissa les paupières – à tout hasard – puis tenta de communiquer au végétal la bienveillance qu'il lui inspirait.

Au moment où elle allait reculer, jugeant que ce petit jeu avait assez duré, elle sursauta et écarquilla les yeux.

— Jack ! cria-t-elle.

Un événement inouï venait de se produire. Alors qu'elle se détendait, elle avait capté une… présence. Si extraordinaire que ce fût, aucun autre mot ne lui venait à l'esprit. Elle *sentait* la personnalité et les émotions de l'arbre. Et sa paume picotait étrangement.

Le porcher sourit et lui lâcha la main.

— Jack, souffla Faraday, les bras autour du tronc, il chante pour moi !

Les yeux de l'homme s'emplirent de larmes.

Dans la citadelle, toujours accroupis près d'Axis, Ogden et Veremund chantaient pour Faraday, leurs yeux si brillants, à présent, que la salle baignait dans une splendide lumière jaune.

— C'est elle ! s'exclama Ogden.

Veremund lui prit la main et partagea son émerveillement.

— Il chante pour moi, répéta Faraday, je le sens ! Mais sa chanson est si triste… Jack, elle est si triste !

Le porcher s'approcha pour enlacer la jeune femme et le tronc. Faraday pleurait et riait en même temps, car la Chanson de l'Arbre, bien que désespérée, était la plus belle qu'elle eût jamais entendue.

— Ils chantent tous pour moi…, murmura-t-elle. La forêt me donne une sérénade.

À cet instant, des larmes perlèrent aux yeux d'Yr. Après de si longues recherches, l'Amie de l'Arbre était enfin là…

— Posez-lui toutes les questions que vous voulez, adorable dame Faraday, dit Jack en reculant. S'il le peut, l'arbre vous montrera ce qu'il voit…

Faraday s'étonna vaguement que le porcher connaisse son nom, puisqu'elle ne s'était pas présentée. Mais que voulait-elle demander à l'arbre, au fait ? Ah oui, Borneheld !

Parle-moi de mon mari…, souffla-t-elle avec son cœur, pas ses cordes vocales. Le chant s'interrompit un instant. Quand il reprit, une image incroyablement précise emplit l'esprit de Faraday, occultant la forêt et la nuit qui l'enveloppait.

Devant cette vision sinistre, elle manqua éclater en sanglots.

Elle était dans le hall des Lunes, au palais de Carlon. Les tables du banquet de Priam disparues, des centaines de gens massés entre les colonnes formaient un cercle de visages indistincts. Qu'importait leur identité ? Tout ce qui comptait, c'était leur statut de témoin de la tragédie sur le point de se dérouler.

Immobilisée par les bras puissants du comte Jorge d'Avonsdale, Faraday tentait en vain de se libérer, les mains tendues vers le centre du hall. Mais l'homme était bien trop fort.

Elle pleurait, terrifiée par ce qui se passait devant elle.

La Chanson de l'Arbre devint plus dure et des images défilèrent devant les yeux de la jeune femme.

Elle vit Borneheld descendre du trône.

Puis deux hommes, épée au poing, se tourner autour en quête d'une ouverture. Borneheld et Axis, défigurés par la haine, tous les deux blessés et titubant de fatigue.

Rouge ! Tout était rouge ! Jusqu'aux témoins silencieux, drapés de voiles carmin.

Elle aperçut un soleil de sang en suspension au-dessus d'un champ jaune. Et sentit la chaleur ! La terrible chaleur !

Faraday tressaillit quand une énorme boule de feu explosa comme pour la consumer.

Puis elle revit les deux hommes en sang, acharnés à continuer à ferrailler. Sans transition, ses yeux se posèrent sur une plume…

Une multitude d'autres flottaient autour d'elle…

Les duellistes… Une mère en larmes… Le cri d'un oiseau de proie furieux…

Des épées émoussées à force d'avoir servi… Un cœur et ses battements inutiles… Une bague en or volant dans les airs…

Et un cri – le sien !

Borneheld prend le dessus sur Axis et le force à s'agenouiller. Un étrange son retentit, comme si on traînait de la pierre sur de la pierre. Et du sang. Du sang partout !

L'Homme Sombre regarde, réjoui par le spectacle.

Axis est à genoux, et sa lame, arrachée de ses mains, vole et vient s'écraser sur le sol, dérisoire morceau de métal.

Une plume… Faraday a l'impression d'être étouffée par une plume !

Une femme martèle de coups de poing les barreaux de sa cellule et implore qu'on la libère.

Assise à une table, une autre femme, le teint plus mat, regarde et semble… marquer les points.

Le sang… Pourquoi y a-t-il tellement de sang ?

Et Axis, pourquoi en est-il couvert ?

S'étranglant d'horreur, Faraday tente de se détourner de cet ignoble spectacle. Du sang ruisselle sur tout le corps d'Axis, poissant sa barbe et ses cheveux. Et quand il tend une main, une énorme goutte de sang jaillit et retombe sur elle. Un fluide chaud coule entre ses seins, et lorsqu'elle regarde Axis, elle ne voit plus qu'un corps taillé en pièces et une silhouette blanche et jaune qui s'élève lentement derrière lui.

Des cris retentissent dans le hall des Lunes. Un concert d'accusations de meurtre et de trahison !

Et le sang, omniprésent... Faraday respire son odeur, reconnaît son goût sur sa langue. Au bord de la folie, elle commence à hurler...

Faraday lâcha l'arbre et tituba comme si elle allait tomber. Jack la prit par le bas avant qu'elle puisse s'enfuir, la serra contre lui et étouffa ses cris contre sa poitrine.

— Méchant arbre ! grogna-t-il, le regard rivé sur le tronc. Tu as fait pleurer l'adorable dame !

Toujours affolée, Faraday tenta faiblement de s'arracher à l'étreinte du porcher, qui lui tapotait le dos sans l'apaiser le moins du monde.

— Du calme, jolie dame, du calme... Parfois, les arbres nous jouent de mauvais tours, je le sais. Ils nous montrent des fragments de la réalité, pas ce qui se passera vraiment. Il leur arrive même de travestir la vérité. (Il foudroya le tronc du regard.) Oui, de la *travestir !*

— C'était horrible, Jack ! cria Faraday quand elle fut enfin parvenue à se dégager. Il ne faut pas que ça se produise ! Jamais, tu m'entends ! (Elle recula vers la prairie, des larmes roulant sur ses joues.) Je voudrais que tu ne m'aies jamais amenée ici, porcher ! Maintenant, disparais de ma vue !

Elle tourna les talons et s'enfonça dans la nuit, son manteau flottant sur son dos tandis que sa chemise de nuit blanche battait contre ses jambes.

Avant de la suivre, Yr jeta au porcher un regard plein de reproches.

Quand le félin et la jeune femme ne furent plus visibles, Jack se tourna vers l'arbre.

— Les amis, j'ignore ce que vous lui avez fait voir, mais elle a failli mourir de peur. C'était peut-être indispensable, puisqu'il faut lui dessiller les yeux et lui donner des raisons de se battre. Mais j'espère que vous ne l'avez pas *trop* effrayée, parce qu'elle est notre seule chance.

16

Deux baudets blancs

Axis se réveilla, plus reposé que jamais. Un long moment, il resta allongé les yeux ouverts, bien au chaud, et savoura une agréable sensation de détente. Puis il s'assit, se glissa hors de sa couverture et commença à s'habiller. À côté de lui, Gilbert et les deux Haches de Guerre dormaient toujours à poings fermés. Une fois sorti de la pièce, Axis sonda l'escalier rouillé qui conduisait aux étages supérieurs de la citadelle. Puis il baissa les yeux et descendit au rez-de-chaussée.

Assis à la table devant une pile de livres, Ogden et Veremund menaient à voix basse un débat enflammé. Sur leur droite et leur gauche, le Tranchant d'Acier remarqua des sacoches de selle pleines à craquer.

Les deux frères sursautèrent, car ils n'avaient pas entendu leur invité descendre l'escalier. Un instant, Axis crut qu'ils allaient s'agenouiller devant lui. Mais ils se ressaisirent et se contentèrent de le saluer d'un hochement de tête.

— Bonjour, Tranchant d'Acier, dirent-ils en chœur.

— Que faites-vous donc ? demanda Axis, étonné par ce qui était à l'évidence des préparatifs de voyage.

— Nous avons décidé de vous accompagner, annonça calmement Ogden.

— Pour l'amour d'Artor, ça ne va pas continuer !

D'abord une meute de femmes, puis deux moines à moitié gâteux ? Non, il y avait des limites à tout !

— Vous ne nous aideriez pas, et notre rythme de marche serait bien trop rapide pour vous. J'ai besoin d'informations sur les Proscrits et sur votre prétendu Destructeur, rien de plus…

Veremund se redressa de toute sa hauteur. Ainsi, il faisait une bonne tête de plus que son jeune interlocuteur. Visiblement offensé, il toisa de haut l'impudent.

— Si nous devions te communiquer toutes nos connaissances, Tranchant d'Acier, il te faudrait rester ici jusqu'à la fin de tes jours. Je doute que tu puisses te le permettre dans les conditions actuelles. Il vaut mieux que nous venions avec toi. (Veremund foudroya Ogden du regard.) En emportant, bien entendu, *quelques-uns* de nos livres essentiels. Ainsi, nous pourrons répondre à toutes tes questions. Celles que tu poserais maintenant peuvent être très différentes de celles qui te viendront à l'esprit au fort de Gorken.

Les mains croisées sur sa bedaine, Ogden sourit à Axis. À la lumière du jour, ses vêtements semblaient incroyablement crasseux, et de la moisissure prospérait dans leurs plis.

— L'heure est venue pour nous de quitter la citadelle, Tranchant d'Acier. S'il en était informé, Jayme approuverait notre décision.

— Je n'ai pas de chevaux à vous prêter pour quitter le bois de la Muette.

— Nous avons ce qu'il faut, ne t'inquiète pas. Bien, puisque la décision est prise, inutile de traîner. (Ogden se frotta les mains puis se tourna vers son compagnon.) Mon ami, emporter ce livre est indispensable. Il contient des informations vitales sur les origines des Avars et leurs convictions religieuses…

Axis hésita, décontenancé par la tranquille assurance des deux frères. Mais au fond, Veremund avait raison. Comment savoir quelles questions il désirerait poser dans six semaines ? Et s'ils étaient dépassés par le rythme de la colonne, il suffirait de laisser les moines à Arcen, avec Faraday et sa mère.

Les laissant se disputer sur le nombre de grimoires qu'ils emporteraient, le Tranchant d'Acier sortit de la citadelle. Bien que le ciel fût toujours chargé de nuages, la pluie semblait vouloir se calmer. Quant au lac d'or, pas l'ombre d'une ondulation ne ridait sa surface. Perplexe, Axis s'agenouilla et plongea une main dans l'eau. Il n'éprouva aucune sensation d'humidité, et sa peau, quand il retira le bras, était parfaitement sèche.

Nerveux, il recula et dessina dans l'air le signe de la Charrue pour bannir d'éventuels sortilèges. Décidément, il avait hâte de quitter cet endroit...

Dans la grande salle du rez-de-chaussée, Timozel, Arne et Gilbert avaient rejoint les deux frères. Debout dos à la cheminée, le second assistant de Jayme faisait face à Ogden et Veremund, visiblement furieux. Arne avait pris position sur la gauche, prêt à s'interposer si nécessaire. À l'autre bout de la pièce, Timozel semblait décidé à ne pas se mêler de la dispute, quel qu'en fût le sujet.

Blanc de rage, Veremund se tourna vers Axis dès qu'il l'entendit entrer.

— Tranchant d'Acier, rugit-il, ce serpent venimeux voulait mettre le feu à la citadelle !

Menton relevé, Gilbert défia Axis du regard.

— J'ai peur que le vieil homme ait raison, dit Arne. J'ai surpris Gilbert à l'étage, dans une salle pleine de grimoires poussiéreux. Avec un briquet à amadou, il essayait d'embraser une liasse de vieilles pages moisies.

— Pour commettre son crime, cria Ogden, au bord de la crise d'apoplexie, ce chien a déchiré un de nos ouvrages les plus précieux !

Il avança vers Gilbert, comme s'il voulait lui tordre le cou, mais Axis le retint par l'épaule.

— C'est la vérité, frère Gilbert ? demanda-t-il d'une voix dangereusement calme.

— Tranchant d'Acier, nous servons tous les deux l'ordre du Sénéchal. Comment peux-tu envisager de ne pas détruire la citadelle ? Ces livres sont maudits ! Vois combien ils ont corrompu ces deux vieillards ! (Veremund eut un grognement peu amène.) L'esprit ramolli par l'âge, ils admirent les Proscrits et débitent des âneries au sujet de prétendues Prophéties. S'il le savait, Jayme serait horrifié, tu peux me croire !

— Gilbert, dit Axis, sa voix tremblant désormais de colère, il ne t'appartient pas de décider du sort d'un lieu que notre ordre préserve depuis près de mille ans.

Veremund et Ogden échangèrent un regard surpris. Mais au fond, il valait mieux que le Tranchant d'Acier voie les choses ainsi, pour le moment.

— Quand tu retrouveras Jayme, fais-lui part de ton opinion. S'il la partage, je n'y verrai pas d'inconvénient, et je serai même prêt à incendier moi-même cet édifice. (Ogden fit la grimace mais il ne tenta pas de se dégager de la poigne du guerrier.) Cela dit, tu n'as aucun droit de raser la citadelle de ton propre chef. Me suis-je bien fait comprendre ?

— Tu te trompes, Tranchant d'Acier, lâcha Gilbert, mais je suis contraint de t'obéir. Que pourraient mes pauvres muscles contre ton épée et celles de tes deux sbires ? (Il regarda Arne et Timozel, puis dévisagea de nouveau Axis.) Sache que j'informerai le frère-maître de ton étrange comportement. Le Tranchant d'Acier, devenu le champion de deux vieillards séniles et de leurs grimoires ? L'âge excuse peut-être les errements d'Ogden et de Veremund. Mais comment expliquer que tu sois avide d'entendre les paroles des Proscrits au point d'oublier ton devoir envers l'ordre ?

— J'ai l'esprit ouvert et la ferme intention d'écouter tous ceux qui consentent à me parler. Si tu veux me dénigrer auprès de Jayme, libre à toi. Mais, dans ce cas, dès que nous serons sortis du bois, tu sauteras sur un cheval, direction la tour du Sénéchal ! (Axis lâcha Ogden, fit un pas en avant et saisit Gilbert par le devant de sa chemise.) Et tu rapporteras une copie de la Prophétie à Jayme, même si je dois te la graver sur le front. C'est compris ?

— Sois assuré que je lui raconterai tout ce que j'ai vu et entendu, Tranchant d'Acier.

Axis foudroya Gilbert du regard, le lâcha et se tourna vers Arne.

— Peux-tu me dire ce que tu faisais dans les étages supérieurs, Hache de Guerre ?

— J'ai entendu du bruit et pensé que je devais aller voir, puisque les frères Ogden et Veremund étaient au rez-de-chaussée.

Les deux vieillards posèrent sur le soldat un regard approbateur. Oui, il ferait l'affaire…

Peu satisfait de l'explication d'Arne, Axis ne voulut pas aller plus loin en présence de Gilbert. Jetant un coup d'œil à Timozel, en quête d'un signe de culpabilité, il n'en vit pas et se tourna vers ses hôtes.

— Quand serez-vous prêts ?

— C'est presque fait, Tranchant d'Acier. Laisse-nous un moment pour prendre des vivres et seller nos montures, et nous nous mettrons en route.

— Alors, ne traînez pas, lâcha Axis. (Il se tourna vers Arne et Timozel.) Ogden et Veremund viendront avec nous pour nous aider dans la mesure de leurs moyens. (Les deux Haches de Guerre connaissaient trop leur chef pour hasarder une remarque quand il était de cette humeur.) Je suis sûr que vous avez hâte de quitter cet endroit. Alors, prenez le petit déjeuner au trot et allez seller les chevaux.

Les deux hommes sortirent en trombe, car ils avaient saisi le sens caché du message : « Oubliez vos estomacs et filez vous occuper des montures ! »

Du bout du pied, Axis tira un banc vers lui et s'assit.

— Eh bien, Gilbert, si nous attendions ensemble, sagement assis ? (Il prit un morceau de pain frais, sur la table et le couvrit de tranches de bacon.) Tu devrais manger un morceau. Pour atteindre la tour du Sénéchal aussi vite que tu le désires, il ne faudra pas traîner en chemin.

Gilbert ne daigna pas baisser les yeux sur son interlocuteur. Et il resta debout pendant que Veremund et Ogden rangeaient le fameux grimoire dans une sacoche qui menaçait déjà d'exploser. Après avoir rempli un fourre-tout de nourriture récupérée sur la table, ils sortirent en trombe, conscients que le délai accordé par Axis touchait à son terme.

Moins d'une demi-heure plus tard, tous furent prêts à partir. Les prenant en pitié, Axis autorisa Arne et Timozel à manger un peu, dès qu'ils eurent fini de seller les chevaux. Puis il les laissa avec Gilbert, plus maussade que jamais, et alla aider Ogden à fermer la citadelle. Pendant ce temps, Veremund harnachait les montures du duo de moines.

— Vous devez être tristes de partir, dit Axis, après tant d'années…

Ogden finit de verser de l'eau sur le feu, éparpilla les cendres humides avec un tisonnier et se releva.

— Tu as raison, concéda-t-il. Veremund et moi avons presque toujours vécu ici, et ça nous fait un pincement au cœur. Au fil du temps, nos livres étaient devenus de vieux compagnons…

— Ogden, vous avez compris que je ne suis pas totalement opposé à la position de Gilbert. (Le vieillard hocha la tête.) Je suis le Tranchant d'Acier des Haches de Guerre, chargé de protéger l'ordre du Sénéchal et Achar de tout ce qui peut les menacer. Quand vous parlez des Proscrits comme s'ils étaient vos amis, sachez que ça me met mal à l'aise, pour ne pas dire plus. À l'avenir, lorsque je vous demanderai votre avis, j'espère que vous ne vous laisserez pas influencer par cette loyauté des plus douteuses.

Ce n'était pas une requête, mais un ordre, comprit Ogden. *Quel dommage*, pensa-t-il, *qu'un homme de cette trempe soit devenu le chef de la branche armée du Sénéchal.*

— Seigneur, dit le vieil homme en s'inclinant, j'admire votre loyauté envers votre pays et votre peuple. (Axis plissa le front devant cette soudaine déférence.) Sur tout ce qui m'est le plus cher, je jure de ne jamais compromettre ces allégeances.

Une réponse des plus ambiguës... Mais dépourvue de mauvaises intentions, estima le guerrier.

— Ne m'appelez plus jamais « seigneur »..., marmonna-t-il avant de sortir.

Ogden s'accorda un ultime moment de recueillement dans la salle. Veremund et lui, parmi tant d'autres, avaient attendu pendant des siècles la venue de cet homme – et cet instant de l'Histoire. Pour avoir une chance d'influer sur l'avenir, ils avaient sacrifié leur vie. Ses yeux émettant une vive lueur jaune, Ogden récita une rapide bénédiction puis s'en alla sans jeter un regard en arrière.

Il manqua percuter Axis, pétrifié de surprise devant la scène qu'il venait de découvrir. Au milieu des fières montures de Gilbert, d'Arne et de Timozel – qui avait les rênes de Belaguez dans la main gauche – Veremund tenait par la bride deux baudets blancs aux longues oreilles, gras comme des cochons. L'air ahuri, les pauvres bêtes ployaient sous le poids de selles deux fois trop grandes pour elles et d'une montagne de sacoches pleines à craquer.

Sous le regard ironique de Gilbert, Axis avança et remarqua que ses deux Haches de Guerre, terriblement gênés, évitaient de le regarder dans les yeux.

— Vous n'espérez pas pouvoir nous suivre avec des... hum... montures pareilles ?

Ogden le contourna, s'approcha de Veremund et prit les rênes qu'il lui tendait.

— Ces baudets s'en tireront très bien, Tranchant d'Acier. Si tu connaissais leur pedigree, tu ne t'inquiéterais plus. (Le vieil homme se tourna vers son compagnon.) Veremund, aurais-tu l'obligeance de m'aider ?

Alors qu'Ogden glissait le pied dans un étrier et s'accrochait des deux mains au pommeau de la selle, son vieil ami lui plaqua les mains sur les fesses et le propulsa avec tant d'énergie qu'il faillit basculer de l'autre côté du baudet.

Après un moment d'angoisse, où il sembla que la chute serait inévitable, le gros frère parvint à se stabiliser sur sa selle. Les cheveux et les vêtements en désordre, il ne sembla pas plus troublé que ça par sa mésaventure.

— Vous voyez, messires ? lança-t-il à la cantonade. Toujours aussi agile qu'à vingt ans ! Donc, aucun problème en perspective…

Axis se cacha le visage derrière les mains, histoire de ricaner tout son saoul. Incapable de se retenir plus longtemps, Timozel éclata de rire. Peu porté sur l'humour, Arne lui-même esquissa un sourire.

Seul Gilbert ne se dérida pas.

— Aucun problème en perspective ? répéta Axis. Frère Ogden, je me demande si ce n'est pas pour vous neutraliser que l'ordre vous a affecté dans ce coin perdu. Pendant trente-neuf ans, vous ne lui aurez effectivement posé aucun problème !

Il sauta en selle, s'assura que Veremund était bien perché sur son baudet et fit signe à la petite colonne de se mettre en route.

17

Les tumulus

Ils sortirent du bois de la Muette au milieu de l'après-midi et furent accueillis par un petit groupe de Haches de Guerre dirigé par Belial en personne. Profondément soulagé de revoir son chef, l'officier plissa le front quand il aperçut les deux vieillards montés sur des baudets aussi décatis qu'eux. Heureux de se retrouver à l'air libre dans les plaines de Tarantaise, Axis lança son étalon au galop sans prendre le temps de s'entretenir avec son second.

Stimulé par la solide claque sur la croupe que lui donna Arne, le cheval de Gilbert, flanqué des deux Haches de Guerre, regagna le camp à la même allure.

Belial et ses hommes se lancèrent également au galop. Avec leur placidité coutumière, les deux frères trottinèrent derrière cette fière colonne.

En chemin, ils s'arrêtèrent pour s'entretenir avec un aimable porcher qui conduisait ses cochons vers l'est, le long de la lisière du bois de la Muette.

Bouleversée de revoir Axis sain et sauf, Faraday manqua éclater en sanglots. Pour cacher son trouble, elle tourna la tête alors qu'il chevauchait vers elle et ne répondit pas au sourire qu'il lui adressa en guise de salut.

La veille, elle avait réussi à regagner sa tente sans se faire remarquer. Les yeux grands ouverts, Yr lové dans ses bras, elle avait repassé en boucle dans son esprit l'horrible vision que lui avaient imposée les arbres. Sentant de nouveau la chaleur la consumer, elle avait entendu le cliquetis des épées, puis revu Axis, couvert de sang, tendre une main vers elle. Et ce fluide chaud qu'elle sentait encore couler entre ses seins, comme un inépuisable torrent !

Debout à l'aube, elle avait consacré quarante minutes à se laver à l'eau froide, le corps rouge brique à force d'être frotté. Fuyant le regard de sa mère et ses agaçantes questions, elle n'avait pas desserré les dents de la journée, passée avec le chat blanc pour seule compagnie.

Dès le retour de leur chef, les soldats d'élite entreprirent de démonter le camp en vue d'un départ imminent. Désireux de se débarrasser de Gilbert le plus vite possible, Axis ne l'avait pas laissé se reposer trois minutes. Escorté par cinq hommes chargés de le conduire à destination sans perdre de temps, le deuxième assistant de Jayme emportait avec lui les documents remis par Ogden et Veremund. Dès son arrivée, il devrait les donner en main propre au frère-maître – sans les avoir consultés avant, bien entendu.

L'expédition repartit le lendemain, longtemps avant l'aube. Chevauchant en tête de la colonne, Ogden et Veremund n'eurent aucun mal à suivre le rythme malgré l'aspect poussif de leurs baudets. Vite lassé de leurs bavardages et de leurs incessantes disputes, Axis décida de les séparer. Relégué à l'arrière, Veremund chevaucherait avec les femmes pendant que le Tranchant d'Acier cuisinerait Ogden au sujet de la mystérieuse Prophétie.

Veremund fut ravi de voyager en compagnie de Merlion et de Faraday, qui trouvèrent sa conversation délicieuse.

Les deux jours suivants, Timozel se joignit souvent à ce petit groupe. Grâce à l'enjouement du jeune homme et à la faconde du frère, Faraday retrouva par moments le sourire. Mais la vision continuait à la hanter, et elle se rembrunissait dès qu'elle apercevait Axis – surtout quand il se laissait glisser en queue de colonne pour bavarder un moment avec sa mère et elle.

Ce comportement le troubla, et c'était normal. Hélas, aussitôt qu'elle posait les yeux sur lui, la jeune femme revoyait son épée glisser sur le sol de pierre du hall des Lunes, ou, pis encore, son corps couvert de sang tandis qu'il tendait un bras implorant vers elle.

Le matin du troisième jour, résolu à tirer la jeune dame de sa dépression, Timozel entreprit de lui parler de la Prophétie, tellement gravée dans son esprit qu'il pouvait la réciter mot pour mot. À l'exception notable des derniers vers, comme perdu dans les brumes de sa mémoire…

Fascinée, Faraday cessa de penser sans cesse à la vision qui la hantait depuis des jours. Elle bombarda Timozel de questions, puis soumit Veremund à un interrogatoire en règle sur les Proscrits et l'antique terre appelée Tencendor.

— Vous croyez que les Proscrits et notre peuple, à cette époque, vivaient en paix dans le royaume d'Achar ? demanda-t-elle alors qu'un vent mordant la forçait à relever le col de son manteau.

— Tencendor, mon enfant, corrigea Veremund. C'était le nom de ce pays, jadis. Et pour répondre à ta question, il en fut bien ainsi pendant des milliers d'années.

— Comment avons-nous pu fraterniser avec des êtres si terrifiants ?

— Le Sénéchal présente les Icarii et les Avars sous ce jour. Mais c'est son influence grandissante sur Tencendor et le triomphe de la Voie de la Charrue, qui ont séparé les races.

Gênée par les implications de ce discours, Faraday fit la grimace.

— Vous voulez dire, si je comprends bien, que les Icarii et les Avars ne sont pas responsables de la guerre qui les opposa aux fidèles de la Charrue ? Selon vous, l'ordre du Sénéchal l'aurait déclenchée ?

— Les Proscrits sont des monstres, intervint Merlion. C'est pour ça que l'ordre aida les armées d'Achar à les expulser du pays, puis à raser les forêts où ils se tapissaient.

Cette profession de foi sans nuance refroidit un moment l'atmosphère. Défiant sa mère, Faraday continua quand même à interroger le vieil homme :

— Frère Veremund, quel genre de créatures étaient les Icarii et les Avars ?

L'inséparable compagnon d'Ogden réfléchit un long moment.

— Il nous reste leurs chansons et des archives, mais elles ne disent pas grand-chose sur leur apparence ou leur façon de vivre. Les Icarii résidaient dans les montagnes et les collines de Tencendor, et ils étudiaient les mouvements des étoiles, du Soleil et de la Lune. C'est sans doute pour ça qu'on les appelait les Enfants de l'Aile. Fils des forêts, les Avars avaient une relation très spéciale avec la terre. Selon certains textes, ils pouvaient communiquer avec les arbres...

Faraday poussa un petit cri et tira sur les rênes de son cheval pour s'écarter du baudet de Veremund.

— Ma mère a raison, lâcha-t-elle. C'étaient des monstres et le Sénéchal a bien fait de les chasser de chez nous !

L'après-midi, la colonne arriva devant une série de hauts monticules aux flancs escarpés couverts de buissons et de hautes herbes. Au sommet, presque plat, d'étranges fleurs rouges et jaunes composaient un tapis apparemment régulier. Sur une demi-lieue, une trentaine de buttes similaires se dressaient à intervalles réguliers.

Axis leva la main pour ordonner une halte. Puis il se tourna vers Belial.

— Tu sais ce que c'est ? demanda-t-il.

L'officier ouvrit la bouche, mais Ogden le devança :

— Il s'agit de tumulus, Tranchant d'Acier. On dit que certains rois de Tencendor y sont enterrés.

Ogden talonna son baudet et vint se placer à côté d'Axis, qui le foudroya du regard un moment, de plus en plus gêné par la véritable personnalité du vieil homme, qu'il découvrait peu à peu. Depuis trois jours, Ogden lui rebattait les oreilles avec Tencendor, et chaque nouvelle pièce du puzzle augmentait son malaise. Persuadé depuis son enfance qu'Achar, l'ordre du Sénéchal et la Voie de la Charrue avaient toujours existé, il savait maintenant qu'il n'en était rien. Jadis, dans un royaume appelé Tencendor, les Proscrits et son peuple avaient vécu ensemble, et cette seule idée le perturbait.

— Ainsi, dit-il, les humains, en ce temps-là, régnaient sur les Proscrits.

— Détrompe-toi, Tranchant d'Acier, dit Ogden avec un petit sourire. La famille royale de Tencendor était de sang icarii. La Serre, le titre officiel du roi à l'époque, était toujours un membre de la maison du Soleil Levant. Et cela a duré cinq mille ans, jeune homme ! Une lignée très prolifique, il faut bien le dire…

Stupéfaits, Belial et Axis dévisagèrent le vieillard. Les Proscrits, maîtres de l'humanité ? Impensable !

— Eh oui…, souffla Ogden, le regard rivé sur les tumulus. Sous l'influence du Sénéchal, les hommes renversèrent le monarque légitime et chassèrent les Icarii et les Avars au-delà de la chaîne de la Forteresse. C'est de cela, messires, que l'Histoire garde le souvenir sous le nom de Guerre de la Hache.

Le visage fermé, Axis étudia de nouveau les tumulus.

— Eh bien, dit-il, ce soir, les tombes des Icarii abriteront de vulgaires humains. Elles doivent être assez hautes pour nous protéger de ce maudit vent.

Ils bivouaquèrent entre les tombeaux, heureux qu'ils les isolent des bourrasques qui soufflaient du nord. En chemin, la Prophétie avait circulé parmi les soldats, qui tinrent des conversations à voix basse, autour des feux de camp, au sujet de ses énigmatiques prédictions.

Pendant la veillée, des centaines de paires d'yeux sondèrent l'horizon, au nord, d'où venait le vent glacial. Avec les nuages qui s'accumulaient dans le ciel, le voyage, déjà pénible, menaçait de tourner à l'épreuve. Si la grêle qui avait harcelé la colonne dans les plaines de Tare s'était calmée, ces nuages, de plus en plus épais, semblaient vouloir déverser sur les Haches de Guerre un torrent de glace et de haine.

Ce soir-là, Faraday dîna avec sa mère, Axis, Belial et les deux frères. Après avoir picoré, elle pria les convives de bien vouloir l'excuser, se leva et s'éloigna pour aller s'asseoir seule dans l'obscurité.

Axis la suivit du regard. Depuis qu'il était revenu du bois de la Muette, la jeune femme se comportait très bizarrement.

Le Tranchant d'Acier espérait ne pas l'avoir froissée. Ces trois dernières semaines, Faraday avait gagné son respect et son admiration. Comme sa mère, elle avait suivi le rythme sans se plaindre ni exiger les égards qu'elle aurait pu croire dus à sa féminité. Bref, il n'avait rien à reprocher à ces femmes. Et grâce à la vigilance de Merlion, les deux servantes qu'elles avaient gardées avec elles ne posaient aucun problème non plus.

Un point de vue que n'auraient pas partagé certains soldats, déçus que plus personne ne vienne les réchauffer sous leur couverture.

Axis avait été surpris d'apprendre les fiançailles de Borneheld avec la plus jeune fille du comte Isend de Skarabost. Depuis dix ans, le Seigneur de Guerre se défilait chaque fois qu'un mariage était en vue. Homme de tempérament, il préférait la compagnie de sa kyrielle de maîtresses et n'avait aucun mal à renouveler son cheptel, que ce fût à Sigholt, au fort de Gorken ou au palais de Carlon.

Le Tranchant d'Acier aurait parié qu'il finirait par accepter l'offre d'un des riches seigneurs d'Achar. Or, même en comptant le domaine de son grand-père, Faraday n'était pas, et d'assez loin, l'héritière la mieux dotée du royaume. Tout était devenu clair pour Axis la nuit où elle lui avait souri, lors de leur premier dîner. Déjà très jolie, elle serait bientôt une superbe femme alliant la grâce à l'intelligence.

Axis haussa les épaules avant de poser sa chope vide à côté de lui. Tout ça n'était pas son affaire, même s'il déplorait qu'Isend ait si mal choisi le futur époux de sa fille. Borneheld ne méritait pas une femme comme Faraday et il ne saurait pas s'en occuper correctement. Vive et subtile, la jeune épouse serait malheureuse comme les pierres en Ichtar, une des régions les plus sauvages du royaume. D'après les rumeurs qui couraient au palais, Rivkah avait détesté vivre dans cette province. Devenue la compagne de Borneheld, Faraday perdrait-elle son honnêteté et sa franchise ? Axis espérait que non…

S'arrachant à ses pensées, il s'avisa que ses compagnons, autour du feu, s'étaient lancés dans un débat houleux sur la jeunesse du baron Ysgryff de Nor. Avait-il vraiment été pirate, comme on le murmurait ?

Se fichant royalement de la réponse, Axis se leva, salua l'assistance et décida d'aller faire quelques pas. Hasard ou pas, il suivit le même itinéraire que Faraday et la trouva assise sur un rocher, un peu au-delà du périmètre du camp. Lui tournant le dos, elle contemplait les silhouettes noires des tumulus, à peine visibles à la pâle lueur de la lune.

— Faraday…, souffla-t-il.

La jeune femme se leva d'un bond et se retourna trop vite pour avoir le temps d'essuyer les larmes qui ruisselaient sur ses joues.

— Si vous voulez bien m'excuser..., marmonna-t-elle en essayant de battre en retraite vers le camp.

Quand elle passa près de lui, Axis la retint par le bras.

— Faraday, que se passe-t-il ? Vous ai-je blessée sans le vouloir ?

— Vous n'y êtes pour rien, Axis... Mais je vous en prie, laissez-moi passer !

— Faraday, pourquoi pleurez-vous ?

De sa main libre, Axis essuya une larme sur la joue de la jeune femme. Comme s'ils agissaient de leur propre volonté, ses doigts s'attardèrent sur sa peau plus longtemps qu'il n'était convenable.

— Je pleure parce que la vie nous joue des tours si cruels...

Devait-elle en dire plus ? Bien sûr que non ! Mais comment résister, alors que le contact des doigts d'Axis faisait battre la chamade à son cœur ?

— Je suis promise à Borneheld et c'est son frère que je désire plus que tout au monde.

— Faraday ! s'indigna Axis.

Que racontait cette fille ? Elle était trop jeune, trop dangereuse, et tout cela tombait au plus mauvais moment possible !

Pourtant, la main d'Axis posée sur le bras de Faraday glissa jusqu'à sa taille, se lova dans le creux de ses reins et l'attira vers lui.

— Faraday..., souffla Axis en se penchant pour l'embrasser.

Bouleversée par la tendresse de ce contact, Faraday se dressa sur la pointe des pieds pour le prolonger. Le baiser s'approfondit, comme s'ils ne devaient jamais plus s'écarter l'un de l'autre.

Quand Faraday parvint à y mettre un terme, elle recula d'un pas et eut un rire de gorge mal assuré.

— Toutes mes excuses, Tranchant d'Acier. J'ignore ce qui m'est passé par la tête.

Axis baissa les yeux sur la main gauche de la jeune femme, où brillait la bague que lui avait offerte Borneheld.

— Pourquoi ? demanda-t-il simplement.

Faraday suivit son regard et fit aussitôt tourner l'anneau autour de son doigt pour dissimuler le rubis.

— Parce que mon père le veut et que ce sera une bonne chose pour ma famille. Axis, j'ai consenti librement à cette union.

— Même si votre cœur ne la désire pas...

— C'est vrai... Mais face aux intérêts supérieurs d'une nation, que pèse le cœur d'une femme ? Je ne me déroberai pas à ce mariage. Mon honneur m'oblige à aller jusqu'au bout.

— Les intérêts supérieurs du royaume n'ont rien à faire là-dedans ! Tout ce qui est en jeu, c'est la cupidité de votre père et la lubricité de Borneheld. Quant à l'honneur, il faut être bien jeune et innocente pour le croire lié à ce pacte de maquignons ! Faraday, la cérémonie n'aura pas lieu avant des mois. Mettez ce répit à profit pour réfléchir. Voulez-vous opter pour la sécurité et épouser Borneheld, ou prendre le risque de partager la vie d'un homme que vous aimerez ?

Tremblant de colère, Axis fit demi-tour et partit vers le camp à grandes enjambées.

Faraday en resta bouche bée un long moment. Puis un bruit, dans son dos, la força à tourner la tête. Le chat blanc dans les bras, Veremund approchait d'elle.

— Mon enfant, dit-il, nous devons parler. Les choses ne peuvent pas continuer ainsi...

Dans la nuit, les yeux du vieil homme brillaient comme deux petits soleils...

18

Quand parlent les sentinelles

Faraday recula et faillit s'étaler quand elle percuta le rocher où elle était assise avant l'arrivée d'Axis.

Pourquoi a-t-il les yeux jaunes ? pensa-t-elle.

Toutes les affreuses histoires sur les Proscrits entendues dans son enfance lui revinrent à l'esprit.

— N'aie pas peur, mon enfant, dit Veremund en tendant le bras, nous ne te voulons pas de mal. Je t'en prie, prends ma main.

Le cœur cognant contre les côtes, Faraday n'esquissa pas un geste.

— Je t'en prie, insista le vieil homme.

Subjuguée par la douceur de sa voix, la jeune femme tendit un bras tremblant. Quand ses doigts touchèrent ceux du frère, elle éprouva une sensation de paix comme elle n'en avait jamais connu.

— Veux-tu parler un peu avec nous, mon enfant ? Les autres attendent impatiemment de te voir.

Veremund tira Faraday vers les tumulus.

— Les autres ? Quels autres ? Et de quoi voulez-vous me parler ? (Soudain, la jeune femme comprit que le frère avait entendu sa conversation avec Axis.) Veremund, par pitié, ce qui s'est passé à l'instant n'avait aucun sens. Un moment de folie, c'est tout ! Vous ne le direz pas à ma mère, n'est-ce pas ?

Veremund s'immobilisa pour poser Yr sur le sol, puis il se tourna vers Faraday.

— N'aie aucune crainte, Merlion n'en saura rien. Mais ce qui vient d'arriver a une importance capitale, au contraire.

— De toute façon, ça ne vous regarde pas ! Axis et moi sommes les seuls concernés...

— Je crains que non, coupa le vieil homme. Vous n'êtes pas destinés à avoir une vie privée, dans un avenir proche. À présent, il va falloir monter un peu. Épargne ton souffle pour l'ascension.

Alors qu'ils gravissaient la pente d'un tumulus, Faraday fut de plus en plus souvent contrainte d'assurer son équilibre en tendant sa main libre, comme un funambule. Elle parvint pourtant à trouver assez de souffle pour poser une question :

— Où allons-nous ?

Devant eux, et depuis près d'un quart d'heure, Yr gambadait comme si ses forces étaient inépuisables.

— Silence, haleta Veremund, qui devait être rouge comme une pivoine. Nous sommes presque arrivés.

Quelques minutes plus tard, ils atteignirent le sommet du tumulus. Bien qu'ils fussent à découvert et assez haut, pas un souffle de vent ne les fit frissonner. De ce perchoir, à près de trois cents pieds du sol, les feux de camp des Haches de Guerre ressemblaient à un collier de diamants et de rubis passé autour du cou des tumulus.

— Regarde, dit Veremund, un bras tendu, ils nous attendent !

Faraday ne put retenir un petit cri de surprise. À vingt pas de là, au centre du plateau, Ogden et Jack étaient assis au milieu d'un cercle de pierres blanches. Le lourd bâton du porcher était posé sur le sol, à l'extérieur de ce curieux périmètre.

— Comment est-il arrivé jusqu'ici ? demanda Faraday en désignant Simplet. Nous avons chevauché si vite…

— Ce gaillard connaît la région comme sa poche, à l'inverse des Haches de Guerre, répondit Veremund. Viens avec moi.

Faraday se laissa guider jusqu'au cercle. Yr réapparut comme par enchantement, quelques pas devant eux, et s'assit entre Jack et Ogden au moment où la jeune femme et Veremund franchissaient la barrière de pierres blanches.

— Adorable dame, dit le porcher, vous revoir emplit mon cœur de joie. (Il sourit mais ne se leva pas pour accueillir son « invitée ».) Je vous en prie, prenez place dans le cercle, et sachez que vous n'avez rien à craindre.

Faraday étudia le porcher. Bien qu'il fût toujours aussi cordial, il n'avait plus du tout l'air d'un idiot. Un peu rassurée, elle s'assit en tailleur et tira sur ses jambes la jupe qu'elle avait enfilée après s'être rafraîchie, au terme d'une longue journée de cheval. Regardant Veremund, elle voulut dire quelque chose, mais il lui posa un index sur les lèvres.

— Silence, mon enfant. Pour le moment, tu dois simplement écouter et regarder. En temps voulu, nous répondrons à toutes tes questions. N'oublie surtout pas que tu ne risques rien.

Faraday dévisagea ses compagnons. Leurs yeux brillaient bizarrement, comme si des lampes étaient cachées derrière. Ceux d'Ogden et de Veremund émettaient une lueur jaune. Elle était verte chez Jack, et d'un bleu profond pour Yr.

— Commençons, dit le chat blanc d'une voix douce et grasseyante.

Comme pour ponctuer cette courte déclaration, il agita le bout de sa queue.

Faraday parvint de justesse à ne pas crier. Yr la regarda un instant, puis tourna la tête vers ses compagnons.

— Nous sommes…, commença-t-il.

— Zélés…, continua Ogden sur un ton qui rappelait celui des frères du Sénéchal quand ils célébraient l'office de la Charrue.

— Prudents…, ajouta Jack de la même voix chantante.

— Vigilants…, dit Veremund.

La litanie continua, tourbillonnant autour de la jeune femme aux yeux maintenant écarquillés.

— Attentifs…

— Soucieux…

— Attentionnés…

— Prévenants…

— Et nous sommes…, chantonna Veremund.

— Les hôtes…

— Les gardiens…

— Les protecteurs…

— Les serviteurs…

— Et nous attendons…, reprirent-ils en chœur.

— L'Unique…

— L'Élu…

— Le Sauveur…

— L'Homme Étoile, achevèrent-ils d'une seule voix avant de river leurs yeux brillants sur Faraday. Oui, nous sommes les Sentinelles !

Dans le ciel, les nuages bouillonnèrent de fureur et des éclairs les déchirèrent. Le tonnerre éclata, faisant vibrer le tumulus sur sa base.

L'enchantement rompu, Yr regarda le firmament, comme Faraday.

— Désormais, dit-il, le Destructeur sait que nous arpentons de nouveau Tencendor. Tu vois à quel point ça le met en rage ? Bientôt, il nous traquera.

— Que signifie tout cela ? souffla Faraday en baissant les yeux. Qui êtes-vous ? Ou plutôt, quelles *créatures* êtes-vous ? (Incapable de s'adresser directement au chat, elle regarda Jack.) Comment Yr peut-il parler ?

Le porcher eut un sourire plein de compréhension.

— Nous avons tous choisi des formes différentes, mon enfant. Yr a sauté sur l'occasion de se faire caresser aussi souvent que possible. Elle a toujours été très sensuelle… (Devant l'air surpris de Faraday, Jack hocha lentement la tête.) Oui, mon enfant, *elle*… Cela dit, nous ne sommes pas tous aussi sociables. Mes autres compagnons (il désigna Ogden et Veremund) et moi préférons la solitude. Et l'épanouissement de l'esprit, pour nous, passe bien avant celui de la chair.

Jetant un coup d'œil aux frusques crasseuses des deux frères, Faraday songea qu'ils avaient sûrement renoncé aussi à l'épanouissement de la propreté. Réprobatrice, elle plissa délicatement le nez.

— Quant à notre nature, mon enfant, dit Ogden – la première fois qu'il s'adressait directement à Faraday depuis le début de cette réunion –, il est inutile que tu la connaisses. Sache simplement ceci : nous sommes des Enfants de la Prophétie, enrôlés, modifiés et enchaînés pour la servir. Nous sommes des guetteurs et des serviteurs, c'est vrai, mais aussi des *fidèles*.

Faraday oublia son dégoût face à la crasse des deux vieillards, et battit des cils, désorientée par tout ce qu'elle avait vu et entendu en quelques minutes.

— Êtes-vous les frères Ogden et Veremund, ou je ne sais quelles créatures magiques ?

— Ogden et Veremund furent jadis des frères de l'ordre du Sénéchal, c'est la stricte vérité. Mais ils sont morts il y a très longtemps, en essayant d'entrer dans le bois de la Muette. Tous les visiteurs de la citadelle s'attendant à y trouver des moines, nous avons jugé plus simple de prendre leur apparence. Quant à la deuxième partie de ta question… (Ogden haussa les épaules.) En un sens, nous sommes des créatures magiques, mais avec bien peu de pouvoirs, et chacun d'entre nous a des... talents... très semblables à ceux des autres.

Faraday frissonna et se mordit les lèvres. Elle ne voulait pas entendre un mot de plus !

— Il faudra pourtant écouter, adorable dame, dit Jack d'un ton sans réplique. Nous sommes les Enfants de la Prophétie, créés pour la servir. Désormais liée à la prédiction, vous devez la laisser vous plier à sa volonté, que cela vous plaise ou non.

— C'est de la folie ! s'écria Faraday.

Elle voulut se lever et fuir, mais ses jambes refusèrent de lui obéir.

— Écoute-nous, Faraday, dit Ogden. Tu te souviens de la Prophétie que Timozel t'a récitée, ce matin ? Au nord, le Destructeur s'est levé. Poussé par sa haine dévorante et aidé par sa puissante magie, il déferlera bientôt sur Achar – sur Tencendor ! Les Icarii, les Avars et les humains doivent s'unir. C'est l'unique façon de l'arrêter. Mais un seul homme peut y parvenir.

— Axis..., souffla Faraday. Artor, aie pitié de nous !

— Ton Artor n'y peut rien, siffla Yr, la queue battant rageusement. Selon toi, qui a chassé les Icarii et les Avars de chez eux, sinon ses sinistres adorateurs ?

— Yr, intervint Veremund, elle n'est pas responsable de son éducation. Mais elle sera loyale et elle accomplira son devoir.

— Il le faut ! cria la chatte, à peine adoucie et toujours aussi enflammée par sa haine du Sénéchal.

Bien mieux informée que ses compagnons des machinations de l'ordre, elle le vomissait un peu plus chaque jour.

— Si la Prophétie dit vrai, avança Faraday, Borneheld est le Destructeur. L'Homme Étoile et lui sont frères, si j'ai bien compris.

— Le duc et le Tranchant d'Acier ont eu la même mère, mon enfant. Axis et le Destructeur sont nés du même *père*.

La jeune femme dévisagea calmement les quatre Sentinelles.

— Et qui est leur géniteur ?

— Nul ne le sait, répondit Yr, pas même nous. Crois-moi, nous donnerions cher pour qu'il en aille autrement, parce que les choses seraient plus claires. Nous sommes les Enfants et les Fidèles de la Prophétie, rien de plus. Certaines de ses arcanes nous échappent comme au commun des mortels.

— Faraday, intervint Jack, avant d'aller plus loin, nous devons savoir ce que t'ont dit les arbres. Quelle question leur as-tu posée et que t'ont-ils chanté ?

Des larmes perlèrent aux paupières de Faraday dès qu'elle repensa à la vision.

— Je voulais qu'ils me montrent mon mari, dans le futur. Ce mariage avec Borneheld me remplit d'incertitude…

— Que t'ont-ils fait voir, mon enfant ? demanda Veremund en posant une main paternelle sur l'épaule de la jeune femme.

Encouragée par ce contact, elle décrivit sans rien omettre tout ce qu'elle avait vu dans le bois de la Muette. Quand elle en fut à l'image d'Axis couvert de sang, un bras tendu vers elle – sans doute pour l'implorer –, sa voix se brisa. Elle parvint pourtant à évoquer l'énorme goutte de sang qui s'abattait sur elle.

— Mon enfant, dit Ogden quand elle eut fini, tu voulais que les arbres te montrent ton mari… Lequel des deux hommes as-tu vu en premier ?

Le front plissé, Faraday réfléchit quelques instants.

— Borneheld, dit-elle finalement. Oui, c'était Borneheld… En quoi est-ce important ?

Veremund et Ogden soupirèrent en chœur. Yr cligna de nouveau des yeux et sa queue battit nerveusement.

Jack se tortilla pour changer de position. Apparemment, même les créatures magiques avaient mal aux fesses quand elles restaient trop longtemps assises au même endroit.

— Vous souvenez-vous, adorable dame, de ce que j'ai dit cette nuit-là, juste avant votre fuite éperdue ? Les arbres nous montrent ce qui adviendra, mais pas toujours entièrement ou dans un tel désordre qu'il est souvent difficile de s'y retrouver. Prenez garde à ne pas interpréter de travers ce que vous avez vu. En fait, il est possible que ces images ne soient pas celles de la mort d'Axis. Cela dit, si le duc finit par tuer le Tranchant d'Acier, Tencendor sera condamné. Douce enfant, Axis est le *seul* qui puisse affronter Gorgrael. Il ne doit pas être assassiné avant d'avoir accompli sa mission.

— Non…, murmura Faraday. (Elle enroula ses bras autour de son torse et se berça lentement, comme une enfant apeurée.) Pas assassiné…

Veremund consulta du regard ses compagnons, qui hochèrent tous la tête.

— Mon enfant, dit-il, nous savons que tu as également un rôle à jouer dans la Prophétie. Pour être plus précis, tu dois t'acquitter de deux tâches très importantes afin qu'Axis réussisse. La première est d'empêcher Borneheld de le tuer avant qu'il ait réalisé son potentiel. Nous savons ce que vous éprouvez l'un pour l'autre, mais si vous cédez à la passion, cela provoquera la mort d'Axis.

— Pourquoi ? demanda Faraday, même si elle connaissait déjà la réponse.

— Si tu romps tes vœux pour épouser Axis, Borneheld, fou de rage, ira jusqu'à raser le royaume pour se venger de son demi-frère. Ne sois pas l'étincelle qui mettra le feu au bûcher funéraire du Tranchant d'Acier.

— Selon Jack, les arbres m'ont fait voir la vérité. Tout ça arrivera, quoi que je…

— Faraday, coupa Veremund, Borneheld et Axis s'affronteront un jour, c'est évident. Mais le duel devra avoir lieu à l'instigation du Tranchant d'Acier, et dans les conditions qu'il aura fixées. Il serait désastreux de pousser le duc à le défier *maintenant*. Si tu épouses Borneheld, tu l'empêcheras de charger comme un taureau enragé. Ainsi, Axis aura le temps de devenir l'homme qu'il doit être…

— Faraday, écoute-moi, souffla Yr. Tu sauveras Axis et Tencendor en épousant Borneheld. C'est ce que nous apprend la vision.

— Ce soir, renchérit Veremund, tu as dit à Axis qu'une femme n'avait aucun poids face aux intérêts supérieurs d'une nation. Tu pensais à Achar, bien entendu. Mais c'est de Tencendor qu'il s'agit et de la survie des trois races. Là aussi, tes désirs ne comptent pas. L'avenir dépend du lit que tu choisiras de partager. (Le vieil homme médita un court moment, puis assena l'argument massue.) Pour qu'Axis vive, tu dois épouser Borneheld.

Vaincue par la tension et écrasée par une implacable logique, Faraday se prit la tête entre les mains et éclata en sanglots. Les Sentinelles avaient raison, mais comment oublier ce qu'elle avait éprouvé dans les bras d'Axis, moins d'une heure plus tôt ?

Veremund l'enlaça et s'efforça de la consoler. Mettre une telle pression sur les épaules d'une jeune femme innocente le révulsait, mais il n'avait pas le choix, puisque la Prophétie l'exigeait.

Quand Faraday se fut un peu calmée, Yr reprit la parole :

— Mon enfant, tu dois épouser le duc aussi vite que possible.

— Non, par pitié, laissez-moi un peu de temps !

— Faraday, murmura Veremund, nous ne savons pas tout, c'est vrai, mais tu peux te fier à nous pour certaines choses. Axis chevauche vers Smyrton, où il ne restera pas longtemps, puis il se mettra en chemin pour le fort de Gorken. Il est essentiel que tu y sois avant lui ! À son arrivée, tu devras être la duchesse d'Ichtar. C'est au fort de Gorken que se jouera le destin du Tranchant d'Acier. Devenue l'épouse de Borneheld, le contrôler te sera facile. Gonflé d'importance par le zèle que tu auras mis à le rejoindre, il se sentira très puissant et ne voudra plus défier Axis afin de se prouver quelque chose. Pour le Tranchant d'Acier, le fort de Gorken sera une épreuve cruciale, mon enfant.

Curieusement, le discours des Sentinelles faisait écho à celui que dame Embeth avait tenu à Faraday, ce terrible soir. Le devoir, toujours le devoir…

— Je comprends…, capitula la jeune femme. Enfin, je crois… Mais comment arriverai-je au fort de Gorken avant Axis ?

Les Sentinelles se détendirent. Rien ne leur avait assuré que Faraday finirait par accepter son rôle, et il aurait été impossible de la contraindre à agir contre sa volonté.

Yr se leva, s'étira et vint se frotter contre les genoux de la jeune femme, qui lui caressa le dos, touchée par cette marque d'affection.

— Yr et moi voyagerons avec toi, annonça Jack. Jusqu'à Arcen, tu continueras avec Axis, comme prévu. Quand la colonne se mettra en chemin pour Smyrton, nous partirons vers le fort de Gorken. En secret, bien entendu ! Ne t'avise surtout pas d'en parler à ta mère !

Faraday eut un rire sans joie.

— Ma mère ? Si je lui raconte tout ça, elle me fera faire un lavement pour m'éclaircir les idées !

— Faraday, dit Jack, nous aurions préféré partir plus tôt. Cette nuit aurait été idéale. Hélas, si Axis ne te voit pas demain matin, trois mille cinq cents hommes se lanceront à ta recherche, et même les Sentinelles n'ont pas le pouvoir d'échapper à une telle meute.

— Je comprends… (Faraday hésita un instant.) Axis est-il informé de tout ça ?

Les quatre Sentinelles secouèrent la tête.

— Non, répondit Ogden. Avant d'en savoir plus, il devra grandir un peu. Son chemin sera très différent du tien, car il doit découvrir seul son identité. Sur ce point, nous n'avons pas le moindre doute.

— Encore une chose…, dit Faraday. Vous avez parlé de *deux* tâches. La première est d'épouser Borneheld. J'ai compris pourquoi, et je tenterai de m'y faire. Mais que sera la seconde ?

— Chère enfant, dit Veremund, sache seulement qu'elle se révélera beaucoup moins désagréable que la première. (Il tapota l'épaule de la jeune femme.) Pour ce soir, tu en as assez entendu. Jack et Yr t'en diront plus sur le chemin du fort de Gorken. (Les yeux du vieil homme brillèrent de nouveau.) Seras-tu loyale, chère enfant ? Acceptes-tu de servir les Sentinelles et Axis ?

— Oui, répondit Faraday, même si je doute que vous mesuriez l'étendue du sacrifice que je devrai consentir.

— La Prophétie est une maîtresse exigeante, Faraday, lâcha Veremund. Et personne n'aura à payer un plus lourd tribut que les Sentinelles ! Personne ! Alors, ne viens surtout pas nous parler de sacrifice !

— Je suis désolée…

— Je sais, mon enfant, et j'ai la certitude que ta loyauté sera sans faille. Plus que quiconque, j'ai conscience que nous te demandons beaucoup. Mais il se fait tard et tu dois être épuisée. Yr, veux-tu raccompagner notre jeune amie jusqu'à sa tente ?

En silence, Ogden, Veremund et Jack regardèrent la chatte et Faraday descendre le tumulus. Puis le faux porcher prit la parole :

— Ainsi, c'est commencé, mes amis. Le Destructeur est informé de notre présence, et nous ne sommes toujours pas au complet.

— Où est-elle donc ? demanda Veremund. Pourquoi n'est-elle pas encore arrivée ?

19

UNE JOURNÉE NUAGEUSE

Le lendemain matin, Axis évita Faraday, un comportement dont elle lui fut reconnaissante. Même si elle se souvenait parfaitement du contact de ses lèvres contre les siennes et de la force rassurante de ses bras, les événements suivants restaient flous dans sa mémoire, comme les lambeaux d'un rêve.

À son réveil, Merlion déjà levée et sortie, elle avait découvert Yr, assise sur la couverture de sa mère. Et pour autant qu'un félin en fût capable, la chatte lui souriait.

Faraday lui rendit son sourire, peu sûre du comportement à adopter.

— Bonjour, Yr, finit-elle par dire.

La chatte sauta sur la jeune femme, remonta le long de son corps, vint se lover sur sa poitrine et entreprit de la piétiner en ronronnant.

— Bonjour, ma chère enfant, claironna-t-elle, comme si elle ne se souciait pas le moins du monde d'être discrète. Maintenant que tu me respectes un peu plus, puis-je suggérer que tu fasses montre de plus de diligence, en ce qui concerne mon petit déjeuner ?

Faraday ferma les yeux. Non, ce n'était pas un rêve. Repensant à l'engagement qu'elle avait pris, au sommet du tumulus, elle frémit de la tête aux pieds.

— J'ai faim ! siffla Yr, très agacée.

Une heure après l'aube, la colonne de Haches de Guerre serpenta entre les tumulus puis déboucha sur les plaines d'Arcness. Pendant la nuit, le temps avait tourné à l'orage, et une lumière grisâtre parvenait à peine à filtrer des nuages zébrés d'éclairs. Deux fois plus fort que la veille, le vent du nord charriait les échos de terribles roulements de tonnerre.

Le moral de l'expédition baissa en flèche. D'une morosité fort rare chez lui, Veremund ne desserra pas les dents, se contentant d'échanger de fréquents regards avec Yr, couchée derrière la selle de Faraday.

— Qu'on veuille bien m'excuser, dit soudain le vieil homme en talonnant son baudet, mais je dois aller parler au Tranchant d'Acier.

Sourcils froncés, Timozel se tourna vers la jeune femme. Les yeux rivés sur le dos du frère, qui s'éloignait à vive allure, elle ne s'en aperçut pas et ne songea pas à dissimuler son inquiétude.

Veremund vint se camper à côté d'Ogden, qui chevauchait quelques pas derrière Axis et Belial.

— Mon ami, dit-il, je n'aime pas la tournure des événements.

— Tu as raison, admit Ogden. Ces nuages ne sont pas naturels, et nous faisons une cible idéale pour Gorgrael. Quatre Sentinelles dans un périmètre restreint, plus Axis et Faraday…

— Que faire ?

— *Avertir*, mon ami, c'est notre seule option. Mais je me demande comment prévenir Axis de ce qui se prépare…

Les frères accélérèrent le rythme pour se porter à la hauteur des deux officiers.

— Tranchant d'Acier, dit Ogden en se penchant sur sa selle, je déteste l'aspect de la tempête qui s'annonce. Dans ces plaines, sans abri alentour, nous sommes trop exposés.

Axis tourna brièvement la tête vers son interlocuteur. Il venait de se faire la même réflexion. En quelques minutes, le vent avait encore gagné en puissance, comme s'il avait voulu les désarçonner.

— Belial, nous sommes loin des tumulus ? demanda Axis en tirant sur les rênes de Belaguez.

— Chef, nous avons à peine vu le soleil ce matin. Dans ces conditions, c'est difficile à dire. Mais je doute que nous avancions depuis plus d'une heure.

Axis se mordit les lèvres, conscient d'avoir commis une faute de débutant. Obsédé par le souvenir de Faraday – ce délicieux moment où il l'avait tenue dans ses bras –, il n'avait pas réfléchi au danger d'une chevauchée par un temps pareil. Qu'Artor le maudisse, car il était le dernier des imbéciles !

— Et la tempête, Belial, quand sera-t-elle sur nous, à ton avis ?

Le gros de la colonne commençant à les dépasser, les quatre hommes s'écartèrent du chemin. La tête brièvement tournée, plusieurs soldats leur lancèrent des regards inquiets.

— Dans moins d'une heure, Tranchant d'Acier, répondit Belial. La ligne d'horizon est déjà voilée…

Axis prit sa décision en un clin d'œil.

— Belial, ordonne à la colonne de faire demi-tour ! Décrivez un arc de cercle très large, pour éviter les collisions. Puis que tout le monde chevauche à bride abattue vers les tumulus. C'est le seul abri à notre disposition !

L'officier talonna son cheval en beuglant déjà des ordres. Furieux, Axis lâcha un chapelet de jurons dans sa barbe.

Avec autant de cavaliers, il était impossible d'exécuter cette manœuvre sans provoquer une pagaille. Belaguez piaffa entre les genoux du Tranchant d'Acier pendant que la colonne, avec une exaspérante lenteur, dessinait dans la plaine un point d'interrogation renversé.

—Allez-y, bon sang! marmonna Axis. Distancez ce maudit vent!

Les Haches de Guerre chevauchèrent par petits groupes pour mieux stimuler leurs montures. Afin de se faire entendre par-dessus le roulement des sabots, Ogden approcha de Belaguez et cria:

—Axis! Tranchant d'Acier!

Un vague écho atteignant ses oreilles, Axis tourna la tête vers les deux frères, toujours arrêtés derrière lui.

—Espèces d'idiots, filez d'ici! brailla-t-il.

Fou d'angoisse, Belaguez rua furieusement. À l'évidence, il brûlait d'envie de suivre dans les plaines les centaines de chevaux lancés au galop.

Ogden tira sur les rênes de son baudet pour le mettre hors de portée des sabots de l'étalon.

—Axis, écoute-moi! Ce n'est pas une tempête ordinaire. Gorgrael tire les ficelles!

—Alors, vieillard, dis-moi comment faire face à cette menace! rugit Axis.

Sans ses talents de cavalier hors du commun, rester sur le dos de Belaguez eût été impossible. Et même ainsi, il y parvenait de justesse.

—Oui, dis-moi comment arracher mes hommes à ce cauchemar démoniaque!

Redoublant de violence, le vent détacha de la natte du Tranchant d'Acier des mèches blondes qui lui fouettèrent le visage.

—Je n'en sais rien, avoua Ogden, terrifié. Je n'en sais rien!

Tremblant de fureur et de peur, Axis dévisagea un long moment le vieil homme. Puis il flanqua une claque sur la croupe du baudet.

—Alors, file, espèce de vieux fou ! C'est notre seule chance.

Axis lâcha enfin la bride à Belaguez, qui partit au triple galop. Veremund et Ogden le suivirent aussi vite que le leur permettaient les jambes grassouillettes de leurs montures.

Les choses n'auraient pas dû tourner comme ça…

Dès qu'il comprit ce qui se passait, Timozel prit par la bride les chevaux de Merlion et de Faraday et leur fit faire demi-tour. Puis il cria aux deux servantes de les imiter. Tirant son épée, il abattit le plat de la lame sur la croupe des quatre chevaux, puis, de l'autre main, il écarta de ses yeux ses cheveux trop longs. Chaque fois qu'il regardait derrière lui, les nuages lui semblaient plus proches et plus furieux. C'étaient les premiers qu'ils voyaient se déplacer ainsi, tourbillonnant sans se laisser influencer par la direction du vent. Dans leurs tréfonds, des éclairs rouge, bleu et argent explosaient de plus en plus violemment.

Terrifiée par l'assaut des éléments, Faraday agrippa la crinière de son cheval. La nuit précédente, quand les Sentinelles avaient révélé leur présence au ciel, la foudre et le tonnerre s'étaient déchaînés pour leur répondre. La tempête, elle en était sûre, avait un lien avec les événements de la veille…

—Axis, je t'en prie, prends garde à toi ! cria la jeune femme en luttant pour ne pas lâcher la crinière battue par les vents de sa monture.

Dans son dos, Yr avait planté ses griffes dans la couverture de selle – le seul moyen de ne pas glisser sur le sol, où elle ne survivrait pas longtemps. Ses yeux émettant une vive lueur bleue, elle tendit le cou et hurla :

— Jack, viens à notre secours ! Nous avons besoin de toi !

Dans cette course éperdue, les chevaux de bât et de rechange se révélèrent encore plus dangereux, sans cavalier, que ceux des trois mille cinq cents hommes lancés à fond de train vers le salut. Si sa monture trébuchait, Faraday finirait piétinée par des centaines de sabots.

À l'instant où elle pensait cela, un cri déchirant retentit derrière elle. La tête à demi tournée, elle vit la servante de sa mère, désarçonnée par son cheval, disparaître dans une forêt de jambes d'équidés. Sans Timozel, qui plaqua une main sur l'encolure de sa monture, elle aurait tenté de voler au secours de la pauvre fille et connu le même sort qu'elle.

— Elle est fichue ! cria le jeune homme. Personne ne peut plus rien pour elle. Sauvez votre peau !

Près de la jeune femme, Merlion, blanche comme un linge, s'accrochait au pommeau de sa selle. Suivant le conseil de Timozel, Faraday accéléra et serra la crinière de sa monture jusqu'à ce que les crins noirs lui blessent cruellement les paumes.

Alors, elle éclata en sanglots silencieux.

En queue de la colonne désorganisée, Axis était enfin parvenu à reprendre le contrôle de Belaguez. Quand il regarda par-dessus son épaule, pour voir où étaient les deux frères, ce qu'il découvrit lui glaça les sangs. La ligne de nuages bouillonnants continuait à fondre sur eux et elle les rattraperait bientôt. Au centre de ce vortex sillonné d'éclairs, une énorme tête était apparue, image de cauchemar imprimée sur un fond de terreur. Elle était vaguement humaine, même si son front proéminent et son nez crochu évoquaient plutôt le profil d'un oiseau de proie ; deux défenses acérées jaillissaient de ses joues et une langue absurdement longue sortait de sa bouche grande ouverte et garnie de crocs. Profondément enfoncés dans leurs orbites, ses deux gros yeux couleur argent exprimaient plus de haine qu'il aurait dû en exister en ce monde. Avec sa peau écailleuse comme celle d'un lézard, ce visage brumeux était la vision la plus terrifiante qu'Axis eût jamais contemplée.

Quand la créature vit le cavalier solitaire, assez loin derrière la colonne, et les deux vieillards qui le suivaient sur leurs baudets, elle parla d'une voix qui fit vibrer le sol malgré la distance :

— Axis, mon fils !

— Non..., souffla le Tranchant d'Acier, de nouveau perdu dans son cauchemar. (Mais cette fois, le rideau d'obscurité levé, il voyait enfin le visage du monstre qui le persécutait.) Non, tu n'es pas mon père !

La bouche plus sèche que du vieux parchemin, submergé par la peur, Axis n'était plus en état de raisonner, comme si la tête géante, qui oscillait frénétiquement de droite à gauche, le tenait en son pouvoir.

— Axis ! cria Veremund quand les deux frères arrivèrent à sa hauteur. (Dressé sur ses étriers, le vieil homme tendit un bras et gifla à la volée le Tranchant d'Acier.) Ce n'est pas ton père, mais une image de Gorgrael faite de glace et de brume. Axis, écoute-moi et ferme tes oreilles aux mensonges de ce monstre !

— Je suis venu voir ta mère sous cette apparence, dit la tête, des filets de bave ruisselant de sa langue, et elle m'a aimé comme je suis ! Oui, elle m'aimait ! Elle s'est tordue de plaisir entre mes bras !

Confronté à la présence maléfique qui hantait ses nuits, Axis faillit céder au désespoir. Il n'avait nulle part où fuir. Comme toujours...

— Il ne m'écoutera pas ! cria Veremund à Ogden. Que faire, mon ami ? S'il reste ici, il mourra quand les nuages déferleront sur lui.

Après une courte réflexion, Ogden talonna son baudet pour qu'il s'approche de Belaguez. Debout sur ses étriers, les yeux brillants, il sauta sur le dos de l'étalon, derrière Axis. Déséquilibré par le poids supplémentaire, le cheval tenta de se cabrer, mais son maître lui serrait trop la bride pour qu'il y parvienne.

— Mon garçon, souffla le frère à l'oreille du Tranchant d'Acier, tu te souviens de cet air ?

Ogden fredonna une étrange mélodie cadencée qui parvint peu à peu à couvrir les rugissements du vent. Axis cligna des yeux et tourna à demi la tête. Le frère continua à chanter, sa voix devenant plus forte à chaque note. Soudain, il sentit les muscles de son compagnon se détendre.

Le regard redevenu clair, Axis détourna les yeux de l'image du Destructeur et mêla sa voix à celle du vieil homme.

— C'est ça, mon garçon ! Chante avec moi !

Quand la voix du Tranchant d'Acier domina à son tour le vacarme du vent, Veremund reconnut enfin la chanson. Une antique mélopée protectrice que les pères icarii fredonnaient à leurs enfants lorsqu'ils étaient encore dans le ventre maternel. Si son géniteur appartenait à une lignée d'Envoûteurs icarii, ce charme défensif aurait un effet puissant sur Axis. Très puissant, même. Premier cadeau que les pères icarii offraient à leurs fils, ce sort, disait-on, était le plus précieux de tous.

— Chante, Axis…, murmura Veremund, des larmes aux yeux. Chante !

Sa voix désormais plus forte que celle d'Ogden, le Tranchant d'Acier alla bien au-delà des notes que lui avait soufflées Veremund et inventa de nouvelles variations qui conférèrent une profondeur nouvelle à la mélopée. Puis il cessa de fredonner et laissa jaillir de sa gorge des mots inconnus et fabuleusement mélodieux. Submergé par d'anciens souvenirs, il sourit, vivante image de la joie la plus pure. Belle et émouvante, sa voix semblait pouvoir renvoyer au néant le tumulte de la tempête.

Veremund eut un cri de triomphe. Faisant à demi volter son baudet, il se tourna vers la tête géante et brandit le poing.

— Ton père te chantait-il cela, fils mal-aimé ? hurla-t-il. Prenait-il cette peine pendant que tu grandissais dans les entrailles de ta mère ? *T'aimait-il assez pour ça ?*

L'image de Gorgrael rugit de fureur et agita ses défenses comme si elle voulait embrocher la terre elle-même. Un instant, Veremund redouta d'avoir stupidement provoqué un adversaire trop fort pour lui. Mais le cri mourut et la tête s'évanouit, avalée par la masse de nuages.

Malgré cette victoire, la tempête fondait toujours sur eux, aussi rageuse et mortelle qu'avant.

Veremund se tourna vers Axis et Ogden, qui se cramponnait toujours difficilement à la croupe de Belaguez.

— Fuyez, mes amis ! Fuyez !

Orientant sa monture vers les tumulus, Axis lui permit enfin de se lancer au grand galop.

— Ce n'était pas mon père…, l'entendit murmurer Veremund.

Talonnant son baudet, le vieil homme suivit Belaguez, lancé à la poursuite de la monture sans cavalier d'Ogden.

20

La tempête

Très peu de Haches de Guerre s'aperçurent qu'une scène dramatique se déroulait dans leur dos. Faraday, Merlion et Timozel, eux, ne virent rien du tout.

Les premiers cavaliers approchaient des tumulus, la tempête sur les talons. Sous une pluie battante, Axis, Ogden et Veremund progressaient de plus en plus péniblement dans la terre imbibée d'eau et labourée par les sabots des chevaux qui les précédaient. D'une force incroyable, le vent rugissait dans la plaine, derrière eux, forçant le Tranchant d'Acier à se coucher sur l'encolure de Belaguez pour le soulager autant que possible. Toujours monté en croupe, Ogden s'accrochait avec l'énergie du désespoir. Moins chargé que l'étalon, le baudet de Veremund parvenait à suivre son rythme, et l'autre n'était déjà plus en vue.

Alors que Faraday et lui atteignaient les tumulus, suivis à quelques longueurs par Merlion et la dernière servante, Timozel prit au vol la bride du cheval de la jeune femme et le tira vers le monticule le plus proche. La pluie martelait le secteur, se déversant des cieux comme un torrent qui n'avait plus rien de naturel. Fouettée par le vent, elle trempait jusqu'aux os les cavaliers, y compris ceux qui portaient d'épais manteaux imperméabilisés. Dans un vacarme infernal où se mêlaient les hennissements des chevaux, les cris des hommes et les hurlements de la tempête, les Haches de Guerre fonçaient vers le point le plus abrité du champ aux tumulus.

Faraday tira sur les rênes de son cheval et regarda autour d'elle.

— Timozel, cria-t-elle, où est ma mère ?

— Faraday, sautez à terre ! Nous devons trouver un abri, et vite !

Le jeune soldat descendit de sa monture. Luttant contre le vent, il tenta de s'approcher de sa compagne.

Mais elle talonna son cheval, trop épuisé pour lui obéir, et tenta de le forcer à rebrousser chemin.

— Mère ! Où es-tu ?

Aveuglé par la pluie, Timozel tendit un bras, écarta le manteau trempé de la jeune femme, la prit par la taille et la fit basculer de sa selle sans plus de cérémonie.

— Timozel ! rugit Faraday, folle de rage.

Elle tenta de se dégager, glissa entre les mains du soldat et tomba à genoux dans la boue. Alors que le cheval détalait, Yr sauta de sa croupe, toutes griffes dehors. La fourrure hérissée, elle atterrit rudement sur les épaules de Timozel, qui grogna de douleur, vacilla sous l'impact, tomba sur Faraday et l'expédia à la renverse.

La chatte venait de leur sauver la vie. À l'instant où ils s'écroulaient, d'étranges éclairs jaillis des nuages les survolèrent et frappèrent la monture de Faraday.

Timozel roula sur le côté et sonda le rideau de pluie. À dix pas d'eux, la pauvre bête gisait immobile, la tête défoncée par une énorme lance de glace. D'autres projectiles semblables, tombant du ciel comme un vol d'oiseaux de proie, embrochaient les hommes et les chevaux encore à découvert.

D'abord pétrifié par ce spectacle, Timozel parvint à se ressaisir. Prenant Faraday par les épaules, il la tira à demi de sa gangue de boue.

— Il faut filer d'ici ! cria-t-il. Courez !

Remise de force sur ses pieds, la jeune femme eut à peine le temps de ramasser Yr. Pliée en deux comme Timozel, elle fonça vers le flanc d'un tumulus distant d'une trentaine de pas. Autour d'eux, les cris d'agonie des hommes et des chevaux transpercés par des éclats de glace parvenaient à dominer le mugissement de la tempête.

Les deux jeunes gens étaient à mi-chemin de leur objectif quand le cadavre d'un cheval décapité en plein galop bascula sur Timozel et le déséquilibra.

Il tomba et entraîna Faraday dans sa chute. Cette fois, lorsqu'il voulut l'aider à se relever, elle se débattit en hurlant comme une folle et ses vêtements trempés glissèrent entre les mains du soldat.

Timozel suivit le regard écarquillé de terreur de la jeune femme et comprit ce qui se passait. Le cadavre de Merlion gisait dans la boue, si près d'eux que les genoux de Faraday le touchaient. Un peu plus loin, la dernière servante, coincée sous son cheval, venait de mourir, la cage thoracique défoncée.

Une lance de glace s'était fichée entre les omoplates de Merlion, sa pointe déchiquetée saillant de son ventre. Étendue sur le dos, les yeux grands ouverts, elle fixait le ciel qui venait de l'assassiner. Après s'être écrasées sur ses yeux, de grosses gouttes de pluie ruisselaient ensuite le long de ses joues comme des larmes – à croire que la morte pleurait sur son propre sort.

Timozel détourna la tête et prit Faraday par les épaules.

Artor, sauve-nous ! implora-t-il, à demi sonné. *Si tu n'interviens pas, personne ne pourra nous aider.*

Il tenta de parler, mais pas un son ne consentit à sortir de ses lèvres. Près de lui, Faraday ne criait plus. Une plainte lancinante montant de sa gorge, elle avait lâché Yr et secouait Merlion comme si elle essayait de la tirer d'un profond sommeil.

— Faraday, parvint à murmurer le soldat, nous devons y aller…

La jeune femme ne l'entendit pas. Accablé par le massacre qui continuait autour de lui, Timozel éclata en sanglots, ses larmes aussitôt balayées par la pluie qui lui cinglait le visage. La mort n'aurait pas dû frapper ainsi des soldats, destinés à périr par l'acier, face à un ennemi de chair et de sang. Pas sous un déluge de glace vomi par un ciel démoniaque !

Résigné à leur mort imminente, Timozel ferma les yeux et posa la tête sur l'épaule de Faraday.

— Allons, jeune homme, lança une voix impérieuse, ce n'est pas le moment de traînasser ! Quel idiot resterait dehors par un temps pareil ? Adorable dame, prenez donc ma main !

Timozel releva la tête. Un long bâton à la main, un homme vêtu comme un paysan se penchait vers lui, un sourire engageant sur les lèvres. Pour se soucier si peu du carnage en cours, ce devait être un simple d'esprit, pensa le jeune soldat. Mais que fichait-il au milieu de ce charnier ?

Je suis mort…, décida Timozel. *Rien de tout cela ne peut arriver dans le monde réel. En punition de mes péchés, on m'a jeté dans une des fosses cauchemardesques de l'Après-Vie.*

— Non, non…, fit l'homme en souriant de plus belle. Tout ça est réel, aussi vrai que le soleil se lève chaque matin ! Qui aurait cru que le Destructeur parviendrait à frapper de si loin ? Mais nous faisions des cibles trop tentantes, j'en ai peur… Allons, debout, maintenant ! Qui sait ce qu'il nous réserve encore !

Faraday leva la tête et se calma un peu en reconnaissant le porcher.

— Jack…, souffla-t-elle.

— Venez, venez, répéta le paysan sur un ton où perçait enfin une évidente tension.

Il prit la jeune femme par la main, l'aida à se relever, puis fit de même avec Timozel.

— Yr, tu devras marcher seule un moment. Si tu restes près de nous, tu t'en sortiras, parce que le plus gros de la tempête est passé…

La chatte courant sur les talons de Faraday, Jack guida les deux jeunes gens vers le flanc du tumulus. Pendant qu'il se faufilait entre les cadavres d'hommes et de chevaux, le porcher parla d'une voix apaisante qui aida ses compagnons à ne pas craquer. La pluie d'épées de glace terminée, le vent et la pluie continuaient à se déchaîner, comme s'il s'agissait d'une banale tempête d'automne, pas d'une catastrophe surnaturelle.

Jack s'arrêta près du flanc d'un tumulus où une dizaine d'hommes et de chevaux s'abritaient déjà.

— Jeune seigneur, dit-il à Timozel avec une sincère révérence, il vaudrait mieux que vous restiez ici avec vos frères d'armes. Dès qu'il arrivera, le Tranchant d'Acier vous dira que faire. En attendant, je conduirai l'adorable dame un peu plus loin, pour qu'elle puisse pleurer sa mère en privé. Quant à vous, prenez un peu de repos. Et merci pour votre loyauté.

Fasciné par le ton tranquille du paysan, Timozel but d'abord ses paroles comme du petit-lait, puis il regarda la jeune femme s'éloigner en compagnie de son mentor.

Ensuite il ferma les yeux, se massa le front… et sursauta.

— Faraday…, souffla-t-il.

Bon sang, il n'aurait pas dû la laisser seule ! Quelle mouche l'avait piqué ? Relevant la tête, il vit que la jeune femme, le nommé Jack et la chatte blanche avaient presque atteint l'extrémité opposée du tumulus. Où le paysan voulait-il aller ? Angoissé et soupçonneux, le jeune soldat décida de suivre le trio. Les jambes bizarrement lourdes et engourdies, il se mit péniblement en marche. Sauver Faraday était son devoir ! Cette affreuse journée ne pouvait pas compter un drame de plus…

Au coin du tumulus, Jack fit signe à Faraday de s'arrêter.

—Adorable dame, dit-il en lui passant un bras autour des épaules, vous souvenez-vous de votre promesse de loyauté ?

La jeune femme acquiesça distraitement. En ce moment, elle se fichait de ce qu'elle avait pu jurer dans ce qui lui semblait une autre vie. Quand sa mère était encore de ce monde…

—Adorable dame, répéta Jack, conscient que la vue du corps déchiqueté de Merlion avait brisé le cœur de sa fille, à la faveur, si j'ose dire, de la destruction et du chaos semés par Gorgrael, nous avons la possibilité de partir immédiatement pour le fort de Gorken. Si vous disparaissez au milieu des tumulus, Axis vous pensera morte et il ne vous cherchera pas longtemps. Le laisser croire que vous n'avez pas survécu à la tempête est sûrement la meilleure solution…

D'une main délicate, Jack essuya sur la joue de la jeune femme un mélange d'eau de pluie et de larmes.

—Ne vous inquiétez pas, douce dame, tout ira bien. Yr pense comme moi, savez-vous ? Votre présence perturbe Axis et vous lui serez plus utile en étant aux côtés de Borneheld.

—Je comprends…

—Mon enfant, serrez mon bâton et il ne vous arrivera rien. Yr, veux-tu bien prendre place sur mes épaules ?

La chatte grimpa le long du manteau de laine du porcher et se lova autour de son cou.

— Vite ! siffla-t-elle.

De sa main libre, Jack leva son bâton, puis il attendit que Faraday s'y soit accrochée des deux mains, comme à une bouée de sauvetage. Quand ce fut fait, il tapa trois fois sur une pierre plate grise, à ses pieds, et un son cristallin remonta jusqu'au pommeau noir du bâton.

— Chante bien et vole haut, Voyageur des Étoiles. Laisse-nous traverser la grande salle de la mort, et permets-nous d'entrer dans les halls de ton royaume. Au nom de l'Unique qui marchera bientôt à tes côtés, nous demandons ton aide.

Ses yeux émettant une lueur émeraude, Jack serra le bâton à s'en faire blanchir les phalanges.

La suite se déroula à une vitesse folle.

Timozel bondit et referma une main sur l'épaule du porcher.

— Que comptez-vous faire ? demanda-t-il, furieux.

Jack tourna la tête, une colère meurtrière dans le regard. Tout aussi enragée, Yr sortit les griffes et menaça le soldat.

Un roulement de tonnerre monta du sol, qui s'ouvrit en deux tandis que le flanc du tumulus s'écroulait sur les trois humains et le félin. Voyant le trou noir sous ses pieds, Faraday tenta en vain de sauter en arrière. En basculant dans le vide, tête la première, elle sentit quelque chose percuter sa tempe et perdit connaissance.

Axis et les deux frères atteignirent les tumulus à l'instant où la tempête se calmait. Grâce au sortilège icarii, qui les avait protégés de la furie des éléments, leur progression s'était révélée beaucoup moins ardue que prévu.

L'estomac retourné par le carnage, le Tranchant d'Acier avança entre les monticules. Tous les soldats qui n'avaient pas pu s'abriter étaient morts ou agonisants. Des centaines de cadavres déchiquetés d'hommes et d'animaux… En quelques minutes, les Haches de Guerre avaient perdu plus de guerriers qu'en une journée de combat acharné. Et les blessés, cloués au sol par d'énormes piques de glace, étaient presque tous au-delà d'une intervention humaine. Tandis que les projectiles mortels commençaient à fondre, ils se vidaient de leur sang, les organes réduits en bouillie dans leur torse ou leur abdomen béant.

— C'est l'œuvre de Gorgrael, Tranchant d'Acier, dit Ogden, qui marchait à côté de Belaguez. La glace est sa signature.

— Qu'ai-je fait…, souffla Axis comme s'il n'avait pas entendu. Un chef est censé protéger ses hommes…

Comment une tempête pouvait-elle semer une telle destruction ?

Tenant le baudet d'Ogden par la bride, Veremund rejoignit les deux hommes et adapta le pas de sa monture à celui de Belaguez.

— Tu n'aurais rien pu faire de mieux, Tranchant d'Acier, dit-il. Tu crois qu'on repousse une tempête avec des haches et des épées ? S'ils n'avaient pas battu en retraite vers les tumulus – sur ton ordre – tous tes soldats seraient morts dans la plaine. Grâce à toi, beaucoup ont échappé au pire.

Ce discours ne réconforta pas Axis. En possession de tous ses moyens, il n'aurait jamais donné l'ordre de marche, ce matin. Mais obsédé par Faraday, il avait…

Il releva la tête, examina les cadavres autour de lui, puis talonna Belaguez, qui bondit en avant.

Les deux frères le suivirent. Toujours à pied, Ogden dut relever l'ourlet de sa bure pour ne pas la souiller davantage de sang et de boue.

À quinze pas du tumulus le plus proche, Axis aperçut Faraday et Timozel, debout près d'un inconnu. Alors qu'il ouvrait la bouche pour les appeler, le sol trembla sous les sabots de son étalon, qui parvint par miracle à ne pas tomber. Accroché à la crinière de l'animal, le Tranchant d'Acier put suivre la scène qui se déroulait devant lui. Après que Faraday eut en vain tenté de reculer, ses compagnons et elle disparurent, engloutis par le trou qui venait de s'ouvrir sous leurs pieds. Une fraction de seconde plus tard, le flanc du tumulus s'éboula, les recouvrant de plusieurs tonnes de terre, de rochers et de broussailles.

Le glissement de terrain continua jusqu'à ce qu'Axis, parvenu sur les lieux, ait sauté de sa monture avant même qu'elle se soit immobilisée.

— Non ! cria-t-il en s'attaquant à mains nues à l'éboulis sous lequel gisaient Faraday et Timozel. Non !

— C'est trop tard, souffla Ogden quand il arriva en compagnie de Veremund. (Il tira le Tranchant d'Acier en arrière.) Ils sont morts.

— Non…, souffla Axis, les mains écorchées et le visage plus pâle que celui d'un cadavre.

Du sang coulant d'une vilaine plaie à l'épaule, Belial approcha et fit signe aux deux vieillards de s'éloigner. Agenouillé près de son chef, il lui parla à voix basse.

Après un long moment, le Tranchant d'Acier se releva.

— Nous allons filer vers le nord, dit-il, et traquer inlassablement le Destructeur. Pour ce qu'il a fait aujourd'hui, je jure de lui arracher le cœur de mes mains.

21

Dans le tombeau d'un roi

La tête plus douloureuse encore que les muscles et les os, Faraday reprit conscience et tenta de chasser la main qui lui caressait le visage.

— Du calme, douce dame, dit une voix désormais familière, j'enlève simplement la poussière sur vos joues. Bien, voilà qui est fait… Vous pouvez ouvrir les yeux ?

Au prix d'un effort qui lui sembla disproportionné, Faraday parvint à lever les paupières. Battant des cils pour éclaircir sa vision, elle reconnut Jack, ses traits flous comme si elle voyait son reflet dans une mare. Après quelques clignements supplémentaires, les choses s'arrangèrent.

— J'ai mal partout, Jack…

— La chute a été plus rude que prévu, dit le porcher, l'air moins inquiet dès que Faraday roula sur le côté pour adopter une position plus confortable. L'éboulement du tumulus n'aurait pas dû être si violent. Yr et moi nous en sommes bien tirés, mais vous avez été heurtée par de grosses pierres. Le soldat aussi, d'ailleurs…

— Timozel ! s'écria Faraday.

Elle se redressa d'un bond… et le regretta aussitôt, car on eût dit que sa tête allait exploser.

— Du calme, dit une voix féminine derrière elle. (Une main douce lui frôla la nuque puis vint se poser sur son front.) Il ne faut pas bouger si vite, pour le moment. Mais permets-moi de te soulager...

Assise sur le sol, Faraday s'abandonna aux soins de la femme.

— Merci, dit-elle quand la douleur eut presque disparu.

Curieuse, elle tourna la tête pour découvrir sa bienfaitrice.

— Je vais beaucoup..., commença-t-elle avant d'écarquiller les yeux, le souffle coupé.

Nue comme un ver, la femme qui venait de la guérir arborait une crinière de cheveux blond très pâle qui lui descendait jusqu'à la taille.

— Eh bien, Faraday, tu ne me reconnais pas ? Je suis Yr, sous son apparence humaine.

— Tu peux changer de forme ?

La superbe blonde eut un léger rire de gorge.

— C'est difficile pour moi comme pour les autres, et nous avons besoin d'un peu d'aide. Mais, en ce lieu, il reste assez de magie pour que la métamorphose ne soit pas trop pénible. (Yr sourit et fit un clin d'œil à Jack.) Notre seigneur des cochons n'a pas toujours été convaincu par ma... félinité. Il trouvait la transformation un rien... inconvenante. (Elle haussa les épaules.) Mais une chatte peut aller partout, et écouter des conversations qu'aucun humain n'espionnerait sans se faire tuer. Voilà des années que je me promène dans les couloirs du palais de Carlon, mon enfant. Si tu savais ce que j'ai vu et entendu !

— Assez bavardé, coupa Jack. Faraday, vous pouvez vous lever ?

Avec l'aide d'Yr et du porcher, la jeune femme se remit debout. Quand sa tête eut fini de tourner, elle regarda autour d'elle. Ils étaient au fond d'une salle souterraine rectangulaire d'environ cent pieds sur quarante. Au centre, un bloc de pierre blanche haut de quatre pieds brillait malgré la chiche lumière fournie par les deux lampes à huile disposées à chaque extrémité de la pièce. Quand elle tourna la tête, Faraday vit que le mur derrière elle s'effritait sous son épaisse couche de poussière.

— Le glissement de terrain a obstrué le trou, dit Jack. Personne ne nous suivra. Pour les survivants, à la surface, nous avons péri sous des tonnes de roche et de terre.

Faraday frissonna à l'idée qu'Axis la croie morte. Mais, au fond, ce n'était pas une si mauvaise chose.

Baissant les yeux, elle sursauta en découvrant la silhouette immobile de Timozel, quelques pas derrière elle. Inquiète, elle s'approcha du jeune homme, s'agenouilla et l'appela doucement par son nom.

Yr et Jack échangèrent un regard agacé. Ils auraient préféré que le soldat soit tué par l'éboulis, mais l'aura magique du bâton l'avait partiellement protégé. Un « miracle » dont ils se seraient bien passés, car il ne leur faciliterait pas les choses. Hélas, comme Ogden et Veremund, ils devaient se limiter à avertir et à conseiller. À condition de ne pas aller contre la Prophétie, ils avaient le droit, de temps en temps, d'influencer les événements. Mais pas au point d'aider un blessé à partir pour l'Après-Vie...

Jack soupira et s'accroupit près de Timozel.

— Faraday, retirez votre main de son front, je vais le soulager, comme vous...

Sous l'œil de la jeune femme, le porcher passa sa paume droite sur le visage du soldat. Alors qu'une lumière verte dansait au bout de ses doigts, le jeune homme reprit ses couleurs. Après quelques minutes, il gémit et remua un peu.

— Faraday, souffla Jack, vous devez le convaincre qu'Yr et moi ne sommes pas une menace. Ce garçon a toujours sa hache et son épée, et nous sommes aussi vulnérables à l'acier que n'importe qui. Comme Axis, nous ne devons pas mourir. Sinon, tout sera perdu.

Faraday acquiesça, le regard grave, et posa une main sur la poitrine de Timozel pour prévenir toute réaction violente.

Contrairement à elle, il passa sans transition de l'inconscience à l'état de veille. De la colère et de l'indignation dans les yeux, il s'assit d'un bond, repoussa le bras de la jeune femme et tenta de se lever. Dans le même mouvement, sa main vola vers la garde de son épée, qu'il tira à demi du fourreau.

Yr et Jack reculèrent d'instinct.

— Non ! cria Faraday. (Affolée, elle passa les bras autour du torse du jeune homme pour l'immobiliser.) Timozel, tout va bien et nous sommes en sécurité !

Timozel se pétrifia, sans pour autant lâcher la poignée de son arme.

— Faraday, c'est vous ? Que s'est-il passé ?

Il regarda autour de lui, avec un peu moins de fureur dans les yeux.

— Tout va bien, Timozel…, souffla la jeune femme en lui caressant les cheveux.

— Où sommes-nous ? Et qu'est-il arrivé ?

Le jeune soldat serra les dents quand il reconnut Jack, l'homme qui, selon lui, avait tenté d'enlever Faraday. Puis il s'empourpra en s'avisant que la femme debout près du paysan était dans le plus simple appareil.

Yr se contenta de sourire. Rejetant ses cheveux en arrière, elle bomba le torse puis s'adossa au bloc de pierre.

Sans la quitter des yeux, Timozel rengaina son épée et se leva.

— Yr, grogna Jack, ce n'est ni le moment ni l'endroit…

— Qu'y puis-je, mon ami ? Je n'ai rien à me mettre…

— Je vais vous donner mon manteau…, marmonna Timozel, un peu moins écarlate.

Il retira le vêtement, s'approcha d'Yr et le lui tendit. La magnifique blonde hésita, plus provocante que jamais, puis leva un bras languide et s'en empara.

— Oh, il est tout trempé! minauda-t-elle.

— Mets-le! cria Jack, irrité par ce petit jeu.

Finalement, il préférait Yr quand elle marchait à quatre pattes. Sous sa forme humaine, elle était une source permanente de tracas.

Avec un soupir, elle consentit à enfiler le manteau.

— Avec la chaleur de ma peau, il séchera très vite, susurra-t-elle. Merci, noble Timozel.

Un peu plus détendu, maintenant que la nudité d'Yr était couverte, le jeune homme esquissa une révérence.

— De rien, gente dame...

— Timozel, dit Faraday en lui posant une main sur le bras, je vous présente Yr et Jack. Ce sont...

Elle s'interrompit, troublée, et consulta Jack du regard. Que devait-elle dire ?

Le porcher la tira d'embarras.

— Timozel, te souviens-tu de la Prophétie que tu as entendue dans la citadelle de la Muette ? (Le jeune soldat hocha la tête.) Yr et moi faisons partie des Sentinelles dont elle parle. Nous sommes liés à elle et contraints de la servir.

Timozel plissa le front, deux vers revenant à sa mémoire.

« *Les Sentinelles veilleront*
Inlassables sur tous les fronts... »

Hélas, il y avait la suite.

« *Jusqu'au moment où la puissance*
Aura souillé leur innocence. »

Tant qu'il tenait la Prophétie pour un simple rébus, le jeune soldat avait trouvé amusant de gloser sur son sens. À présent qu'elle prenait chair devant lui, la plaisanterie ne lui paraissait plus drôle. Dès le berceau, on lui avait appris que la magie, ou toute autre forme d'envoûtement, était l'arme malfaisante des Proscrits, acharnés à nuire aux enfants d'Artor et à miner leur foi en la Charrue.

La Prophétie, se rappela-t-il, parlait aussi d'une femme morte deux fois, s'il avait bien compris, et d'un pouvoir plus noir que la nuit. Ces créatures magiques étaient-elles une menace pour Faraday et lui ? Dans le doute, il approcha de nouveau la main droite de son épée.

— Timozel, dit Yr d'une voix qui n'avait plus rien de provocant, Jack et moi sommes vos frères d'armes. (Elle posa sur le jeune homme un regard rassurant qui ne pétillait plus de sensualité.) Nous luttons pour défendre cette terre et aider l'Homme Étoile, le seul capable de terrasser un jour Gorgrael le Destructeur. Faraday et toi n'avez rien à craindre de nous.

— Dans ce cas, pourquoi l'avez-vous enlevée ?

— Ils voulaient simplement me conduire auprès de Borneheld, dit Faraday. Selon eux, si je suis à ses côtés, au fort de Gorken, il arrêtera plus facilement les créatures de glace.

— C'est donc lui qui sauvera Achar? demanda Timozel.

— Il jouera un rôle capital dans la défense du royaume, éluda Jack. Et il a besoin du soutien de sa future épouse.

Le jeune soldat regarda Faraday et tenta de réfléchir. Les cheveux en bataille et les yeux voilés par l'angoisse, elle semblait en effet pressée de retrouver son fiancé. Tout bien pesé, ce ne serait pas une mauvaise chose, même si le fort de Gorken risquait d'être l'endroit le plus dangereux du royaume.

— Oui, dit-il enfin, je peux comprendre que Borneheld désire vous avoir près de lui. (Faraday se détendit un peu.) Cela dit, je me méfie toujours de vos compagnons, noble dame. Pourquoi diantre nous ont-ils fait tomber dans ce trou ?

— Timozel, vous connaissez Axis… On lui a ordonné de me laisser à Arcen, et il n'y aurait pas eu moyen de le convaincre de désobéir. Moi, je brûle de rejoindre Borneheld… (Un mensonge pour la bonne cause qu'Artor pardonnerait sûrement.) Après l'attaque du Destructeur, Jack et Yr ont jugé préférable d'avancer notre départ. Rester avec les Haches de Guerre aurait pu devenir dangereux pour moi…

— C'est vrai…, approuva Timozel, sa décision prise.

Artor ne l'avait sûrement pas mis par hasard sur le chemin de Faraday. Chargé de la protéger, il aurait une occasion de démontrer sa valeur de guerrier et son attachement à l'honneur. Sûr de son fait, il s'agenouilla devant la future duchesse et lui prit les mains.

— Gente dame, dit-il, je mets ma vie et mon courage à votre service. (Surprise, Faraday sursauta, puis consulta du regard les deux Sentinelles, qui ne bronchèrent pas.) À partir de cet instant, je me dresserai entre vous et tous ceux qui vous menacent, prêt à périr pour sauvegarder votre vie et votre honneur. Sans souci de ma propre sécurité, je deviendrai le champion de votre cause et lutterai sans relâche pour que vous arpentiez à jamais les chemins lumineux de la vie. Ce serment, Artor m'en soit témoin, ne pourra être brisé que par ma mort ou votre volonté. Dame Faraday, m'acceptez-vous comme protecteur ?

Faraday ignorait que répondre. Jadis, il n'était pas rare que certains guerriers deviennent les champions d'une dame de la noblesse. Mais, à sa connaissance, ce n'était plus arrivé depuis très longtemps.

De nouveau, elle consulta Jack du regard.

Il hocha imperceptiblement la tête. Avec un peu de chance, Timozel préserverait la jeune femme d'une partie des épreuves qui l'attendaient. Et avoir un ami ne lui ferait pas de mal.

Bien que dubitative, Yr donna aussi son accord. Même si le soldat risquait de les gêner plus qu'autre chose, séduire le champion de Faraday serait un défi terriblement excitant.

Après avoir pris une grande inspiration, la jeune femme baissa les yeux sur son futur protecteur. Touchée par la proposition de Timozel et la sincérité de sa profession de foi, elle se rassura complètement en pensant que la relation entre un champion et sa dame n'était jamais amoureuse. Était-ce à cause de cet idéalisme, difficilement tenable, que l'antique tradition avait périclité ? Avec ce qu'Embeth lui avait confié sur les pratiques de la cour, ça ne semblait pas impossible…

Un champion, elle le savait, était beaucoup plus qu'un simple garde du corps. Ami et confident de sa dame, il ne mettait jamais en doute sa parole, s'efforçait en toutes circonstances de comprendre ses motivations et allait jusqu'au bout de ses forces pour la soutenir lorsqu'elle prenait une décision. Avec un tel compagnon pour l'épauler, vivre auprès de Borneheld serait peut-être moins pénible que prévu.

— J'accepte ton offre, Timozel, et je t'en remercie du fond du cœur. À partir de cet instant, nous nous tutoierons, comme un frère et une sœur. Devant Artor, je prends note que rien ne brisera jamais notre lien, sinon ta mort ou ma volonté. Puisse le Laboureur guider à jamais nos pas et nous avoir en sa sainte garde.

Timozel sourit, embrassa les mains de sa dame, puis les lâcha et se releva. Désormais, les deux créatures magiques sauraient qu'un protecteur veillait sur Faraday. Un seul geste menaçant, et ils les tailleraient en pièces !

Il bomba le torse, se sentant plus grand et plus fort depuis que son serment de loyauté donnait un sens et une importance à sa vie. Ce qu'en aurait dit le Tranchant d'Acier ne comptait pas. Pour lui, il était plus que temps d'assumer des responsabilités.

— Maintenant, dit-il d'une voix qu'il espéra pleine d'autorité, j'aimerais savoir où nous sommes, Jack !

22

Un soir près des tumulus

Axis avait repris la situation en main. À la tombée de la nuit, l'installation de ses hommes dans le champ aux tumulus était terminée. Une fois les chevaux rassemblés, les Haches de Guerre avaient rapidement reformé leurs unités. Pendant que les deux médecins tentaient de soulager les blessés, un petit groupe de soldats se chargea d'enterrer les morts dans une fosse commune.

— Les tumulus peuvent accueillir nos disparus aussi bien que ceux des Proscrits, lâcha amèrement Axis quand Veremund osa froncer dubitativement les sourcils.

Plus tard, encouragés par le regard impérieux du Tranchant d'Acier, les deux frères récitèrent la prière des morts. À contrecœur, et non sans bredouiller, ils parvinrent à recommander leurs âmes à Artor.

Dès le lendemain, un détachement escorterait les blessés jusqu'à Tare, où on s'occuperait d'eux.

Enfin, les hommes s'installèrent autour des feux de camp. Se forçant à manger malgré leur estomac noué, ils en profitèrent également pour nettoyer les armes et les autres équipements souillés de boue pendant la cavalcade.

Axis passa de groupe en groupe, un sourire rassurant sur les lèvres. Prêt à répondre à toutes les questions, il en posa aussi, et ne manqua jamais, quand c'était nécessaire, de tapoter amicalement les dos et les épaules. Pour détendre l'atmosphère, il rit et plaisanta chaque fois que cela lui semblait judicieux.

Même s'il accomplissait scrupuleusement son devoir de chef, le Tranchant d'Acier avait l'esprit ailleurs. Revoyant mentalement les événements de la journée, il tentait de leur trouver un sens et n'y parvenait pas. Par bonheur, aucun soldat n'avait vu la tête géante, dans les nuages. Un coup de chance qui lui éviterait de se lancer dans des explications qu'il ne détenait pas.

Quelque chose était remonté de son subconscient pour bannir la créature qui semblait résolue à le détruire coûte que coûte. Mais quoi ? Plus il réfléchissait et moins il comprenait. Hanté depuis toujours par les mystères pesant sur sa naissance, Axis détestait être confronté à l'incertitude dans d'autres domaines de la vie. Et là, il était servi…

Finalement, il se dirigea vers le feu de camp des deux frères. Plongés dans la lecture de leurs grimoires, ils ne l'entendirent pas arriver.

— Avez-vous trouvé les réponses, vieillards ? lança-t-il. Savez-vous comment je réussirai à conjurer la prochaine tempête ? Ou à protéger mes hommes d'une pluie de lances de glace ?

Ogden et Veremund sursautèrent et levèrent la tête. Debout de l'autre côté du feu, les mains près de ses armes, le guerrier semblait sur le point de leur bondir dessus.

— Axis, proposa Veremund, si tu t'asseyais avec nous, pour que nous parlions un peu ?

Le Tranchant d'Acier hésita, puis s'assit souplement en tailleur. Il avait toute la grâce d'un Icarii, pensa Ogden, et le fichu caractère qui allait avec.

— Oui, une petite conversation ne serait pas de trop, grogna Axis. Mais cette fois, me direz-vous la vérité ?

— Que veux-tu entendre, Tranchant d'Acier ? demanda agressivement Ogden. (Veremund lui posa une main sur le bras et il se calma un peu.) Nous ne t'avons jamais menti, mon jeune ami…

Peut-être bien, pensa Axis, *mais vos vérités sont presque aussi énigmatiques que celles de la Prophétie…*

— Qu'ai-je vu dans les nuages ce matin ? demanda-t-il. Le Destructeur dont parlent les prédictions ?

— C'était une image, répondit Ogden, pas Gorgrael en personne. Il n'est pas encore assez fort pour faire physiquement le voyage.

— Pourquoi se donner cette peine, puisque votre damnée sorcellerie lui permet de tuer à distance ?

— Du calme, Axis… Tire les leçons de ce drame, mais ne gaspille pas ton énergie à battre ta coulpe.

Un moment, le Tranchant d'Acier crut qu'il allait exploser. Pleins de bon sens ou pas, les propos de Veremund lui déplaisaient au plus haut point.

— Dis-moi quelles leçons on peut tirer d'un désastre, vieil homme ? siffla-t-il entre ses dents serrées. Et d'abord, pourquoi Gorgrael nous a-t-il attaqués ?

— Parce que nous sommes une menace pour lui, répondit Veremund.

— Tu veux dire qu'il redoute les Haches de Guerre ?

— Et leur chef, Tranchant d'Acier… (Veremund resta volontairement dans le vague, peu désireux de fournir des informations au guerrier tant qu'il serait dans ce déplorable état d'esprit.) Tu conduis ces hommes vers le fort de Gorken. Gorgrael a dû estimer judicieux d'éclaircir tes troupes alors que tu es encore loin du Nord.

Pour l'heure, Axis accepta cette réponse. Il y réfléchirait plus tard, quand le chagrin n'obscurcirait plus son jugement.

Les deux frères savaient parfaitement ce qui le tourmentait. Témoins de ce qui était arrivé à Faraday, ils supposaient, contrairement au guerrier, qu'elle était toujours vivante.

D'une nature douce et bienveillante, ils auraient donné cher pour pouvoir consoler leur jeune compagnon. Mais s'il s'écartait d'un pouce du chemin tracé par la Prophétie, Tencendor serait condamné.

— Et que se passera-t-il si Gorgrael, ou son image, revient à l'assaut ?

Ogden consulta Veremund du regard. Au terme d'un long débat, ils avaient conclu que Gorgrael avait pris de gros risques parce que quatre Sentinelles, plus Axis et Faraday, se trouvaient au même endroit. Maintenant que ce n'était plus le cas, le Destructeur se montrerait moins hardi. De plus, ils supposaient – ou espéraient – que cet assaut aurait pour un temps affaibli leur adversaire.

— Tranchant d'Acier, dit Veremund, nous pensons qu'il ne s'aventurera plus si loin au sud. La tempête était terrible, mais elle n'a pas duré longtemps, une fois au-dessus des Haches de Guerre. À la place de Gorgrael, te serais-tu contenté de tuer quelques centaines d'hommes, si tu avais pu faire autrement ?

À contrecœur, Axis dut reconnaître que le raisonnement se tenait.

— Le Destructeur a sans doute laissé beaucoup de force dans cette attaque. Avec un peu de chance, il ne recommencera pas de sitôt. Qui sait, nous avons peut-être même gagné un répit pour le fort de Gorken.

— Pourquoi est-il apparu dans mes rêves ? demanda Axis, le regard rivé sur les flammes agonisantes du feu de camp.

— Gorgrael ne vit que pour haïr, répondit Veremund. C'est le seul sentiment qui le motive.

— Oui, dit Axis en relevant la tête, je l'ai senti…

— Par-dessus tout, il abomine ceux qui se dressent entre lui et son objectif suprême, la destruction de tous les pays, au-delà du territoire de la glace et des neiges éternelles.

— Pourquoi veut-il cela ?

— La haine, jeune homme, répondit Ogden. Elle suffit à tout expliquer.

Axis acquiesça. Il comprenait…

— Gorgrael est prêt à tout pour semer la confusion et la peur dans l'esprit de ses ennemis, ajouta Ogden. Envahir tes rêves est tout à fait dans ses possibilités…

Un long silence suivit. Les deux frères attendirent, devinant la question qui ne pouvait pas manquer de suivre.

— Qu'ai-je chanté pendant la tempête ? souffla le Tranchant d'Acier.

— Un antique charme protecteur qui…

— De la sorcellerie ! s'écria Axis, conditionné par l'ordre du Sénéchal à honnir toute manifestation de la magie.

— Non, non…, soupira Veremund. Même si certains parleraient d'un sortilège, il s'agit simplement d'une protection contre le mal. Pour la chanter, il faut l'avoir entendue quand on était dans le ventre de sa mère. Par amour, ton père t'a légué ce merveilleux héritage.

Axis détourna la tête et se passa une main sur les yeux. Malgré sa discrétion, Veremund vit des larmes perler à ses paupières.

— Ne doute jamais que tu fus aimé et désiré. Si ton père n'est pas venu te chercher, c'est parce qu'il en fut empêché par des circonstances indépendantes de sa volonté, pas par manque d'amour…

Axis hocha la tête pour signifier qu'il comprenait. Puis il la tourna de nouveau vers les deux frères, ne se souciant plus de cacher ses larmes.

— Qui était mon père ? souffla-t-il. Quelle *créature ?*

Les deux vieillards se levèrent et chacun vint s'asseoir d'un côté du guerrier. Veremund lui posa une main sur l'épaule et Ogden prit la parole :

— Axis, aucun de nous ne sait exactement qui il était…

Sans se concerter, les deux Sentinelles étaient arrivées à la même conclusion : ce n'était pas le moment d'évoquer l'Envoûteur icarii qui avait donné le jour au Tranchant d'Acier.

— Mais, quand tu l'auras trouvé, aucune de tes questions ne restera sans réponse.

— Ogden, lorsque j'ai lu la Prophétie, j'ai eu le sentiment qu'un donjon obscur, fermé depuis le jour de ma naissance, a soudain été ouvert et inondé de lumière. Je ne suis pas sûr d'aimer ce que j'ai vu à cet instant-là. Et je me demande s'il n'aurait pas mieux valu que ce lieu reste à jamais scellé...

Axis soutint un long moment le regard d'Ogden. Puis il chassa la main de Veremund de son épaule et se leva avec son habituelle grâce féline.

— Mes frères, reposez-vous bien cette nuit. Demain, nous partirons pour Arcen. De là, après avoir renouvelé nos provisions, nous filerons ventre à terre jusqu'à Smyrton. Gorgrael ne m'empêchera pas de gagner le Nord, j'en fais le serment. (Le Tranchant d'Acier marqua une courte pause.) Les hommes chargés d'accompagner les blessés à Tare partiront ensuite pour Carlon, où ils informeront le roi et Jayme des derniers événements. À présent, je dois aller écrire une lettre à dame Embeth pour lui annoncer que son fils gît sous une montagne de boue et de roche. Artor sait que j'aurais préféré le lui dire de vive voix, mais c'est hélas impossible...

23

Le portail des étoiles

— Nous sommes dans la tombe d'un des vingt-six monarques icarii enterrés dans le champ aux tumulus, répondit Jack à la question de Timozel. Le neuvième, pour être plus précis.

Faraday et son champion regardèrent autour d'eux. Bien que l'œuvre de maçons très doués, cette salle délimitée par quatre colonnes très simples semblait bien sobre pour la dernière demeure d'un roi. Totalement nue, à part le bloc de pierre blanche, elle était dépourvue d'issue.

— Comment sort-on d'ici ? demanda Faraday.

— Jack, dit Yr, tu connais ces lieux mieux que nous. Tu sais de quelle façon descendre ?

Le porcher se tourna vers le bloc de pierre et posa dessus une main pleine de respect.

— Ces tumulus furent bâtis pour vingt-six rois icarii, dit-il. Seulement ! Songez que les Serres ont régné sur Tencendor pendant plus de cinq mille ans. Pourtant, il n'y en a que vingt-six ici. Les trente et un autres reposent dans des tombeaux moins… isolés.

Timozel commença à piaffer d'impatience, mais Jack le calma d'un geste.

— Ne t'énerve pas, mon garçon ! Ta dame et toi devez savoir tout cela… Réfléchis, *vingt-six*, soit moins de la moitié du nombre total de souverains. Et sais-tu pourquoi ?

Parce que ces Serres-là étaient aussi des Envoûteurs. Bref, il y a beaucoup de magie dans ces tumulus.

— Des Envoûteurs ? répéta Timozel. Que veut dire ce mot ?

— Il qualifiait les Icarii capables de lancer des sortilèges, mon garçon.

Les yeux ronds, Timozel fit le signe de la Charrue pour conjurer le mal, puis il recula le plus loin possible du bloc de pierre. Ces histoires d'Envoûteurs et de lieux chargés de magie ne lui disaient rien qui vaille.

Faraday, elle, approcha du bloc rectangulaire.

— Le roi est-il inhumé dedans ? demanda-t-elle.

Elle faillit poser une main sur la pierre blanche, mais se ravisa.

— Non, répondit Jack. Son cadavre gisait dessus, juste après sa mort, mais il est parti depuis très longtemps. Et nous devrons suivre le même chemin que lui.

— Le Portail des Étoiles…, souffla Yr. Je ne l'ai jamais vu, et j'en meurs d'envie depuis des lustres. J'en ai tellement entendu parler !

— Parmi les Sentinelles, dit Jack, je suis le seul à l'avoir vu. Et depuis quelque mille ans, plus personne n'a arpenté le chemin des Voyageurs des Étoiles qui mène jusqu'au Portail.

— Pourquoi ce nom, « Voyageurs des Étoiles » ? s'étonna Faraday.

— On appelait ainsi les rois Envoûteurs les plus puissants. Mais tous les mages icarii portaient un nom où figurait le mot « étoile ». Ils adoraient ces astres et tout ce qu'ils voyaient d'autre dans le ciel. À ce qu'on dit, la plus grande partie de leur pouvoir en venait…

— Assez de discours fumeux, grogna Timozel, toujours aussi réticent à entendre parler de magie. Où nous conduisez-vous ? Et ce Portail des Étoiles, c'est quoi ?

Jack cacha son agacement sous un sourire glacial.

— Cela ne te regarde pas, jeune Timozel. Si je pensais pouvoir sortir sans recourir au Portail, je ne m'en priverais pas, crois-moi. Mais ici, tous les chemins y conduisent. Et pour remonter à la surface, nous devrons passer à côté du Portail.

— Il est dangereux ? demanda Faraday.

— Pas tant qu'on ne le traverse pas, douce enfant, répondit Yr. (Elle marqua une pause, les yeux rivés sur Jack.) Je crains que notre ami ne se soit pas assez bien expliqué. En réalité, ces tumulus ne sont pas vraiment des tombes, puisqu'ils ne contiennent aucune dépouille, royale ou non. En fait, ce sont des entrées. Ou plutôt, si vous préférez, des portails qui donnent accès aux véritables portes… À la mort de chacun des vingt-six rois, on a construit un tumulus, avec une salle de ce type dans ses profondeurs. Sous le sol, un long escalier conduit au Portail des Étoiles. Après le décès du souverain, on plaçait son corps sur le bloc de pierre, puis on murait hermétiquement le tumulus. Alors, l'Envoûteur-Serre, comme on appelait aussi ces monarques, pouvait descendre les marches et entrer dans la salle du Portail, afin de le traverser. Tous les tumulus y mènent. Cela fait vingt-six entrées en tout. Après avoir franchi le Portail, on dit que les rois attendaient…

— Ils attendaient quoi ? demanda Faraday, les yeux ronds de surprise.

Les merveilles des Proscrits forçaient l'admiration. Malgré sa stricte éducation religieuse, la jeune femme avait de moins en moins de mal à entendre parler de magie. Et tout ce qui touchait aux Voyageurs des Étoiles et au Portail la fascinait.

— Nul ne le sait, répondit Yr. Au fond, c'étaient leurs affaires…

Timozel se hérissa intérieurement. S'ils étaient morts, comment les Envoûteurs-Serres pouvaient-ils emprunter un escalier ? Avec ces fadaises, pas étonnant que l'ordre du Sénéchal ait voué la magie aux gémonies.

Yr s'approcha du jeune soldat, lui posa une main sur l'épaule et se pencha vers lui.

— J'ignore comment les défunts descendaient jusqu'au Portail, jeune champion, et je m'en fiche. Moi, ce sont les vivants qui m'intéressent.

Yr caressa la joue de Timozel et se pressa contre lui. Rouge de colère, il s'écarta et repoussa les mains baladeuses de la créature. Cherchait-elle à l'ensorceler, afin qu'il gobe ses blasphèmes ?

Yr recula et resserra les pans de son manteau, qui bâillait un peu. Son heure viendrait tôt ou tard, elle le savait.

— Assez parlé, grogna Jack. Il est temps de descendre. Sans vivres ni eau, nous ne tiendrons pas longtemps. Il faut remonter au plus vite à la surface.

Il saisit son bâton de la main gauche et passa lentement la droite sur le pommeau en métal noir. Pour la première fois, Faraday prit le temps d'étudier l'extrémité supérieure du bâton. Environ de la taille d'un poing d'homme, elle était couverte de lignes gravées qui s'entrelaçaient pour dessiner des figures géométriques complexes. Et le métal lui-même semblait étrange, comme s'il était terni et pas noir à l'origine.

Le manège de Jack détourna l'attention de la jeune femme. Si incroyable que ce fût, il parlait à son bâton – trop bas pour qu'on entende ce qu'il disait, mais sa litanie était d'une indéniable beauté, presque comme s'il chantait. Pulsant au rythme de sa voix, une lumière émeraude brillait autour de ses doigts…

Yr vint se placer derrière Faraday.

— Recule avec moi, lui souffla-t-elle à l'oreille, pour ne pas le gêner.

Les deux femmes rejoignirent Timozel. Le dos contre le mur du fond, il regardait Jack sans chercher à dissimuler sa méfiance. Et ses doigts reposaient de nouveau sur la garde de son épée.

Jack prit le bâton à deux mains, le fit tourner trois fois autour de son corps, à la hauteur de ses épaules, puis abattit la pointe métallique sur un point précis du sol, à ses pieds.

— *Ecrez dontai Voyageurs des Étoiles!* cria-t-il.

Aussitôt, une partie des dalles s'abaissa de plusieurs pouces puis coulissa pour révéler un escalier en spirale qui s'enfonçait dans l'obscurité.

— Je suis impressionnée, Jack, avoua Yr d'un ton serein. Durant ta longue attente de l'Homme Étoile, tu sembles avoir appris beaucoup de choses.

Ravi du compliment, Jack esquissa une révérence en guise de remerciement.

— En route! Timozel, tu fermeras la marche avec une des deux lampes. Je passerai devant avec l'autre. Ainsi, Faraday et Yr seront bien protégées. La descente durera longtemps, je le crains. Soyez prudents, parce que les marches ne sont pas toujours régulières.

Ils durent progresser lentement. Très abrupt, l'escalier, comme les avait prévenus Jack, était irrégulier aux endroits où il s'enroulait sur lui-même pour mieux s'enfoncer dans les entrailles de la terre. Craignant de se prendre les pieds dans l'ourlet de leur manteau, Jack, Yr et Faraday durent se résoudre à les relever d'une main. L'autre devant tenir son bâton, le porcher confia sa lampe à l'ancienne chatte blanche.

Concentrée pour ne pas tomber, Faraday finit par perdre toute notion du temps. Ses mollets et ses genoux lui firent mal après quelques minutes de descente, et la douleur augmenta au fil de leur progression. Distraite par ces tourments inattendus, la jeune femme faillit percuter Yr quand elle s'arrêta devant elle.

— Essaie de faire attention ! cria la belle blonde. Jack a ordonné une pause.

Après avoir marmonné des excuses, Faraday s'assit et entreprit de se masser les jambes.

— C'est encore loin, Jack ? demanda-t-elle.

— Nous sommes presque à mi-chemin.

Non sans satisfaction, la jeune femme constata que les deux Sentinelles se massaient également les mollets. Créatures magiques ou pas, leurs muscles protestaient quand on les malmenait. Stoïque, Timozel prétendait ne pas souffrir, mais personne ne le croyait.

Quand Yr passa doucement les doigts dans ses cheveux humides et emmêlés, Faraday sourit et ferma les yeux. Pour un bon bain, pensa-t-elle, elle aurait volontiers donné deux ans de sa vie.

Certain que sa dame ne pouvait pas le voir, Timozel étendit discrètement les jambes et sourit de soulagement lorsque la douleur se calma un peu. Assis sur une marche, une épaule contre le mur de pierre, il regarda Yr coiffer tendrement Faraday, et ne résista pas quand ses paupières se baissèrent toutes seules.

Il chevauchait une énorme bête – pas un étalon, mais une créature très différente – qui plongeait et remontait sans cesse, criant avec la voix de...

Timozel se redressa et rouvrit les yeux. Un instant, il aurait juré être...

— Un problème ? demanda Jack, sincèrement inquiet.

Trop concentrées l'une sur l'autre, Yr et Faraday n'avaient pas remarqué l'étrange comportement du jeune soldat.

— Non, tout va bien…

Jack étudia un moment de plus le récent champion de Faraday, puis il baissa les yeux. Le soldat avait d'excellentes raisons d'être perturbé, pensa-t-il. Cet escalier, après tout, vibrait encore de l'écho de très étranges pas…

Le faux porcher tenta de se reposer, toujours furieux que le destin les ait conduits jusqu'à ce tumulus-là, *précisément*. La Prophétie, encore et toujours…

Timozel se radossa au mur et referma les yeux.

Combattant pour un grand seigneur, il commandait une colonne de soldats qui s'étirait sur des lieues et des lieues.

Le jeune homme rouvrit les yeux. Mais cette fois, il resta immobile, pour ne pas attirer l'attention de Jack.

Lui, chef d'une immense armée ? De quoi ricaner, vraiment ! Tant qu'Axis aurait son mot à dire, ça ne risquait pas d'arriver.

Coucher avec ma mère ne l'incite pas pour autant à me favoriser ! Avec un peu de chance, je serai chef de l'intendance vers cinquante ans…

Timozel éprouva un ressentiment tel qu'il n'en avait jamais connu, même s'il se lamentait depuis longtemps sur son absence d'avenir dans les rangs des Haches de Guerre.

Morose, il referma les yeux.

Un vent glacial soufflant dans son dos, il entendait des centaines de milliers d'hommes crier son nom alors qu'ils couraient au combat pour le couvrir de gloire. Devant lui, une autre armée, ses pitoyables ennemis, tremblait déjà de terreur. Nul ne pouvait rien contre son génie stratégique ! Trop apeuré pour l'affronter, le chef adverse s'était alité sous un minable prétexte.

Ce doit être une vision envoyée par Artor, se dit Timozel. Pour le récompenser d'être devenu le champion de Faraday.

De fabuleuses victoires s'offraient à lui, comme s'il lui suffisait de les cueillir au passage.

— Oui, murmura Timozel.

Au nom de son seigneur, il débarrasserait Achar de la vermine qui l'avait envahi.

— Oui, répéta le jeune homme, un peu plus fort.

Les poings serrés, il savoura par avance le pouvoir qu'il détiendrait un jour.

Et son nom deviendrait légendaire jusqu'à la fin des temps.

— Timozel, demanda soudain Faraday en lui tapotant la main, tu vas bien ?

Le soldat hésita, réticent à s'arracher à sa vision, puis il leva les paupières et sourit.

— Oui, je ne me suis jamais mieux senti…

Tout ira bien, désormais…

Il serait un *puissant* champion et le peuple d'Achar crierait son nom. De quoi réciter une prière mentale à Artor, pour le remercier de ces formidables augures.

— Tout ira bien…, murmura-t-il.

— On repart ! lança soudain Jack.

Non sans mal, ses compagnons se relevèrent. Yr ayant fait des miracles, les cheveux de Faraday, propres et démêlés, tombaient très joliment sur sa nuque.

Quand la jeune femme se tourna vers Timozel, juste avant de recommencer la descente, le sourire confiant de son champion la rassura. Comme prévu, constata-t-elle, avoir un chevalier servant était très agréable.

Le jeune soldat repartit avec une toute nouvelle assurance. Grâce à la vision d'Artor, il se sentait plus mature, et sa vie lui semblait avoir un sens. Devenu plus fort, il se savait prêt à défendre Faraday – et le Laboureur lui-même, si besoin était – à tout moment et en n'importe quelle circonstance. Un authentique champion !

À la chiche lueur des lampes portées par Yr et Timozel, ils continuèrent à descendre prudemment. Frissonnante, Faraday se demanda si les antiques rois icarii avaient dû faire ce chemin dans l'obscurité. Mais la magie leur avait peut-être éclairé la voie...

Soudain, un gémissement semblable à celui du vent, mais en beaucoup plus ténu, retentit à leurs oreilles.

— Qu'est-ce que c'est ? demanda Faraday, ravie de sentir Timozel lui tapoter l'épaule pour la rassurer.

— Le chant du Portail des Étoiles, répondit Yr sans parvenir à masquer son excitation.

Intriguée, Faraday regarda Timozel.

Le son devint plus fort et une lumière bleu pâle s'ajouta à celle de leurs lampes. Quand elle fut suffisante pour qu'ils voient devant eux, Jack demanda à Yr de moucher sa lampe. Après une brève hésitation, Timozel fit de même.

Pressée d'arriver au pied de l'escalier, Yr poussait Jack, que ce petit jeu lassa rapidement.

— Du calme, nous y serons bientôt, marmonna-t-il, bien qu'il partageât l'impatience de sa compagne.

Ce serait la quatrième fois qu'il verrait le Portail des Étoiles. Mais quatre cents visites en ce lieu ne lui auraient encore pas suffi...

Sur une ultime spirale, l'escalier déboucha dans un long couloir qui menait à une arche ouverte, assez loin devant eux. La lumière et le « chant » provenaient de cette ouverture...

Alors qu'Yr semblait prête à courir, Jack leva une main pour ordonner une halte. Le cœur battant la chamade, Faraday sentit Timozel la tirer vers lui afin de la rassurer.

— Il n'y a aucun danger tant qu'on ne tente pas de traverser, rappela Jack. Mais je dois quand même porter une ou deux choses à votre attention. Yr, tu peux écouter aussi !

Trépignant d'impatience, la belle blonde hocha la tête.

— Aucun humain n'est venu ici depuis mille ans. À l'époque où régnaient les Icarii, il était rarissime qu'un membre de votre race soit autorisé à voir le Portail. C'est un des lieux les plus sacrés des Icarii, alors témoignez-lui le respect requis. Le Portail est magnifique et il essaiera de vous convaincre de le traverser. Déjà, sa chanson s'efforce de nous séduire. Si vous cédez à la tentation, ce sera un voyage sans retour. Vous comprenez ?

Faraday et Timozel hochèrent la tête.

— À présent, entrons ensemble dans cette vénérable salle.

Timozel prit la main de Faraday et la serra très fort. Devenu le champion d'une future reine, il commanderait un jour une grande armée. Pourquoi aurait-il craint une banale lumière bleue ?

Dès qu'ils eurent franchi l'arche, le vacarme d'une tempête leur agressa les tympans. Pourtant, il n'y avait pas un souffle de vent.

Quand elle se fut habituée au bruit, Faraday constata que la salle du Portail était une version miniature, mais plus belle encore, du hall des Lunes du palais de Carlon. Parfaitement circulaire, elle était entourée d'arches et de colonnes en pierre blanche sculptées pour représenter des hommes ailés dans le plus simple appareil. La plupart avaient la tête baissée et les bras croisés. Déployées au maximum, toutes leurs ailes se touchaient pour former le fronton des arches.

Au fond de la salle, nota Faraday, les statues étaient différentes. Ces hommes-là, la tête fièrement dressée et les yeux ouverts – des orbes d'or plus que des yeux – regardaient vers le centre de la pièce, les ailes et les bras levés pour exprimer leur béatitude.

Sans avoir besoin de les compter, Faraday sut qu'ils étaient vingt-six, pas un de plus, pas un de moins.

— Ma dame..., appela Timozel à voix basse.

Quand Faraday se tourna vers lui, il désigna la voûte où des ombres bleues ondulaient et se poursuivaient sur un fond de pierre blanche immaculée.

On croirait des démons, pensa le jeune guerrier.

— C'est magnifique ! s'exclama Faraday.

— Ce n'est pas ça qu'il faut admirer, adorable dame, dit Jack, debout à mi-chemin de l'arche qu'ils venaient de franchir. Sondez plutôt les ombres...

Un bras tendu, il désigna ce qui semblait être le muret d'un grand bassin circulaire niché au centre de la salle.

Tirant Timozel avec elle – et tant pis s'il la suivait à contrecœur ! –, Faraday avança vers le bassin. À quelques pas du but, son champion s'immobilisa, résolu à ne pas aller plus loin. La jeune femme lui lâcha la main et approcha du muret, qui lui arrivait à hauteur des genoux et se révéla assez large pour qu'on puisse s'y asseoir confortablement.

Sans l'ombre d'une hésitation, elle s'y installa comme sur un banc. La lumière bleue, désormais plus intense et soutenue, lui caressa le visage et ses reflets dansèrent au-dessus de sa tête, irisant la voûte de pierre blanche.

Bouche bée, les yeux écarquillés, Faraday en eut le souffle coupé. Yr et Jack vinrent la rejoindre et se perdirent comme elle dans la contemplation du Portail des Étoiles.

Le bassin circulaire n'était pas rempli d'eau. Si difficile à concevoir que ce fût, il contenait… l'Univers. Le vrai, pas les lointaines lueurs enchâssées dans le ciel nocturne comme des pierres précieuses. Dans le Portail, les étoiles dansaient un éternel ballet, les soleils se poursuivaient de galaxie en galaxie, les lunes tournaient autour de leurs planètes et des comètes traversaient le cosmos. Le rugissement des vents stellaires se répercutait dans la salle, et la lumière bleue intense était celle de l'espace infini.

Faraday voulut dire quelque chose à Jack, mais aucun mot n'aurait su décrire ce qu'elle voyait. Émerveillée par le Portail des Étoiles, elle pleura en silence, comprenant enfin pourquoi les Icarii vénéraient ce lieu et pourquoi – quand ils en étaient loin – ils adoraient probablement l'image qu'en reflétait le firmament après le coucher du soleil.

Alors qu'elle tentait de comprendre ce qu'elle avait sous les yeux, l'insignifiance d'Artor lui apparut pour la première fois. Comparé à ce miracle, tout ce qu'on lui avait enseigné sur le Laboureur et la Voie de la Charrue devenait d'une affligeante trivialité. Quel bonheur avaient dû éprouver les Envoûteurs-Serres en traversant le Portail ! De toute son âme, elle enviait la joie qui les avait à coup sûr submergés lorsqu'ils s'étaient laissés glisser dans le bassin, en route pour l'infini ! Étaient-ils encore quelque part dans le cosmos, partie intégrante de l'éternelle Danse des étoiles ?

Faraday gémit, taraudée par le désir de les rejoindre. Le Portail la jugerait-il digne d'être accueillie en son sein ? Brûlant de le savoir, elle tendit les mains vers le bassin…

— Non, douce enfant, dit Jack en lui passant un bras autour des épaules. Repoussez la tentation, car ni vous ni moi ne pouvons traverser. Seul un Envoûteur icarii très puissant a une chance de survivre à l'expérience…

Faraday détourna les yeux du bassin et les riva sur le faux porcher, dont les joues étaient également sillonnées de larmes.

—Les souverains morts ne sont pas les seuls à pouvoir traverser ?

Jack pesa ses mots avant de répondre :

—Non… Un jour, est-il écrit, les Icarii donneront naissance à un Envoûteur doté d'assez de pouvoir pour voyager à travers le Portail et en revenir. J'ignore ce qu'il y découvrira, mon enfant…

Ou ce qu'il y a découvert…, corrigea mentalement Jack, le regard errant sur les vingt-six statues aux bras levés.

Les yeux de nouveau rivés sur le bassin, Faraday ne vit pas que son compagnon avait tourné la tête vers le fond de la salle.

—Moi, j'ignore pour quelle raison il pourrait vouloir revenir, souffla-t-elle.

—Je suis heureux que vous ayez vu le Portail, dit Jack. N'oubliez jamais cet instant, et il vous soutiendra durant les années difficiles qui vous attendent.

—Comment oublier un pareil miracle ? soupira Faraday.

Jack se leva, la tira vers lui et la ramena près de Timozel, qui refusait toujours d'approcher du bassin.

—Maintenant, dit Jack, assure-toi qu'elle en reste loin, mon garçon.

Vexé d'être appelé ainsi, le soldat se consola en pensant qu'on lui faisait assez confiance pour le charger de veiller sur sa dame.

Jack retourna près du bassin et parla à l'oreille d'Yr, toujours hypnotisée. Finalement, elle hocha la tête, se leva à contrecœur et, le porcher à ses côtés, consentit à rejoindre Timozel et Faraday.

— Toutes ces arches conduisent à un tumulus ? demanda le soldat. Dans ce cas, chaque tombeau à plus d'un accès souterrain…

— Vingt-six passages mènent aux tumulus, et les autres… débouchent ailleurs. Les Icarii tenaient à pouvoir entrer dans cette salle à partir de divers endroits. Et des créatures différentes, qui y viennent aussi, empruntent des couloirs plus étranges encore que ceux des Enfants de l'Aile. Timozel, fais en sorte que Faraday nous suive, et je vous guiderai le long d'un autre passage.

Prenant Yr par la main, Jack se dirigea vers une arche entourée de deux hommes ailés endormis. Alors qu'ils la franchissaient, Faraday se retourna pour graver dans sa mémoire la salle du Portail.

— Pourquoi a-t-on ajouté des ailes à ces hommes ? demanda-t-elle. C'est un symbole, pour indiquer qu'ils sont des Voyageurs des Étoiles ?

Jack se retourna, n'en croyant pas ses oreilles. N'avait-elle donc pas compris ?

— Un symbole ? Pas le moins du monde, mon enfant. Ces statues représentent fidèlement les Icarii – un peuple ailé, douce dame. Un peuple ailé…

24

Dans les plaines d'Arcness

Si la descente vers le Portail avait été pénible, remonter à la surface fut un cauchemar. L'escalier, au moins, était en pierre taillée. Le tunnel où ils s'engagèrent, creusé à même la terre, semblait sur le point de s'écrouler sur eux à chaque instant. Et les rares poutres de soutènement, vermoulues à souhait, n'avaient rien pour les rassurer. À mesure qu'ils approchaient de la surface, ils virent des racines gonflées d'humidité jaillir des parois et de la voûte, comme des mains végétales noires prêtes à les étrangler s'ils baissaient leur garde. Assoiffés, ils finirent par boire l'eau mêlée de terre qui formait de petites flaques dans les plis de leurs vêtements, aux épaules et aux coudes. Bien entendu, la terre détrempée s'effritait d'autant plus aisément, ravivant leur angoisse d'être enterrés vivants. Pour économiser leur réserve d'huile, Jack avait ordonné qu'une seule lampe soit allumée en même temps. Effrayée par la pénombre, Faraday s'accrochait à Timozel et avançait comme un automate avec une seule idée en tête : sortir de ce piège avant qu'il se referme à jamais sur eux !

Selon Jack, il leur faudrait le reste de la nuit et presque toute la journée du lendemain pour atteindre la surface et déboucher très loin des tumulus. Lors de ses trois précédentes incursions dans la salle du Portail, précisa-t-il, il avait emprunté ce passage, alors en bien meilleur état. Au fil des siècles, le tunnel qui avait vu passer tant d'Icarii, en des temps très anciens, s'était dégradé au point de risquer de s'écrouler très bientôt.

Faraday finit par oublier un peu son inquiétude. Aussitôt, elle pensa à sa mère et des larmes roulèrent sur ses joues. Décidée à être forte, elle les essuya… et en sentit de nouvelles perler à ses paupières.

Timozel ne parla quasiment pas pendant l'ascension. Quand Jack ordonnait une pause, il s'asseyait près de sa dame, serré contre elle pour la réchauffer. Mais chaque fois qu'elle tenta d'engager la conversation, il se mura dans un silence obstiné.

Alors que Faraday désespérait, certaine qu'ils n'atteindraient jamais la sortie, ils arrivèrent devant un mur de terre dressé sur leur chemin comme une porte.

Timozel passa devant Yr et vint se camper à côté de Jack, qui sondait l'obstacle du bout des doigts.

— Votre magie peut nous faire traverser ? croassa-t-il, la gorge atrocement sèche.

— Pas la magie, mon garçon, mais l'huile de coude ! Ce mur doit faire dans les six pieds d'épaisseur, et il dissimule l'entrée du tunnel. Nous devrons creuser tous les deux, et ça risque d'être dangereux. Yr et Faraday, restez quelques pas en arrière, mais préparez-vous à réagir très vite quand je vous le dirai !

Les deux femmes reculèrent. Les doigts pliés comme des serres, Jack s'attaqua à l'obstacle, mais Timozel lui posa une main sur l'épaule.

— J'ai une meilleure idée…, souffla-t-il.

Tirant sa hache, il la leva à deux mains et l'abattit sur la barrière de tourbe.

— Attention, jeune idiot ! cria Jack, copieusement aspergé de mottes de terre. Tout va s'écrouler sur nos têtes !

Il leva son bâton, l'air hésitant. Devait-il aider le soldat ou lui flanquer un grand coup de pommeau sur le crâne ?

Timozel n'accorda aucune attention aux avertissements de Jack. Persuadée qu'elle mourrait bientôt si elle ne revoyait pas rapidement la lumière du jour, Faraday implora toutes les divinités qui voudraient bien l'entendre que son champion en termine vite.

Enfin, le mur s'effrita et la tourbe qui tomba de la voûte éteignit leur dernière lampe. De la terre dans la bouche et les narines, Timozel recula en toussant comme un perdu.

— On fonce ! cria Jack.

Les deux femmes hésitèrent, terrifiées par l'obscurité et le bruit de l'éboulis. Leurs compagnons les prirent par la main et les tirèrent vers la masse verticale de tourbe.

La bouche fermée et les narines pincées, ils s'enfoncèrent dans ce rideau de terre.

Nous ne passerons jamais ! pensa Faraday.

Elle se trompait. Comme un nageur qui remonte à la surface, ils déboulèrent à l'air libre, sous la lumière grisâtre d'un crépuscule maussade. Titubant dans les hautes herbes qui leur arrivaient aux genoux, ils toussèrent et crachèrent pour dégager leurs voies respiratoires.

Faraday se laissa tomber sur le sol, persuadée qu'elle expulserait de la terre de ses poumons jusqu'à la fin de ses jours. À côté d'elle, ses compagnons, aussi, toussaient et s'étranglaient.

Quand sa respiration redevint normale, la jeune femme s'étendit sur le dos et entreprit de se nettoyer le visage.

Puis elle ne bougea plus, les yeux rivés sur les nuages massés dans le ciel comme une meute de prédateurs. Pour l'instant, respirer de l'air frais suffisait à son bonheur...

Enfin, elle s'assit et frissonna de froid. Autour d'elle, les autres revenaient aussi à la vie, chacun tentant de se débarrasser du mieux possible de la tourbe collée à sa peau, à ses cheveux et à ses vêtements.

Faraday regarda derrière elle. Ils venaient d'émerger d'une petite colline couverte de buissons et de ronces. Le flanc qu'elle voyait s'était à demi écroulé, et le sol tremblait encore à l'endroit où elle était assise.

— Le tunnel s'effondre, parvint à dire Jack entre deux quintes de toux. Nous sommes sortis à temps !

C'était la première fois que Faraday le voyait perdre son équanimité – si peu que ce fût…

Timozel se leva et tendit une main à Faraday.

— Je me réjouis que nous soyons sortis vivants de ce trou à rats, dit-il. Tant pis si tout s'est écroulé, y compris la salle du Portail ! Faraday, tu vas bien ?

La jeune femme hocha la tête. Puis elle secoua son manteau et épousseta sa jupe et sa chemise. Après ce qu'ils venaient de vivre, le calme de Timozel l'étonnait. Il semblait plus vieux et plus assuré, comme s'il avait radicalement changé en moins de vingt-quatre heures. Mais ce qu'il y avait de nouveau en lui n'était pas identifiable, parce que c'était surtout une affaire… d'aura.

À moins que ce fût la boue, plus prosaïquement. Après une tempête, un séjour forcé sous terre et leur dernière mésaventure, ils devaient tous avoir l'air bizarre.

— Mes petits trésors ! s'écria soudain Jack, tout joyeux. Vous avez réussi à me retrouver !

Les cochons trottinaient vers eux, les yeux brillants au-dessus de leurs énormes bajoues. Quand ils furent près de leur maître, ils couinèrent de joie, se roulèrent sur le sol et manquèrent le renverser à force de se frotter contre ses jambes.

Ce spectacle fit sourire Faraday, Timozel et Yr.

— Au moins, lâcha la superbe blonde, notre ami est heureux… Moi, j'aurais rudement besoin de boire un peu et de me laver.

Souriant, Jack cessa de cajoler ses cochons.

— Il y a un ruisseau pas très loin d'ici, annonça-t-il.

— Et de quoi manger ? demanda Timozel en glissant sa hache dans son ceinturon.

— Pour ça, il faudra attendre encore un peu. De très bons amis à moi nous fournirons avec joie le gîte, le couvert, et… (Jack regarda Yr à la dérobée)… des vêtements décents. Mais pour arriver chez eux, il faudra marcher toute la nuit et une bonne partie de la matinée.

— Il n'y a rien plus près ? demanda Faraday.

Après la pénible ascension dans le tunnel, elle doutait que ses jambes acceptent encore de la porter.

— Il faudra t'habituer à marcher, dame Faraday, dit Yr sans une once de compassion. Sauf si tu préfères chevaucher un cochon.

Quand ils eurent atteint le ruisseau, distant d'une centaine de pas, ils burent à s'en faire exploser l'estomac puis se lavèrent de leur mieux. Conscient de la fatigue de ses compagnons, Jack leur accorda deux heures de repos – pas une minute de plus, car il tenait à se mettre en route avant la tombée de la nuit. En l'absence d'un abri convenable, marcher serait le meilleur moyen de lutter contre le vent glacial qui battait la plaine. Et aucun d'eux n'était assez chaudement vêtu pour dormir à la belle étoile.

Quand ils eurent un peu récupéré, Timozel tira un couteau de sa botte et demanda à Faraday de lui couper les cheveux. Voyant la surprise de sa dame, il lui expliqua que les boucles, beaucoup trop longues, lui tombaient sur les yeux.

La jeune femme fit de son mieux. Emportée par son enthousiasme, elle coupa en brosse les épais cheveux châtains de son champion. Dès qu'elle eut fini, il lui reprit le couteau et s'attaqua à sa barbe de trois jours. Sans eau chaude ni savon, le résultat ne fut pas très probant.

En le regardant se raser, Faraday dut se résoudre à l'évidence : boue ou pas, ce Timozel-là était bien plus mûr et assuré que celui qui l'avait accompagnée de Carlon jusqu'aux tumulus.

Assise en tailleur, le menton posé sur une main, Yr se faisait la même réflexion. Leur séjour sous terre avait métamorphosé le jeune homme, c'était indéniable. Mais s'agissait-il simplement d'une maturation accélérée, face à une série de drames ? La superbe blonde en doutait. Avec les corridors des Voyageurs des Étoiles, il était plus prudent de s'attendre à tout...

Le vent ne se calma pas après la tombée de la nuit. Transis de froid, malmenés par les bourrasques, Yr, Faraday et Timozel auraient sans doute renoncé sans les injonctions de Jack. Ses cochons sur les talons, il marchait en tête de la colonne, brandissant fièrement son bâton.

À sa place attitrée, aux côtés de Faraday, Timozel la soutenait chaque fois qu'elle trébuchait sur une racine. Très galant, il n'hésitait pas à secourir également Yr, quand le besoin s'en faisait sentir.

Soucieux d'économiser leur souffle, tous trois avançaient en silence.

À l'ouest d'Arcness, les plaines étaient aussi désertes que celles de Tarantaise. Les bergers les utilisaient comme pâturages en été, puis, à l'approche de la mauvaise saison, ils ramenaient leurs bêtes vers les villages, où les attendaient des étables chaudes et confortables. Selon Jack, seuls quelques troupeaux de cochons devaient encore arpenter les plaines. Mais, eux aussi, prendraient très bientôt leurs quartiers d'hiver.

Avant d'être trop essoufflé pour parler, Timozel avait demandé à Jack comment il comptait conduire Faraday jusqu'au fort de Gorken.

— Nous filerons droit vers le nord, avait répondu le porcher. Quand nous aurons atteint le méandre de Tailem, sur le fleuve Nordra, nous louerons des chevaux au Ponton-de-Jervois, pour la dernière partie du voyage, à travers Ichtar. La route du fort de Gorken est très bien balisée, et le duc Borneheld, ces dernières années, a fait installer des relais de diligences tout au long du chemin. Avec un peu de chance, tout ira bien.

Timozel s'était étonné que Jack et Yr n'aient pas choisi de conduire sa dame dans une grande ville – par exemple Kastaleon, voire Carlon elle-même – où ils auraient pu se procurer un véhicule mieux adapté au rang de la future duchesse et engager une escorte.

Jack l'avait regardé comme s'il était un blanc-bec sans cervelle.

— Parce que personne ne comprendrait son désir brûlant de rejoindre Borneheld, mon garçon… Par souci de sa sécurité, on l'empêcherait d'aller vers le nord. Ça ne te paraît pas évident ?

Timozel n'avait rien ajouté, satisfait par cette explication. Ce long voyage ne l'enthousiasmait pas, et il appréciait très modérément les compagnons que Faraday et lui s'étaient trouvés. Mais il comprenait que la jeune femme soit prête à tout pour rejoindre Borneheld. Séparée de son seigneur et maître, toute dame digne de ce nom brûle de voir fondre comme neige au soleil les jours qui la séparent de leurs retrouvailles.

Au cas bien improbable où ils rencontreraient quelqu'un, ils avaient mis au point une histoire plausible. Alors qu'ils marchaient vers Arcen, dans les plaines d'Arcness, la dame Faraday, sa servante Yr et son escorte avaient été frappées par une terrible tempête. Timozel était le seul survivant du détachement, massacré par des lances de glace, et aucun de leurs chevaux n'avait survécu. Alors qu'ils erraient dans une contrée inconnue, Jack le porcher les avait repérés. En chemin vers les contreforts de la chaîne des Fougères, où il comptait abriter ses cochons, le brave homme avait accepté de les guider jusqu'à une des cités du comté de Rhaetia, au nord-est.

Tout cela était tiré par les cheveux, mais il faudrait bien que ça suffise.

À l'aube, Jack leur permit de se reposer un peu. Depuis deux heures, Faraday s'appuyait sur Timozel comme s'il avait été son bâton de vieillesse. Épuisée, Yr tomba plusieurs fois et s'écorcha les mains et les genoux sans vraiment réussir à amortir ses chutes.

Contraints de marquer une halte, les quatre voyageurs se serrèrent les uns contre les autres dans un petit ravin, et les cochons, décidément très civils, se massèrent autour d'eux.

Claquant des dents, Faraday se jura pourtant d'aller jusqu'au bout de son calvaire. La vie d'Axis en dépendait. Si elle ne le calmait pas, Borneheld finirait par le tuer, ça ne faisait aucun doute.

Elle se demanda où était le Tranchant d'Acier. Trop fatiguée, elle cessa vite de se torturer la cervelle. La tête posée sur l'épaule de Timozel, elle s'endormit comme une masse.

Il lui sembla qu'elle venait de fermer les yeux quand Jack cria qu'il était temps de repartir. Le corps douloureux, elle se leva péniblement. Campé près d'elle, Timozel lui passa un bras autour de la taille. Pour la soutenir, ou afin de ne pas tomber lui-même ?

Tête basse, Yr ferma la marche. Elle ne fut pas longue à retomber, mais parvint à se relever seule, une farouche détermination sur le visage.

Habitué à voyager par monts et par vaux par tous les temps, Jack restait le moins affecté des quatre. Pourtant, lui aussi titubait de temps en temps.

Vers 10 heures, il leva la main pour ordonner une halte. Morts de fatigue, Faraday et Timozel s'en aperçurent au dernier moment et faillirent le percuter. Derrière eux, Yr aussi s'arrêta de justesse. Compatissant, le jeune soldat déplia un bras dans son dos pour qu'elle s'y appuie.

— Nous y sommes, annonça Jack d'une voix lasse. (Il tendit un bras tremblant.) Le fief des époux Renkin !

Faraday plissa les yeux. À cinq cents pas de là, dans un vallon, se dressait une petite ferme en pierre, presque plus large que longue, entourée d'un jardin potager et de champs. Sur le toit, apparemment en bon état, une cheminée crachotait des volutes de fumée aussitôt emportées par le vent.

Faraday recommença à avancer. Un bon feu et un lit douillet, voilà tout ce dont elle rêvait !

Maître et maîtresse Renkin avaient tout ce qu'il fallait pour satisfaire leurs hôtes, et beaucoup plus encore. Assis au coin du feu, ils se levèrent d'un bond quand on frappa à leur porte. Quand ils l'eurent ouverte, ils découvrirent leur ami Jack Simplet en compagnie d'une noble dame épuisée, de sa servante et – par Artor ! – d'un soldat des Haches de Guerre en guise d'escorte. À part Jack, qui marmonna son histoire de voyageurs égarés après la tempête de la veille, tous étaient trop fatigués pour parler. Maîtresse Renkin conduisit les deux femmes jusqu'au grand lit installé contre le mur du fond. Chacun d'eux s'allongeant sur un des bancs qui flanquaient la cheminée, Jack et le soldat s'endormirent avant même que les deux époux aient eu le temps de leur poser des couvertures dessus.

Un moment, ils se regardèrent, perplexes. Puis maîtresse Renkin haussa les épaules et se dirigea vers le garde-manger. Avec autant d'invités, le pain qu'elle avait fait cuire le matin ne suffirait pas…

Faraday n'avait jamais fait un rêve si merveilleux.

Profondément heureuse, son inquiétude et son chagrin oubliés, elle était assise au milieu d'un bosquet entouré par des arbres dont les branches, au-dessus de sa tête semblaient s'entrelacer jusqu'à l'infini. Pourtant, dès qu'elle levait les yeux, elle voyait briller, à travers les trouées de cette frondaison, des myriades d'astres presque aussi époustouflants que ceux du Portail des Étoiles.

Assise en tailleur sur une herbe douce et fraîche, elle portait une robe droite en toile de lin et allaitait le nouveau-né blotti contre sa poitrine. Souriante, elle caressa la tête duveteuse du bébé et sentit de minuscules doigts, parfaitement formés, s'accrocher à son sein.

Heureuse d'être dans cet endroit merveilleux, avec un si joli enfant, Faraday le serra contre elle et fredonna une chanson pendant qu'il continuait à téter. Une ombre passant sur ses genoux, elle leva les yeux, plissa le font, puis sourit de plus belle. Si étrange qu'il fût, avec son corps d'homme et sa tête de cerf, l'être qui approchait d'elle en silence était son ami.

— Tu dois partir, dit-il.

À ces mots, Faraday se rembrunit.

— Non, répondit-elle. Je refuse. Ici, je suis à l'abri de la douleur et de la trahison. Tu es le seul à qui je puisse me fier.

— Tu reviendras un jour, dit l'homme-cerf, son regard noisette brillant d'amour. Et si tu le désires encore, tu resteras pour toujours.

— Non ! cria Faraday alors que le bosquet s'évanouissait autour d'elle, comme s'il se fondait dans le néant. Je ne veux pas partir !

Timozel rêva aussi, mais son songe fut beaucoup plus inquiétant.

Uniquement vêtu de son pantalon militaire, il s'enfonçait dans un long tunnel de glace qui semblait descendre jusque dans les entrailles de la terre. Où était-il ? Il n'aurait su le dire, mais une certitude demeurait : il se dirigeait vers une mort certaine. Oui, au bout de ce tunnel, sa fin l'attendait.

De l'autre côté des parois, d'étranges créatures, dont les silhouettes étaient déformées par la glace, le suivaient en gambadant grotesquement.

Ne pas être en mesure de les voir clairement, à cause des cloisons, ne gênait pas vraiment le jeune soldat...

Il aurait voulu faire demi-tour et s'enfuir à toutes jambes, mais ses pieds refusaient de lui obéir. Dominé par une force qui neutralisait sa volonté, il continuait à avancer vers la mort, tel un condamné conduit à l'échafaud par ses bourreaux.

Enfin, au bout du tunnel, dans un mur de glace, il vit se découper la lourde porte de bois qu'on le contraindrait bientôt à franchir. Claquant des dents de terreur, il sentit ses boyaux se relâcher.

Quand il arriva devant la porte, sa main droite, sans qu'il le lui ait ordonné, se leva et la martela de coups.

—Entre ! lança une voix terrifiante, de l'autre côté du battant.

Le trahissant de nouveau, la main de Timozel glissa vers la serrure. Tous ses muscles tendus, le front lustré de sueur, il parvint à ralentir le mouvement, mais pas à l'arrêter, et ses doigts se fermèrent sur la poignée.

—Entre ! répéta la voix, vibrante d'impatience.

Derrière la porte, des pas pesants retentirent.

—Non... non... non, bégaya Timozel quand la poignée s'abaissa docilement.

Il hurla une dernière fois, puis sombra dans une miséricordieuse inconscience.

25

LES BONNES GENS RENKIN

Faraday émergea du sommeil lentement, décidée à savourer la chaleur de son lit et les délicieux vestiges de son rêve. Confortablement allongée, les yeux fermés, elle paressa un long moment, ravie de sentir la chaleur d'Yr, qui dormait à côté d'elle, et d'entendre les époux Renkin et leurs enfants se déplacer discrètement dans la maison. Stimulée par une bonne odeur de pain frais, elle finit par s'étirer, puis consentit à lever les paupières. Quand elle s'assit dans le lit, Yr grogna de désapprobation. Enroulée dans la couverture, Faraday lui souffla de se rendormir et regarda autour d'elle.

La famille Renkin habitait une ferme classique composée d'une seule pièce. Contre le mur du fond, un feu crépitait dans une grande cheminée. Selon les habitudes des paysans, il était alimenté par la tourbe séchée qu'ils collectaient chaque été dans les marécages. Un chaudron bouillonnait sous les flammes, et des casseroles étaient posées sur la grille. Deux bambins, des jumeaux, jouaient à bonne distance du feu, sous le regard assoupi de leur père, assis près de la cheminée. Maîtresse Renkin, une femme replète, s'affairait à mettre le couvert sur une table entaillée par les couteaux d'innombrables générations de fermiers.

Le lit, plusieurs bancs, une grande armoire et deux coffres en fer composaient le mobilier de la famille, dont les maigres possessions étaient rangées sur une série d'étagères.

Le bois étant une denrée rare en Achar, ces braves gens avaient dû économiser pendant des années pour améliorer un peu leur intérieur.

Des roues de fromage, des jambons et des chapelets d'oignons séchés pendaient aux poutres apparentes, hors de portée des chiens et des enfants. Non loin du feu, un bébé emmailloté jusqu'au cou dormait dans son berceau suspendu accroché à un gros clou.

Remarquant que Faraday était réveillée, maîtresse Renkin sourit, puis remplit de bouillon un grand bol en terre cuite.

— Noble dame, dit-elle en approchant du lit, vos compagnons et vous avez dormi toute la journée.

Faraday prit le bol à deux mains et but une gorgée. Toujours sur leurs bancs, Jack et Timozel se reposaient encore, mais le jeune soldat s'agitait comme si un cauchemar troublait son sommeil.

Faraday s'intéressa de plus près à son hôtesse. Au début de la trentaine, elle semblait, malgré son embonpoint, prématurément usée par la rude vie de la ferme. Ses cheveux châtains coiffés en un chignon purement fonctionnel, elle portait une robe marron en lin, le tissu préféré des campagnards, dont les manches retroussées révélaient ses coudes râpés sur le dessous. Un tablier noir caractéristique des fermières d'Achar complétait sa tenue.

Voyant son hôtesse se tordre nerveusement les mains, plaquées sur son ventre protubérant, Faraday s'avisa qu'elle se comportait impoliment, et sourit pour s'en excuser. Étudier ainsi les gens ne se faisait pas…

— Maîtresse Renkin, nous vous sommes très reconnaissants de votre aide, dit-elle. (Elle tendit la main et la posa un instant sur celle de la fermière.) Ces derniers jours, nous n'avions rien mangé et bu le strict minimum. Comme vous le voyez, nos vêtements n'étaient pas adaptés à un climat si rigoureux. Ma… servante… et moi étions proches de la mort quand Jack a frappé à votre porte. Et Timozel, presque aussi épuisé, ne pouvait pas faire grand-chose pour nous. Maîtresse Renkin, nous ne vous remercierons jamais assez de votre gentillesse.

— Ce n'est rien, noble dame. Toute personne élevée dans la crainte d'Artor en aurait fait autant. (La fermière se tut un moment, puis osa se lancer :) Ma dame, vous êtes si belle !

Encouragée par la main que Faraday avait brièvement posée sur la sienne, un peu plus tôt, maîtresse Renkin tendit le bras et écarta doucement la mèche de cheveux châtains qui tombait sur le front de son invitée. N'ayant jamais vu de si près une dame de la noblesse, la douceur et la blancheur de sa peau l'émerveillaient. Dans les campagnes, dès vingt ans, les femmes étaient ridées par les longues heures passées dans les champs et sur le chemin des pâturages, où elles aidaient leurs maris à conduire les bêtes.

Faraday finit son bouillon et eut une petite grimace.

— Maîtresse Renkin, nous sommes tous si sales ! Puis-je abuser de votre hospitalité au point de demander à me laver ? Et cela, voyez-vous, ne ferait pas de mal à mes compagnons... Auriez-vous aussi des vêtements à nous prêter, pendant que les nôtres sécheront ? Ma servante, elle, n'a rien à se mettre... (Consciente de l'incongruité de sa déclaration, la jeune femme improvisa une explication.) La tempête l'a surprise alors qu'elle se lavait dans un ruisseau et ses habits se sont envolés. Si vous lui donnez une de vos robes, je vous dédommagerai de bon cœur.

Selon Faraday, les cinq perles accrochées à une chaîne d'or qu'elle portait autour du cou seraient un paiement plus qu'honnête pour tout ce que la famille Renkin leur fournirait.

Flattée d'avoir sous son toit une invitée de ce rang, maîtresse Renkin se serait volontiers séparée de tous ses biens sans rien demander en échange...

Faraday tira Yr du lit. Sourde aux protestations de la Sentinelle, qui détestait les réveils en fanfare, elle la força à suivre la fermière, qui les conduisit dans une cabane où étaient stockés des tonneaux remplis d'eau de pluie.

Maîtresse Renkin leur donna des serviettes, des couvertures qui leur tiendraient lieu de peignoirs, un morceau de savon jaunâtre, deux de ses robes, de courtes capes en laine et une paire de bottes pour Yr. Puis elle les laissa faire leurs ablutions en paix.

L'eau étant glacée, Faraday et sa compagne procédèrent à une toilette rapide mais aussi complète que possible. Tremblant de froid, la peau rouge d'avoir été frottée trop vigoureusement, elles enfilèrent à la hâte les robes rudimentaires – plutôt des sacs, en réalité, et bien trop courtes, surtout pour Faraday, dont les chevilles restèrent exposées. Se voir ainsi attifées les fit sourire – peut-être un peu jaune – et les ceintures de laine qu'elles nouèrent autour de leurs tailles n'arrangèrent pratiquement rien. Mais elles n'avaient plus froid, un confort qui les encouragea à rester un peu plus pour se laver réciproquement les cheveux.

Quand elles retournèrent dans la ferme, Jack et Timozel, réveillés par leur hôtesse, buvaient du bouillon en se réchauffant devant le feu. Notant que le porcher affichait de nouveau son sourire de simple d'esprit, Faraday s'émerveilla de ses talents d'acteur. Qui se serait méfié d'un homme au visage si transparent ? D'un idiot congénital incapable de *penser* à faire du mal à quiconque ? Pauvre Jack, si gentil mais condamné par son crétinisme à errer toute sa vie dans les plaines d'Arcness en compagnie de cochons plus malins que lui !

L'air sombre, Timozel contemplait fixement les flammes dans la cheminée. Par respect pour ses hôtes, il avait laissé son épée et sa hache près de la porte, mais il avait gardé le couteau glissé dans sa botte droite. Son uniforme était toujours aussi sale et il avait encore sur les joues les sillons crasseux laissés par son infructueuse tentative de se laver dans le ruisseau, la veille. Saluant sa dame de la tête, il ne daigna pas lui sourire et ne se dérida pas le moins du monde.

— Timozel, dit Faraday, il y a de quoi se laver dans la cabane, dehors. Tu devrais y aller. Après, je parie que tu te sentiras mieux.

Le jeune homme vida son bol de bouillon et hocha de nouveau la tête. En se levant, il tendit le récipient à la maîtresse de maison, qui ne quittait pas ses invités d'un pouce. Une noble dame et, en prime, un membre des Haches de Guerre ! Que d'histoires elle raconterait à ses amies, dès qu'elle les reverrait ! Avec un sourire éclatant, elle tendit à Timozel une chemise propre subtilisée à son mari.

Le champion de Faraday esquissa une courbette.

— Maîtresse Renkin, personne ne m'a jamais reçu avec autant de grâce et de gentillesse. Votre serviteur, gente dame…

La fermière s'empourpra de fierté et répondit d'une révérence dont son ventre proéminent et ses bottes grossières gâchèrent l'élégance. Alors que Timozel sortait, elle se tourna vers Faraday.

— Ma dame, dit-elle, un rien essoufflée, je vous envie d'avoir pour protecteur un guerrier aux manières si raffinées.

D'accord avec ce jugement, Faraday l'approuva d'un hochement de tête. Puis elle alla s'installer devant le feu, pour faire sécher ses cheveux.

Après s'être faufilée sans un bruit dans la cabane, Yr croisa les bras et regarda Timozel se laver, le dos tourné à la porte. Pour l'instant, estima-t-elle, ce bel étalon manquait encore de coffre, mais la maturité épanouirait bientôt son corps un rien gracile, même s'il ne manquait pas de muscles là où il en fallait.

Les yeux brillants de désir, Yr étudia la peau du jeune homme, d'une blancheur subtilement mise en valeur par sa pilosité d'un noir d'ébène. Au premier coup d'œil, Timozel lui avait plu. Depuis qu'il avait juré allégeance à Faraday, il lui semblait irrésistible. Et il était temps que ce jeune coq acquière de nouvelles compétences...

Quand Yr avança, Timozel jeta un coup d'œil par-dessus son épaule, comme s'il s'attendait à découvrir Jack, maître Renkin... ou peut-être bien l'épouse de ce dernier.

Le front plissé, il se retourna lentement, un morceau de savon et un gant de toilette dans les mains.

Yr le dévisagea, momentanément prise de court. Elle ne s'attendait pas à une réaction de ce genre. À son âge, Timozel aurait dû être gêné qu'une femme le surprenne nu. Décidément, son passage dans la salle du Portail l'avait fait mûrir...

Yr avança, lui prit des mains le savon et le gant et les jeta négligemment dans un seau. Puis elle se pencha, lui posa la bouche sur la poitrine et savoura du bout de la langue le goût puissant d'un mélange de savon et de sueur. Ses mains courant sur le corps humide de Timozel, elle le sentit trembler de désir. Baissant les yeux, elle constata que ses caresses avaient eu un effet immédiat sur sa virilité.

Ravie, elle eut un rire de gorge charmant.

Sans plus de cérémonie, Timozel l'enlaça, la poussa contre le mur de pierre de la cabane et lui retroussa la robe jusqu'aux hanches.

— C'est ce que tu veux, n'est-ce pas ? souffla-t-il. Ou n'ai-je pas bien compris le message ?

En l'absence de dénégations, il entreprit de donner à Yr ce qu'elle désirait depuis qu'elle l'avait effrontément provoqué dans le tumulus.

Après une prestation très honorable, il la lâcha, se détourna et retourna à sa toilette comme si rien n'était arrivé.

Haletante, et incapable de dire un mot – pour une fois ! –, Yr se laissa glisser sur le sol et se demanda si elle avait enfin trouvé son égal en matière de passion charnelle. En fait de jeune coq, Timozel avait la vigueur d'un taureau de saillie !

Quand Yr et Timozel revinrent, Faraday vit tout de suite qu'ils étaient… différents.

Beaucoup plus détendu, le jeune soldat traversa la pièce d'une démarche assurée – et un rien fanfaronne – qui ne trompait pas. Il s'assit avec une grâce féline, la longue chemise de maître Renkin pendant sur son pantalon de cuir à peu près propre.

Moins exubérante qu'à l'accoutumée, Yr prit place derrière Faraday. Jouant à la perfection son rôle de servante, elle entreprit de lui peigner les cheveux puis de les nouer en couronne autour de sa tête.

Au premier coup d'œil, Jack avait compris ce qui s'était passé dans la cabane. Pas surpris pour un sou, il eut simplement du mal à décider lequel des deux affichait l'air le plus satisfait.

Ayant repris sa personnalité d'attardé mental, il laissa Faraday et Timozel se charger des négociations avec le couple Renkin. En échange de vêtements, de nourriture et de quelques couvertures – bref, de quoi tenir durant leur prétendu voyage jusqu'en Rhaetia –, Faraday proposa son collier de perles, qu'elle tendit à maître Renkin en demandant, visiblement inquiète, si cela suffirait.

Aussi stupéfaite que son mari, maîtresse Renkin alla recoucher son bébé avant d'avoir fini de l'allaiter. Trop occupée à vanter la générosité de son invitée, elle oublia de refermer sa robe, exposant ainsi aux yeux de tous une poitrine des plus agréables.

Pour ce bijou, déclara-t-elle, aussitôt soutenue par son mari, Faraday pourrait avoir *douze* couvertures, des vivres pour une semaine, la mule adorée de la famille et toutes ses sacoches en prime. Désolés de ne pas avoir un gentil cheval à proposer à la noble dame et un fier étalon pour son guerrier, les deux fermiers assurèrent que leur mule, en pleine santé, avait un caractère très doux, une résistance hors du commun et sans doute assez de force pour servir de monture à Faraday.

Après ce discours enflammé, maître et maîtresse Renkin se regardèrent comme s'ils ne parvenaient pas à y croire. Largement dédommagés par ce paiement, ils pourraient en outre s'offrir une solide paire de bœufs et de nouveaux meubles... Un vrai miracle.

Le marché conclu, tous se serrèrent la main avec une sincère satisfaction, et un vif soulagement en ce qui concernait Faraday et Timozel. Contraints de voyager vers le nord à la mauvaise saison, ils auraient au moins les fournitures indispensables pour espérer s'en sortir vivants.

Quand ils eurent dîné – sur l'insistance de maîtresse Renkin, qui tenait à fêter la transaction –, Timozel décréta qu'ils devaient se coucher tôt. Il entendait partir dès l'aube, le lendemain, et la fatigue des jours précédents, rappela-t-il, ne s'effacerait pas en une nuit.

Faraday et Yr eurent de nouveau droit au lit conjugal des Renkin. Enveloppés dans des couvertures, Jack et Timozel dormirent près du feu.

Incapables de fermer l'œil, les deux époux, assis à la table, parlèrent longuement de la façon dont ils dépenseraient leur argent, une fois le collier vendu.

26

Belle ma mie, ô ma mie belle

Axis et ses Haches de Guerre quittèrent les tumulus peu avant l'aube et chevauchèrent ventre à terre jusqu'à Arcen, où les soldats se chargèrent du réapprovisionnement pendant que leur chef expliquait à la famille du comte que les dames Merlion et Faraday avaient péri en chemin. Ce ne fut pas une tâche aisée et le Tranchant d'Acier quitta le fief de Burdel avec le sentiment de s'y être affreusement mal pris. Accordant deux nuits et une journée de repos à ses hommes, il en profita pour rédiger – à l'attention de Jayme, du comte Isend et de Borneheld – un rapport détaillé sur la tempête et ses conséquences. Toujours désespéré par la mort de Faraday, il redoutait plus que tout de devoir s'en expliquer devant son demi-frère.

Quitter la ville et repartir vers le nord, en direction des cols tortueux de la chaîne des Fougères, fut un soulagement pour Axis, toujours plus à l'aise dans l'action. À présent, il lui restait à chevaucher vers Smyrton, sans faire de détours ni se poser de questions.

Le premier soir, il fit camper ses hommes une lieue au sud du premier col. Satisfait de la progression de la colonne, il jugea inutile de prendre des risques en s'aventurant de nuit sur un terrain difficile.

Depuis qu'ils avaient laissé les tumulus derrière eux, Axis imposait une prudence pointilleuse à ses soldats. Si inconfortable que ce fût, il avait exigé qu'ils voyagent en armure légère, avec une cotte de mailles par-dessus leur manteau. En cas d'une nouvelle averse de lances de glace, cette précaution sauverait des centaines de vie. La nuit, les hommes dormaient tout habillés, leurs armes à portée de la main, et la garde était doublée au cas où Gorgrael reviendrait à la charge. Même si Ogden et Veremund l'estimaient trop affaibli pour ça, Axis refusait de se fier à leur seule parole.

D'une humeur acceptable, étant donné les circonstances, il vint prendre place autour du feu de camp où ses chefs de cohorte, en compagnie de Belial, évoquaient en riant une rixe de taverne dont ils avaient été témoins à Arcen. Également présents, Ogden et Veremund faisaient montre d'une discrétion atypique. Depuis les tumulus, Axis les ignorait superbement. Après tout, les choses avaient commencé à mal tourner lorsqu'il s'était hasardé à poser les yeux sur leur fichue Prophétie. Prétendument venus pour répondre aux questions du Tranchant d'Acier, ils l'accablaient de déclarations si évasives – ou totalement incompréhensibles – qu'il envisageait de plus en plus souvent de les planter là une bonne fois pour toutes.

Cela dit, depuis le début de l'expédition, les deux frères s'étaient révélés d'excellents animateurs de veillées autour des feux de camp. Respectant la volonté d'Axis quand il entendait être seul, ils avaient ravi tout le monde avec leur inépuisable répertoire de chansons paillardes – qui étaient même parvenues, en quelques occasions, à arracher des éclats de rire embarrassés au Tranchant d'Acier en personne.

Mais ces deux-là étaient bien plus que ce qu'ils semblaient être – et beaucoup moins inoffensifs qu'ils le prétendaient. Les yeux rivés sur eux, Axis se demanda s'ils ignoraient vraiment l'identité de son père, comme ils le prétendaient. Bien que ce fût possible, il aurait juré qu'ils ne jouaient pas franc-jeu avec lui. Par exemple, comment Ogden connaissait-il l'antique chant protecteur des Icarii ? Et pourquoi ces deux très anciens membres de l'ordre avaient-ils si lamentablement bafouillé lors du service funéraire au milieu des tumulus ? Étaient-ils trop gâteux pour se souvenir de leur formation de base ? Dans ce cas, pourquoi se rappelaient-ils une antique chanson – sans parler d'un tombereau de ballades graveleuses ?

Leur piteuse prestation témoignait d'un manque total de respect envers les morts, et Axis avait eu du mal à ne pas exploser.

Durant la traversée d'Arcness et lors du séjour à Arcen, Ogden et Veremund avaient soigneusement évité tout contact avec les gardiens de la Charrue locaux. Beaucoup de Haches de Guerre s'étaient étonnés de ce comportement. Près de quarante ans de solitude, combinés au ramollissement de leur cerveau, inévitable avec l'âge, pouvaient expliquer ces aberrations. Mais Axis n'y croyait pas et il savait qu'Arne, partageant ce sentiment, gardait en permanence un œil sur les deux compères.

Ce soir, cependant, tout le monde était détendu. Armé d'une harpe, Belial tentait de retrouver les accords d'une mélodie récemment entendue à Arcen. Plein de respect pour ce fier guerrier et d'amitié pour l'homme caché derrière le militaire, Axis pensait pourtant le plus grand mal de ses talents de musicien.

— Mon ami, dit-il en se penchant en avant, cet instrument a besoin d'être accordé. Voyons un peu ça…

Belial se laissa déposséder de la harpe, touché que son chef ait opté pour une approche si diplomatique. Ayant volontairement torturé les cordes de l'instrument, il ne fut évidemment pas dupe une seconde. Depuis la catastrophe, près des tumulus, le Tranchant d'Acier broyait du noir, et son second était prêt à tout pour lui remonter le moral.

Axis fit mine de modifier la tension des cordes, prit une grande inspiration et lança à la cantonade :

— Qu'allons-nous chanter ce soir, mes amis ?

— *Belle ma mie, ô ma mie Belle*, proposa un des commandants.

Les autres approuvèrent joyeusement. Très prisée des Acharites, cette ballade n'était pas si facile que ça à jouer, et les musiciens vraiment doués n'abondaient pas dans l'armée.

Axis sourit et se lança :

— Voici l'hiver et ses frimas
Et le sol gèle sous nos pas.
Frappés par la fureur d'Artor
Tous nos troupeaux risquent la mort.

» Belle ma mie, ô ma mie Belle
Qui n'aime pas hausser le ton,
Belle ma mie, ô ma mie Belle
M'a fait sortir de la maison.

» Mon époux, m'a-t-elle soufflé,
Il serait temps de te lever
Et de poser ta pèlerine
Sur le dos de la vache Hermine.

Charmés par l'interprétation de leur chef, les hommes le laissèrent chanter deux couplets en solo avant de se joindre à lui. Reprise par des dizaines de voix masculines joyeuses, la ballade monta fièrement dans le ciel, comme un défi lancé à l'abominable Gorgrael. Quand elle fut terminée, Axis se permit d'éclater de rire avec ses hommes.

Il enchaîna plusieurs chansonnettes de ce type, puis, alors que l'ambiance tournait à la méditation, il passa à des airs mélancoliques pendant que ses officiers parlaient à voix basse du voyage vers le nord et des dangers qui les attendaient. Quelles créatures avaient attaqué le fort de Gorken ? D'où venaient-elles, et sous les ordres de qui agissaient-elles ?

— Tranchant d'Acier, demanda Baldwin, un des commandants, que penses-tu de la Prophétie ? Le fort de Gorken a-t-il été attaqué par les Spectres de Gorgrael ? Avant de quitter Carlon, nous accusions les Proscrits. Mais à présent…

Un long silence suivit. Alors que les officiers attendaient la réponse de leur chef, Ogden et Veremund ne le quittèrent pas des yeux.

— Et toi, Baldwin, qu'en penses-tu ? répliqua enfin Axis.

L'officier hésita. La Prophétie récitée par Timozel et Arne avait fait le tour des rangs à la vitesse du vent. Et une fois qu'on l'avait entendue, il devenait impossible de l'oublier.

— Je ne peux pas m'enlever ces prédictions de la tête, avoua Baldwin.

Ogden sourit, approbateur. Le texte étant ensorcelé, il devenait pratiquement impossible de l'oublier, une fois qu'on l'avait entendu. À part le dernier poème, bien entendu. Celui-là, seul Axis était en mesure de le garder en mémoire.

Le vieil homme étouffa un sourire en pensant au sortilège que le prophète avait ajouté à son texte. Ces prochains mois, l'ordre du Sénéchal découvrirait que beaucoup d'Acharites étaient moins attachés à Artor qu'on aurait pu le croire.

— On dirait bien, continua Baldwin, que Gorgrael est derrière les attaques qui ont eu lieu dans le Nord. Dans ce cas, on peut penser qu'il a également provoqué la tempête...

Axis voulut répondre, mais un autre officier, Methuen, le devança.

— Si c'est Gorgrael qui a frappé dans le Nord, dit-il, nous devons au plus vite trouver l'Homme Étoile. Car lui seul peut nous aider...

Hors de lui, Axis ouvrit de nouveau la bouche. Cette fois, ce fut Belial qui lui cloua le bec.

— Tranchant d'Acier, demanda-t-il, quel air joues-tu tout en nous écoutant ?

Surpris par cette question, et vaguement inquiet que tout le monde le dévisage, Axis s'avisa qu'il était incapable de répondre. Alors qu'il écoutait Baldwin, ses doigts avaient couru d'eux-mêmes sur les cordes, faisant naître une mélodie lancinante... qu'il n'avait jamais entendue de sa vie. Pire encore, ce style de musique lui était totalement inconnu.

— Une ritournelle, Belial, et rien de plus. (Axis posa la harpe et se leva.) Je vais inspecter les sentinelles, annonça-t-il abruptement. Il ne faut pas qu'il y ait des trous dans le périmètre de sécurité.

Sur ces mots, le Tranchant d'Acier s'éloigna à grandes enjambées.

Arne se leva, décidé à le suivre.

— Attends un peu, dit Belial en le retenant par un bras. Il a besoin d'être seul.

Axis vérifia la position des sentinelles, comme il l'avait dit, puis il sortit du camp, et entreprit de mettre un peu d'ordre dans ses pensées.

Que lui arrivait-il donc ?

Seul point positif, depuis le drame des tumulus, son cauchemar ne le tourmentait plus. Soulagé de ce fardeau, il l'avait hélas échangé contre un autre. Qui était vraiment son père ? se demandait-il sans cesse. Quel genre d'homme pouvait enseigner à un fœtus une litanie protectrice destinée à lui sauver la vie des décennies plus tard ? Selon l'ordre du Sénéchal, les charmes, les sortilèges et les enchantements de tout poil étaient maléfiques. La doctrine officielle se méfiait même des décoctions médicinales qu'affectionnaient les paysannes, surtout quand une prière, ou une incantation, augmentait leur pouvoir thérapeutique. Plus d'une fois, il avait dû conduire ces « guérisseuses » à la tour du Sénéchal, où elles passaient en jugement. Reconnues coupables, elles écopaient immanquablement de la même sentence : purification par le feu jusqu'à ce que mort s'ensuive. Oublierait-il un jour les cris de ces pauvres femmes, quand les flammes les consumaient vives ? Au moins, on ne l'avait jamais chargé d'embraser les bûchers…

Depuis quelques jours, le Tranchant d'Acier, bras séculier de la justice de l'ordre, était assailli par d'étranges souvenirs que la lecture de la Prophétie avait ramenés à sa conscience. Et la catastrophe ne s'arrêtait pas là ! Voilà qu'il se découvrait un pouvoir, à présent ! Le sortilège qu'il avait invoqué pour neutraliser Gorgrael était la manifestation la plus inquiétante de ses nouvelles aptitudes. Mais il n'y avait pas que cela, comme en témoignait la mélodie inconnue qu'il venait d'interpréter devant ses hommes.

Pour commencer, d'où lui venait son don de musicien ? À sa connaissance, il n'avait jamais *appris* à jouer de la harpe. Pourtant, dès l'enfance, il s'était révélé plus doué que bien des bardes. Si l'ordre avait vent de tout ça, il risquait de finir sur un bûcher, ou au moins de subir un interrogatoire des plus désagréables. Pour la première fois de sa vie, il se réjouit d'être très loin de la tour du Sénéchal et de Jayme.

Alors qu'il errait dans la nuit, attentif aux derniers bruits qui montaient du camp, il ne put s'empêcher de repenser à

Faraday et à Timozel. Deux jeunes gens si innocents, et tellement avides de vivre ! Le fils de sa plus chère amie et une splendide jeune femme qu'il avait vite appris à respecter et à… admirer.

Pourquoi se cacher la vérité ? Bien qu'il eût rarement hésité à attirer de belles plantes dans son lit, il n'était jamais tombé amoureux… jusque-là. Était-il trop cynique et amer pour courir le risque d'aimer ? Une question qu'il s'était souvent posée, sans vraiment oser y répondre. Mais, cette nuit-là, près des tumulus, quand il avait embrassé la jeune femme, la sentant ensuite pleurer dans ses bras, sa vision du monde avait vacillé sur ses bases. La fraîcheur, l'innocence et l'honnêteté de Faraday seraient – peut être – assez fortes pour traverser les barricades qu'il avait mis une vie à ériger autour de lui…

Axis se pencha, arracha un brin d'herbe et commença à le mâchonner distraitement. Que voulait-il dire en parlant à Faraday de « prendre le risque de partager la vie d'un homme qu'elle aimerait » ? Parlait-il de lui-même ? Bien sûr que oui !

Ainsi, en parfait idiot, il avait eu l'audace de proposer à la fille d'un comte de renoncer à une vie de privilèges et de luxe, voire à la Couronne d'Achar ? La méchante remarque de Borneheld, dans la cour du palais, avait décidément mis dans le mille. De fait, Axis n'avait aucune chance de gagner un jour le cœur d'une riche héritière comme Faraday. Était-ce pour cela qu'il l'avait embrassée ? La désirait-il parce que la voler à son demi-frère aurait été un délicieux triomphe ?

À vrai dire, il n'en savait rien. Mais une certitude demeurait : il n'avait jamais rencontré une femme comme elle. Alors, peut-être l'avait-il prise dans ses bras parce qu'elle était Faraday, pas la future duchesse d'Ichtar. Une femme douce et chaleureuse dont il était tout simplement tombé amoureux…

Axis ravala un sanglot. À présent, comme sa mère et près de trois cents Haches de Guerre, elle pourrissait sous terre avec les restes des souverains icarii. Face à cette réalité, que pesait l'amour ? Et que valait ce sentiment, alors qu'il était indirectement responsable de tant de morts ? Sans son accès de romantisme, Axis n'aurait pas donné le signal du départ ce matin-là, et rien ne serait arrivé. Malgré les beaux discours d'Ogden et de Veremund, cette culpabilité n'était pas près de le quitter…

— Tu n'as rien à te reprocher, Axis, dit soudain une voix familière.

Le Tranchant d'Acier se retourna et reconnut Belial, qui avançait vers lui dans la pénombre. L'usage du prénom, au lieu du grade, indiquait qu'il venait en ami, pas en subordonné. Devant leurs hommes, Axis et Belial se comportaient en toutes circonstances comme un chef et son second. En privé, ils redevenaient des frères d'armes liés par une indéfectible amitié.

Sans y parvenir, Axis tenta de se montrer agacé de cette violation de son intimité.

— Je suis coupable, dit-il en levant les yeux vers le ciel lourd de nuages. On ne peut blâmer personne d'autre.

Belial resta près de son ami et se perdit avec lui dans la contemplation du ciel. Après le désastre des tumulus, il n'y avait strictement rien à dire. Confronté à la pire défaite militaire de sa vie – non, à la première, en réalité ! – Axis aurait besoin de temps pour se remettre. Surtout après la mort de dame Faraday…

Connaissant bien son chef, Belial avait vu du premier coup d'œil que cette femme lui plaisait.

Peu à l'aise avec les affaires de cœur, l'officier repensa à la tempête. Qualifier de « défaite militaire » leur combat contre les éléments aurait pu passer pour de la folie. Mais Belial, comme la majorité des Haches de Guerre, avait fait le lien entre les lances de glace et la Prophétie. Avant la fin de cette aventure, quels coups du sort leur réservaient encore ces prédictions ?

— Belial ? appela Axis.

Arraché à sa rêverie, l'officier comprit que son supérieur devait l'avoir déjà interpellé deux ou trois fois.

— Ta tendance à l'introspection est contagieuse, mon ami, dit-il en guise d'excuse. Que me veux-tu ?

— Sais-tu ce que j'ai joué ce soir, mon vieux compagnon ?

— Pas plus que toi, hélas… (Belial tapota l'épaule de son chef et sourit.) Pour interpréter un air aussi beau, il faut avoir l'âme d'un barde. Tu connais le proverbe, pas vrai ? « Les bardes et les femmes enceintes ne sont jamais contraints de justifier leurs actes. »

— Tu es taillé pour faire un diplomate, mon ami, dit Axis avec un sourire. Que fiches-tu avec une bande de cavaliers crottés de la tête aux pieds ?

— En habits de soie, j'ai l'air ridicule et, même pour sauver ma tête, je serais incapable de faire une révérence correcte. Quant aux manières de la cour, elles me dépassent ! Mais je ne suis pas simplement venu te voir pour bavarder, hélas. La cinquième cohorte a des difficultés avec…

— Belial…, souffla soudain Axis, blanc comme un linge.

L'officier se tut. Comme son supérieur, il leva les yeux vers le ciel.

Zébrés d'éclairs bleu et argent, des nuages bas venus du nord fondaient sur eux.

Gorgrael ! pensa Axis.

Le Destructeur ne les lâcherait pas ! Et dire que Veremund et Ogden, ces deux idiots, l'estimaient trop affaibli pour remonter à l'assaut !

Comment sauver les soldats, au milieu de ces plaines immenses ?

Les deux hommes coururent vers le camp.

Alors qu'ils entraient dans le périmètre de sécurité, Axis prit son compagnon par le bras.

— Va parler aux commandants ! lança-t-il. Les hommes doivent s'enterrer aussi profondément que possible avant l'arrivée de la tempête. C'est notre seul espoir !

Alors que Belial s'éloignait, le Tranchant d'Acier tourna la tête vers les nuages, certain d'y découvrir l'ignoble faciès de Gorgrael. Mais il n'apparut pas au sein de la masse obscure écumant de malveillance.

Dans le camp, les hommes creusaient déjà avec tout ce qui leur tombait sous la main : des pelles, des épées, des haches et même des casseroles ou des poêles à frire. Axis circula parmi les rangs et lut de la peur sur tous les visages.

Les nuages arriveraient bientôt. Frôlant le sol, ils évoquaient beaucoup plus un raz-de-marée qu'une tempête. L'image la plus étrange – et terrifiante – qu'Axis eût jamais observée.

— Il n'y a pas de vent, Tranchant d'Acier ! cria soudain Ogden. (Il prit le bras d'Axis.) Écoute-moi ! Gorgrael ne peut pas…

Furieux, le chef des Haches de Guerre se dégagea.

— Hors de ma vue, vieux fou ! Tu prétendais que Gorgrael était trop faible pour attaquer et tu te trompais ! Pourquoi te croire, maintenant ?

— Il est faible ! cria Veremund en déboulant à son tour. Regarde ces nuages ! Sens-tu en eux le pouvoir dévastateur de la précédente tempête ? Il n'y a pas de vent, ni aucune fureur, mon garçon. Gorgrael a présumé de ses forces.

— Alors, que vois-je approcher, messires ? cracha Axis.

— Une tempête de peur, répondit Ogden, très serein. Le Destructeur sait que la terreur peut faire autant de ravages que ses lances de glace.

Axis dut admettre que c'était vrai. Pour une armée, la panique était aussi mortelle que tous les projectiles possibles et imaginables.

Sans un mot, il se détourna et s'enfonça dans le camp.

— Ogden, dit Veremund, nous devrions nous occuper des chevaux. S'ils s'affolent, leurs sabots tueront plus de soldats que les lances de Gorgrael, la dernière fois…

Ayant réussi à creuser des trous d'homme convenables, la plupart des Haches de Guerre s'y étaient réfugiés, armures et paquetages au-dessus de leur tête pour mieux se protéger.

Quand Belial lui montra l'abri qu'il avait creusé pour eux deux, Axis déclina l'invitation.

— Donne-moi simplement mon manteau, dit-il. C'est tout ce qu'il me faut. J'affronterai debout la terreur de Gorgrael.

Il poussa son ami dans le trou, tira une toile de camouflage sur lui, puis enfila son manteau et se campa face aux nuages.

Ils mordaient déjà sur le périmètre de sécurité, occultant les petits monticules formés par les hommes tapis dans leurs trous.

Derrière lui, le Tranchant d'Acier entendit un cheval hennir d'angoisse. Puis un doux murmure lui caressa les oreilles, et l'animal se tut.

Le regard rivé sur les nuages, Axis se demanda si la mort ressemblait à cette déferlante brumeuse qui occultait le monde sur son passage. Tout ce qui se trouvait devant lui disparaissait de la surface de la terre, renvoyé au néant en un clin d'œil.

Puis les éclairs se reflétèrent dans ses yeux, et le vortex du Destructeur l'engloutit.

« Une tempête de peur », avait dit Ogden. Maintenant qu'il était dans l'œil du cyclone, Axis comprenait pourquoi.

Il aurait juré être seul au monde, prisonnier des nuages qui s'enroulaient autour de son corps, s'insinuaient dans ses narines et le coupaient à jamais des créatures vivantes. Pour lui, tout venait de disparaître, y compris la terre et le ciel. Même savoir Belial tapi dans un trou, à ses pieds, n'y changeait rien. Son second n'était plus là, le laissant absolument seul. Plus rien n'existait à part les nuages qui passaient leurs doigts de glace sur son visage et expédiaient des décharges d'angoisse jusqu'aux tréfonds de son corps.

À l'intérieur de la brume mortelle, il faisait plus clair qu'en plein jour. Les éclairs argent et bleu qui crépitaient au cœur du nuage faisaient tellement briller sa substance vaporeuse qu'Axis dut plisser les yeux pour ne pas être ébloui.

Il fut pris de tremblements. Dans ce piège, il était seul, loin de tout ce qui vivait.

Non, il se trompait, puisqu'un murmure montait à ses oreilles :

— Axis, Axis… Joli-joli, bon goût-bon goût…

Le Tranchant d'Acier se mordit la langue pour ne pas crier. Ces voix ne ressemblaient pas à celles de son cauchemar, vibrant de perversité à l'idée de lui infliger une mort aussi lente et douloureuse que possible. Celles-là étaient simplement affamées, et il sentait grandir leur voracité à mesure qu'elles approchaient de leur proie.

— Joli-joli…

— Bon goût-bon goût…

— Axis, Axis…

Soudain, à quelques pas sur sa droite, le prisonnier du nuage entendit un inquiétant cliquetis.

Clic, clic, clic, clic…

Comme si une créature spectrale avançait vers lui en raclant ses pattes griffues sur un sol de pierre.

Un mauvais tour de son imagination, tenta-t-il de se convaincre. Il n'y avait rien, à part les voix et la peur.

Clic, clic…

Venant de très loin, il capta l'écho de battements d'ailes. D'*énormes* ailes.

— Axis, Axis…

Et ce cliquetis qui ne cessait pas.

Et le battement d'ailes, de plus en plus fort…

Sentant un mouvement, devant ses pieds, Axis crut qu'il s'agissait d'un monstre venu le dévorer. Il recula d'un bond, le cœur pris dans un étau qui menaçait de le réduire en bouillie.

— Non…, gémit une voix douce.

Belial ! Le Tranchant d'Acier n'était pas seul. En plus de son second, trois mille Haches de Guerre l'entouraient. Comment avait-il pu les oublier ?

Inspirant à fond, il s'accrocha à l'idée qu'il n'était pas seul, et reprit peu à peu le contrôle de ses nerfs.

La peur… La seule arme que Gorgrael pouvait brandir contre lui, aujourd'hui. Des murmures dans la brume et une angoisse paralysante…

Cela dit, Ogden avait raison : la peur pouvait tuer. Après avoir envahi un esprit, elle le privait de sa logique et finissait par le persuader de ne plus s'accrocher à la vie.

Et les soldats, chacun noyé dans son propre cauchemar, risquaient de basculer dans une monstrueuse folie suicidaire.

Non sans lutter, Axis réussit à éclater de rire. Puis il s'accroupit, tâtonna jusqu'à ce qu'il trouve le bord de la toile de camouflage. Il tira dessus, déterminé à ne pas se laisser détourner de sa tâche, même quand une mâchoire claqua si près de son oreille qu'il sentit le courant d'air contre sa joue.

— Belial, mon ami, dit-il avec toute sa force de persuasion, pourquoi être allongé sur le ventre, dans un trou, alors que tant d'aventures t'ouvriraient les bras si tu te relevais ? Debout, mon camarade ! Dans cette maudite brume, un frère d'armes a besoin de ta compagnie !

— Axis ?

Le Tranchant d'Acier frémit en entendant vibrer de terreur la voix de son second. Si un gaillard de sa trempe en était là, les autres risquaient de ne pas tenir beaucoup plus longtemps.

— Debout, Belial, dit-il en prenant l'officier par la main. Une formidable nuit de fête vient de commencer. Et tu voudrais manquer ça ?

Quand l'officier se fut relevé, Axis eut l'estomac retourné en découvrant qu'il était bleu de peur.

— Oui, une nuit de fête, répéta-t-il. (Soudain, la solution s'imposa à lui.) Belial, reviens à toi, mon ami !

Sur ces mots, le Tranchant d'Acier claqua joyeusement des doigts.

— Axis, quel est ton plan ? Organiser une soirée chantante ?

L'ironie de Belial sonnait faux, mais au moins, il faisait un effort…

— Une soirée chantante ? Quelle brillante idée, mon ami ! Mais pour ça, il nous faut des partenaires. (Axis flanqua une bourrade dans le dos de son second.) Allez, avance dans cette ridicule purée de pois. Avec nos amis, nous allons organiser les plus joyeuses festivités que Gorgrael ait jamais vues.

Puisses-tu aller en paix, mon frère, pensa Axis en regardant son second tituber dans la brume.

Puis il s'assit, fouilla dans le paquetage de Belial et en sortit la harpe.

— Te revoilà, très chère amie ? Gorgrael, voyons si tu apprécies ma petite chanson…

Il joua quelques accords puis chanta d'une voix forte qui domina sans peine les murmures de la peur :

— Voici l'hiver et ses frimas
Et le sol gèle sous nos pas.
Frappés par la fureur d'Artor
Tous nos troupeaux risquent la mort.

» *Belle ma mie, ô ma mie Belle*
Qui n'aime pas hausser le ton,
Belle ma mie, ô ma mie Belle
M'a fait sortir de la maison.

» *Mon époux, m'a-t-elle soufflé,*
Il serait temps de te lever
Et de poser ta pèlerine
Sur le dos de la vache Hermine.

Debout au milieu des chevaux, Veremund et Ogden se regardèrent, les yeux écarquillés. Leur esprit aussi était affecté par les nuages, mais beaucoup moins gravement que celui du Tranchant d'Acier…

— J'aurais cru qu'il chanterait…, commença Ogden.

Son compagnon le fit taire d'un geste impérieux, car il venait de comprendre.

— Non, non, cette chanson-là est parfaite ! Il faut que ses hommes aussi la connaissent. Pour la reprendre en chœur avec lui !

— Bien sûr, dit Ogden, tout sourire. J'aurais dû saisir tout seul…

— Belle ma mie, la vache Hermine
Depuis toujours est notre amie.
Comment laisser une copine
Mourir de froid en pleine nuit ?

Les uns après les autres, les soldats se tournèrent sur le dos dans leur trou. Comme Axis, beaucoup étaient à un souffle de basculer dans la folie. Et certains avaient déjà fait le plongeon.

Seuls avec leurs angoisses, ils avaient entendu les murmures, le raclement des griffes et les battements d'ailes. S'insinuant sous leur armure et leur manteau, la brume plus glaciale qu'un cadavre de cinq jours avait refermé sur leur cœur ses doigts meurtriers.

— Belle ma mie, ô ma mie Belle,
Tu as raison de demander
Que j'expose mes fesses au gel
Afin de courir la sauver.

Les Haches de Guerre s'accrochèrent à la voix de leur chef comme à une planche de salut. Peu à peu, les vers de la chanson sortirent de dix gorges, puis de cent, puis de mille. Alors, tous comprirent qu'ils n'étaient pas seuls, mais en compagnie des hommes avec qui ils vivaient et combattaient depuis des années. Liés par la ballade qu'ils braillaient à tue-tête, ils se redonnèrent mutuellement du courage.

La masse de nuages bouillonna et les éclairs se déchaînèrent. Mais ce n'était plus qu'un combat d'arrière-garde…

— Belle ma mie, ma pèlerine,
Est de très bonne qualité,
Au point que pour me l'acheter
Il a fallu que je me ruine.

Chantée par trois mille voix, la ballade atteignit un crescendo qui sembla assez puissant pour faire vibrer le sol.

La masse de nuages se dissipa et les éclairs s'éteignirent comme des chandelles qu'on souffle. Alors que les murmures mouraient, les raclements de griffes et les battements d'ailes s'éloignèrent jusqu'à devenir inaudibles.

Le calme revint, restituant à la nuit la sérénité dont elle n'aurait jamais dû se départir.

La voix d'Axis, malgré les trois mille choristes qui l'accompagnaient, continua à dominer le concert, claire et forte sous le ciel de nouveau pur.

— Belle ma mie, ô ma mie Belle
Depuis quarante ans que je l'ai
Cette pèlerine me fait
L'effet d'être une amie fidèle.

» Je vais pourtant la sacrifier
Pour toi et puis me consoler
En pensant que ma pèlerine
S'est muée en manteau d'Hermine.

Certains avaient titubé au bord du gouffre de la folie. Et d'autres avaient fait le plongeon.

Mais tous revinrent à la surface.

27

Vers le lac des ronces

Ils partirent à l'aube, parés à lutter contre le froid grâce à leurs tenues propres et sèches et aux vêtements supplémentaires offerts par leurs hôtes – dont un vieux manteau encore chaud qui appartenait jadis au père de maître Renkin. Sa paire de bottes aux pieds, Yr marchait fièrement derrière la mule, lestée de provisions suffisantes pour un régiment, d'une petite montagne de couvertures et d'ustensiles de cuisine généreusement offerts par maîtresse Renkin.

Jack ouvrit la marche et se départit de son expression d'attardé mental dès qu'ils furent hors de vue de la ferme. Séparé du porcher par sa petite bande de cochons, très joyeux de repartir à l'aventure, Timozel se chargea de guider la mule par la bride, et Faraday vint tenir compagnie à Yr, en queue de la colonne.

Si le vent était tombé, la neige se mit soudain de la partie, plutôt gênante, mais moins dangereuse que les bourrasques. Cela dit, elle arrivait avec six bonnes semaines d'avance. Au milieu du mois de l'Os, dans une région si méridionale, on n'en avait jamais vu de mémoire d'Acharite. Bien que personne ne prononçât son nom, l'ombre de Gorgrael planait au-dessus de la petite expédition.

Malgré le mensonge proféré à toutes fins utiles par Timozel et Faraday, ils ne partirent pas pour Rhaetia – soit plein nord – mais bifurquèrent vers le nord-est, en direction de la chaîne des Fougères, une série de monts assez bas et étroits qui séparaient Skarabost d'Arcen. À mesure qu'ils en approchaient, le terrain très vallonné leur rappela que leurs jambes n'étaient pas encore remises de leurs mésaventures précédentes.

Ils ne croisèrent personne et ne rencontrèrent aucun obstacle insurmontable – en tout cas, pas matériel. Très agacé que Jack dirige le groupe, alors que la vision d'Artor le montrait sous les traits d'un grand chef de guerre, Timozel aurait volontiers fait un esclandre, mais il parvint à se raisonner. Le Laboureur lui adresserait un signe, le moment venu, cela n'était pas douteux. Jusque-là, en digne champion de Faraday, il devrait se consacrer à son bien-être, y compris pour l'attribution de la meilleure place autour du feu de camp et de l'assiette de nourriture la mieux garnie.

La nuit, le jeune soldat se consacrait à des activités plus ludiques…

Dès leur premier bivouac, Faraday comprit abruptement ce qui s'était passé entre Timozel et Yr. Même pour une jeune femme élevée dans l'ignorance de ces « choses », les voir partager une couverture et entendre leurs gémissements d'extase ne permettait plus de douter. Gloussant stupidement d'embarras, au début, elle dut vite se forcer à ne pas penser sans arrêt à ce qu'elle ferait, nue dans un lit avec un homme. Les images d'Axis et de Borneheld se mêlant dans son esprit, elle eut du mal à trouver le sommeil, l'esprit en ébullition et la peau très chaude, comme si elle avait de la fièvre…

Cette nuit-là, assis au coin du feu, Jack la regarda se tourner et se retourner des heures durant sous sa couverture. Morose, il s'inquiétait plus que jamais de la présence de Timozel, allant même jusqu'à se demander s'il ne risquait pas de saboter la mission. Selon Ogden et Veremund, le jeune homme avait un « cœur pur », même s'il « débordait de chagrin ». Hélas, on pouvait se demander si cette « pureté » avait survécu au bref séjour du garçon dans la salle du Portail.

Comme Yr et Faraday, Jack avait remarqué la maturation accélérée du soldat. Contrairement à elles, il n'aurait pas juré que la métamorphose était positive. Par bonheur, la loyauté que Timozel devait désormais à sa dame jouerait sans doute en la faveur de la future duchesse d'Ichtar. Encore que rien n'était sûr en la matière...

En revanche, les ébats amoureux d'Yr et du garçon n'inquiétaient pas Simplet. Tôt ou tard, la superbe blonde laisserait tomber sa nouvelle conquête pour repartir à la poursuite de son impossible idéal de sensualité.

Toujours aussi morose, Jack soupira et jeta dans le feu quelques branches mortes de rosebuis. Même par grand froid, avec la pluie ou la neige, en fouillant bien, on parvenait toujours à trouver un peu de bois sec dans ces buissons touffus et inhabituellement denses.

Jack s'enroula plus étroitement dans sa couverture – le ciel bénisse la bonne maîtresse Renkin ! – et s'allongea, conscient que quelques heures de sommeil ne lui feraient pas de mal.

Ils étaient à trois ou quatre jours du lac des Ronces. Avant d'y arriver, Yr et lui devraient avoir parlé à Faraday. Au sommet du tumulus, on lui avait annoncé qu'elle aurait deux missions à remplir pour aider Axis à triompher de Gorgrael. La première était de protéger Axis de la fureur aveugle de Borneheld. Et elle l'avait acceptée assez facilement.

Une fois au lac des Ronces, la jeune femme devrait s'engager sur le chemin qui la conduirait à sa seconde tâche : devenir l'Amie de l'Arbre.

Trois jours plus tard, après une semaine et demie de voyage, ils atteignirent enfin la chaîne des Fougères. Alors que Jack guidait ses compagnons vers une étroite ravine – le meilleur chemin pour accéder aux montagnes –, Timozel déclara que cet itinéraire était exagérément accidenté et beaucoup trop propice à une embuscade. Refusant d'écouter les explications de Jack, il partit à grandes enjambées, visiblement vexé à mort.

Avec un soupir agacé, Faraday fit mine de le suivre pour le calmer, mais le porcher la retint par un bras.

— Chère enfant, Yr et moi devons vous parler un moment en privé. Timozel finira par reprendre ses esprits tout seul…

Lasse des disputes qui éclataient désormais à tout propos entre les deux hommes, Faraday haussa stoïquement les épaules.

— Douce dame, continua Jack, vous êtes désormais la personne de confiance des Sentinelles. Et la seule, à part nous, qui connaisse la véritable identité de l'Homme Étoile. Je vous en prie, Faraday, montrez-vous digne de cette confiance, et n'en racontez surtout pas trop à Timozel. Par inadvertance, il risquerait de trahir Axis. Comprenez-vous mon propos ?

Avoir des secrets pour Timozel, son *champion*, brisait le cœur de la jeune femme, et cela se lut sur son visage.

— Pour un temps, dit Yr en lui prenant la main, je me chargerai du rôle de confidente. Si tu en as besoin, parle-moi de tes secrets et de tes doutes. Ce sera plus sûr, par les temps qui courent…

Rassurée par le contact d'Yr, Faraday eut un petit sourire.

— Je ferai tout ce qu'il faut pour protéger Axis, assura-t-elle. Et vous le savez tous les deux. Je n'ai rien dit à Timozel, qui continuera à ignorer la vérité au sujet d'Axis.

Jack regarda alentour pour vérifier que le jeune soldat ne s'était pas arrêté assez près pour les entendre.

— Chère dame, dit-il, demain, nous arriverons devant un très joli lac, au centre de la chaîne des Fougères. Profitons de ce moment de calme, si vous le voulez bien, pour commencer à lever le voile sur votre seconde mission.

Faraday ne cacha pas sa surprise. La ravine dont avait parlé le porcher était à quelques minutes de marche. Pourquoi perdre du temps maintenant ?

— Quand j'ai posé la question, vous avez refusé de répondre. Dois-je comprendre que l'heure est venue ?

— Oui, adorable dame. Vous souvenez-vous de la nuit, à la lisière du bois de la Muette, où les arbres ont chanté pour vous ?

Voyant pâlir la jeune femme, Jack se hâta d'enchaîner.

— Gardez à l'esprit que ce qu'ils chantent est souvent confus… Leur conception de la vérité, il faut le dire, ne correspond pas toujours à la nôtre.

Faraday hocha la tête, mais elle ne se sentit pas rassurée pour autant. Toutes les images que lui avaient montrées les arbres étaient atroces. Vues dans leur ordre originel ou dans un autre – et elle les avait quasiment tous essayés –, elles continuaient à lui promettre du sang, des larmes et de la douleur.

Inquiets, Jack et Yr dévisagèrent longuement la jeune femme. Si ces visions l'avaient poussée à rejeter les « chanteurs », tout serait perdu.

— Chère enfant, dit Yr, aucun humain n'avait jamais entendu la Chanson de l'Arbre. À vrai dire, très peu d'Avars, le peuple de la forêt, ont eu cet honneur au fil des siècles. Faraday, la forêt a besoin d'une alliée qui lui serve d'intermédiaire avec Axis. Tu dois devenir l'Amie de l'Arbre.

— Je hais les bois ! s'écria la jeune femme. Ils sont sombres et maléfiques, et je veux en rester le plus loin possible !

Troublés par cet éclat, Jack et Yr échangèrent des regards angoissés.

Puis le porcher posa une main sur l'épaule de Faraday et fit mine de parler.

— N'essayez surtout pas de m'ensorceler, ou il vous en cuira ! rugit-elle.

Alors que les visions étaient responsables de sa rage, se défouler sur Jack manquait d'élégance. Mais même si elle l'aimait bien, tout comme Yr, – et restait prête à tout pour aider Axis –, le goût du secret et de la manipulation des Sentinelles lui déplaisait souverainement.

— Nous ne vous obligerons à rien, dit Jack en retirant sa main.

Hélas, Faraday n'en avait pas fini avec lui.

— Pour m'inciter à toucher le tronc, ce soir-là, vous n'avez pas hésité à jouer de votre prétendu crétinisme. Et si vous vous inquiétez des secrets que je pourrais confier à Timozel, que pensez-vous de ceux qu'Yr lui murmure toutes les nuits entre deux étreintes ? (Après avoir foudroyé la blonde du regard, Faraday revint à sa première cible.) Si votre chère Prophétie a besoin d'une Amie de l'Arbre, elle devra trouver quelqu'un d'autre !

Sur ces mots, elle se détourna et s'éloigna à grands pas, décidée à retrouver au plus vite Timozel.

Jack leva une main pour interdire à Yr de la suivre.

— Laisse-la en paix, dit-il. Au lac des Ronces, nous n'aurons qu'une chance. Si nous ne pouvons pas la présenter à la Mère au cours des prochains jours, il faudra nous résoudre à glisser de plus en plus vite sur la pente qui mène à la destruction.

Ce soir-là, ils établirent leur camp près de l'extrémité du passage que Jack appelait la ravine du Cochon. Après une bonne lieue de marche forcée, tout le monde apprécia le choix de ce site bien abrité du vent et assez broussailleux pour alimenter un confortable feu de camp.

Pendant que Timozel déchargeait puis bouchonnait la mule, Yr s'occupa de préparer le dîner.

Alors qu'elle disposait des tranches de jambon et de pain sur les assiettes, Faraday vint s'agenouiller à côté d'elle.

— Désolée de t'avoir insultée, souffla-t-elle. J'étais tellement bouleversée…

Yr leva les yeux et fit signe à Jack d'approcher. Aussitôt, Faraday se tendit.

— Je sais que vous êtes liés à la Prophétie, dit-elle, et je comprends vos difficultés. Bien entendu, je suis prête à jouer mon rôle, cependant… (Elle marqua une pause, mais aucun de ses interlocuteurs ne vint à son secours.) Bon sang, pourquoi les arbres ont-ils besoin d'une amie ? Et au nom de quoi m'ont-ils choisie ?

— Les arbres et leurs compagnons veulent qu'une personne de confiance parle en leur nom. Vous êtes leur élue, Faraday. Quelqu'un doit s'assurer que les arbres soutiendront Axis, l'homme chargé d'unifier Tencendor. Si les forêts manquent à l'appel, il n'y parviendra pas…

— Veremund a dit que ma seconde mission serait moins désagréable que la première. Était-ce un mensonge de plus ?

— Un jour, douce enfant, dit Yr, tu aimeras les arbres plus que la vie elle-même.

Le rôle dévolu à Faraday allait bien plus loin que de gagner les forêts à la cause d'Axis. Mais il n'appartenait pas aux Sentinelles de le lui révéler…

— Mon amie, les arbres t'ont choisie pour une raison exclusivement liée à la joie. Rien ne t'attristera, tu peux me croire.

— Pourtant, ils étaient si mélancoliques, malgré leur beauté…

— Partout en Achar, on les abat sans pitié, dit Jack, et les rares survivants ont le cœur lourd. Demain, nous t'emmènerons au lac des Ronces. Mais tu dois savoir que Timozel ne peut pas – et *ne doit pas* – venir avec nous. En ce lieu, un soldat des Haches de Guerre serait en danger de mort…

Faraday parut affolée, mais Yr la rassura.

— Nous lancerons un petit sort et il ne s'apercevra de rien, dormant à poings fermés pendant toute notre excursion. Fie-toi à nous, mon enfant.

— Ai-je le choix ? soupira Faraday. Mais si vous saviez combien je regrette d'avoir quitté Skarabost…

Sur ces mots, prononcés sans une once d'agressivité, elle tourna les talons et s'éloigna.

28

Le lac des Ronces

Quelques heures avant l'aube, cette nuit-là, Yr se glissa hors de la couverture qu'elle partageait avec Timozel, se leva et regarda autour d'elle. À quelques pas de là, Jack attendait, son bâton au poing. Leurs regards brillants se croisèrent, mais ils ne dirent pas un mot. Yr baissa les yeux sur son amant, profondément endormi avec une expression presque enfantine.

Elle posa une main sur le visage du jeune homme, le pouce plaqué sur son menton et l'index sur sa tempe. Quand une lumière bleue dansa autour de ses doigts, elle fit signe à Jack d'approcher. Il obéit, s'accroupit et appuya doucement le pommeau de son bâton sur la main de sa compagne. La lumière bleue devint dix fois plus vive, forçant le porcher et la belle Sentinelle à cligner des yeux. Alors qu'Yr se concentrait, les lèvres de Jack remuèrent en silence, comme s'il incantait.

Faraday observait la scène de loin. *Pauvre Timozel,* pensa-t-elle, *embarqué dans une aventure qu'il n'avait pas voulue. Et victime inconsciente d'un sortilège, lui qui vomit la magie !*

La jeune femme sautait nerveusement d'un pied sur l'autre. La journée à venir l'angoissait. Pourquoi la Prophétie était-elle revenue à la vie alors qu'Axis et elle arpentaient ce monde ?

Elle s'est réveillée à cause de vous, dit une voix dans la tête de Faraday. Surprise, elle remarqua que Jack la regardait. Allait-il aussi envahir son esprit ?

Quand la respiration de Timozel eut ralenti au point qu'on aurait pu le croire en catatonie, Yr se releva d'un bond, enfila sa robe, enserra fermement la ceinture, mit ses bottes et noua ses cheveux en un chignon des plus rudimentaires.

— Que lui as-tu fait ? demanda Faraday en avançant vers la Sentinelle blonde.

Yr leva les yeux et trouva que la future Amie de l'Arbre avait une mine épouvantable, même à la pâle lueur des braises du feu de camp.

— Avec l'aide du bâton de Jack, j'ai soustrait notre jeune ami au cours normal du temps. En clair, au lieu de dormir encore trois heures, il restera ainsi pendant au moins trois jours, et peut-être plus. À son réveil, il n'aura pas conscience de la durée hors du commun de sa « nuit ».

— Il sera en sécurité ? Et s'il pleuvait ou neigeait ? Ne risque-t-il pas de prendre froid ?

— Ne t'en fais pas, douce enfant. Ici, nous sommes déjà sous l'aile bienveillante du lac. Il sait que nous venons et, pour lui, Timozel, les cochons et la mule doivent bénéficier des mêmes protections que nous. Jusqu'à notre retour, elle s'occupera de lui, et il restera bien au chaud. Les cochons et la mule ne s'éloigneront pas du camp, qui sera épargné par les intempéries.

— *Elle* s'occupera ? répéta Faraday.

Pourquoi Yr employait-elle le féminin pour parler d'un lac ?

Jack s'approcha et tendit leurs manteaux aux deux femmes. Protection magique ou pas, il faisait un froid de gueux.

— Venez, la Mère nous attend.

— La Mère ? lança Faraday, de plus en plus déstabilisée.

— Faraday, dit gentiment le porcher, vous vous souvenez de votre angoisse avant d'entrer dans la salle du Portail ? (La jeune femme hocha la tête.) Et vous rappelez-vous la suite ? Votre émerveillement ?

— Oui ! s'écria Faraday, certaine que cette vision ne s'effacerait jamais de son esprit.

— Le Portail des Étoiles est un des hauts lieux magiques de Tencendor. Mais il y en a d'autres, et le lac des Ronces – ou la Mère – est du nombre. Vous êtes impliquée dans cette histoire contre votre volonté, je le sais. Mais songez aux choses extraordinaires que vous avez la chance de voir. Depuis près de mille ans, aucun membre de votre race n'a eu cet honneur.

Faraday réfléchit au discours de Jack, et se détendit très vite. Oui, elle avait contemplé le Portail des Étoiles. Et même si elle devait ne jamais le revoir, connaître son existence était déjà un privilège.

— Yr, dit-elle, je suis tellement ignorante. En chemin, me parleras-tu de Tencendor ?

Yr prit la main gauche de Faraday entre les siennes.

— Avec plaisir, douce enfant. Aujourd'hui, nous verrons une partie de Tencendor qui est restée telle qu'elle était avant que l'ordre du Sénéchal décide d'assassiner un magnifique pays.

— En route ! lança Jack. L'ascension nous prendra une grande partie de la journée.

Les deux femmes ramassèrent les deux petits paquetages que le porcher avait préparés pour elles. Avant de se mettre en route, Faraday s'agenouilla près de Timozel et lui caressa la joue.

— Repose-toi, souffla-t-elle, je serai bientôt de retour.

Jack jeta un regard circulaire dans le camp, hissa sur son épaule un sac beaucoup plus lourd que celui de ses compagnes et leur fit signe d'avancer.

Yr guida Faraday jusqu'au bout de la ravine du Cochon, où un chemin s'enfonçait dans les montagnes.

Alors que les deux femmes lui tournaient le dos, Jack s'accroupit près de Timozel et lui posa sur le visage une main qui émit immédiatement une lueur verte. Après quelques secondes, il la retira, l'air stupéfait, puis la passa dans ses cheveux, et s'autorisa une courte réflexion. Veremund avait examiné le jeune homme, dans la citadelle de la Muette, et son diagnostic était clair : un cœur pur plein de tristesse et condamné à des choix déchirants. Tout ça était là, mais il y avait quelque chose de plus. Rien d'identifiable, pour l'instant – une constatation qui mettait le porcher mal à l'aise...

Il se leva et pressa le pas pour rejoindre Yr et Faraday. Il aurait donné cher pour avoir pu choisir un autre tumulus que celui du neuvième Envoûteur-Serre ! N'importe lequel aurait été préférable, si la Prophétie l'avait autorisé. Hélas, les Sentinelles devaient suivre le chemin tracé pour eux par le prophète !

Ils avancèrent jusqu'à ce que le soleil ait dépassé le sommet des monts qui les entouraient de toutes parts. Depuis qu'ils étaient sortis de la ravine du Cochon, soucieux d'économiser leur souffle, ils n'avaient plus desserré les dents.

Faraday et Yr soupirèrent de soulagement quand le porcher ordonna une halte. Assises sur un rocher plat, elles tendirent les jambes et se les massèrent. Lasse des marches forcées, Faraday se demanda si toutes les merveilles de Tencendor étaient perchées sur le toit du monde ou enfouies au plus profond de ses entrailles.

— C'est exactement ça, dit Yr. Celles qui n'étaient pas en altitude, ou souterraines, ont été détruites.

Faraday ferma les yeux, épuisée et agacée. S'habituerait-elle un jour aux incessantes intrusions des Sentinelles dans ses pensées ?

— Elles ne sont pas incessantes, douce enfant, dit Yr. Nous nous efforçons d'être polis.

— On ne dirait pas… Au fait, quelles pensées captais-tu quand tu te promenais dans les couloirs du palais de Priam ?

— Tu détesterais le savoir, douce enfant… Crois-moi, ça ne te plairait pas.

Rembrunie, Yr pensa aux noirs secrets qu'elle avait découverts au palais et lors de ses fréquents séjours à la tour du Sénéchal. La Mère en soit louée, Axis était loin de ce nid de vipères. Et avec un peu de chance, son voyage vers le nord lui ouvrirait les yeux, le libérant d'un certain nombre de mensonges. Plus vite ce serait fait, plus aisément il trouverait son propre chemin.

Assis un peu plus haut sur le sentier, Jack observait les deux femmes, profondément soulagé qu'elles aient eu si peu de difficultés à laisser Timozel en arrière. Quand les Sentinelles avaient décidé que Faraday rejoindrait au plus vite Borneheld, le voyage était apparu comme une excellente occasion de la « former » un peu avant qu'elle soit emportée par le tourbillon des événements. Gênés par la présence inattendue de Timozel, Yr et Jack n'avaient pas pu remplir cette mission. Et la jeune femme avait encore beaucoup à apprendre avant de s'engager sur le chemin tracé pour elle par la Prophétie.

Jack vint donner à ses compagnes d'épaisses tranches de jambon, des biscuits aux raisins et des pommes séchées. Si Timozel était incontestablement une nuisance, maîtresse Renkin avait rempli son rôle au-delà de toutes ses espérances.

— Yr, pendant que nous mangeons, si tu parlais des lacs sacrés à Faraday ?

— Le lac des Ronces en fait-il partie ? demanda la jeune femme, les yeux ronds.

— Oui, douce enfant, répondit Yr avant de finir de nettoyer délicatement un trognon de pomme. Il y en a quatre et la Mère est du lot. Pourrais-tu m'en citer au moins un autre ?

Faraday se lécha les doigts, tant le jambon était délicieux. Avait-il été fumé sur un feu de tourbe séchée ou de bois ? Pour ce qu'elle en savait, les bons époux Renkin utilisaient peut-être du fumier de cochons. Se concentrant, elle invoqua une image – la plus claire possible – de cette étrange façon de préparer les salaisons.

Jack faillit s'étrangler et cracha la bouchée qu'il n'avait pas fini de mastiquer.

Faraday chassa l'image de son esprit, puis elle éclata de rire, tapant dans ses mains comme une gamine.

Les deux Sentinelles se regardèrent, penaudes d'avoir été prises sur le fait.

— Espionner n'est pas poli ! lança gaiement Faraday.

— Les lacs, chère enfant..., dit Yr en étouffant un sourire. Peux-tu m'en citer d'autres ?

— Le lac du Chaudron, dans le bois de la Muette ? Timozel m'a dit qu'il était bizarre...

— Bonne réponse, mais tu en connais un autre...

Désorientée, Faraday battit des cils.

— De quoi parles-tu, Yr ? demanda-t-elle. En Achar, il n'y a pas d'autres grands lacs, à part... Mais ce n'est pas possible !

— Notre jeune amie a trouvé ! lança Jack à Yr.

— Pas le lac Graal, quand même ?

— Et oui, chère enfant. Mais il cache sa véritable nature depuis des siècles, car il fut le plus exposé à l'œuvre maléfique des hommes. Et surtout de l'ordre du Sénéchal.

— Et le quatrième ? demanda Faraday.

— Il est situé très loin au nord, répondit Jack avec un sourire énigmatique. Selon moi, c'est le plus beau de tous.

— Yr, pourquoi ces lacs sont-ils sacrés ?

— Chacun a sa propre raison d'être, mon enfant, et ses secrets bien particuliers. Aujourd'hui, ou peut-être demain, tu découvriras pourquoi les Avars vénéraient la Mère.

« Le peuple de la forêt », se souvint Faraday. Veremund appelait ainsi les Avars, et il avait parlé des Icarii comme des « Enfants de l'Aile ». À en croire Jack, ce n'était pas une simple image, mais une réalité tangible, si incroyable fût-elle.

— Puisque les Icarii avaient des ailes, à quoi ressemblaient les Avars, également nommés le « peuple de la forêt ». Avaient-ils des feuilles en guise de cheveux ?

Ce fut au tour d'Yr et de Jack d'éclater de rire.

— Non, adorable dame, dit le porcher en se levant. Ce n'est pas ça du tout... Allons, il est temps de repartir.

Alors qu'ils recommençaient l'ascension, Faraday se souvint d'une autre révélation de Veremund. Selon lui, les Avars avaient le don de parler aux arbres...

Elle étudia les monts de la chaîne des Fougères, ainsi nommée à cause des buissons hauts et touffus qui couvraient les pentes. Autour du lac, comprit soudain la jeune femme, la végétation ne devait pas se limiter à ces plantes relativement petites...

Une partie de son anxiété revint à la surface. Depuis l'enfance, on lui enseignait de redouter les forêts et les créatures qu'elles abritaient. Si beau qu'ait été le Portail des Étoiles, se défaire de son éducation n'était pas si facile...

Piégé par le sortilège, Timozel dormait profondément.

En rêve, il redescendit le long couloir de glace, sa volonté toujours neutralisée, et approcha de la lourde porte de bois. Une voix terrifiante lui lança d'entrer, et sa main, le trahissant encore, se posa sur la poignée.

— Non ! hurla-t-il.

Mais le battant pivota en grinçant. Alors qu'il s'entrebâillait, le jeune homme retomba par bonheur dans l'inconscience.

Après plusieurs heures d'ascension, Jack, Yr et Faraday atteignirent le sommet d'une crête qui dominait le lac des Ronces – une immense étendue circulaire d'eau aux reflets émeraude qui occupait pratiquement tout le sommet déchiqueté d'une montagne. Des fougères, des ronces et d'autres buissons, souvent de la taille d'un homme, l'entouraient aux trois quarts. Le reste du périmètre était occupé par un bosquet d'arbres géants dont les cimes tutoyaient le ciel lourd de nuages.

Jack fit avancer les deux femmes vers un joli petit carré d'herbe grasse, entre l'eau et le bosquet.

Faraday fut un peu déçue et ne le cacha pas. Ce lac n'avait rien de la merveille promise par ses compagnons. En tout cas, il n'arrivait pas à la cheville du Portail des Étoiles !

De plus, après son horrible expérience du bois de la Muette, revoir des arbres la déprimait.

Consciente du trouble de sa protégée, Yr sourit pour la rassurer.

Censée devenir l'Amie de l'Arbre et l'aimer plus que la vie elle-même, Faraday se demanda si elle parviendrait seulement, au prix de gros efforts, à l'accepter. Même les chants d'oiseaux qui montaient des buissons n'apaisaient pas son angoisse.

Gagner le carré d'herbe, apparemment si proche, leur demanda une heure supplémentaire de marche – avec un peu d'escalade de temps en temps.

— Pour les Avars, dit Yr quand ils furent arrivés, cette clairière était un lieu hautement sacré. Car ils vénéraient…

— Inutile de gaspiller ta salive en explications, très chère, coupa Jack, le regard rivé sur les arbres. Pour une fois, la chance est avec nous. Regardez, la Mère reçoit la visite d'un Eubage avar…

Yr et Faraday tournèrent la tête en direction du point que fixait Jack.

— Un Eubage…, souffla Yr, stupéfaite.

Faraday plissa les yeux… et ne vit rien pendant un long moment. Alors qu'elle allait renoncer, elle aperçut l'homme qui émergeait du couvert des arbres, une enfant dans les bras.

De nouveau piégé dans son rêve, Timozel regardait la porte s'ouvrir lentement. Terrifié à l'idée qu'elle l'entraîne avec elle dans la pièce qu'elle défendait, il parvint miraculeusement à lâcher la poignée.

La personne – ou plutôt la créature – qui tirait le battant, de l'autre côté, projetait sur le sol de glace de la salle une ombre si hideuse – si floue fût-elle – que le jeune homme, poussé par l'instinct de survie, parvint à se libérer du pouvoir qui dominait son esprit.

Une nouvelle fois, il s'enfuit de justesse…

29

L'Eubage et l'enfant

Qui sont-ils ? souffla Faraday à l'oreille d'Yr.

— Silence, douce dame, répondit la Sentinelle.

Elle alla se camper près de Jack, appuyé sur son bâton, le dos bien droit.

Faraday étudia l'homme et l'enfant. Entre deux âges, un rien plus petit que le porcher – soit à peu près de la taille de la jeune femme –, l'Eubage à la peau mate et aux longs cheveux noirs arborait une musculature impressionnante. Vêtu d'une courte tunique de laine à l'ourlet orné de broderies et de hauts-de-chausses marron, il avait un visage étrangement large. Son grand front, presque proéminent, dominait un nez aquilin, des pommettes hautes et une bouche fine très mobile.

Ses yeux fascinèrent Faraday. Sombres au point de paraître totalement noirs, on eût dit deux petits étangs qui auraient vu, au fil du temps, défiler d'atroces tragédies et d'indescriptibles joies. Comptant parmi les êtres les plus séduisants que la jeune femme avait croisés, cet homme était entouré d'une aura d'altérité sauvage qui ajoutait encore à son charme.

La fillette, à peine plus qu'un bébé, appartenait à la même race que lui. Les yeux noirs, le front bombé sous ses boucles châtaines, elle sourit aux trois inconnus quand l'homme s'arrêta devant eux, à cinq ou six pas de distance.

De plus près, Faraday identifia les broderies sur la tunique de l'Eubage : une sarabande de cerfs qui donnaient l'impression de se poursuivre inlassablement.

L'air troublé, l'homme étudia les trois étrangers, puis il fit mine de parler. Mais Jack et Yr l'en empêchèrent en s'inclinant devant lui. Les mains sur le front, la Sentinelle blonde ferma brièvement les yeux. Gêné par son bâton, Jack se contenta de plaquer sa main gauche au-dessus de ses sourcils.

— Eubage, dirent-ils en chœur, nous t'honorons ainsi que tous les tiens. Puisses-tu toujours trouver de l'ombre pour te reposer et que le chemin du Bosquet Sacré te reste éternellement ouvert.

Surpris par la formule rituelle, l'Eubage sursauta de stupéfaction quand les deux Sentinelles se relevèrent, les yeux émettant une lueur émeraude ou saphir.

Ayant posé l'enfant sur le sol, il s'inclina à son tour, paumes sur le front.

— Sentinelles, dit-il, je suis honoré de vous accueillir. (Le regard indéchiffrable, il se releva et baissa les bras.) Un mélange de soulagement et d'inquiétude envahit mon cœur, car votre présence sur les berges de la Mère me confirme que la Prophétie s'est réveillée.

Il tourna la tête vers Faraday, sa perplexité évidente.

La jeune femme soutint son regard. Malgré son étrange accent, elle comprenait tout ce qu'il disait.

Adorable dame, souffla la voix de Jack dans sa tête, *les trois races vivaient jadis en Tencendor, et elles parlaient la même langue.*

Voyant Yr la foudroyer du regard, Faraday comprit qu'elle se montrait très impolie. Imitant les deux Sentinelles, elle s'inclina, paumes sur le front, et ferma un instant les yeux. Puis elle se releva et baissa les bras.

— Je suis dame Faraday, fille du comte Isend de Skarabost.

L'homme plissa le front. La présence devant la Mère d'une résidente des plaines le troublait. Cela dit, elle accompagnait les Sentinelles…

— Dame Faraday, je te souhaite la bienvenue dans le royaume de la Mère.

La fillette tirant sur ses hauts-de-chausses, l'Eubage la reprit dans ses bras.

— Elle s'appelle Shra, dit-il, et je me nomme Raum, du clan de l'Arbre Fantôme.

Quand Jack et Yr se furent présentés, le porcher désigna le sol.

— Eubage Raum, pouvons-nous nous asseoir ? Après une longue journée d'ascension, nos jambes nous font mal. Et nous aimerions te parler.

Raum acquiesçant, ils s'assirent en cercle après que Jack, Yr et Faraday se furent débarrassés de leurs sacs à dos. Heureuse d'être libérée de ce fardeau, Faraday s'étira les bras et les épaules.

Shra resta debout à côté de Raum, une main posée sur son genou droit pour assurer son équilibre.

Jack sourit à la fillette puis tourna la tête vers l'Eubage.

— L'as-tu déjà présentée à la Mère ?

— Non, Sentinelle, répondit Raum avec un regard méfiant pour Faraday. Nous venons d'arriver et il me faudra attendre le moment voulu – demain avant l'aube, pour ne rien vous cacher.

— Je comprends, Eubage… (Jack hésita une fraction de seconde.) Yr et moi avons amené Faraday ici avec la même intention. Mais ta présence nous comble de joie, et nous serions honorés que tu présentes notre amie à la Mère en même temps que Shra.

— Une femme des plaines ? s'écria l'Eubage, indigné. Elle ne connaît rien aux arbres ! *Et seuls les Avars peu-*

vent emprunter ce chemin! Sentinelle, tu ne parles pas sérieusement ?

— Eubage, un prêtre de ton envergure comprend sûrement les strophes de la Prophétie ? (L'homme hocha la tête.) Cette femme a été choisie pour la servir, et son rôle, nous en sommes certains, l'amènera à devenir l'Amie de l'Arbre. Veux-tu t'en assurer par toi-même ? Si tu ne la juges pas digne de cette mission, nous partirons sans insister.

Sous le regard agressif de l'Eubage, Faraday se tendit. Terrorisée par l'exotisme de l'homme, qui l'avait pourtant fascinée au début, elle serra les poings pour empêcher ses mains de trembler.

Raum se leva souplement et traversa le cercle pour venir s'asseoir à côté d'elle. Lui prenant la tête entre ses mains, il se pencha jusqu'à ce que ses yeux noirs, brillant d'hostilité, soient à moins d'un pouce des siens.

Alors, elle perdit connaissance.

Terrifiée, Faraday courait dans une forêt dont les arbres géants, serrés les uns contre les autres, semblaient lancés à l'assaut du ciel. Une immonde créature, indéfinissable mais mortellement dangereuse, la poursuivait dans ce labyrinthe végétal. Autour d'elle, avides de la capturer, les troncs noirs, épais et noueux, tentaient de s'arracher du sol couvert de lichen et de feuilles mortes. Leurs racines tendues vers ses pieds pour la faire trébucher, ils lui frappaient inlassablement les bras et les épaules, leurs branches vicieuses écorchant sa délicate peau blanche.

Faraday hurla de terreur. Plus elle essayait de s'arracher à ce piège, et plus il se refermait sur elle, acharné à ralentir sa course. Dans son dos, le monstre qui la haïssait et préméditait sa mort gagnait inexorablement du terrain. Car les arbres le laissaient passer, alors qu'elle devait lutter contre eux à chaque pas.

—Aidez-moi…, gémit-elle sans cesser de courir.

En réponse, les arbres maléfiques s'ingénièrent à compliquer davantage sa fuite, comme s'ils voulaient la livrer à son poursuivant. La colère prenant peu à peu le pas sur la peur, Faraday insulta mentalement les troncs et les branches. Pourquoi se dressaient-ils sur son chemin, au lieu de bloquer le passage de la bête lancée à ses trousses !

— Vous êtes méchants ! s'écria-t-elle, sans s'aviser qu'elle imitait le ton de Jack, lorsqu'il avait reproché leur comportement aux arbres, dans le bois de la Muette.

— Vous devriez m'aider ! ajouta-t-elle agressivement.

Si elle le leur demandait, lui diraient-ils où se cacher ?

Décidée à prendre tous les risques, elle s'arrêta devant un chêne géant, le frappa, ses forces décuplées par la fureur, puis s'appuya contre le tronc, les mains sur l'écorce rugueuse. Au début, rien ne se passa, mais elle se souvint des conseils que lui avait donnés Jack dans le bois de la Muette.

—Maudit arbre, écoute-moi ! cria-t-elle.

Chassant la colère de son cœur et de son esprit, elle tenta de sentir la présence du chêne sous ses paumes et de capter ses vibrations. Immergée dans sa concentration, elle parvint à oublier jusqu'aux bruits qui annonçaient l'arrivée imminente de son poursuivant.

Alors qu'elle allait renoncer, une fabuleuse sérénité l'envahit et la Chanson de l'Arbre, pleine d'amour et de compassion, commença à retentir à ses oreilles. Des larmes de repentance dans les yeux, elle demanda pardon au tronc, désolée de l'avoir frappé sous l'emprise de la colère.

Le monstre oublié, comme s'il n'avait jamais existé, Faraday se laissa bercer par le chant du chêne vénérable. Désormais, loin de l'écraser, la forêt l'enveloppait comme un cocon et la protégeait. Euphorique de se sentir tellement aimée, Faraday sourit, puis éclata de rire.

Les yeux écarquillés, Raum lâcha la tête de l'humaine et s'assit sur ses talons.

— C'était vous qui me poursuiviez, n'est-ce pas ? demanda Faraday avec un sourire entendu.

L'Eubage hocha la tête, bouleversé par ce qu'il venait de voir. Puis il se releva, reprit sa place initiale dans le cercle et regarda les deux Sentinelles.

— Elle a subi l'épreuve qu'affrontent tous nos enfants porteurs de la Promesse, dit-il d'une voix tremblante. Les Avars sont proches des arbres, comme vous le savez. Pourtant, dans nos rangs, ce test fait des ravages, alors qu'il suffit, pour réussir, de penser à demander l'aide des arbres contre le « monstre ». Ce n'est pas plus compliqué que ça. Et si peu d'entre nous survivent… La plupart des enfants meurent de terreur, sans penser à appeler les arbres au secours. Parmi ceux qui passent l'épreuve, dans la forêt d'Avarinheim, très peu peuvent ensuite entreprendre le voyage qui conduit jusqu'à la Mère.

— Comment s'en est tirée Faraday ? demanda Jack, soulagée que sa protégée ait triomphé.

Raum eut un étrange petit sourire.

— Elle s'est arrêtée, malgré la « bête » qui la traquait, attendant que les arbres chantent pour elle et chassent le danger. Aucun de nos enfants n'a jamais fait ça ! Après une vie entière de formation, seuls quelques-uns d'entre nous ont le privilège d'entendre une *petite partie* de la Chanson de l'Arbre. (L'Eubage marqua une pause, comme s'il ne parvenait pas à y croire.) Ils ont chanté pour elle ! C'est impensable, et pourtant… (Émerveillé, il dévisagea Faraday.) Que feront-ils pour elle, quand je l'aurai présentée à la Mère ?

De nouveau piégé dans le couloir, Timozel ne pouvait détourner le regard de l'ombre monstrueuse qui s'étendait sur le sol de glace, de l'autre côté de la porte.

—Qui est-ce ? demanda une voix terrifiante. (L'ombre ondula, car la créature avançait.) Qui ose perturber mon repos ?

Le sang glacé dans ses veines par la haine qui sortait de la gueule du monstre en même temps que ses paroles, le jeune soldat, hypnotisé par l'ombre qui ondulait toujours, s'entendit murmurer une réponse qu'il trouva bien trop geignarde pour un homme comme lui :

—Je me nomme Timozel, et je ne veux pas être ici…

Hélas, cette fois, la bienveillante inconscience ne l'arracha pas au cauchemar.

Raum alla chercher un baluchon sous les arbres. Revenu dans le cercle, il l'ouvrit et partagea sa nourriture avec les trois voyageurs. Faraday reconnut une partie des baies et des fruits. En revanche, elle n'avait jamais rien goûté de semblable au morceau de galette qui les accompagnait.

—Qu'est-ce que c'est ? demanda-t-elle.

—Du pain de malfari, un tubercule très répandu dans la forêt d'Avarinheim. Chez nous, le blé ne pousse pas comme dans vos plaines. Une fois le malfari broyé et séché, nous le faisons cuire dans nos fours, avec des herbes aromatiques et du fromage. En hiver, c'est notre nourriture de base.

—La forêt d'Avarinheim ? répéta Faraday, perplexe.

Ses yeux noirs joyeux et confiants, Shra trottina jusqu'à elle et lui sauta sur les genoux. En lui caressant la tête, la jeune femme répéta sa question :

—Où est-elle, votre forêt ?

Jack fit un sourire penaud à l'Eubage.

—Raum, nous n'avons pas eu le temps de la former… En fait, nous venons à peine de la rencontrer. Tu veux bien lui parler un peu de ton peuple ? En insistant sur la raison de ta présence ici, en compagnie de la fillette.

— Shra et moi sommes des Avars, dit l'Eubage avec une moue amère. Une des deux races que tu appelles les Proscrits… Nous vivons dans la forêt d'Avarinheim, qui s'étend sur presque toute la longueur des Éperons de Glace et de la chaîne des Fougères. Lors de la Guerre de la Hache, tes ancêtres nous y ont exilés. (Faraday rosit d'embarras, mais elle continua à soutenir le regard de Raum.) Tu connais notre « royaume », mais sous un autre nom : OmbreGarde, un lieu que l'ordre du Sénéchal t'a appris à redouter, comme les « monstres » qui le peuplent.

D'un geste circulaire, Raum désigna la vallée du lac des Ronces, où le crépuscule s'installait peu à peu.

— Ici, il reste quelques vestiges de notre forêt, et j'ai entendu dire qu'un bois entourait toujours le lac du Chaudron. (Jack confirma d'un hochement de tête.) Voilà tout ce qui subsiste de la *grande* forêt d'Avarinheim, qui couvrait jadis ces terres des Éperons de Glace à la baie du Grand Mur, et de l'océan Faiseur de Veuves jusqu'au fleuve Nordra. Ton peuple et toi avez ravagé la plus grande partie de notre territoire, Faraday de Skarabost.

— Ces dernières semaines, dit sèchement la jeune femme, j'ai appris que le passé pouvait s'interpréter de bien des façons.

Raum ignora l'interruption.

— Les Avars sont un peuple pacifique. Nous vivons en harmonie avec la nature, et cela nous distingue des humains, qui blessent la terre avec leurs outils pour s'emparer de tout ce qu'elle peut donner, sans rien lui offrir en échange. La Voie de la Charrue est une abomination, Faraday !

— Du calme, Raum, intervint Yr. N'accuse pas cette pauvre enfant des exactions commises au fil des siècles par son peuple.

L'Eubage acquiesça à contrecœur, le regard toujours brillant de colère.

— Sentinelle Yr, nous avons du mal à voir notre terre adorée souffrir sous le joug de la Charrue. (Il se retourna vers Faraday et adopta un ton moins agressif.) Comme je l'ai déjà dit, nous vivons en harmonie avec la terre, et selon le rythme des saisons. Nous ne voulons rien changer ni forcer, mais aider la nature et le climat autant que nous le pouvons. Parmi tout ce qui vit, nous vénérons les arbres plus que tout le reste. Pour nous, la forêt est un être pensant et nous la chérissons autant que nos familles. Nos rituels les plus sacrés visent à faciliter le passage d'une saison à une autre – un moyen de contribuer à la régénération de la terre et des bois. Certains d'entre nous ont le pouvoir de devenir des Eubages. La mission de ces « prêtres », comme tu dirais sans doute, est de s'occuper de la forêt avec plus de soin encore que les autres Avars. Et nous sommes aussi chargés de conduire les rituels qui accompagnent la ronde éternelle des saisons.

— Et parce qu'ils ont un don, vous soumettez des enfants à l'épreuve que j'ai dû subir ?

Le ton de Faraday ne laissa aucun doute sur ce qu'elle pensait de cette pratique barbare.

— Humaine, la vie est souvent cruelle. Nous pleurons les enfants qui ne survivent pas, parce que chacun d'eux est cher à nos cœurs. Mais sans Eubages pour présider aux rituels, le cycle des saisons se déréglerait et le monde périrait.

— Pourquoi les choisir si petits ? insista Faraday. Shra n'a pas plus de trois ans.

— Ceux qui ont réussi l'épreuve doivent être présentés à la Mère alors qu'ils sont encore très jeunes. Sinon, leur don ne se développe pas.

— Raum, pourquoi appelles-tu ce lac ainsi ? La Mère, je veux dire…

— Parce qu'on raconte que la vie naquit un jour dans

ces eaux, répondit l'Avar. Pour nous, c'est un lieu magique où l'existence d'un Eubage commence vraiment, après sa première naissance.

Un long moment, personne n'osa plus rien dire. Le front plissé de perplexité, Faraday brisa finalement ce recueillement :

— Raum, comment es-tu venu ? As-tu traversé la mer d'Herbe de Skarabost ?

— Oui... Presque tous les ans, nous tentons d'amener des enfants ici, pour les immerger dans les eaux de la Mère. Mais nous devons voyager de nuit, et nous montrer aussi discrets que possible, pour ne pas attirer l'attention des humains. Skarabost n'est pas une région très peuplée, et ses habitants sortent rarement après le coucher du soleil. De plus, une humaine qui vit avec les Icarii a pris l'habitude de nous aider – pas tous les ans, mais assez souvent. Étant de ta race, elle peut voyager sans se cacher, en compagnie d'un enfant ou deux, le visage dissimulé par la capuche de leur manteau. (Raum haussa nerveusement les épaules.) Mais ça reste difficile et nous n'amenons pas assez de petits ici. Dans le meilleur cas de figure, nous avons juste assez d'Eubages pour conduire les rituels. Aujourd'hui, alors que les saisons deviennent folles et que la terre agonise sous un manteau de neige et de glace qui ne devrait pas être là, nous ne sommes pas assez nombreux pour tenter de redresser la situation. Ces dernières années, alors que le danger grandissait dans le Nord, nous nous sommes efforcés de conduire beaucoup d'enfants devant la Mère. Mais c'est si difficile...

Faraday voulut poser une question sur l'humaine qui vivait avec les Icarii, mais Jack la devança avant qu'elle ait pu ouvrir la bouche.

— Eubage, de quoi parles-tu ? Que se passe-t-il dans la forêt d'Ava-rinheim ?

— Depuis deux ans, et particulièrement cette année, les Skraelings venus du nord sont de plus en plus nombreux à rôder à la lisière de notre forêt. Ayant une peur mortelle des arbres, ils ne nous font pas de mal, mais leur présence reste inquiétante. De plus, comme chacun peut le voir, le climat devient fou un peu partout, comme s'il devait bientôt mourir. Parmi les Avars et les Icarii, certains disent que la Prophétie du Destructeur s'est éveillée. Nous ne voulions pas y croire, mais votre présence et vos récits prouvent que Gorgrael est vraiment venu au monde et qu'il s'apprête à dévaster le Sud. Sentinelles, avez-vous le droit de me dire si vous avez trouvé l'Homme Étoile ? Et savez-vous s'il nous sauvera ?

Faraday voulut répondre, mais Jack la fit taire d'un regard glacial.

— Eubage Raum, il est encore prisonnier des mensonges qui lui lient les mains. Il faudra encore beaucoup de saisons pour qu'il puisse voler au secours de Tencendor. Nous ne pouvons rien faire, à part nous fier à la sagesse de la Prophétie.

— Eubage, dit Yr, je crains que les Skraelings, aux ordres de Gorgrael, déferlent sur le nord d'Ichtar dès cet hiver. Et je doute que les Acharites parviennent à les arrêter. Crois-tu que les Icarii consentiraient à les aider ?

Raum se massa longuement le front. Un instant, Faraday crut voir deux petites protubérances osseuses briller au milieu de son épaisse chevelure. *Un simple jeu de lumière*, pensa-t-elle, certaine de s'être trompée.

— Les Acharites accepteront-ils qu'ils luttent à leurs côtés, Sentinelle ? Ou massacreront-ils les Enfants de l'Aile dès qu'ils les verront ?

En entendant ces mots, Faraday se demanda si elle n'aurait pas plus d'un rôle à jouer, une fois au fort de Gorken.

— Je me nomme Timozel, souffla le jeune soldat, et je ne veux pas être ici.

Il ferma les yeux, soulagé que ses paupières lui obéissent encore, à l'inverse de ses membres. Pas question qu'il voie le monstre qui allait apparaître derrière la porte !

— Timozel, dit l'ignoble voix avec une lenteur terrifiante, comme si ses cordes vocales avaient du mal à former un nom aussi exotique, tu es un joli garçon. Quel chemin magique as-tu suivi pour venir à moi ?

De quoi parlait cette créature ? Timozel n'en savait rien et il s'en fichait, concentré sur un unique objectif : ne pas ouvrir les yeux. Ainsi, s'il devait être tué devant cette porte, il ne le saurait pas avant l'instant fatal.

— Timozel, voudrais-tu être mon ami ? J'aimerais tant avoir un Hache de Guerre pour compagnon.

La requête était tellement étrange et si inattendue que le jeune homme ouvrit les yeux. Découvrant la créature la plus laide et écœurante qu'il eût jamais vue, il cria si fort que la bienveillante inconscience l'emporta de nouveau loin de son cauchemar.

30

La mère

La nuit tombée, Raum conseilla à Faraday de garder Shra avec elle et de dormir un peu avant la cérémonie, qui aurait lieu très tôt le lendemain. La jeune femme consulta Jack et Yr du regard. Quand ils lui eurent dit de se fier aveuglément à l'Eubage, elle se leva, la fillette dans les bras, puis alla s'enrouler dans une couverture, un peu à l'écart du feu de camp où les deux Sentinelles s'étaient lancées dans une grande conversation avec l'Avar.

Quelques heures plus tard, ce dernier vint la réveiller.

— Il est temps, souffla-t-il.

Faraday s'assit et se frotta les yeux. Quand la couverture glissa de ses épaules, elle frissonna, surprise par le froid. Cette nuit-là, dans un ciel dégagé, des milliers d'étoiles brillaient au firmament et la pleine lune flottait paresseusement au-dessus des pics.

La jeune femme réveilla Shra. Sans se plaindre, l'enfant lui passa les bras autour du cou et se laissa docilement soulever du sol.

— Où sont Jack et Yr ? demanda Faraday.

Raum désigna les arbres. À la lisière du bosquet, les deux Sentinelles attendaient, assises le dos contre un tronc.

— Ces deux-là ne nous dérangeront pas, dit Raum. À présent, ne prononce plus un mot, sauf si je t'y invite. Tu es prête ?

Faraday hocha la tête.

— Alors, suis-moi.

Raum partit en direction du lac. À vingt pas de l'eau, il s'arrêta et se tourna vers la jeune femme et la fillette.

— Nous devons retirer nos vêtements, dit-il. La Mère exige que nous allions à elle nus comme au jour de notre naissance.

Faraday voulut protester, mais l'Eubage la foudroya du regard, indiquant clairement que cette condition n'était pas négociable.

Résignée, la jeune femme débarrassa Shra de sa tunique et de ses hauts-de-chausses, puis elle la déposa sur le sol, où elle ne broncha pas, et entreprit de retirer sa robe. Quand ce fut fait, saisie par le froid, elle eut instantanément la chair de poule. Sans que l'Eubage le lui eût demandé, mais certaine que ça s'imposait, elle défit ses cheveux et les laissa cascader librement dans son dos.

Après avoir repris Shra dans ses bras, elle avança en évitant soigneusement de poser les yeux sur la nudité de Raum. Par bonheur, en pleine nuit, il ne pouvait sûrement pas voir qu'elle était rouge comme une pivoine.

Qu'aurait dit Merlion, si elle l'avait surprise ainsi ? pensa-t-elle soudain. Évoquer sa mère fit aussitôt perler des larmes à ses paupières, mais elle les chassa en battant des cils. La fillette serrée contre sa poitrine, elle suivit l'Eubage jusqu'au bord du lac.

— Surtout, rappela-t-il, pas un mot, sauf si je le demande. Pose Shra, à présent. Pour ce qui va suivre, elle devra réussir à tenir debout seule.

Alors qu'elle obéissait, Faraday vit l'Eubage se pencher et ramasser quelque chose sur un grand rocher plat, à ses pieds. Les yeux écarquillés, elle constata qu'il tenait un gros lièvre dans la main gauche et un couteau en os dans la droite.

L'Eubage la regardant froidement dans les yeux, elle se mordit les lèvres pour s'interdire de parler. Même si les battements de ses longues oreilles indiquaient qu'il était toujours vivant, l'animal ne bougeait pratiquement plus.

—Merci, souffla Raum, pour le sacrifice que tu consens à faire pour nous. Cette nuit, nous nous unirons à la Mère…

Appuyant la lame sur le poitrail du lièvre, Raum y fit une longue incision. Du sang jaillit de la plaie, presque noir sous la pâle lumière de la lune. Raum en recueillit au bout de ses doigts et se pencha vers Shra.

—Avec ce sang librement offert par notre ami le lièvre, je te lie à la Mère. Jures-tu de la servir, de l'assister et de ne jamais la trahir ?

—Je le jure…, répondit Shra.

Les premiers mots que Faraday entendait sortir de ses lèvres…

—Alors, dit Raum, puisse le chemin qui mène au Bosquet Sacré être toujours ouvert pour toi, Shra.

Il passa ses doigts couverts de sang sur le visage et la poitrine de l'enfant, y dessinant trois lignes droites verticales parallèles.

—Par ce sang, tu es liée… (L'Eubage se tourna vers Faraday.) Avec ce sang librement offert par notre ami le lièvre, je te lie à la Mère. Jures-tu de la servir, de l'assister et de ne jamais la trahir ?

La jeune femme pensa aux dix-huit années de sa vie passées dans une absolue dévotion pour Artor et l'ordre du Sénéchal. Comment pouvait-elle se retrouver dans une situation aussi… aberrante ? Ouvrant la bouche pour prêter serment, elle ne parvint pas à prononcer un mot. Le souffle court, elle envisagea de s'enfuir à toutes jambes et de courir jusqu'au bout du monde, s'il le fallait.

Alors qu'elle allait se libérer du regard hypnotique de Raum, elle se souvint de ce qu'elle avait éprouvé devant le Portail des Étoiles. Ce jour-là, face aux mystères des Proscrits, l'insignifiance d'Artor lui était apparue avec une aveuglante clarté. La vie était plus complexe, et cent fois plus belle, que ne le postulait la Voie de la Charrue prônée par l'ordre du Sénéchal.

— Je le jure, dit-elle enfin.

Raum replongea ses doigts dans le sang, les posa sur le front de Faraday et dessina trois lignes droites. Celle du centre courait sur son nez et sa bouche pour mourir à la pointe de son menton ; les deux autres descendaient le long de ses joues jusqu'à l'arrondi de sa mâchoire.

— Alors, dit Raum, puisse le chemin qui mène au Bosquet Sacré être toujours ouvert pour toi, Faraday. (Il traça trois lignes semblables sur sa poitrine, la première jusqu'à son sternum, les deux autres passant sur ses seins.) Par ce sang, tu es liée…

Faraday ferma les yeux, révulsée par le contact sur sa peau du fluide vital qui lui rappelait le pire moment de sa vision dans le bois de la Muette.

Lorsqu'elle releva les paupières, Raum la dévisageait toujours, une sincère compassion dans les yeux. Il devinait les sentiments que le sang avait éveillés en elle, comprit-elle.

Comme si la Mère, en cadeau de bienvenue pour sa nouvelle fille, lui communiquait de la force, du courage et une certitude absolue, la jeune femme sentit ses doutes et ses angoisses se volatiliser.

— Faraday, souffla Raum, me feras-tu l'honneur de tracer sur mon corps le signe de la Mère ?

Toutes ses réticences oubliées, comme le froid qui la faisait frissonner un instant plus tôt, Faraday plongea les doigts dans la poitrine béante du lièvre et s'aperçut, non sans sursauter, que le cœur de l'animal battait toujours. D'une main sûre, elle dessina sur le visage et le torse de l'Eubage les lignes rituelles, puis lui sourit.

— Puisse ce sang raviver ton lien avec la Mère, dit-elle, et tes pieds ne jamais s'écarter du chemin qui mène au Bosquet Sacré.

Raum sourit également, ravi qu'elle ait su d'instinct les mots qu'il fallait prononcer. Baissant la main vers le lièvre, il enfonça les doigts dans sa poitrine et lui arracha le cœur.

— Mère, que le sang jailli de ce cœur t'incite à te réveiller pour nous, cette nuit !

L'Eubage jeta l'organe encore palpitant dans le lac. Dès qu'il y eut disparu, une lueur émeraude monta des eaux, leur donnant l'aspect d'une pierre précieuse géante nichée dans un écrin de roche et de végétation. Bouleversée par la beauté de ce spectacle, Faraday ne put étouffer un petit cri.

Raum se tourna vers elle, lança au loin la dépouille du lièvre, et posa une main sur l'épaule de la jeune femme.

— Contemple la Mère, dit-il, la même lueur émeraude dans le regard.

Les yeux rivés sur le lac, Faraday devina qu'il illuminait les montagnes environnantes comme en plein jour. Dans le ciel, même les étoiles devaient refléter sa glorieuse lumière. Sentant le pouvoir tapi au fond des eaux l'appeler, la jeune femme se tourna vers l'Eubage, une question muette sur les lèvres.

— Oui, murmura-t-il, il est temps de te présenter à la Mère. (Il se baissa et prit Shra dans ses bras.) Prends ma main, Faraday, et marche avec moi vers la Mère et le Bosquet Sacré. Bienvenue, mon enfant !

Glissant sa main dans celle de Raum, la jeune femme entra dans le lac.

De nouveau plongé dans son cauchemar, Timozel luttait de toutes ses forces pour s'enfuir. Il combattit jusqu'à ce que son cœur menace d'exploser dans sa poitrine – sans que cela fasse l'ombre d'une différence.

La créature, un hideux mélange d'homme, d'oiseau et de bête, se dressait devant lui, le dominant d'une tête, et cinq bonnes fois plus musclée que lui. Ses yeux argent brillant de puissance, elle tendit de nouveau une main (ou une patte griffue ?) apparemment pacifique.

— Timozel, veux-tu être mon ami ?

Certain que sa dernière heure avait sonné, le jeune soldat rassembla ce qu'il lui restait de courage.

— Non ! cria-t-il. Plutôt qu'être ton ami, je préfère brûler jusqu'à la fin des temps dans les fosses de l'Après-Vie.

Le monstre rugit de fureur et ses mains, effectivement griffues, se tendirent vers l'insolent.

Quand ils entrèrent dans l'eau, Faraday n'éprouva aucune sensation d'humidité ou de froid. Un fantastique pouvoir montait du lac, et elle se demanda ce qu'elle ressentirait quand elle y aurait plongé. Raum lui serra plus fort la main, comme pour la rassurer, mais elle lui sourit, parfaitement sereine, et continua d'avancer à ses côtés. Ses petits bras potelés tendus vers l'eau, Shra gigotait en riant de joie. À mesure qu'ils progressaient, la lueur verte montait le long de leurs corps, puis elle s'arrêta au niveau de leurs poitrines. Shra toujours dans ses bras, Raum l'avait soulevée afin que sa tête émerge de la ligne de pouvoir.

— Venez, dit-il simplement avant de plonger dans l'eau qui n'en était plus, entraînant l'enfant et l'humaine avec lui.

Faraday n'eut aucune angoisse quand la surface du lac se referma au-dessus de sa tête. Ses poumons s'emplissant toujours d'air, elle découvrit, lorsqu'elle ne sentit plus le fond sous ses pieds, qu'elle marchait en suspension au cœur de la lumière émeraude. Émerveillée, elle regarda alentour et vit que Raum et Shra, comme elle, étaient enchâssés dans la lueur. De la berge et du ciel nocturne, il ne restait plus aucune trace…

L'Eubage fixa un moment la jeune femme, le sang du lièvre presque noir sur sa poitrine et son visage. Faraday lui sourit, puis détourna le regard et continua à s'enfoncer dans la lumière. Peu à peu, elle s'avisa que la lueur devenait plus sombre à certains endroits – comme voilée – et plus vive à d'autres. Surprise d'avoir toujours le sentiment de marcher sur la terre ferme, elle baissa les yeux et découvrit que ses pieds foulaient une herbe luxuriante qui lui arrivait aux chevilles. Autour d'elle, le lac avait disparu, remplacé par un cercle de grands arbres. Désormais, Raum, Shra et elle avançaient sur un étroit chemin forestier. Dans le ciel, les étoiles brillaient, symboles d'un pouvoir bien au-delà de la portée d'un être humain, si important fût-il.

Faraday rayonnait de satisfaction. Ivre de joie, elle prit une grande inspiration, et pensa à ses dernières expériences. Après avoir vu le Portail des Étoiles, elle avait pu contempler le lac des Ronces – et, mieux encore, s'y immerger. Une avalanche de bénédictions !

Sentant la béatitude de la jeune femme, Raum leva la main qui tenait celle de Faraday et la pressa un moment contre sa poitrine musclée. Les bras tendus, Shra saisit les deux adultes par les poignets et ils rirent ensemble d'allégresse.

Comme Faraday l'avait deviné, le chemin les conduisait vers le bosquet qu'elle avait vu en rêve. Mais cette fois, ce serait bien réel.

À la lisière du cercle d'arbres, Raum leva la main pour indiquer à ses compagnes d'attendre là. Puis il avança vers le centre du bosquet, leva les bras, paumes tournées vers le ciel, et incanta d'une voix forte et claire.

— Enfants Sacrés de la Corne, les fils d'Avarinheim vous envoient leurs salutations. Permettez-moi de vous présenter Shra et Faraday, qui ont surmonté l'épreuve de la terreur, dans la forêt, avant d'être purifiées et bénies par la lumière de la Mère. (Il se retourna et fit signe à ses compagnes de le rejoindre.) L'enfant grandira et deviendra forte, afin de marcher sur les chemins d'Avarinheim, où elle servira fidèlement la Mère et vous-mêmes, Enfants Sacrés de la Corne ! La femme traversera les ombres de la Prophétie du Destructeur et, si elle ne faillit pas, nous guidera jusqu'à la lumière. Enfants Sacrés, montrez-vous, accueillez Shra et Faraday, et accordez-leur votre bénédiction. Car toutes les deux auront besoin de votre courage et de votre force.

Debout près de l'Eubage, Faraday trembla au contact du pouvoir qui émanait du bosquet. Entre les arbres, elle aperçut des silhouettes et sentit des regards glisser lentement sur sa nudité. Bizarrement, elle n'éprouva aucune peur, submergée par une exaltation que Raum partageait visiblement. Tendant la main, elle osa toucher le crâne de l'Avar, à l'endroit où elle avait cru voir des excroissances osseuses. Oui, il y avait bien des embryons de cornes – une promesse à peine naissante, plutôt…

— Je prie chaque matin et chaque soir pour avoir un jour ma place parmi les Enfants Sacrés, dit Raum en se tournant vers elle.

— Et tu l'auras, oui, tu l'auras…, lui répondit Faraday avec un sourire.

Elle baissa le bras et regarda de nouveau le bosquet. Neuf Enfants Sacrés formaient désormais un demi-cercle autour de leurs trois visiteurs. Pratiquement nus, n'était le pagne dissimulant leur virilité, le corps lourdement musclé, tous arboraient une magnifique tête de cerf surmontée de majestueux andouillers. Une fourrure marron foncé ou noire couvrait leurs épaules et cascadait jusqu'au milieu de leur dos.

Le seul Enfant Sacré qui se démarquait du lot – à cause de sa fourrure argentée – s'avança vers Faraday et riva sur elle des yeux noirs identiques à ceux de Shra et de Raum. Mais beaucoup plus de pouvoir y brillait, comme un impossible soleil dans un ciel nocturne.

Il tendit une main amicale.

— Bienvenue, Shra et Faraday, dit-il d'une voix profonde. Raum, te revoir est une joie, car tu nous sers avec tant de loyauté, dans la forêt d'Avarinheim ou sur les berges de la Mère.

L'être se pencha, frotta ses joues contre celles de l'Eubage, puis prit Shra dans ses bras pour la gratifier du même salut rituel. Enfin, il vint se camper devant Faraday.

— Amie de l'Arbre, te voir parmi nous remplit nos cœurs d'une indicible joie.

L'Enfant Sacré saisit les mains de l'humaine, se pencha et la salua à sa curieuse façon.

— Puis-je rester ? demanda Faraday, la peau des joues frissonnant encore délicieusement de ce bref contact.

Sa question, elle le savait, était d'une rare audace. De toute manière, elle connaissait la réponse…

— Tu reviendras un jour, répondit l'être, quand tu auras rempli ta mission, et que ton temps sur ce monde sera écoulé. Alors, si tu le souhaites encore, tu pourras rester.

Bouleversée par le ton de l'Enfant Sacré, vibrant de toute la puissance d'une bénédiction, Faraday, certaine de la sincérité de cette promesse, pleura de joie et de soulagement.

— En attendant, ajouta l'être, tu pourras venir chaque fois que tu le désireras.

— Merci…, souffla la jeune femme alors que l'Enfant Sacré lui lâchait les mains.

Il se tourna vers un de ses jeunes compagnons et prit l'objet qu'il lui tendait.

— Amie de l'Arbre, accepte ce talisman, qui t'aidera à devenir la personne que tu dois être pour accomplir ton destin. Il te permettra aussi de nous trouver, même si tu es très loin d'ici. Développe ta force et ton intelligence, ma fille, et ne cesse jamais de servir loyalement la Mère.

L'Enfant Sacré tendit à Faraday une coupe presque plate qui, plus que sculptée par un outil, semblait avoir poussé sous cette forme. Son bois rouge brillant faiblement à la lumière de la lune, l'objet diffusait une étrange chaleur dans les paumes de la jeune femme.

— Merci, souffla Faraday, émerveillée qu'on lui fasse un tel cadeau.

À cet instant, une étoile filante traversa le ciel nocturne, juste au-dessus de leurs têtes.

— Mon jeune frère, dit l'Enfant Sacré à Raum, il reste peu de temps. Va en paix, prends garde à toi et veille sur cette fillette. En ces temps périlleux, vous êtes trop peu nombreux… (Il s'accroupit devant Shra.) Bonne chance, petite sœur. Sers fidèlement la Mère et apprends à chanter pour la terre et la Danse des saisons. Si tu y mets tout ton cœur, ce sera peut-être ta voix qui fera la différence…

— J'apprendrai…, déclara gravement Shra.

Raum et l'Enfant Sacré lui sourirent paternellement.

— Elle ne nous décevra pas, affirma l'être à la fourrure d'argent avant de se tourner vers Faraday. Sois loyale et courageuse, humaine. (Il caressa le front de la jeune femme, qui sentit une décharge de pouvoir circuler dans tout son corps.) Tu en auras besoin !

Sur ces mots, il se détourna. L'instant d'après, dans le bosquet redevenu désert, Raum se tourna vers ses compagnes.

— Il est temps de partir, dit-il simplement.

Cette fois, l'inconscience ne sauverait plus Timozel. Déchiré par la haine du monstre, le voile d'obscurité explosa et deux mains griffues saisirent le jeune soldat à la gorge pour l'attirer dans la caverne de glace que la bête tenait pour son foyer.

— Fuir est impossible ! cracha la créature. Si tu me refuses ton amitié, tu devras me servir de la même façon que les autres…

Contraint de s'agenouiller, Timozel se recroquevilla sur lui-même. Mais une main le tira par les cheveux et l'obligea à relever les yeux.

Le monstre se pencha vers sa proie, des traînées de bave jaunâtre dégoulinant de son énorme langue pour venir s'écraser sur le sol.

— Timozel, tu es vraiment très beau ! Oui, je crois que tu me serviras bien…

Dans sa tête, le jeune homme sentit une force comme il n'en avait jamais connu s'emparer de sa volonté pour lui imposer de prêter allégeance à la créature qui se dressait devant lui. Résister serait impossible, comprit-il. Sauf si…

— Je ne peux pas vous servir !

— Que veux-tu dire ? demanda le monstre, de la fureur dans ses yeux rouges.

— J'ai déjà juré fidélité… à… quelqu'un d'autre.

Le monstre se redressa de toute sa taille et laissa libre cours à sa rage. Rudement secoué, tel un rat dans la gueule d'un chien de chasse, Timozel crut que ses muscles et ses tendons ne résisteraient pas.

— À qui as-tu prêté serment ? hurla la bête.

Timozel secoua la tête. Malgré tout son pouvoir, la créature ne le forcerait pas à répondre, car cela aurait brisé son lien avec Faraday – indestructible tant qu'il vivrait.

— Écoute-moi, vermine pourrissante ! Si tu étais libéré de cet engagement, passerais-tu à mon service ? Eh bien, j'attends ta réponse ?

De nouveau secoué, Timozel sentit son cou se plier si peu naturellement qu'il craignit que ses vertèbres se brisent. Des points rouges dansèrent devant ses yeux, et la force mentale qui écrasait sa volonté se fit plus insistante encore.

Vaincu, il renonça à toute velléité de résistance.

— Oui, je le jure ! cria-t-il, se haïssant lui-même plus qu'il vomissait son tortionnaire. Si je suis dégagé de mon allégeance actuelle, je promets de ne pas choisir d'autre maître que vous.

Gorgrael eut un ignoble rictus. Depuis le début, il savait sa victoire certaine.

— L'Homme Sombre est témoin de ce que tu dis, lâcha-t-il en désignant une silhouette, derrière lui. Timozel, ces paroles te lient à Gorgrael. À la minute où tu retrouveras ta liberté, tu m'appartiendras corps et âme.

Satisfait, Gorgrael lâcha enfin sa proie.

Le Destructeur se tourna vers l'homme encapuchonné debout derrière lui.

— C'est toi qui l'as poussé sur le chemin de ce rêve, pour qu'il m'y trouve ?

Gorgrael sentit le sourire de l'Homme Sombre plus qu'il ne le vit.

— Alors, mille fois merci !

La tête baissée, l'homme accepta humblement ce témoignage de gratitude.

— Tout se passe à merveille, souffla-t-il.

— Resteras-tu un peu avec moi ?

— Non. Tu sais que le devoir m'attend ailleurs. Mais tout ira bien.

Sous le regard de Gorgrael, la créature encapuchonnée se volatilisa.

Autour d'eux, la lumière verte s'épaississait, les enveloppant dans un cocon où ils se seraient volontiers réfugiés jusqu'à la fin des temps, loin du monde et de ses terreurs.

Leur destination presque atteinte, ils aperçurent la lueur des étoiles, à travers une voûte liquide, puis crevèrent la surface de l'eau à une quinzaine de pas des berges du lac. Raum et Faraday ayant pied, ils soulevèrent Shra par les aisselles et la portèrent jusqu'à la terre ferme.

Jack et Yr se précipitèrent vers eux et les enveloppèrent dans des couvertures avant qu'ils aient le temps de claquer des dents.

La coupe en bois serrée contre son ventre, Faraday s'abandonna avec joie à la sollicitude des Sentinelles.

Épuisés, Raum, Shra et Faraday dormirent jusqu'à midi. Quand ils furent enfin debout, l'Eubage et la fillette se préparèrent aussitôt à partir pour la forêt d'Avarinheim.

— Soyez prudents, dit Faraday après les avoir serrés dans ses bras. Surtout, ne vous laissez pas capturer par les habitants des plaines !

— Nous voyageons la nuit, dit Raum avec un petit sourire, et les humains sont aveugles dans l'obscurité.

— Écoute ses conseils, Eubage, dit Yr, l'air grave. Les Haches de Guerre, en route pour Sigholt, puis le fort de Gorken, s'arrêteront quelques jours à Smyrton. Fais très attention lorsque vous passerez par là, sur le chemin de la forêt…

Jack, Yr et Faraday partirent un peu plus tard dans l'après-midi, et atteignirent leur camp longtemps après la tombée de la nuit. Tout était comme au moment de leur départ. Entouré par la mule et les cochons, Timozel dormait à poings fermés dans sa couverture.

Yr se déshabilla, se pelotonna contre lui et le libéra du sortilège.

— Demain matin, il se réveillera comme si de rien n'était, souffla-t-elle.

Jack et Faraday allèrent également s'allonger. Tous dormirent bien, comme si aucun danger ne les menaçait.

31

Smyrton

Le premier jour du mois du Gel, presque trois semaines après la traversée des cols de la chaîne des Fougères, le Tranchant d'Acier, marchant en tête de ses hommes, entra à Smyrton, un des plus gros villages de Skarabost.

Axis était encore en mesure d'atteindre le fort de Gorken au début du mois de la Neige, mais ce serait difficile. À cause de la neige, justement, la progression des Haches de Guerre en Skarabost n'avait pas été aussi rapide que prévu. Et d'autres obstacles s'étaient dressés sur leur chemin. La route la plus directe entre les montagnes et Smyrton aurait contraint la colonne à approcher du territoire du comte Isend, au sud de la province. Un peu moins désespéré par la mort de Faraday – l'effet inéluctable du processus de deuil –, Axis restait torturé par la culpabilité. Même si Isend était toujours à Carlon, il se voyait mal expliquer à ses deux filles aînées comment il avait perdu leur mère et leur sœur, placées sous sa garde. Pour s'éviter cette épreuve, il avait imposé à ses troupes un détour par l'Est, allongeant le voyage d'une journée entière.

En soi, ce n'était rien de notable. Mais ce changement d'itinéraire fit passer les Haches de Guerre par un village qu'une « horde » de bandits terrorisait depuis des mois. En deux jours, Axis et ses hommes étaient venus à bout de ces sinistres individus – en réalité, une soixantaine de malfrats beaucoup moins courageux dès qu'ils ne s'en prenaient plus à des fermiers désarmés. Cet incident venant s'ajouter à la rudesse inattendue du climat, la colonne avait atteint Smyrton avec six jours de retard sur sa feuille de route.

Depuis son coup de bluff, la nuit de *Belle ma mie*, Gorgrael ne s'en était plus pris aux Haches de Guerre. Si anormal qu'il fût, si tôt dans la saison, le temps épouvantable qui attendait Axis à Smyrton n'avait rien de surnaturel.

La manière dont il avait repoussé le deuxième assaut du Destructeur rassurait le Tranchant d'Acier. Cette fois, il s'en était tiré sans recourir aux étranges chants qui continuaient pourtant à tourner dans sa tête.

Alors qu'il entrait dans le bourg, Axis pensait à tout autre chose que ces curieuses manifestations musicales. Semblable à tous les villages qui se dressaient le long des plaines de Skarabost, Smyrton s'en distinguait par sa taille, légèrement supérieure à la moyenne. De quoi s'étonner, quand on songeait à la proximité de la vallée des Proscrits. Mais il y avait une explication : dans les régions frontalières – et dangereuses – les taxes réduites attiraient une grande quantité de paysans et de commerçants.

Même dans cet avant-poste perdu loin de la civilisation, les champs environnants étaient soignés avec compétence et amour. Parfaitement entretenue et déneigée, la rue principale qui traversait le village n'avait rien à envier à celles des villes et même de certaines capitales.

Smyrton était composée d'environ soixante-dix maisons, toutes entourées d'un jardin potager, d'un poulailler et d'un enclos à cochons. De très jolies clôtures blanches, bucoliques à souhait, empêchaient les enfants et les animaux de s'aventurer sur la route.

L'essentiel des bâtisses se pressait autour du foyer de l'Adoration, où la population se retrouvait toutes les fins de semaine pour assister au saint service de la Charrue. Étant le plus grand édifice, et le plus solide, ce lieu de culte servait aussi de tribunal, de prison, de mairie et d'ultime bastion en cas d'attaque. La résidence du gardien de la Charrue s'y adossait, jouxtée d'un côté par un cimetière presque engageant à force d'être l'objet de soins attentifs. En arrivant sur la place du marché, le seul lieu susceptible de connaître un peu d'animation, Axis se demanda comment on pouvait supporter de vivre dans un coin du monde si isolé.

Un petit groupe de villageois, très excités, formait l'inévitable comité d'accueil. Campé devant ses ouailles, le gardien de la Charrue, gonflé d'importance, avait l'air franchement ridicule dans l'ample soutane que le vent violent entortillait sans cesse autour de ses jambes. Les joues rouges de froid – ou peut-être d'exaltation, nul ne pouvait le dire –, le saint homme sautait d'un pied sur l'autre comme un gamin énervé.

Axis tira sur les rênes de Belaguez, le talonna légèrement pour qu'il effectue un impeccable quart de tour, puis sauta souplement de selle devant ses hôtes. Cette démonstration, un rien puérile, il devait en convenir, le remplit d'une intense satisfaction.

Comme il l'avait prévu, la plupart des villageois, craignant que l'étalon les percute, s'étaient hâtés de reculer de deux ou trois pas. Le regard dédaigneux, une femme remarquablement belle pour une campagnarde, avait tenu son terrain sans broncher. Un comportement étonnant que le Tranchant d'Acier ne manqua pas de noter avant d'aller congratuler le gardien de la Charrue.

— Frère Hagen, Jayme vous salue et vous remercie de vos rapports, si précieux pour les têtes pensantes de l'ordre du Sénéchal.

Rayonnant de fierté, Hagen se fendit d'une révérence.

— Je suis stupéfait, et honoré, que le frère-maître ait envoyé le Tranchant d'Acier en personne enquêter sur ces affaires. (Il jeta un regard inquiet à la colonne immobile derrière son chef.) Mais j'ai peur, noble officier, que notre village soit un peu… petit… pour offrir l'hospitalité à tant de Haches de Guerre.

Axis eut un sourire rassurant. À l'évidence, Hagen redoutait que les soldats dévorent jusqu'aux maisons avant de repartir.

— Nous camperons assez loin d'ici, mon bon Hagen. À part un peu d'eau, nous ne vous demanderons rien, car mes troupes voyagent avec leurs propres provisions.

Le gardien ne cacha pas son soulagement.

— Dans ce cas, Tranchant d'Acier, puis-je vous inviter dans ma modeste demeure ? S'il n'y a pas assez de lits pour tous ces vaillants guerriers, vos officiers et vous dormirez avec un toit sur la tête.

— Mes officiers et moi coucherons à la dure, comme nos hommes, frère Hagen. (Axis vit de la surprise dans le regard de la superbe femme.) Mais j'accepterai volontiers de partager votre repas, ce soir. Je crois que nous avons beaucoup à nous dire…

En refusant en bloc son hospitalité, Axis aurait vexé le frère. Une entrée en matière exécrable, quand on entend tirer un maximum d'informations de quelqu'un.

— Une très bonne idée, Tranchant d'Acier ! Puis-je vous présenter quelques uns de mes excellents concitoyens ?

Axis sourit poliment, pressé d'en finir avec ces mondanités assommantes.

Hagen fit signe d'avancer à deux hommes entre deux âges.

— Tranchant d'Acier, voici maître Hordley. (Le gaillard corpulent aux cheveux gris inclina la tête.) Et maître Garland. (L'autre type, un chauve à la peau rougeâtre, salua à son tour Axis.) Ce sont les doyens du village, et voici leurs épouses.

Les femmes, plutôt rondelettes, esquissèrent une révérence. Alors que le frère lui présentait un certain Miller Powle, aussi grand et maigre que son fils nommé Wayland, Axis tourna la tête vers la femme au regard hautain.

Les campagnards de Skarabost avaient en général la peau blanche et des cheveux blonds ou châtain clair. Avec ses longs cheveux noirs, sa complexion franchement laiteuse et des yeux bleus, cette beauté arborait plutôt l'exotisme typique des natives de Nor. Et si elle portait la robe de laine et le tablier classiques dans ces régions, le choix de la couleur – un bleu clair assorti à ses pupilles – témoignait d'un goût certain pour l'originalité.

— Oui, oui…, fit Hagen, embarrassé. Tranchant d'Acier, je vous présente Azhure, ma fille.

Axis ne parvint pas à cacher sa surprise. En général, le Sénéchal encourageait les frères au célibat, afin qu'ils se consacrent à leur mission. Ceux qui dérogeaient à cette règle non écrite – le plus souvent des gardiens de la Charrue provinciaux – épousaient presque toujours une fille du cru. À voir Azhure, Hagen avait dû chercher loin pour se trouver une femme. Ce peuple étant connu pour la beauté de ses filles, et surtout pour un certain laxisme en matière de mœurs et de morale, très peu d'Acharites, compte tenu de leur conservatisme foncier, auraient accepté d'avoir sous leur toit une compagne originaire de Nor. Et les Noriens s'aventuraient rarement dans cette région d'Achar…

S'avisant qu'il dévisageait Azhure avec une rare impolitesse, Axis se concentra de nouveau sur Hagen et les autres villageois.

— Bonnes gens de Smyrton, dit-il, je suis ravi de vous rencontrer. Mon nom est Axis Rivkahson, et voici Belial, mon second.

Pendant le voyage, le Tranchant d'Acier avait décidé d'accepter le premier et hélas dernier cadeau de Faraday :

un nom qui niait avec panache la prétendue indignité de sa naissance. En souvenir de la jeune femme, il le porterait désormais comme une médaille d'honneur.

Contrairement aux autres villageois, Hagen et Azhure trahirent leur stupéfaction. Membre de l'ordre du Sénéchal, le frère ne pouvait ignorer le scandale lié aux origines du Tranchant d'Acier, et il avait dû en parler à sa fille.

Imperturbable, Axis soutint le regard du gardien de la Charrue – qui s'empourpra, soudain conscient de la grossièreté de sa réaction.

— Tranchant d'Acier…, dit-il, mal à l'aise, votre second et vous avez sans doute la gorge desséchée par la poussière. Aimeriez-vous venir boire une bière chez moi, pendant que nous évoquerons… eh bien… les récents événements ?

Axis dévisagea le gardien de la Charrue. Était-il nerveux à cause de l'arrivée des Haches de Guerre, ou y avait-il autre chose ?

— Nous vous suivons, frère Hagen, dit-il avant de se tourner vers ses hommes. Arne, cherchez un site adapté, à bonne distance du village, et dressez au plus vite le camp. Surtout, n'endommagez aucune clôture, et restez loin des granges et des étables. Je vous rejoindrai plus tard.

Axis confia les rênes de Belaguez à un jeune soldat, tapota gentiment la croupe de l'étalon, puis se retourna vers Hagen et entreprit de retirer ses gants.

— Une chope de bière ne sera pas de refus, mon bon gardien. Nous y allons ?

Les maîtres Hordley et Garland se joignirent aux deux officiers invités par Hagen, dont la demeure se révéla moins « modeste » que prévu, eu égard aux critères en vigueur dans les campagnes. Bien qu'il n'y eût qu'une pièce, comme c'était la règle, le gardien de la Charrue et sa famille bénéficiaient d'un confort supérieur à la moyenne. Entre les quatre murs enduits de plâtre – un luxe déjà rare – le nombre de meubles d'excellente qualité suffisait à se faire une idée du niveau de vie du saint homme. Les tentures et les rideaux rappelèrent à Axis ceux qu'il avait vus en vente sur les marchés d'Ysbadd, la capitale de Nor.

Une fois assis à la table en bois massif, Axis regarda Azhure en faire le tour pour servir de la bière aux invités. Largement en âge d'être mariée, elle ne portait pas d'anneau, et ce détail l'intrigua.

— Votre mère est en voyage, Azhure ? demanda-t-il pendant qu'elle remplissait sa chope.

La jeune femme tiqua devant cet usage cavalier de son prénom. Même si elle vomissait ce « titre », il eût été courtois de lui accoler le mot « maîtresse », l'équivalent, dans les campagnes, du « dame » en vigueur parmi les nobles. Cachant son désagrément, Azhure sourit à l'arrogant Carlonite.

— Elle s'est enfuie avec un colporteur quand j'avais cinq ans, Tranchant d'Acier. Elle trouvait sûrement la vie de Smyrton trop ennuyeuse pour quelqu'un de son rang...

Avisant l'air vexé de Hagen et sa fureur mal contenue, Axis dut se mordre l'intérieur des joues pour ne pas éclater de rire. Par Artor, avoir une fille comme celle-ci ne devait pas être drôle tous les jours ! Mais si ce qu'on disait sur les Noriennes était vrai, les talents nocturnes de sa mère avaient dû adoucir considérablement le sort du pauvre homme.

Du coin de l'œil, Axis remarqua que Belial, à force de lutter contre le fou rire, s'étranglait à demi avec sa bière.

Peu enclin à refuser une perche quand on la lui tendait, le Tranchant d'Acier se tourna vers Hagen.

— Vous avez toute ma sympathie, gardien de la Charrue. Ces colporteurs vendent trop souvent leur quincaillerie à des prix prohibitifs.

Belial gloussa bêtement dans sa chope, et le saint homme, rouge jusqu'aux cheveux, fit signe à sa fille d'aller s'asseoir au fond de la pièce, près de la cheminée.

Miséricordieux, Axis changea de sujet.

— Avez-vous vu d'autres créatures venues de la vallée des Proscrits, frère Hagen ?

L'atmosphère se refroidit instantanément. L'air sinistre, Azhure leur tourna le dos et entreprit de malmener les bûches à grands coups de tisonnier. Les yeux brillants d'excitation, Hordley et Garland se penchèrent en avant, comme s'ils mouraient d'envie de parler.

Son assurance retrouvée, Hagen sourit à Axis avec une condescendance marquée.

— Pour en avoir vu, nous en avons vu ! lança-t-il. Il y a quatre nuits de ça, nous avons capturé deux de ces monstres alors qu'ils tentaient de rentrer chez eux. À l'heure qu'il est, ils croupissent dans la cave du foyer de l'Adoration. Une chance que vous soyez arrivé à temps pour assister à leur exécution, demain matin !

32

Les prisonniers

La chope à mi-chemin de sa bouche, Axis se pétrifia, les yeux ronds.

— Qu'avez-vous dit ? s'étrangla-t-il, éberlué.

Son sérieux retrouvé en une fraction de seconde, Belial posa doucement sa propre chope sur la table.

Ravi par la réaction des deux soldats, Hagen savoura son triomphe un moment, puis il passa aux explications :

— Cette nuit-là, huit villageois étaient sortis pour relever les pièges à lièvre. Ils ont débusqué les deux monstres, qui tentaient de se cacher derrière les meules de foin de maître Garland.

— Cette bataille mériterait d'être chantée par un barde à la cour du roi Priam ! renchérit le villageois chauve.

En homme d'expérience, il omit de préciser que sa femme, ses enfants et lui s'étaient réfugiés sous leurs lits jusqu'à la fin de l'épique affrontement.

Hagen le foudroya du regard puis se concentra sur Axis.

— Ces hommes ont eu foi en Artor, Tranchant d'Acier, certains qu'il les protégerait de la sorcellerie des Proscrits. Vous savez, il y a des héros à Smyrton.

En réalité, les huit gaillards s'étaient enfuis à toutes jambes quand ils avaient aperçu les « monstres ». Paniqué, un des plus vieux avait trébuché, lâché sa lanterne et fichu le feu au foin. Profitant du chaos, les Proscrits avaient tenté de filer, mais eux aussi s'étaient étalés de tout leur long. Sans l'intervention de Hagen, alerté par le vacarme, les villageois les auraient lardés de coups de fourche. Sur l'ordre du gardien, ils avaient conduit dans la cave l'homme inconscient et la fillette terrifiée.

— Ce chien nous dira si d'autres Proscrits rôdent dans les environs ! avait lancé le frère. Et ne craignez rien, car Artor nous protégera de leurs sortilèges.

De fait, les prisonniers s'étaient révélés incapables de nuire. Depuis la fameuse nuit, certains que le Laboureur veillait pour de bon sur eux, les villageois, de plus en plus hardis face aux Proscrits, avaient inlassablement réécrit l'histoire de leur capture, devenue une saga où leur héroïsme dépassait celui des plus fabuleux guerriers de l'Histoire d'Achar.

— Oui, gardien, dit Axis, agacé, je suis sûr que vos concitoyens sont extraordinaires ! (À ses yeux, un combat à huit contre deux ne pouvait pas être digne de l'intérêt d'un barde.) À présent, j'aimerais aller voir au plus vite ces créatures.

Dans sa hâte de se lever, il manqua renverser sa chaise. Belial, lui, courait déjà vers la porte.

— Nous les avons interrogés sans relâche, dit Hagen, beaucoup moins prompt à quitter son siège. Hélas, nous n'avons rien appris, car ces monstres ont refusé de desserrer les dents. Les voir brûler sur le bûcher, demain à l'aube, sera un profond soulagement, vous pouvez me croire.

Du coin de l'œil, Axis vit Azhure pâlir à l'évocation du sort qui attendait les prisonniers.

Hagen ouvrant la marche, le petit groupe traversa la cour pour gagner le foyer de l'Adoration. Voyant la porte de derrière ouverte, Axis jeta un regard interrogateur au gardien de la Charrue.

— N'ayez crainte, Tranchant d'acier, ils ne risquent pas de s'évader.

Rien d'étonnant, puisqu'une bonne moitié du village montait la garde dans le bâtiment !

— Suivez-moi, dit le frère en s'engageant dans un escalier en colimaçon.

Pressé d'atteindre le bas des marches, Axis dut se retenir pour ne pas pousser aux fesses le gardien de la Charrue.

Avant d'être au sous-sol, il faillit s'étrangler, les narines agressées par une immonde puanteur.

— Qu'est-ce que c'est ? demanda-t-il, l'estomac retourné.

Sans répondre, Hagen descendit les dernières marches et traversa au pas de charge une grande cave sans soupirail.

Le quart du fond de la salle, séparé du reste par une lourde grille, devait tenir lieu de cellule de dégrisement pour les maris un peu trop portés sur la bouteille. Aujourd'hui, cette prison servait des desseins beaucoup plus sinistres. La puanteur qui en montait étant insupportable, Axis dut se couvrir le nez et la bouche, le temps de s'habituer un peu à ces relents de sang, d'urine et d'excréments.

Depuis toujours, la cruauté gratuite le révulsait. Et c'était exactement de ça qu'il s'agissait, dans ce cul-de-basse-fosse.

Quand il réussit à jeter un coup d'œil vers la cellule, il ne fut pas surpris de découvrir qu'Ogden et Veremund s'étaient arrangés pour arriver avant lui. Ravi de la présence de deux collègues, Hagen s'avança avec un grand sourire et désigna fièrement le trou à rats, comme s'il contenait des animaux primés à un concours. Commençant à les connaître, Axis vit du premier coup d'œil que les deux gardiens de la citadelle bouillaient de fureur.

Prenant sur lui, il regarda de plus près les prisonniers… et explosa aussitôt de rage. Réfugiés dans un coin, aussi loin que possible des barreaux, un homme à la peau mate et une fillette, le visage et le corps couverts de contusions, croupissaient dans leurs excréments. Malgré leur humiliante situation, le Tranchant d'Acier trouva les deux captifs d'une étonnante beauté, si exotique fût-elle.

Avisant les longues barres de fer que brandissaient deux jeunes gaillards du village – les geôliers désignés –, Axis comprit que la notion d'« interrogatoire », pour Hagen, se réduisait à frapper les prisonniers à distance jusqu'à ce qu'ils avouent des crimes imaginaires. « Courage » n'étant pas synonyme de « témérité », aucun villageois n'avait osé entrer dans la cellule pour la nettoyer, ni pensé à y glisser un seau afin que l'homme et la fillette puissent faire dignement leurs besoins. À voir leurs lèvres gercées, il paria que les bonnes gens de Smyrton ne leur avaient rien donné à boire depuis quatre jours.

Un instant, les yeux noirs de l'homme croisèrent ceux du Tranchant d'Acier.

— Espèce d'étron puant ! rugit Axis en se tournant vers Hagen. (Le prenant à la gorge d'une main, il le propulsa contre les barreaux de ce qu'il osait appeler une « cellule ».) De quel droit traites-tu ainsi des êtres vivants ?

Blanc comme le ventre d'un poisson mort, le gardien de la Charrue tenta d'aspirer un peu d'air. Terrorisé par l'expression du Tranchant d'Acier, il crut que sa dernière heure avait sonné. Du sang sur la nuque, là où elle avait percuté la grille, il grimaça de douleur quand la garde de l'épée d'Axis s'enfonça dans sa bedaine. Le guerrier voulait-il l'écraser contre les barreaux ? se demanda-t-il, affolé.

— Que… quoi… qui…, s'étrangla-t-il, dépassé par la réaction de son invité.

Tenus en respect par Belial, qui semblait aussi furieux que son chef, les deux « gardes », morts de peur, avaient promptement renoncé à voler au secours de Hagen.

— Au nom d'Artor, parvint à croasser le gardien de la Charrue, ces monstres ont mérité d'être malmenés. Depuis quand doit-on montrer des égards à cette infecte vermine ?

Rouge de colère, Axis cracha au visage du saint homme. Comment osait-il justifier son sadisme en évoquant le nom du Laboureur ?

— C'est toi, la vermine, frère Hagen !

Prenant l'odieux personnage par les cheveux et le col de son habit, il le propulsa contre le mur de droite, où il s'écrasa avec un bruit écœurant avant de glisser lentement sur le sol.

Peu désireux d'être les prochains à subir le courroux du Tranchant d'Acier, Hordley et Garland battirent en retraite vers la sortie. Impassible, Azhure ne manifesta pas la moindre intention de détaler.

— Chaque jour, j'ai apporté de l'eau et de la nourriture aux prisonniers, dit-elle en désignant un seau et un plateau abandonnés au pied de la cage d'escalier. Hélas, Hagen a refusé qu'on les leur donne.

— Prenez le seau, lâcha simplement Axis, et suivez-moi.

Il se tourna vers les deux geôliers, qui reculèrent jusqu'au mur, terrifiés. À l'évidence, ils ne comprenaient pas ce qu'on leur reprochait.

— Belial, peux-tu prendre les clés de la cellule à ces deux déchets d'humanité ? Si j'approche d'eux, j'ai peur de ne pas pouvoir m'empêcher de les égorger.

Le « héros » qui tenait les clés s'oublia dans son pantalon quand Belial les lui arracha des mains pour les lancer à Axis, qui les rattrapa au vol. Un bref contact visuel lui confirma que son second pensait comme lui. Quoi qu'ils aient fait et quel que soit le jugement qu'on portait sur eux, il était intolérable de traiter ainsi des prisonniers. Et encore plus condamnable de jeter en cellule une enfant à peine capable de marcher.

Suivi par Azhure, le seau à la main, Axis glissa la clé dans la serrure et ouvrit la grille.

— Attention, cria maître Garland, ces monstres sont dangereux ! N'entrez pas, Tranchant d'Acier !

Axis se retourna et foudroya le villageois du regard.

— Tu ignores jusqu'au sens du mot « danger », vermine, lâcha-t-il avec un calme qui n'augurait rien de bon.

Pâle comme un mort, Garland en eut le bec cloué.

— Axis, implora Ogden, une main sur le bras du Tranchant d'Acier, rends-leur la liberté, par pitié !

Oubliant qu'Azhure était dans son dos, à portée d'oreille, Axis se dégagea vivement et grogna :

— Pensez-vous que l'ordre du Sénéchal approuverait votre initiative, *frère* Ogden ?

La fille de Hagen ne manqua pas de relever l'incongruité de ce dialogue. S'en fichant comme d'une guigne, Axis finit d'ouvrir la grille, posa sa hache et son épée dans l'entrée de la cellule, et avança vers les deux victimes des bonnes gens de Smyrton. Azhure le suivit et Belial se campa sur le seuil, dissuadant quiconque d'approcher.

À quatre pas des prisonniers, Axis se retourna et prit Azhure par le bras.

— Attendez ici, dit-il en lui prenant le seau.

Il hésita, puis recommença à avancer. Depuis toujours, il se demandait comment il réagirait face à des Proscrits.

Loin d'éprouver de la colère et de la peur, comme l'ordre du Sénéchal l'y avait préparé, il regarda les deux malheureux avec une profonde compassion… et une empathie encore plus déconcertante. Le regard plongé dans celui de l'homme, il dut se résigner à l'évidence : haïr cet être, ou le redouter, lui était tout simplement impossible.

Raum ne baissa pas les yeux. Pourtant, il avait reconnu du premier coup d'œil l'uniforme noir orné de deux haches croisées. Cette tenue n'avait pas changé depuis plus de mille ans, et des générations d'Avars avaient appris à haïr et à maudire les hommes qui la portaient. Pourtant, alors que l'Eubage allait implorer le Bosquet Sacré de l'accueillir pour l'éternité, avec la pauvre petite Shra, les événements avaient pris une tournure qui le dépassait. Après avoir malmené le gardien de la Charrue avec une fureur qu'un Enfant Sacré n'aurait pas désavouée, le Tranchant d'Acier avançait vers eux, un seau d'eau à la main et de la sympathie dans le regard. Au bout de quatre jours de torture, sans boire ni manger, il y avait de quoi douter de sa santé mentale. Craignant une ruse, Raum serra Shra contre lui. Inconsciente depuis une dizaine d'heures, elle respirait de plus en plus difficilement.

Axis posa le seau et s'agenouilla devant le prisonnier.

— Vous comprenez ma langue ? demanda-t-il.

Raum hésita un moment, puis il hocha imperceptiblement la tête.

Le Tranchant d'Acier étudia le Proscrit. Bâti en force, les traits certes exotiques, il ne présentait aucune des caractéristiques monstrueuses dont l'ordre du Sénéchal lui avait rebattu les oreilles. Un démon aurait-il blotti ainsi une enfant dans ses bras ?

— Vous êtes un Avar, n'est-ce pas ? demanda Axis, se souvenant soudain des descriptions d'Ogden.

Malgré sa surprise, Raum hocha la tête – avec un peu plus d'assurance, cette fois.

Axis baissa les yeux sur la fillette. Martyrisée par les villageois, elle vivait ses dernières minutes. La respiration irrégulière et peu profonde, à cause de ses poumons engorgés de fluide, elle avait les lèvres et les ongles bleus, un signe qui ne trompait pas pour un soldat habitué à voir mourir des frères d'armes sur le champ de bataille. La gorge serrée, Axis sentit des larmes perler à ses paupières, et il ne fit rien pour les retenir.

— S'il vous plaît, souffla-t-il afin que seuls Raum et Azhure l'entendent, je voudrais la prendre dans mes bras...

Encore hésitant, l'Eubage lui tendit quand même l'enfant, conscient qu'elle aurait besoin de l'aide du Tranchant d'Acier, si par miracle elle survivait.

Axis la serra contre lui un long moment. Puis il plongea une main dans le seau et s'efforça de lui nettoyer le visage.

Quand il eut fini, il fredonna un air étrangement syncopé, presque sans mélodie, mais si fascinant qu'on eût entendu une mouche voler dans la sinistre cave.

Raum en fut bouleversé jusqu'au plus profond de son âme. Une fois dans sa vie, il avait entendu cette chanson, et elle ne sortait pas des lèvres d'un humain. Parmi les Envoûteurs icarii, seuls les plus puissants pouvaient invoquer ce sortilège. Mais neuf fois sur dix, leur magie n'était pas assez forte pour qu'il agisse. Recroquevillé contre le mur, l'Eubage en resta bouche bée, comme s'il n'en croyait ni ses yeux ni ses oreilles. Même les Enfants Sacrés ne parvenaient pas à accomplir ce miracle. Alors, un vulgaire humain...

Azhure ne cacha pas sa perplexité. Que faisait donc le Tranchant d'Acier, à chanter ainsi pour une mourante ?

S'ils n'entendaient pas vraiment la chanson, comme tous les autres, Ogden et Veremund la sentaient vibrer jusque dans leurs vieux os. Et leurs joues ruisselaient de larmes.

— Sauve-la, murmura Veremund, les poings serrés. Oui, sauve-la !

Raum ne voyait plus rien autour de lui, à part Shra et Axis, dont la voix, sans devenir plus forte, gagnait peu à peu en intensité. Soudain, la fillette bougea. Des mouvements d'abord imperceptibles, puis de plus en plus nets, à mesure qu'elle revenait à la vie entre les bras du Tranchant d'Acier.

Axis cessa de chanter, regarda un moment la petite et sourit à Raum.

— Elle vivra…, murmura-t-il, comme s'il en était le premier étonné.

L'Eubage eut l'étrange sentiment que cet homme n'avait pas idée de ce qu'il venait de faire. Il tendit les bras pour reprendre Shra, mais son sauveur ne voulut pas la lâcher. Bien éveillée, la fillette dévisagea l'humain, une main tendue pour lui caresser la barbe.

— Je peux la sortir d'ici cette nuit, dit le Tranchant d'Acier à Raum, mais je ne vous garantis pas d'obtenir votre grâce. Le serment prêté devant l'ordre du Sénéchal m'engage à abattre sans pitié les Proscrits, et…

Bon sang, que racontait-il là ? Évidemment qu'il ne sauverait pas ces prisonniers. Au nom d'Artor, c'étaient des Proscrits !

Raum acquiesça en silence. Le Tranchant d'Acier, chef du bras armé de l'ordre du Sénéchal, était la dernière personne au monde susceptible de les secourir. Pourtant, il venait d'arracher Shra à la mort. En chantant un air qu'un humain n'aurait pas dû connaître…

L'Eubage tendit une main et passa les doigts sur la joue d'Axis. Aux aguets, Belial faillit intervenir, mais il vit que son chef n'était pas en danger.

— Je comprends, murmura Raum, mais j'aimerais savoir pourquoi un homme qui abrite l'âme d'un Envoûteur icarii porte l'uniforme noir et exhibe sur sa poitrine l'emblème de la destruction ? Bref, tout ce que les Avars et les Icarii abominent. En tout cas, merci d'avoir chanté pour Shra.

En baissant le bras, l'Avar frôla les deux haches croisées, sur le torse d'Axis.

Le Tranchant d'Acier se leva comme si les paroles du prisonnier avaient été des insultes. En réalité, il luttait désespérément pour ne pas saisir leur sens, d'une limpidité terrifiante.

— Azhure, dit-il, vous veillerez sur la petite cette nuit.

Quand la fille de Hagen lui eut repris Shra, le Tranchant d'Acier regarda une dernière fois le prisonnier couvert de plaies et d'excréments. Puis il se détourna et sortit de la cellule.

— Belial, que deux de nos hommes nettoient cette porcherie !

Après avoir foudroyé du regard le gardien de la Charrue, qui reprenait péniblement conscience, Axis se dirigea vers l'escalier sans daigner jeter un coup d'œil à Ogden et Veremund.

Les deux vieillards ne s'en étonnèrent pas plus que ça…

33

La vallée des proscrits

Azhure ramena la fillette dans la maison de l'homme qu'elle appelait son père. Même si elle n'éprouvait aucune sympathie pour Hagen, un lâche doublé d'un tortionnaire, elle restait bouleversée par les derniers événements.

Depuis toujours, elle détestait et redoutait le gardien de la Charrue. Après la fuite de son épouse, révulsée par sa cruauté, il s'était vengé sur elle, transformant sa vie en un long calvaire. Comparée à ce que ce monstre lui infligeait depuis vingt ans, la brutalité du Tranchant d'Acier, dans la cave, n'était presque rien. Pourtant, cet épisode changeait tellement de choses… Jusque-là, Azhure, ennemie jurée de l'ordre du Sénéchal, vouait aux Haches de Guerre une haine égale à celle que lui inspirait Hagen. Désormais, bien qu'à contrecœur, elle éprouvait un embryon de respect pour le Tranchant d'Acier et son second. Des hommes capables de tant d'équité face à des prisonniers ne pouvaient pas être *absolument* mauvais.

Pendant qu'elle lavait puis rhabillait l'enfant, Azhure continua à réfléchir, de plus en plus exaltée. Un de ses rêves secrets, depuis la fugue de sa mère, était de suivre un jour le même chemin qu'elle. Ce soir, l'heure semblait venue. Distraits par l'arrivée des Haches de Guerre, puis par la querelle entre Hagen et leur chef, les villageois ne remarqueraient pas ses agissements. Car en partant, elle avait la ferme intention d'amener avec elle l'homme et la fillette.

Depuis des années, elle tentait d'obtenir de Plume d'Or le droit d'aider les enfants avars à voyager sans danger. Sauver les prisonniers prouverait qu'elle était effectivement prête à prendre tous les risques.

Elle avait découvert le secret de Plume d'Or douze ans plus tôt, peu après son quinzième anniversaire. Pour être le plus loin possible de Hagen, il lui arrivait souvent, à cette époque, de se glisser hors de la maison en pleine nuit. Assise sur un rocher, elle contemplait les pics de la Forteresse, dans le lointain, et apercevait, au-delà, les ombres inquiétantes de la forêt qu'ils dominaient. Une nuit, voyant des silhouettes sortir furtivement de la vallée des Proscrits, elle s'était aventurée à les suivre. En compagnie d'un jeune Avar, l'Acharite qu'elle connaissait maintenant sous le nom de Plume d'Or guidait deux enfants à travers les rues de Smyrton, en direction de la mer d'Herbe de Skarabost. Pendant près d'un an, Azhure avait continué ce petit jeu chaque fois que la femme se montrait. Une nuit, oubliant un peu trop la prudence, elle avait fini par se faire repérer.

Sa vie aurait très bien pu s'arrêter là. Sans l'énergique intervention de Plume d'Or, l'Avar qui l'accompagnait aurait sûrement éliminé l'« espionne » humaine.

Au fil du temps, les deux femmes s'étaient rapprochées, tissant une profonde amitié. Trois ou quatre fois par an, elles se retrouvaient aux abords du village et passaient la nuit à converser en admirant le ciel. Si elle évoquait volontiers la vie du peuple de la forêt – sans jamais rien révéler d'essentiel –, Plume d'Or ne voulait rien savoir de ce qui se passait en Achar.

— Mon ancienne existence est morte, disait-elle souvent, et je dois me consacrer à la nouvelle...

Bien entendu, Azhure n'avait parlé à personne de son étrange amie. Parfois, quand elle se sentait trop seule, elle faisait mine de croire qu'il s'agissait de sa mère, perdue depuis si longtemps.

Revenant au présent, elle sourit à la fillette blottie dans ses bras. Malgré ses plaies et ses contusions, elle semblait tirée d'affaire. Toujours serrée contre sa protectrice, elle mangea avec un excellent appétit et se régala de l'eau fraîche qui accompagnait le repas.

Azhure rêvait d'avoir un bébé – à condition qu'aucun des rustres de Smyrton ne le lui fasse. Tôt ou tard, elle fuirait le village pour mener une vie aventureuse au service d'une juste cause. Et, quelque part dans le monde, elle rencontrerait le héros digne d'être le père de ses enfants. Depuis toujours, elle savait qu'un homme courageux et fort viendrait à elle quand elle en aurait vraiment besoin.

Des voix retentirent soudain, montant de la cour. Remis de son choc contre les barreaux, Hagen se disputait avec le Tranchant d'Acier – ou, en d'autres termes, le fils illégitime de la princesse Rivkah.

Ils débattaient du sort des prisonniers, censés brûler sur le bûcher dès le lendemain. À court d'arguments – ou de souffle – ils se turent enfin et le Tranchant d'Acier s'éloigna à grands pas furieux.

Hagen entra, jeta un regard noir à sa fille et alla immédiatement se coucher, sans doute parce qu'il avait très mal à la tête. Soulagée, Azhure relâcha sa pression sur le torse de la petite. Décidément, c'était son jour de chance, puisque la remarque au sujet de sa mère, quelques heures plus tôt, ne lui avait pas – encore – valu une correction. De la dernière, deux mois plus tôt, elle gardait trois côtes cassées qui la faisaient encore souffrir…

Quand son père ronfla comme un sonneur, la jeune femme alla s'asseoir devant le feu et berça tendrement la fillette, qui s'endormit comme une masse.

Puis elle repensa à son plan…

Elle le mit en application au milieu de la nuit, alors que le village entier dormait profondément.

Pour commencer, elle enveloppa l'enfant dans une couverture et lui souffla de rester tranquille. Puis elle prit son manteau et l'enfila en silence. Emporter de la nourriture aurait été judicieux, mais le poids supplémentaire risquait de la ralentir.

Alors qu'Azhure se penchait pour lacer ses bottines, sa nervosité augmenta d'un coup.

Courage! pensa-t-elle. *Dans moins d'une heure, le prisonnier à tes côtés, tu courras vers la vallée des Proscrits. Alors, à jamais libérée de Hagen, tu sillonneras les plaines en compagnie de Plume d'Or!*

Un des lacets lui résistant, la jeune femme étouffa un juron. Avec l'enfant calée au creux d'un bras, et ses doigts tremblants, l'exercice n'avait rien de facile. Agacée, elle posa la petite sur le sol et s'acharna sur la bottine récalcitrante.

— Salope! cria Hagen dans son dos.

Du coin de l'œil, Azhure vit qu'il avait empoigné l'enfant.

— Non! croassa-t-elle, trop effrayée pour hurler.

Elle tenta de se retourner, s'emmêla les pieds et s'étala lamentablement.

Après avoir jeté la petite sur le lit, le gardien de la Charrue s'approcha de la table. Au passage, il flanqua un coup de pied vicieux dans le flanc de sa fille.

— Non..., gémit Azhure, pliée en deux par la douleur.

Il avait visé ses côtes toujours sensibles, deux mois après qu'il les lui eut cassées. La poitrine déchirée de l'intérieur, la jeune femme tenta en vain de reprendre son souffle. Malgré les larmes qui lui brouillaient la vue, elle essaya de voir ce que faisait son tortionnaire.

Se fichant des cris de terreur de la fillette, il se campa devant la table et ouvrit le tiroir où on rangeait les couverts.

— Non…, sanglota Azhure. Non…

Elle devait se lever et agir. Mais comment se remettre debout, quand on parvient à peine à respirer, le torse en feu ?

Son couteau favori au poing, Hagen grogna de satisfaction.

— La petite Proscrite va mourir, maintenant, dit-il d'un ton neutre.

On aurait cru qu'il envisageait de se couper une tranche de jambon.

Méticuleux, comme toujours, il étudia la lame du couteau au manche en os. Chaque semaine, il passait des heures à en aiguiser le tranchant. Azhure savait qu'il était plus effilé que celui d'un rasoir.

Hagen avait levé son arme…

La jeune femme gémit et ferma les yeux.

Les flammes crépitaient…

Azhure roula sur le ventre, le visage plaqué contre la pierre froide du sol. Le seul moyen de ne plus voir la scène qui allait se dérouler cette nuit, et de chasser, peut-être, les souvenirs qui tentaient de remonter à sa mémoire.

L'odeur était atroce…

Hagen enjamba le corps inerte de sa fille et se dirigea vers le lit.

Une petite fille effrayée… Forcée de subir… Incapable de fuir…

Hagen ne s'inquiétait pas de la présence d'Azhure. Après des années à encaisser ses coups, l'esprit brisé, elle n'interviendrait pas, il en était certain. Le résultat d'un excellent dressage…

— *Pourquoi n'en finis-tu pas avec moi ! avait-elle crié.*

Arrivé près du lit, Hagen tira la fillette de la couverture et commença à déboutonner la tunique de l'enfant.

— Parce que j'aime te voir souffrir..., avait-il répondu.

Toujours pliée en deux, Azhure parvint à se mettre à genoux. Non, ça n'allait pas recommencer !

— Et si je vérifiais tes pansements, ce matin ? Voyons un peu où tu en es...

Hagen leva son couteau.

Oui, il avait brandi son couteau...

La tête entre les mains, se balançant d'avant en arrière comme une enfant, Azhure émit une longue plainte que le gardien de la Charrue parut ne pas entendre.

Non, ça ne *devait* pas recommencer ! Cette fois, elle était assez forte pour se défendre. Elle sauverait l'enfant et gagnerait son propre salut en même temps.

... Il avait brandi son couteau et tranché...

Azhure se jeta en avant, les bras tendus vers l'ourlet de la soutane de son père.

Hagen se retourna à demi, fou de rage, le bras droit levé.

Les doigts d'Azhure se refermèrent sur le tissu, bien trop glissant pour qu'ils puissent s'y accrocher.

Furieux, Hagen leva un pied avec l'intention d'écraser la main de l'insolente qui osait le déranger.

La jeune femme joua son va-tout. Lançant une main, elle saisit le talon de la botte du gardien de la Charrue et lui imprima un mouvement de rotation.

Hagen tituba, l'air plus surpris qu'indigné par cette manœuvre. Étonné d'être traité ainsi par son esclave, il poussa un ridicule petit cri et s'étala de tout son long.

Une main pressée sur les côtes, Azhure se releva. La respiration plus aisée, elle se prépara à affronter son père, qui ne tarderait sûrement pas à reprendre ses esprits.

Le bras droit coincé sous son torse, il ne broncha pourtant pas.

Azhure approcha de la fillette, qui se calmait déjà. Elle était indemne, mais sa vie n'avait tenu qu'à un fil.

La jeune femme inspira à fond et lutta pour chasser les images revenues d'un lointain passé.

Tout ça n'est jamais arrivé…

— Non…, gémit-elle, à deux doigts de basculer dans la folie. Ça ne s'est jamais produit. Oublie. Un simple tour de ton imagination !

Avide d'occulter l'horreur, elle répéta les mots que Hagen lui avait jetés à la figure pendant tant d'années.

— Tu n'es qu'une méchante petite fille ! Oui, très méchante !

Ses souvenirs de nouveau occultés, elle parvint à se ressaisir et baissa les yeux sur Hagen. S'était-il assommé en tombant ? Dans ce cas, la petite et elle auraient encore une chance de s'échapper.

Très lentement, car il pouvait s'agir d'une ruse, elle se pencha et toucha l'épaule du gardien de la Charrue, qui ne réagit pas. S'enhardissant, elle le secoua, puis bondit en arrière.

Toujours pas de réaction.

— Oh, non ! s'écria Azhure, l'estomac soudain retourné.

Sur le lit, Shra se releva maladroitement et tenta de comprendre ce qui se passait.

Azhure se mordit la langue pour ne pas crier. Puis elle prit Hagen par l'épaule et, au mépris de ses côtes douloureuses, le fit rouler sur le dos.

Il était mort, comme elle le redoutait.

Une mare de sang sous lui, les yeux encore écarquillés de surprise, il serrait toujours le manche de son précieux couteau, dont la lame lui avait traversé l'abdomen. Sous les yeux d'Azhure, sa main s'ouvrit lentement, glissa le long de son flanc et s'écrasa sur le sol avec un bruit mou écœurant.

Azhure se détourna et eut un haut-le-cœur.

Shra se laissa glisser du lit, trottina jusqu'au cadavre, s'accroupit et plongea les mains dans le sang.

— Az-hu-re…, fit-elle, hésitant sur chaque syllabe.

La jeune femme se retourna, cria d'horreur et prit l'enfant dans ses bras pour l'écarter de la dépouille de Hagen. La pauvre petite avait-elle perdu la tête ?

Shra continua à se comporter bizarrement. Posant une main sur le front d'Azhure, du bout de ses doigts potelés, elle lui dessina trois lignes rouges sur le visage.

— Acceptée, dit-elle d'une voix assurée. Oui, acceptée.

L'enfant sur les genoux, Azhure resta un long moment assise à la table, le regard rivé sur Hagen. Elle l'avait tué ! Un meurtre, voilà ce que c'était. Il n'y avait pas d'autre nom possible.

Ce mot tournait dans sa tête, comme s'il entendait ne plus jamais en sortir. Un meurtre ! Elle était une criminelle…

Mais elle n'avait pas voulu la mort de cet homme, même si elle le détestait. Elle désirait simplement sauver l'enfant et fuir avec elle.

Après une petite éternité, elle trouva le courage de se lever. Rester ici était impossible. Dès qu'ils auraient découvert le corps, les villageois la lyncheraient, puis ils conduiraient les deux Avars sur le bûcher.

Alors, Hagen aurait gagné par-delà la mort.

Azhure prit un chiffon, essuya le sang qui maculait les mains de l'enfant, fit de même avec son visage et jeta le carré de tissu sur la table.

— Viens, souffla-t-elle à la fillette.

Après l'avoir de nouveau enveloppée dans la couverture, elle tira sur les plis de son manteau, et, sans un regard en arrière, quitta la maison qu'elle avait tenue pour son foyer pendant près de vingt-huit ans.

Dehors, elle sortit de sa cachette le manteau qu'elle destinait à l'Avar, puis traversa la cour jusqu'à la porte de derrière du foyer de l'Adoration.

Alors que la première étape avait tourné à la catastrophe, devait-elle vraiment passer à la suite de son plan ?

— Il le faut, murmura-t-elle. Pour sauver les prisonniers et ne pas mourir avec eux si nous restons ici…

D'abord, elle devait remettre de l'ordre dans ses idées. Puis savoir combien de gardes étaient affectés à la surveillance de l'Avar. Pour le découvrir, elle s'engagea d'un pas résolu dans l'escalier qui menait au sous-sol. Sans se soucier de faire du bruit, car tenter de se dissimuler aurait été le meilleur moyen d'attirer l'attention sur elle…

Quand elles entrèrent dans la cave, la fillette se raidit. Affichant un doux sourire, Azhure avança vers la cellule et soupira de soulagement. Un seul homme surveillait le prisonnier. Hélas, constata-t-elle, il s'agissait de Belial, et ça ne lui faciliterait pas la tâche, car elle le trouvait plutôt sympathique. Et joli garçon, en plus…

Même s'il n'était pas le « héros » qu'elle attendait, on lisait dans son regard une bienveillance qui l'attendrissait. Lui faire du mal serait déplaisant, mais elle ne reculerait devant rien pour sauver l'Avar.

— Que faites-vous ici à cette heure tardive ? demanda l'officier.

Il se leva, intrigué mais pas du tout inquiet. Un très bon point…

Azhure baissa les yeux sur l'enfant.

— Elle insistait pour voir son père, et j'ai fini par céder. (Elle se pencha vers le soldat et murmura :) Avec ce qui les attend demain matin, il n'aurait pas été humain de refuser…

Belial se détendit tout à fait. Parmi les villageois présents dans la cave, un peu plus tôt, la jeune femme avait été la seule à faire montre de courage et d'ouverture d'esprit. De plus, il la trouvait très séduisante. D'une grande timidité face au beau sexe, le second d'Axis se sentait à l'aise avec Azhure, qui ne lui jetait pas sa féminité à la figure histoire de pouvoir le regarder de haut.

— La pauvre gosse..., dit-il en tapotant gauchement la tête de l'enfant.

— Oui, c'est bien triste...

Pressée d'en finir, Azhure jeta un coup d'œil dans la cellule. Lavé et chaudement vêtu, le prisonnier ne dormait pas. Encore un très bon point...

Mais le plus dur restait à faire.

Courage! se stimula la jeune femme. *Ce soir, tu as tué l'homme que tu appelais ton père. Agresser un inconnu ne devrait pas être plus difficile.*

Mais Hagen la frappait et l'insultait. Belial ne lui avait jamais fait de mal, manifestant même une tendresse touchante à l'enfant qu'elle serrait dans ses bras.

Avec un sourire si large qu'elle devait avoir l'air d'une attardée mentale, Azhure désigna la cellule.

— Alors, qu'en pensez-vous... ?

— De quoi ? Ah, oui, bien sûr... Je vais chercher les clés.

La jeune femme posa la fillette sur le sol et suivit Belial jusqu'à la chaise où il avait laissé le trousseau. Sortant la pierre qu'elle avait glissée dans la poche de son tablier, elle la leva au-dessus de sa tête. Le bras tremblant, elle l'abattit sur le crâne de Belial, qui se retourna, stupéfait, puis s'écroula comme une masse.

Bouleversée, la jeune femme le regarda un long moment, se demandant si c'était bien elle qui l'avait frappé, au risque de lui fracasser le crâne. Puis elle lâcha la pierre et se prit la tête entre les mains. Quelle horreur venait-elle encore de commettre ?

— Vite ! siffla une voix dans son dos. Les clés !

L'Avar la regardait, les mains refermées sur les barreaux.

— Les clés ! répéta-t-il.

Azhure se baissa, repéra le trousseau, que Belial avait laissé tomber, et, d'un coup de pied, le propulsa jusqu'à la grille de la cellule. Le prisonnier s'en empara, ouvrit la porte en un éclair, sortit et prit l'enfant dans ses bras.

— Vous devez venir avec moi, dit-il d'une voix plus sereine. Sinon, vos « amis » vous tueront.

Azhure baissa une dernière fois les yeux sur Belial.

— Désolée, souffla-t-elle.

L'Avar lui prit le bras et la tira vers l'escalier.

Incapable de trouver le sommeil, Axis s'agitait sous sa couverture depuis des heures. Certain qu'il ne fermerait pas l'œil, il se leva, s'habilla, boucla son ceinturon et s'enfonça dans la nuit.

Distrait, il répondit à peine aux sentinelles qui le saluaient. Les événements de l'après-midi le hantaient. Comment pouvait-on humilier ainsi des êtres vivants ? Sur les champs de bataille, il avait vu mourir beaucoup d'hommes, dont certains étaient ses amis. Si horrible que cela fût, la cruauté gratuite des villageois dépassait toutes les atrocités dont il avait été témoin. Tout ça au nom du Sénéchal, d'Artor et de la Voie de la Charrue ! Il y avait là-dedans quelque chose qui ne collait pas…

Écœuré par la soif de sang des bonnes gens de Smyrton, le Tranchant d'Acier frémissait à l'idée du spectacle qu'il devrait subir dans quelques heures. Un bûcher, pour « couronner » le tout…

Bon sang, il devenait bien trop sensible ! Une petite conversation avec Belial lui remettrait les idées en place.

Dès qu'il fut au pied de l'escalier, dans le sous-sol du foyer de l'Adoration, il comprit ce qui s'était passé. La porte de la cellule grande ouverte, Belial gisait près d'une chaise, la tête en sang.

Axis courut s'agenouiller près de son second. Il respirait encore, mais à voir la bosse sur l'arrière de son crâne, l'agresseur n'y était pas allé de main morte.

Et le Tranchant d'Acier avait sa petite idée sur l'identité de cette personne...

Il gravit les marches quatre à quatre, sortit du foyer et courut vers la résidence de Hagen. Après être entré sans frapper, il découvrit le cadavre du gardien de la Charrue, près du lit. Poignardé dans le ventre...

Bien entendu, Azhure et la fillette s'étaient volatilisées.

Le Tranchant d'Acier se pencha et toucha le front du saint homme. La mort remontait à un moment...

Axis ressortit et s'orienta rapidement à la faveur des premières lueurs de l'aube. Azhure, Shra et l'Avar devaient avoir fui en direction de la vallée des Proscrits. Et Arne, comme de juste, avait dressé le camp principal du côté opposé du village. S'ils tentaient de rameuter ses hommes, Axis perdrait toute chance de rattraper les fugitifs. Et il ne demanderait sûrement pas de l'aide aux villageois !

Les deux Avars et Azhure devaient être près de la vallée des Proscrits, où il serait impossible de les poursuivre à cheval. Renonçant à aller chercher Belaguez, Axis partit au pas de course vers le nord-est. Pour le remercier, alors qu'il avait tenté de les sauver, ces maudits Avars et leur complice laissaient derrière eux le cadavre de Hagen. Pire encore, pour s'être fié à Azhure, le pauvre Belial gisait entre la vie et la mort, le crâne défoncé. Et cela, surtout, était intolérable !

Pour honorer son serment à l'ordre du Sénéchal, le Tranchant d'Acier devait venger la mort du gardien de la

Charrue, châtier la traîtresse qui avait attaqué son second et rattraper les Proscrits.

En pleine forme physique, Axis fila à un train d'enfer dès qu'il fut sorti du village. L'entrée de la vallée des Proscrits étant à une demi-lieue de Smyrton, au bout d'un terrain relativement plat, l'avance des fuyards ne serait pas suffisante.

Alors qu'il courait, une petite voix intérieure vint soudain déstabiliser le Tranchant d'Acier :

Pourquoi ne les laisses-tu pas fuir ? Tu raconteras qu'ils t'ont semé. Allez, arrête de les poursuivre…

Furieux, Axis tenta de réduire au silence ce qui ne *pouvait* pas être la voix de sa conscience. Comment aurait-il envisagé de trahir l'ordre du Sénéchal, qui le protégeait et le comblait de bienfaits depuis le jour de sa naissance ?

Dans ce cas, pourquoi voulais-tu tirer les prisonniers des griffes de Hagen ? Une étrange façon de servir le Sénéchal, non ?

À l'approche de l'entrée de la vallée, Axis ralentit pour reprendre son souffle. Était-ce la culpabilité qui le poussait à traquer les fugitifs ? Avait-il le sentiment d'avoir trahi l'ordre en volant au secours des deux Avars ? Peut-être bien, mais à ce moment-là, ils n'avaient tué personne.

Allons, tu sais que c'est la Norienne qui a poignardé Hagen !

Possible, mais elle avait agi pour aider les deux prisonniers. En acceptant de s'évader avec elle, ils étaient devenus complices de l'assassinat d'un frère du Sénéchal et son sang souillait aussi leurs mains. Pour ce crime, eux aussi devraient payer.

À la place de l'Avar, Axis Rivkahson, aurais-tu attendu sagement qu'on te brûle en place publique avec la fillette ? Franchement, tu crois que ces deux-là menaçaient l'ordre du Sénéchal ou le royaume ? Quels crimes ont-ils commis, pour finir sur le bûcher ?

Être des Proscrits était suffisant ! L'ordre du Sénéchal voulait la disparition de ces monstres et il avait raison.

Tu te souviens des deux prisonniers, couverts de plaies et d'excréments ? Les as-tu vus, privés de la plus élémentaire dignité ? L'homme t'a-t-il paru dangereux quand tu le regardais en face ? Il t'a confié la vie de la petite, Axis ! Laisse-les fuir !

Pas question, alors que Belial était peut-être déjà passé de vie à trépas !

Raum pouvait courir vite et longtemps, mais Shra et Azhure le ralentissaient de plus en plus. Au début, tout s'était bien passé. Puis la fillette avait commencé à pleurnicher, et l'humaine s'était plainte de ses côtes douloureuses, qui l'empêcheraient bientôt de continuer à fuir.

L'Eubage avait tenté de garder son calme – un exploit difficile, dès qu'il pensait à la meute de villageois qui risquait de les rattraper avant qu'ils soient en sécurité au cœur de la forêt d'Avarinheim. L'enfant dans les bras, il s'était efforcé d'encourager l'humaine, qui ne semblait pas consciente du danger.

S'ils étaient toujours en terrain découvert au lever du soleil, il ne donnait pas cher de leur peau !

Par bonheur, ils entrèrent dans la vallée des Proscrits alors que le ciel, à l'est, se colorait à peine de rose.

Une main sur le flanc, à bout de souffle, Azhure parvenait à avancer par miracle. L'esprit embrumé, elle se demanda si le spectre de Hagen ne la torturait pas ainsi pour se venger. Devant elle, l'Avar ne faiblissait pas, l'enfant calée contre sa hanche. Malgré les blessures infligées par les villageois, il faisait montre d'une résistance hors du commun. Sans elle, comprit-elle, il aurait atteint la forêt depuis longtemps.

Pour l'instant, ils remontaient la Nordra, dont les eaux tumultueuses, qui roulaient entre les parois de l'étroite vallée, les aspergeaient copieusement au passage.

Bientôt contraints d'avancer sur une corniche glissante, ils durent ralentir pour ne pas déraper et basculer dans le vide. Étant donné la violence du courant, une chute ne pardonnerait pas, et mourir fracassé contre des rochers ne valait guère mieux que les flammes du bûcher.

Après une très lente progression, l'Avar leva sa main libre pour ordonner une pause. Trempée jusqu'aux os, Azhure dut tendre l'oreille pour comprendre ce que son compagnon lui criait, car sa voix couvrait difficilement le rugissement du fleuve.

— Regardez ! La forêt d'Avarinheim ! Nous sommes presque arrivés !

Une cinquantaine de pas devant eux, la vallée s'élargissait et descendait en pente raide jusqu'à la lisière de bois extraordinairement denses. Encore un effort, et ils seraient en sécurité.

Quand il se tourna vers Azhure, l'Avar se décomposa comme s'il venait de voir un fantôme. Jetant un bref coup d'œil par-dessus son épaule, la jeune femme comprit pourquoi il réagissait ainsi. Le Tranchant d'Acier les talonnait, et ses intentions, à voir la rage qui brillait dans son regard, ne faisaient pas de doute.

Raum prit Azhure par l'épaule et lui fourra Shra dans les bras.

— Partez devant moi ! cria-t-il. Marchez aussi vite que possible, et courez dès que le chemin sera plus large et moins glissant. Ramenez l'enfant chez elle ! Je retarderai notre poursuivant…

Azhure voulut émettre une objection, mais l'Avar lui flanqua une bourrade dans le dos.

— Allez-y ! cria-t-il.

La jeune femme parvint à détourner son regard du Tranchant d'Acier, dont la course furieuse la fascinait, et avança aussi vite que le permettait la roche glissante. Une dizaine de pas derrière elle, l'Avar marchait à reculons, prêt à encaisser la charge d'Axis.

Même s'il avait méprisé Hagen, le chef des Haches de Guerre ne laisserait pas fuir sa meurtrière. D'autant plus qu'il y avait Belial… S'il était mort, les Avars et elle le paieraient probablement de leur vie.

Mais ce n'était pas le moment de penser à ça ! s'admonesta la jeune femme. Alors que le fleuve faisait un méandre vers la gauche, le terrain s'améliorait nettement, et les premiers arbres de la forêt d'Avarinheim n'étaient plus qu'à une vingtaine de pas. Ils allaient réussir, et les Avars les protégeraient dès qu'ils seraient sur leur territoire. Déjà, une femme sortait d'entre les arbres, les bras tendus pour soulager la fugitive du poids de la fillette. Le cœur battant la chamade, Azhure reconnut les superbes cheveux couleur argent de son amie Plume d'Or.

Ils étaient sauvés !

À cet instant, la catastrophe frappa. Dans le dos d'Azhure, il y eut un bruit sourd et l'Avar cria de douleur. Se retournant d'un bond, au risque de glisser elle-même, la jeune femme vit que son compagnon, resté en arrière pour couvrir leur fuite, avait glissé sur la dernière plaque de roche humide. Gisant sur le dos, il semblait s'être fait très mal.

Oubliant l'enfant blottie contre son flanc, Azhure rebroussa chemin. Si elle aidait l'Avar à se relever, ils parviendraient peut-être à atteindre la forêt avant que…

Non, il était beaucoup trop tard ! Épée au poing, le Tranchant d'Acier avait déjà rattrapé sa proie. Et en approchant, la jeune femme vit que l'Avar, dont la peau sombre était déchirée par la pointe blanche d'un os, souffrait d'une fracture ouverte à la cheville gauche.

— Non…, gémit Azhure, désespérée d'avoir échoué si près du but.

Elle voulut courir vers son compagnon, mais une main s'abattit sur son épaule.

— Reste ici ! cria Plume d'Or.

Raum gisait toujours sur le dos. Une botte sur la poitrine de sa proie, le Tranchant d'Acier lui avait plaqué contre la gorge la pointe de son épée. Il appuyait si fort que du sang perlait sur la peau de l'Avar.

— Eh bien, lança Axis, on dirait que vous avez fait mieux que votre mère, dame Azhure ! Tuer son père et s'enfuir avec un Proscrit vaut cent fois une banale fugue avec un colporteur. Quant à ce pauvre Belial…

— Laissez-le partir, dit Azhure en désignant l'Avar, toujours immobilisé par le pied et la lame du Tranchant d'Acier. Je ne voulais pas tuer votre second.

— Votre père est mort ! cracha Axis. Quand je l'ai quitté, Belial respirait toujours.

— Tant mieux…, soupira Azhure. (Retrouvant un peu d'assurance, elle releva le menton et soutint le regard du soldat.) Je suis heureuse qu'il ait survécu, Tranchant d'Acier. Lui transmettrez-vous mes excuses ?

— Azhure, parvint à souffler Raum, enfuyez-vous avec la petite… Il faut la mettre en sécurité ! Abandonnez-moi ! (Il se tut, serra les dents pour bloquer la douleur, qui devait être atroce, et ajouta :) Tranchant d'Acier, je sais que vous les laisserez partir. On ne rend pas la vie à une enfant pour la tuer ensuite…

— Il a raison, dit calmement la grande femme debout derrière Azhure. Cours, mon enfant, et laisse-nous régler cette affaire. Le père de Shra l'attend. Ramène-lui la chair de sa chair !

Comme si la voix de Plume d'Or la tirait d'un rêve éveillé, la jeune femme fit volte-face et s'enfonça dans la forêt, où elle disparut rapidement entre les troncs.

Plume d'Or avança lentement. Au premier geste trop vif, elle le savait, le Tranchant d'Acier transpercerait sans hésiter la gorge de Raum. À quatre pas des deux hommes, elle s'immobilisa, le regard rivé sur le soldat.

Ce grade, cet uniforme, les deux haches brodées sur la poitrine... De vieux souvenirs remontant à sa mémoire, Plume d'Or pensa à la dernière fois qu'elle avait vu un membre des Haches de Guerre, dans une autre vie. Et aujourd'hui, voilà que leur chef se campait devant elle, sa botte et son épée profanant le corps d'un des plus formidables Eubages de la longue histoire du peuple de la forêt.

Cet officier était si jeune... Quelle mouche avait piqué le frère-maître ? En règle générale, on accédait à des postes de cette importance dix ou quinze ans plus tard que ce gamin.

Trop inquiète pour Raum, Plume d'Or ne prit pas le temps de dévisager l'officier. D'ailleurs, elle se fichait de son apparence.

— Tranchant d'Acier, dit-elle avec une gracieuse révérence – un reste de l'éducation maternelle – puisse Artor t'avoir en sa sainte Grâce aujourd'hui et jusqu'à la fin des temps.

Dubitatif, Axis étudia la femme aux cheveux gris séparés en deux par une longue mèche d'or. Proche de la cinquantaine, hautement distinguée, comme en témoignaient son ton et son maintien, elle restait de marbre face à un homme qui aurait pu la tuer en relevant simplement son épée. Que faisait une personne de cette envergure avec les Proscrits ?

— Je vous rendrais volontiers cette bénédiction, gente dame, si Artor l'accordait aux Acharites renégats qui préfèrent vivre avec les Proscrits !

Plume d'Or fut révulsée par la prétention du soudard. Les Haches de Guerre se croyaient supérieurs à tout le monde, et ce Tranchant d'Acier était encore plus arrogant que celui qu'elle avait connu dans sa jeunesse. Mais pourquoi n'avait-il pas encore tué l'Eubage ? À l'évidence, il n'était pas le genre d'homme à souffrir de tourments de conscience.

— Artor exige-t-il la vie de Raum ? demanda Plume d'Or, dévoilant volontairement le nom de l'Avar à son meurtrier potentiel.

Tuer un inconnu était toujours plus facile, même pour un guerrier aussi endurci que cet officier.

— Qu'a-t-il fait pour mériter que vous lui tranchiez la gorge ? (Plume d'Or vit l'hésitation du Tranchant d'Acier et s'empressa d'enfoncer le clou.) Je n'étais pas au village cette nuit, mais, si j'ai bien compris les propos d'Azhure, la violence fut de son seul fait. Égorgerez-vous un innocent pour passer votre rage sur quelqu'un ?

— Je suis le Tranchant d'Acier des Haches de Guerre, au service de l'ordre du Sénéchal..., dit Axis. Mon devoir est clair.

À son ton, pensa Plume d'Or, *il tente surtout de se convaincre.*

— Vous vous trompez, Tranchant d'Acier. Aujourd'hui, il faut vous fier à votre conscience, pas aux enseignements du Sénéchal. Le seul devoir d'un être pensant est de faire ce qu'il estime juste. Selon votre cœur, avez-vous le droit de plaquer une lame sur la gorge de Raum alors qu'il ne vous a jamais nui et n'a pas davantage menacé les vôtres ?

Le Tranchant d'Acier réagit curieusement, comme si les derniers mots de son interlocutrice avaient touché un point sensible.

— Qui sont les miens ? souffla-t-il avant de baisser les yeux sur Raum. De quel peuple suis-je l'enfant ?

Plume d'Or plissa le front, perplexe. De quoi parlait-il donc ?

— Ma dame, dit le soldat en relevant les yeux, connaissez-vous les Icarii ?

Stupéfaite par cette question, l'amie des Avars hocha la tête avec un temps de retard.

— Oui, ils me sont familiers.

— Alors, répondez-moi. Ces êtres chantent-ils ?

Émue par de précieux souvenirs, Plume d'Or sourit.

— Oui, dit-elle, et leurs voix sont magiques. C'est leur cadeau à la Terre et aux étoiles. Tous ont la musique dans le sang, et leurs Envoûteurs... Ah, si vous saviez... Ils chantent avec la puissance et la grâce des astres eux-mêmes.

Touchée par la mélancolie soudaine du Tranchant d'Acier, Plume d'Or avança et voulut lui poser une main sur le bras. Mais il sursauta et ses phalanges blanchirent sur la garde de son épée. Prudente, la femme n'acheva pas son geste.

— Qui suis-je ? gémit Axis. Qui suis-je ?

Plume d'Or ouvrit la bouche pour parler puis la referma. Que dire pour réconforter un homme dont elle ne comprenait pas le problème ?

Axis la dévisagea quelques instants, puis il retira sa botte de la poitrine de Raum, écarta l'épée de sa gorge, en posa la pointe sur le sol et se servit de l'arme comme d'un bâton de vieillesse.

— Va-t'en, Raum, dit-il avec une grande lassitude. Je n'ai aucun droit de te retenir. Pars vite !

L'Eubage se releva péniblement. Du sang sur le cou, il serra les dents dès que sa cheville dut supporter le poids de son corps. Plume d'Or se pencha, l'aida à se remettre debout et lui fit signe de s'appuyer sur elle. Alors qu'ils marchaient très lentement vers la forêt, Raum se retourna et regarda Axis.

Les yeux vides de toute émotion, le Tranchant d'Acier semblait déjà très loin de là, comme si rien n'était arrivé.

Jack et Yr avaient parlé à l'Eubage de l'amour naissant entre le guerrier et Faraday. Troublé par cette curieuse passion, il avait voulu en savoir plus, mais les Sentinelles s'étaient bien gardées de lui en dire davantage sur Axis.

Depuis la résurrection de Shra, Raum comprenait mieux les sentiments de la future duchesse d'Ichtar. Et aujourd'hui, voilà qu'il avait une double dette envers le chef des Haches de Guerre ! Pour le salut de Shra et, désormais, pour le sien…

— Je te dois deux vies, Tranchant d'Acier, dit-il assez fort pour couvrir le vacarme des eaux. Permets que je t'en rende une et que je garde la seconde pour plus tard… En attendant, sache que Faraday n'est pas morte.

Sur ces mots, l'Eubage se détourna. Toujours appuyé sur Plume d'Or, il disparut bientôt entre les arbres majestueux de la forêt d'Avarinheim.

34

Le clan de l'arbre fantôme

Dès que la forêt se referma sur elle, Azhure eut le sentiment d'être entrée dans un autre monde. Depuis son enfance, on lui répétait que les bois étaient des endroits sombres et effrayants où se tapissaient des monstres buveurs de sang. Pourtant, après avoir fait une trentaine de pas, elle découvrit un univers où régnaient en maîtres l'espace, la lumière et... la musique. Sur sa droite et sa gauche, des pins vénérables se lançaient à l'assaut du ciel, leurs troncs droits et réguliers jusqu'à l'endroit, une sorte de croisée des chemins aérienne, où leurs branches partaient en étoile. Fascinée, la jeune femme marchait les yeux levés, avide d'apercevoir, entre les trouées de la frondaison, d'éblouissants jeux de lumière. Et quel feu d'artifice de couleurs composaient les buissons et les parterres de fleurs sauvages ! En l'absence de branches basses et de hautes fougères, la forêt d'Avarinheim, calomnieusement surnommée « OmbreGarde » par l'ordre du Sénéchal, était en réalité un lieu où on ne se sentait jamais à l'étroit, tous les sens grisés par une kyrielle de parfums floraux, de chants mystérieux et de lourdes senteurs de terre. Comment les frères du Sénéchal avaient-ils pu répandre tant de mensonges sur une des merveilles naturelles du monde ?

Azhure serra moins fort Shra et continua à avancer, frappée par une beauté dont elle n'avait jamais soupçonné l'existence.

Il lui fallut quelques minutes de plus pour comprendre la nature de la « symphonie » qui caressait inlassablement ses oreilles. Avec pour fond sonore les sons cristallins de la Nordra, dont les eaux clapotaient contre les rochers, une myriade d'oiseaux interprétaient une mélodie unique et pourtant dotée d'une infinité de variations. Quelque chose comme le chant de la vie, avec la nature pour chef d'orchestre…

Azhure sourit d'extase. Depuis l'avènement de la Voie de la Hache et de la Charrue, qui avait poussé presque tous les oiseaux à fuir, les Acharites devaient se contenter du pépiement des moineaux et des sinistres croassements des corbeaux. Une cacophonie, par comparaison aux notes douces et subtiles qu'elle savourait à présent…

La jeune femme fit un effort pour revenir à la réalité. De l'autre côté des arbres, le prisonnier avar devait toujours lutter pour sa vie, et le père de Shra l'attendait impatiemment. Quand elle l'aurait trouvé, il serait peut-être encore temps de rebrousser chemin pour aller aider son compagnon d'évasion et Plume d'Or.

Alors qu'elle accélérait le pas, un homme aussi musclé et mat de peau que le prisonnier, mais aux cheveux grisonnants, jaillit des buissons où il était tapi. En un éclair, il arracha l'enfant des bras d'Azhure, qui recula d'instinct.

À quatre pas d'elle, serrant Shra contre sa poitrine, il foudroya la jeune femme du regard, prêt à se battre jusqu'à la mort s'il le fallait. Outre une tunique de laine teinte en rouge et ornée de broderies sur les manches et l'ourlet – des branches d'arbres entrelacées –, il portait des hauts-de-chausses fermés sur ses mollets par une lanière de cuir et des bottines également en cuir. Ravie d'être dans ses bras, Shra gazouillait comme un bébé.

Azhure écarta les mains pour souligner qu'elle n'avait pas d'intentions belliqueuses. L'homme, ignorant tout des derniers événements, devait la prendre pour une intruse qui ourdissait quelque sombre machination. Une Acharite qui rôdait dans sa chère forêt avec sa fille ne pouvait être autre chose qu'une espionne, dans le meilleur des cas.

— Je ne vous veux pas de mal, dit la jeune femme, consciente que l'Avar avait toutes les raisons d'être tendu.

Cela dit, il la terrifiait. Comment se défendrait-elle s'il décidait d'éliminer la « menace » ?

Le front plissé, l'homme recula d'un pas. Tournant la tête sur la droite, Azhure capta un nouveau mouvement. Une seconde plus tard, une femme très mince aux cheveux noirs sortit de sa cachette entre un arbre et un massif d'épineux. Bien plus petite que l'humaine, elle portait une robe jaune clair également décorée de broderies – une sarabande de cerfs, comme sur la tunique du prisonnier. Même si la présence de l'intruse l'inquiétait, elle s'approcha de l'homme d'une démarche assurée. L'image même de la confiance en soi et du pouvoir contenu...

— Tout va bien, Grindle, dit-elle, une main posée sur l'épaule de l'Avar. Shra semble en forme, et elle n'a visiblement pas peur de cette humaine. (Elle regarda Azhure.) Je suis Barsarbe, une Eubage du peuple de la forêt.

Si courtoise qu'elle se montrât, le regard de cette femme ne laissait pas de doutes : elle entendait savoir au plus vite ce qu'Azhure faisait dans la forêt avec la fille de Grindle.

Plus effrayée par Barsarbe que par le père de Shra, Azhure leva fièrement le menton et tenta de paraître aussi confiante et détendue que son interlocutrice.

— Je vous salue, Eubage Barsarbe. Mon nom est Azhure, et je viens de Smyrton.

— Humaine, Plume d'Or a mentionné ton nom...

— Oui. Depuis des années, je parle souvent avec elle. À présent, je vous en prie, écoutez-moi ! *(Bon sang, que fichons-nous là à nous congratuler, alors qu'un drame se joue à la lisière de la forêt ?)* Shra et l'Avar qui l'accompagnait ont été capturés par les villageois. J'ai dû attendre cinq jours pour les faire évader. Mais le Tranchant d'Acier des Haches de Guerre, arrivé hier avec ses soldats, nous a rattrapés à quelques pas de la forêt. L'Avar m'a…

— Il se nomme Raum, coupa Barsarbe, le front plissé d'inquiétude.

— Raum m'a confié l'enfant et il m'a ordonné de fuir. Puis il s'est préparé à affronter le Tranchant d'Acier.

— Il faut aller l'aider, s'il n'est pas déjà mort ! s'écria Grindle, prêt à bondir.

— Attends, lui conseilla Barsarbe. Laissons-la d'abord finir son histoire.

Peu rassurée, Azhure étudia les deux Avars. Seraient-ils à la hauteur face au Tranchant d'Acier ? Franchement, elle en doutait.

— Raum est tombé et il s'est cassé la cheville. Voyant qu'il ne pourrait pas fuir, Plume d'Or est allée parler à l'officier.

— Raum et Plume d'Or sont morts, lâcha Grindle, résigné.

— Le Tranchant d'Acier a aidé les prisonniers, dit Azhure, se demandant pourquoi elle prenait ainsi la défense d'Axis. S'il avait pu, il aurait aimé leur rendre la liberté. Hier, il s'est occupé de Shra, puis il m'a autorisée à la conduire chez moi. Il doit être possible de raisonner avec lui…

— Si Azhure a raison, dit Barsarbe, Plume d'Or est la plus qualifiée pour le convaincre. En attendant, nous ne pouvons rien faire.

— Que dis-tu là ? rugit Grindle. Il faut voler au secours de Raum. Perdre un nouvel Eubage est hors de question. De plus, Raum est mon frère !

— Grindle, je ne cautionnerai pas la violence, même pour le sauver. Les Avars n'y recourent jamais, tu le sais. Et si tu te précipites là-bas, dans ton état d'excitation, ton frère mourra sûrement. Seule Plume d'Or a une chance. Toi, tu aggraverais la situation.

Barsarbe se tut et sonda le chemin derrière Azhure, qui tendit l'oreille sans rien entendre.

— Ce sont eux ! s'écria Grindle.

Après avoir confié Shra à sa compagne, il partit au pas de course. Passant la fillette à Azhure, Barsarbe le suivit, sa robe relevée jusqu'aux genoux pour aller plus vite.

La jeune femme revint sur ses pas et les rejoignit derrière le premier lacet du sentier. Son frère dans les bras, Grindle courait comme un fou. Quand il la dépassa, elle vit que Raum, le cou maculé de sang, souffrait atrocement. Le pied à demi arraché, il succomberait à l'hémorragie si on n'intervenait pas très vite. Même ainsi, il lui resterait très peu de chances d'échapper à la gangrène.

— Suis-nous, souffla Barsarbe à Azhure.

Voyant que l'Eubage soutenait Plume d'Or, qui semblait au bord de l'évanouissement, la jeune femme passa son bras libre autour de la taille de son amie.

Elles marchèrent près d'une heure dans la forêt, très loin derrière Grindle, qui disparut rapidement de leur vue. Chargé comme il l'était, comment parvenait-il à progresser si vite ?

Quand elle eut recouvré ses forces, Plume d'Or se dégagea de l'étreinte de ses compagnes. Bien que titubant encore, elle rejeta toute offre d'assistance.

Lorsqu'elle eut repris un peu de ses couleurs, Azhure osa lui demander comment elle avait réussi à convaincre Axis de les laisser partir.

— Je n'en sais trop rien, mon amie… Il serrait la garde de son épée, et j'aurais juré qu'il allait égorger Raum. Puis il m'a demandé si les Icarii chantaient ! J'ai répondu oui, bien entendu, et il s'est décomposé, comme s'il crevait de peur. Ensuite, il m'a permis d'emmener notre ami. Un étrange Tranchant d'Acier, en vérité… J'en parlerai avec Raum, dès qu'il ira mieux. Il éclairera peut-être ma lanterne…

— Pour un Tranchant d'Acier, dit Azhure, Axis déborde de compassion. Quand il a vu les prisonniers, hier, détenus dans des conditions indignes, il a rudoyé Hagen, puis il m'a confié Shra. Et il a chargé Belial, son second, de faire nettoyer la cellule.

— Belial ? L'homme que tu as frappé ?

Oui, Plume d'Or… Mais j'ai détesté ça…

Barsarbe et Plume d'Or dévisagèrent l'humaine, l'air réprobateur. Déjà taraudée par la culpabilité, Azhure regretta de ne pas pouvoir se faire toute petite.

— Eubage, dit Plume d'Or, il faudra en reparler quand nous serons au camp. Mais n'oublie pas, malgré tout, qu'elle a sauvé Raum et Shra…

Toujours maussade, Barsarbe cessa cependant de foudroyer l'humaine du regard. Si les Avars condamnaient la violence, comme l'avait rappelé l'Eubage à Grindle un peu plus tôt, que diraient-ils quand ils apprendraient qu'Azhure avait tué Hagen ? La chasseraient-ils de chez eux, la livrant à la fureur des villageois ?

Touchée par le désarroi de son amie, Plume d'Or lui posa une main sur l'épaule.

— Les Avars sont un peuple pacifique, mais ils te sauront gré d'avoir sauvé deux des leurs. Si tu as dû recourir à la violence pour cette raison, ils en tiendront compte.

— Je l'espère, Plume d'Or… Je voulais aider les prisonniers, mais les choses… ont mal tourné, et…

— N'en dis pas plus, mon enfant. Je sais que tu ne me mens pas.

Azhure se tut un moment, puis posa la question qui lui brûlait les lèvres :

— Plume d'Or, je ne peux plus rentrer chez moi. Tu crois que les Avars m'accepteront ?

Sans répondre, Plume d'Or interrogea Barsarbe du regard.

— Le clan en décidera…, souffla simplement l'Eubage.

Peu après, elles atteignirent un petit camp dressé dans une clairière adossée aux berges de la Nordra. Composé de deux tentes circulaires tenues par des piliers de bois, il comptait pour tout « équipement » une cheminée extérieure en pierre où on devait faire cuire la nourriture et chauffer l'eau. Grindle avait déposé son frère non loin du foyer. Les deux femmes et les trois enfants qui faisaient cercle autour du blessé parurent profondément soulagés par le retour de Barsarbe et de Plume d'Or. Ne sachant que penser d'Azhure, les petits reculèrent un peu, les mains dans le dos. L'air toujours aussi furieux, Grindle observait les deux femmes affairées à soigner Raum.

Barsarbe écarta la plus jeune des deux, s'agenouilla et examina le cou puis la cheville du blessé.

— Fleat, dit-elle à l'autre femme, il faut que j'intervienne vite. Tu peux essayer de me dénicher une attelle ?

Fleat hocha la tête et se leva.

— Helm, dit l'Eubage en se tournant vers un garçon d'une quinzaine d'années, il me faut de l'eau chaude. (Elle fit signe à une fille un peu plus jeune qu'Helm.) Skali, tu veux bien aller chercher mes sacoches d'herbes ?

Les deux adolescents filèrent exécuter les ordres de Barsarbe, qui entreprit de nettoyer le sang sur le cou de Raum, afin d'évaluer la gravité de la blessure.

— Grindle, il est à demi inconscient, mais la douleur risque de le réveiller quand je manipulerai sa cheville. Tu te sens de le tenir ?

Le père de Shra s'agenouilla aussitôt à côté du blessé.

— Tu le tireras de là, Barsarbe ?

— Je ferai de mon mieux, comme toujours… Au moins, la plaie n'a pas eu le temps de s'infecter. J'ai sauvé des gens en bien pire état…

Plume d'Or fit signe d'approcher à la plus jeune des deux femmes. Vêtue d'une tunique et de hauts-de-chausses, comme Grindle, elle avait un bébé attaché sur la poitrine et sourit quand elle vit qu'Azhure portait Shra.

— Ma chérie ! s'écria-t-elle alors que la fillette lui jetait les bras autour du cou.

— Elle va bien…, souffla la jeune femme.

— Azhure, dit Plume d'Or, Pease est la mère de Shra, et Grindle est son père. Pease, puis-je te présenter Azhure ?

Bien qu'elle parût trop petite et fragile pour supporter le poids du bébé et de Shra, la jeune Avar semblait n'avoir aucun problème. Malgré leur taille inférieure à la moyenne et leur ossature fine, les femmes du peuple de la forêt n'avaient rien à envier aux hommes en matière de force et de résistance.

— C'est grâce à elle que Raum et Shra sont de retour ici, continua Plume d'Or. Mais elle est épuisée, et moi aussi. Nous aimerions nous asseoir et boire un peu d'infusion.

— Bien sûr, dit Pease, confuse de ne pas y avoir pensé toute seule. Venez donc vous installer près du feu.

Raum dans les bras, Grindle entra sous une des tentes, Barsarbe et Fleat sur les talons.

Alors que Plume d'Or et Azhure prenaient place à côté de la cheminée, Pease posa à contrecœur sa fille, prit la casserole gardée au chaud sur la grille et servit ses invitées.

Azhure accepta la coupe en bois décorée de feuilles sculptées et sourit à Pease tandis qu'elle s'asseyait en tailleur à côté d'elle, le bébé sur les genoux, et Shra blottie contre son flanc.

La seule enfant que Barsarbe n'avait pas enrôlée pour secourir Raum, une petite fille à l'air timide, hésita un peu puis approcha quand Pease lui eut plusieurs fois fait signe de venir s'asseoir près d'elle.

—Azhure, dit Pease, me pardonneras-tu mon impolitesse ? Ne pas t'accueillir dignement était une faute et je brûle de la réparer. Sois la bienvenue dans le clan de l'Arbre Fantôme. Puisses-tu toujours trouver de l'ombre pour te reposer et que le chemin du Bosquet Sacré te reste éternellement ouvert.

—Merci, Pease, dit Azhure, un peu gênée de ne pas connaître la réponse rituelle sûrement attendue. Je suis très heureuse d'être ici et touchée par la gentillesse de votre accueil.

—Je crois qu'il est temps de faire les présentations, reprit Pease. Grindle est le chef du clan de l'Arbre Fantôme, et Fleat, sa première épouse, la mère des trois plus grands enfants, Helm, Skali et Hogni. Il y a cinq étés, Grindle m'a demandé d'être sa deuxième femme, un honneur que j'ai bien entendu accepté. Shra et ce bébé sont mes enfants. Enfin, notre clan est très fier que les Eubages Raum et Barsarbe voyagent parfois avec lui...

—Grindle a deux épouses ? demanda Azhure, doutant d'avoir bien compris.

—Ce n'est pas le cas des hommes de ton peuple ? s'étonna Pease.

Plume d'Or s'empressa de répondre avant qu'Azhure, sans le vouloir, insulte son hôtesse par des propos irréfléchis.

—Non, mon amie. Comme les Icarii, les habitants des plaines ont l'étrange coutume d'avoir un seul compagnon, ou une seule compagne, à la fois. (Elle se tourna vers Azhure.) Pour les Avars, les enfants sont le bien le plus précieux. Quand une femme n'a pas pu devenir la première épouse d'un chef de clan, elle se réjouit d'être la seconde. Grindle fut très honoré qu'elle accepte sa demande, et Pease très fière qu'il ait pensé à elle…

Le bébé commençant à pleurer, la jeune Avar ouvrit sa tunique et entreprit de lui donner le sein. Après l'avoir cajolé un moment, elle releva les yeux vers Azhure.

— Et toi, combien d'enfants as-tu ?

— Aucun. En fait, je ne suis pas mariée.

— À ton âge ? s'étonna la jeune maman.

Azhure se rembrunit, un peu vexée de passer pour une vieille fille.

— Fleat a eu son troisième enfant à vingt-deux ans, et j'en ai dix-neuf…

Un cri monta sous la tente où Barsarbe s'occupait de la cheville de Raum. Quand un craquement d'os retentit, les trois femmes pâlirent avec un bel ensemble.

— Barsarbe est une guérisseuse très douée, dit Plume d'Or en tapotant le genou d'Azhure. Si quelqu'un peut sauver la vie de Raum, c'est elle, crois-moi !

De plus en plus blême, la jeune femme hocha imperceptiblement la tête.

35

L'homme étoile

L'épée toujours au poing, Axis sortit en titubant de la vallée des Proscrits. Dans sa tête, des mots et des images dansaient une infernale sarabande. La veille, Raum lui avait dit qu'il abritait l'âme d'un Envoûteur. Un Envoûteur icarii, bien entendu. Et selon la femme aux cheveux gris, les Icarii avaient comme lui la musique dans le sang. De fait, il chantait et jouait de la harpe sans jamais avoir appris. À présent, des mélodies et des ballades remontaient à sa mémoire, comme si la prison où elles croupissaient venait de s'ouvrir. Face à Gorgrael, il avait fredonné une antique litanie protectrice. Plus tard, pour aider Shra, il avait de nouveau chanté, le résultat stupéfiant jusqu'à Raum. Face auquel, fallait-il le souligner, il n'avait éprouvé aucune haine, mais de la sympathie.

Qui était mon père ?

Si évidente qu'elle fût, il se refusait à formuler la réponse, de peur de basculer aussitôt dans la folie. Concentré sur le simple fait de poser un pied devant l'autre, il cheminait vers le camp où l'attendaient ses Haches de Guerre. En route vers un monde qu'il comprenait et qui *le* comprenait…

Pouvait-il être le fils d'un Proscrit, lui qui avait consacré sa vie à servir l'ordre du Sénéchal, dont les Avars et les Icarii étaient les ennemis jurés ? Alors qu'il vomissait et redoutait depuis toujours les Proscrits, ses veines charriaient-elles du sang icarii ?

Avoir eu de la compassion pour les deux Avars signifiait-il qu'il appartenait à leur race maudite ?

— Non, dit-il, ce n'est pas possible !

Avant de le quitter, Raum avait prétendu que Faraday était vivante. D'où le savait-il ? Et comment pouvait-elle avoir échappé à un tel éboulis ? S'il cédait à l'espoir, pour être déçu au bout du compte, sa raison n'y résisterait pas.

— Non, répéta-t-il, ce n'est pas possible !

— Tranchant d'Acier ! cria soudain une voix.

Axis releva la tête. Suivi par un détachement de Haches de Guerre, Arne galopait vers lui à bride abattue.

— Chef, cria-t-il en s'arrêtant devant son supérieur, nous avons découvert Belial, salement amoché. Hagen a été assassiné et les Avars sont introuvables.

— Ils se sont enfuis avec l'aide d'Azhure, répondit Axis en rengainant son épée.

— Qu'Artor maudisse cette garce ! rugit Arne. Elle a tué son père et gravement blessé Belial.

— Comment va-t-il ?

— Il vivra, Tranchant d'Acier. Ogden et Veremund s'occupent de lui et ils assurent savoir ce qu'ils font.

— Ogden et Veremund ? Oui, il faudra que je leur dise un mot…

— Et les prisonniers, chef ?

— Ils avaient trop d'avance sur moi… Azhure s'est enfoncée avec eux dans les profondeurs d'OmbreGarde.

— Ignoble vermine ! lâcha Arne. (S'avisant que son chef tenait à peine sur ses jambes, il lui tendit un bras.) Je vous ramène ?

Les bonnes gens de Smyrton étaient massés sur la place du village et le long de la rue principale. Les deux terribles nouvelles – l'assassinat du gardien de la Charrue et l'évasion des Avars – avaient rapidement fait le tour de la petite communauté. De l'avis général, Azhure, la meurtrière de Hagen, avait attaqué le second du Tranchant d'Acier et libéré les deux créatures. Pas une voix ne s'était élevée pour rappeler qu'un suspect est présumé innocent jusqu'à ce que sa culpabilité soit *prouvée*.

La fille de Hagen n'avait jamais été très populaire, sans doute parce qu'elle refusait obstinément de s'intégrer. Bref, elle ressemblait à sa mère, mais en pire. De toute façon, se fier à une Norienne était de la folie. Hagen avait cédé aux sirènes de la passion et cette extravagance, au bout du compte, lui coûtait la vie.

Son cadavre reposait à présent dans la maison de maître Hordley, où plusieurs femmes du village, entre deux crises de larmes, lui faisaient sa dernière toilette... et recousaient son ventre ouvert. Dès qu'elles auraient fini, l'ayant revêtu de ses plus beaux atours, ses concitoyens viendraient lui rendre un dernier hommage.

La demeure du gardien de la Charrue, nettoyée du sang, servait d'infirmerie pour le Hache de Guerre blessé.

Privés de bûcher, les villageois auraient au moins un enterrement pour se divertir. Artor en soit loué, les deux frères de passage à Smyrton pourraient célébrer le service des morts.

Axis sauta du cheval d'Arne quand il passa devant la maison du saint homme décédé.

—Arne, demanda-t-il, les jambes encore mal assurées, qui est à l'intérieur ?

—Ogden, Veremund et Belial. Quand je suis parti, il n'y avait personne d'autre.

—Très bien... Hache de Guerre, tu monteras la garde devant la porte. Ne laisse entrer personne, je ne veux pas qu'on me dérange...

Arne ne posa pas de questions. Pour lui, un mot du Tranchant d'Acier valait tous les édits du roi Priam.

En approchant de la porte, Axis se demanda si ce fier soldat, informé de sa véritable identité, aurait continué à le suivre aveuglément. Hélas, il en doutait…

Pour l'heure, il allait interroger les deux vieillards, et ils auraient intérêt à cesser de tourner autour du pot, s'ils tenaient à finir la journée avec les quelques dents qu'il leur restait.

Appuyé à la porte, il réunit tout son courage, ouvrit le battant, entra et referma derrière lui.

Au fond de la pièce, penchés sur le lit où reposait Belial, les deux… frères… ne s'aperçurent pas qu'ils n'étaient plus seuls.

Ogden avait posé sur le visage du blessé une main qui émettait une pâle lueur jaune. Debout près de son ami, Veremund marmonnait dans sa barbe.

Axis les regarda un moment. Belial ne risquait rien, il le devinait. Mais ces deux-là, décidément, n'étaient *pas du tout* ce qu'ils prétendaient être. Et leur comédie commençait à devenir longuette.

Alors qu'il allait chercher un morceau de tissu, sur la table, pour éponger le front du blessé, Veremund remarqua Axis du coin de l'œil – et son regard cessa instantanément de briller.

— Tranchant d'Acier ! s'écria-t-il.

Ogden retira sa main du visage de Belial. L'air confus, comme son compère, il ne sut trop quoi dire. Tous les deux auraient aimé attendre encore un peu avant de révéler leur véritable nature à Axis.

Sans les quitter des yeux, le Tranchant d'Acier avança jusqu'au lit et examina Belial. La respiration régulière, il semblait somnoler, soulagé par les compresses fraîches qui enveloppaient son crâne.

— Chef, dit-il en levant les paupières, je suis désolé. Tourner le dos à une femme n'est jamais une très bonne idée.

Axis sourit de la remarque, typique de l'humour à froid de son second.

— Tu as eu de la chance qu'elle ne te poignarde pas. En matière de meurtre, on dirait que c'est une experte.

— Je ne m'attendais pas à ça venant d'elle, avoua Belial.

— Si ça peut te consoler, l'idée de t'avoir occis la perturbait, et elle me charge de te transmettre ses plus plates excuses. Ton sourire a dû la charmer assez pour qu'elle retienne son coup...

— J'ai toujours su m'y prendre avec les femmes, plaisanta Belial – avant de plisser les yeux, comme si sa tête se rappelait à son bon souvenir.

— Tu as parlé aux fugitifs ? demanda Ogden.

Axis se tourna trop vite pour que le vieil homme puisse réagir. Le saisissant par les cheveux, il lui inclina de force la tête et plaqua un couteau sur sa gorge.

— Et toi, *frère*, quel rôle as-tu joué dans cette affaire ? Moi, j'y vois ta griffe et celle de ton maudit compagnon !

— Axis, gémit Belial, ne leur fais pas de mal. Ils m'ont très bien soigné.

— Sûrement pour se racheter, mon vieil ami ! Ça ne m'étonnerait pas qu'ils aient organisé l'évasion.

— Axis..., implora Veremund, mort d'inquiétude.

Un seul mot de travers, il le savait, et Ogden finirait la gorge tranchée.

— Vous répondrez à mes questions, vieillards ?

— Oui, oui ! Mais lâche Ogden, par pitié !

Axis accéda si soudainement à cette demande que le pauvre Ogden s'écroula lamentablement. Alors que Belial, qui s'était à demi relevé, laissait retomber sa tête sur l'oreiller, le Tranchant d'Acier s'assit au bord du lit et remit le couteau dans sa botte.

— Ce n'est peut-être pas l'endroit idéal pour parler, Tranchant d'Acier, dit Ogden en regardant fixement Belial.

— Tu te trompes, vieil homme. C'est le lieu rêvé, parce que je veux que mon ami entende tout et qu'il me donne ensuite son avis.

— Si ça te chante... Veremund, aurais-tu l'obligeance de m'aider à me relever, puis à prendre place sur une chaise ?

Le grand frère mince aida son poussah de compagnon à se remettre debout, puis à poser ses fesses sur un siège, en face du lit.

— Que veux-tu savoir, mon garçon ? demanda-t-il quand il se fut également assis.

Sa fureur envolée, Axis semblait simplement épuisé.

— Vous vous souvenez de notre conversation, près des tumulus, le soir de la première attaque de Gorgrael ? (Les deux vieillards acquiescèrent.) J'ai parlé d'un donjon, soudain ouvert et inondé de lumière depuis que j'avais lu la Prophétie, et ajouté que je n'aimais pas ce que j'y voyais. Depuis, trop de choses sont sorties de cette geôle pour que je continue à les ignorer. Sans explications de votre part, je crains que ma raison n'y résiste pas.

Sentant la détresse de son chef, Belial lui tendit la main. Sans quitter Ogden et Veremund du regard, Axis la prit et la serra très fort.

— Qui que vous soyez, continua-t-il, je ne gobe plus votre histoire de frères du Sénéchal devenus gâteux après trente-neuf ans de solitude. Alors, si vous me disiez la vérité ?

Ogden et Veremund se regardèrent, pleins d'incertitude, puis se prirent également la main.

— Mon ami, murmura Ogden, est-ce vraiment le moment ?

— Vous n'avez pas le choix ! cria Axis. Si vous ne parlez pas, je ressortirai mon couteau et, cette fois, du sang coulera.

Les deux vieillards pointèrent fièrement le menton, leur décision prise.

— Nous sommes les Sentinelles, dirent-ils, leurs yeux brillant de nouveau.

— Les Enfants…, continua seul Ogden.

— … et les Serviteurs…, ajouta Veremund.

— … de la Prophétie du Destructeur, achevèrent-ils en chœur.

Un long silence suivit. Leurs yeux de nouveau normaux, les Sentinelles, redevenues deux vieillards inoffensifs, attendirent de voir comment réagiraient leurs interlocuteurs.

— Vraiment ? lâcha Axis.

Certain que les deux frères lui mentaient depuis le début, il ne s'attendait pourtant pas à ça.

Si incongru que cela parût en un tel moment, Belial éclata de rire.

— Pas étonnant que vous ayez tant bafouillé en conduisant le service des morts ! Ainsi, vous êtes les fameuses Sentinelles ?

La nouvelle semblait l'impressionner… et lui inspirer un tout nouveau respect pour les deux compères.

— Donc, nous savons que Gorgrael s'est levé au nord, et que les Sentinelles… hum… veillent sur tous les fronts. (Axis baissa les yeux, réfléchit un moment et releva la tête, déterminé à aller jusqu'au bout.) Nobles Sentinelles, voulez-vous apprendre qui je suis ?

Angoissés, Ogden et Veremund retinrent leur souffle.

— Vous avez devant vous le fils de la princesse Rivkah et… d'un Envoûteur icarii.

Voilà, il l'avait dit, et un grand poids venait de s'envoler de ses épaules.

Belial écarquilla les yeux, mais il ne fit pas de commentaires.

— Oui, c'est ce que nous pensons aussi, soupira Veremund. Cela dit, nous n'en savons pas plus, Axis, il faut nous croire ! L'identité précise de ton père nous est inconnue…

— Comment as-tu compris, Tranchant d'Acier ? demanda Ogden.

Axis ignora la question et se tourna vers son second.

— Alors, Belial, qu'en penses-tu ? Les Haches de Guerre ont pour mission de traquer impitoyablement les Proscrits, et voilà que leur chef en est un ! Que dis-tu de ça ?

Belial s'assit péniblement dans le lit. Ce qu'il avait appris en quelques minutes avait de quoi désorienter l'esprit le mieux formé. Pourtant, malgré son entraînement – ou devait-il dire conditionnement ? –, il avait déjà éprouvé du respect et de la sympathie pour le prisonnier avar. À présent, ce n'était pas un Proscrit abominé qu'il voyait assis près de lui, mais un ami qui avait plus que jamais besoin de son soutien.

— Ce que j'en dis ? D'abord que tu es mon Tranchant d'Acier, Axis, et je n'ai jamais servi sous les ordres d'un meilleur chef. Ensuite, tu es mon ami. Me crois-tu du genre à m'enquérir de l'arbre généalogique d'un homme avant de lui accorder mon amitié ?

Au bord des larmes, Axis se pencha et donna l'accolade à son frère d'armes.

Veremund manqua en défaillir de soulagement. En moins d'une minute, Belial venait de leur éviter, à Ogden et lui, de longs mois de travail psychologique acharné.

— Comment as-tu compris ? demanda de nouveau Ogden.

— La musique…, répondit Axis. La chanson qui a banni l'image de Gorgrael, puis celle qui a sauvé Shra…

Plus tard, Raum, le prisonnier, a dit que j'avais l'âme d'un Envoûteur icarii. Et il m'a même demandé ce que je faisais avec cet uniforme sur le dos ! Enfin, devant OmbreGarde, alors que je tenais l'Avar à ma merci, une femme est sortie de la forêt…

Ogden et Veremund sursautèrent.

— Quelle femme ? Et qu'est-il arrivé ?

Axis leur raconta brièvement la poursuite.

— Mais j'ignore l'identité de cette femme, conclut-il, à part qu'elle est d'origine acharite comme… eh bien… notre ami Belial. Mais elle connaît les Icarii et, selon elle, ils naissent avec la musique dans le sang. Comme moi, en quelque sorte… Soit dit en passant, depuis que je vous fréquente, messires, mes talents se sont considérablement développés.

— Dès que tu as lu la Prophétie, dit Ogden, nous avons su que tu avais du sang icarii. Le prophète utilisait leur langue sacrée, pas celle que parlaient les trois peuples de Tencendor. Pour comprendre ce texte, il faut avoir une ascendance icarii…

Axis se leva, se campa devant la cheminée et regarda longuement les flammes.

— Pourquoi m'avoir demandé de lire la Prophétie, messires ? Vous auriez pu choisir de tester Timozel, Arne ou Gilbert. Et pour quelle raison me suivez-vous partout ?

— Parce que nous pensons que tu es l'Unique, Axis Rivkahson, répondit Veremund.

— L'Unique ?

— L'Homme Étoile, précisa Belial. Celui qui unira les trois peuples de Tencendor. Le seul qui puisse arrêter Gorgrael.

Ogden et Veremund approuvèrent du chef, de plus en plus étonnés par la vivacité d'esprit du second d'Axis. Ces prochains mois, l'avoir à ses côtés serait un atout majeur pour le Tranchant d'Acier.

Veremund se récita mentalement la Prophétie, curieux de savoir si elle mentionnait cet étrange officier…

— Je refuse de croire ces idioties ! explosa soudain Axis. M'entendez-vous ? Je refuse !

— Mon garçon…, commença Ogden.

Un bruit épouvantable lui coupa la parole. Fou de rage, Axis venait de flanquer un grand coup de poing sur le manteau de la cheminée.

— Je suis le chef des Haches de Guerre, au service de l'ordre du Sénéchal, qui…

— … incarne tout ce que tu n'es pas ! rugit Ogden en se levant d'un bond, empourpré de colère. Aveuglés par leur foi en Artor, les membres du Sénéchal mentent aux Acharites enfin qu'ils haïssent les Icarii et les Avars. Ces fous les ont chassés du royaume, le laissant vulnérable aux assauts de Gorgrael. Bon sang, Axis, tu as lu la Prophétie ! Les trois races doivent s'unir pour vaincre, et toi seul y parviendras ! Réfléchis un peu, et tu l'admettras !

» *Primo*, tu es un chef de guerre capable de conduire les forces de Tencendor face aux hordes de Gorgrael. *Secundo*, le sang de la lignée royale d'Achar coule dans tes veines, et Priam devra tôt ou tard reconnaître qu'il a *deux* héritiers. *Tertio,* tu es plein de compassion, comme tu nous l'as souvent montré, et c'est une qualité indispensable pour réconcilier des peuples séparés depuis si longtemps.

» Enfin, tu portes en toi l'héritage d'un des plus puissants Envoûteurs icarii de l'histoire. Un atout décisif, si tu cesses de le rejeter stupidement.

— Encore un de tes mensonges, vieil homme ! cria Axis. Contre la sorcellerie de Gorgrael, je suis aussi impuissant qu'un agneau. Ai-je arrêté la tempête qui a tué tant de mes hommes ?

— Non ! beugla Ogden, ses poings potelés levés au ciel. À cet instant-là, tu ne le pouvais pas. Si tu ne trouves pas ton père, le seul qui saura te former, tu ne seras jamais assez fort pour vaincre Gorgrael. Nous avons tous besoin de lui, Axis, parce qu'il a aussi procréé le Destructeur. Sans les conseils de son géniteur, nous ne débusquerons pas Gorgrael, et nous ne découvrirons jamais ses points faibles.

Ogden se tut, vidé, et se laissa retomber sur sa chaise.

Belial mobilisa toutes ses forces pour jeter ses jambes hors du lit, où il resta assis, luttant contre le vertige qui le submergeait.

Axis se tourna de nouveau vers les flammes.

— Qu'ai-je fait à la petite Avar ? demanda-t-il.

— Tu lui as chanté la Litanie de la renaissance, répondit Veremund. Elle serait morte, mais, alors que tu la serrais dans tes bras, le souvenir de ce chant, tapi je ne sais où, est remonté à ta mémoire. Surtout ne me demande pas comment c'est possible, parce que je n'en sais rien. En principe, tu aurais dû apprendre la Litanie de ton père, et je doute qu'il te l'ait fredonnée quand tu étais dans le ventre maternel. Ce chant est d'une beauté obsédante, parce qu'il recrée la vie. Le souffle du mourant et celui de son sauveur se mêlent pour composer d'incroyables harmoniques, et la renaissance prend sa source dans le pouvoir des étoiles, rien de moins ! Depuis plus de trois mille ans, aucun Envoûteur n'a chanté la Litanie aussi bien que toi. Et je n'en connais pas un, de nos jours, qui aurait pu sauver cette enfant. (Veremund se tourna vers son vieil ami.) Ogden et moi n'avons pas pu nous retenir de pleurer. Et Raum était stupéfait. C'est un Eubage, Axis – presque l'équivalent d'un Envoûteur, chez les Avars – et il a compris ce qui se passait. Ne t'étonne plus qu'il t'ait demandé ce que tu fichais dans cet uniforme !

— Si Axis a pu sauver la petite, dit Belial d'une voix qui trahissait son épuisement, alors que personne d'autre n'en serait capable, pourquoi n'est-il pas assez fort pour vaincre Gorgrael ?

— Parce que je ne sais pas ce que je fais, mon ami ! répondit le Tranchant d'Acier. Mes… talents… ne m'obéissent pas, comprends-tu ? Face à Gorgrael, voire contre une souris à trois pattes, je ne pourrais pas invoquer un chant apte à me défendre, même si ma vie en dépendait. *Belle ma mie, ô ma mie Belle* a sauvé nos soldats de la folie, mais je doute que le Destructeur tremble de peur en l'entendant. (Axis eut un petit sourire.) Sauf si tu m'accompagnes à la harpe, mon ami. Tu joues si mal que Gorgrael lui-même en aurait les tympans percés !

Si Belial sourit, Ogden n'apprécia pas cette tentative d'alléger l'atmosphère.

— Il faut que tu suives l'enseignement de ton père, insista-t-il. Les Envoûteurs transmettent leur savoir à leurs enfants, et personne d'autre ne peut s'en charger. Un lien du sang est absolument indispensable !

— Et où le trouverai-je, d'après toi, Sentinelle ? lança Axis, de nouveau furieux.

— Les voies de la Prophétie sont impénétrables, mon garçon, répondit Ogden, l'air plus innocent que l'agneau qui vient de naître.

— Alors, noble Sentinelle, peux-tu me dire ce que je dois faire pour les suivre ?

— Continuer ce que tu as commencé devrait suffire, répondit Veremund. Va à Sigholt, puis file vers le fort de Gorken. Deux endroits, dois-je ajouter, où tu trouveras sans doute de précieux indices sur l'identité de ton père. Tu fus conçu à Sigholt, et tu as vu le jour au fort de Gorken. Qui sait quelles traces de son passage y aura laissées ton géniteur ?

Perplexe, Axis se tourna vers Belial.

— Mon ami, que me conseilles-tu ? Avec ce que je sais, ai-je le droit de continuer à commander les Haches de Guerre ?

— Tu as sous tes ordres trois mille hommes chargés de défendre le fort de Gorken contre Gorgrael. Cet objectif convient aussi bien au Tranchant d'Acier qu'au fils de l'Envoûteur icarii. Continue, comme te le conseille Veremund. Selon moi, tu es mieux armé, désormais, pour accomplir ta mission.

— Je n'aurais pas formulé les choses plus clairement, approuva Veremund.

— Dans ce cas, je capitule…, soupira Axis. (Il hésita un court instant.) Mes frères… enfin, nobles Sentinelles, j'ai encore une question. Quand je l'ai laissé partir, Raum a dit qu'il me devait deux vies et qu'il m'en rendait déjà une. Il affirme que Faraday est vivante. Mais comment le sait-il ?

Ogden et Veremund n'eurent pas besoin de simuler la surprise. Certains que Jack et Yr étaient parvenus à garder Faraday et Timozel en vie, après l'éboulis, ils ignoraient comment l'Eubage en avait eu vent. Cela posé, Axis devait continuer à ignorer que la jeune femme était en chemin pour le fort de Gorken, où elle épouserait Borneheld. S'il le savait, il serait fichu d'arriver avant elle et de saboter tous leurs plans.

Hélas, ils venaient de promettre au Tranchant d'Acier qu'ils ne lui mentiraient plus…

— Elle a pu survivre à l'éboulis, dit Veremund en prenant la main d'Axis. Des multitudes de tunnels courent sous ces tombes…

— Dans ce cas, elle erre sous la terre, piégée dans un labyrinthe mortel.

— Sûrement pas, mon garçon ! Si Raum l'a vue, c'est qu'elle en est sortie ! À mon avis, elle doit avoir quitté les tumulus pour regagner Skarabost. J'ignore où elle a rencontré Raum, mais elle lui a sûrement parlé de toi. Sinon, comment aurait-il su que tu la connais ? Axis, elle est sûrement chez elle, à l'heure actuelle. Et avec Timozel pour protecteur, il ne peut rien lui arriver de mal.

— Vous avez sans doute raison... Bien, messires, passons à autre chose. Frères du Sénéchal ou pas, vous restez tout ce que les bonnes gens de Smyrton ont sous la main. Un service des morts vous attend, nobles Sentinelles ! Avec l'entraînement que vous avez eu, près des tumulus, vous devriez être un peu moins lamentables.

Belial rit de bon cœur..., puis se prit la tête à deux mains et gémit de douleur.

Axis sourit à son ami pour l'encourager. Avec les soins éclairés des... Sentinelles..., ses tourments seraient vite terminés.

Puis il pensa à Faraday – et s'autorisa un peu d'espoir pour la première fois depuis très longtemps.

36

DANS LE CAMP DU CLAN DE L'ARBRE FANTÔME

Après deux jours de soins attentifs, Barsarbe se déclara satisfaite du rétablissement de Raum et l'autorisa à sortir de la tente. Au grand dam de Grindle et de sa petite famille, pressés d'entendre le récit des aventures de l'Eubage dans les plaines – et de la présentation de Shra à la Mère –, la guérisseuse avait refusé que son patient se lance dans de longues explications avant d'aller mieux.

Plume d'Or, très perturbée, repensait sans cesse à sa conversation avec le Tranchant d'Acier. Avec du recul, quand elle se les représentait mentalement, les traits de cet homme éveillaient en elle de vagues souvenirs…

Soudain, elle comprit. L'officier ressemblait à Priam – de loin, mais assez pour que ce soit incontestable. Était-il possible que… ?

À cette idée, Plume d'Or eut l'estomac retourné et elle dut se retenir de crier. S'agissait-il de Borneheld ?

Serait-il devenu le chef des Haches de Guerre ?

L'âge convenait, et il n'aurait pas été étonnant que Searlas ait transmis à son fils sa dévotion pour Artor et ses compétences militaires. Pourtant, quelque chose ne collait pas…

Au fil de sa réflexion, Plume d'Or se rassura. Un noble tel que le duc d'Ichtar ne faisait en général pas carrière dans la branche armée du Sénéchal. Et lors de leur dernière conversation, Azhure avait mentionné le prénom du Tranchant d'Acier. Axis, si sa mémoire ne la trompait pas... Ce n'était donc pas Borneheld – un immense soulagement pour la femme aux cheveux d'argent. Aurait-elle voulu le revoir, après tant d'années ? Non, sûrement pas. La culpabilité la torturant encore, cette épreuve serait au-dessus de ses forces.

De toute façon, Axis ne ressemblait pas du tout à Searlas, une preuve qui finissait de la rassurer. Pourtant, son visage ne s'effaçait toujours pas de sa mémoire. Il y avait quelque chose de... Ses yeux, peut-être ?

Arrête ça ! s'ordonna Plume d'Or. *Tu as rompu avec le passé, alors pourquoi t'en inquiéter maintenant ? Axis est sans doute un lointain cousin de Priam, ce qui explique leur ressemblance.*

Ce n'était rien de plus, à coup sûr. Les rois du passé, les étoiles leur en soient témoins, n'avaient jamais hésité à semer des bâtards aux quatre coins du royaume.

Barsarbe ayant consigné Raum sous sa tente, Plume d'Or trompa son ennui en sillonnant les sentiers de la forêt d'Avarinheim. Pour chasser le Tranchant d'Acier de son esprit, elle pensa à son mari et à sa fille, qui attendaient son retour au foyer, dans les Éperons de Glace. Même si elle aidait les Avars de son plein gré et de toutes les façons possibles, elle passait chaque année plus de temps loin des siens, et elle redoutait que leurs liens finissent par en souffrir. Hélas, avec les attaques de plus en plus fréquentes des Skraelings, sa présence était plus nécessaire que d'habitude. Depuis vingt ans, les Avars n'avaient jamais eu autant besoin d'elle.

Pendant les deux jours d'isolement de l'Eubage, Azhure erra autour du camp avec le sentiment d'être d'une totale inutilité. Toujours en attente de la décision du clan, elle chercha autant que possible la compagnie des deux épouses de Grindle. La prenant en sympathie, Fleat lui expliqua pourquoi Raum et Shra, et bien d'autres avant eux, avaient dû traverser Smyrton ces dernières années.

—Nous vénérons la Mère, qui dispense la vie, dit-elle un soir, alors que Pease et elle, assises devant le feu, concassaient du malfari entre des pierres plates spécialement taillées. Les enfants susceptibles de devenir des Eubages doivent lui être présentés, afin de tisser un lien très particulier avec elle. Ainsi, ils pourront atteindre le Bosquet Sacré, et utiliser les rythmes de la vie pour guérir et préserver le cycle de croissance des plantes. Comme nous, la forêt dépend d'eux, car ils conservent en bonne santé la terre et la Danse des saisons. S'ils disparaissaient, nous mourrions tous.

Pease ajouta des baies séchées, des herbes aromatiques et du lard à la farine de malfari. Puis, avec un peu d'eau, elle en fit de petites boules qu'elle enveloppa dans de grandes feuilles d'odinfor avant de les mettre à cuire.

—Notre clan est très honoré que les Eubages aient choisi Shra, dit la plus jeune des deux Avars en souriant à la fillette, qui ne la quittait pas d'un pouce depuis son retour. L'Arbre Fantôme comptait déjà un Eubage dans ses rangs – Raum, le frère cadet de Grindle. Et maintenant, il y aura Shra…

—Barsarbe fait-elle aussi partie de votre clan ? demanda Azhure, qui avait du mal à s'y retrouver.

—Non, répondit Fleat. Elle vient du clan de la Pierre Plate, mais elle a voyagé jusqu'ici avec nous, pour attendre le retour de Raum et de Shra. La Mère en soit louée ! Sans ses soins, notre Eubage n'aurait pas survécu.

Azhure aida les deux femmes à vider une énorme truite pêchée dans la Nordra. Un peu plus loin, les enfants les plus âgés en profitèrent pour jouer un peu. En règle générale, ils participaient activement aux tâches « ménagères » harassantes, et se détendaient un peu au crépuscule, quand c'était possible.

Apparemment, les Avars ne cultivaient rien et comptaient, pour se nourrir, sur ce que la forêt leur fournissait.

— Tous les vôtres vivent dans des clans comme celui-ci ? demanda Azhure après avoir sucé le bout de son index, entaillé par le couteau en os qu'elle maniait avec un peu trop d'enthousiasme.

— Oui, répondit Fleat en tendant à l'humaine un morceau de feuille d'odinfor qui ferait un parfait pansement. Nous formons tous de petits groupes de ce type. Quand on tire sa subsistance de la forêt, il est impossible de fonder de grands villages, comme vous le faites. Les Avars sont des nomades qui ne restent jamais longtemps au même endroit. Celui-ci, à notre goût, est trop près de Smyrton et des plaines. S'il n'avait pas fallu attendre Raum et Shra, nous n'y aurions jamais installé notre camp.

— Et très bientôt, nous partirons pour la Réunion du solstice d'hiver, dit Pease, ses yeux marron foncé brillant d'excitation.

— La Réunion du solstice d'hiver? répéta Azhure, déconcertée.

À cet instant, Plume d'Or vint les rejoindre et s'assit près d'elles.

— Chaque année, dit-elle, les Avars et les Icarii se retrouvent pour célébrer deux grandes fêtes : Beltide et la Réunion. Bien qu'un des deux peuples soit proche de la terre et l'autre du ciel, ils se rassemblent au nord de la forêt d'Avarinheim, là où elle touche presque les Éperons de Glace. La Réunion du solstice d'hiver est notre rituel commun le plus important. Elle aura lieu dans quelques semaines, et nos Eubages, avec l'aide des Envoûteurs icarii, incanteront pour que le soleil renaisse de ses cendres, comme chaque année. Beltide, un événement plus joyeux, célèbre l'arrivée du printemps et la mort de l'hiver.

— C'est l'époque des mariages, dit Pease avec un grand sourire. Mon union avec Grindle s'est décidée lors d'une de ces fêtes… Cette nuit-là, d'autres… passions et ambitions… peuvent être satisfaites. Parce que les Icarii et les Avars cèdent à des tentations interdites le reste de l'année, si tu vois ce que je veux dire… Azhure, quel est ton rêve le plus fou ? Et *qui* concerne-t-il ?

Voyant l'humaine s'empourprer, ses compagnes éclatèrent de rire.

— Si elle ne reste pas parmi nous, lança Barsarbe en sortant de la tente du blessé, elle n'aura jamais l'occasion de s'abandonner aux excès de Beltide.

Les rires de Pease et Fleat s'étranglèrent dans leur gorge. Alors qu'elles détournaient le regard d'Azhure, Plume d'Or lui fit un sourire encourageant.

— Fleat, dit Barsarbe, j'ai besoin de ton assistance. Raum refuse de rester allongé plus longtemps et il veut dîner avec nous, ce soir. Il en profitera pour vous raconter son histoire…

Les deux femmes aidèrent l'Eubage, encore très pâle, à sortir de la tente. Avec l'attelle qui lui tenait la cheville, il fut contraint de sautiller comiquement, et il ne cacha pas son soulagement quand il put enfin s'asseoir. Malgré la douleur, évidente à voir ses mâchoires serrées, il parvint à sourire aux femmes et aux enfants.

— Mon frère, demanda Grindle, revenu dans le camp quelques minutes plus tôt, comment te sens-tu ?

— Grâce aux soins de Barsarbe et à la sollicitude de tes épouses, je me remets rapidement.

À voir sa mine décomposée, l'Eubage allait sans doute un peu vite en besogne. Pour être rétabli, il lui faudrait du temps, mais son regard avait retrouvé toute sa vivacité, et c'était un bon début.

Soulagé, Grindle vint s'asseoir avec les autres.

— Je ne me serais pas laissé piéger par un Tranchant d'Acier, mon frère, railla-t-il.

— Il est resté en arrière pour que Shra et moi puissions fuir, intervint Azhure, indignée par la plaisanterie du chef de clan.

Grindle et Barsarbe la foudroyant du regard, agacés qu'elle ait osé parler, elle regretta aussitôt son initiative. Même les trois enfants de Fleat, imitant leur père, affichèrent leur réprobation.

Plume d'Or tapota gentiment le bras d'Azhure. Être une étrangère dans un peuple dont on ignore la culture, et qui ne sait rien de la vôtre, n'avait rien d'un jeu d'enfant. Sa première année avec les Icarii, alors qu'elle sortait à peine de l'adolescence, lui laissait de cuisants souvenirs.

Fleat donna à Raum une chope de l'infusion aromatique que les Avars buvaient du matin au soir. Après l'avoir vidée avec délice, le blessé regarda un long moment les flammes, puis sortit à contrecœur de son mutisme.

— J'ai bien des choses à vous dire, soupira-t-il, et la plupart sont désagréables. Le reste… est pour le moins surprenant. (Il prit la main de Barsarbe, qui venait de s'asseoir près de lui.) La Prophétie s'est éveillée, Gorgrael est venu au monde, et il se prépare à lancer ses hordes sur le Sud.

Autour du feu, tous crièrent d'effroi, à part Azhure, qui n'avait pas compris un mot de ce discours.

Aucun Avar n'ignorait la Prophétie du Destructeur. Lors de la dernière nuit de Beltide, les conversations avaient tourné autour de la possibilité – terrifiante – que l'heure de son réveil ait sonné.

— Comment peux-tu en être sûr ? demanda Barsarbe.

— Les Sentinelles sont de retour. Shra et moi en avons rencontré deux, sur les berges de la Mère.

Déjà surpris par la première révélation de Raum, ses interlocuteurs étaient à présent stupéfaits. Bouche bée, ils écoutèrent l'Eubage leur raconter par le menu sa rencontre avec Jack et Yr. Il conclut en précisant que l'Homme Étoile était déjà en route pour affronter Gorgrael.

— Où est-il exactement ? demanda Barsarbe.

— Je n'en sais rien…, avoua Raum. Les Sentinelles n'ont pas voulu me révéler son identité, ni aucun autre détail. Il est *éveillé*, comme le Destructeur, mais j'ai deviné, à leurs réticences, qu'il n'est pas encore prêt à le défier. Peut-être parce qu'il est encore prisonnier d'un tissu de mensonges…

— Mon frère, demanda Grindle, les Sentinelles t'ont-elles révélé autre chose ?

— Deux de leurs « collègues » voyagent actuellement avec le Tranchant d'Acier des Haches de Guerre – les étoiles savent pourquoi ! Mais leurs propos étaient beaucoup moins intéressants que la personne qui les accompagnait. (Raum se tut un moment et dévisagea tour à tour ses interlocuteurs.) Ils ne venaient pas voir la Mère sans raison, mes amis, mais pour lui présenter Faraday, une jeune habitante des plaines.

— Sacrilège ! s'écria Barsarbe.

Raum leva une main pour la faire taire.

— Ce fut ma première réaction, mais j'ai changé d'avis après lui avoir fait passer l'épreuve, à la demande des Sentinelles.

— Et elle l'a réussie ? lança Pease.

— Plus brillamment que quiconque, oui… Les Sentinelles pensent qu'elle est l'Amie de l'Arbre, et je partage leur opinion. La forêt a chanté pour elle, et ça n'était jamais arrivé.

En silence, les Avars et Plume d'Or tentèrent d'assimiler la nouvelle. Depuis son exil au-delà de la chaîne de la Forteresse et la destruction de toute la partie sud de la forêt d'Avarinheim – lors de la Guerre de la Hache – une légende courait parmi le peuple de Raum. Un jour, l'Ami des Arbres – ou l'Amie – apparaîtrait et les ramènerait chez eux, où ils rendraient ses droits à la forêt qui couvrait jadis les plaines jusqu'à la baie du Grand Mur. Mais que cet être providentiel soit un habitant des plaines, membre de la race responsable de la disgrâce des Avars et de la mort de la forêt, semblait impossible.

— Après l'épreuve, continua Raum, conscient que ses frères et ses sœurs, trop troublés, n'avaient aucune envie d'entendre la suite, j'ai présenté Faraday à la Mère en même temps que Shra, et toutes les deux lui sont désormais liées. Ensemble, nous avons suivi le chemin qui conduit au Bosquet Sacré, où les Enfants ont accueilli l'humaine et reconnu qu'elle est bien l'Amie de l'Arbre.

L'Eubage marqua une pause pour laisser cette information se graver dans l'esprit de ses compagnons.

Plume d'Or eut beaucoup moins de mal à l'assimiler que les Avars. Depuis mille ans, ce peuple fondait tous ses espoirs sur l'avènement de l'Ami des Arbres. Qu'il s'agisse d'une humaine était un choc terrible pour eux, et elle les comprenait.

Faraday… Ce nom lui disait quelque chose… Oui, Raum avait parlé d'elle au Tranchant d'Acier, juste avant de le quitter. Simplement pour lui annoncer qu'elle n'était pas morte.

Voyant la détresse d'Azhure, totalement perdue, Plume d'Or lui fit signe qu'elle lui expliquerait plus tard. Puis elle regarda fixement Raum. Décidément, des temps bien singuliers s'annonçaient…

— Où est l'Amie de l'Arbre ? demanda Barsarbe, brisant enfin le silence.

— En route pour le fort de Gorken…

Plume d'Or sursauta, s'attendant au pire.

— … où elle épousera son promis, le duc Borneheld d'Ichtar.

Plume d'Or se plaqua les mains sur la bouche pour étouffer un cri de désespoir. Aussitôt, toutes les têtes se tournèrent vers elle.

— Que se passe-t-il, mon amie ? demanda Azhure, qui ne l'avait jamais vue perdre une once de son équanimité.

Plume d'Or prit la main de l'humaine et la serra si fort qu'elle lui fit mal aux doigts. Azhure grimaça, mais ne protesta pas.

— Plume d'Or, demanda Grindle, que t'arrive-t-il ?

La femme aux cheveux d'argent tenta de se ressaisir. Quelques Avars, surtout parmi les Eubages, savaient qu'elle était née dans une noble famille acharite. Mais aucun ne connaissait sa véritable identité, car elle avait rompu avec son passé depuis qu'elle vivait avec les Icarii. Et voilà que Borneheld revenait sur le devant de la scène…

Jusqu'à ces derniers jours, en près de trente ans, elle n'avait pas dû penser à lui plus de dix fois. L'idée qu'il se soit tenu en face d'elle, à la lisière de la forêt, l'avait bouleversée, mais il s'était vite avéré que le Tranchant d'Acier et le duc d'Ichtar n'étaient pas la même personne.

Et maintenant, Raum mentionnait Borneheld – le futur époux de l'Amie de l'Arbre…

Il ne pouvait pas s'agir d'une coïncidence ! La Prophétie allait-elle également emprisonner Plume d'Or dans ses rets ?

— J'ai connu son père, autrefois, dit-elle avec un sourire qu'elle espérait rassurant. C'était un homme dur et sans esprit, plus à l'aise en armure, face à un ennemi, que lors d'une conversation subtile. J'ai peine à imaginer que son fils soit d'une autre trempe. Décidément, les voies de la Prophétie sont impénétrables.

Une fois de plus, la duchesse d'Ichtar serait liée aux Proscrits. Comme si l'Histoire aimait à se répéter.

Raum dévisagea Plume d'Or, inquiet par sa soudaine pâleur. Mais il ne put pas s'attarder sur ce sujet, parce qu'il avait encore trop de choses à dire à ses compagnons, loin d'être au bout de leur surprise... et de leur terreur.

— Mes amis, ce n'est pas la plus étrange nouvelle que je vous apporte. Vous savez déjà que Shra et moi avons été capturés par les villageois de Smyrton. Quatre jours durant, ils nous ont torturés, affamés et assoiffés. La petite agonisait... (Pease se décomposa, puis serra plus fort la fillette, qui écoutait l'Eubage avec une concentration presque inquiétante pour son âge.) Le quatrième soir, le Tranchant d'Acier est venu nous voir. À ce moment-là, Shra n'avait plus qu'une heure à vivre, au maximum...

Barsarbe voulut poser une question, mais Raum la fit taire d'un geste agacé.

— Non, attends que j'aie terminé mon récit ! Quand le Tranchant d'Acier est entré, j'ai cru que l'heure de notre mort à tous les deux avait sonné. Mais il m'a demandé s'il pouvait prendre Shra dans ses bras.

— Et tu l'as laissé faire ? demanda Pease, agressive.

— Tu n'étais pas là, mon amie... Dans les yeux de cet homme, je n'ai pas vu de la haine, mais de la compassion. Alors, oui, je lui ai donné la petite. Après l'avoir serrée un moment contre sa poitrine, le Tranchant d'Acier de l'ordre du Sénéchal lui a chanté la Litanie de la renaissance ! Cet homme conditionné pour nous haïr et nous massacrer a *recréé* la vie de Shra devant mes yeux.

Cette fois, Plume d'Or parvint à ne pas trahir les émotions qui déferlaient en elle. La ressemblance d'Axis avec Priam, venait-elle de comprendre, n'expliquait pas tout. Cet homme avait également la morphologie et les yeux d'un Icarii. Ce qu'elle avait pris pour l'arrogance caractéristique des membres de l'ordre, ignorants et fiers de l'être, était en réalité la tranquille assurance d'un Envoûteur.

Si perturbante qu'elle craignit que sa raison n'y résiste pas, une idée naquit dans l'esprit de la femme aux cheveux d'argent. Elle la repoussa de toutes ses forces vers le néant dont elle n'aurait jamais dû sortir.

Non, pensa-t-elle, *c'est de la folie pure. Il est mort !*

— Qu'est-ce que ça signifie ? demanda Barsarbe d'une petite voix. Et comment est-ce possible ?

— Nous devrons en parler lors de la Réunion du solstice d'hiver, répondit Raum. Les Avars et les Icarii, ensemble, trouveront peut-être la réponse.

— Mon frère, dit Grindle, très inquiet, nous partirons dans quelques jours pour le nord de la forêt. Seras-tu en état de voyager ?

— Il le faudra bien. Si tu me fabriques des béquilles, je devrais pouvoir suivre votre rythme.

— Une civière serait encore mieux, dit Helm, qui s'était tu jusque-là. Sur un chemin si plat, te tirer ne sera pas difficile.

Grindle regarda son fils aîné avec un mélange de fierté et d'amour.

— Excellente idée, Helm. Un jour, tu seras un très bon chef pour le clan de l'Arbre Fantôme.

L'adolescent bomba le torse et ses sœurs le regardèrent avec une profonde admiration. Contente de son fils, Fleat hocha lentement la tête.

— Désolée de vous interrompre, osa souffler Azhure, mais qu'adviendra-t-il de moi ? Pourrai-je voyager avec vous ? Si je retourne à Smyrton, j'aurai de gros problèmes.

Grindle avait autorisé l'humaine a resté au camp jusqu'au moment où Raum ferait son « rapport ». Au-delà, rien n'avait été fixé.

— Si tu commençais par nous dire pourquoi les tiens t'accueilleraient mal ? proposa Barsarbe.

Azhure hésita. Les Avars comprendraient-ils les circonstances qui entouraient la mort de son père ? Quand Plume d'Or avait plaidé sa cause devant Barsarbe, deux jours plus tôt, le résultat n'avait pas été très bon. Se sentant plus seule que jamais, elle quêta le soutien de son amie, trop préoccupée pour se soucier vraiment d'elle.

— Pour commencer, dit-elle, j'ai aidé Raum et Shra à fuir, et les villageois ne me le pardonneraient pas. Mais il y a autre chose… (Azhure baissa les yeux sur ses mains et sursauta comme si elles étaient toujours rouges du sang de Hagen.) Pendant l'évasion, j'ai involontairement causé la mort de mon père, le gardien de la Charrue de Smyrton, puis j'ai assommé le soldat qui gardait la cellule de Raum. C'était pour aider votre Eubage et Shra, je vous conjure de le comprendre !

Azhure sentit qu'elle n'était pas assez convaincante. Sa culpabilité, encore obsédante, devait se lire sur son visage comme dans un livre ouvert…

— La violence gratuite provoque toujours des drames, dit sèchement Barsarbe. Tes actes ont coûté la vie à un homme. Même si tu n'avais pas prémédité sa fin, cela reste un meurtre.

Bien qu'on pût les tenir pour des « sauvages », si on considérait leur façon de vivre, les Avars détestaient la violence sous toutes ses formes. Parmi eux, les affrontements physiques étaient très rares.

Trop honteuse pour soutenir le regard de Barsarbe, Azhure baissa les yeux.

— Hagen était un homme brutal…, tenta-t-elle d'expliquer. Depuis le départ de ma mère, il me battait et me maltraitait. Je ne voulais pas le tuer, mais il s'apprêtait à faire du mal à Shra… et…

Elle se tut, répugnant à révéler à des inconnus ce qu'elle avait caché pendant des années à ses concitoyens. Mais elle devrait s'y résigner, si elle voulait justifier ses actes apparemment insensés.

— Regardez…, souffla-t-elle.

Puisqu'il le fallait, elle irait jusqu'au bout.

Alors qu'elle commençait à s'attaquer aux lacets de sa robe, entre ses omoplates, Plume d'Or se releva à demi, écarta ses doigts tremblants et se chargea d'ouvrir le vêtement. Quand elle eut dénudé le dos d'Azhure, elle sursauta, bouleversée par ce qu'elle venait de découvrir.

— Regardez, dit-elle à son tour. (Elle écarta les pans de la robe et força son amie à se tourner.) Oui, regardez…

Les Avars crièrent d'horreur.

Le dos de l'humaine était couvert de cicatrices boursouflées et rougeâtres. Le résultat d'années de tortures savantes qui la marqueraient jusqu'à la fin de sa vie…

Plume d'Or referma la robe et serra Azhure dans ses bras un long moment. Depuis qu'elles se connaissaient, la malheureuse n'avait jamais fait une allusion à son calvaire.

— Alors ? lança Plume d'Or, les yeux rivés dans ceux de Barsarbe.

Durant sa longue carrière de guérisseuse, l'Eubage n'avait jamais vu pareille boucherie. Pour les Avars, traiter ainsi un enfant était comparable à un meurtre. Mais cela justifiait-il un assassinat ?

Shra sauta des genoux de sa mère et trottina jusqu'à Azhure.

Une main posée sur le front de l'humaine, elle regarda Raum.

— Acceptée, déclara-t-elle d'une voix haute et claire.

— Shra, demanda le frère de Grindle, que veux-tu dire ?

— Acceptée ! répéta l'enfant, la voix vibrante de colère.

Azhure leva les yeux, étrangement voilés depuis que les Avars avaient vu son dos martyrisé.

—Après la mort de Hagen, murmura-t-elle, Shra a fait une chose très étrange.

—Laquelle ? demandèrent en chœur Raum et Barsarbe.

—Elle a plongé les doigts dans son sang, me les a passés sur le front, et… comme maintenant, elle a dit : « Acceptée ».

—Vous comprenez ce que ça signifie ? lança Plume d'Or aux deux Eubages.

—Je n'en suis pas sûr…, souffla Raum, mais il me semble que Shra tient la mort de Hagen pour un sacrifice en l'honneur de la Mère. Ou quelque chose d'approchant…

Shra vint se camper près d'Azhure et défia les adultes du regard.

—Une chose est sûre, continua Raum, sans Azhure, Shra et moi ne serions jamais revenus. Elle a d'abord tenté d'améliorer nos conditions de détention – et pour ça, il fallait déjà du courage – puis elle m'a tiré de cette ignoble cellule. Je propose que nous la gardions avec nous, pour l'instant, puisqu'elle ne peut plus rentrer chez elle. Si le clan ne la chasse pas, elle devra, lors de la Réunion, répondre de ses actes devant notre peuple.

—Apparemment, et j'insiste sur cette restriction, dit Barsarbe, Shra a approuvé les actes d'Azhure. Et il ne fait aucun doute que nous lui devons deux vies. Mais sa violence, sachez-le, continue de m'être insupportable. Je partage la position de Raum : gardons-la avec nous, et soumettons-la, lors de la Réunion, au jugement de notre peuple.

—Je suis également d'accord, dit Grindle. Tu peux rester avec nous, Azhure. Sois la bienvenue dans le clan de l'Arbre Fantôme.

Quand il sourit à l'humaine – pour la première fois depuis son arrivée –, le masque d'austérité du mari de Fleat et de Pease s'effaça de son visage. Même s'il ignorait pourquoi Shra avait « adopté » Azhure, il n'irait pas contre le jugement de sa fille.

Azhure soupira de soulagement. Pour un temps, au moins, elle ne serait pas condamnée à errer seule dans la forêt, ou pire encore dans les plaines.

— Merci, dit-elle du fond du cœur. Oui, mille fois merci…

37

Le Ponton-de-Jervois

Après deux semaines de voyage, Jack, Yr, Faraday, Timozel, la mule et leur joyeuse bande de cochons arrivèrent en vue du Ponton-de-Jervois, sur le fleuve Nordra. Avec l'épuisement, leur humeur s'était gâtée, et le moindre incident déclenchait d'interminables disputes.

Soucieux de discrétion, ils avaient beaucoup marché de nuit, surtout à l'abord des villes et des villages, et dormi le jour dans des abris de fortune. Deux ou trois fois, Yr s'était glissée dans un hameau, après le coucher du soleil, et en était revenue avec assez de nourriture pour reconstituer leurs réserves. Sans jamais demander comment la superbe femme blonde avait fait son « marché », Faraday s'était généreusement rempli l'estomac devant les chiches feux de camp que Jack les autorisait à allumer.

Le froid devenu de plus en plus mordant, il neigeait presque constamment. Après cinq jours passés à avancer dans des congères, les quatre voyageurs avaient atrocement mal aux jambes, même au réveil, après un repos bien trop court et inconfortable.

Timozel avait plusieurs fois insisté pour hisser sa dame sur le dos de la mule. Émue par la souffrance de la pauvre bête, Faraday n'y était jamais restée longtemps.

Enroulés dans des couvertures, sous leur manteau, ils claquaient quand même des dents. Durant les pauses, quand Jack jugeait trop dangereux de faire du feu, ils se blottissaient les uns contre les autres dans une crevasse ou contre un gros rocher, sans vraiment parvenir à se réchauffer.

Faraday ne se séparait plus de sa coupe en bois, même si elle avait peu d'occasions de l'étudier et aucune raison de l'utiliser. Quand Timozel lui demanda d'où elle tenait cet objet, elle lui laissa penser – une sorte de mensonge par omission – que c'était un cadeau de maîtresse Renkin.

Avec le temps, la sensation de… pouvoir… qu'elle éprouvait depuis la cérémonie, devant la Mère, s'était dissipée. Mais, en se concentrant, elle sentait toujours l'étrange force désormais tapie en elle.

Réussirait-elle à retrouver le chemin du Bosquet Sacré, lorsqu'elle essaierait ? Elle l'espérait, car le souvenir de ce lieu merveilleux, comme un talisman, l'aidait à lutter contre le froid et la fatigue. Dès qu'elle s'allongeait, même dans le pire refuge, le souvenir de la chaleur et de la joie qu'elle avait connues l'aidait à s'endormir comme un bébé.

Au fil des jours, Timozel était devenu de plus en plus morose et irritable. Oubliant souvent de se raser, il arborait une éternelle barbe de trois jours qui soulignait ses traits tirés et son amertume. Au fond de ses yeux, très enfoncés dans leurs orbites, Faraday lisait parfois une détresse qui lui brisait le cœur.

Lorsqu'elle lui demandait ce qui n'allait pas, le jeune soldat lui souriait, redevenant pour quelques minutes le champion doux et attentif qu'elle appréciait. Dès qu'elle s'éloignait, il retombait dans sa mélancolie – peut-être encore plus profonde.

Depuis leur départ du lac des Ronces, Yr s'était glissée deux ou trois fois sous la couverture de son fougueux amant. N'obtenant aucune réaction, comme s'il était trop préoccupé pour se soucier d'elle, la Sentinelle avait vite renoncé. Et avait pris l'habitude de dormir serrée contre le dos de Faraday, qui ne se plaignait pas qu'on la réchauffe un peu…

Le Ponton-de-Jervois était une petite ville commerciale érigée sur les berges du méandre de Tailem, où la Nordra décrivait un coude impressionnant avant de couler vers le sud. Les troupes de Borneheld qui n'avaient pas emprunté le chemin le plus rapide, par la mer, étaient déjà en train de débarquer. La manœuvre terminée, elles prendraient la direction du nord.

En attendant, la petite ville, entourée d'une forêt de tentes, prenait des allures de métropole. Le long des quais, d'interminables files de bateaux déchargeaient des hommes, des chevaux et des vivres. Dans les rues, des centaines de soldats en quête d'un peu de distraction se bousculaient en beuglant à tue-tête. Pour les commerçants du secteur, le conflit à venir était une aubaine.

Campés sur la rive opposée du fleuve, Faraday et ses compagnons regardaient le soleil se coucher sur cette ruche encore bourdonnante d'activité.

— Je sens d'ici l'odeur d'un bain chaud et de draps propres, soupira Faraday.

— Tes désirs seront bientôt comblés, ma dame, dit Timozel avec un de ses rares sourires. Ce soir, nous dormirons dans une auberge, après un repas digne de ce nom. Demain matin, j'irai voir un officier, et nous continuerons notre voyage avec la troupe. Crois-moi, tu ne tarderas plus à retrouver ton cher Borneheld !

Timozel se vomissait lui-même chaque fois qu'il repensait au serment de loyauté qu'il avait prêté à Gorgrael. Sans le garde-fou qui empêchait le Destructeur de le plier à sa volonté, nul doute qu'il aurait perdu la raison. Mais il n'aurait rien à craindre tant qu'il serait lié à Faraday…

Sa dévotion pour la jeune femme devenant chaque jour plus forte, il veillait sur elle du matin au soir, prêt à tous les sacrifices pour qu'il ne lui arrive rien de désagréable et que ses désirs soient comblés aussi vite que possible. Conscient que Jack et Yr le regardaient parfois de travers, il les ignorait superbement. Seule Faraday pouvait le tirer des griffes de Gorgrael. Et lui permettre d'accomplir son destin de grand chef de guerre, s'il survivait assez longtemps pour ça…

— Comment t'y prendras-tu ? demanda Faraday. Nous n'avons plus d'argent ni rien de valeur à vendre. (Timozel lorgna les cochons de Jack, qui le foudroya du regard comme s'il préméditait un meurtre.) Si nous ne pouvons pas nous procurer des chevaux, je doute de réussir à marcher jusqu'à notre destination.

— Ma dame, tu es la future épouse du duc Borneheld. Même ici, au fin fond de son royaume, il n'y a pas un aubergiste, et encore moins un officier, qui ne se couperait en quatre pour t'obliger. Les gens ne sont pas idiots, tu sais ! Ils savent qu'aider leur future duchesse est le meilleur moyen de s'assurer un avenir brillant. Et même si c'est faux, l'essentiel reste qu'ils le croient.

— Oui, c'est bien raisonné, approuva Faraday. Mais comment sauront-ils que je dois épouser Borneheld ?

Timozel prit la main gauche de sa dame.

— Regarde cette bague ! Tous les soldats et les habitants d'Ichtar la reconnaîtront. À sa vue, ils s'agenouilleront devant toi. Et s'ils ne réagissent pas assez vite, je me chargerai de les… stimuler.

— Ce garçon brasse beaucoup de vent, marmonna Yr. Pour l'heure, j'aimerais entendre moins de discours et voir plus d'action !

— Yr, lâcha Faraday, Timozel fera de son mieux, tu le sais bien. Tais-toi un peu, s'il te plaît.

— Il y a un bac un peu plus haut sur le méandre de Tailem, dit le jeune soldat, ignorant l'intervention d'Yr. En nous dépêchant, nous traverserons avant la nuit.

— Une minute, dit Jack, soucieux. J'ai quelque chose à dire. Yr, tu sais que nous ne sommes pas au complet.

La superbe blonde acquiesça. Il aurait dû y avoir cinq Sentinelles, mais la dernière manquait à l'appel.

Simplet se tourna vers Timozel et Faraday, serrés l'un contre l'autre pour se protéger du vent.

— Mes amis, je vais vous abandonner ici. (Voyant la jeune femme sursauter, Jack eut un sourire rassurant.) Timozel et Yr veilleront sur vous, Faraday, et que ficheraient au fort de Gorken un porcher et ses cochons ? Notre jeune ami sera votre champion et Yr jouera les servantes. Elle est aussi qualifiée que moi pour vous apprendre tout ce que vous devez savoir. (Faraday saisit l'allusion à ce qui s'était passé au lac des Ronces.) Yr, je dois trouver la cinquième Sentinelle. Sans elle, la Prophétie sera perdue, et nous avec ! Nous avons voyagé assez longtemps ensemble, et tu sais que nous nous reverrons.

Yr cilla pour chasser les larmes qui perlaient à ses paupières, mais elle ne protesta pas.

— Va en paix et en sécurité, mon très doux ami, dit-elle en étreignant Jack. Je veillerai sur Faraday et je guiderai ses pas.

— N'oublie pas, souffla le porcher à l'oreille d'Yr, ce qui se passera au fort de Gorken est capital. Il faut qu'Axis, Faraday et toi surviviez ! Quant à Timozel, je me fiche qu'il s'en sorte entier ou qu'il pourrisse dans la boue d'un champ de bataille.

Yr hocha la tête, s'écarta de Jack et, du dos de la main, essuya les larmes qui ruisselaient sur ses joues.

— Au revoir, adorable dame, dit Simplet en serrant Faraday dans ses bras. Continuez à être loyale, et n'oubliez jamais que nous le serons toujours envers vous. À chaque pas, pensez que notre bénédiction est sur vous…

Il hésita, comme s'il voulait dire autre chose, puis décida que ce ne serait pas judicieux. Après avoir embrassé la jeune femme sur la joue, il recula et la regarda un long moment dans les yeux.

— Allez en paix, douce Faraday…

— Nous reverrons-nous ? demanda la future duchesse en ravalant un sanglot.

— Bien sûr que oui, adorable dame !

Jack embrassa de nouveau Faraday, puis il alla se camper devant Timozel et lui tendit la main. Non sans hésiter, le jeune soldat la lui serra.

— Je sais que ton seul souci est la sauvegarde de Faraday, mon garçon. Pour elle, je ne doute pas que tu donneras le meilleur de toi-même. Sois loyal, messire Timozel.

La honte submergea le jeune homme. Jack se doutait-il qu'il avait conclu un pacte indigne avec Gorgrael ? Non, c'était impossible…

— Je vis pour elle, Sentinelle, et rien de mal ne lui arrivera tant que je serai de ce monde.

Jack hocha la tête. Il faudrait que cette dévotion suffise…

— Alors, marche en paix, mon garçon. Au fort de Gorken, le danger sera partout. Ne baisse jamais ta garde.

— N'ayez aucun doute sur ce point, dit Timozel en lâchant la main de son interlocuteur.

— Eh bien, chères dames, lança Jack, il ne me reste plus qu'à réunir mes cochons et à lever le camp. Puissions-nous être réunis bientôt, sous un soleil éclatant !

Incapable de parler, Faraday se contenta d'un hochement de tête.

— Un jour, nous serons tous en paix dans la lumière, Sentinelle, dit Yr, une main levée.

Jack lui rendit son salut, rassembla ses cochons et s'enfonça dans les tourbillons de neige.

Timozel le suivit du regard un long moment, puis il tapota la croupe de la mule, qui attendait stoïquement derrière lui.

— Si nous voulons dormir au chaud ce soir, dit-il, il n'y a plus de temps à perdre. En route, gentes dames !

Les deux femmes s'accrochant aux sacoches de la mule pour ne pas s'égarer dans la tempête de neige, Timozel les guida jusqu'au bac d'un pas décidé.

Dissimulées par les flocons, et la capuche de leur manteau, Yr et Faraday ne firent pas l'effort de retenir leurs larmes.

Les Sentinelles avaient été séparées pendant plus de deux mille ans. Sachant qu'il leur fallait être ensemble pour se sentir *complètes*, le départ de Jack était un coup très dur pour Yr.

Faraday souffrait simplement de l'absence d'un compagnon de valeur dont elle appréciait de plus en plus l'indéfectible soutien. Depuis le lac des Ronces, elle se fiait presque aveuglément à Simplet. La Prophétie les manipulait tous, et il était une victime, au même titre qu'elle. Depuis qu'elle avait perdu sa mère et avait dû partir loin d'Axis, il était en quelque sorte devenu son port d'attache. Certaine qu'il lui manquerait terriblement, elle doutait de savoir comment, sans lui, s'y prendre avec Borneheld.

Mère, aide-moi…, pensa-t-elle – sans adresser cette prière aux mânes de Merlion.

Aussitôt, un certain réconfort l'envahit, venu du plus profond d'elle-même. S'ils trouvaient une chambre, ce soir, elle se servirait de la coupe sacrée.

Sur le méandre de Tailem, le fleuve Nordra était très large, mais le courant se montrait particulièrement paresseux. Beaucoup de marchands ambulants et d'habitants de la région empruntaient le bac pour passer d'Ichtar en Skarabost. Ensuite, certains prenaient place dans les bateaux qui voguaient constamment entre le Ponton-de-Jervois et Carlon.

Le « capitaine » du bac allait appareiller au moment où il aperçut les trois silhouettes qui couraient vers son embarcation. Résolu à partir avec un peu d'avance, histoire d'être chez lui quand la tempête de neige se déchaînerait vraiment, il envisagea un instant de faire comme s'il n'avait rien vu… et changea d'avis dès qu'il aperçut l'épée que portait le grand gaillard apparemment chargé de guider le petit groupe. Se mettre à dos un des capitaines de Borneheld n'était jamais une bonne idée.

Quand le soldat fut arrivé près du bac, l'homme écarquilla les yeux de surprise en reconnaissant l'uniforme, très en désordre, d'un Hache de Guerre. Profondément religieux, le propriétaire du bac fit le signe de la Charrue pour saluer son client.

— Messire, puis-je vous proposer un passage vers l'autre rive ? Avec ce froid, je suis sûr que vous êtes impatient de regagner vos quartiers.

L'homme sursauta quand il vit deux femmes suivre le soldat et la mule sur la rampe d'embarquement. Si les deux femmes étaient fort jolies, la blonde fit plus d'effet au « capitaine », dont le petit sourire s'élargit.

Yr gratifia le type d'un regard affriolant. Orienter les pensées d'un homme sur la lubricité plutôt que sur l'argent n'est jamais une mauvaise manœuvre. Surtout quand on n'a pas un sou pour le dédommager de ses services.

Hélas, le propriétaire du bac avait la tête solidement en place sur les épaules.

— Mon seigneur, dit-il à Timozel, la traversée jusqu'au Ponton-de-Jervois vous coûtera quatre pièces d'argent. (Il se rembrunit, faussement contrit.) J'admets que ce prix peut paraître prohibitif, mais si vous saviez ce que coûte un équipage compétent, quand le temps est si mauvais… Je suis sûr que vous comprenez…

Rassuré par le grand sourire de Timozel, l'homme ne comprit pas ce qui lui arrivait quand une main puissante le prit à la gorge, le soulevant du sol.

—Mon bon ami, dit le jeune soldat, sans se départir de son sourire, j'aurai la mansuétude de croire que tu n'as pas reconnu dame Faraday de Skarabost, la future épouse du duc Borneheld, présentement en chemin pour aller le retrouver. Veux-tu que je fasse part au duc de ta mesquinerie ? Le connaissant, je doute qu'il apprécie qu'on ait demandé un paiement à sa promise… et à ses amis.

Une précision que Timozel jugea bon d'ajouter, histoire d'ôter toutes ses illusions au commerçant.

La tête décidément bien en place, le propriétaire du bac ne s'en laissa pas compter. La future duchesse d'Ichtar, avec une escorte aussi minable ? Et vêtue d'une simple robe de lin ? À d'autres !

—Ma femme est plus richement habillée que cette fille, messire, souligna-t-il, soucieux de se montrer brave devant son équipage. Je doute que le duc se soit fiancé à une telle… eh bien… paysanne.

Faraday voulut avancer pour montrer sa bague au bonhomme et en finir avec cette histoire ridicule. Furieux, Timozel serra plus fort le cou de sa proie, qui émit un couinement étranglé. Ses trois assistants, de très jeunes garçons, tentèrent d'intervenir, mais reculèrent à la hâte quand le soldat les foudroya du regard.

—Désolé de vous avoir fait mal, souffla Timozel d'une voix si menaçante que sa victime crut sa dernière heure venue. J'ai cru vous entendre mettre en doute ma parole et ça m'a fait bouillir les sangs. Il me semble même, tout bien réfléchi, que vous avez insulté la future duchesse en la comparant à votre femme. Je n'aime pas beaucoup ça, mon bon ami…

Stupéfaite, Faraday dévisagea son champion.

— C'était un malentendu, seigneur ! s'écria le commerçant. Vous inviter à bord sera un honneur.

Quand le soldat le lâcha, il s'écroula comme une masse, resta un moment prostré sur le pont, puis il rampa loin de son tortionnaire à la vitesse d'un cancrelat poursuivi par le balai d'une ménagère.

— Appareillez, bande d'abrutis ! cria-t-il à ses assistants. Vite !

Alors que le bac s'ébranlait, Faraday se tourna vers Timozel.

— Était-il nécessaire de le brutaliser autant ? demanda-t-elle.

Quand son champion la regarda, elle recula d'instinct, effrayée par la fureur qui déformait ses traits.

— Personne ne peut t'insulter devant moi sans m'en rendre compte, dit-il, l'air un peu moins dur, mais la voix toujours coupante. Ce chien a de la chance de s'en sortir vivant.

— Si tu fais tout ce barouf pour un simple voyage en bac, marmonna Yr, qui égorgeras-tu quand il faudra convaincre un aubergiste de nous loger à l'œil ?

Malgré le pronostic de la Sentinelle, l'hébergement et la promesse de continuer le voyage avec une escorte furent plus faciles à obtenir.

Dès que le bac eut accosté le long du quai qui donnait directement sur la rue principale du Ponton-de-Jervois, Timozel et ses deux compagnes débarquèrent et partirent en quête d'un toit. Ravi d'en être débarrassé, le propriétaire de l'embarcation marmonna un juron quand le jeune soldat passa devant lui – après s'être assuré, cependant, que son visage était dans l'ombre.

La rue principale continuait à bourdonner d'activité, et cela semblait promis à durer toute la nuit…

Comme les trois voyageurs le découvrirent très vite, ils étaient arrivés juste à temps. Le dernier contingent en partance pour le fort de Gorken avait débarqué le matin même et il se mettrait en route deux jours plus tard.

Yr et Faraday marchèrent chacune d'un côté de Timozel, histoire de décourager les soldats de les aborder. Faute de gestes lestes, des commentaires graveleux jaillirent pourtant sur leur passage. Furieux, le champion de Faraday serra les poings… et en resta là, conscient de n'être pas de taille à affronter des dizaines de vétérans en même temps.

Au bout d'un moment, il interpella un habitant de la ville. Un marchand, à en juger par la coupe et la qualité du tissu de son habit.

— Mon bon ami, pourriez-vous nous indiquer l'adresse d'une auberge de qualité ?

L'homme éclata de rire.

— Mon garçon, vous ne trouverez pas une chambre pour tout l'or du monde. Vous êtes aveugle ? La ville est pleine de soldats !

Timozel fit la grimace. Quand cesserait-on de l'appeler « mon garçon » et, accessoirement, de le prendre pour un imbécile ?

— Si les deux jeunes beautés consentent à se montrer… coopératives…, elles ont une excellente chance de passer la nuit dans un lit. Quant à vous, mon pauvre ami, une porte cochère serait déjà un coup de chance.

Faraday saisit le poignet droit de Timozel, qui volait déjà vers la gorge de l'insolent.

— Arrête ! s'écria-t-elle. Cet homme ne sait pas qui nous sommes. Mon champion, je t'ordonne de ne pas perdre ton calme ce soir.

Le jeune soldat pinça les lèvres, mais renonça à ses intentions belliqueuses. D'un geste méprisant, il fit signe au commerçant de déguerpir, puis soupira :

— Faraday, j'ai peur de ne pas savoir quoi faire…

À cet instant, un cavalier immobilisa sa monture à côté d'eux.

— Timozel ? C'est vraiment toi ?

Le jeune soldat leva les yeux et étudia l'homme un long moment avant de le reconnaître.

— Gautier ! s'exclama-t-il, visiblement soulagé.

Il avait rencontré le second de Borneheld à Carlon, alors que les Haches de Guerre se préparaient à partir pour Tare, avec la citadelle de la Muette comme premier objectif important. Bien que son nouvel ami l'eût soulagé de son meilleur manteau au terme d'une partie de dés, Timozel en gardait un excellent souvenir. Et, à part le duc lui-même, personne au monde ne mettrait plus de zèle à accélérer la progression vers le nord de Faraday.

Gautier sauta de sa selle et dut s'accrocher à la bride de sa monture quand des soldats en quête d'un endroit où dormir le bousculèrent sans ménagement. Malgré le froid, il ne portait rien sur son uniforme, et ses courts cheveux blonds et bouclés ondulaient librement au gré du vent. Avec ses yeux gris et son visage taillé en lame de couteau, ce gaillard avait toujours l'air occupé à ourdir quelque sombre complot. Mais à condition de ne jamais baisser sa garde, il pouvait se révéler un compagnon agréable.

— J'ai entendu dire que tu étais mort, Timozel ! Un messager est rentré à Carlon pour… (Gautier s'interrompit, bouche bée, car il venait de reconnaître Faraday.) Par Artor, c'est vous, ma dame ? Comment est-ce possible ? Je… qui… quand…

Faraday eut un rire de gorge forcé. Gautier ne lui ayant

jamais inspiré confiance, elle fixa son champion, l'implorant de la laisser parler.

— Timozel nous a sauvés, ma servante et moi, après cet affreux éboulis. Depuis, nous voyageons vers le nord dans des conditions épouvantables, comme en témoignent nos vêtements. (Elle tira sur sa robe.) Achetée à une paysanne, vous vous rendez compte ? Ah, mon bon Gautier… (Faraday marqua une pause avant de se lancer dans la partie la plus délicate de son mensonge.) Après avoir échappé à la mort, je n'ai plus supporté d'être séparée de Borneheld. Entendant mes supplications, Timozel a consenti à m'escorter vers le nord, au lieu de me ramener à Carlon. (Elle haussa les épaules avec une grâce calculée. Badiner un peu avec cet homme ne pouvait pas faire de mal.) Vous comprenez sûrement mon désir éperdu de rejoindre le duc. Iriez-vous jusqu'à m'aider ?

En une fraction de seconde, Gautier mesura tout le crédit qu'il retirerait de cette aventure. Rêveur, il se vit entrer dans la salle d'audience du fort de Gorken, Faraday derrière lui – après qu'il l'eut découverte et sauvée de mille dangers ! Son maître lui garderait une reconnaissance éternelle…

Posant les yeux sur la jolie servante debout près de la future duchesse, il entrevit aussi l'occasion de joindre l'utile à l'agréable. La belle blonde le dévorait des yeux ! Avec une pouliche pareille, il s'amuserait sûrement plus qu'entre les bras d'une des catins de bas étage dont le Ponton-de-Jervois abondait.

Faraday vit le regard lubrique de Gautier. Sans trop y croire, elle espéra que l'attitude provocante d'Yr tenait plus de la stratégie que d'un réel désir.

— Pour commencer, nous avons besoin d'un endroit où dormir. Si vous nous le procuriez, ma reconnaissance vous serait acquise. Et je crois pouvoir assurer que celle du duc suivra…

— Vos désirs sont des ordres, ma dame ! Si vous voulez bien me faire l'honneur ?

Rayonnant, Gautier tendit les rênes de son cheval à Timozel, qui les prit avec une mauvaise grâce évidente.

Faraday accepta le bras que lui offrait son nouveau sauveur, et se laissa guider dans la rue, où le soldat se fraya un passage dans la foule à grand renfort de beuglements. Timozel et Yr, respectivement chargés du cheval et de la mule, emboîtèrent le pas au couple.

Ce soir, pensa la Sentinelle blonde, ils dormiraient dans de vrais lits. Amusée, elle se demanda si elle ne devrait pas se livrer à un peu d'exercice, avant de prendre un repos bien mérité. À la façon dont il la dévisageait, elle avait cru un moment que Gautier allait lui sauter dessus et la prendre au milieu de la rue. Une initiative, rêvassa-t-elle, qui ne lui aurait peut-être pas déplu… Et s'il fallait qu'elle se donne à cet homme pour que Faraday retrouve plus vite son « cher » Borneheld, elle n'était pas femme à reculer devant ses responsabilités…

Le second du duc les conduisit dans une auberge au nom singulier – *La Mouette Harassée* – où il n'eut pas trop de difficulté à réquisitionner trois chambres. Leurs précédents occupants, d'abord indignés, baissèrent vite pavillon face aux menaces sans équivoque de l'officier. Impressionnées, des servantes coururent changer les draps et débarrasser les pièces des bagages des clients éjectés.

— Messire Gautier, dit Faraday avec son plus beau sourire, voilà près d'un mois que nous portons ces abominables frusques. Avec votre sens de la persuasion, pourriez-vous suggérer à l'aubergiste de nous trouver des vêtements décents ? Voire une couturière, qui s'occuperait de moi demain matin ? J'aurais honte de paraître ainsi attifée devant Borneheld.

— Une fois encore, ma dame, vos désirs sont des ordres !

Gautier se fendit d'une courbette. Si cette femme devait devenir la duchesse d'Ichtar, lui faire bonne impression comptait autant que plaire à Borneheld lui-même.

— Je vais vous faire apporter des boissons et des vêtements dans vos chambres. Une fois reposée, peut-être aimeriez-vous dîner en ma compagnie dans le salon privé de cet excellent établissement ?

— Tout le plaisir sera pour moi, minauda Faraday. Et sachez, lieutenant, que je ne manquerai pas d'informer Borneheld de votre courtoise assistance.

Beaucoup plus tard, ce soir-là, Yr aida Faraday à s'extraire de la robe de soie jaune que Gautier lui avait dénichée. Non content d'avoir trouvé des vêtements aux deux femmes pour la soirée, le bougre avait convoqué une petite armée de couturières qui débouleraient à l'auberge dès l'aube. Dans deux jours, quand sonnerait l'heure du départ, la future duchesse s'en irait avec une garde-robe presque complète dans ses malles.

Dès que les commerçants de la ville, plus nombreux que les grains de sable dans le désert, avaient appris la présence de la promise de Borneheld à *La Mouette*, les rouleaux de soie, de satin et de velours étaient arrivés par chariots entiers. Quant au paiement, un détail insignifiant, il pourrait attendre que les noces de dame Faraday aient été célébrées.

Quand Yr fut venue à bout du dernier lacet, la jeune femme soupira de soulagement. Avec sa coupe large, la robe donnée par maîtresse Renkin s'était finalement révélée d'un étonnant confort, même si le contact du tissu, au début, n'avait rien eu d'agréable. Après si longtemps, Faraday avait oublié combien on étouffait dans les robes de haute confection.

— Tu es une excellente dame de compagnie, Yr, dit-elle en faisant glisser la soie jaune de ses épaules.

— Pourtant, on ne peut pas prétendre que j'aie la vocation… Mais ne jette donc pas la robe par terre comme ça ! Donne, je vais la plier sur une chaise.

Faraday enfila une chemise de nuit et défit langoureusement ses cheveux. Le dîner avec Gautier, à sa grande surprise, s'était révélé moins assommant que prévu. L'homme s'était efforcé de lui plaire, et Timozel lui-même avait compris qu'il lui accordait simplement les égards dus à la future duchesse d'Ichtar.

Le départ était fixé pour le surlendemain. Selon Gautier, le voyage jusqu'au fort de Gorken prendrait une dizaine de jours. Dans deux semaines, elle aurait sans doute épousé Borneheld. Une perspective qui la fit frémir.

— Du calme, douce enfant, dit Yr. Assieds-toi donc sur le lit, que je te brosse les cheveux. Ne t'inquiète pas, je serai toujours près de toi…

Faraday s'assit, ferma les yeux et s'abandonna un long moment aux soins attentifs de la Sentinelle.

— Yr ?

— Oui ?

— Cette nuit, je voudrais essayer d'aller dans le Bosquet Sacré. M'y aideras-tu ?

— Tu es sûre de toi, douce enfant ?

— Je ne sens presque plus la Mère… Si je ne fais rien, j'ai peur de perdre définitivement le contact.

Yr posa la brosse et embrassa sa protégée sur le front.

— Ne crains rien, ça ne peut jamais arriver. La Mère sera toujours avec toi. Il faut simplement que tu apprennes à la retrouver…

Faraday se leva, fouilla dans son sac et en sortit la coupe que lui avait offerte l'Enfant Sacré.

— Tu sais t'en servir ? demanda-t-elle à sa compagne.

— Je devrais m'en sortir, oui… Mais d'abord, il nous faut de l'eau.

Yr prit la coupe, la posa sur la petite table et ordonna à Faraday de la remplir presque à ras bord. La jeune femme s'empara d'une cruche en porcelaine et obéit.

— La Mère exige toujours du sang, un petit sacrifice pour montrer qu'on est prêt à donner un peu de soi pour être avec elle. (La Sentinelle tira un couteau de sa ceinture.) Prends-le…

Faraday hésita un moment, puis elle fit ce qu'on lui disait, car le sang semblait une offrande appropriée. Après s'être précautionneusement entaillé le bout d'un pouce, elle posa le couteau près de la coupe.

— À partir de maintenant, souffla Yr, je crois que tu sauras te débrouiller toute seule…

Faraday regarda le sang qui coulait de son doigt. Au lac des Ronces, Raum lui avait dit qu'il fallait se présenter devant la Mère nu comme au jour de sa naissance. Le pouce tendu pour ne pas tacher le tissu, elle se débarrassa de sa chemise de nuit et la jeta au loin. Puis elle tendit la main au-dessus de la coupe.

— Que ce sang ravive mon lien avec la Mère, dit-elle. Qu'il me rappelle mon serment de loyauté envers elle et qu'il me permette de la rejoindre.

Elle secoua la main et une goutte de sang tomba dans l'eau.

— Mère, puisse ce sang t'inciter à te réveiller pour moi, cette nuit.

Dans la coupe, l'eau émit une vive lueur émeraude. La puissance de la Mère circulant de nouveau en elle, Faraday ferma les yeux et renversa la tête en arrière.

— Mère…, murmura-t-elle, alors que tout disparaissait autour d'elle.

Laissant ses pensées dériver avec le pouvoir, elle se sentit entraînée vers un univers sans rapport avec le monde physique. Comme si sa vie de chaque jour n'était qu'une ombre de la réalité qui existait… ailleurs…, elle eut l'impression de renaître, l'esprit et le cœur immergés dans une exquise béatitude. Exactement ce qu'elle avait éprouvé devant le Portail des Étoiles.

La Mère aussi, comprit-elle, était un passage. En extase, elle se prépara à le franchir.

À cet instant, quelqu'un frappa à la porte.

— Faraday ? appela Timozel.

Yr bondit et vida la coupe dans la cruche. Alors que la lueur émeraude se dissipait, Faraday ouvrit les yeux, brutalement coupée du pouvoir qui l'avait envahie.

— Que se passe-t-il ? s'écria-t-elle.

— Silence ! souffla Yr en jetant un manteau sur les épaules de sa protégée. C'est Timozel !

Sonnée, Faraday regarda la Sentinelle marcher vers la porte et l'entrebâiller.

— Que fiches-tu là ? grogna-t-elle, furieuse de l'intrusion du jeune homme.

— Je voulais voir si Faraday allait bien, dit-il en essayant de jeter un coup d'œil dans la chambre.

— Tout est parfait, ne t'inquiète pas, dit la jeune femme, atrocement contrariée.

Cet idiot l'avait empêchée de franchir le Portail !

— Dans ce cas, dors bien, noble dame…

— Quel crétin ! explosa Yr après avoir claqué la porte au nez de l'importun. Faraday, j'espère que tu retiendras la leçon. La prochaine fois que tu voudras t'unir à la Mère, assure-toi de ne pas être dérangée. Tu imagines les conséquences, si Timozel t'avait vue ainsi ? Ou si Borneheld te surprenait pendant le rituel ?

Terrifiée par cette idée, Faraday acquiesça. Malgré sa déception, constata-t-elle, elle était fière d'avoir pu entrer en contact avec la Mère – même quelques instants – et elle se sentait régénérée. Cette coupe était une merveille !

Mentalement, elle demanda pardon à la Mère d'avoir dû rompre si brutalement leur union.

— Yr, demanda-t-elle, que m'apprendra la Mère ?

— Je n'en sais rien, mon enfant… Cette coupe est un cadeau très inhabituel. À ma connaissance, les Enfants Sacrés ne l'ont jamais laissée sortir du Bosquet. Le bois dont elle est faite est enchanté, et j'ignore tout des charmes dont on a investi ce bois. À présent, tu devrais te reposer un peu. Demain, les couturières ne te laisseront pas faire la grasse matinée.

Faraday sourit et embrassa la Sentinelle sur la joue.

— Bonne nuit, Yr. J'espère que tu dormiras à poings fermés, ce soir…

Quand elle ouvrit la porte de sa chambre, Yr découvrit que Gautier, étendu nu sur le lit, l'y attendait depuis un bon moment. Ravie, elle entra et referma derrière elle.

38

Sigholt

Debout sur le toit parfaitement plat de la forteresse de Sigholt, Axis laissait le vent lui ébouriffer les cheveux. Les mains sur l'antique parapet de pierre, il fixait le nord, les yeux plissés pour les protéger des bourrasques. À l'horizon, il apercevait les contours des Éperons de Glace et leurs pics colorés de rose. Bien que très froid, l'air était vivifiant, et il s'en emplissait avec délice les poumons. Jusque-là, il n'était jamais allé plus loin, au nord, qu'Aldeni, car Jayme l'avait toujours confiné au sud du royaume. La vue de ces montagnes, dut-il reconnaître, avait quelque chose de grisant.

— La princesse aimait venir à l'endroit où vous êtes, dit une voix très douce dans son dos.

Axis se retourna vers le vieil homme qui lui tenait compagnie sur le toit désert.

Ancien cuisinier en chef de la garnison, Reinald était très âgé et infirme. Ses yeux chassieux étaient pleins de larmes à cause du vent et son crâne chauve luisait à la pâle lumière de fin d'automne qui filtrait des nuages. Rayonnant de bienveillance, il fit au Tranchant d'Acier un sourire édenté.

— À l'époque, j'étais le sous-chef de cuisine, et on m'avait chargé de superviser les repas de la princesse. L'été et au début de l'automne, elle passait le plus clair de son temps ici. Trois fois par jour, mon équipe et moi devions négocier l'escalier avec sur les bras des assiettes fumantes, des couteaux acérés et de la vaisselle en cristal…

— Vous deviez la maudire, dit Axis, compatissant.

— Tranchant d'Acier, il était difficile d'en vouloir à votre mère…

En dehors de Faraday, Reinald était la seule personne que la filiation sulfureuse d'Axis ne semblait pas gêner.

— Elle avait une façon si touchante de sourire en s'excusant des tracas qu'elle nous causait. Ensuite, elle nous invitait à rester un peu pour admirer avec elle ce qui lui plaisait tant.

— Et de quoi s'agissait-il ?

Le vieil homme s'approcha du parapet.

— Les Éperons de Glace, évidemment ! Elle adorait nous taquiner avec ça. Le plus jeune garçon de cuisine, Ralf, était sujet au vertige, et il devenait aussi vert que du persil. La princesse Rivkah riait aux éclats en le voyant. Un jour, disait-elle, elle prendrait son envol pour les Éperons de Glace, et plus personne ne la reverrait. J'aime à penser que son âme l'a fait, Tranchant d'Acier, quand elle est morte en vous mettant au monde. Pour me consoler, je me dis qu'elle a enfin pu explorer les montagnes qui la fascinaient tant. Au moment de votre naissance, elle en était encore plus près, vous savez…

Axis en resta muet un long moment. La vie, vraiment curieuse, offrait de la bonté et du réconfort dans les lieux les plus inattendus.

— Merci, Reinald, souffla-t-il finalement. (Il se tourna de nouveau vers les montagnes.) À cette distance, il est difficile de les voir clairement.

— En été, quand le ciel est dégagé, on a l'impression de pouvoir les toucher…

— Elle devait être malheureuse, ici, pour vouloir prendre son envol, comme tu le disais.

Reinald réfléchit avant de répondre :

— Elle se désespérait quand Searlas était ici. Dès qu'il s'absentait, elle redevenait très gaie.

— Parce que mon père lui rendait visite ? demanda Axis.

Le vieil homme se tut, plongé dans ses souvenirs. Après quasiment un an d'absence, le duc était revenu pour trouver sa femme enceinte de huit mois. Les semaines suivantes avaient été atroces. D'instinct, il baissa les yeux sur ses mains. Après que Searlas en personne les lui eut arrachés avec une pince rouillée, ses ongles n'avaient jamais complètement repoussé.

Malgré la douleur, ou peut-être à cause d'elle, il n'avait rien dit de ce qu'il savait. À sa façon, il aimait Rivkah et, si son silence pouvait la servir, il était prêt à endurer bien des tourments.

Axis laissa le vieil homme réfléchir tout à sa guise. S'il voulait lui répondre, tant mieux. Sinon, ce n'était pas grave, tant il était heureux de rencontrer quelqu'un qui avait connu et apprécié sa mère.

— Searlas était si dur, dit enfin Reinald. Quand Rivkah est arrivée ici, elle sortait à peine de l'enfance. Elle avait besoin d'être aimée et de rire, exactement ce que le duc ne pouvait pas lui offrir. (L'ancien cuisinier marqua une longue pause.) J'ai vite appris à attendre derrière la porte qui donne sur le toit, pour ne pas déranger votre mère pendant qu'elle… appelait. Il m'est arrivé d'y rester des heures, après avoir renvoyé les garçons de cuisine. La nourriture refroidissait, mais ça n'avait aucune importance. Tranchant d'Acier, je n'ai jamais vu votre père, mais je l'ai entendu parler et chanter. On aurait pu l'écouter des heures… (Le vieil homme sourit à cette évocation.) Il l'a aimée et il la faisait rire. Pendant huit mois, il est venu presque tous les jours et il restait des heures avec elle. J'ignore qui il était et comment il accédait au toit. Car je n'ai jamais remarqué personne dans l'escalier…

Axis hocha distraitement la tête, l'esprit ailleurs. En été, la vue devait être extraordinaire, avec les collines verdoyantes d'Urqhart au premier plan et les Éperons de Glace dans le lointain. Ces derniers jours, Ogden s'était montré prodigue en informations au sujet des Icarii, un peuple ailé. L'Envoûteur était-il venu chaque jour des montagnes ? Ou avait-il provisoirement élu domicile dans les collines ?

Penser à sa mère et à son amoureux emplit le Tranchant d'Acier d'une étrange sérénité. Lorsqu'une mélodie naquit dans sa tête, il commença à la fredonner sans vraiment en avoir conscience. Les yeux fermés, il crut sentir sur sa peau la caresse d'un soleil estival, et il huma l'odeur des rosiers grimpants qui, à la belle saison, couvraient jusqu'au sommet de la forteresse.

Reinald en resta bouche bée de stupéfaction.

— Vagabond des Étoiles ! appela une voix féminine pleine d'amour.

Axis ouvrit les yeux. Sur le toit inondé de lumière, une adorable jeune femme courait vers lui en riant, les bras grands ouverts.

— Vagabond des Étoiles, tu avais dit que tu ne viendrais pas aujourd'hui !

Pieds nus sous sa robe couleur lavande, la jeune femme, à voir l'arrondi de sa taille, devait en être à la moitié de sa grossesse. Ses longs cheveux auburn, détachés dans son dos, voletaient au gré d'une douce brise. Courant toujours vers lui, elle tendit des mains suppliantes.

— Vagabond des Étoiles ? répéta-t-elle, troublée. C'est toi ? Mais pourquoi es-tu habillé ainsi ?

Sans l'avoir décidé, Axis fit un pas en avant et tendit la main.

— Mère ?

La vision perdit de sa netteté tandis que Rivkah reculait.

— Qui êtes-vous ? demanda-t-elle, les mains pressées sur son ventre.

L'image devint encore plus floue, puis sembla se replier sur elle-même avant de disparaître.

— Mère ! cria Axis.

Mais le vent glacial soufflait de nouveau sur le toit et le parfum des roses n'était plus qu'un souvenir irréel.

— Reinald, tu as vu ?

— Oui, répondit le vieil homme, blanc comme un linge, c'était Rivkah, votre mère…

Axis regarda autour de lui, comme si la princesse allait réapparaître. Ne la voyant nulle part, il gémit de détresse.

— Axis, dit Reinald, utilisant pour la première fois le prénom du guerrier, tu es vraiment le fils de l'amoureux de Rivkah. (Il boitilla vers le Tranchant d'Acier et lui prit le bras.) Regarde !

L'ancien cuisinier porta les mains à son cou et en retira une longue chaîne en or. Au bout, en guise de médaillon, pendait une jolie bague.

— Ton père l'a offerte à Rivkah, jeune homme, dit Reinald en tendant le bijou à son interlocuteur. Après le retour de Searlas, craignant qu'il la lui prenne et remonte jusqu'à son amant, la princesse l'a cachée dans une assiette qu'elle avait à peine touchée. J'ai compris qu'elle voulait me la confier, pour que je la mette en sécurité. Je suppose qu'elle espérait la récupérer plus tard… Elle n'en a pas eu le temps, puisque le duc la fit exiler au fort de Gorken, où elle est morte. Tranchant d'Acier, je me suis toujours demandé ce que deviendrait cette relique, quand j'aurai quitté ce monde. Aujourd'hui, deux choses que je pensais impossibles sont arrivées. J'ai rencontré le fils de Rivkah, et je l'ai revue, rayonnante d'amour et de bonheur sur le toit de cette forteresse. Tu m'as rendu un peu de ma joie envolée, jeune homme, et je ne t'en remercierai jamais assez. Au moins, accepte ce bijou…

— Merci, Reinald, merci, dit Axis en fermant le poing sur la bague.

Et il ne parlait pas seulement du souvenir dont le vieil homme venait de lui faire cadeau.

Après le départ de l'ancien cuisinier, Axis resta un long moment seul sur le toit.

— Vagabond des Étoiles…, murmura-t-il. Ainsi, c'était ton nom ?

Il en savait un peu plus sur son père. Et mieux encore, il garderait à jamais gravées dans sa mémoire la joie et l'émotion de Rivkah, quand elle s'était retournée pour découvrir son amoureux.

Il ouvrit le poing et examina la bague. Un lourd anneau d'or aux reflets légèrement rouges, incrusté d'éclats de diamants taillés en forme d'étoile. La précision du travail était incroyable. Chaque astre minuscule se distinguait des autres, comme si l'artiste avait voulu lui restituer sa personnalité.

Il ouvrit la chaîne, en sortit la bague et la glissa au majeur de sa main droite. Elle lui allait parfaitement, comme si elle avait été faite pour lui.

En attendant qu'Axis sorte de la forteresse, Belial inspecta une nouvelle fois du regard la colonne de Haches de Guerre prête au départ. En chemin pour le fort de Gorken, la troupe s'était arrêtée juste le temps de renouveler ses provisions et de laisser se reposer les chevaux.

Le contingent affecté à Smyrton se réduisait au strict minimum. Sourd aux suppliques des villageois, qui mouraient de peur, le Tranchant d'Acier avait sèchement déclaré qu'aucun danger ne viendrait d'OmbreGarde. Trente hommes, avait-il ajouté, seraient sans doute déjà trop pour les protéger de menaces sorties de leur imagination. Belial sourit au souvenir de la tête qu'avaient tirée les soldats laissés en arrière, écœurés de devoir jouer les nounous pour des paysans pendant que leurs camarades affronteraient les hordes de Gorgrael.

La Prophétie – et le second d'Axis s'en félicitait – s'était répandue dans les rangs à une incroyable vitesse. Plus étonnant encore, les hommes l'avaient acceptée sans difficulté. Avec l'accord tacite du Tranchant d'Acier, Ogden et Veremund avaient parlé aux soldats, leur révélant presque tout ce qu'ils savaient sur les Icarii et les Avars. Bien qu'ils n'eussent pas clairement dit qu'ils étaient les Sentinelles dont parlait la Prophétie, les Haches de Guerre avaient vite compris que les deux vieillards n'avaient rien de banals frères de l'ordre du Sénéchal. Pendant le voyage entre Smyrton et Sigholt, les questions sur les Avars et les Icarii avaient fusé de toutes parts. Peu à peu, d'abord dans le secret de leur esprit, puis autour des feux de camp, à haute voix, les hommes avaient commencé à réfuter les préjugés prêchés par le Sénéchal. Alors que l'ordre enseignait depuis mille ans qu'il fallait haïr les Proscrits, les trois races, avant la Guerre de la Hache, avaient vécu en paix pendant des lustres.

Mobilisant leurs propres pouvoirs et celui de la Prophétie, Ogden et Veremund avaient évoqué les antiques souvenirs communs aux Acharites, aux Avars et aux Icarii. Et ces récits avaient éveillé d'étranges échos au plus profond de l'âme des Haches de Guerre.

En arrivant à Sigholt, plus aucun homme ne doutait que c'était bien Gorgrael, à la tête de ses Spectres, qu'il devrait combattre à Gorken. Et tous – le mot « Proscrit » rayé de leur vocabulaire – avaient compris que les Icarii et les Avars étaient autant en danger que les Acharites. Enfin, et ce n'était pas pour déplaire à Belial, les spéculations au sujet de l'Homme Étoile allaient bon train. Qui était le mystérieux héros qui conduirait ses forces à la victoire contre le Destructeur ?

Dans cet état d'esprit, les Haches de Guerre n'auraient aucun mal à accepter la vérité au sujet d'Axis.

Belial continua à inspecter la colonne. Pendant trois jours, elle avait campé dans une grande dépression, quasiment au pied de la forteresse. Sigholt était située à la sortie du col de Garde-Dure, dans les collines d'Urqhart. Le col conduisait au sud, vers les plaines du Chien Sauvage, puis en direction de Smyrton, sur les berges de la Nordra. La construction de la place forte de Sigholt remontait à des siècles et, selon certains, il s'agissait même du premier complexe de ce type jamais érigé en Achar. La forteresse était de loin le plus ancien bâtiment de cet ensemble défensif. Située sur les pentes du col de Garde-Dure, elle dominait une dépression qui s'étendait très loin vers l'ouest. Après que trois mille hommes et davantage de chevaux l'eurent piétinée pendant trois jours, la neige tassée donnait l'impression que le lit d'un lac se trouvait jadis au pied de la forteresse. Au fond, ce n'était pas impossible, car un affluent de la Nordra, depuis longtemps asséché, avait très bien pu se déverser dans cette énorme cuvette. Ayant surpris les deux Sentinelles en contemplation devant ce site géographique étonnant, Belial avait cru les entendre marmonner à ce sujet. Habitué aux éternelles messes basses des deux compères, il ne s'était pas attardé sur la question, certain que son chef en aurait fait autant.

Le second d'Axis cessa d'étudier ses hommes et regarda au loin, où se dressait, à des lieues de là, la capitale du duché d'Ichtar. Selon le plan d'Axis, la colonne se dirigerait en ligne droite vers Hsingard.

Jusqu'au fort de Gorken, le chemin ne serpenterait plus, même s'il resterait difficile, surtout sur un sol couvert de neige. Selon les Ichtariens, il n'y avait pas eu de fonte cet été. Exactement comme le prédisait la Prophétie, Gorgrael avait envoyé ses nuages de glace vers le sud…

Par bonheur, Borneheld expédiait depuis des mois des troupes en direction du nord. Dès que les Haches de Guerre seraient engagés sur la voie principale qui menait du Ponton-de-Jervois au fort de Gorken, la piste, tassée par des milliers de sabots et de roues de chariot, deviendrait beaucoup plus praticable. Le duc ayant semé des postes de ravitaillement tout au long de la route, l'intendance ne serait plus un problème. Sauf coup du sort, les guerriers d'Axis devraient être à pied d'œuvre dans environ deux semaines.

Transi de froid, Belial se frotta les bras. Que fichait donc le Tranchant d'Acier ? Tout le monde était prêt – pour une fois ! – et voilà qu'il se faisait attendre.

Perchés sur leurs baudets blancs, Ogden et Veremund patientaient stoïquement. À les voir ainsi, qui se serait douté de leur véritable identité ? Deux vieillards inoffensifs et plutôt comiques avec leurs morphologies si différentes…

Combien d'autres personnes de sa connaissance, se demanda Belial, dissimulaient leur véritable nature sous une apparence banale ? Azhure, par exemple… Qui était-elle vraiment ? En tout cas, une détermination farouche se cachait derrière son joli petit visage.

Belial eut un sourire mélancolique et posa une main sur l'arrière de son crâne, où il avait une bosse. Encore maintenant, dès qu'il se fatiguait trop, il souffrait d'abominables migraines.

Captant un mouvement du coin de l'œil, il se tourna vers la forteresse. Axis marchait à grandes enjambées en direction de Belaguez que tenait un jeune soldat. Dès qu'il eut fini d'enfiler ses gants, il sauta en selle.

— Tout le monde est en formation, Belial ?

— Depuis un bon moment, chef. Les sacoches sont bouclées, les chevaux ont bu, les armes brillent et nous piaffons tous d'impatience depuis… une heure et demie.

— Alors, pourquoi n'es-tu pas sur ta monture, mon second ? Saute en selle, si tu ne veux pas nous retarder ! (Axis éperonna son étalon pour qu'il vienne se camper devant la colonne.) Vous êtes prêts, Haches de Guerre ? cria-t-il.

— Nous attendons tes ordres, Tranchant d'Acier ! répondirent des milliers de voix.

— Alors, en route pour le fort de Gorken !

39

Le réveil de Rivkah

Le petit groupe voyageait depuis plus de dix jours dans la forêt d'Avarinheim. Longeant le fleuve Nordra, le chemin qu'il suivait serpentait vers le sud jusqu'aux Éperons de Glace.

Confortablement installé sur la civière fabriquée par Grindle et Helm, Raum récupérait peu à peu des forces. Presque aussi costaud que son père, l'adolescent le relayait dès qu'il semblait fatigué de tirer l'Eubage.

Sur un terrain régulier et avec un temps clément, la progression se révéla beaucoup moins pénible que prévu. La solidarité étant une des bases de la philosophie avar, les membres du clan prirent même le temps de retirer les branches mortes du chemin pour faciliter la vie à tous ceux qui s'y engageraient derrière eux.

Quand Azhure demanda pourquoi le froid et le vent qui sévissaient partout en Achar ne frappaient pas la forêt, Plume d'Or répondit que les arbres d'Avarinheim protégeaient les Avars des rigueurs de l'hiver.

— Ils ont un grand pouvoir, avait-elle ajouté avec un sourire énigmatique. Mais, en ces temps troublés, ils préfèrent ne pas trop le montrer.

En chemin, Pease et Fleat initièrent Azhure à l'art d'utiliser les plantes pour mieux vivre. L'écorce d'alafen, mise à infuser, permettait d'obtenir une boisson à la fois stimulante et rafraîchissante. Celle des arbres pied-d'ours, une fois débitée en lanières et séchée, servait à tisser des paniers ou des nattes. Et on pouvait également en faire des semelles de bottes quasiment inusables.

Poussant à l'ombre des arbres à feuilles persistantes, une infinité d'arbustes et d'herbes aromatiques ou médicinales facilitaient la vie quotidienne des Avars. Habituée à la mer d'Herbe de Skarabost, où rien ne poussait hormis du blé et des légumes, Azhure allait d'émerveillement en émerveillement. À chaque détour de la piste, eût-on dit, une nouvelle découverte l'attendait.

Pour se nourrir, les Avars comptaient exclusivement sur la forêt, qui leur fournissait en abondance des baies, du malfari, des fruits et toutes sortes de noix et de noisettes. Si incroyable que cela parût, ils cueillaient même les feuilles des grandes lianes qui tissaient un réseau complexe entre les branches des arbres géants. Cet exercice réservé aux enfants, assez légers pour se suspendre aux lianes sans les briser, était à la fois un amusement et un moyen imparable d'améliorer l'ordinaire. La pulpe de ces feuilles, ajoutée à la farine de malfari, donnait un goût délicieux au pain...

Même si elle n'avait aucun doute sur l'agilité de Skali et d'Hogni, Azhure manquait défaillir chaque fois qu'elle les voyait escalader des troncs pour aller jouer les acrobates dans la frondaison, à près de cent pieds de haut.

Très vite, l'humaine s'aperçut que sa robe bleue fascinait Fleat et Pease. Pourtant, les Avars avaient, eux aussi, recours aux chèvres et aux moutons pour en tirer de la laine – en plus du lait et de la viande. Mais les métiers à tisser des Acharites conféraient à leurs vêtements un aspect et un toucher très différents de ceux dont les deux femmes avaient l'habitude. Opportuniste, Azhure en profita pour troquer sa robe et son tablier contre une tunique et des hauts-de-chausses beaucoup mieux adaptés à la vie de forestière. Quand elle eut enfilé ces vêtements, ornés des symboles du clan, la jeune femme eut le sentiment d'avoir à tout jamais brisé les derniers liens avec son ancienne vie.

Ravies du marché, ses deux nouvelles amies lui apprirent qu'elles se confectionneraient des tuniques avec la robe. Le tablier et l'éventuel excédent de laine serviraient à vêtir les enfants, qui déchiraient souvent leurs habits lors de leurs expéditions aériennes.

Azhure étant vêtue à la mode avar, seules Barsarbe et Plume d'Or restaient fidèles à des robes classiques aux couleurs pastel.

La femme aux cheveux d'argent marchait le plus souvent à côté d'Azhure, lui parlant uniquement quand Fleat et Pease allaient aider à tirer la civière ou partaient cueillir des baies sur le bord du sentier.

Lors de ces moments d'intimité, Plume d'Or initia Azhure à la Prophétie du Destructeur et lui fournit de précieuses explications sur les coutumes et les croyances des Avars. Heureuse d'en savoir plus long sur la façon de vivre déconcertante du clan de l'Arbre Fantôme, la jeune femme fut également fascinée par la Prophétie. Mais Plume d'Or, elle-même, l'intriguait encore plus, et elle osa enfin lui poser les questions qui lui brûlaient la langue depuis des années.

Résolument muette sur sa jeunesse en Achar, la femme aux cheveux d'argent fut plus prolixe sur sa vie avec les Icarii et les Avars.

— Les deux races me fascinent, confia-t-elle un soir pendant que le petit groupe dressait son bivouac dans une clairière. Au début, je passais du temps avec les Avars pour mieux connaître leur mode de vie, tout simplement. Mais j'ai vite compris que je pouvais leur être utile. Depuis vingt ans, comme tu le sais, je les aide à conduire leurs enfants jusqu'à la Mère, au-delà des plaines de Skarabost.

Certaines années, je reste plus longtemps près d'eux qu'avec les Icarii.

— Et tu voyages toujours avec le clan de l'Arbre Fantôme ?

— Depuis trois ou quatre ans, oui… Mais j'ai partagé la vie d'autres communautés.

— Et chez les Icarii, demanda Azhure, sautant au sujet qui la passionnait, avec qui vis-tu ?

Plume d'Or sourit, amusée par l'insistance peu subtile de sa jeune amie. Par bonheur, elle ne parut pas lui en vouloir.

— Eh bien, avec ma famille, comme tout le monde…

— Ta famille ?

— Mon mari et ma fille, oui… Oh, tu as entendu cet oiseau ?

Azhure cessa de monter la tente et tendit l'oreille. Dans le lointain, elle capta les échos d'une merveilleuse mélodie.

— C'est une alouette gorge-chant, précisa Plume d'Or, le regard voilé comme si elle était plongée dans de doux souvenirs. Peu d'oiseaux chantent mieux que ceux-ci. Et j'ai choisi ce nom pour ma fille : Gorge-Chant…

— Un joli prénom, oui… Tu as d'autres enfants ?

— Deux fils… Hélas, je les ai perdus, l'un et l'autre.

— Je suis désolée…, commença Azhure.

Mais Plume d'Or, déjà en chemin pour aller aider Fleat à préparer le repas, ne l'entendit pas. À l'évidence, la perte de ses fils restait une plaie ouverte.

Ce soir-là, près du feu de camp, la conversation tourna de nouveau autour de l'énigmatique Tranchant d'Acier.

— Azhure, demanda Raum, que sais-tu de lui ?

L'Eubage allait un peu mieux chaque jour. Soucieux d'éviter à Grindle et Helm des efforts pénibles, il insistait pour marcher avec des béquilles, mais Barsarbe restait inflexible.

— Pas grand-chose..., avoua la jeune femme. Il est arrivé à Smyrton le jour de notre fuite, et je l'ai à peine vu.

— Et tu ignores tout de son passé ? insista l'Eubage.

— C'est ça, oui... À part le vieux scandale dont certains frères du Sénéchal font encore des gorges chaudes.

— Quel scandale ? demanda Barsarbe.

Agenouillée près du feu, elle faisait sécher des feuilles d'arbre-cire. Réduites en poudre et dissoutes dans de l'eau, ces plantes devenaient un excellent tonique pour le cœur des personnes âgées. Et l'Eubage connaissait une doyenne, dans le clan du Pied Puissant, qui aurait bien besoin de cette thérapie.

— Sa naissance honteuse, tout simplement. On dit qu'il est le fils bâtard de la princesse Rivkah.

— Quelle honte y a-t-il..., commença Raum.

Il se tut, bouleversé par le cri de détresse de Plume d'Or.

Plus pâle qu'une morte, la femme aux cheveux d'argent dévisageait Azhure comme si le Destructeur en personne avait été assis près d'elle.

— Que..., croassa-t-elle, la gorge nouée. Que... viens-tu de dire ?

Azhure regarda Raum et Barsarbe, qui semblaient aussi perplexes qu'elle, et se tourna de nouveau vers Plume d'Or. Quelle mouche la piquait ?

Pease s'approcha de la vieille amie du clan et l'enlaça pour la réconforter. Une initiative louable, mais qui n'eut pas l'ombre d'un effet.

— Le Tranchant d'Acier est le fils de Rivkah, la sœur du roi Priam. Et il se présente sous le nom d'Axis Rivkahson. Plume d'Or, que t'arrive-t-il ?

— Il est mort..., gémit la femme aux cheveux d'argent. Il est mort !

Personne ne comprenant de quoi elle parlait, Barsarbe se pencha et demanda :

— Mon amie, que racontes-tu ?

Sursautant comme si elle revenait à la réalité, Plume d'Or releva les yeux.

— Je suis la princesse Rivkah, annonça-t-elle abruptement. Mon fils est mort à la naissance. On me l'a dit !

— On prétend aussi que tu es morte en lui donnant le jour, souffla Azhure, qui commençait à comprendre.

À présent, le raffinement, la grâce et l'assurance de son amie ne l'étonnaient plus.

— Des hommes ont tenté de m'assassiner, et ils ont échoué... Mais on m'a assuré que l'enfant était mort !

— Azhure, intervint Raum, nous ne connaissons pas l'histoire de la princesse Rivkah. Peux-tu nous la raconter ?

La jeune femme révéla le peu qu'elle savait à ses nouveaux amis. Un mariage forcé, une grossesse illégitime, un amant inconnu... Et enfin, l'accouchement, au fort de Gorken, qui avait coûté la vie à la mère prétendument indigne.

— Plume d'Or, demanda Raum, Vagabond des Étoiles était-il le père de cet enfant ?

La femme aux cheveux d'argent acquiesça, puis s'abandonna à l'étreinte de Pease, qui lui murmura à l'oreille des paroles de réconfort.

— À présent, dit Barsarbe, nous savons pourquoi le Tranchant d'Acier a du sang icarii. Vagabond des Étoiles appartient à la plus puissante et ancienne lignée d'Envoûteurs. La maison du Soleil Levant...

— L'enfant était mort quand les sages-femmes l'ont sorti de la chambre, gémit Plume d'Or. Il était tout bleu et ne bougeait pas. Azhure, on m'a affirmé qu'il n'avait pas survécu. Qui l'a élevé ? Dis-le-moi ?

La jeune femme se souvint des ragots qu'elle avait entendus lors de visites chez Hagen de gardiens de la Charrue du voisinage.

— Un certain Jayme, je crois… Celui qui est devenu frère-maître.

— Avec son ami Moryson, c'est lui qui m'a abandonnée dans les Éperons de Glace pour m'y laisser mourir. Et maintenant, j'apprends qu'il m'a volé mon fils, en plus du reste… Comment ai-je pu me tenir en face de lui sans m'en douter ? Je lui ai parlé, j'ai tendu une main pour le toucher, et il ne m'est jamais venu à l'esprit qu'il était la chair de ma chair !

La tête entre les mains, Plume d'Or éclata en sanglots.

— Grindle, dit Raum, nous devons absolument arriver à temps pour la Réunion. Il faut que les autres connaissent cette nouvelle.

— Et moi, souffla Plume d'Or, je dois avertir mon mari que notre fils est vivant. Comment ai-je pu être si près de lui et ne m'apercevoir de rien ? Comment ?

40

Le fort de Gorken

Pressé d'être couvert de louanges par le duc, quand il lui aurait amené Faraday, Gautier ne ménagea pas ses troupes sur la route du fort de Gorken. De toute manière, même s'il n'avait pas escorté la duchesse, il aurait eu hâte d'atteindre le théâtre des opérations, après des mois et des mois de préparatifs.

Les pauses furent réduites au minimum nécessaire pour laisser le temps aux hommes et aux chevaux de se reposer un peu. Les repas, du gruau réchauffé et du pain dur, furent tous avalés sur le pouce pendant que les montures se gavaient de foin à la hâte. Guerrier expérimenté, à l'inverse de son maître, Gautier sentait de plus en plus nettement l'odeur grisante de la bataille à mesure qu'ils approchaient du but.

Le bas du visage enveloppé d'une écharpe, pour se protéger du froid, le second de Borneheld passait le plus clair de sa journée à galoper le long de la colonne pour ordonner aux cavaliers de pousser un peu plus leurs montures. Le matin, tous les chevaux trop fatigués pour repartir étaient abattus sans cérémonie. Voyant comment leur chef traitait les bêtes, les soldats s'efforçaient de ne jamais avoir l'air épuisé quand il passait près d'eux.

Déjà froid et neigeux dans la partie méridionale de Skarabost, le temps tournait à présent au cauchemar. Dans ces conditions extrêmes, le maréchal-ferrant et ses assistants durent clouter les sabots des chevaux pour qu'ils ne dérapent pas sur le verglas et les congères.

Le matin, quand elle s'étirait après une nuit passée à grelotter dans son sommeil, Faraday entendait craquer la couche de givre qui s'était déposée sur les trois ou quatre couvertures censées la réchauffer un peu.

En chemin, quasiment personne ne parlait. Une écharpe leur couvrant le nez et la bouche, les yeux plissés pour ne pas être éblouis par les reflets du soleil sur la neige, les cavaliers avançaient comme des automates, glacés jusqu'aux os malgré les multiples couches de vêtements qui auraient dû couper un peu le vent. La crinière givrée, de la glace pendant à leurs naseaux, les chevaux subissaient sans renâcler un calvaire qui eût brisé bien des volontés humaines.

Sur sa route, la colonne croisa plusieurs groupes de citoyens de Gorken en fuite vers le sud. Effrayés par les préparatifs de guerre et les incessantes attaques des Spectres sur les patrouilles, ces fugitifs bloquaient souvent la route avec leurs chariots trop lourdement chargés. Résolu à dégager le chemin, Gautier n'hésita pas à user de méthodes radicales. Les véhicules étaient poussés sur le bas-côté de la piste et leurs propriétaires, lestés d'autant de vivres et de couvertures qu'ils pouvaient en porter, devaient continuer à pied. Le cœur serré, Faraday se demanda combien d'entre eux sortiraient vivants de l'aventure.

Plus étonnant encore, la colonne croisa également des groupes de chasseurs de Ravensbund. Bien qu'elle eût entendu plus d'une histoire sur les barbares de l'extrême nord d'Ichtar, Faraday les trouva plus effrayants qu'elle s'y attendait. Montés sur de petits chevaux à robe jaune d'une frappante laideur, ces hommes et ces femmes au visage tatoué en noir et bleu n'avaient rien pour inspirer la sympathie. Et les éclats de verre bleu ou vert qui décoraient leur chevelure et les crinières de leurs montures – en alternance avec de minuscules clochettes – étaient loin d'améliorer les choses.

Selon un des éclaireurs de Gautier, des colonnes de chasseurs bien plus importantes traversaient les plaines occidentales d'Ichtar, s'enfonçant toujours plus vers le sud. Pour qu'un peuple si coriace abandonne son territoire, pensa Faraday, la menace devait être vraiment hors du commun.

Timozel chevauchait devant sa dame, afin de la protéger autant que possible du vent. Résolu à la conduire coûte que coûte jusqu'à son promis, il ne se laissait pas arrêter par les doutes qui traversaient parfois son esprit. La décision de Faraday, quel que fût son amour pour le duc, n'était-elle pas déraisonnable ? Si elle mourait pendant le voyage, le pauvre homme en aurait le cœur brisé...

Quoi qu'il en soit, le jeune soldat savait qu'il avait eu raison de jurer allégeance à la future duchesse. Et il remerciait Artor, dont la divine main y était sans doute pour quelque chose, d'avoir été séparé d'Axis.

Depuis qu'il n'était plus sous l'influence de son ancien chef, Timozel mesurait à quel point il avait galvaudé ses talents dans les rangs des Haches de Guerre. Non content d'avoir déshonoré sa mère et sali la mémoire de son père, le Tranchant d'Acier s'était toujours ingénié à le garder sous l'éteignoir, comme s'il craignait de favoriser l'ascension d'un rival plus doué que lui.

Timozel bomba le torse en pensant à la vie qui l'attendait désormais. Déjà champion d'une noble dame, il commanderait un jour la plus grande armée qui eût jamais arpenté le royaume. Serviteur dévoué de la duchesse d'Ichtar, il serait bientôt le bras droit de son mari, Seigneur de Guerre et futur souverain d'Achar. Oui, se dit-il en regardant Faraday, qui semblait si misérable sur son cheval, la cause qu'il défendait désormais valait cent fois mieux que celle qu'on lui avait imposée au sein des Haches de Guerre.

Alors qu'il chevauchait dans la neige, perdu dans ses pensées, Artor lui fit la grâce d'une nouvelle vision.

Après une glorieuse bataille, les positions de l'ennemi étaient balayées comme une dune de sable par la tempête. Et le grand Timozel n'avait pas perdu un seul soldat.

Un autre jour, sur un terrain différent, l'ennemi osant recourir à une ignoble sorcellerie, ses forces payaient un lourd tribut. Mais une fois de plus, il finit par vaincre, et se délecta de voir les soldats adverses et leur chef, gravement blessé, détaler devant lui comme des lapins.

Un autre jour encore, après un nouveau triomphe, Timozel était assis devant une cheminée avec son seigneur et Faraday, qui le couvraient de louanges.

Tout était pour le mieux. Enfin, il avait trouvé le chemin de la lumière et accompli sa destinée.

Oui, tout allait pour le mieux.

Borneheld l'aiderait à atteindre la gloire et la grandeur, il en avait la certitude. Donc, le duc d'Ichtar serait l'homme au nom duquel il combattrait.

Devait-il pour autant lui rapporter ce qu'il savait sur les Sentinelles et le Portail des Étoiles ? Probablement pas, car cela risquerait de miner sa crédibilité. De plus, s'il optait pour une franchise absolue, il devrait aussi mentionner le pacte conclu avec Gorgrael. Et dans ce cas, le duc ne lui confierait sûrement pas le commandement de ses armées…

Décidément, la discrétion semblait une solution plus porteuse d'avenir.

Timozel sombrait dans le désespoir dès qu'il repensait à sa rencontre avec le Destructeur. Par bonheur, il se reprenait très vite, car rien ne le menacerait tant qu'il resterait le champion de Faraday. Il surmonterait tous les obstacles et son nom entrerait dans la légende…

Jour après jour, le jeune soldat changeait sans même s'en apercevoir. La vision qu'il avait eue pour la première fois dans la tombe du neuvième Envoûteur-Serre – un souverain si terrible que les Icarii eux-mêmes refusaient de l'évoquer – assombrissait son cœur et pervertissait son âme. Son amertume vis-à-vis d'Axis, jadis à peine formulée, devenait insensiblement une haine ouverte et assumée. Au fil du temps, son aptitude à distinguer le bien du mal – et la vérité du mensonge – se détériorait inexorablement.

Alors que le monde entier semblait être prisonnier de la glace sous un ciel uniformément couvert, la colonne atteignit enfin sa destination.

Bâti sur une butte, le fort de Gorken toisait de haut la ville qui s'étendait à ses pieds, formant une demi-couronne d'édifices frileusement serrés les uns contre les autres. Avec ses murs épais de quelque soixante pieds – de la pierre noire extraite des contreforts des Éperons de Glace – et ses fondations nichées dans un solide écrin de roche, le fort était virtuellement imprenable. Dans l'incapacité de creuser des tunnels pour attaquer par en dessous, tout adversaire assez fou pour lancer un assaut devait s'exposer à l'impressionnante force de frappe des engins de guerre alignés le long des créneaux. Sans parler des centaines de meurtrières qui tenaient lieu de fenêtres à l'édifice – une protection contre les projectiles ennemis et le vent glacial qui soufflait presque en permanence du nord.

Les seules portes, ménagées dans le mur sud, étaient si bien fortifiées et protégées qu'une offensive directe eût immanquablement tourné à la séance de tir aux pigeons pour les défenseurs. Décidé à ne prendre aucun risque, Borneheld allait jusqu'à utiliser le mauvais temps en sa faveur. Chaque nuit, ses hommes versaient le long des murs des cataractes d'eau qui gelaient en quelques secondes.

Recouvertes d'une pellicule de glace, les murailles devenaient impossibles à escalader – en tout cas, pour un assaillant de chair et de sang.

À l'arrière-plan, les pics vertigineux des Éperons de Glace semblaient veiller sur la ville et la citadelle. Selon une légende répandue en Achar, le plus haut d'entre eux, le mont Krak, surnommé « le Maître de la Tristesse », était le repaire du Seigneur Noir des Proscrits. Du fort comme de la cité, il était rarement visible, dissimulé par les nuages et la brume qui s'accrochaient à ses flancs telles des serres vaporeuses.

Gautier décida de conduire ses hommes en ville. Après dix jours de marche forcée, il ne leur avait pas accordé de repos aujourd'hui. Passer une nouvelle nuit dehors ne lui disait rien, et il avait hâte de savourer la surprise – et la satisfaction – de Borneheld quand il se présenterait devant lui en compagnie de sa future et très désirable femme.

La ville était pratiquement plongée dans le noir. Bien qu'il y cantonnât près de six mille hommes, le duc refusait qu'on gaspille du bois et du combustible pour alimenter des feux ou faire brûler des torches. Du coup, presque tous les soldats se couchaient avec les poules...

Sachant que le feu était une arme puissante contre les créatures de glace, Borneheld veillait jalousement sur ses réserves d'huile et de tourbe séchée, destinées à accueillir l'ennemi quand il lancerait sa grande offensive.

Le mur d'enceinte de la cité, moins haut et moins épais que les murailles du fort, étant également en pierre noire, Faraday frissonna d'angoisse quand la colonne dut s'arrêter devant le premier poste de garde extérieur.

Le lieu était sinistre, et le bon lit dont elle rêvait, à l'abri du froid et du vent, lui semblait beaucoup moins douillet dès qu'elle imaginait Borneheld dedans.

Elle pensa brièvement à Axis, une faiblesse qu'elle ne s'autorisait pas souvent, ces dernières semaines. Avait-il réussi à gagner le fort avant elle ? Dans ce cas, tout risquait d'être déjà perdu...

— Pourvu que j'arrive à temps..., murmura-t-elle.

Levant la tête, elle aperçut les gardes qui patrouillaient le long du mur d'enceinte. La ville se nichant au pied des murs sud et ouest du fort, elle plissa les yeux pour apercevoir la place forte où Rivkah était morte en donnant le jour à Axis.

Et maintenant, c'est à moi de le défendre contre son fou furieux de frère...

— En avant ! cria soudain Gautier.

Arrachée à sa méditation, Faraday sursauta quand l'officier s'empara de la bride de son cheval pour le forcer à avancer.

— Venez, noble dame. Plus vite nous atteindrons le fort, et mieux je me sentirai...

Les gardes s'écartèrent des portes de la cité, qui s'ouvrirent en grinçant. Les franchissant au trot, Gautier entraîna la future duchesse dans les rues de la ville.

Fort mécontent de l'initiative de Gautier, Timozel suivit le mouvement, Yr à moins d'une longueur derrière lui.

Ses habitants en fuite, la ville se préparait à l'évidence à un siège. Les rues étant à demi bloquées par des gravats et des chariots renversés – au cas où on en viendrait à lutter à l'intérieur de la cité –, Gautier fut contraint de ralentir le rythme. Faraday en profita pour regarder autour d'elle. Tous les bâtiments, résidentiels ou commerciaux, des caisses de provisions empilées devant leur façade, servaient désormais de caserne aux soldats. Transformée en camp retranché, la place du marché se révéla aussi difficile à traverser qu'un jour de foire aux bestiaux.

À son vif soulagement, Faraday n'aperçut pas de Haches de Guerre parmi les hommes qui vaquaient encore à leurs occupations. Un peu moins tendue, elle pensa pour la première fois à sa propre sécurité, et sentit son estomac se nouer. Si les choses tournaient mal, quelles chances aurait-elle de survivre au désastre ?

Enroulé dans sa couverture au milieu de bottes de foin, pour avoir moins froid, un fantassin à la barbe et aux cheveux noirs roula sur le côté en insultant la maudite femelle qui était passée à deux doigts de le réduire en bouillie sous les sabots de son cheval.

— Eh, toi ! cria Gautier à un soldat qui rêvassait, le dos contre un pilier de tente.

L'homme plissa les yeux pour sonder la brume, reconnut son interlocuteur et se mit au garde-à-vous.

— Oui, messire Gautier ?

— Je viens d'arriver dans ce trou à rats oublié d'Artor, et quatre cents hommes chevauchent sur mes talons. Il faudra les nourrir, les loger et prendre soin de leurs chevaux. Qui commande cette caricature de camp ?

— Le capitaine Goddars, messire.

— Alors, dégotte-le et transmets-lui mon message. Demain matin, si je découvre qu'un seul de mes hommes, ou de mes chevaux, a eu faim ou froid, ton remarquable chef bouffera du foin jusqu'à la fin de ses jours. C'est compris ? (Sans attendre de réponse, Gautier tira sur la bride du cheval de Faraday.) En route, ma dame, le duc nous attend !

Jugeant inutile de s'assurer que Timozel et Yr les suivaient, le second de Borneheld remonta à fond de train une ruelle obscure. Accrochée au pommeau de sa selle, la vue brouillée par l'épuisement, Faraday perdit toute notion du temps et de l'espace.

S'écartant à la hâte du chemin, les soldats qu'ils bousculèrent ravalaient leurs jurons dès qu'ils reconnaissaient l'homme qui osait galoper comme un fou dans les rues obscures de Gorken. À l'évidence, Gautier leur inspirait autant de respect et de crainte que le Seigneur de Guerre en personne.

Quand ils arrivèrent devant le mur sud du fort, le second de Borneheld le longea pendant de longues minutes. Lorsqu'elle leva les yeux, Faraday n'aperçut pas les gardes, sur le chemin de ronde. Incroyablement haute, la muraille se perdait dans les ombres de la nuit, sous un ciel où aucune étoile ne brillait.

Au risque de tomber, la jeune femme se retourna sur sa selle pour voir si Timozel et Yr avaient réussi à la suivre.

Le jeune soldat éperonna son cheval, arriva à la hauteur de sa dame et la prit par le bras.

— Bon sang, Gautier, ralentis ! cria-t-il. Le duc ne sera pas ravi si tu lui amènes sa promise en petits morceaux !

Le second de Borneheld tourna la tête pour jeter un regard méprisant à l'importun. Voyant que la future duchesse était blême d'épuisement, il consentit à repasser au petit trot.

Tremblant comme une feuille, Faraday avait depuis longtemps lâché les rênes de sa monture, et elle semblait avoir de plus en plus de mal à s'accrocher au pommeau de sa selle.

— Nous atteindrons les portes dans quelques minutes, annonça Gautier. Courage, ma dame !

Rattrapée par la fatigue du voyage, Faraday ne trouva pas la force de répondre. La tête dans un brouillard, elle ne voyait plus rien et entendait les sons comme s'ils lui parvenaient de très loin. Certain qu'elle finirait par tomber, Timozel la souleva de sa selle et l'installa devant lui, quasiment sur l'encolure de son cheval. Comme de juste, Gautier ne cacha pas sa désapprobation. Occupé à réciter la longue liste de mots de passe qui leur permettrait de franchir les portes, mieux défendues qu'une salle des coffres, il n'intervint pas et laissa le cheval de Faraday continuer à galoper seul.

— Timozel, demanda Yr, également au bord de la défaillance, elle va bien ?

— Oui, mais le voyage se termine à temps. À mon avis, elle n'aurait pas tenu un jour de plus. (Le jeune homme regarda froidement la Sentinelle.) Tu n'aurais pas pu l'aider avec ta magie ?

— J'ai fait ce que j'ai pu, mais je ne suis pas guérisseuse… (Yr riva sur Timozel des yeux brillants de colère.) À partir de maintenant, prends garde à ce que tu dis, jeune coq ! Si tu ne tiens pas ta langue, nous finirons tous sur le bûcher.

Timozel se raidit, prêt à répliquer vertement, mais le grincement des portes, qui finissaient de s'ouvrir, le dissuada d'envenimer la dispute. Éperonnant son cheval, il suivit Gautier, déjà engagé sous l'arche d'accès. Presque trop fatiguée pour trouver la force de talonner sa monture, Yr se mit en route avec un petit temps de retard.

Le fort grouillait de soldats et des caisses de vivres s'entassaient un peu partout.

Alors que Gautier immobilisait son cheval au centre de la cour, une grande silhouette musclée sortit de sous un porche plongé dans l'obscurité.

— Au nom d'Artor, que se passe-t-il ! brailla l'homme. J'ai ordonné qu'on ferme les portes au crépuscule et qu'on ne laisse entrer personne pendant la nuit.

Gautier sauta de son cheval et s'agenouilla dans la boue, la tête inclinée devant son seigneur.

— Duc, c'est moi, Gautier, dit-il, le souffle un peu court après sa cavalcade. Regardez qui je vous amène !

Il désigna Timozel, toujours en selle avec Faraday dans les bras.

Borneheld avança vers le cavalier.

— Gautier, tu n'aurais pas pu dormir en ville et venir

me voir demain matin ? Rien ne peut être assez important pour passer outre les consignes de sécurité. Ne crois surtout pas que…

Le duc s'interrompit, car il venait de reconnaître Timozel… et la femme qui chevauchait avec lui.

— Mon seigneur, souffla Faraday, attendre votre retour était au-dessus de mes forces. Alors, j'ai décidé de venir vous rejoindre.

Épuisée, elle s'évanouit avant d'avoir entendu la réponse de son futur mari.

41

La duchesse d'Ichtar

Le lendemain, vers midi, Faraday se réveilla dans une chambre austère meublée de quelques coffres en fer, de sièges strictement fonctionnels et du lit où elle avait dormi. Dépourvus de tentures ou de tapisseries, les murs de pierre nue auraient aussi bien pu être ceux d'une cellule. À travers l'étroite fenêtre – une meurtrière, en réalité – filtrait une lumière grisâtre déprimante.

Le fort de Gorken… Faraday se souvint de son arrivée, la veille. Quand elle avait repris conscience, dans une grande salle, Borneheld, le comte Jorge et le gros duc Roland la regardaient comme s'ils contemplaient une revenante. Après le message d'Axis, tous l'avaient cru morte dans l'éboulis du tumulus…

Le duc d'Ichtar, se rappela-t-elle, l'avait portée près de la cheminée, où elle avait raconté son histoire – enfin, la fable dont elle avait déjà gratifié Gautier – en comptant sur Timozel pour boucher quelques trous. Par miracle, avant de reperdre connaissance, elle avait eu la présence d'esprit de serrer amoureusement la main de Borneheld.

— Alors, douce enfant, demanda Yr, assise au bord du lit, tu te sens mieux ?

Faraday roula sur le côté et sourit à la Sentinelle.

Ayant réussi à récupérer leurs bagages, la superbe femme blonde portait une robe de laine grise dont la coupe rudimentaire convenait fort bien à une servante. Les cheveux sagement coiffés en couronne, les mains croisées sur les genoux, elle aurait pu passer pour une humble femme de chambre, n'était la lueur rien moins que modeste qui brillait dans ses yeux.

— Où sommes-nous ? demanda Faraday en regardant autour d'elle.

Au fond de la salle, un petit feu crépitait dans une cheminée sans moulures. Au moins, elle ne mourrait pas de froid quand elle sortirait du lit.

— Dans la chambre du duc, ma chère, rien moins que ça ! Et le pauvre a dû passer une nuit très inconfortable…

— Yr, dit Faraday en s'asseyant dans le lit, je me souviens très vaguement de notre arrivée. Borneheld a-t-il cru à notre histoire ?

— Douce enfant, il était si surpris de te voir vivante qu'il aurait gobé n'importe quoi, y compris si tu avais prétendu être venue en chevauchant un rayon de lune ! À présent, tu devrais faire ta toilette, t'habiller et filer jouer ton rôle de fiancée éperdue d'amour… (La Sentinelle se rembrunit.) Faraday, nous n'avons pas de temps à perdre ! Axis sera ici au plus tard dans une semaine. Hier, j'ai parlé à une sentinelle, et appris que le duc avait reçu un message, il y a quelques jours. Les Haches de Guerre ont quitté Sigholt pour chevaucher vers le fort de Gorken. Ton mariage doit être célébré avant l'arrivée du Tranchant d'Acier. N'oublie pas que le destin de Tencendor…

— … m'impose d'épouser le duc d'Ichtar, et pas Axis, acheva Faraday. Inutile de me le rappeler sans arrêt !

Yr baissa les yeux, se leva et alla chercher la cruche d'eau qui chauffait près des flammes.

Dans le grand hall du fort, Borneheld tenait un conseil de guerre avec le comte Jorge, le duc Roland et le seigneur

Magariz. Bien que la salle fût assez petite, comparée à celles de bien d'autres châteaux, le feu qui brûlait dans la grande cheminée, sur le mur du fond, parvenait à peine à réchauffer l'atmosphère. La table de banquet, pour l'heure couverte de cartes et de rapports, avait été transportée près du foyer. Même ainsi, aucun des hommes présents ne regrettait d'avoir enfilé plusieurs couches de vêtements avant de venir.

Debout près de l'âtre, Timozel s'émerveillait d'être admis à suivre les délibérations de si grands commandants – voire à y participer, quand l'occasion s'en présentait. Axis, lui, ne s'était jamais soucié de lui demander son avis…

Campé à côté du jeune soldat, Gautier écoutait patiemment. Borneheld l'ayant profusément remercié d'avoir escorté Faraday, il ne se faisait plus aucun souci pour la suite de sa carrière.

Depuis une heure, les débats portaient sur la nécessité d'envoyer davantage d'hommes en patrouille, au risque de lourdes pertes. Ils cessèrent instantanément quand Faraday entra.

Stupéfaits par la vue de cette splendide femme, et surtout de la somptueuse robe en soie émeraude et ivoire qui dévoilait subtilement ses charmes, les guerriers se pétrifièrent, bouche bée.

Ravie qu'ils se soient regroupés près du feu, où elle gèlerait moins dans cet absurde accoutrement, Faraday avança en souriant, la tête légèrement inclinée sur le côté pour mettre en valeur les délicieuses courbes de son cou et de ses épaules. *Quand on veut forcer un homme à vous passer au plus vite la bague au doigt*, pensa-t-elle, *il ne faut pas lésiner sur les effets de ce genre, même dans un fort où il aurait été plus approprié de s'emmitoufler dans un manteau.*

Elle s'arrêta trois pas devant le duc et se fendit d'une révérence aussi gracieuse que révélatrice en ce qui concernait son décolleté.

— Seigneur duc, dit-elle, si je vous dérange, un mot suffira pour que je m'éclipse.

— Non, non, grogna Borneheld. (Il prit maladroitement la main de sa future épouse et l'aida à se relever.) Vous ne nous dérangez pas du tout… Restez, je vous en prie…

Par Artor, elle est encore plus jolie que dans mon souvenir ! Et elle a risqué sa vie pour me rejoindre. Une femme aussi belle qu'intelligente, rien que pour moi…

En silence, Faraday étudia son futur époux avec toute l'objectivité dont elle était capable. Ici, constata-t-elle, il semblait encore plus grand et fort qu'à la cour. Ses cheveux auburn, pratiquement rasés depuis qu'il était en campagne, conféraient une étrange teinte rouge à son crâne, comme s'il l'avait fait peindre. Ses yeux gris – décidément ce qu'il avait de plus beau – brillaient de satisfaction tandis qu'il la contemplait, ravi de la voir, mais incapable de trouver les mots pour s'exprimer.

Quelle idiote elle était d'avoir cru que ce guerrier fruste et brutal se transformerait pour elle en un courtisan raffiné !

Toujours souriante, elle se tourna vers les autres, résolue à tirer parti d'un effet de surprise par nature destiné à ne pas durer.

— Comte Jorge, vous revoir est un plaisir…

Ces dernières années, le noble aux cheveux gris était venu deux fois en visite chez son père, en Skarabost. Gentil et courtois, il l'avait toujours traitée avec un respect qui semblait sincère.

Pour le saluer, Faraday inclina simplement la tête. D'un rang supérieur au vieil homme, la future duchesse eût commis un impair en le gratifiant d'une révérence.

— Dame Faraday, dit Jorge après un impeccable baisemain, j'avoue que votre venue me surprend et qu'elle m'inquiète un peu…

Gênée par le regard inquisiteur du vieux guerrier, dont le sourire lui semblait forcé, Faraday se tourna vers le duc Roland.

— Mon seigneur, dit-elle avec la révérence idoine, étant donné le rang du Marcheur.

Malgré son poids, le duc s'inclina avec une élégance et une grâce de jeune homme.

— Dame Faraday, vous êtes plus resplendissante que dans mon souvenir, ce qui n'est pas peu dire. Artor soit loué que vous ayez survécu à cet abominable éboulis !

Le quatrième noble avança pour saluer la future duchesse. Devinant qu'il s'agissait du seigneur Magariz, Faraday sourit et lui tendit la main, afin qu'il y pose les lèvres. Avec ses cheveux poivre et sel et sa joue gauche barrée d'une vilaine cicatrice, cet homme était d'une beauté sombre et mystérieuse qui ne devait pas laisser les femmes indifférentes. Quand elle baissa les yeux pour ne plus le dévisager, Faraday nota qu'il évitait de trop s'appuyer sur sa jambe gauche. Au début du mois de FeuilleMorte, se souvint-elle, il avait été blessé lors d'une attaque contre le fort de Gorken. Même s'il était l'incarnation du guerrier ne vivant que pour la bataille, son visage indiquait qu'il débordait d'une… ardeur… inexploitée, et une étonnante lueur ironique dansait dans ses yeux noirs.

— Ma dame, dit-il après un baisemain aussi convaincant que celui de Jorge, nous espérions que le fort de Gorken serait de nouveau invulnérable aux attaques surprises. Après celle que vous venez de lancer, les meilleurs chefs militaires d'Achar s'efforcent de reprendre l'avantage, mais je doute qu'ils y parviennent. Soyez la bienvenue dans mon modeste fief, Faraday de Skarabost.

La jeune femme sourit du compliment, qu'elle trouvait fort bien troussé, puis abandonna à contrecœur le soldat et se tourna vers Borneheld. Dans le même mouvement, elle salua Timozel et Gautier du bref hochement de tête adapté à leur rang.

—Seigneur, je vous en prie, ne me dites pas que j'ai eu tort de venir vous rejoindre…

—Eh bien…, commença le duc d'Ichtar en prenant la main gauche de sa promise.

—Duc, coupa Jorge, le fort de Gorken n'est sûrement pas un lieu de résidence pour une dame si délicate. Cette place forte est en état d'alerte et l'ennemi risque d'attaquer à tout instant. Borneheld, je te conjure de renvoyer dame Faraday à Carlon, où elle sera en sécurité.

—Non ! s'écria la jeune femme avec une parfaite sincérité. (Elle plaça sa main droite sur le poing de Borneheld, fermé sur sa main gauche.) Borneheld, mon bien-aimé, ma mère est morte et j'ai échappé par miracle à une fin atroce. Seule et désespérée, je n'ai pensé qu'à vous rejoindre. Par pitié, ne me repoussez pas !

Puisant de la force dans la graine de pouvoir que la Mère avait plantée en elle, Faraday avança vers son fiancé, le regarda dans les yeux, lui sourit et serra plus fort sa main, prisonnière entre les siennes.

Le duc en eut le souffle coupé et les autres hommes déglutirent avec peine. En plus de sa beauté naturelle, Faraday avait désormais une aura qui ne laissait indifférent aucun mâle. Et Borneheld n'avait aucune intention de résister. Si elle le désirait tant, pourquoi la priver de ce qu'elle voulait ?

Lisant les pensées du duc dans son regard, Faraday porta l'estocade qui lui assurerait la victoire.

—Mon seigneur, ai-je fait ce long voyage pour rien ? Borneheld, par pitié, ne différons pas davantage notre union. Qui sait ce que demain nous réserve ?

Par la Hache et la Charrue, pensa Jorge, *à sa place, refuserais-je une beauté pareille après qu'elle eut bravé mille périls pour me rejoindre ?*

Borneheld ne répondit pas tout de suite, fasciné par la fabuleuse beauté qui ne cachait pas, devant tous ces hommes, avoir risqué sa vie pour être avec *lui*. Depuis des années, il voyait des femmes lui sourire et les entendait vanter ses qualités de guerrier… sans jamais quitter des yeux son demi-frère. Eh bien, il avait finalement remporté un trophée que ce foutu bâtard lui envierait. Faraday était venue pour lui, pas pour Axis !

— Je comprends que vous ayez pensé à moi, dit-il, après avoir été abandonnée par le Tranchant d'Acier. Quand il arrivera, je le ferai flageller pour le punir de son incompétence.

Faraday frémit à cette seule idée. Mais ce n'était surtout pas le moment de plaider la cause d'Axis.

— J'aurais dû rester avec vous à Carlon, mon bien-aimé… Mon père a eu tort de me confier au Tranchant d'Acier. À mon sens, c'est lui qui mérite le fouet.

Borneheld éclata de rire.

— Je ne vous savais pas si espiègle, Faraday. Une surprise, je dois l'avouer. (Le duc se tourna vers les trois autres nobles.) Messires, résisteriez-vous à une telle tentatrice ? Moi, j'en suis incapable. Gautier ?

— Oui, mon seigneur ?

— Un vieux frère du Sénéchal réside au fort, où il engloutit des provisions qui seraient mieux à leur place dans l'estomac d'un guerrier. Va le chercher.

— Je vous le ramène sur-le-champ, seigneur duc, répondit Gautier, conscient de s'avancer un peu.

Où était ce vieillard à l'heure actuelle ? Dans le fort, on pouvait chercher quelqu'un pendant des heures…

— J'espère bien, lâcha Borneheld. (Souriant, il se tourna de nouveau vers Faraday.) Je pense qu'il aura un mariage à célébrer d'urgence…

L'estomac noué, la jeune femme parvint à continuer à sourire.

—Mon seigneur, je ne me tiens déjà plus d'impatience…

Quand Gautier passa devant lui, Magariz le retint par un bras.

—Tu trouveras le frère aux cuisines, en train de somnoler devant les fourneaux.

—Merci, seigneur, souffla le second du duc, sincèrement reconnaissant.

—Seigneur Borneheld, dit soudain Timozel, puis-je vous parler ?

Agacé, le futur époux de Faraday se tourna vers l'importun. Que voulait-il encore, ce fichu soldat d'Axis ? Avoir sauvé Faraday, avant de l'escorter vers le nord, lui avait valu des remerciements brefs mais mérités. À présent, pourquoi ne s'éclipsait-il pas après une dernière révérence ?

Le duc plissa les yeux, soupçonneux. L'adolescent charmant qu'il avait connu s'était transformé en un fort bel homme. Pendant le voyage vers le nord, Faraday et lui s'étaient-ils contentés de dormir, ou avaient-ils trouvé un moyen agréable de se réchauffer ? La pouliche semblait parfaite, mais il ne lui avait pas encore regardé les dents…

—Seigneur, se lança Timozel, je crains que vous n'ayez pas mesuré la profondeur du lien qui m'unit à dame Faraday.

Borneheld se tendit et serra désagréablement la main de Faraday.

Par pitié, Timozel, implora-t-elle, *ne gâche pas tous mes efforts !*

—Après l'éboulis, seigneur, dont nous avons réchappé par miracle, j'ai compris qu'il me fallait, pour la conduire devant vous saine et sauve, devenir le champion de votre future épouse.

Borneheld manqua éclater de rire. De quoi parlait ce bouffon ? Plus personne ne faisait ça depuis des décennies !

Cela dit, avec un peu de chance, cette histoire idiote impliquait que la pouliche n'avait peut-être pas de… défauts cachés…

Derrière le duc, Jorge et Roland se regardèrent, aussi surpris l'un que l'autre. Le dernier champion qu'ils avaient connu appartenait à la génération de leurs grands-pères. Mais, à l'inverse de Borneheld, la révélation de Timozel ne leur donnait pas envie de rire. Pour s'être gagné un champion, dame Faraday devait être une femme vraiment hors du commun.

— Mon seigneur, dit Timozel en s'agenouillant devant le duc, mon serment de loyauté concerne aussi l'époux de ma noble dame. Sachez que je vous servirai avec la ferveur et la fidélité que je lui témoigne. Votre honneur et vos intérêts passeront toujours avant les miens, et la mission de les défendre me libère de toutes les allégeances que j'ai pu avoir par le passé. Acceptez-vous que je mette ma vie et mon courage à votre service ?

Ses soupçons oubliés, Borneheld rayonna de satisfaction.

Quelle impressionnante série de triomphes ! Pour commencer, Faraday avait méprisé la protection d'Axis pour venir le rejoindre. Et voilà que Timozel renonçait à honorer le serment prêté au Tranchant d'Acier afin de se mettre à son service. Cerise sur le gâteau, dans une semaine, le bâtard serait là pour constater sa déconfiture… et lui remettre le commandement des Haches de Guerre. Euphorique, le duc lâcha la main de Faraday et baissa les yeux sur le jeune soldat.

— Timozel, dit-il sans chercher à cacher sa jubilation, donne-moi tes mains. (Le champion releva les yeux et obéit.) Moi, Borneheld, duc d'Ichtar, j'accepte de bon cœur tes vœux de loyauté et ta promesse de me servir. Sois le bienvenu parmi mes vassaux.

Indignée par la trahison de Timozel, Faraday parvint pourtant à sourire.

— Mon seigneur, dit-elle, vous êtes si généreux… Je ne m'étonne plus que les troubadours chantent vos louanges aux quatre coins du royaume.

Non sans inquiétude, elle s'aperçut que le comte Jorge la regardait d'un air dubitatif. Elle lui sourit gracieusement, espérant qu'il n'avait pas remarqué sa désapprobation face au revirement de Timozel.

— Seigneur duc, appela Gautier, sur le pas de la porte, j'ai trouvé le frère Francis.

Il désigna un vieil homme si maigre qu'il flottait dans sa soutane de l'ordre du Sénéchal.

— Bonjour, cher frère, claironna Borneheld, de plus en plus ravi. J'espère que vous vous souvenez du service nuptial, parce qu'il y a un mariage dans l'air !

Francis sourit au duc et à sa future épouse.

— Il y a bien des années que je n'en ai pas célébré, seigneur, mais cette union-là est de celles que tous les frères de mon ordre rêvent de bénir un jour. Présider au mariage de dame Faraday de Skarabost avec le duc Borneheld d'Ichtar sera sans nul doute le plus grand moment de ma modeste carrière.

À l'évidence, Gautier avait éclairé la lanterne du vieil homme pendant qu'ils revenaient ensemble des cuisines.

Borneheld se tourna vers Jorge, Roland et Magariz.

— Messires, je serais honoré que vous soyez nos témoins.

Si pressés qu'ils fussent d'en revenir aux choses sérieuses – les préparatifs de guerre –, les trois hommes inclinèrent courtoisement la tête.

— Faraday, demanda le duc, êtes-vous prête ?

— Oui, répondit la jeune femme, craignant d'entendre trembler sa voix si elle se montrait plus prolixe.

Axis, pardonne-moi, implora-t-elle mentalement. *Par pitié, essaie de comprendre pourquoi j'agis ainsi.*

Un instant, elle pensa à ce qu'elle avait éprouvé dans les bras du Tranchant d'Acier. Puis elle chassa ce souvenir de son esprit.

Je ne dois plus jamais l'évoquer. Jamais !

— Nobles seigneurs et gente dame, commença le frère avant de réciter la longue litanie du rituel nuptial.

Comme perdue dans le rêve, ou plutôt le cauchemar, de quelqu'un d'autre, Faraday eut l'impression d'assister de très loin à son propre mariage.

Axis et moi ne sommes plus maîtres de nos vies, pensa-t-elle. *La Prophétie du Destructeur extorque décidément un prix élevé à ceux qui doivent la servir...*

Soudain, la jeune femme s'avisa que le saint homme s'était tu.

— Fidèle à la promesse faite à Carlon, déclara son futur mari en lui saisissant la main, moi, Borneheld, duc d'Ichtar, prends aujourd'hui pour épouse dame Faraday de Skarabost. Devant ces nobles témoins, je jure de l'honorer, de lui être fidèle et de lui offrir mon respect, mes biens et mon corps jusqu'à ce que la mort nous sépare. À cela, Faraday, je consens librement, devant les hommes comme sous le divin regard d'Artor.

Quand il se tut, la jeune femme, désorientée, mit un moment à comprendre qu'il espérait l'entendre prononcer à son tour les vœux de mariage. Pour y parvenir, elle dut s'éclaircir assez bruyamment la gorge...

Alors que le frère Francis récitait la bénédiction finale du service nuptial et les déclarait mari et femme, Borneheld enlaça sa toute nouvelle duchesse et l'embrassa avec fougue.

Jorge regarda l'étrange couple et se repassa mentalement les événements des deux dernières heures. Faraday était-elle aussi sûre d'elle et de ses sentiments qu'on aurait pu le croire au premier abord ? Lui-même l'aurait juré, à un moment. Mais elle avait hésité avant de prononcer ses vœux, et elle semblait un peu trop tétanisée, dans les bras du duc, pour une amoureuse prête à risquer sa vie afin de rejoindre l'objet de sa flamme. Cela dit, qu'elle eût des doutes ou pas, il était trop tard. Le mariage célébré, rien ne pourrait le défaire, à part la mort d'un des époux. Jorge en avait été témoin et il en attesterait si ça s'imposait un jour...

— Écoute-moi bien, dit Yr, quoi qu'il fasse à ton corps, cet homme ne touchera pas ton âme, si tu refuses de la lui ouvrir. Comprends-tu ce que je veux dire ?

Les entrailles nouées, Faraday acquiesça. Depuis des semaines, elle évitait de penser à ce qui se passerait *après* le mariage. « Le devoir conjugal », disait-on...

Yr commença à déboutonner la robe de soie de la jeune mariée. La pauvre enfant... Borneheld était le dernier homme dont on pût vouloir pour s'initier à l'art subtil de l'amour. Hélas, c'était inévitable. Jack et elle avaient combattu sans répit pour en convaincre Faraday. La Prophétie en soit louée, ils étaient parvenus à atteindre le fort de Gorken avant Axis...

— Par Artor, servante, en as-tu enfin terminé ? grommela Borneheld, debout devant la cheminée de la chambre nuptiale.

— Encore un instant, seigneur, répondit Yr en tapotant le dos de Faraday pour la rassurer.

Tendue à craquer, la jeune femme ne réagit pas à ce contact.

Alors que le duc continuait à s'impatienter derrière elles, Yr retira sa robe à Faraday et l'aida à enfiler une chemise de nuit. Après un dernier regard plein de compassion et d'amour, elle se détourna et gagna lentement la porte.

À la pâle lueur de l'aube, Faraday, tout le corps douloureux, s'éloigna autant que possible de son époux, qui ronflait comme un sonneur. Elle bougea aussi doucement que possible, afin de ne pas le réveiller une nouvelle fois.

Malgré ses efforts acharnés pour les contenir, des larmes perlèrent à ses paupières. Borneheld, elle le savait, n'avait pas voulu la brutaliser. Emporté par son désir, il n'avait pas pu refréner son impatience et sa fougue.

La jeune femme s'était efforcée de le combler, mais son inexpérience avait très vite décontenancé le guerrier. Sa façon de faire l'amour s'était alors révélée aussi pataude et déplaisante que sa conversation.

Faraday avait tenté de penser à Axis, dont la tendresse aurait pu être le meilleur antidote contre la pesante passion du duc. Mais la présence écrasante de Borneheld et ses exigences de plus en plus précises l'avaient empêchée de se réfugier dans la douceur de ses souvenirs.

Cela dit, le duc avait été satisfait, et c'était l'essentiel.

Soudain, la jeune femme frissonna. Après en avoir enfin terminé, Borneheld lui avait tapoté le ventre, plein d'espoir.

— Qui sait, j'ai peut-être déjà planté la graine qui nous donnera un fils…, avait-il haleté avant de s'endormir comme une masse.

Non, pensa Faraday. *Je l'ai épousé pour servir la Prophétie, mais je ne lui donnerai pas un enfant ! Rien ne m'oblige à aller aussi loin.*

— Mère, souffla-t-elle, écoute ma prière, et fais que mes entrailles restent stériles. Je ne concevrai pas pour cet homme…

La bague lui serrant désagréablement le doigt, Faraday la fit tourner pour se soulager un peu. Ce cadeau était aussi peu raffiné et inconfortable que son donateur…

— Je t'en prie, exauce mon souhait…

— Faraday ? lança Borneheld d'une voix pâteuse. Tu es réveillée ?

Quand il se retourna, la jeune femme se raidit, et elle dut se mordre les lèvres pour ne pas crier lorsqu'il posa une main sur ses seins.

— Viens, mon aimée. Ton mari a besoin de toi.

42

Retrouvailles

Finalement, Faraday eut plus d'une semaine pour s'habituer à son statut de femme mariée avant l'arrivée d'Axis. Décidée à convaincre Borneheld qu'elle l'aimait et le désirait, elle apprit à s'accommoder de ses exigences nocturnes et alla même jusqu'à demander ce qu'elle pouvait faire pour mieux le combler. À contrecœur, elle dut admettre que son union avec le duc aurait pu devenir supportable, n'étaient son amour pour Axis et le souvenir de leur moment d'intimité, à l'ombre des tumulus.

À sa façon, Borneheld s'efforçait de la satisfaire. Et après tout, sa brusquerie et son intransigeance, peu compatibles avec le profil idéal d'un amoureux, étaient des qualités appréciées chez un guerrier. Et il n'avait jamais prétendu être autre chose que cela.

Le jour, pris par des conseils de guerre ou parti en patrouille avec ses hommes, il n'avait pas une seconde pour sa femme, sauf le matin, où il adorait qu'elle vienne le voir s'entraîner à l'épée ou au bâton, son torse nu ruisselant de sueur. À ces instants-là, il buvait comme du petit-lait les compliments de son épouse.

De fait, il était impressionnant, et il arrivait que l'admiration de Faraday ne soit pas feinte. Le plus souvent, cependant, elle repensait, devant ses évolutions, à l'homme qu'elle avait un jour vu à l'exercice, par une matinée glaciale, quelque part dans les plaines de Tare.

Le quatrième jour du mois de la Neige, elle alla comme d'habitude se promener sur le chemin de ronde, emmitouflée dans un épais manteau dont elle se félicitait d'avoir relevé la capuche pour se protéger du vent. Même sous la torture, elle n'aurait jamais avoué qu'elle attendait chaque jour ce moment avec impatience. Quand on lui posait la question, elle répondait qu'il s'agissait d'une façon comme une autre de tuer le temps, lorsque son mari était occupé.

Bien que Borneheld lui confiât de plus en plus de responsabilités, Timozel, aujourd'hui, avait pu se libérer pour l'accompagner.

Dommage que son serment de fidélité ne l'oblige pas à prendre ma place dans le lit du duc, pensa Faraday.

Cette idée l'amusa tellement qu'elle en sourit.

Puis elle se tourna vers Yr, venue prendre l'air avec elle, et se demanda si elle avait capté cette pensée irrévérencieuse. Apparemment, c'était le cas, puisque la Sentinelle se mordait l'intérieur des joues pour ne pas éclater de rire.

Malgré le froid, l'horizon était dégagé grâce au vent, qui avait repoussé quelque peu les nuages. Avec sa vue perçante, Yr *les* vit la première et approcha aussitôt de Faraday.

— Regarde, dit-elle en désignant une colonne de poussière, au sud. Tu les distingues ?

— Où ? s'écria Faraday, dressée sur la pointe des pieds, le cou tendu pour mieux voir. Où sont-ils ? C'est vraiment lui ?

— Oui, douce enfant, c'est vraiment lui… Es-tu prête ?

Cette question pouvait avoir plusieurs sens, mais Faraday n'eut pas le moindre doute sur ce qu'elle signifiait. Pourrait-elle contrôler Borneheld, si les choses tournaient mal ?

— Si ce n'est pas le cas, nous ne tarderons pas à le savoir, Yr…

— Que se passe-t-il ? demanda Timozel, agacé par les messes basses des deux femmes. Qu'avez-vous vu ?

— Les Haches de Guerre seront bientôt ici, répondit Yr en se tournant vers le jeune soldat.

Depuis environ une semaine, elle avait changé de coiffure, optant pour un chignon dont des mèches capricieuses s'échappaient pour lui caresser les joues et le front. Dès leur arrivée au fort de Gorken, ils avaient repris leur relation, et Timozel se réjouissait qu'elle l'ait préféré à Gautier.

— Es-tu prêt à revoir ton Tranchant d'Acier ? demanda la Sentinelle.

— Il n'est plus mon chef, répondit Timozel. Ma dame a choisi d'épouser Borneheld, le plus grand Seigneur de Guerre de l'histoire du royaume. C'est lui que je sers, désormais.

Faraday eut une grimace mi-figue mi-raisin. Comme elle, Timozel avait trahi Axis. Pouvait-elle honnêtement l'en blâmer ?

— De plus, reprit le jeune homme après une courte réflexion, le duc n'est-il pas le héros qui vaincra Gorgrael le Destructeur ?

Dans la tombe de l'Envoûteur-Serre, c'était en tout cas ce qu'il avait cru comprendre.

Accablée, Faraday se souvint que Jack et Yr étaient délibérément restés vagues au sujet de l'identité du sauveur d'Achar. Qui pouvait se douter que Timozel, quelques instants plus tard, se jetterait à genoux devant elle pour lui proposer de devenir son champion ?

Quels abîmes nous creusons sur notre chemin, pensa-t-elle, *avec les pelles de nos mensonges !*

— Nul ne sait qui est l'Homme Étoile, dit-elle en tendant la main au jeune homme. Viens, regardons approcher les Haches de Guerre.

La colonne mit encore une heure pour arriver devant les portes de la ville, et il lui fallut presque aussi longtemps pour la traverser. Le gros de la troupe s'arrêta sur la place du marché afin de régler les questions de cantonnement et d'approvisionnement avec le chef du camp.

Le petit groupe qui continua vers le fort fut vite assez proche pour que Faraday reconnaisse des visages. Elle identifia Belial, amaigri, mais plus détendu que dans son souvenir. Derrière lui chevauchait Arne, un homme qu'elle avait à peine croisé.

— Yr, dit-elle, un bras tendu.

— Oui, ils sont encore avec lui... Tu sais, ça ne m'étonne pas.

Veremund et Ogden, toujours perchés sur leurs baudets, disparaissaient quasiment sous leurs épais manteaux de voyage.

Yr fut ravie de les voir et impatiente d'entendre de leurs nouvelles. Comment s'en sortaient-ils avec Axis ? Avaient-ils vu Jack ? Savaient-ils où était la cinquième Sentinelle ? Gorgrael avait-il attaqué de nouveau ?

Soudain, Axis arriva en vue au sortir d'une rue sinueuse. Quand elle le vit, occuper à parler avec un traînard, Faraday eut le sentiment que son cœur allait exploser.

M'a-t-il pleurée ? se demanda-t-elle. *Ou a-t-il haussé les épaules devant ma « tombe » avant de recommencer à plaisanter avec Belial ?*

Yr prit la jeune duchesse par la taille et lui parla à l'oreille.

— Depuis votre séparation, vous avez évolué très différemment, mon enfant. Mais s'il t'a dit qu'il t'aimait, ne doute pas de sa sincérité.

Que la Mère me pardonne, mais je l'aime aussi, pensa Faraday, les yeux rivés sur le beau cavalier à l'uniforme noir.

Je sais, je sais, répondit Yr.

Et cette fois, la jeune femme ne s'étonna pas d'entendre la voix de la Sentinelle dans sa tête.

Belial ordonna au petit détachement de s'arrêter devant les portes du fort afin d'attendre le Tranchant d'Acier.

Quand il arriva, Axis immobilisa Belaguez à côté de l'étalon bai de son second. Toute sa tension revenue d'un coup, il pensa à la double humiliation qui l'attendait. Dans quelques minutes, il devrait admettre devant Borneheld qu'il avait été incapable d'assurer la sécurité de Faraday. Puis il faudrait lui confier le commandement des Haches de Guerre, comme il l'avait promis à Jayme.

Un jour qui ne resterait certainement pas gravé dans sa mémoire comme le plus beau de sa vie !

— Axis, dit Belial, quoi qu'il arrive ici, n'oublie pas que c'est à toi que nous sommes loyaux. Nous te suivrons où que tu ailles et nous combattrons pour la cause que tu épouseras.

Le Tranchant d'Acier dévisagea son second. Ces dernières semaines, Belial avait été plus solide qu'un roc. Toujours là pour donner son avis, souffler un mot de réconfort ou lancer une plaisanterie au bon moment... En chemin, Axis avait passé des heures à lui parler de ses doutes. Sans lui, il n'aurait sûrement pas réussi à gérer tous les changements survenus dans sa vie.

Le plus grand restait encore à venir. Sa loyauté à Jayme, il le savait, risquait de ne plus durer longtemps. Déjà minée par la décision du frère-maître – livrer *ses* Haches de Guerre à Borneheld –, elle avait encore souffert de tout ce qu'il avait récemment appris au sujet de ses origines, des Icarii et des Avars. Et le plaidoyer de la femme aux cheveux d'argent, à l'orée de la forêt, quand il tenait Raum à sa merci, ne cessait de le hanter.

« *Vous vous trompez, Tranchant d'Acier. Aujourd'hui, il faut vous fier à votre conscience, pas aux enseignements du Sénéchal. Le seul devoir d'un être pensant est de faire ce qu'il estime juste.* »

La renégate avait-elle raison ? Devait-il se fier à sa conscience et à rien d'autre ? Placer ses hommes sous le commandement de Borneheld ne lui paraissait assurément pas « juste ». Mais de quel droit aurait-il désobéi à cet ordre, alors que tant de Haches de Guerre avaient péri inutilement sous la tempête de Gorgrael ?

— Axis, c'est toi ? lança soudain une voix. Je suis rudement content de te voir ici !

Le Tranchant d'Acier tourna la tête. Le duc Roland courait vers lui aussi vite que son embonpoint le lui permettait. Sautant de Belaguez, Axis serra avec joie la main que le Marcheur lui tendait. Obèse ou non, cet homme était un des meilleurs officiers supérieurs de l'armée régulière. Comme Jorge, il n'avait jamais regardé de haut le protégé de Jayme, ni proféré dans son dos des infamies sur sa naissance.

Roland salua Belial, étudia un instant Ogden et Veremund, puis se retourna vers le Tranchant d'Acier.

— Bienvenu, Axis. Puisse Artor veiller sur toi.

— Et sur vous, duc Roland, et sur vous… Comment ça se passe, ici ?

— Le fort de Gorken résiste toujours. Les raids ennemis nous ont coûté des hommes, mais… (Le Marcheur leva une main pour couper court à la question suivante d'Axis.) Non, mon garçon, n'espère pas que je réponde à un interrogatoire ici, alors que le vent me gèle les fesses ! Entrons, si tu le veux bien. Borneheld et Jorge sont en réunion avec Magariz, et ils m'en voudraient si je ne te conduisais pas à eux sans plus attendre. As-tu découvert quelque chose à la citadelle de la Muette ?

Axis ne répondit pas, mais désigna les deux frères.

— J'ai amené ces vieillards parce qu'ils en savent long, duc. Ce qu'ils ont à dire nous aidera peut-être… et peut-être pas.

Roland en resta un instant bouche bée.

— Ils ont fait tout ce chemin sur ces baudets ? As-tu perdu l'esprit, Axis ? Ou manquais-tu de chevaux de rechange ?

— Séparer un frère de son baudet n'est pas une mince affaire, duc, lâcha froidement Axis. À présent, conduisez-moi devant le duc d'Ichtar. Belial, tu viens avec moi et nos deux vieux… amis… aussi.

Une main sur l'épaule du Tranchant d'Acier, Roland profita du court trajet pour lui parler des défenses du fort récemment mises en place.

Aucun des deux hommes ne remarqua la femme en manteau à capuche qui les regardait depuis le chemin de ronde.

Quand il entendit la porte s'ouvrir, à l'autre bout de la salle, Borneheld leva les yeux des cartes et des rapports étalés sur la table, près de la cheminée. Le front plissé, il regarda approcher Roland et Axis, suivis par Belial, le commandant en second des Haches de Guerre, et deux vieux frères de l'ordre du Sénéchal. Ainsi, le bâtard était enfin là ! Parfait. À présent, on allait voir qui était le plus fort, le plus brillant stratège et le meilleur chef. Aujourd'hui, Borneheld prendrait enfin le commandement des Haches de Guerre. Plus puissant que jamais, il remettrait à sa place l'homme qui lui avait volé sa mère.

Jorge et Magariz se regardèrent nerveusement. Comme Roland, ils redoutaient que la rivalité entre Axis et Borneheld nuise à la défense du fort. Avec un peu de chance, cependant, Axis ne pousserait pas son frère à une confrontation ouverte, et le duc ne se laisserait pas aveugler par la haine. Mais ça n'était pas gagné d'avance, car les deux hommes ne pouvaient pas rester face à face dix minutes sans avoir des démangeaisons dans les poings. Si on ajoutait la tension inévitable lors d'une campagne, tout risquait d'arriver…

— Tranchant d'Acier…, dit simplement Borneheld quand Axis s'arrêta devant lui.

Il attendait ce moment depuis si longtemps ! Enfin, il verrait le bâtard humilié sous ses yeux.

— Seigneur de Guerre…, répliqua le Tranchant d'Acier, impassible.

Aucun des deux hommes ne tendit la main.

— J'ai reçu le rapport qui annonçait la mort des dames Merlion et Faraday, au nord-est du bois de la Muette. Je m'étonne que tu te juges encore apte à commander les Haches de Guerre.

Magariz, Roland et Jorge dévisagèrent Borneheld, qui leur intima le silence d'un regard glacial.

— Je n'ai rien à ajouter à mon rapport, dit Axis, déstabilisé par cette entrée en matière.

Le duc posa les mains sur la table et se pencha légèrement en avant.

— Ton incompétence me révulse ! Deux femmes innocentes te faisaient confiance, et voilà où ça les a menées !

Le Tranchant d'Acier serra les poings. Borneheld avait toutes les raisons de l'insulter, et cela le rendait plus furieux encore. Devait-il lui révéler que Faraday avait peut-être survécu ? Hélas, il n'en avait aucune preuve, à part la parole d'un Avar. Connaissant le duc, il n'accorderait aucun poids aux propos d'un Proscrit.

Jugeant que Borneheld perdait du temps en vaines querelles, Roland intervint.

— Seigneur duc, ces questions peuvent attendre que nous en débattions… avec davantage d'éléments en main.

Borneheld foudroya le comte obèse du regard, mais il se rangea pourtant à son avis. Axis aurait bien le temps de découvrir que Faraday, en plus d'avoir survécu, s'était dirigée vers le nord pour rejoindre l'élu de son cœur.

— Ainsi, Tranchant d'Acier, tu m'as amené mes Haches de Guerre…

Axis serra les mâchoires – tout ce qu'il pouvait faire pour s'empêcher de bondir sur le duc et de le jeter dans les flammes. Les deux hommes se défièrent du regard, chacun refusant d'être le premier à baisser les yeux.

Roland, Jorge et Magariz retinrent leur souffle. Belial, lui, fit deux pas en avant pour se camper derrière son chef et lui manifester son soutien.

— Je représente les Haches de Guerre, dit Axis. Je me place sous ton commandement et, à travers moi, je te confie celui de mes hommes.

Borneheld tressaillit, car ce n'était pas comme cela qu'il voyait les choses. Son plan était d'évincer le Tranchant d'Acier et de diriger directement ses anciens soldats. À moyen terme, il envisageait de dissoudre les Haches de Guerre, les répartissant entre ses différentes unités et cohortes. Ainsi, il aurait eu raison de la « légende » en un clin d'œil, et sans conflit.

Conscient de ce qu'il préméditait, et certain qu'Axis ne le laisserait pas faire sans réagir, Jorge avança d'un pas et prit la parole avant que Borneheld ait commis l'irréparable :

— Tranchant d'Acier, nous te sommes reconnaissants de ton aide, et nous te remercions de prêter allégeance au duc d'Ichtar. À travers toi, les Haches de Guerre ajouteront encore à sa gloire.

Un authentique coup de maître ! Jorge venait de flatter l'ego du duc tout en le plaçant dans une situation difficile, s'il se montrait assez mesquin pour exiger la « reddition » complète des Haches de Guerre.

Désorienté par l'intervention du comte, Borneheld ne sut que dire. Avant qu'il ait repris ses esprits, Roland s'empressa d'enfoncer le clou.

— Nous nous sommes tous placés sous le commandement de Borneheld, dit-il d'un ton jovial et sans s'adresser à quiconque en particulier. À travers nous, le Seigneur de Guerre dirige une grande armée, sans gaspiller son temps et son énergie à organiser la pitance, le cantonnement et l'entraînement de milliers d'hommes. Et nous admirons tous, convenons-en, la géniale inspiration qui l'a incité à procéder ainsi. D'autant plus que le duc d'Ichtar, que je salue bien bas, sera le premier Seigneur de Guerre de l'Histoire qui dirigera *également* le bras armé de l'ordre du Sénéchal.

Borneheld prit le temps de la réflexion. Le raisonnement de Jorge et de Roland se tenait. Un homme de sa trempe ne devait pas décider quel crétin bouchonnerait les chevaux et quel autre entretiendrait les armes. Les officiers subalternes, comme Axis, étaient là pour ça. De plus, comme l'avait souligné Roland, il serait le premier homme étranger à l'ordre qui prendrait la tête des Haches de Guerre.

— Tranchant d'Acier, j'accepte ta proposition. Tu continueras à t'occuper au quotidien de tes hommes, et mes ordres transiteront par toi.

Ne te rebiffe pas, pour le moment, pensa Belial, sans se départir de son expression bienveillante. *Et sois reconnaissant à ces deux nobles, qui ont réussi à sauver les meubles...*

À vrai dire, Axis était plutôt amusé par la façon dont Jorge et Roland, à grands renforts de flatteries, avaient manipulé Borneheld.

— Qu'il en soit ainsi, Seigneur de Guerre, dit-il en inclinant légèrement la tête. Je consens à satisfaire ta demande.

Borneheld jubila. Pour la première fois depuis la nomination d'Axis à la tête des Haches de Guerre, il avait repris le dessus sur ce foutu bâtard. Et le processus serait irréversible.

— Alors, Tranchant d'Acier, quelles informations rapportes-tu de la citadelle de la Muette ? As-tu découvert le moyen de renvoyer chez eux les Spectres et les hommes de glace qui nous harcèlent ?

Le duc s'adossa à son siège et invita tous les militaires présents à s'asseoir. Aujourd'hui, il se sentait d'humeur généreuse.

Axis prit place sur une chaise et fit signe aux deux Sentinelles d'avancer.

— Je t'ai amené deux frères qui ont étudié pendant des années les archives de la citadelle. Ogden et Veremund, auriez-vous l'obligeance de répéter au Seigneur de Guerre tout ce que vous m'avez dit ?

Tous les regards se tournèrent vers les Sentinelles, qui jouèrent à la perfection leur rôle de frères du Sénéchal.

— Puisse Artor veiller sur vous jusqu'à la fin des temps, dirent-ils à l'unisson en s'inclinant devant le duc.

— Et sur vous aussi, marmonna Borneheld en passant une main dans ce qu'il lui restait de cheveux. À présent, venons-en aux faits.

— Mon seigneur, se lança Ogden, nous pensons que les réponses à vos questions se trouvent dans une ancienne Prophétie rédigée très longtemps avant que les Acharites aient repoussé les Proscrits au-delà de la chaîne de la Forteresse.

Les deux frères tinrent le crachoir pendant une heure et demie. Après avoir omis la fin, bien entendu – ils révélèrent à peu près tout ce qu'ils savaient sur Gorgrael et ses Spectres. En les écoutant, Axis eut du mal à croire que les Acharites en soient toujours au même point que des mois plus tôt. Pour Borneheld et ses subordonnés, les monstres qui les attaquaient étaient des Proscrits, et ils refusaient d'en démordre. D'ailleurs, quand les deux frères en eurent terminé, le duc réagit comme le Tranchant d'Acier le craignait.

—Des foutaises! cracha-t-il. Nous affrontons les Proscrits, nos ennemis jurés, ainsi que nous l'enseigne l'ordre du Sénéchal. Votre Prophétie est un ramassis d'âneries.

Le front plissé, sa cicatrice brillant sinistrement à la lumière des flammes, Magariz se pencha en avant.

—Mon seigneur, je crains de ne pas être d'accord avec vous. Les monstres que décrit ce texte ressemblent beaucoup à ceux qui ont attaqué nos patrouilles puis le cloître de Gorken. De plus, certains chasseurs de Ravensbund réfugiés dans le Sud ont parlé d'un certain Gorgrael. Ils disent avoir entendu ce nom, murmuré dans le vent par les Spectres qui s'en sont pris à leurs familles.

Borneheld ne parut toujours pas convaincu, à l'inverse de Roland et de Jorge.

—Mes frères, demanda le comte, s'il s'agit bien des hordes de Gorgrael, comment pouvons-nous les repousser?

Ogden et Veremund se regardèrent en évitant soigneusement de poser les yeux sur Axis.

—Si on en croit la Prophétie, comte Jorge, les trois races de Tencendor devront s'unir. Alors, conduites par l'Homme Étoile, elles vaincront le Destructeur. Rien d'autre ne l'arrêtera.

Borneheld dévisagea les deux vieillards comme s'il n'en croyait pas ses oreilles. Puis il éclata de rire.

—Ces nouvelles sont parfaites pour distraire les vieilles femmes et les fillettes! Mais pour défendre Ichtar, elles ne valent pas plus qu'un pet de lapin. (Il cessa de rire, une lueur mauvaise dans le regard.) Je veux bien croire que votre histoire de sauveur – un démon, en réalité – soit le délire de deux vieillards cacochymes. Mais évoquer une union entre les Acharites et les Proscrits est une insulte à la face d'Artor, et je ne veux plus en entendre parler. Les fidèles du

Laboureur vaincront ces monstres sans l'aide des Proscrits – et pour cause, puisque ce sont eux, les monstres en question ! Estimez-vous heureux que je ne vous fasse pas exécuter sur-le-champ pour haute trahison, subversion et hérésie.

Ogden et Veremund reculèrent en quêtant du regard le soutien d'Axis. Mais le duc n'en avait pas terminé.

— J'interdis qu'on mentionne cette Prophétie au fort ou en ville, c'est bien compris ?

Alors qu'Axis faisait signe aux deux frères de reculer davantage, Belial, non sans jubilation, pensa que trois mille Haches de Guerre devaient déjà avoir commencé à répandre la « bonne parole » autour des feux de camp de l'armée régulière. Si ses hommes l'acceptaient aussi vite que ceux d'Axis, nul doute que le duc ne sauterait pas de joie.

Jorge, Roland et Magariz étudiaient leurs mains avec une fascination appuyée. Convaincus que la Prophétie méritait un débat sérieux, ils estimaient, à juste titre, que ce n'était pas le moment de le dire devant Borneheld.

D'un geste méprisant, le duc congédia enfin les deux frères, qui détalèrent comme des lapins.

— Axis, dit Magariz, nous avons aussi quelques informations. Les Spectres, placés sous les ordres des hommes de glace, ont multiplié les attaques sur les patrouilles à mesure que le temps se détériorait. Mais depuis la nuit de leur incroyable assaut, ils n'ont plus menacé directement le fort et la ville.

— Sais-tu comment ils ont réussi à tromper tes défenses, ce soir-là ? demanda Axis.

Le beau visage de Magariz se décomposa.

— De retour d'une longue patrouille, j'étais venu me coucher ici, devant le feu. Au milieu de la nuit, alors que les flammes agonisaient, je me suis réveillé, mort de froid et perclus de courbatures. Les créatures étaient là, prêtes à m'attaquer. J'ai appelé les gardes, qui ont couru à mon secours. Hélas, ils ont été taillés en pièces, et j'ai eu de la chance de ne pas partager leur sort, sans doute parce que les monstres m'ont cru mort. Tranchant d'Acier, j'ignore comment ils sont entrés ! Peut-être en usant de sorcellerie pour tromper les sentinelles. (Le guerrier frissonna, remué par ces souvenirs.) Ils avaient des ailes, Axis, donc ils pouvaient venir du ciel. Oui, des ailes, Tranchant d'Acier, je n'ai pas rêvé. Depuis, les gardes, sur le chemin de ronde, lèvent les yeux aussi souvent qu'ils les baissent.

— Nos soldats ont vu ces créatures ailées alors qu'elles dirigeaient des groupes de Spectres, dit Borneheld, sa colère contre les deux frères oubliée. J'en ai aperçu moi-même, quand je commandais des patrouilles. Ces monstres se... solidifient. Depuis le début des attaques, les Spectres et leurs chefs prennent de plus en plus de substance. Nous avons perdu beaucoup d'hommes, sans obtenir l'ombre d'une victoire.

Jorge étudia un instant le Seigneur de Guerre. Sujet à des colères absurdes, il perdait son bon sens dès qu'il était question d'Axis. Cela dit, personne ne pouvait douter de sa bravoure, et sa manière d'organiser les défenses du fort forçait l'admiration. Pour cela, il méritait leur respect à tous, et son titre impliquait qu'ils lui devaient leur loyauté. C'était un chef dur, qui exigeait une obéissance absolue et ne supportait pas qu'on le contredise. Des qualités, en principe, pour un militaire...

Mais il avait peu d'expérience du combat, et n'aurait jamais occupé sa position s'il n'avait pas été l'héritier du trône. Aurait-il l'intelligence et les compétences requises pour triompher de cette crise ? Quand on entendait conduire des hommes à la mort, il fallait une force de conviction et un charisme que le Tranchant d'Acier possédait. Le duc, rien n'était moins sûr...

— Les chasseurs de Ravensbund ont-ils rapporté des nouvelles fraîches du Nord ? demanda Belial, impressionné que Borneheld ait risqué sa vie au milieu de ses hommes.

— Selon eux, répondit Magariz, les Skraelings – le nom qu'ils donnent aux Spectres – continuent de déferler vers le sud, sans jamais s'éloigner des Éperons de Glace. Ils détestent le fleuve Andakilsa. Des chasseurs en ont vu tomber à l'eau et s'y dissoudre…

Borneheld fronça les sourcils, mais il ne dit rien. À l'évidence, les Spectres n'aimaient pas l'eau. En conséquence, des douves auraient constitué une défense idéale. Hélas, le fleuve était bien trop loin pour qu'on puisse le détourner jusqu'à Gorken.

— Malheureusement, continua Magariz, les chasseurs ne nous fournissent plus d'informations.

— Pourquoi ? demanda Axis.

— Parce que le flot de réfugiés s'est brutalement tari, répondit Roland.

Ayant du mal à tenir sur sa chaise, bien trop petite pour lui, il s'était campé devant la cheminée, projetant une ombre gigantesque dans la salle.

— Nous ne pensons pas que les chasseurs aient cessé de fuir leur territoire, précisa-t-il, mais qu'ils sont désormais coupés de la route du Sud.

— Ou qu'ils sont tous morts, ajouta Jorge. Axis, nous avons découvert un semblant de défense contre ces monstres. En petits groupes, ils se laissent repousser par le feu. En nombre, ils ne s'en soucient pas. Désormais, nous équipons nos patrouilles de flambeaux…

— Et c'est tout ce que vous avez trouvé ? demanda Axis, aussitôt conscient de ce que sa question, mal formulée, pouvait avoir d'insultant.

— Tu crois être capable de faire mieux, Tranchant d'Acier ? explosa Borneheld. Te penses-tu plus malin que les dizaines d'hommes qui ont péri dans la neige ?

Axis voulut s'excuser et préciser sa pensée, mais le duc ne lui en laissa pas l'occasion.

— Que dirais-tu de conduire la patrouille, demain matin ? Tu verras sans doute tout ce que nous avons été trop stupides pour remarquer. Que pourrait redouter des Spectres un homme qui a perdu des centaines de soldats sous une averse ? Puis dame Faraday et le jeune Timozel dans un éboulis...

Axis se leva d'un bond. Belial l'imita et voulut le retenir par un bras, mais il se dégagea.

— Personne ne met mon courage en doute, mon frère ! Demain, je conduirai la patrouille.

— Axis, ce n'est pas nécessaire..., commença Roland.

Mais une voix féminine l'empêcha d'aller plus loin.

— Borneheld, lança Faraday en approchant, tu ne devrais pas taquiner le Tranchant d'Acier en lui faisant croire que nous sommes morts.

Elle vint se placer près de son mari, attentive à ne jamais laisser dériver son regard sur Axis.

— Faraday ! s'étrangla le Tranchant d'Acier.

Elle était bien vivante ! Mais que fichait-elle ici ?

L'expression béate de Borneheld lui fournit la réponse.

Par Artor, non ! Comment a-t-elle pu me faire ça ?

— Tranchant d'Acier, dit le duc, ravi par la réaction de son demi-frère, tu te souviens peut-être de ma femme ? Tu l'as perdue dans la nature, il y a quelques semaines...

Sur ces mots, il passa un bras de propriétaire autour de la taille de la duchesse. Après lui avoir souri, Faraday regarda enfin Axis, et dut mobiliser toutes ses forces pour rester impassible quand elle découvrit sa détresse.

Qu'il exorcisa, bien entendu, en se défoulant sur elle.

— Comment avez-vous osé ? rugit-il, faisant sursauter tout le monde. Partir ainsi, sans prévenir quiconque que vous étiez vivante ! Savez-vous combien de gens vous ont pleurée ? Le savez-vous ?

Axis tapa du poing sur la table, faisant voler les cartes et les autres documents. Alors que Faraday pâlissait, le bras du duc se raidit sur sa taille.

— Tranchant d'Acier…, grogna Borneheld.

Axis l'ignora complètement.

— Je suppose que ce crétin de Timozel est avec vous ? demanda-t-il en se tournant vers la porte.

Le jeune soldat accourait déjà, prêt à protéger sa dame de la fureur d'Axis.

— Tu sais combien ta mère a souffert ? lui lança le Tranchant d'Acier. Depuis ta miraculeuse résurrection, as-tu eu l'idée géniale de la prévenir ? Non ? Bon sang, pourquoi ne suis-je pas surpris ? Timozel, va rejoindre ton unité. J'en finirai avec toi demain, après la patrouille. Jusque-là, tu monteras la garde pour ton unité, c'est compris ?

— Je n'irai pas, répondit calmement le jeune soldat.

Un instant, Belial crut qu'Axis allait le gifler. L'arrogance de cet imbécile était répugnante. Le commandant en second avança d'un pas, prêt à intervenir.

— Axis, dit Faraday, après m'avoir sauvée de l'éboulis, Timozel est devenu mon champion. Et ce serment annule tous ses engagements antérieurs.

— Depuis, ajouta Borneheld, heureux de porter le coup de grâce, il a juré de me servir.

Sa rage volatilisée, le Tranchant d'Acier éclata de rire.

— Un champion…, glousa-t-il avec tant de mépris que Faraday en frémit intérieurement. Un champion ! Décidément, j'aurai tout entendu, aujourd'hui ! Au moins, ce foutu champion, depuis notre séparation, a réussi à se couper les cheveux et à avoir un semblant de barbe ! (Il se calma d'un coup.) Faraday, pourquoi ne pas nous avoir prévenus que vous étiez vivante ? Et votre venue ici, que…

La jeune femme devina la suite de la question. Plus que tout au monde, elle aurait voulu courir vers Axis, le consoler et répéter qu'elle continuait à l'aimer plus que la vie elle-même. Mais c'était impossible…

— Je voulais épouser le duc au plus vite, Tranchant d'Acier. Et je ne me doutais pas… que ma disparition vous affectait.

Mère, par pitié, aide-le à voir que je mens ! Fais-lui comprendre que j'ai agi dans son intérêt…

Axis dévisagea Faraday un long moment et son désespoir était évident pour tout le monde. Ses yeux étant posés sur le bras de Borneheld, toujours accroché à sa propriété, il les leva pour découvrir le rictus satisfait du duc et le sourire apparemment béat de son épouse.

Incapable d'en supporter davantage, il fit volte-face, écarta sans ménagement Timozel, puis battit en retraite vers la porte, vaincu et misérable.

Le rire de Borneheld le suivit jusque dans le couloir.

43

Quand parle le Skraelbold

Pour mieux sonder les champs couverts de neige, tout autour d'eux, Axis fit décrire un cercle serré à Belaguez. Partie deux heures plus tôt, par une matinée miraculeusement claire, la patrouille s'était enfoncée d'environ deux lieues dans les plaines qui s'étendaient au nord du fort de Gorken. Une lieue plus loin, au nord-ouest, coulait l'Andakilsa, désormais trop tumultueux pour être navigable. Du coup, la ville et la place forte étaient coupées de la mer. Au nord-est se dressaient les Éperons de Glace, plus impressionnants encore que vus de Sigholt, avec leurs grands pics noirs perdus dans les nuages. Les yeux plissés pour ne pas être ébloui par les reflets sur la neige, le Tranchant d'Acier étudia longuement les montagnes qui jaillissaient presque sans transition du sol plat, telle une muraille de falaises à pic et de crevasses de roche noire tapissées de glace.

— D'après ce qu'on dit, déclara Magariz, dans le dos d'Axis, la vie est si désolée, là-haut, que les rivières elles-mêmes sont gelées. Quand j'ai pris mon poste au fort, un vieux berger m'a raconté qu'il a un jour conduit ses moutons très près du pied des montagnes. De là, il a entendu ces flots glacés fracasser les rochers des cols pour se frayer un chemin.

Axis se retourna vers le seigneur, qui avait insisté pour l'accompagner. En réponse à ses objections et à celles de

Borneheld, Magariz avait déclaré « stupide et dangereux » d'envoyer seul un chef de patrouille qui ne connaissait ni le terrain ni l'ennemi. En revanche, si un officier expérimenté l'accompagnait…

Les blessures de Magariz ne le gênaient pas pour chevaucher. En revanche, Axis le vit poser plus d'une fois une main sur la cicatrice qui lui barrait la joue.

Derrière le seigneur, Belial et Arne précédaient le reste de la patrouille, composée d'une quinzaine d'hommes choisis parmi les Haches de Guerre et l'armée régulière. Le Tranchant d'Acier, furieux, avait tenté de dissuader son second de venir. Qu'adviendrait-il si leurs soldats perdaient le même jour leurs deux commandants ? Une telle prise de risques, avait rugi Axis, allait contre toutes les règles de la stratégie. Après avoir écouté ce sermon sans broncher, Belial était placidement monté sur son cheval.

Il avait vu la réaction d'Axis, la veille, face à Faraday. Et il savait que son supérieur avait passé la nuit sur le chemin de ronde, à fixer les Éperons de Glace. Conscient que les sentiments d'Axis pour Faraday allaient plus loin qu'une simple attirance physique, Belial, jusque-là, ne s'était pas douté qu'ils étaient si profonds. Dans ces conditions, pas question qu'il reste en arrière à se demander si son chef, peut-être dans un état d'esprit suicidaire, reviendrait de cette mission.

Arne aussi s'était soucié comme d'une guigne des objections du Tranchant d'Acier. Avec le froid, son visage généralement fermé était figé comme celui d'une statue. Depuis leur départ du bois de la Muette, le soldat n'avait plus qu'une obsession en tête : protéger Axis, surveiller ses arrières et tenter de lire, sur les visages de tous ceux qui l'approchaient, d'éventuels indices de félonie. Ses soupçons visant plusieurs traîtres potentiels, il crevait d'angoisse dès que le Tranchant d'Acier était entouré d'un trop grand nombre d'inconnus.

Borneheld s'était réjoui que Belial et Arne ignorent les ordres de leur chef. Pour lui, cela prouvait que l'autorité du Tranchant d'Acier s'effritait chaque jour un peu plus. Avec son esprit obtus, le duc ne pouvait comprendre que cette « insubordination » exprimait en réalité une loyauté bien supérieure à tout ce qu'il pourrait jamais attendre de ses hommes, y compris de Gautier.

Tous les soldats avaient opté pour des tenues blanches ou gris très clair. Axis lui-même, pour une fois, ne portait pas son ensemble noir, mais un uniforme de Hache de Guerre du rang. Un souci de discrétion des plus normaux dans ces conditions. Sous son manteau, chaque soldat portait un haut d'armure – même si les Spectres se jouaient de ces protections – et les gardes d'épée ou les manches de hache restaient en permanence dégagés. Chevaucher manteau ouvert, avec ce froid, n'avait rien d'agréable, mais c'était une précaution élémentaire.

Malgré leurs gantelets, les membres de la patrouille devaient en permanence plier les doigts pour qu'ils ne s'ankylosent pas.

Cinq hommes portaient des flambeaux. Pendant qu'Axis s'assurait que le groupe était assez compact pour couper un peu la tempête de neige, Magariz donna aux soldats des instructions très précises :

— Le feu fait parfois hésiter les Spectres, mais ça ne fonctionne plus dès qu'ils sont nombreux. Si nous devons nous battre, gardez à l'esprit que nos adversaires, s'ils sont couverts de peu de chair, ont des yeux très vulnérables. Le seul moyen connu de les tuer est de leur enfoncer une lame dans une orbite. Si exsangues qu'ils soient, quand on réussit ce coup-là, ils saignent comme un humain qui a le ventre ouvert.

» N'oubliez pas : ils frappent surtout au visage et à la gorge, et moins fréquemment aux mains et aux poignets.

Bref, les parties de vos corps les plus exposées. Ces monstres sentent la chair et ils en raffolent. Leurs dents sont pointues comme celles des poissons mangeurs d'hommes qui suivaient nos bateaux dans la mer d'Andeis. Une fois qu'ils vous les ont enfoncées dans la chair, il n'y a pas de salut.

Magariz remarqua le malaise des soldats, surtout les Haches de Guerre, qui n'avaient jamais affronté les Spectres.

— Ils se nourrissent aussi de la peur de leurs proies, mes amis. Gardez votre calme quand ils attaquent, et vous aurez une chance d'en réchapper. Si la panique vous submerge, ça vous tuera aussi vite que brûle un bébé prisonnier de ses langes, quand on le laisse trop près d'une cheminée. (Magariz eut un rire sinistre.) Ne pas s'affoler ? Un ordre plus facile à donner qu'à suivre, face à ces créatures de cauchemar !

» Ces derniers temps, elles gagnent en substance, comme si se gorger de chair et de sang leur permettait de reconstituer leur corps.

Axis sursauta et jeta un étrange regard au seigneur. Ses propos avaient un écho bizarre, tout au fond de son esprit, mais il ne parvint pas à mettre le doigt sur ce qui le perturbait.

— Ces dernières semaines, continua Magariz, une main gantée sur la garde de son épée, les attaques contre les patrouilles se sont multipliées. (Il se tut un moment, mal à l'aise.) Mais les Spectres ne sont pas la pire menace, soldats. De plus en plus souvent, ils sont sous les ordres des créatures qui ont attaqué le fort et le cloître de Gorken…

Perdus dans de sombres méditations après cette sombre harangue, les hommes chevauchèrent une heure et demie en silence.

Qu'Artor vienne en aide aux chasseurs de Ravensbund encore présents dans leurs terres désolées ! pensa Axis. *Moi, je n'irais pour rien au monde à plus d'une demi-journée de cheval au nord de Gorken.*

Il resserra les pans de son manteau, attentif à laisser libre la garde de son épée. De la brume montait du nord, et le vent – toujours glacial, mais devenu humide – les gelait jusqu'aux os.

— Tranchant d'Acier, attention ! cria Magariz en dégainant sa lame. Ce genre de brume est souvent l'annonce d'une attaque.

Tous les hommes dégainèrent leurs armes et les porteurs de flambeaux les brandirent plus haut. Sentant la nervosité de leur cavalier, les montures se raidirent et glissèrent un peu sur la neige.

Un murmure flottait dans le vent…

— Des Skraelings ! lança Magariz alors que tous les poils se hérissaient sur la nuque d'Axis.

— Resserrez la formation, dit-il calmement, malgré son angoisse. Puis formez un cercle.

Comme les hommes, les chevaux luttaient contre la panique, et les contrôler devenait difficile, avec une épée ou un flambeau à la main.

— Magariz, j'ai besoin d'un conseil, demanda Axis, comme s'il parlait de la pluie et du beau temps. Devons-nous tenter de fuir ou combattre ?

— Combattre, répondit le seigneur, catégorique. Ces maudits Skraelings espèrent que nous détalerons, parce que ça nous laissera vulnérables à la peur. Et dans ce cas, nous serons fichus.

— Alors, nous nous battrons, souffla le Tranchant d'Acier.

Soudain, il se sentit aussi calme qu'il s'efforçait de le paraître. Depuis la trahison de Faraday, il rêvait de se défouler en frappant quelqu'un. Eh bien, il allait en avoir l'occasion…

Les murmures encerclèrent la patrouille, trop étouffés par la brume pour être compréhensibles. Mais le vent les charriait et ils s'insinuaient jusque dans l'âme des soldats.

— Tranchant d'Acier, cria un des Haches de Guerre, terrassé par la panique malgré tous ses efforts, ils sont partout !

La brume déferla sur la patrouille, la plongeant dans le désespoir et dissimulant les monstres qui s'apprêtaient à l'attaquer.

Derrière Axis, Arne cria de surprise. Des silhouettes se détachaient du brouillard, tout autour d'eux. Très grandes, vaguement humaines, elles étaient si… vaporeuses… que celles du deuxième rang traversaient parfois à demi celles du premier. Leurs gros yeux d'argent flottant dans leurs orbites démesurées, elles avaient hélas quelques caractéristiques beaucoup trop solides : leurs mains griffues, leurs crânes et les crocs qui saillaient de leurs gueules.

— Êtes-vous prêts, mes amis ? demanda Axis, son épée levée. Me suivrez-vous jusqu'au bout ?

Sa voix redonna du courage aux soldats. Désorientés par l'aura d'assurance du chef de la patrouille, les monstres hésitèrent. Au courage et à l'audace, ils préféraient de loin la terreur, leur meilleure alliée. Cet homme n'était pas comme les autres. Mais qu'est-ce qui l'en distinguait ?

— Nous te suivrons, Axis Rivkahson ! lança Belial.

— Oui, renchérit Magariz, nous te faisons confiance, Tranchant d'Acier !

— Alors, n'attendons pas qu'ils attaquent ! Avec moi et mort à l'ennemi !

Axis éperonna Belaguez et chargea les Skraelings, suivi par ses compagnons.

Les créatures reculèrent, plus habituées à lancer des assauts qu'à en repousser.

Le Tranchant d'Acier lâcha les rênes de Belaguez, qu'il contrôlerait par des pressions des genoux et en donnant de la voix. Frappant de toutes ses forces, il traversa l'œil du premier monstre à sa portée et vit en effet jaillir un flot de sang qui l'éclaboussa et colora de rouge l'encolure de son étalon.

— La vermine saigne ! cria-t-il.

Lançant sa main libre, il saisit le Skraeling par ses rares mèches de cheveux et enfonça plus profondément son épée. Maître de ses gestes et sûr de sa puissance, il ne pensa même pas à entonner le chant protecteur icarii.

Le Spectre hurla de douleur tandis que la lame allait et venait dans son crâne. Au moment où elle en ressortit, il se désintégra, masse de boue grisâtre que Belaguez se fit une joie d'écrabouiller avec ses sabots.

— Et elle crève ! lança Axis, ivre d'une joie sauvage.

Il chargea le monstre suivant, ses hommes en formation serrée derrière lui. Stimulés par sa soif de sang, ils gardaient la tête assez froide pour ne pas rompre les rangs et risquer de se laisser encercler.

Les épées s'abattirent, crevant les ignobles yeux comme autant de ballons. Porté par la rage de se venger, Magariz hurla tel un dément en frappant sans relâche.

Plus calme, mais tout aussi dévastateur, Belial resta près de son chef, attentif à ce qu'il ne se laisse pas emporter par sa fureur au point de se couper de ses hommes.

Stupéfaits que les Spectres, pour la première fois, soient dans la peau du gibier, les soldats de Borneheld se laissèrent entraîner par la fougue des Haches de Guerre et l'incroyable audace de leur chef. Toute peur oubliée, ils sentirent monter en eux le sentiment de puissance qu'inspire à tout guerrier une attaque si ravageuse.

— Pour Axis Rivkahson ! cria l'un d'eux.

Ses compagnons l'imitèrent, puisant dans ce nom plus d'énergie et de hargne pour se battre.

La glorieuse tuerie continua, rythmée par ces hurlements rageurs.

Abruptement, les Spectres disparurent et la brume se dissipa.

Belial saisit la bride de Belaguez et tira si fort que l'étalon faillit s'emmêler les jambes. Dans cet état de surexcitation, Axis risquait de poursuivre les Skraelings trop loin et de tomber dans un piège.

— C'est fini ! beugla-t-il. Axis, ils ont battu en retraite !

Le Tranchant d'Acier se tourna vers son second. Lentement, son regard redevint normal.

— Par Artor, Belial, ça m'a fait un bien fou ! J'avais besoin d'un peu d'action.

Le second sourit, puis éclata de rire et lâcha la bride de Belaguez.

— La prochaine fois que tu auras envie de te défouler, mon ami, rappelle-moi de ne pas venir avec toi ! À un moment, j'ai cru que tu allais m'ouvrir le ventre, pendant que tu y étais !

Baissant les yeux sur les mains de son chef, Belial cessa de rire et pâlit.

— Bon sang, regarde ce que tu serres dans la main gauche !

Axis obéit et découvrit qu'il tenait encore par les cheveux la tête d'un des monstres – étonnamment solide, mais aussi mort qu'on pouvait l'être. Un œil d'argent exorbité, l'autre fixait le vide pour toujours. La gueule béait, dévoilant des crocs jaunâtres. Sur les mâchoires, la peau était si fine que les os menaçaient de la transpercer.

Le Tranchant d'Acier brandit son trophée.

— Regardez ! cria-t-il. La vermine crève, comme je vous l'avais dit ! (Il baissa la voix et se tourna vers Magariz.) Un cadeau idéal pour Borneheld, il me semble…

Le seigneur tressaillit, frappé par la dureté du ton d'Axis.

Alors que tous regardaient le Tranchant d'Acier, Arne, fidèle à sa nouvelle habitude, sondait les alentours, en quête de la moindre menace.

— Chef, cria-t-il, derrière vous !

Axis fit volter Belaguez. Une créature de cauchemar avançait vers eux, nonchalante comme si elle se promenait dans un jardin d'agrément.

— C'est un des monstres qui t'ont blessé ? demanda Axis en voyant blêmir Magariz.

— Oui, mais... en pire. Depuis l'attaque du fort, ces abominations ont grandi et changé.

Axis serra plus fort la garde de son épée.

À quinze pas de lui, la créature s'arrêta. À la fois massive et gracieuse, elle était plus grande et plus musclée qu'un homme, mais la fluidité de ses mouvements évoquait la grâce d'un félin. Sa tête, en revanche, était laide à faire vomir. Mélange d'oiseau, d'homme et de bête, avec un bec en guise de bouche, le monstre arborait une impressionnante paire de défenses. Alors que ses yeux et son front restaient humanoïdes, le reste de son crâne était couvert d'un aberrant mélange de fourrure et de plumes. Les mains et les pieds pourvus de longues griffes noires, deux ailes hérissées de pointes battant dans son dos, l'être avait le reste du corps couvert d'écailles.

Axis s'efforça de demeurer impassible. Pourtant, il frissonnait intérieurement, l'image de Gorgrael revenant à sa mémoire. Le Destructeur et cette abomination avaient plusieurs caractéristiques communes.

Le monstre regarda un moment les soldats, la tête inclinée, comme celle d'un oiseau curieux, mais avec dans les yeux une lueur qui rappelait plutôt un sanglier enragé.

— Tu es Rivkahson..., dit-il, le regard braqué sur la tête que brandissait toujours le Tranchant d'Acier.

La voix du monstre, entre le pépiement et le sifflement, n'était pas facile à comprendre. Mais il parlait lentement, comme si les mots avaient du mal à franchir son énorme langue.

Axis hocha simplement la tête et força Belaguez à avancer d'un pas.

— Qui es-tu ? Et que nous veux-tu ?

— Moi ? gloussa le monstre – un son ignoble à faire vomir. Je suis un des cinq favoris, qu'on nomme aussi les Skraebolds. Comme tu le devines, nous servons Gorgrael. Et nous voulons Tencendor, Rivkahson ! Vos champs et le sol de vos forêts seront bientôt rouges de sang. Le vôtre ! Car nous sommes fatigués de vivre dans des brumes glaciales. Mais notre faim et notre haine nous rendront la chair depuis longtemps perdue.

— Nous nous dresserons devant vous, lâcha Magariz, derrière Axis. Et vous retournerez sur vos terres glacées.

Le Skraebold inclina la tête, ouvrit le bec et couina d'amusement. Les nerfs vrillés, tous les hommes tressaillirent.

— Vous ne nous arrêterez pas, cracha le monstre quand il eut fini de ricaner. Avec la chair et le sang de nos proies, Gorgrael nous recrée. Jadis faits de brume, nous pouvons déjà marcher...

Une idée folle traversa de nouveau le subconscient d'Axis, tout aussi insaisissable que la première fois.

— Bientôt, continua le monstre, votre sang nourrira mes frères, et vos femmes nous offriront leur corps pour que nous les épargnions. Quant à toi, Rivkahson, tu imploreras à genoux la clémence de Gorgrael.

— J'ai un message pour ton Destructeur, vermine..., lâcha Axis avec un sourire glacial. Dis-lui que mon père m'aimait. Et demande-lui si le sien éprouvait le même sentiment pour lui.

Furieux, le Skraebold fit un pas en avant. Magariz et Belial levèrent aussitôt leur épée. Sans broncher, Axis continua à sourire.

— Mes quatre frères et moi aimons Gorgrael ! rugit le monstre. C'est nous qui l'avons aidé à naître !

Sur ces mots, l'abomination se volatilisa, emportant avec elle les ultimes volutes de brume.

Axis fit faire demi-tour à Belaguez et sourit aux soldats.

— Mes amis, nous en avons assez fait pour aujourd'hui. Que diriez-vous de rentrer chez nous ?

Quand la patrouille arriva, Borneheld s'entraînait dans la cour du fort. Son torse nu luisant de sueur malgré le froid, il maniait depuis près d'une heure une lourde épée à deux mains. Dans un coin du carré d'exercice, Faraday le regardait, gelée malgré son épais manteau.

Dix-neuf hommes, y compris Axis, étaient partis à l'aube, et ils revenaient tous.

Sans doute parce qu'ils ont soigneusement évité les Spectres, pensa le duc en se tournant pour les accueillir. *Bande de lâches ! Femmelettes !*

Toujours trop prompt à juger, il ne remarqua pas que les soldats bombaient le torse et pensa que le Tranchant d'Acier, hanté par on ne savait quels démons en partant, avait dû les abandonner quelque part dans les plaines enneigées.

Il ne releva pas non plus que l'encolure du cheval de son demi-frère était rouge de sang, ne remarqua pas le groupe d'hommes qui suivaient la patrouille et ne s'aperçut pas que le Tranchant d'Acier dissimulait un objet volumineux sous son manteau.

Un peu plus observateur, le plus grand Seigneur de Guerre de l'histoire d'Achar, dixit Timozel, n'aurait sûrement pas proféré une série d'énormités devant tant de témoins – parmi lesquels Jorge et Roland, debout sur le chemin de ronde, et les trois Sentinelles, cachées derrière un chariot de vivres en cours de déchargement.

Appuyé sur son épée, les muscles saillants, le duc attendit qu'Axis eût immobilisé son cheval à dix pas de lui.

— Ton étalon a-t-il été trop rapide pour que les Spectres te rattrapent, Tranchant d'Acier ? lança-t-il. As-tu découvert que seuls de véritables hommes peuvent affronter ces créatures ? Si tu es assez courageux pour admettre que tes nerfs ont lâché, je te trouverai un petit travail aux cuisines. En bataillant contre des casseroles et des assiettes, tu ne risqueras pas grand-chose.

Comble de maladresse, Borneheld conclut sa tirade par un rire méprisant.

Ce faisant, il perdit aussitôt le respect des neuf soldats de son armée présents dans la patrouille. Et quand ils parleraient à leurs camarades, l'addition serait plus lourde encore.

Axis sourit, regarda Faraday et s'inclina courtoisement sur sa selle.

— Mes hommages, duchesse. Je suppose que vous avez dormi en paix cette nuit ?

Faraday sursauta comme s'il l'avait giflée. Taraudée par la culpabilité de l'avoir trahi, elle était restée éveillée longtemps après que Borneheld en eut fini avec elle.

Axis la dévisagea un moment, se tourna vers le duc et rabattit la capuche de son manteau pour que ses cheveux blonds brillent au soleil comme de l'or. Sa grâce naturelle et sa fierté sereine attirèrent aussitôt tous les regards. Un étranger aurait immanquablement pensé qu'il était un roi venu rendre visite à un de ses vassaux – et pas le plus glorieux.

Alors que Borneheld ouvrait la bouche, le Tranchant d'Acier leva la main gauche et brandit son ignoble trophée.

Un cri de dégoût monta de toutes les gorges.

— Gorgrael te salue, mon frère, et voici mon cadeau de mariage. J'espère qu'il te plaira.

Axis jeta le crâne devant le duc, qui s'écarta d'un bond, le laissant rouler sur les pavés jusqu'aux pieds de Faraday.

La jeune femme en eut la nausée et ferma les yeux un bref instant. Mais elle ne céda pas un pouce de terrain, trouva la force d'étudier brièvement la tête, puis regarda fixement le Tranchant d'Acier.

— Merci beaucoup, Axis Rivkahson, dit-elle avec une impassibilité que démentaient ses yeux voilés par l'émotion. Je suis touchée que vous me jugiez digne d'un tel présent.

Axis soutint un moment le regard de la jeune femme – un défi digne d'un bras de fer – puis fit volter Belaguez vers la foule massée autour du portail.

Fou de rage, Borneheld, les yeux rivés sur l'ignominie qui gisait aux pieds de sa femme, manqua s'étrangler quand un concert de vivats salua l'exploit du Tranchant d'Acier.

44

Des vœux et des souvenirs

Cinq jours plus tard, enveloppé dans un manteau dont il avait relevé la capuche, Axis franchit les portes du fort et s'aventura dans les rues de la ville. Bien qu'on fût en milieu de matinée, elles étaient quasiment désertes. Avec un temps aussi épouvantable, les soldats évitaient de sortir quand ils n'y étaient pas obligés. Et le vent charriait en permanence une subtile menace de mort…

Le Tranchant d'Acier ne vit pas les deux silhouettes encapuchonnées qui lui emboîtèrent le pas, l'une précédant l'autre d'une trentaine de pas.

Il lui fallut un quart d'heure pour atteindre le cloître désormais abandonné, puisque les deux frères survivants s'étaient réfugiés dans le fort. Mais Axis avait demandé au plus vieux de le retrouver dans son ancien fief, parce qu'il avait des questions à lui poser. Au sujet de sa mère, bien entendu…

La lourde porte de bois, à demi arrachée de ses gonds, s'ouvrit en grinçant. Axis entra, heureux de se soustraire au vent, même s'il faisait aussi froid ici que dehors. Regardant autour de lui, il vit les stigmates de l'attaque menée par les séides de Gorgrael, des mois plus tôt. Le cloître, jadis un nid douillet pour les frères en quête de solitude, n'était plus habitable. Les tentures et les tapisseries lacérées, toutes les portes et les fenêtres défoncées, il ne restait plus un meuble intact. Déprimé par ce spectacle, Axis traversa les salles du rez-de-chaussée en slalomant entre les tessons de poterie et les pages de livres déchirées. Deux ou trois fois, il vit, pendues à des crochets, des soutanes dont les propriétaires n'auraient plus jamais besoin.

Le frère Francis attendait dans la cuisine. Penché sur un chaudron renversé, il se releva lentement pour ménager son dos arthritique et se tourna vers Axis.

— Je te salue, Tranchant d'Acier, dit-il, ses veines bleues saillant sous la peau presque diaphane de son visage. C'est ici que la plupart des frères sont morts... Ils étaient venus chercher des « armes ». (Il ramassa un tisonnier et l'étudia sombrement.) Mais ce n'est pas avec ça, ou une louche, qu'on se défend contre les monstres qui nous ont attaqués cette nuit-là.

— Pourtant, vous avez survécu..., dit Axis.

Le regard de Francis se voila, comme s'il se sentait coupable.

— Le frère Martin, un jeune homme à l'esprit vif, m'a poussé dans une armoire où nous nous sommes cachés pendant qu'on massacrait nos amis. Tranchant d'Acier, prie pour qu'une chose pareille ne t'arrive jamais...

Il y eut un long silence. Perdu dans ses pensées, Axis regarda le vieux frère ramasser les ustensiles de cuisine et les aligner sur des étagères.

— Francis, vous savez qui je suis ?

Le vieillard renonça à ses vains efforts de rangement et le regarda.

— Oui, je le sais... Au fort et en ville, les soldats ne parlent que de ça. La patrouille, ton courage, tes qualités de chef... Tu te nommes Axis Rivkahson et tu viens m'interroger au sujet de ta mère.

— Elle est morte ici...

Francis parut surpris, mais il se ressaisit vite.

— Elle t'a donné le jour ici, c'est vrai. Mais elle est morte ailleurs… (Voyant la surprise de son interlocuteur, le vieillard eut un sourire désolé.) Un homme de mon âge, Axis Rivkahson, n'est plus effrayé par les fantômes du passé. Depuis des décennies, je tiens ma langue et je vois mourir, chaque année, de nouveaux compagnons qui partageaient mon secret. (Francis marqua une courte pause.) Nous avions tous si peur du roi Karel et de la fureur du duc Searlas, que nous n'avons jamais reparlé des événements liés à ta naissance. Après ce qu'ont fait ces monstres, Tranchant d'Acier, aucune créature de ce monde ne peut plus me terroriser. Aujourd'hui, je suis en face du nouveau-né qui a perdu sa mère. Et je lui parlerai, s'il le désire.

Axis réfléchit un long moment.

— Non, frère Francis, dit-il. Pour vous, le danger reste encore trop grand… Le duc d'Ichtar est ici, et je ne veux pas mettre votre vie en péril. Il suffira que vous me montriez la chambre où je suis né…

— C'est tout ? Très bien, mon garçon. Suis-moi.

Ils retournèrent dans l'entrée, où Francis fit signe à son compagnon de le suivre dans l'escalier en colimaçon qui menait aux étages. Le voyant souffler comme une forge, Axis lui prit le bras pour le soutenir.

— Merci, souffla le vieil homme. (Il marqua une courte pause et reprit l'ascension.) Ils ont fait entrer ta mère par la grande porte, dit-il, ignorant la consigne de silence donnée par Axis.

Après s'être tu si longtemps, il devait parler de ces événements, survenus trente ans plus tôt, à la fin du mois du Loup, par un hiver très rude. Pour lui, il s'agissait presque d'une confession.

— À l'époque, j'étais jeune et fort et on m'a engagé pour aider à porter Rivkah. Searlas l'avait fait voyager dans un vieux chariot, sur un chemin très accidenté. Le travail ayant commencé une quinzaine d'heures après son départ de Sigholt, les dernières lieues, sur une route défoncée, ont dû être une torture pour elle.

Quand ils atteignirent le premier palier, Francis s'engagea dans un long couloir qui traversait apparemment tout le bâtiment.

— Un frère est allé chercher les sages-femmes pendant qu'un de mes amis et moi installions Rivkah dans la chambre toujours prête pour accueillir des invités.

Au bout du couloir, Francis s'arrêta devant une porte. Il tendit vers la poignée une main tavelée par l'âge, mais Axis lui prit doucement le bras.

— Merci, frère Francis, mais je voudrais être seul, à présent...

Le vieillard se retourna et dévisagea le Tranchant d'Acier. Ce chef militaire, si héroïque qu'il fût, n'était pour l'instant qu'un homme à la recherche de son passé.

— Puisse Artor veiller sur toi, jeune guerrier. Sillon large, sillon profond !

Axis inclina la tête et sourit au vieil homme. Quelques jours plus tôt, Reinald lui avait montré l'endroit où il avait été conçu. Aujourd'hui, un autre témoin de ce drame lui permettait de découvrir la chambre où il était venu au monde.

— Artor vous accompagne, saint homme.

Francis rebroussa chemin puis disparut dans l'escalier. À mi-chemin du rez-de-chaussée, il cilla de surprise en reconnaissant la personne qu'il croisa. Après un instant d'hésitation, il hocha la tête et continua son chemin. À son âge, la seule chose *vraiment* étonnante était que la mort ne l'ait pas encore réclamé.

Axis garda un moment la main sur la poignée de la porte, puis il trouva le courage de la tourner. Le souffle court, il poussa le battant et entra.

Vu sa taille, la chambre devait être réservée aux invités de marque. Aujourd'hui, elle était vide et lugubre, avec ses deux fenêtres étroites et hautes qui laissaient à peine filtrer la lumière du jour. Même si elle en avait eu la force, Rivkah n'aurait pas pu s'enfuir, une fois enfermée dans cette pièce.

Dans un coin, un lit au matelas éventré était adossé au mur, une chaise posée à son pied. Sur la cloison d'en face, une énorme cheminée, coupant encore la lumière, ajoutait à la pénombre ambiante. Sous les fenêtres, Axis remarqua un coffre sur lequel se trouvaient une cruche ébréchée et une cuvette. Perdu dans ses pensées, il avança de quelques pas. Un endroit bien austère pour commencer sa vie…

Quand il se retourna vers la porte, le Tranchant d'Acier sursauta en découvrant Faraday, debout dans l'entrée, un manteau vert à capuche sur sa robe noire à encolure ras du cou. Trop bouleversé pour parler, il la regarda comme s'il voyait un fantôme.

Plus maîtresse d'elle-même, la jeune femme croisa les mains et dévora du regard l'homme qu'elle n'épouserait jamais.

Ils étaient seuls, enfin…

—J'ai presque éventré le tumulus à mains nues pour te retrouver, souffla Axis, si bas que Faraday dut avancer pour entendre. Après, je t'ai pleurée pendant des semaines. Tout ça pour découvrir que tu avais survécu et couru te jeter dans le lit de Borneheld. Me diras-tu pourquoi tu as agi ainsi ?

—Je peux tout t'expliquer…

—Alors, n'hésite pas ! (Axis recula jusqu'à la fenêtre.) Dis-moi pourquoi, après avoir affirmé que tu m'aimais plus que la vie elle-même, tu as rejoint Borneheld sans même m'avertir que tu n'étais pas morte ?

—Axis… (Faraday voulut avancer, mais le regard dur de son bien-aimé l'en dissuada.) Je ne vis que pour toi !

Chaque inspiration que je prends et tous mes battements de cœur t'appartiennent. Mais je ne pouvais pas t'épouser. Borneheld t'aurait tué, et je veux par-dessus tout que tu vives !

— Je n'ai pas peur de mon frère, Faraday…

— Je le sais ! (Soudain, la jeune femme se demanda si elle avait eu raison de provoquer cette confrontation.) Mais ton existence est si importante… Je ne voulais pas que le duc, à cause de moi, ne pense plus qu'à te traquer et à t'abattre.

— En quoi mon existence est-elle si importante ? demanda Axis, sourcils froncés.

— Parce que tu es l'Homme Étoile dont parle la Prophétie, lâcha Faraday.

Voilà, c'était dit. Et maintenant, qu'il en fasse ce qu'il voulait !

Axis se détendit un peu, un sourire sur les lèvres.

— Tu n'es pas la première à me le dire, sais-tu ? Belial me couronnerait ce soir même, s'il ne pensait pas que je lui rirais au nez. Cette maudite Prophétie se répand comme un incendie et je suis piégé par les flammes, dirait-on…

— Y crois-tu aussi ?

— Il le faut bien, si nous voulons avoir une chance de survivre. Mais c'est si difficile à comprendre… Tous ces changements, en moi, me terrifient.

— Axis, je…, commença Faraday, touchée par la détresse d'un guerrier qu'elle croyait indestructible.

— Tu as entendu la Prophétie, et tu viens de me révéler ce qu'elle signifie, coupa Axis. Moi, je meurs de peur…

La jeune femme ne sachant que dire, il y eut un long silence.

— J'en ai parlé avec Ogden et Veremund, souffla enfin le Tranchant d'Acier, mais ils prétendent ne rien savoir. Belial, lui, est aussi désorienté que moi. Le début du texte paraît limpide, mais la suite, et surtout la fin, me terrorisent. Je suis l'Homme Étoile, Faraday, et je m'efforce de l'accepter. Mais on m'interdit d'utiliser mon pouvoir tant que des prédictions incompréhensibles ne se seront pas réalisées. Sinon, Gorgrael me tuera. L'ennui, c'est que je ne reconnaîtrais pas les événements censés me libérer, même s'ils se déroulaient sous mes yeux. Quant à la fin… Elle affirme qu'un de mes proches me trahira, mais de qui s'agit-il ?

— Je n'ai jamais entendu le passage final, dit Faraday.

Une trahison, en plus de tout ! Mère, je t'en prie, protège-le !

— Je suis le seul à le connaître et tu l'oublierais si je te le récitais. La souffrance de ma mie, dit-il, peut me conduire à ma perte. Es-tu cette femme, Faraday ? Ta douleur me distraira-t-elle assez pour que Gorgrael puisse porter le coup fatal ?

Un instant, l'image de la jeune femme, au corps disloqué et couvert de sang s'imposa à l'esprit d'Axis.

Il chassa cette vision de son esprit, regarda l'épouse de son frère et se souvint qu'elle avait su évoquer avec respect sa filiation, dont tant de gens se gaussaient.

— Si la Prophétie est toujours aussi opaque à mes yeux, dit-il, j'en sais beaucoup plus au sujet de mon père. (Il retira son gant droit et montra la bague qui brillait à son majeur.) Il a offert ce bijou à Rivkah, en gage de son amour.

Faraday avança et prit la main d'Axis pour mieux examiner la bague, dont la finition était stupéfiante de beauté et de précision. Quand elle laissa courir ses doigts sur ceux du guerrier, son regard s'assombrit.

— Quel homme peut posséder une merveille pareille ?

— Mon père est un Envoûteur icarii, mon amour. Je connais même son nom : Vagabond des Étoiles. Et un jour, je le retrouverai.

Axis dégagea sa main et caressa la joue de Faraday. Un instant, elle posa la tête contre sa paume et elle sentit contre sa peau le contact frais mais doux de la bague. Il venait de l'appeler « mon amour » ! Malgré tout, ses sentiments n'avaient pas changé, continuant même à se développer.

Mère, si je pouvais avoir l'amour d'un tel homme pour me soutenir !

— Le fils d'un Envoûteur icarii, murmura Faraday. Pas étonnant que tu aies capturé mon âme la première fois que je t'ai vu…

Axis avança encore, prit le menton de la jeune femme et se pencha vers elle. Un instant avant que leurs lèvres se touchent, Faraday détourna la tête.

— Je ne peux pas, Axis… J'ai juré fidélité à Borneheld, et c'est un vœu que je ne dois pas rompre.

Maudite soit la Prophétie, qui m'a contrainte à le prononcer !

— Ton foutu sens du devoir va-t-il nous séparer jusqu'à la fin de nos vies ? demanda Axis en serrant plus fort le menton de la jeune femme. Ce que nous éprouvons l'un pour l'autre ne compte pas ?

— J'ai prêté serment à Borneheld. Si je le quitte, il finira par te tuer. Que je me parjure, et ma punition sera ta mort ! Tous les dieux qui veillent sur cette terre s'en assureront. Un serment est un serment, Axis, qu'on le prononce devant une divinité ou une autre.

Le Tranchant d'Acier étouffa un juron. Elle était à deux pas de lui, presque dans ses bras, mais entêtée à rester fidèle à Borneheld. Si la croire morte l'avait torturé, cette situation était encore pire.

Il lui lâcha le menton et la prit par la taille, se demandant s'il résisterait à la tentation de l'attirer vers lui, aussi violemment qu'elle le refusait. Il n'avait jamais désiré ainsi une femme. Hélas, il l'avait laissée s'éloigner de lui et elle appartenait maintenant à Borneheld.

La nuit, ses tourments étaient insupportables. Incapable de dormir, il pensait à elle, l'imaginait, rêvait de la rejoindre...

— Te traite-t-il bien, au moins ? demanda-t-il.

— Il s'y efforce... À l'en croire, il m'aime et il désire me rendre heureuse. Parfois, il est mortellement ennuyeux, et j'aimerais le voir rire plus souvent. Mais il me veut du bien, c'est certain.

Axis serra les mâchoires. Il aurait aimé entendre que Borneheld la battait, l'insultait, la méprisait... Le moindre prétexte aurait suffi pour qu'il le défie en duel, avec la mort pour l'un ou l'autre au bout du chemin. Mais elle ne lui ferait pas la grâce de lui en donner un...

Ainsi, Borneheld prétendait l'aimer. Mais qu'éprouvait-elle ? Appréciait-elle qu'il la touche, qu'il...

Faraday devina que la jalousie déchirait les entrailles d'Axis.

— Je n'éprouve rien de comparable à ce que tu m'as fait découvrir ce soir-là. Tu es l'Homme Étoile et, lui, simplement le duc que j'ai épousé.

— Et pourtant, tu ne rompras pas tes vœux.

— Non, je ne les romprai pas...

— Alors, écoute bien le mien, Faraday ! lâcha Axis, sa jalousie remplacée par une colère noire. Ce qui nous oppose, Borneheld et moi, coûtera un jour la vie à l'un de nous deux. Je jure de...

— Non ! cria Faraday. Non !

Elle tenta de se dégager, mais le Tranchant d'Acier était bien trop fort pour elle.

— Écoute-moi ! Je te fais un serment, et j'implore tous les dieux des Icarii, quels qu'ils soient, d'en être témoins. Le jour béni où Borneheld mourra, mon épée dans le corps, je te demanderai d'être ma femme. As-tu entendu ?

Horrifiée, Faraday pensa à la vision que lui avaient envoyée les arbres. Un duel et du sang, beaucoup de sang... Axis mort, du fluide vital ruisselant entre ses seins à elle, le corps sans vie de son bien-aimé et son âme s'élevant derrière lui...

— Non..., gémit-elle.

— Tu as prêté un serment, alors, accepte d'entendre le mien ! Un jour, quand Borneheld se videra de son sang à nos pieds, je te demanderai en mariage. Et que répondras-tu alors, ma si douce enfant ?

— Tu ne dois pas le défier, Axis ! Pas ici, et pas maintenant...

Mère, ai-je eu donc tort de venir le voir ?

— Tôt ou tard, il le faudra bien... Non, ne dis rien ! Tu sais que notre haine réciproque conduira inévitablement à un bain de sang. Mais la Prophétie annonce ma victoire !

— Que veux-tu dire ?

— « *Une épouse longtemps muette*
Comblera de joie chaque nuit
Le meurtrier de son mari. »

» De qui d'autre pourraient parler ces vers ? Notre mariage est prédit, Faraday. Alors, quand Borneheld sera mort, que me répondras-tu ?

Impressionnée par la conviction d'Axis, Faraday retrouva un peu d'espoir. Mais il fallait, pour que tout cela se réalise, que le Tranchant d'Acier ne meure pas en défendant le fort.

— Axis, je veux que tu me fasses une promesse. Tant que la bataille de Gorken ne sera pas finie, gagnée ou perdue, tu ne lèveras pas la main contre Borneheld. Et, si tu le défies ensuite, j'exige qu'il y ait une bonne raison. Pas question que tu l'assassines...

Et que j'aie sa mort sur la conscience…

Les Sentinelles, elle *devait* le croire, entendaient qu'elle empêche un combat entre les deux frères tant qu'ils n'en auraient pas terminé à Gorken. Après, elle n'aurait plus à jouer ce rôle…

— Je ne l'assassinerai pas, mais je suis sûr qu'il me donnera un jour un motif de lui enfoncer mon épée dans le corps. Cela dit, tu as parfaitement raison : pour résister à l'attaque de Gorgrael, le fort doit pouvoir compter sur tous les commandants disponibles.

Et si je meurs, tu auras besoin de Borneheld pour te défendre…

Faraday soupira de soulagement et caressa la joue d'Axis. Tout n'était peut-être pas perdu, après tout. Il lui restait une chance de vivre un jour avec l'homme de son choix.

— Quand je serai libérée de mon serment, j'accepterai avec joie de rester près de toi jusqu'à la fin de mes jours. Je le jure sur la Mère, et sur la bague que tu portes au doigt. (Faraday tapota le bijou.) Qu'elle soit mon témoin, Axis ! Le jour où mon serment ne me liera plus les mains, je serai ta compagne !

Craignant de ne plus pouvoir se contrôler, le Tranchant d'Acier lâcha la taille de Faraday.

— Tu jures sur « la Mère », à présent ? s'étonna-t-il. Un jour, quand nos vies nous appartiendront de nouveau, il faudra nous raconter tout ce qui nous est arrivé et ce que nous avons vu pendant notre séparation. Moi, je suis devenu le fils d'un Envoûteur, et toi… (Axis sourit.) Eh bien, tu as battu la campagne avec un Eubage avar nommé Raum, pas vrai ?

— Comment le sais-tu ?

— J'ai rencontré Raum à Smyrton, mais c'est une trop longue histoire. Rassure-toi, l'enfant et lui vont très bien et ils sont rentrés chez eux.

Faraday approcha du lit, tapa sur le matelas pour l'égaliser un peu et s'assit.

— Je te dois quelques explications, Axis Icariison, dit-elle malicieusement. Si Belial en est déjà à t'appeler l'Homme Étoile, tu as dû entendre parler des Sentinelles ?

— Bien sûr… Ogden et Veremund.

Faraday eut un petit rire, ravie du choc qu'elle allait lui assener.

— Plus Jack, le porcher que tu as sûrement remarqué près du bois de la Muette, et le chat blanc qui te suivait partout ! Sous sa forme humaine, une très jolie femme, ce « félin » joue le rôle de ma servante.

Contre toute attente, Axis ne trouva pas ces révélations hilarantes.

— Deux Sentinelles t'ont aidée à te volatiliser, après l'éboulis ?

— Oui. Ensuite, elles m'ont accompagnée jusqu'ici.

Certaine qu'Axis aurait mal réagi, Faraday jugea plus prudent de ne pas révéler que les Sentinelles l'avaient en réalité *forcée* à le quitter, puis à épouser Borneheld.

Cela posé, elle savait que c'était la bonne option. Jaloux de la popularité du Tranchant d'Acier parmi les Haches de Guerre, et maintenant chez ses propres soldats, le duc devait rêver de lui enfoncer une hache ou une épée entre les omoplates dès qu'il aurait le dos tourné. Et si elle n'avait pas été là pour le manipuler subtilement, ç'aurait déjà été chose faite. Au prix de son bonheur, elle sauvait chaque jour la vie d'Axis. Et si elle parvenait à l'empêcher de sauter à la gorge du duc, elle aurait parfaitement rempli sa mission.

Concentré sur les Sentinelles et la Prophétie, le Tranchant d'Acier ne remarqua pas à quel point sa bien-aimée était pensive.

— « *Les Sentinelles veilleront*
Inlassables sur tous les fronts

Jusqu'au moment où la puissance
Aura souillé leur innocence. »

» Tu as idée de ce que ça signifie, Faraday ? Vont-elles me trahir ?

— Certainement pas ! Personne d'autre ne peut nous guider pour le moment.

Pourtant, il y a autant de zones d'ombre, à leur sujet, que dans le reste de la Prophétie, pensa Axis.

Il s'approcha de la cheminée et étudia un moment l'étrange disposition des briques.

— Nous sommes prisonniers de ces prédictions, Faraday. Espérons qu'un jour, elles nous laisseront vivre comme nous l'entendons…

Glacée par la tournure déprimante que prenait leur conversation, la jeune femme résolut de changer de sujet :

— Qu'es-tu venu faire ici ? Quand je t'ai suivi, je ne me doutais pas que tu irais si loin. Et encore moins que tu avais rendez-vous avec le frère Francis.

— Laisse-moi te montrer pourquoi je suis venu, dit Axis en tendant la main à Faraday.

La jeune femme hésita un moment avant de la prendre.

— Ne t'inquiète pas, plaisanta le Tranchant d'Acier, tu ne risques rien. J'ai une autre femme en tête, pour l'instant…

Perplexe, Faraday se laissa tirer dans le coin obscur, à l'ombre de la cheminée et de son impressionnant manteau.

— Je suis né dans cette chambre, et elle conserve peut-être des… souvenirs… de ce jour-là. Approche et reste près de moi. (Il enlaça sa compagne et la tira contre lui, dans l'ombre de la cheminée.) Quoi qu'il arrive, ne dis rien et ne crie pas. À présent, je vais te faire une petite démonstration de magie icarii…

Axis se pétrifia, le regard rivé sur le lit, de l'autre côté de la chambre. Dès qu'il eut retrouvé, au fond de sa mémoire, l'air qu'il avait chanté à Sigholt, sur le toit de la forteresse, il le fredonna. L'étrange mélodie et les paroles inconnues donnèrent vite le tournis à Faraday. Confiante, elle ferma les yeux, s'appuya contre le Tranchant d'Acier et se laissa envelopper par la chanson.

Quand un gémissement de douleur – une voix féminine ! – retentit, la duchesse d'Ichtar ouvrit brusquement les paupières. Dans la chambre désormais obscure, deux chandelles éclairaient faiblement le lit où une très jeune femme se tordait de douleur, les mains accrochées aux montants de fer de la tête de lit. Ses longs cheveux auburn, sommairement nattés, luisant de sueur, elle avait la tête tournée vers le mur opposé.

Faraday n'eut aucun mal à deviner son identité. C'était Rivkah, vêtue d'une chemise de nuit blanche relevée jusqu'à la taille et constellée de taches de sang. Luttant pour accoucher, elle hurlait à chaque contraction, cabrée au maximum pour mieux pousser. Deux femmes d'âge mûr, en robe noire et tablier assorti, s'affairaient au pied du lit sans dissimuler leur inquiétude.

Axis serra plus fort la taille de Faraday, qui se blottit davantage contre lui, lui offrant son soutien alors qu'il assistait à sa propre naissance, dans des conditions épouvantables.

Il ne chantait plus, à présent, mais fredonnait encore, avec des blancs de plus en plus longs entre les notes.

À côté d'Axis et de Faraday, la porte s'ouvrit, et la jeune femme parvint de justesse à étouffer un cri de surprise. Dans cette chambre, personne ne les voyait, et elle ne comprenait pas comment c'était possible.

Un homme grand et musclé, la barbe impeccablement taillée, entra et s'approcha du lit. Impassible, il regarda un long moment la pauvre Rivkah.

— Seigneur duc…, balbutièrent les sages-femmes en s'écartant du lit.

— Comment ça se passe ? demanda l'homme. Ma putain d'épouse aurait-elle du mal à mettre au monde son bâtard ?

Les sages-femmes se regardèrent, angoissées. Que voulait-il entendre ? Finalement, la plus vieille osa s'adresser au duc Searlas.

— Le bébé se présente à l'envers, mon seigneur. Et il est coincé. Malgré nos efforts, nous ne parvenons pas à le retourner. Le travail dure depuis deux jours. Votre femme ne résistera pas beaucoup plus longtemps.

À cet instant, Faraday prit vraiment conscience qu'elle avait devant les yeux la précédente duchesse d'Ichtar. Et l'homme qu'elle observait, mort depuis longtemps, était son beau-père…

Comme lors de sa nuit de noces, la bague offerte par le duc lui serra désagréablement le doigt.

Cette lignée mérite de s'éteindre avec Borneheld…

D'où lui était venue cette pensée, claire et limpide ? se demanda Faraday. Au nom de quoi la lignée de Borneheld devait-elle mourir avec lui ? Et pourquoi l'anneau lui faisait-il si mal ?

De la haine sur son si joli visage, Rivkah regarda son mari.

— Je maudis le jour où j'ai accepté de t'épouser, Searlas ! Et je me réjouis d'avoir sali ton nom !

— Catin ! explosa le duc. Tu crèveras comme une pute de bas étage ! Et en mourant, demande-toi si ton ordure d'amant valait une fin pareille !

— Je subirais cent fois pire pour passer une heure de plus entre ses bras…, répondit Rivkah.

Le duc déversa un tel tombereau d'insultes que les sages-femmes en blêmirent. Puis il se pencha, prit la main gauche de Rivkah et lui arracha la bague qu'elle portait à l'annulaire.

— Dans ce cas, rends-moi ce qui appartient à Ichtar ! rugit-il.

Faraday aperçut le bijou et tressaillit. C'était l'anneau qui brillait désormais à sa main...

— Je me fiche que la mère et l'enfant meurent, dit Searlas en glissant le bijou dans sa poche. Si ça ne tient qu'à moi, vous pouvez les laisser crever.

Il sortit, claquant la porte derrière lui.

La sage-femme qui avait osé parler au duc s'assit au bord du lit et prit la main de Rivkah.

— Ma dame, nous pouvons encore vous sauver. Laissez-nous démembrer le bébé. Il est sûrement mort et, si nous le sortons de votre ventre, vous survivrez. Par pitié, permettez-nous de le faire !

Rivkah réussit à s'asseoir dans le lit et à saisir la femme par les cheveux.

— Si tu tentes de nuire à l'enfant, je reviendrai d'entre les morts pour vous persécuter, toi et toute ta descendance. Tu m'entends ? Tu ne toucheras pas à mon bébé !

Terrifiée, la sage-femme hocha la tête.

— Alors, essaie encore de le forcer à se retourner..., souffla Rivkah.

La femme s'agenouilla au pied du lit et prit une grande inspiration.

Les quelques minutes suivantes furent un cauchemar. Les cris de Rivkah emplissant la chambre, Faraday sentit Axis se tétaniser contre elle, comme s'il partageait la souffrance de sa mère. La tête contre la poitrine du Tranchant d'Acier, pour ne plus entendre les hurlements, la jeune femme le serra dans ses bras aussi fort qu'elle le pouvait.

Les mains et les avant-bras rouges de sang, la sage-femme se releva.

— Grâce en soit rendue à Artor, gémit-elle, j'ai réussi…

Épuisée, elle se rassit près de Rivkah et lui caressa le front pour la consoler.

— Il s'est retourné, ma dame. J'ignore s'il vit encore, mais je vous implore de pousser ! Sinon, vous mourrez tous les deux.

Rivkah ferma les yeux et mobilisa ses dernières forces.

— Il vient, Marta, annonça la deuxième sage-femme.

Dans un flot de sang qui rougit les draps, autour des hanches de Rivkah, Marta et sa collègue parvinrent à extraire Axis du ventre de sa mère.

— Le cordon est enroulé autour de son cou ! cria Marta. Vite, donne-moi le couteau !

Elle coupa le cordon ombilical qui étranglait le bébé.

— Il… est… vivant ? haleta Rivkah.

Entendant la porte s'entrebâiller, les deux sages-femmes relevèrent les yeux. Faraday ne vit pas à l'attention de qui Marta hocha la tête avant de s'emparer d'un drap propre.

Elle y enveloppa l'enfant, bleu et inerte, et le serra contre sa poitrine.

— Désolée, ma dame, mais il est mort, étranglé par le cordon.

— Je t'en prie, Marta, laisse-moi le tenir dans mes bras !

La sage-femme se leva, le bébé contre ses seins.

— Non, ma dame, il vaut mieux que vous ne le voyiez pas… (Elle fit signe à son assistante.) Viens…

Sans un regard en arrière, les deux femmes se dirigèrent vers la porte.

— Non ! cria Rivkah. Je veux mon enfant ! Donnez-moi mon bébé !

Tendant les bras pour retenir Marta, elle tomba à moitié du lit et resta pliée en deux, la tête et les épaules plus bas que le reste du corps.

Faraday sembla vouloir intervenir, mais Axis l'en empêcha.

— Non, murmura-t-il, je dois voir la suite.

Non sans lutter, Rivkah parvint à remonter sur le lit.

— Au secours ! cria-t-elle. À l'aide ! On m'a volé mon enfant ! (Entendant la porte grincer, elle tourna la tête.) Vous ! s'écria-t-elle, décomposée. J'aurais dû m'en douter… Et maintenant, vous venez me tuer ?

Deux frères du Sénéchal entrèrent, approchèrent du lit et regardèrent froidement Rivkah. Puis le plus grand se pencha pour envelopper la jeune femme dans une couverture souillée de sang et la prendre dans ses bras.

Alors que les deux hommes regagnaient la porte, Axis et Faraday reconnurent Jayme et Moryson.

— Tu m'as très bien conseillé, mon ami, dit Jayme comme s'il parlait de l'achat d'une canne à pêche. Nous allons la conduire au pied des Éperons de Glace et nous l'abandonnerons. Que les corbeaux se régalent de sa chair impure !

— Bien parlé, dit Moryson. De toute façon, elle ne nous sert plus à rien.

Faraday lâcha Axis, s'écarta de lui et fut terrifiée par sa pâleur.

— S'il y avait un cadavre dans la crypte, dit-il, ce n'était pas celui de Rivkah, depuis longtemps dévoré par les corbeaux. Faraday, pendant trente ans, je me suis aveuglément fié à cet homme, le seul parent que j'aie jamais eu. Tout ça pour découvrir que Moryson et lui ont assassiné ma mère.

— Axis, pourquoi ne t'ont-ils pas tué aussi ?

— Je n'en sais rien… Mais un jour, sois en assurée, je le leur demanderai… avant de leur couper la gorge !

Faraday reprit le Tranchant d'Acier dans ses bras. Il ne réagit pas, le regard dans le vide. Tout ce qui fondait sa vie venait de se désintégrer sous ses yeux, et il ne lui restait plus rien…

Dans la rue, caché sous une porte cochère, Timozel bouillait de rage en attendant que Faraday et Axis sortent du cloître. Le vieux frère était parti depuis près d'une heure, trottinant en direction du fort. Qu'avaient fait la duchesse et le Tranchant d'Acier pendant tout ce temps ? Si sa dame n'était pas entrée librement dans l'édifice, il n'aurait pas hésité à intervenir. Mais là…

Il devrait lui rappeler que son avenir était aux côtés de Borneheld. Faible comme toutes les femmes, elle avait besoin d'être fermement guidée sur le droit chemin.

Un autre jour, après un nouveau triomphe, Timozel était assis devant la cheminée avec son seigneur et Faraday, qui le couvraient de louanges.

Tout était pour le mieux. Enfin, il avait trouvé le chemin de la lumière et accompli sa destinée.

Oui, tout allait pour le mieux.

Faraday portait sa robe de mariée ; ils buvaient du vin fin dans des coupes de cristal.

Derrière Timozel, une main posée sur son épaule, un homme sombre regardait la scène, passant inaperçu du jeune homme.

Et il riait aux larmes…

45

Les bosquets

Au début de la troisième semaine du mois de la Neige, quatre jours avant la Réunion du solstice d'hiver, le clan de l'Arbre Fantôme arriva dans la vallée boisée – les Bosquets – qui s'étendait au nord d'Avarinheim, devant les contreforts des Éperons de Glace. En chemin, le petit groupe s'était joint aux derniers clans avars en route pour la Réunion, formant une colonne d'environ quatre-vingts personnes.

Barsarbe avait fermement « conseillé » à Azhure de ne pas parler aux autres Avars tant que le clan de Grindle n'aurait pas statué sur son cas. Sachant que l'Eubage la surveillerait, l'amie de Plume d'Or avait obéi. Assise seule près d'un petit feu, elle s'était tenue à l'écart du camp principal où les Avars échangeaient des nouvelles et bavardaient pendant des heures.

Plume d'Or était souvent venue lui tenir compagnie, ainsi que Pease, Shra ou Raum, mais beaucoup plus rarement. Ravie d'être loin de Smyrton, Azhure regrettait amèrement de ne pas avoir trouvé une façon moins violente de libérer Raum et Shra.

Plume d'Or s'inquiéta de la voir si taciturne. Très réservée elle-même, elle ne se permit pas d'intervenir. De plus, depuis la stupéfiante révélation au sujet d'Axis, elle n'avait plus guère qu'une idée en tête.

Rivkah… Un fantôme qu'elle croyait avoir à jamais abandonné sur les pentes des Éperons de Glace, près de trente auparavant. Depuis, elle n'avait pratiquement pas repensé à la dernière année de son existence sous l'identité de cette pauvre princesse. Sa vie antérieure morte avec son fils, elle était devenue une autre personne, dont la vie avait un sens radicalement nouveau. Et qui connaissait le bonheur…

À présent, elle s'autorisait à revivre le jour où Vagabond des Étoiles s'était posé pour la première fois sur le toit de la forteresse de Sigholt. Un Envoûteur icarii… Au premier coup d'œil, elle avait su qui il était. Malgré le conditionnement du Sénéchal, Plume d'Or – enfin, Rivkah – avait à peine dix ans quand était née sa fascination pour les Proscrits. Un nouveau troubadour, fraîchement arrivé à Carlon, avait chanté plusieurs soirs de suite devant le roi Karel et sa cour. Chargé de distraire la jeune princesse dans la journée, ce très bel homme aux cheveux couleur cuivre lui avait fait découvrir la facette secrète de son répertoire. Une série de chansons sur les Avars et les Icarii, avec leur vie dominée par la magie… Bizarrement, le troubadour ne quittait jamais son épais manteau noir, même par les plus chaudes journées. Mais ses ballades fascinaient tant Rivkah qu'elle les avait gardées en mémoire des années après que l'artiste eut quitté Carlon.

Grâce à cette « formation », elle n'avait pas eu peur quand Vagabond des Étoiles s'était posé devant elle. Quittant des yeux le bébé qu'elle allaitait, elle l'avait regardé… et était aussitôt tombée sous son charme. Ils avaient conçu leur enfant magique ce jour-là, vibrant tous les deux d'impatience en l'attente du jour où ils pourraient le serrer dans leurs bras.

Mais Jayme l'avait abusée ! Ce monstre lui avait volé son enfant, lui faisant croire qu'il était mort. Maintenant, elle comprenait pourquoi Marta était sortie si vite, le nouveau-né bien vivant serré contre sa poitrine !

Sur les flancs des Éperons de Glace, elle avait cru que sa dernière heure venait de sonner. Mais un flot d'amour et de force, venu d'elle ne savait où, l'avait aidée à survivre plus longtemps que prévu.

Deux heures après que Crête Pourpre se fut posé à côté d'elle pour lui demander poliment – mais avec l'arrogance typique des Icarii – si elle comptait mourir et pourrir près de son perchoir favori, elle avait retrouvé Vagabond des Étoiles. Consolant, tendre et aimant, son merveilleux compagnon avait pleuré avec elle la mort de leur enfant. Ensuite, refusant l'aide de ses amis, il l'avait transportée jusqu'au sommet du mont Serre-Pique, où elle avait mis de longues semaines à se rétablir. Pendant tout ce temps, Vagabond des Étoiles était resté près d'elle, luttant d'abord pour qu'elle vive puis l'encourageant à ne pas sombrer dans le désespoir.

— Nous avons la vie devant nous pour donner le jour à d'autres fils, lui murmurait-il sans cesse.

À la fin, elle avait fini par le croire.

Pourtant, elle ne s'était jamais tout à fait remise d'avoir perdu cet enfant de l'amour – l'exact contraire du pauvre Borneheld.

Fasciné par la graine qui grossissait en elle, Vagabond des Étoiles avait passé des heures, les mains posées sur son ventre, à sentir son fils s'éveiller à la conscience. Pendant six mois, jusqu'à ce qu'elle ne puisse plus rester assise sans avoir des crampes dans les jambes, il avait chanté pour son héritier, la tête appuyée contre la peau tendue mais toujours douce de l'abdomen de sa mère. Un jour, émerveillé, il avait relevé les yeux et soufflé :

— Il me répond ! Oui, il chante avec moi ! Rivkah, tu as conçu un fils dont la voix réveillera Tencendor.

À l'époque, ils en avaient ri de joie. Avec le retour de Searlas, les larmes n'avaient pas tardé à arriver. Avant que Vagabond des Étoiles ait pu agir, le duc avait exilé son épouse infidèle dans le sinistre cloître de Gorken…

Après une longue convalescence, toujours sur le mont Serre-Pique, Plume d'Or n'avait gardé aucune séquelle physique de son horrible aventure. Les guérisseurs icarii ayant même réussi à rétablir la circulation dans ses extrémités, elle n'avait perdu ni doigt ni orteil. Seul stigmate de son calvaire, ses superbes cheveux auburn avaient tourné au gris argenté, à l'exception d'une mèche d'or, qui partait du milieu de son front, à l'endroit où Vagabond des Étoiles posait souvent sa main pour la rassurer.

En pleine santé et avec son bien-aimé près d'elle, Plume d'Or ne trouva pourtant pas tout de suite le bonheur. Ombrageux par nature, les Icarii, très fiers et hautains, ne vivaient que pour la magie et ce qu'ils nommaient la « spiritualité ». D'abord méfiants vis-à-vis d'elle, ils s'étaient rapidement adoucis. Mais elle sentait toujours, dès qu'ils la regardaient, la pitié condescendante qu'elle leur inspirait. Et la décision de Vagabond des Étoiles, épouser une « rampante », lui avait valu bien des froncements de sourcils.

Les deux amoureux avaient une autre raison de se désoler. Même s'ils n'en parlaient jamais, elle les dévastait un peu plus chaque année. D'une extraordinaire longévité, les Icarii vivaient cinq ou six fois plus longtemps que les humains ou les Avars. Encore au début de son existence, Vagabond des Étoiles survivrait des siècles à sa compagne. Aucun des deux ne voulait regarder la vérité en face : Plume d'Or mourrait alors qu'il serait toujours dans la force de l'âge. Déjà, l'humaine vieillissait sous les yeux toujours aimants de son mari, et elle avait du mal à l'accepter. C'était en partie pour ça qu'elle passait de plus en plus de temps loin du mont Serre-Pique et de sa famille, à l'abri du regard plein de pitié – encore inconsciente, mais pour combien de temps ? – de Vagabond des Étoiles.

Pour une femme de sa race, aimer un Icarii n'avait rien de facile, car l'union n'était jamais éternelle. Déjà, elle avait des doutes sur ce que son époux éprouvait vraiment pour elle. Et que ferait-elle quand elle ne supporterait plus sa commisération ?

Plume d'Or frissonna et préféra penser à sa fille.

Quatre ans après ses retrouvailles avec Vagabond des Étoiles, elle avait donné le jour à Gorge-Chant. Un grand moment de joie qu'elle n'oublierait jamais. Et une enfant merveilleuse, dont la voix rappelait effectivement les trilles de l'oiseau auquel elle devait son nom. Approchant de son vingt-cinquième anniversaire, l'âge où l'on devenait adulte chez les Icarii, elle devrait bientôt intégrer la Force de Frappe, où elle effectuerait cinq ans de service militaire obligatoire. Juste au moment où la Prophétie s'était éveillée…

Gorge-Chant tenait très peu de sa mère, car les caractéristiques icarii dominaient. Très semblables aux humains à la naissance, les enfants, à quatre ou cinq ans, commençaient à sentir pousser des ailes dans leur dos. Vers leur septième année, elles étaient assez développées pour qu'ils s'initient au vol. À cause de son sang humain, les ailes de Gorge-Chant avaient dû être séduites pour consentir à se montrer. Pendant sa petite enfance, Vagabond des Étoiles avait chanté pour elles des heures durant, caressant le dos de sa fille pour les encourager à se former.

Axis en aurait-il eu aussi, avec l'aide de son père ? Comme Gorge-Chant, avait-il hérité de la longévité des Icarii ? Et de quelles autres qualités était-il doté ? À l'évidence, il n'avait pas perdu le don du chant, puisqu'il avait interprété la Litanie de la renaissance pour la petite Shra. Un exploit invraisemblable… Aucun Envoûteur, y compris

Vagabond des Étoiles, le plus puissant de tous, n'aurait pu la chanter aussi bien. Axis y était parvenu sans les années d'études et d'entraînement dont bénéficiaient les autres Envoûteurs. Quel incroyable fruit avait donné son union avec Vagabond des Étoiles ?

Et ce nom, Axis… D'où venait-il ? Très inhabituel, il n'était pas acharite, Plume d'Or n'avait aucun doute là-dessus. Mais qui l'avait baptisé ainsi ? Jayme ? Comme tous les parents, Vagabond des Étoiles et elle avaient longuement parlé de ce sujet en attendant la naissance. Il y avait eu beaucoup de propositions, mais aucune décision, comme c'est souvent le cas. Eh bien, elle devrait faire avec Axis… Un nom qui lui allait bien, de toute façon.

Alors qu'elle aidait Azhure, Fleat et Pease à monter les tentes du clan, à l'orée des Bosquets, Plume d'Or attendait avec impatience l'arrivée de son mari. Trois semaines après avoir appris que leur fils était vivant, elle n'avait toujours pas pu l'annoncer à Vagabond des Étoiles. Il lui tardait de le faire, puis de décider des suites à donner à cette révélation. Pour commencer, il faudrait dénicher plus d'informations sur Axis, car le peu qu'avait dit Azhure ne suffisait pas à se forger une opinion.

Moins perdue dans ses pensées, Plume d'Or aurait vu que la fille de feu Hagen vivait peu ou prou ce qu'elle avait connu lors de son arrivée au mont Serre-Pique. Toutes les races, qu'elles soient hautaines comme les Icarii, soupçonneuses comme les Avars ou aveugles comme les Acharites, regardaient les étrangers avec un mélange d'intolérance et de pitié…

Tout en aidant à dresser le camp, une trentaine de pas à l'abri des arbres qui entouraient les Bosquets, Azhure regardait autour d'elle avec une insatiable curiosité. Pease et elle montaient la première tente, alors que Fleat et Plume d'Or s'occupaient de la seconde. De tous côtés, les clans qu'ils avaient rencontrés en chemin s'installaient aussi, et on sentait dans l'air une excitation impossible à ignorer. Depuis qu'elles étaient ici, Fleat et Pease ne parlaient quasiment pas, et les enfants les aidaient sans faire montre de leur exubérance habituelle. Pour l'instant, avec calme et précision, ils dégageaient le terrain où brûlerait le feu de camp.

Raum et Barsarbe étaient partis s'entretenir avec les autres Eubages, et Grindle et Helm s'étaient enfoncés entre les arbres pratiquement dès leur arrivée.

Quand Pease s'aperçut qu'Azhure la regardait, elle leva la tête et sourit.

— Tu sens de la nervosité dans l'air, n'est-ce pas ?

— Oui, mais vous êtes pourtant si… paisibles. Je m'attendais à de joyeuses retrouvailles, à des échanges de nouvelles, à des bavardages… Si j'ai bien compris, les clans ne se rencontrent pas très souvent.

Pease secoua la tête et suça le bout du doigt qu'elle venait de coincer sous une des lanières qui servaient à fixer la toile de tente aux poteaux.

— C'est vrai… Nous nous retrouvons pour Beltide et pour la Réunion du solstice d'hiver. Le reste du temps, on se croise au hasard de nos pérégrinations. Ce soir, nous irons tous dans le bosquet de l'Arbre Terre, pour nous saluer et parler ensemble. Les congratulations devront attendre jusque-là…

— Et… c'est là que vous déciderez, pour moi ?

— Azhure, nous ne voulons pas être durs avec toi, ni même te battre froid. Mais nous sommes un peuple prudent, comprends-tu ? Tu es une Acharite, et les tiens nous ont chassés de chez nous, avant de raser presque toutes les forêts.

Pease hésita un peu, gênée d'insister sur un sujet délicat. Mais il fallait qu'Azhure comprenne que prendre une vie, pour les Avars, était un acte d'une extrême gravité.

— De plus, tu as commis des actes violents. Tuer quelqu'un, et encore plus son père, est un crime qui nous révulse. Je sais que ce n'était pas volontaire et que tu voulais défendre Shra… Mais il y a aussi le soldat que tu as frappé… Deux manquements à une règle capitale, l'un accidentel et l'autre prémédité ! Les Avars donnent rarement accès à leur territoire à des gens coupables de tels méfaits. Avec ses haches, ton peuple a détruit une grande partie d'Avarinheim et tué beaucoup d'Avars et d'Icarii. Et voilà que tu avoues avoir causé la mort de ton père ! Tu t'étonnes que nous tenions les Acharites pour des êtres congénitalement brutaux ?

— Pease, je n'ai nulle part où aller. Si vous me rejetez, que vais-je devenir ? Personne ne veut de moi.

C'était toute l'histoire de sa vie. À part sa mère, et ça ne l'avait pas empêchée de la laisser seule avec Hagen, nul ne l'avait jamais prise en affection. Après tant d'années à être rejetée et maltraitée, elle désirait compter vraiment aux yeux de quelqu'un. Être appréciée à sa juste valeur… et peut-être un peu aimée.

— Azhure, dit Pease, accablée par la détresse de l'humaine, le clan de l'Arbre Fantôme te sera toujours reconnaissant d'avoir sauvé Raum et Shra. Mais pour vivre avec nous, puis devenir membre de notre peuple, il te faudra l'assentiment de tous les Avars présents à la Réunion.

Azhure hocha sombrement la tête.

Tous les clans, ce soir, se réuniraient dans le bosquet de l'Arbre Terre. Les Icarii ne devant pas arriver avant le lendemain, au plus tôt, cette première nuit de la Réunion n'appartenait qu'aux fils de la forêt.

Au nord d'Avarinheim, beaucoup de bosquets étaient consacrés aux rites religieux des deux peuples. Mais il n'en existait pas de plus sacré que celui-ci, que ce fût pour Beltide ou au moment du solstice d'hiver.

Au crépuscule, après un repas rapide et léger, chacun dans son propre camp, tous les Avars, avec une grande révérence, s'enfoncèrent dans les Bosquets, leurs pas silencieux sur le tapis d'herbe douce et d'aiguilles de pins.

Tous les bosquets étaient circulaires et à ciel ouvert. Dissimulés par les arbres géants de la forêt elle-même, il était impossible de les voir de loin, et pas un Acharite n'aurait osé s'aventurer autant sur le territoire des « Proscrits ».

Les yeux baissés, Azhure marcha avec le clan de l'Arbre Fantôme. Quand Raum et Barsarbe les rejoignirent, l'Eubage féminin lui jeta un regard si glacial qu'elle sentit monter en flèche ses remords et sa culpabilité.

Comprenant enfin ce qui se passait, Plume d'Or vint se placer près de sa jeune amie et lui prit la main.

— Apprendre que mon fils est vivant m'a replongée dans mes souvenirs, dit-elle, et je n'ai pas su voir ta détresse. J'espère que tu me pardonneras, mon enfant… Ne t'inquiète pas trop au sujet de la Réunion. Le clan de l'Arbre Fantôme t'a autorisée à l'accompagner jusqu'ici, et cela jouera en ta faveur. Azhure, sache que je serai de ton côté, comme Raum, qui plaidera ta cause avec toute sa fougue.

— Merci, Plume d'Or… Votre soutien m'est très précieux.

La pauvre petite, pensa la femme aux cheveux d'argent. *J'aurais dû me douter qu'elle allait mal. Mais que pourrais-je lui dire ? Après trente ans, et malgré l'amour de Vagabond des Étoiles, je ne me sens toujours pas chez moi où que ce soit…*

— Parfois, Azhure, nous rêvons trop à un refuge sûr, dans un monde où peu de gens en trouvent un… Mais si les clans te rejettent, ne laisse pas ton cœur se refermer, surtout après ce que tu as subi. De plus, qui peut prédire l'avenir ? Les Icarii, à l'inverse des Avars, apprécient l'audace et le courage. Et… hum… ils ne sont pas insensibles à la beauté.

Azhure eut un petit rire, histoire d'indiquer à Plume d'Or qu'elle avait réussi à lui remonter le moral. Comparés aux malheurs qui avaient frappé son amie, les siens semblaient si peu de chose.

— Dans ce cas, je me ferai pousser des ailes, j'apprendrai à voler, et j'irai frapper à leur porte. Tout vaut mieux que revenir à Smyrton !

— Nous approchons du bosquet de l'Arbre Terre, souffla Barsarbe, agacée. Taisez-vous pour lui montrer votre respect.

Même si elle commençait à s'habituer aux splendeurs de la forêt d'Avarinheim, Azhure eut un petit cri émerveillé quand elle découvrit le fabuleux bosquet. Très grand, il n'aurait aucun mal à accueillir tous les Avars venus pour la Réunion. Bordé d'un côté par la première muraille rocheuse des Éperons de Glace, il était, sur les trois autres, sous l'ombre tutélaire de la forêt. Formant un cercle concentrique, une série de pierres dressées – couvertes par des blocs horizontaux, afin de former une succession d'arches – délimitait ce qui devait sans doute être le site du rassemblement.

Un arbre plus gigantesque que tous ceux qu'Azhure avait vus jusque-là se dressait au centre de cette zone. Sa cime dépassant de loin la hauteur des dolmens – pourtant largement supérieure à trente pieds –, il semblait expédier ses branches en mission quelque part entre les étoiles. À la lumière des torches placées dans des niches, sur toute la circonférence du cercle de pierres, Azhure put admirer ses grandes feuilles vert sombre à l'aspect pourtant brillant. Sur chaque branche, de grosses fleurs aux allures de tulipes composaient un feu d'artifice de couleurs où se mêlaient du jaune, du vert émeraude, du bleu saphir et du rubis. En plein jour, pensa Azhure, l'Arbre Terre devait avoir d'étranges allures d'arc-en-ciel…

— L'Arbre Terre est l'objet le plus sacré de la culture avar, souffla Plume d'Or à son amie humaine. (À l'évidence, les consignes de silence de Barsarbe ne l'intimidaient pas.) Pour eux, il symbolise l'harmonie suprême entre la terre et la nature.

Réticente à parler, devant tant de puissance brute, Azhure hocha simplement la tête. Si rétive au mysticisme qu'elle fût – à cause de l'intolérance du Sénéchal et de l'ignominie de Hagen –, il lui était impossible de rester indifférente à l'atmosphère magique du bosquet et à la beauté de l'arbre.

Les Avars s'assirent autour du cercle de pierres, à une vingtaine de pas. Vêtus de robes pastel aux ourlets décorés de sarabandes de cerfs, des Eubages des deux sexes, des coupes posées sur leurs mains tendues, firent le tour de l'assistance – en passant lentement sous les arches – pour offrir à chacun une gorgée d'un fluide mystérieux.

Tandis que Barsarbe, Raum et tous leurs collègues longeaient lentement le cercle, un vieil Eubage aux cheveux gris approcha du clan de l'Arbre Fantôme et proposa sa coupe à Grindle.

Du coin de l'œil, Azhure vit un liquide noir et épais onduler dans le récipient de bois.

— En coulant dans ta gorge, mon frère, puisse le nectar de l'Arbre Terre guider tes pas jusqu'au Bosquet Sacré, quand ton heure sera venue...

Lorsque le chef du clan eut bu, le vieil Eubage passa à Fleat et à Pease, les appela ses sœurs et leur proposa la coupe. Puis il fit de même avec les enfants et vint se camper devant Plume d'Or.

— Bonjour à toi, épouse d'un Envoûteur, dit-il avec un sourire. En coulant dans ta gorge, puisse le nectar de l'Arbre Terre t'aider à te souvenir de la Chanson des Étoiles, quand ton heure sera venue...

Alors que Plume d'Or buvait, Azhure s'émerveilla de voir une paix et une joie profondes s'afficher sur son visage. Comme en extase, la femme qui se nommait jadis Rivkah lâcha la coupe à contrecœur.

— Bonjour à toi, ma sœur, dit l'Eubage en s'immobilisant devant Azhure. (Perplexe, il plissa le front.) Jusqu'à ce que la Réunion ait décidé de ton sort, j'ai peur de ne pas pouvoir te tendre cette coupe.

Terriblement déçue, l'humaine comprit néanmoins la position de l'Eubage, qui resta encore un instant devant elle, puis s'éloigna en direction du prochain groupe.

Plume d'Or tendit une main vers Azhure et s'apprêta à lui murmurer des paroles de réconfort. Elle n'en eut pas le temps, car une voix forte et claire monta du cercle de pierres.

Azhure distingua à peine l'oratrice, une femme d'âge mûr aux cheveux presque aussi argentés et épais que ceux de l'épouse de Vagabond des Étoiles.

— C'est Mirbolt, souffla Plume d'Or à son amie, la doyenne des Eubages.

— Bienvenue dans le bosquet de l'Arbre Terre, dit Mirbolt. (Elle longea à son tour le cercle, mais en restant à l'intérieur.) Bienvenue aux clans avars qui ont arpenté les sentiers d'Avarinheim depuis notre dernière rencontre. Dans quatre jours, avec nos frères et nos sœurs icarii, des danses et des chants sacrés célébreront le solstice d'hiver. Ce soir, mes frères et mes sœurs, nous devons parler de bien autre chose. L'Eubage Raum est revenu d'une visite à la Mère avec des nouvelles stupéfiantes. La Prophétie du Destructeur, sachez-le tous, est éveillée ! Et les Sentinelles sont déjà parmi nous.

Des murmures coururent le long du cercle d'Avars. Depuis des mois, certaines rumeurs se répandaient dans la forêt. Aujourd'hui, elles recevaient une incontestable confirmation.

— Et récemment, continua Mirbolt, l'Amie de l'Arbre a été présentée à la Mère et aux Enfants Sacrés.

Cette fois, des cris de surprise montèrent de l'assistance, qui se congratula bruyamment.

— Bien entendu, dit Mirbolt quand le calme fut revenu, il faudra parler de ces sujets avec les Icarii, tout aussi concernés que nous. Cette Réunion, mes frères et mes sœurs, sera l'une des plus importantes de notre histoire.

Sans cesser de marcher, Mirbolt marqua une longue pause pour écouter les exclamations des Avars, puis les commentaires qu'ils échangeaient. Persuadée qu'elle ne vivrait pas assez longtemps pour voir le jour où la Prophétie du Destructeur s'éveillerait, elle devait prononcer maintenant des propos qui lui laisseraient un goût de fiel dans la bouche.

La voix toujours aussi douce, elle se lança, imposant aussitôt le silence à la foule :

— Peuple de la forêt, Gorgrael est vivant et il tentera bientôt d'imposer sa volonté à la terre jadis nommée Tencendor. Souvenez-vous de la Prophétie : le Destructeur est le fils de l'Aile et de la Corne. Une de nos femmes, ou une Icarii, ne s'est pas débarrassée d'un enfant probablement conçu ici même, à l'ombre de l'Arbre Terre, pendant les festivités de Beltide. Oui, nous portons tous la honte d'avoir permis la naissance de Gorgrael ! Avec moi, pleurez sur notre insouciance, unique responsable de la menace qui pèse sur nos têtes.

Beaucoup d'Avars baissèrent les yeux, et certains éclatèrent en sanglots. La filiation du Destructeur les remplissait de honte, et savoir que la Prophétie l'avait de tout temps annoncée ne les soulageait pas de ce fardeau. Quel pire sort, en effet, que de périr par la main d'un de ses enfants, si monstrueux soit-il ?

— Comme le printemps remplace l'automne, continua Mirbolt, de bonnes nouvelles chassent parfois les mauvaises.

L'Homme Étoile est le demi-frère de Gorgrael, et, s'il a aussi du sang avar, la rédemption nous attend peut-être au bout du chemin.

Parfaitement au courant de la filiation du Tranchant d'Acier et de ses pouvoirs potentiels, les Eubages avaient jugé que ces informations concernaient exclusivement Vagabond des Étoiles et Plume d'Or, dont ils refusaient d'étaler la vie intime au grand jour. Si le chef des Haches de Guerre était vraiment lié à la Prophétie, cette nouvelle devrait être annoncée aux Avars avec la plus pointilleuse circonspection. Car apprendre que l'Homme Étoile était le fils d'un Icarii et d'une humaine serait une potion très amère à avaler.

Mirbolt parla ensuite de Faraday, l'Amie de l'Arbre, dont elle traça un portait détaillé. Après s'être levés, et respectueusement inclinés devant l'Arbre Terre, plusieurs Avars demandèrent pourquoi une telle disgrâce frappait leur peuple. En ces heures terribles, l'Arbre n'aurait-il pas dû choisir l'un des leurs ?

Une question dont les Eubages, à leur grand désespoir, ignoraient la réponse.

Raum prit la parole et raconta en détail l'épreuve si brillamment réussie par Faraday. Plein de conviction, il souligna que l'humaine avait été immédiatement acceptée par la Mère et révéla que les Enfants Sacrés lui avaient offert une coupe. Un jour, affirma-t-il, Faraday se campera devant l'Arbre, puis elle conduira les Avars en sécurité, sur leur terre promise. Et ce sera elle, jura-t-il, qui leur amènera l'Homme Étoile.

En attendant, la haine de Gorgrael grandissait au nord, et il faudrait lutter. Mais tout finirait bien, et les Fils de la Corne trouveraient le chemin du Bosquet Sacré quand leur heure serait venue.

Un long silence suivit cette harangue, qui n'appelait pas de commentaires. Puis Mirbolt reprit la parole :

— Peuple de la forêt, il nous reste un sujet à discuter ce soir et une décision à prendre. L'invitée amenée par le clan de l'Arbre Fantôme est la fille du gardien de la Charrue de Smyrton, le village situé à la sortie de ce que les Acharites appellent la vallée des Proscrits.

Quand tous les regards se braquèrent sur elle, Azhure crut qu'elle allait défaillir.

— Viens près de moi, Azhure, ajouta simplement Mirbolt.

Aidée par une discrète poussée de Plume d'Or, dans son dos, l'humaine se leva. Affichant un calme qu'elle n'éprouvait pas, elle rejoignit Mirbolt, sortie du cercle de pierres pour l'accueillir.

Si bienveillante qu'elle paraisse, il suffisait de croiser le regard de l'Eubage pour perdre une grande partie de ses illusions. Sous la surface de ses yeux, brillants comme deux lacs jumeaux, quels récifs se cachaient, prêts à briser les os de quiconque y plongerait ? Ou était-ce, au contraire, un doux cocon liquide où on s'immergeait en douceur ?

Mirbolt prit l'humaine par la main et lui fit faire le tour du cercle afin que tous puissent la voir.

— Azhure est venue à nous le cœur plein d'espoir et de douleur, déclara-t-elle. Alors que tout semblait perdu, elle a aidé l'Eubage Raum et la petite Shra à échapper aux habitants des plaines. (Des sourires saluèrent cette nouvelle.) Mais pour cela, elle a recouru à la violence, une transgression que nous pardonnons rarement.

Mirbolt décrivit la mort de Hagen, puis l'agression de Belial. Très vite, les sourires disparurent et bien des yeux brillèrent d'indignation.

Raum s'approcha, prit l'autre main de l'humaine et confirma que Shra et lui, sans son aide, auraient fini sur le bûcher. Après avoir décrit sans concession les cicatrices qui zébraient son dos, il révéla qu'elles lui avaient été infligées par son père, un loup dissimulé dans la peau d'un homme de bien.

Voyant les regards s'adoucir, Azhure recommença à espérer.

Raum mentionna l'étrange réaction de Shra, qui avait paru tenir le sang de Hagen pour une offrande à la Mère. Profondément honnête, il n'omit pas de préciser que les Eubages, après de longs débats, ne savaient toujours pas comment interpréter cet événement.

En guise de conclusion, il regarda Azhure, l'encouragea d'une pression de la main, et l'invita à s'exprimer :

— Mon enfant, parle de ce que tu éprouves et confie-nous tes désirs.

Prise au dépourvu, Azhure se sentit d'abord écrasée par la majesté du lieu et l'hostilité larvée de son auditoire. Mais elle n'avait jamais manqué de courage et n'entendait pas commencer ce soir.

— Je vous remercie de m'avoir autorisée à être ici, et plus encore de me donner la parole. Mon seul désir est de devenir l'une des vôtres. Je sais que mon peuple vous a persécutés, et j'ai conscience d'avoir agi avec une injustifiable brutalité. Me croirez-vous si je jure, devant l'Arbre Terre, de ne jamais vous faire de mal ? S'il vous plaît, accueillez-moi ! Je n'ai plus de famille et pas davantage de foyer. Au fil des semaines passées avec le clan de l'Arbre Fantôme, j'ai appris à respecter votre façon de vivre. Et ce que j'ai vu ce soir conforte mon sentiment. À Smyrton, la douleur et le vide furent mon lot quotidien. Sur les sentiers d'Avarinheim, j'ai découvert la paix et la plénitude. Je vous en prie, ne me rejetez pas !

— Merci d'avoir parlé avec ton cœur, Azhure, dit Mirbolt. Raum, veux-tu la conduire à l'intérieur du cercle de pierres pendant que nous décidons de son destin ?

Le frère de Grindle guida Azhure jusqu'à une arche, qu'ils franchirent main dans la main.

— Qu'en pensez-vous, Raum, demanda l'humaine, j'ai une chance ?

Éludant la question, l'Eubage continua d'avancer.

— Viens, mon amie, afin que je te présente à l'Arbre Terre.

— Vous en avez le droit ?

— Je doute qu'il se déracine pour s'enfuir, mon enfant. Durant sa longue existence, il a vu des êtres bien plus mauvais que toi.

De près, l'arbre était encore plus impressionnant. Azhure tendit une main et caressa l'écorce étrangement douce et fraîche du tronc – dont quinze hommes se donnant la main n'auraient pas pu faire le tour.

C'est si étonnant, pensa-t-elle. *On jurerait qu'il vit et presque qu'il… respire.*

Aucun des frères du Sénéchal, si prompts à vilipender les forêts, n'avait jamais dû toucher cet arbre-ci. Ou alors, ils étaient encore plus fous qu'elle le pensait.

— L'Arbre Terre, dit Raum, est là depuis que les Avars existent et viennent s'en occuper. Nous pensons que la santé d'Avarinheim est intimement liée à la sienne. Il y a des siècles, dit-on, quand ton peuple commença à massacrer notre forêt, au pied de la chaîne de la Forteresse, l'Arbre Terre tomba malade et faillit mourir. (Honteuse, Azhure baissa les yeux.) Il lui fallut longtemps pour s'en remettre, et il n'est jamais redevenu aussi fort et verdoyant que jadis. S'il meurt un jour, nous craignons que les Avars disparaissent avec lui. (L'Eubage posa une main sur le tronc.) Sans lui, comment pourrions-nous survivre ? Par bonheur, il est toujours là, plongé dans un profond sommeil depuis que les tiens ont dévasté la forêt d'Avarinheim. Qui sait quels rêves mystérieux le consolent de son chagrin ? (Raum sourit.) S'il se réveillait, tu imagines sa beauté et sa puissance ? Tous les Avars vivent pour voir ce jour…

— Azhure…, souffla une voix dans le dos de l'humaine.

Lentement, la fille de Hagen se retourna.

— Mon enfant, dit Mirbolt, nous avons pris une décision. Les Avars compatissent à ton malheur et ils te remercient d'avoir sauvé Raum et Shra. Hélas, ta violence continue à les inquiéter… Disposés à la clémence, ils acceptent que tu restes avec le clan de l'Arbre Fantôme aussi longtemps que tu le voudras. La forêt d'Avarinheim t'est ouverte, mais tu ne deviendras pas l'une des nôtres. Je suis désolée…

Azhure tituba et elle serait certainement tombée si Raum ne l'avait pas retenue par un bras. À Smyrton, les villageois avaient toléré sa présence sans jamais l'accepter vraiment. Et voilà que ça recommençait avec les Avars !

— Je comprends…, murmura-t-elle. Et merci de ne pas m'avoir chassée de la forêt.

46

La main d'Artor

— Pour Gorgrael ! siffla le Spectre, en extase, avant de sauter sur le cavalier, toutes griffes dehors.

Borneheld enfonça sa lame dans l'œil du Skraeling. La sueur qui ruisselait sur son front l'avait presque empêché de voir la menace. Hélas, il n'avait pas le temps de l'essuyer.

Autour de lui, ses hommes combattaient férocement. Au moment de l'attaque, une heure après que la patrouille fut sortie du fort, le duc avait cru qu'il ne retournerait jamais plus auprès de sa tendre épouse.

La bravoure de ses soldats et la sienne avaient infirmé ce sombre pronostic. Après une trentaine de minutes de fureur, alors qu'il cherchait un nouvel ennemi, Borneheld constata qu'il n'y en avait plus. Indice qui ne trompait pas, la brume commençait à se dissiper…

Non sans avoir pris le temps de s'essuyer le front, il regarda autour de lui. Quelles étaient les pertes ?

— Ils ont fui, seigneur ! s'écria Gautier. Nous sommes victorieux.

Le duc foudroya son second du regard, puis il désigna la neige rouge de sang, sous les sabots de leurs chevaux.

— Combien d'hommes ai-je perdus ?

Les Skraelings n'étaient pas très nombreux, mais encore plus vicieux et acharnés que d'habitude. Beaucoup de soldats avaient péri, leurs épées et leurs flambeaux impuissants face à tant de férocité.

Nous avons survécu, pensa Borneheld, *mais pas vaincu. Chaque fois qu'Axis commande une patrouille, tout le monde revient sans une égratignure. Avec moi, c'est un massacre…*

Chaque sortie du Tranchant d'Acier renforçait sa réputation. Les retours de Borneheld au fort, avec des éclopés et des chevaux sans cavalier, n'avaient pas grand-chose de triomphal…

— Nous avons huit morts et deux blessés, seigneur, annonça Timozel en tirant sur les rênes de son étalon, qui s'arrêta près de celui du duc.

Comparé à Gautier, empourpré par l'effort, le jeune soldat semblait sortir d'une partie de campagne. Troublé, Borneheld l'étudia un long moment. Depuis son arrivée au fort, Timozel l'impressionnait chaque jour davantage. Et lors de leurs deux patrouilles communes, il avait admiré ses qualités de combattant. Décidément, malgré ses vingt-deux ans, ce gaillard avait l'assurance et les tripes d'un homme beaucoup plus âgé et expérimenté. Lui confier plus de responsabilités ne serait sûrement pas une mauvaise idée…

D'autant plus que sa loyauté et l'admiration qu'il lui vouait étaient peut-être plus précieuses encore que ses compétences militaires. Ce garçon lui avait amené Faraday. Il préférait partir en patrouille sous ses ordres, et, sans trop le montrer, il vomissait Axis.

Oui, un jeune homme qui avait tout pour plaire…

— Seigneur, demanda soudain Gautier, nous laissons les morts ici ?

— Bien entendu ! Pourquoi nous encombrerions-nous de cadavres ? La patrouille n'est pas terminée, loin de là. Si nous rentrons avant les cinq heures prévues, tu imagines les quolibets ? Abandonne les morts, mais répartis leurs flambeaux entre les survivants.

Borneheld talonna son cheval, cria à ses hommes de se remettre en formation et les conduisit plus avant dans les plaines désolées.

Sans relâcher totalement sa vigilance, au cas où d'autres Skraelings attaqueraient, il songea à Faraday, qui n'était jamais très loin de ses pensées, même au cœur de la bataille. En évoquant la mine défaite d'Axis, le jour de son arrivée, lorsqu'il avait vu la jeune femme dans ses bras, le duc d'Ichtar manqua éclater de rire. Son épouse l'aimait profondément, il le savait. Quand elle était avec Axis et lui, ses yeux ne se posaient jamais sur le Tranchant d'Acier. Non, elle restait près de *lui*, et c'était à *lui* qu'elle murmurait des mots tendres à l'oreille. Bref, il avait la situation bien en main. À part avec ses foutues patrouilles, dix fois moins glorieuses que celles du bâtard !

Aurait-il dû renvoyer Faraday dans le Sud, comme Jorge l'avait suggéré ? Était-elle en danger au fort de Gorken ? Considérant la vulnérabilité de la place forte et de la ville, la situation serait désespérée quand les Skraelings attaqueraient en masse.

Les murs de la cité étaient le maillon faible de leur position. Plus bas et moins bien défendus que ceux du fort, ils résisteraient pourtant, si un chef capable en prenait le commandement.

Axis !

Cette fois, Borneheld ne put s'empêcher de sourire. Le bâtard était un très bon officier, il voulait bien l'admettre. Personne ne semblait plus qualifié pour prendre en charge la défense de Gorken.

Et si la cité tombait, il ne s'en tirerait sûrement pas vivant.

Entendant un cri dans son dos, le duc fit volter son cheval.

— Des Skraelings ! brailla un soldat.

Aussitôt, tous les autres se tendirent, leurs armes prêtes à frapper. Mais l'imbécile avait été effrayé par la colonne de poudreuse soulevée par les sabots des chevaux, et son chef lui souffla copieusement dans les bronches.

Ces maudits Skraelings... À contrecœur, Borneheld avait dû admettre qu'ils n'affrontaient pas des Proscrits. Les monstres lançaient de plus en plus souvent le nom de Gorgrael en guise de cri de guerre, et ils ressemblaient trait pour trait aux Spectres décrits dans la Prophétie. Fallait-il en conclure que ce texte disait partout la vérité ?

Non, par Artor ! Je ne croirai pas à ces foutaises ! pensa le duc en faisant le signe de la Charrue sous son manteau.

Même si l'ordre du Sénéchal l'agaçait souvent, il restait un homme pieux fidèle à la parole du Laboureur telle que la rapportait *le Livre des Champs et des Sillons*. Les Proscrits, ces suppôts de la sorcellerie, étaient l'incarnation même du mal. Depuis mille ans, ils complotaient contre les Acharites, et la Prophétie du Destructeur – leur invention ! – était un piège mortel pour les serviteurs d'Artor. Mais Borneheld n'était pas né de la dernière pluie. À partir d'un fragment de vérité – l'invasion lancée par Gorgrael – ces chiens galeux avaient imaginé un tissu de mensonges qui *leur* permettrait de conquérir Achar.

Quoi qu'il arrive, je ne conclurai jamais d'alliance avec les Proscrits, cette racaille puante !

Le Seigneur de Guerre, héritier légitime du trône, sauverait Achar. Pas Axis !

Perplexe, le duc se demanda si le bâtard n'était pas tombé dans le piège tendu par les Proscrits. Sinon, pourquoi aurait-il permis aux deux frères de réciter la Prophétie aux chefs militaires du royaume ?

— Devant Artor, souffla Borneheld, je jure de tenir loin d'Achar les Spectres de Gorgrael et les Proscrits. Oui, je serai le sauveur du royaume !

— C'est la vérité, lança Timozel, qui avait l'oreille fine.

Il vint chevaucher près du duc et se pencha sur sa selle pour le regarder dans les yeux.

Borneheld fronça les sourcils, agacé par cette intrusion.

— Artor m'a envoyé une vision, dit Timozel comme s'il n'avait pas remarqué la réaction du seigneur. En votre nom, je conduirai nos armées de victoire en victoire. Quand nos ennemis auront détalé, assis près d'un feu, nous dégusterons le vin du triomphe, Faraday, vous et moi.

Par Artor, pensa Borneheld, *ce pauvre garçon est fou à lier !*

Au même instant, il sentit un étrange frisson remonter le long de sa colonne vertébrale. Timozel était-il vraiment guidé par Artor ? En tout cas, il s'était matérialisé à ses côtés au moment où il prêtait un serment au dieu. Ce jeune coq communiquait-il directement avec le Laboureur ? Bon sang, c'était à n'y plus rien comprendre...

Timozel tendit une main gantée et la posa sur le bras du duc.

— Artor m'a gratifié plusieurs fois de cette vision, claironna-t-il, défiant Borneheld de mettre sa parole en doute. Vous serez vraiment le héros qui sauvera Achar de Gorgrael et des Proscrits ! Croyez-moi !

— Oui, répondit le duc, ravi qu'on lui dise ce qu'il rêvait d'entendre. Je te crois, mon ami. Je sauverai Achar sans avoir à signer un pacte avec les Proscrits !

Timozel lâcha le bras de son seigneur et se redressa sur sa selle.

— Vous vaincrez ! assura-t-il. Axis n'a aucun rôle à jouer dans cette glorieuse aventure.

Décidément, Artor parlait par la bouche de ce garçon !

— Qui aurait besoin de ce bâtard ? Je vaincrai seul !

— Oui, nous triompherons, exulta Timozel, parce que la main d'Artor guide nos épées !

Ce jour-là, ils ne croisèrent plus de Skraelings.

47

Les mains de la mère

Borneheld et Timozel partis en patrouille, Faraday profita pleinement de son après-midi de liberté. Depuis sa rencontre avec Axis, au cloître, elle se sentait plus calme et en paix avec elle-même. À la tension ambiante, elle devinait que les officiers et les soldats estimaient imminente une attaque massive des Skraelings. Loin de trembler, elle ne redoutait plus rien, maintenant qu'elle se savait aimée d'Axis – et qu'elle avait pu lui déclarer sa flamme.

Enfermée dans sa chambre en compagnie d'Yr, la jeune femme avait fait un peu de rangement pour débarrasser les lieux de tout ce qui pouvait évoquer Borneheld. En compagnie d'une vieille paire de bottes qu'il adorait, un tricot de peau trouée, une tunique presque neuve et tout son matériel de rasage avaient fini au fond d'un des coffres.

— Et voilà ! lança Faraday à la Sentinelle. On dirait que le duc n'a jamais existé ! Que la Mère soit remerciée, nous sommes enfin seules.

Elle s'agenouilla devant le coffre où elle rangeait ses vêtements, fouilla dedans un moment, puis en sortit la coupe magique, soigneusement cachée au fond.

— Nous avons enfin le temps d'agir, toutes les deux…

Depuis le Ponton-de-Jervois, Faraday n'avait eu aucune occasion d'utiliser le cadeau de l'Enfant Sacré. Quand le duc n'était pas là, elle avait toujours eu plus urgent à faire, ou elle se sentait trop déprimée pour tenter de contacter la Mère. Mais elle savait qu'elle risquait, si elle ne le faisait pas très vite, de ne plus jamais en avoir la possibilité.

Faraday jeta un coup d'œil à Yr. Aujourd'hui, le regard et les pensées de la Sentinelle étaient indéchiffrables.

Très récemment, la jeune femme, au grand dam d'Yr, avait appris à s'inviter dans le cerveau de son étrange amie. De temps en temps, elle y puisait des informations très étonnantes. Et ô combien enrichissantes !

Faraday eut un petit sourire, puis elle se ressaisit. Ce n'était ni l'heure ni l'endroit de débattre des goûts et des talents très particuliers de la Sentinelle.

Elle posa la coupe sur le sol, à ses pieds, puis la remplit avec une cruche. S'agenouillant, elle s'entailla le pouce et le tendit au-dessus de l'eau.

— Que ce sang ravive mon lien avec la Mère, dit-elle. Qu'il me rappelle mon serment de loyauté envers elle et qu'il me permette de la rejoindre.

Elle secoua la main et une goutte de fluide vital tomba dans la coupe.

— Mère, puisse ce sang t'inciter à te réveiller pour moi, aujourd'hui.

Quand l'eau tourna à l'émeraude, Faraday prit la coupe entre ses mains, se releva lentement et tendit les bras.

La lueur verte se diffusa dans toute la chambre.

— Mère ! s'exclama la jeune femme.

Les yeux fermés, elle se laissa submerger par le pouvoir et franchit le portail.

Quand Faraday disparut de la pièce, la coupe restant suspendue dans les airs, sa lumière pulsant comme un gigantesque cœur, Yr n'en crut pas ses yeux et faillit s'écrouler de surprise. Ce n'était pas censé se passer ainsi ! Par la Prophétie, qu'arrivait-il dans cette chambre ?

La Sentinelle s'approcha de la coupe, attentive à ne pas la toucher. Puisque la lumière en jaillissait encore, la connexion ne devait pas être brisée…

Faraday avança dans la lumière, enveloppée par son pouvoir et son amour. Un moment, elle gambada en riant, ivre de se sentir si vivante et si libre. Puis elle adopta une démarche plus révérencieuse, car la Mère risquait de ne pas apprécier ce comportement enfantin. Mais, si près d'elle, comment pouvait-on s'empêcher de déborder d'allégresse ?

Autour de la duchesse, la lumière se transforma, remplacée par des formes et des ombres. Sous ses pieds, Faraday sentit l'herbe douce du chemin qui conduisait au Bosquet Sacré. Transportée de bonheur, elle fredonna la ritournelle qui lui tournait stupidement dans la tête.

Alors que des arbres apparaissaient de tous côtés, Faraday leva les yeux pour admirer les étoiles, toujours lancées dans leur ballet cosmique guidé par une main divine.

Heureuse comme jamais, la jeune femme aurait tout donné pour rester ici à jamais.

Alors qu'elle s'engageait dans le Bosquet Sacré, le corps caressé par une douce brise, des silhouettes se mirent en mouvement à l'ombre des magnifiques arbres. En ce lieu, la peur et le dégoût n'existaient pas, définitivement supplantés par la paix et le bonheur…

L'Enfant Sacré qui avait offert la coupe à Faraday sortit d'entre les troncs, avança vers elle et la salua en frottant contre la sienne sa joue couverte de fourrure.

— Amie de l'Arbre, nous avons attendu longtemps ton retour.

Faraday baissa la tête et ses yeux s'emplirent de larmes.

— Pardonne-moi, Enfant Sacré, mais mon chemin fut si difficile…

— Je sais, mon enfant. Ne t'ayant pas quittée un instant, nous avons vu ce que tu as fait pour servir la Mère et la Prophétie.

L'être posa les mains sur les épaules de l'humaine et la fit pivoter sur le côté gauche.

— Faraday, cette fois, la Mère aimerait te voir. Tu sens qu'elle t'attend ? Va en paix, mon enfant, et que l'amour soit avec toi.

Sur ces mots, l'Enfant Sacré se volatilisa.

Devant la jeune femme, un nouveau sentier conduisait hors du Bosquet. Dix secondes plus tôt, il n'était pas là. À présent, il s'enfonçait dans la forêt et une silhouette de femme brillante se dressait tout au bout.

— Mère…, murmura Faraday, émerveillée.

Alors qu'elle avançait, la lumière devint si forte qu'elle dut fermer les yeux pour ne pas être éblouie. Et une vague de chaleur intense vint lui caresser le visage, comme si elle tentait de regarder le soleil en face, à midi, en plein cœur de l'été.

— Fille, dit une voix féminine, viens dans mon jardin.

Alors que des mains à la fois douces et puissantes s'emparaient des siennes, Faraday rouvrit les yeux, mystérieusement certaine que la lumière ne les agresserait plus.

Elle découvrit une jolie femme d'âge mûr aux longs cheveux noirs piquetés de gris. Ses yeux azur débordant de tendresse, un sourire dévoilant ses dents d'une blancheur parfaite, elle portait une robe bleu pâle, nouée à la taille par une ceinture de soie aux couleurs de l'arc-en-ciel.

Derrière son hôtesse, Faraday aperçut le plus beau jardin qu'elle ait jamais vu. Un labyrinthe de sentiers ombragés par de grands arbres serpentait entre des parterres de fleurs de toutes les formes et de toutes les teintes. Ponctuant les clapotis d'un ruisseau invisible, le bourdonnement des insectes et le chant des oiseaux composaient une mélodie si apaisante qu'on eût bien passé le reste de sa vie à l'écouter. Au pied des arbres et au milieu des pelouses, des bancs invitaient à une tranquille méditation.

— Mère…, murmura Faraday.

— Alors que les Enfants Sacrés t'appellent l'Amie de l'Arbre, et que d'autres te donnent le nom d'épouse ou de bien-aimée, pour moi, tu seras simplement « Fille ».

— Merci, Mère…

— Suis-moi, mon enfant. (La Mère prit le bras de Faraday et l'entraîna avec elle sur un des sentiers.) Nous allons parler un peu…

Malgré cette entrée en matière, la Mère marcha un long moment en silence. Stupéfaite par la beauté du jardin, Faraday se tourna souvent vers elle pour lui sourire et la remercier.

— Regarde, Fille, une mare ! Et si nous nous baignions ?

Faraday admira l'étendue d'eau nichée entre des rochers et rit de bonheur. Pendant que son hôtesse pliait soigneusement sa robe, la jeune femme se glissa dans l'onde délicieusement fraîche.

La Mère la rejoignit, un morceau de savon à la main, et la lava lentement, ses doigts plus doux et plus caressants que de la soie.

Les yeux fermés, Faraday se laissa flotter dans l'eau et s'abandonna à un amour qui dépassait tout ce qu'elle avait imaginé.

— Mère, dit-elle, émerveillée par ses sensations, c'est tellement agréable…

La Mère sourit et entreprit de laver les cheveux de l'humaine, puis de lui masser le cuir chevelu et les tempes.

— Fille, jusqu'ici, tu as subi les attouchements maladroits de ton mari. Mes mains sont celles de l'amour…

Un long moment, Faraday savoura en silence cette extase nouvelle.

— Mère, soupira-t-elle, quand elle eut l'impression que son cœur et son corps allaient exploser, puis-je te demander une faveur ?

— Laquelle ?

— Je refuse de donner un héritier à Borneheld. Même pour te servir, ce serait trop me demander.

La Mère se pencha et embrassa Faraday sur le front.

— Tu porteras seulement les enfants de l'amour, Fille, rassure-toi.

Après un long moment, à regret, la jeune femme s'arracha aux caresses de la Mère et se redressa dans l'eau.

— Merci, Mère…

— T'ai-je aidée à te sentir mieux, mon enfant ?

— Beaucoup mieux, oui…

— Alors, continuons notre promenade.

Quand elle sortit de l'eau, Faraday découvrit une deuxième robe soigneusement pliée près de celle de son hôtesse. Faite d'un tissu incroyablement doux, son dégradé de couleurs – du vert, du bleu, du violet et du marron – lui rappela la manière dont la lueur émeraude se métamorphosait pour dessiner la silhouette des arbres, sur le chemin du Bosquet Sacré.

— Elle est merveilleuse, dit-elle en s'habillant.

Ce vêtement, qui lui laissait les épaules nues, était parfaitement adapté à la douce chaleur du jardin.

— Tu as raison, approuva la Mère. En certaines circonstances, tu devras impérativement la porter. Sois rassurée, tu les reconnaîtras sans peine. Le reste du temps, garde-la en sécurité. À présent, suis-moi.

Marchant bras dessus bras dessous, les deux femmes parlèrent un moment du jardin, du chant des oiseaux et de la limpidité de l'eau du ruisseau qui coulait le long du sentier.

Son ton devenu de moins en moins léger, la Mère s'arrêta soudain au pied d'un bouleau pleureur argenté.

— Fille, avant que tu retournes vers ton mari, j'ai un autre cadeau pour toi, et un conseil à te donner.

— Dois-je m'en aller si vite ?

— Tu es partie depuis trois heures et ta servante s'affole. Tu ne peux plus rester longtemps. Mais avant, j'ai un présent à te faire.

La Mère prit entre ses mains la tête de Faraday, qui fut aussitôt envahie par son amour. Puis l'étincelle de pouvoir qu'elle sentait en elle depuis sa première visite dans le Bosquet devint une glorieuse flamme qui parut vouloir la consumer de l'intérieur.

Faraday hurla et s'affaissa dans les bras de son hôtesse.

— Du calme, mon enfant, c'est déjà fini, ne le sens-tu pas ?

De fait, la douleur n'était déjà plus qu'un souvenir.

— Que m'as-tu fait ?

— Je t'ai offert le pouvoir dont ma Fille aura besoin. Il est très inhabituel. C'est la force d'aimer et de réconforter, d'éduquer et d'améliorer, de protéger et d'endurer… Un cadeau spécial, exclusivement pour toi. Apprendre à l'utiliser sera facile, si tu sais écouter ton cœur… (La Mère se tut un instant et tendit l'oreille.) J'entends la patrouille de ton mari qui franchit les portes du fort. Allons, ne t'angoisse pas, et écoute-moi bien, car il nous reste peu de temps. Faraday, chère Fille, tu ne reviendras pas ici avant un long moment, mais nous nous reverrons, n'aie pas d'inquiétude. À présent, voici mon message…

La Mère reprit la tête de Faraday entre ses mains et plongea son regard dans le sien, la lumière de ses yeux gravant ses paroles dans l'esprit de la Fille. Car son bonheur éternel dépendrait de cela.

— Souviens-toi que je serai toujours avec toi, Fille, et écoute-moi ! Quand la vie s'écoulera de toi avec le sang jailli de ton cœur, appelle-moi et je viendrai ! Et lorsque la douleur déchirera ton esprit au point que ta raison chancelle, appelle-moi et je viendrai ! Parce que tu es ma Fille !

D'une voix plus douce, la Mère fredonna six vers d'une chanson.

— « *Quand tout te semblera atroce,*
La mort et l'ombre triomphantes,
Les doux bras d'une Mère aimante
Se refermeront sur ton torse.
Et ils te permettront, crois-le,
D'aller librement où tu veux. »

» Répète ces mots, mon enfant ! (Subjuguée, Faraday obéit.) Surtout ne les oublie jamais, et pense à m'appeler par mon nom ! Oui, souviens-toi, souviens-toi !

Des larmes aux yeux, la Mère se pencha et embrassa Faraday sur la bouche.

— Souviens-toi !

Autour de la jeune femme, le jardin disparut.

— Grâce en soit rendue à la Prophétie ! cria Yr en enlaçant Faraday. J'ai cru t'avoir perdue à jamais !

La jeune femme ouvrit les yeux et battit des paupières. De retour dans sa chambre, au fort de Gorken, la coupe entre les mains, elle regarda la lumière émeraude mourir lentement.

— Vite ! cria Yr. Borneheld est dans la cour et il braille déjà ton nom à tue-tête. Enlève cette robe – où que tu l'aies trouvée – et remets la tienne. Oui, donne-moi la coupe ! Attends, je vais remettre la cruche en place. Mais habille-toi, bon sang ! J'entends déjà les pas de ce lourdaud dans le couloir. Maintenant, étends-toi dans le lit, que j'ai ouvert pour toi, et fais semblant d'être assoupie. Oui, un air désorienté ira tout aussi bien, comme si tu venais de te réveiller. Maintenant, je vais envelopper la coupe dans ta nouvelle robe et…

Sans se donner la peine de frapper, Borneheld entra dans la chambre, une étrange lueur au fond des yeux.

Ravi, il vit Faraday, au sortir d'une petite sieste, frotter ses paupières encore lourdes de sommeil.

Près du lit, la fichue servante, toujours prête à traîner dans leurs pattes, rangeait de vieilles frusques dans un coffre.

— Dehors ! lui hurla le duc.

48

Le matin de la Réunion

En ce septième jour de la troisième semaine du mois de la Neige, une aube grisâtre se levait sur le fort de Gorken. S'ils avaient suivi le même calendrier que les Avars et les Icarii, les défenseurs de la place forte et de la cité auraient su qu'il s'agissait du matin de la Réunion du solstice d'hiver, le moment le plus important de l'année pour ceux qu'ils appelaient les « Proscrits » : si leurs rituels ne parvenaient pas à aider le Soleil à survivre au solstice, il ne se lèverait pas le lendemain, condamnant le monde à une nuit et à un hiver éternels.

Depuis deux jours, le blizzard qui soufflait du col de Gorken interdisait aux soldats de s'aventurer hors des murs de la cité. Alors que l'eau se transformait en glace dans les tonneaux, les bouchers devaient attaquer à la hache les quartiers de viande, et les rabats de tente qu'on oubliait de fixer gelaient dans les positions les plus inhabituelles où les propulsait le vent. Le frère Francis lui-même ne se souvenait pas qu'un temps pareil eût jamais frappé Gorken.

Le rationnement du charbon n'arrangeait les choses pour personne. Mais avec près de quatorze mille hommes cantonnés dans le fort et en ville, le précieux combustible devait être économisé. Dans des conditions de vie aussi désastreuses, Borneheld redoutait que ses forces soient hors d'état de combattre si les Skraelings attaquaient au plus fort de la tempête. L'assaut semblant imminent, les soldats ne parvenaient plus à fermer l'œil la nuit et l'épuisement les guettait.

En cas d'assaut massif, ne pas perdre la ville tiendrait du miracle. Pourtant, il était essentiel que sa muraille résiste, puisque le fort était trop petit pour abriter tous les hommes.

Avec ses murs bien plus épais que ceux de la cité et les centaines de soldats postés sur ses créneaux, la place forte pouvait tenir presque indéfiniment. Mais les huit mille combattants piégés à l'extérieur n'auraient pas une chance de s'en tirer.

Selon les ordres de Borneheld, Axis se chargeait désormais de la défense de Gorken. Même s'il n'était pas homme à fuir ses responsabilités, celle-là lui semblait un fardeau trop lourd pour ses épaules. Comparées aux forces que Gorgrael lancerait à l'attaque, les bandes de Spectres qui s'en prenaient aux patrouilles n'étaient rien…

Lors d'un siège classique, les remparts triangulaires qui saillaient des coins de la muraille comme des pointes de flèche auraient pu servir à harceler l'ennemi de projectiles ou à l'arroser d'huile bouillante. Mais personne ne savait quel type d'assaut lancerait Gorgrael, qui disposait en outre d'une force aérienne dont la puissance restait inconnue.

Sur le mur d'enceinte, tremblant de froid dans leur manteau, Axis, Magariz et Jorge tentaient de percer la tempête de neige. Après dix minutes d'observation, des cristaux de gel se formaient déjà sur leur barbe et leurs sourcils. Persuadé qu'ils ne verraient rien, Magariz tapota l'épaule du Tranchant d'Acier et désigna la trappe qui donnait sur les entrailles de la tour de garde. Axis ayant hoché la tête, les trois hommes battirent en retraite vers la salle, sous les créneaux, où ils devaient participer à un conseil de guerre.

Glacés jusqu'aux os, ils se campèrent devant la cheminée pendant que des aides de camp les débarrassaient de leur manteau. En silence, ils tentèrent de se réchauffer devant des flammes bien trop faiblardes, puis s'occupèrent de leurs barbiches toujours constellées de givre.

À part les râteliers de lances et d'arcs, et un nombre impressionnant de carquois, la salle ne contenait aucun meuble et n'offrait donc aucun confort. Une meurtrière permettait normalement de sonder le terrain, très loin au-delà de la ville, mais par un temps pareil, on avait jugé plus prudent de la fermer.

— Alors, qu'en pensez-vous ? demanda Borneheld.

Magariz consulta Axis du regard, puis il se tourna vers le Seigneur de Guerre. Vêtus pour la bataille, tous les hommes portaient des cottes de mailles sur leur tunique de cuir, plus des canons d'avant-bras, des cuissardes et des protège-tibias. Par ce froid, après avoir laissé trop de lambeaux de peau sur le métal gelé, ils avaient appris à ne pas toucher les pièces de leur armure à mains nues.

En plus du duc et de Roland, les seconds des cinq commandants assistaient au conseil.

— Depuis deux jours, seigneur duc, dit Magariz, le blizzard ne se calme pas. Ce n'est pas une tempête normale, mais l'œuvre de Gorgrael. Alors que son vent de mort fait geler nos hommes sur pied, la haine qu'il charrie ronge leur âme et mine leur courage.

Tout le monde comprit ce que voulait dire le seigneur de Gorken. Ce blizzard ne se contentait pas de faire claquer des dents les soldats. Il les enveloppait dans une malveillance qui sapait inexorablement leur moral, comme si des bêtes féroces avaient été en permanence collées à leurs basques.

— Avec ce temps, marmonna Borneheld, toute sortie est impossible. Si nous envoyons des hommes en terrain découvert, ils gèleront sur leurs chevaux en moins de cinq minutes.

— L'avantage, dit Axis, c'est que Gorgrael non plus ne pourra pas lancer un assaut. Jusqu'à maintenant, les Spectres sont toujours passés à l'action dans des conditions climatiques relativement clémentes.

Le duc foudroya son demi-frère du regard. Hélas pour lui, Jorge et Magariz semblaient partager cette analyse.

— Aucune patrouille n'a subi un assaut par un temps de ce genre, confirma le seigneur. Tu as raison, Axis, rien ne se produira avant la fin de la tempête.

— Alors, pourquoi Gorgrael l'a-t-il provoquée ? demanda Roland. (Avec son armure et son manteau, il semblait encore plus gros que d'habitude – un exploit que nul n'aurait cru possible.) C'est idiot, s'il ne peut pas nous envoyer ses hordes en même temps !

— Son but est de nous démoraliser, dit Jorge. Et de nous montrer sa puissance, afin que nous sachions à qui nous avons affaire.

— Ou il aime simplement ça, marmonna Axis, qui sautait d'un pied sur l'autre devant le feu. Son goût de la violence et de la haine, comme toujours...

— Qu'importent ses motivations ? grogna Borneheld. Si nous sommes tous morts de froid quand il attaquera, il aura vaincu sans péril... Gautier, lorsque les réserves de charbon seront épuisées, nos hommes devront faire du feu avec les portes et les volets des maisons vides. Transmets rapidement cet ordre aux chefs d'unité. Et espérons que la tempête ne durera pas trop longtemps...

Bien qu'il eût admis à contrecœur qu'ils affrontaient Gorgrael, pas les Proscrits, le duc avait été furieux d'apprendre que ses hommes parlaient continuellement de la Prophétie que leur avaient révélée les Haches de Guerre. Pour étouffer cet incendie spirituel, il avait ordonné que les soldats réguliers se concentrent sur la bataille, au lieu de passer leur temps à déchiffrer de vieilles énigmes hérétiques.

Autant souffler dans un violon ! Les conversations continuaient autour des feux de camp, ou sous des couvertures quand le charbon venait à manquer. Qui était l'Homme Étoile ? Sauverait-il Achar, ou valait-il mieux compter sur Borneheld ?

Beaucoup de soldats acceptaient difficilement que les Acharites, pour vaincre le Destructeur, soient contraints de s'allier aux Proscrits. Pourtant, sur ce point, la Prophétie était explicite. Alors, fallait-il autoriser le retour en Achar des monstres qu'on en avait chassés mille ans plus tôt ? Sur ce point, les avis restaient partagés. Certains hommes s'accrochaient à leurs préjugés comme si leur vie en dépendait. D'autres envisageaient de s'ouvrir à de nouvelles possibilités…

Les Haches de Guerre n'intervenaient jamais dans ces débats. Quand on leur demandait un avis, une seule réponse leur venait à l'esprit : ils se fiaient à leur Tranchant d'Acier, qui les avait déjà tirés une fois des griffes de Gorgrael. S'il le fallait, il recommencerait, ça ne faisait aucun doute. Bref, ils le suivraient aveuglément, et le reste ne comptait pas.

Un seul point semblait indiscutable : pour l'heure, l'armée de Borneheld était l'unique obstacle qui interdisait à Gorgrael de déferler sur Ichtar. Car même s'ils pouvaient devenir de précieux alliés, personne ne savait où trouver les Proscrits. Cette guerre serait donc une affaire purement acharite. Et selon toutes probabilités, il s'agirait d'un siège plutôt que d'une bataille rangée.

S'il voulait disposer d'un passage sûr et permanent vers Achar, le Destructeur devait prendre le fort de Gorken. Aucun chef sensé n'aurait laissé dans son dos un poste avancé ennemi fort de quatorze mille hommes.

Transie de froid, Plume d'Or resserra les pans du châle de laine posé sur ses épaules.

— Normalement, dit-elle à Azhure, il ne fait jamais aussi froid dans la forêt, y compris si loin au nord. Même à cette période, les manteaux sont généralement inutiles. Il se passe vraiment quelque chose d'étrange...

Azhure acquiesça distraitement. Depuis qu'elle connaissait la décision des Avars à son sujet, Plume d'Or tentait de lui remonter le moral, mais elle ne se remettait pas, les yeux vides de toute étincelle de vie.

Les deux femmes se dirigeaient vers un petit bosquet, non loin du campement du clan de Grindle. Alors qu'elle s'arrêtait pour relacer une de ses bottines, Plume d'Or laissa son esprit dériver vers les deux sujets qui l'obsédaient ces derniers jours : la survie miraculeuse de son fils et l'arrivée imminente de Vagabond des Étoiles en compagnie de Gorge-Chant. Pour la Réunion, un tiers des Icarii environ rejoindraient les Avars. Lors des fêtes de Beltide, pour des raisons que Plume d'Or ne connaissait pas, ils étaient toujours plus nombreux.

Elle avait hâte de revoir son mari et sa fille, mais les Icarii se faisaient attendre, et elle n'était pas la seule à s'inquiéter. Parmi les Avars, un vent de panique soufflait déjà. Les rituels du solstice commenceraient dans moins de dix heures, et, sans les Envoûteurs, ils étaient condamnés à l'échec. Que se passait-il donc sur le mont Serre-Pique ?

Plume d'Or et Azhure continuèrent leur promenade en levant très souvent les yeux pour sonder le ciel. En principe, il valait mieux, pour célébrer le solstice, que le temps fût dégagé. Et il n'en prenait pas le chemin.

Azhure s'immobilisa soudain, alarmée. Un son étrange résonnait dans l'air, plus fort de seconde en seconde. Étrangement, il lui rappelait le vacarme que la Nordra produisait sur les rochers de la vallée des Proscrits.

Elle se tourna vers Plume d'Or, une question sur les lèvres, mais renonça à la poser quand elle vit l'expression de son amie. Habituellement très réservée, la femme aux cheveux d'argent souriait, les yeux brillant de bonheur, et… elle tapait même dans ses mains comme une petite fille.

— Les Icarii ! cria-t-elle. (Elle prit Azhure par le bras, lui fit faire demi-tour et la força à courir avec elle.) Ils arrivent !

Sans crier gare, elle s'arrêta devant un bosquet.

— Vagabond des Étoiles, où es-tu ?

— Derrière toi, répondit une voix musicale et malicieuse.

Plume d'Or se retourna si vite qu'elle bouscula sa compagne, qui évita de justesse une chute humiliante.

Alors que des centaines de silhouettes ailées noircissaient le ciel – l'origine de l'étrange son –, la plus extraordinaire créature qu'Azhure ait jamais vue venait de se poser souplement une quinzaine de pas derrière Plume d'Or et elle.

La femme aux cheveux d'argent releva le bas de sa robe, courut vers l'homme-oiseau et se jeta dans ses bras avec une telle fougue qu'il manqua en tomber à la renverse.

— Plume d'Or…, souffla-t-il avant de l'envelopper de ses ailes pour l'embrasser à l'abri des regards indiscrets.

Consciente que c'était très impoli, Azhure fut pourtant incapable de détourner les yeux du couple. Mais à ce moment précis, elle doutait que Plume d'Or et Vagabond des Étoiles, perdus dans leur amour, s'inquiètent de ce genre de détail.

Autour d'eux, des dizaines d'Icarii se posaient avec grâce et des centaines d'autres descendaient encore des Éperons de Glace pour rejoindre les Bosquets.

Azhure ne suivit pas leurs évolutions, les yeux rivés sur Vagabond des Étoiles. Grand et mince, mais très harmonieusement musclé, l'homme-oiseau portait des hauts-de-chausses jaunes et des bottines de cuir. Le torse nu, comme si le froid ne l'atteignait pas, il arborait une splendide chevelure blonde dont les pointes viraient à l'argent au-dessus de ses omoplates, où une couronne de plumes marquait la naissance de ses majestueuses ailes blanches. Avant qu'il les replie sur Plume d'Or, Azhure avait pu estimer leur envergure – au moins quinze pieds, et sans doute davantage.

Un concert de cris joyeux fit sursauter Azhure. Partout, des Avars couraient vers les Icarii pour les saluer à mesure qu'ils atterrissaient avec la même grâce nonchalante.

La tête inclinée, Plume d'Or avait plongé ses yeux dans ceux de son bien-aimé. En cet instant, transfigurée par l'amour et la joie, elle ressemblait à la jeune fille dont l'Envoûteur était tombé éperdument amoureux trente ans plus tôt.

— Tu m'as manqué, chère compagne de perchoir, dit-il en caressant le visage de l'humaine. Ces derniers mois, mon cœur et mon lit semblaient froids comme de la glace…

Vagabond des Étoiles était incroyablement beau. Il avait la peau très blanche, les pommettes hautes et étroites, le nez long et fin et ses yeux bleu clair brillaient, hypnotiques, sous des sourcils soyeux et un front majestueusement haut. Moins large et ovale que celui d'un humain, son visage, combiné à la forme nettement allongée de son crâne, lui conférait une aura de mystère – avec une touche d'arrogance – bien plus que de franche altérité.

Plume d'Or avait été séduite au premier regard. Lors de leur rencontre, il avait suffi que Vagabond des Étoiles lui sourie, une main tendue vers elle, pour qu'elle se jette dans ses bras.

— Et Gorge-Chant ? demanda-t-elle, la voix vibrant d'amour.

— Elle arrivera plus tard, mon aimée. Pour une raison qui me dépasse, elle a préféré voler avec Libre Chute.

— Vagabond des Étoiles, soupira Plume d'Or, je dois te dire quelque chose qui…

— Plus tard, mon amour, plus tard…

D'un baiser, l'Icarii imposa le silence à la femme aux cheveux d'argent.

S'arrachant à sa fascination, Azhure se détourna, s'éloigna et alla s'asscoir au pied d'un arbre. S'était-elle jamais sentie plus seule ? se demanda-t-elle. Une parfaite étrangère, plus ou moins réprouvée, qui assistait par hasard aux retrouvailles des deux races de Proscrits… Toute la joie dont elle était exclue la ramenait à une sinistre réalité : personne en ce monde ne se souciait d'elle, et il n'existait aucun endroit où on l'accueillerait ainsi, si elle y retournait…

— Vagabond des Étoiles, dit Plume d'Or quand elle put enfin détacher ses lèvres de celles de l'Icarii, il faut que je te parle. Notre fils n'est pas mort ! Ce maudit Jayme, puisse son âme dériver dans les cieux pour l'éternité, a réussi à nous le voler. *Oui, notre fils est vivant !*

Vagabond des Étoiles serra un peu moins fort sa femme et pencha la tête pour dévisager sa femme. La perte de leur premier enfant remontait à si longtemps qu'il semblait se demander de quoi parlait son épouse. Puis il sursauta, secoua la tête et souffla :

— Non, non… Que veux-tu dire ? Notre fils ? Il est mort à la naissance, tu l'as vu, et… et…

— Jayme nous l'a volé, puis il l'a élevé. Aujourd'hui, notre enfant est le Tranchant d'Acier des Haches de Guerre !

Vagabond des Étoiles lâcha Plume d'Or et recula d'un pas.

— C'est impossible ! Notre fils, à la tête de l'armée du Sénéchal ?

Resté discrètement à l'écart, Raum jugea que le moment de s'en mêler était venu. Depuis des jours, il se demandait comment réagirait Vagabond des Étoiles. Et son entêtement à nier la réalité ne l'étonnait pas du tout.

— Envoûteur, dit-il, c'est la vérité. (L'Icarii se retourna, prêt à bondir sur l'intrus qui se mêlait de ses affaires.) Du calme, Vagabond des Étoiles ! J'ai rencontré cet homme. Il se fait appeler Axis Rivkahson et…

— Un imposteur ! explosa l'Icarii, fou de rage.

L'appât d'un piège imaginé par l'ordre du Sénéchal pour le capturer. Voilà de quoi il s'agissait !

— Tu te trompes, Envoûteur, insista Raum. Il a tes yeux et la même forme de visage que toi… Non, ne refuse pas de m'écouter ! Il y a plus que cela. Sous son uniforme noir se cache l'âme d'un Envoûteur icarii.

Raum avança vers Vagabond des Étoiles et lui prit le bras – raide de tension, comme s'il s'apprêtait à frapper. Conscient qu'il jouait avec le feu, l'Eubage osa plonger son regard dans celui de l'Envoûteur fou de colère.

— J'ai entendu ton fils chanter la Litanie de la renaissance, et il a recréé la vie de la fillette que j'accompagnais. Le Sénéchal serait-il capable de nous envoyer un imposteur aussi puissant ?

Vagabond des Étoiles soutint un moment le regard de l'Eubage. Puis il se tourna vers Plume d'Or, ouvrit la bouche, mais ne parvint pas à émettre un son.

— C'est vrai, mon amour, dit la femme aux cheveux d'argent en l'enlaçant. Mais j'étais à deux pas de lui et je n'ai pas senti qu'il s'agissait de notre enfant !

Vagabond des Étoiles se dégagea de la prise de Raum et caressa la tête de Plume d'Or, perdue dans son chagrin.

— Qu'allons-nous faire ? demanda-t-il sans attendre de réponse. Comment le récupérer ? Je ne laisserai pas mon fils entre les mains du Sénéchal !

Mon fils… Oui, j'ai un fils…

Cette révélation changeait sa vie. Le fils d'un Envoûteur…

Oui, le fils d'un Envoûteur…

Ses ailes noires comme celles d'un corbeau prudemment pliées, le chef de Crête Œil Perçant Éperon Court se frayait un chemin dans les bosquets bondés d'Avars et d'Icarii surexcités. Son sens de la discipline mis à mal par le joyeux désordre ambiant, il fronça les sourcils, tout aussi noirs que ses ailes, et tenta de repérer Vagabond des Étoiles Soleil Levant. Son frère, Crête Corbeau Soleil Levant, voulait le voir, et cela suffisait pour qu'Œil Perçant soit prêt à faire le tour du monde afin de le trouver. Crête Corbeau, l'actuel Roi-Serre des Icarii était aussi le commandant suprême de la Force de Frappe. Plus âgé que les douze chefs de Crête qui le secondaient, Œil Perçant se tenait à juste titre pour son bras droit.

Chaque Crête comptait douze Ailes, l'unité de base de la force armée icarii. Très harmonieusement, au goût d'Œil Perçant, douze Icarii, des deux sexes, composaient chaque unité…

Les membres de la Force de Frappe étaient venus dans les Bosquets en service commandé, pas pour participer à la Réunion à titre individuel. Cette année, les Icarii avaient de très graves nouvelles à communiquer aux Avars. Et Crête Corbeau insistait pour que son frère soit présent lors de la séance plénière du Conseil conjoint que les Anciens, les chefs de Crête, les Eubages et les Envoûteurs tenaient en ce moment même dans le bosquet de l'Arbre Terre.

Ignorant les salutations qu'on lui lançait de toutes parts, Œil Perçant accéléra le pas. Concentré sur sa mission, il ne prêta pas davantage attention aux Avars qui se rembrunissaient en le voyant en tenue de combat, un arc sur l'épaule et un carquois dans le dos, niché entre ses ailes.

De mémoire d'être vivant, personne n'était venu armé dans le camp des Avars. Hélas, les temps changeaient…

Œil Perçant aperçut enfin Vagabond des Étoiles. Plume d'Or à son bras, il parlait avec l'Eubage Raum, et la conversation ne semblait pas le combler de bonheur. Mais de quoi aurait-on pu se réjouir, en cette période de troubles et de malheurs ?

— Vagabond des Étoiles ! cria le chef de Crête. (L'Envoûteur ne réagit pas, l'obligeant à approcher jusqu'à ce qu'il puisse lui beugler dans l'oreille :) Vagabond des Étoiles, le Roi-Serre demande que tu viennes. Il a convoqué un Conseil conjoint, dans le Cercle Sacré, et tu dois y assister.

À présent, Œil Perçant voyait à quel point l'Envoûteur et son épouse étaient bouleversés, mais ça ne l'attendrit pas le moins du monde. S'ils avaient des problèmes privés, il était temps de les laisser de côté.

— C'est urgent, Vagabond des Étoiles ! Eubage Raum, il faut également me suivre. Nous devons parler de certaines choses avant de conduire les rituels. *Si* nous les conduisons !

Cette dernière phrase retint l'attention de l'Eubage, qui se rembrunit un peu plus.

— Œil Perçant, Vagabond des Étoiles vient d'apprendre des nouvelles stupéfiantes. J'ajoute qu'elles concernent au plus haut point le Conseil… Alors, allons-y ! Plume d'Or, tu viens aussi, car tu nous seras très utile…

Quand Vagabond des Étoiles, Plume d'Or, Raum et Œil Perçant entrèrent dans le bosquet, Crête Corbeau ne cacha pas qu'il les attendait avec une impatience mêlée d'agacement.

Aussi beau que son frère, mais avec des yeux violets et des cheveux brun foncé, il avait teint en bleu l'intérieur de ses ailes noires. Peu enclins à altérer la couleur de leur chevelure ou de leurs plumes, les Icarii s'adonnaient volontiers à cette fantaisie cosmétique-là. Vêtu de hauts-de-chausses également bleus, il arborait sur chaque avant-bras les deux cercles de métal jumeaux symboles de son rang. Héritier du titre de son père, Nuage Bondissant, mort quinze ans plus tôt, c'était un chef expérimenté et sage. Pourtant, il se sentait ballotté par la tempête qui se déchaînait depuis quelques jours – et le climat n'avait rien à faire dans son problème !

Dès que les quatre retardataires eurent rejoint les quelque cent vingt Avars et Icarii assis en cercle autour de l'Arbre Terre, Crête Corbeau entra dans le vif du sujet.

Installé derrière lui, un peu sur le côté, son fils, Libre Chute Soleil Levant, plissait le front de concentration. Doté des yeux violets de son père et de la crinière blonde de son oncle, le jeune Icarii était d'une beauté saisissante.

— Mes voisins et amis, la Force de Frappe m'a rapporté des nouvelles très inquiétantes. Une horde de Skraelings et d'autres créatures que nous ne connaissons pas s'est massée au sud de Ravensbund, sur les berges du fleuve Andakilsa. Selon toutes probabilités, ces monstres s'apprêtent à attaquer le fort de Gorken. Soucieux d'observer le nord d'Ichtar le plus longtemps possible, nous sommes partis plus tard que prévu pour la Réunion. Actuellement, une tempête surnaturelle frappe la ville et le fort de Gorken. Hélas, nous ignorons quelle magie noire en est responsable. (Crête Corbeau leva une main pour étouffer les murmures de son auditoire.) Je n'ai pas terminé, mes amis ! Des nuages menaçants s'accumulent au bord de nos bosquets, et d'autres Skraelings se pressent à la lisière nord de la forêt d'Avarinheim. Mes chers cousins, je crains que nous soyons aussi menacés que Gorken.

— C'est impossible ! s'écria Mirbolt. Les Skraelings ont toujours répugné à s'aventurer dans la forêt. Ils ne supportent pas les arbres, y compris ceux des Bosquets.

— Désormais, rappela Raum en se levant, Gorgrael les fait bénéficier de son pouvoir. Qui sait ce qu'ils oseront maintenant qu'ils ont un chef? Crête Corbeau, avant de reprendre la parole, tu dois savoir quelque chose. La Prophétie du Destructeur s'est éveillée.

Le Roi-Serre en vacilla, horrifié, et tous les Icarii présents blêmirent d'inquiétude.

— Non..., soupira Vagabond des Étoiles avant de se prendre la tête entre les mains.

Apprendre que son fils avait survécu, et maintenant, cela...

Raum résuma ce que lui avaient dit les Sentinelles, au lac des Ronces, et parla de ce qu'il avait vécu avec l'Amie de l'Arbre. Ensuite, après un bref coup d'œil à Vagabond des Étoiles, qui garda la tête baissée, il évoqua sa rencontre avec le Tranchant d'Acier des Haches de Guerre, un membre de l'ordre du Sénéchal dont le corps abritait l'âme d'un Envoûteur icarii assez puissant pour chanter la Litanie de la renaissance comme s'il fredonnait une ballade. Alors que les Anciens et les Envoûteurs, stupéfaits par cette nouvelle, commençaient à murmurer entre eux, l'Eubage se tourna vers le mari de Plume d'Or.

— Je crois, mes amis, que Vagabond des Étoiles a quelque chose à vous dire...

L'Envoûteur leva la tête, balaya l'assistance du regard puis dévisagea son frère.

— Crête Corbeau, le Tranchant d'Acier est mon fils. L'homme aujourd'hui placé à la tête de l'ordre du Sénéchal l'a volé à Plume d'Or il y a près de trente ans. Et je viens juste de l'apprendre...

— Que me racontes-tu là ? explosa le Roi-Serre, enclin à s'énerver dès que les événements le dépassaient. Comment un Envoûteur a-t-il pu être élevé parmi les chiens du Sénéchal ?

Raum fit un pas en avant et leva une main pour réclamer le silence.

—J'ai encore une chose à dire… La Prophétie est éveillée, et Gorgrael se prépare à lancer ses hordes sur le Sud. Mais les Sentinelles arpentent Tencendor, et nous avons trouvé l'Amie de l'Arbre. Si incroyable que cela paraisse, le cœur d'un Envoûteur icarii bat sous les haches croisées d'un uniforme du Sénéchal. Mes amis, quatre des cinq Sentinelles, plus l'Amie de l'Arbre, ont gravité à un moment ou un autre autour du Tranchant d'Acier. Croyez-vous que c'est un hasard, alors qu'il a du sang icarii – et assez de potentiel pour devenir le plus grand Envoûteur de tous les temps ? Comme moi, vous connaissez la Prophétie. Gorgrael est le fils de l'Aile et de la Corne. L'Homme Étoile, son demi-frère, est né du *même père* que lui.

—Non, gémit Vagabond des Étoiles, accablé par l'évidence qui s'imposait à son esprit. Non, non, non…

—Mes amis, continua Raum, dois-je vous faire un dessin ? Qui est l'Homme Étoile, sinon ce Tranchant d'Acier pour le moment prisonnier des mensonges du Sénéchal ? Dans ce cas, Vagabond des Étoiles est également le père du Destructeur.

Le mari de Plume d'Or hurla d'angoisse et se leva d'un bond. Foudroyant Raum du regard, il déploya ses ailes comme s'il voulait prendre son envol et fondre sur sa proie. Œil Perçant le ceintura et le plaqua au sol, leurs ailes se percutant tandis qu'ils se battaient sauvagement.

Alors que tous les Avars et tous les Icarii s'écartaient prudemment, Crête Corbeau battit des ailes, franchit la distance en une fraction de seconde et se posa à côté de son frère, qu'il saisit sans ménagement par les cheveux.

—Regarde-moi ! cria-t-il. Nous devons savoir. Est-ce possible ?

— Avant ma rencontre avec Plume d'Or, souffla Vagabond des Étoiles, *tout* était possible. Lors des fêtes de Beltide, tu sais bien que les unions entre Avars et Icarii ne sont pas rares.

Sans lâcher son frère, le Roi-Serre se tourna vers les Avars.

— Une de vos femmes a-t-elle jamais accouché neuf mois après les fêtes de Beltide ? demanda-t-il.

Tous les Enfants de la Corne baissèrent la tête, pétrifiés de honte. Une des leurs avait-elle laissé grandir dans son ventre le fruit d'une union avec un Icarii ?

— Vagabond des Étoiles, dit Raum, as-tu souvenir d'une Avar susceptible d'être la mère de Gorgrael ?

L'Envoûteur renonça enfin à nier l'évidence.

— Une nuit de Beltide, juste avant de m'envoler pour Sigholt, j'ai rencontré une jeune Avar. Elle était si belle…

— Son nom ! rugit Crête Corbeau.

— Ameld… Elle s'appelait Ameld…

Mirbolt cria d'horreur.

— Tu la connais, Eubage ? demanda le Roi-Serre.

— Ma sœur Ameld a disparu cinq mois après Beltide, il y a très longtemps… La pauvre petite… Comment est-elle morte ?

Raum étudia l'assistance un long moment puis s'agenouilla près de Vagabond des Étoiles – une initiative qui lui arracha une grimace, à cause de sa cheville douloureuse.

— Mon ami, dit-il en tapotant l'épaule de l'Envoûteur, tu n'as pas à te sentir coupable. La Prophétie a choisi de s'éveiller, et tu ne fus rien de plus que son instrument. Ne te lamente plus d'avoir donné la vie à Gorgrael, mais réjouis-toi d'être le père de l'Homme Étoile, un bonheur que tu partages avec ta chère Plume d'Or. N'oublie pas : il devra unir les trois races de Tencendor, et du sang royal icarii et acharite coule dans ses veines. De quel meilleur héritage aurait-il pu rêver ? (Il se releva et regarda les membres du Conseil.) Ce que nous avons appris cet après-midi nous donnera plus de force et de courage. Désormais, Gorgrael ne nous est plus totalement inconnu, puisque nous avons la certitude que ses pouvoirs sont au moins égaux à ceux d'un Envoûteur. De plus, nous connaissons l'identité de l'Homme Étoile et nous savons où il est.

— Où ? demanda Vagabond des Étoiles en relevant les yeux, l'air un peu moins abattu.

— Au fort de Gorken, avec l'Amie de l'Arbre…

49

La nuit du solstice

Emmitouflés dans de lourds manteaux, Axis et Belial descendaient une des étroites ruelles qui menaient des murs de la cité aux premiers blocs de bâtiments. Si la tempête faisait toujours rage, la muraille les protégeait de la fureur des bourrasques de Gorgrael. Apercevant une sentinelle, à la pâle lumière du crépuscule, le Tranchant d'Acier approcha pour lui parler :

— Une soirée plutôt glaciale, n'est-ce pas ? Tu es de garde depuis longtemps, Higginson ?

Ce soldat de l'armée régulière, comme beaucoup de ses camarades, avait été affecté à la défense des murs avec les Haches de Guerre. Il salua Axis, impressionné qu'il se soit souvenu de son nom.

— Quelques heures, Tranchant d'Acier. Mais sous cette porte cochère, la tempête de Gorgrael ne peut rien contre moi.

— Bien parlé, soldat ! (Voyant que l'homme tremblait, malgré ses dires, Axis lui tapota l'épaule.) Avant de te coucher, n'oublie surtout pas de bien te remplir l'estomac.

Quand ils se furent éloignés, le Tranchant d'Acier tourna la tête vers son second.

— Mon ami, cette tempête sape nos forces ! Pourtant, j'aimerais qu'elle ne s'arrête jamais…

Sous les rugissements du vent, qui balayait les toits, Belial entendit à peine les propos de son chef. Après avoir hoché la tête, il désigna une porte, quelques pas devant eux. Au point où ils en étaient, continuer à inspecter les défenses n'avait plus de sens. Si elles devaient tenir, elles tiendraient. Sinon…

Après que Borneheld et ses trois conseillers furent repartis pour le fort, le Tranchant d'Acier et son second avaient passé des heures à faire le tour de la muraille pour s'assurer que tout allait bien et remonter le moral des hommes. Réfugiés dans les tours de garde, les soldats étaient prêts à prendre position sur le chemin de ronde dès que la tempête cesserait. D'autres unités, des renforts, attendaient dans les maisons les plus proches. Tous ces hommes avaient ordre de s'exposer le moins possible au froid. Quant à la peur, il n'y avait hélas aucun moyen de les en protéger…

Axis et Belial poussèrent la porte, entrèrent et la refermèrent aussitôt derrière eux. Naguère un atelier de cordonnier, la pièce avait été reconvertie en cuisine de campagne. Dans un coin, au-dessus d'un petit feu, un chaudron pendait à un trépied.

Axis retira son manteau et ses gants, s'assit sur une chaise près des flammes et fit signe à Belial de l'imiter. Le cuisinier de quart leur apporta deux bols de gruau puis se retira dans l'arrière-boutique.

— J'ai peur, dit simplement Axis quand il eut fini de manger.

— Il n'y a rien de honteux à cela, dit Belial. (Il jeta les derniers boulets de charbon dans les flammes et se rassit.) Nous crevons tous de trouille.

— Personne ne pourrait être insensible à la malveillance de cette tempête… Notre amie Belle, elle-même, n'obligerait pas son mari à sortir pour sauver la vache Hermine. Sauf si elle rêvait de finir ses jours dans la peau d'une veuve…

Belial tenta de sourire, pour rassurer son chef, mais le résultat ne fut rien moins que convaincant.

— Que nous réserve Gorgrael, mon ami ? soupira Axis. Quel ennemi nous épie, derrière ces murs ?

Un peu plus tôt, les deux hommes avaient tenté de regarder par une meurtrière. Mais le rideau de neige était bien trop épais.

— Je crains que nous le découvrions très vite, dit une voix dans le dos des deux officiers.

Se retournant, ils restèrent bouche bée de surprise alors qu'Ogden et Veremund refermaient la porte derrière eux.

— Que fichez-vous là ? grogna Belial. Retournez donc au fort, où vous serez plus en sécurité.

Contredisant son second, Axis poussa sa chaise sur le côté et invita les Sentinelles à venir se réchauffer près du feu.

— Vieillards, êtes-vous là pour me dire comment utiliser mon pouvoir ? Grâce à vos lumières, sauverai-je la ville et mes hommes ?

Belial frissonna, les sangs glacés par le ton de son chef.

— Tu te comporteras comme d'habitude, Axis, courageux au combat et brillant tacticien. C'est tout ce que tu peux faire...

— Bon sang, si je suis l'Homme Étoile, est-ce donc tout mon programme ? Continuer comme avant ? Ogden, Veremund, vous n'avez rien de mieux à me proposer ?

— Nous sommes d'humbles serviteurs de la Prophétie, répondit Ogden, condamnés comme les autres à la regarder s'accomplir. Sauver le fort et la ville n'est pas de notre compétence, et nous n'en savons pas plus que toi sur tes pouvoirs.

— Alors, pourquoi venir traîner dans mes pattes ? rugit Axis, ravi de pouvoir se défouler sur les deux vieillards.

— Parce que nous devons être témoins, mon garçon, souffla Veremund. Et faire notre possible pour que tu sortes vivant de cette aventure. La Prophétie impose son rythme et nul n'y peut rien. Si elle avait voulu que tu sois à ton maximum pour livrer cette bataille, elle aurait pris les mesures requises…

Axis dévisagea un moment le vieil homme, puis tendit un bras vers la porte.

— Et les quatorze mille hommes qui attendent dehors ? Vous soucierez-vous aussi de leur vie, Sentinelle ?

— Je ne décide pas qui meurt ou survit… Ma seule certitude, c'est que tu ne dois pas périr.

Accablé, le Tranchant d'Acier baissa les yeux.

— Mon père est-il près d'ici, vieillards ? Me dira-t-il que chanter pour repousser les Spectres ?

— Je n'en sais rien, mon garçon. Ces choses-là ne nous regardent pas…

Axis se perdit dans la contemplation des flammes. Le Tranchant d'Acier pourrait-il sauver seul la ville ? Ou lui faudrait-il l'aide de l'Homme Étoile ?

Vagabond des Étoiles, pensa-t-il, *où es-tu ?*

— Tu feras de ton mieux, Axis, dit Belial en tapotant le bras de son chef, et c'est déjà beaucoup.

Le Tranchant d'Acier soupira et tourna la tête vers les Sentinelles.

— Vous devriez retourner au fort, mes amis. Dans le coin, vous risquez de devoir réciter le service des morts jusqu'à vous en rendre malades…

— Et nous avons…, commença Belial. (Il s'interrompit, se leva et se pétrifia.) Que se passe-t-il ?

Alors qu'Axis bondissait sur ses pieds, les Sentinelles se regardèrent tristement. L'heure de vérité venait de sonner.

— La tempête s'est arrêtée, souffla Axis. Gorgrael est prêt à attaquer.

Sans un mot de plus, les deux officiers prirent leur manteau et leurs gants et se précipitèrent vers la porte.

Les antiques rituels de la Réunion commencèrent dès que la lumière des premières étoiles apparut dans les brèches de la couverture nuageuse. Après des débats houleux, le Conseil conjoint était arrivé à une conclusion : nouvelles terrifiantes ou pas, il *fallait* procéder à la célébration. Sinon, Gorgrael aurait remporté une victoire sans combattre, tirant parti de l'éternelle nuit d'hiver pour lâcher ses créatures de brume et de glace partout sur Tencendor.

Il restait une ombre de taille au tableau. Du point de vue du Destructeur, la nuit du solstice était idéale pour frapper. À quel autre moment, excepté Beltide, aurait-il eu une si belle cible ? La majorité des Icarii et des Avars réunis, avec tous leurs Envoûteurs et leurs Eubages... De quoi l'allécher, s'il n'était pas complètement idiot.

Conscients du danger, les deux peuples prirent toutes les précautions possibles. Les chefs de Crête postèrent des sentinelles sur la falaise qui dominait les Bosquets, afin qu'elles voient venir de loin une attaque. Les Avars, soucieux de protéger leurs biens les plus précieux, firent repartir vers le sud d'Avarinheim tous les jeunes de moins de douze ans. Convaincus que personne ne pouvait se remettre de la mort d'enfants innocents, les Icarii n'amenaient jamais les leurs dans les Bosquets. Une prudence dont ils se félicitaient plus que jamais.

À la périphérie du cercle d'Avars et d'Icarii rassemblés dans le bosquet de l'Arbre Terre, Azhure, assise près de Plume d'Or, de Gorge-Chant et de Pease, vit les membres des deux peuples se détendre un peu quand retentirent les ancestrales incantations du rituel hivernal. Entourant l'Arbre, les Eubages et les Envoûteurs – Vagabond des Étoiles à leur tête – portaient tous des tenues pourpres. Consistant en de simples pagnes pour les Icarii, dont les femmes aussi dévoilaient leur poitrine, il s'agissait, pour les Avars, de longues toges gracieusement drapées sur leurs épaules.

L'image d'un soleil éclatant dessinée sur la poitrine, le mari de Plume d'Or se détacha du cercle et alla décrocher une torche éteinte de son support de pierre. Restant un long moment immobile, la tête inclinée comme s'il priait ou réfléchissait, il passa enfin une main au-dessus de la torche, qui s'embrasa aussitôt. Le bras levé, il fit lentement le tour du cercle de pierres afin que chacun ait le temps de le voir. Puis il revint près de l'Arbre, s'arrêta devant une jeune Eubage qui serrait une harpe contre sa poitrine et lui sourit.

Dès qu'elle effleura la première corde de l'instrument, Vagabond des Étoiles commença à chanter.

Désorientée par l'étrange langage qu'il employait, Azhure crut d'abord qu'elle ne comprendrait pas un mot. Mais il s'avéra vite, à sa grande surprise, qu'aucune syllabe ne lui échappait.

Vagabond des Étoiles chanta d'abord les louanges du Soleil, dont il vanta l'éblouissante gloire dispensatrice de vie pour tous ceux qui évoluait sous sa lumière. Il évoqua ensuite sa mort, puis sa résurrection, la nuit du solstice d'hiver. Après une courte pause, il rappela que l'Arbre Terre, comme le monde lui-même et ses habitants, dépendait de la survie et de la bonne santé de l'astre du jour.

Le Soleil, affirma-t-il, était le plus grand mystère de la création, à l'instar des chansons qu'il se fredonnait à lui-même tout au long de sa danse gracieuse dans le ciel. Et les autres astres, ces myriades de soleils différents qui piquetaient le firmament, obéissaient eux aussi aux notes de la Danse des Étoiles, un des Sept Grands Mystères de l'Univers qui demeureraient à jamais indéchiffrables.

Soutenue par le discret contre-chant que lui offraient les autres Envoûteurs et les Eubages, la voix de Vagabond des Étoiles, d'une parfaite limpidité, résonna jusqu'au plus profond du cœur de son auditoire, bientôt entraîné dans le formidable ballet du cosmos.

Azhure pleura, touchée dans le noyau même de son âme, comme si le sang, dans ses veines, pulsait au rythme de la musique de l'Envoûteur.

Puis Vagabond des Étoiles se tut et se tourna vers les autres Envoûteurs et les Eubages dont les voix avaient servi d'écrin à la sienne.

— Que pouvons-nous donner au Soleil pour l'encourager à renaître demain matin ? demanda-t-il.

— La force de se lever quand la nuit sera finie, répondirent en chœur les Eubages et les Envoûteurs.

— Oui, nous le pouvons, souffla Vagabond des Étoiles. (Un murmure qui atteignit pourtant toutes les oreilles.) Et nous la lui donnerons en l'abreuvant de sang.

Du coin de l'œil, Azhure capta un mouvement, à la lisière des Bosquets, là où la forêt d'Avarinheim touchait les Éperons de Glace. Très lentement, avec une grâce et une dignité incroyables, un énorme cerf apparut. Dans la force de l'âge, sa fourrure d'un marron soutenu sur le dos et couleur crème sur le ventre, il arborait de splendides andouillers à douze cors harmonieusement développés. Après une courte pause à la périphérie du bosquet, ses yeux sombres sondant le terrain, il reprit son chemin, se faufila entre les Avars et les Icarii et avança vers le cercle de pierres.

Pour l'accueillir, les Envoûteurs et les Eubages entonnèrent un chant d'amour, de soutien, de compassion et de gratitude. Un hommage plein d'humilité à un sacrifice volontaire...

Le cerf s'arrêta devant Vagabond des Étoiles, qui leva une main et lui caressa le front en guise de bénédiction. Puis il s'écarta sur le côté, et Raum, un couteau à la main, boitilla jusqu'à l'animal. Se laissant tomber sur les antérieurs, le cerf offrit sa gorge à l'Eubage, les yeux fermés pour ne pas voir s'abattre la lame.

Vagabond des Étoiles recommença à chanter, s'émerveillant que le cervidé sacrifie ainsi sa vie pour donner de la force au Soleil. Dès qu'il eut fini, Raum posa une main sur le front de l'animal, et, de l'autre, lui plaqua sa lame contre la carotide.

—Merci du sacrifice que tu fais pour nous, dit-il au cerf. Cette nuit, tu t'uniras à jamais à la Mère. (Il leva les yeux et se tourna vers l'assistance.) Soyez témoins du don suprême consenti par ce noble animal ! Grâce à son courage, le Soleil aura la force de se lever demain matin, et il continuera sa lente progression vers les rives accueillantes du printemps. Ami Soleil, accepte cette offrande !

Raum trancha la gorge du cerf. Alors qu'un geyser de sang noir jaillissait, l'animal brama une ultime fois et s'écroula sur le flanc. Vagabond des Étoiles recommença à chanter et lança sa torche vers le ciel, où elle tourna majestueusement sur elle-même.

Aussitôt, le cercle de pierres qui entourait l'Arbre Terre s'embrasa.

Le visage fermé, Axis marchait le long des créneaux. Au moment où le blizzard s'était arrêté, la neige aussi avait cessé de tomber. Depuis, la brume qui annonçait l'arrivée des Skraelings déferlait sur la muraille, l'enveloppant lentement dans une gangue de terreur. Avec la nuit, ce brouillard était plus impénétrable que jamais.

Tendu à l'extrême, Belial regardait son chef faire les cent pas le long du mur en s'arrêtant régulièrement pour tenter de sonder la nuit. Sur le chemin de ronde de la ville, comme sur celui du fort, les sentinelles avaient allumé des torches. Mais leur lumière, chiche et vacillante, ne pouvait rien pour chasser la peur qui s'insinuait dans l'esprit des soldats.

Les renforts rejoignaient déjà leurs camarades en poste sur les remparts. Dans la cité, d'autres défenseurs prenaient leur position, prêts à couvrir leurs frères d'armes s'ils devaient abandonner la muraille et battre en retraite vers le fort.

Fou de colère, Axis frappa du poing le parapet. Quels adversaires se tapissaient dans la brume ? Et d'où déferleraient-ils ? La nuit de la deuxième attaque de Gorgrael, dans les plaines, il avait entendu des battements d'ailes. Fallait-il s'attendre à un assaut venu du ciel ? Si le Destructeur avait le pouvoir de doter d'ailes toutes ses créatures, une pluie de Skraelings risquait de s'abattre sur les défenseurs. À cette seule idée, le Tranchant d'Acier eut des frissons dans le dos.

Que faisait Gorgrael ? Et pourquoi diantre attendait-il ?

Furieux de ne rien voir, Axis décrocha une torche de son support et la lança vers le ciel, où elle tourna majestueusement sur elle-même. Au pied de la muraille, leurs yeux d'argent écarquillés de panique, des milliers de Spectres reculèrent dans le plus grand désordre pour éviter ce dérisoire projectile enflammé.

Quand la torche percuta la neige et s'éteignit, leur courage retrouvé, les hordes de Gorgrael se lancèrent à l'attaque.

Fascinée par la rotation de la torche et l'embrasement du cercle de pierres, Azhure ne comprit pas immédiatement que le bosquet de l'Arbre Terre subissait un assaut massif. Malgré les cris qui retentirent de toutes parts, elle ne réagit pas avant que Pease, la prenant par le bras, pousse un hurlement guttural.

Deux Skraelings venaient d'enfoncer leurs griffes dans le torse de la jeune Avar, et leurs ignobles mâchoires s'attaquaient déjà à son cou et à ses épaules. Serrant toujours le bras d'Azhure, Pease l'implora du regard, comme si la jeune femme pouvait encore la sauver. Mais du sang coulait de ses yeux et de sa bouche.

Trop terrifiée pour crier, Azhure se dégagea et recula, le regard rivé sur les monstres qui déchiquetaient son amie vivante. Les yeux révulsés, la malheureuse bascula en arrière, les mains toujours tendues pour demander de l'aide.

Un des monstres leva la tête, eut un hoquet de satisfaction et frémit de joie en repérant Azhure.

Arrachée à sa transe hypnotique, l'humaine tourna les talons et s'enfuit.

Partout, le chaos régnait en maître, présidant à l'ignoble orgie de sang et de chair des sbires de Gorgrael. Au moment où le cercle de pierres s'embrasait, les trois Skraebolds qui dirigeaient l'attaque avaient lancé des milliers de monstres sur le bosquet de l'Arbre Terre. Pour seul avertissement, les Avars et les Icarii avaient entendu le bruit sourd des sentinelles qui tombaient de la falaise, au-dessus d'eux, fracassant les os des malchanceux assis aux endroits où elles s'écrasaient. Profitant de la confusion, les Skraelings attaquèrent de tous côtés, y compris en dévalant la falaise abrupte.

Les chefs de Crête eurent besoin de quelques minutes pour rallier la Force de Frappe – un délai beaucoup trop long alors que les Spectres se *mangeaient* à travers la foule un chemin qui les conduisait vers le cercle de pierres. À l'évidence, ils visaient les Envoûteurs et les Eubages, l'ultime obstacle qui les séparait de l'Arbre Terre.

Œil Perçant rugit de rage en voyant ses guerriers s'envoler dans le plus grand désordre et par petits groupes. Encochant une flèche dans son arc, il cria de nouveau, écœuré par son impuissance. Comment tirer sans risquer de tuer ses alliés ? Dans une telle pagaille, distinguer les combattants de chaque camp devenait une intenable gageure.

Blessés, les ailes déchirées, certains Icarii parvenaient pourtant à prendre leur envol, échappant ainsi au massacre. Mais les Avars risquaient de périr jusqu'au dernier.

Euphoriques, les Skraebolds voletaient au-dessus de la mêlée, avides de déchirer les chairs des Icarii qui parvenaient à s'en extraire par le haut.

Mais leur mission, cette nuit, ne consistait pas simplement à interrompre les rituels du solstice d'hiver. Cessant de harceler les fugitifs, ils voletèrent prudemment vers le cercle de pierres, attentifs à ne pas trop approcher des flammes. Alors que leurs yeux d'argent sondaient la foule, en contrebas, leur extase initiale se transforma en fureur. Résolus à interrompre le rite avant que le cercle s'embrase, ils avaient été pris de court par Vagabond des Étoiles, qui avait lancé sa torche sans crier gare.

Les Eubages et les Envoûteurs aussi impuissants que les chefs de Crête, la Force de Frappe désorganisée, l'issue de la bataille ne faisait pourtant pas de doute. Contre une telle déferlante, même les sorts de protection ne serviraient à rien.

Debout au milieu de ses pairs icarii et avars, Vagabond des Étoiles dut se résigner à regarder mourir autour de lui des centaines d'Enfants de la Corne et de l'Aile. Inexorablement, les Spectres approchaient de l'Arbre.

Mais les Skraebolds frappèrent avant que leurs séides aient atteint le dernier cercle de défenseurs.

Les Skraelings chargèrent en masse, enfoncèrent leurs griffes dans les minuscules fissures de la muraille et entreprirent de l'escalader, grappe de monstres aux yeux argent luisant de haine à la lueur vacillante des torches.

Axis se pencha au-dessus du parapet et suivit la lente progression des créatures. Depuis sa dernière patrouille, elles avaient encore gagné en substance, de la chair couvrant à présent leurs épaules et une partie de leurs membres rachitiques. Seul leur torse restait vaporeux, cruel contraste avec leurs crocs, qui semblaient bien trop réels aux yeux du Tranchant d'Acier.

— En position ! cria-t-il à ses hommes. Mes amis, ce seront des proies faciles ! Ils ne pourront pas prendre pied sur les créneaux en nombre suffisant, et leur transpercer un œil deviendra un jeu d'enfant.

Les soldats se précipitèrent vers le parapet.

— Êtes-vous prêts ? cria Axis pour couvrir le murmure lancinant des Skraelings.

— Nous attendons tes ordres, Tranchant d'Acier ! répondirent les hommes les plus proches.

À la vitesse du vent, ce cri de ralliement fit le tour de la position.

Alors, la tuerie commença. Jaillissant par vague au sommet de la muraille, les Skraelings parurent d'abord assez nombreux et furieux pour submerger les défenseurs. Mais ces soldats, parfaitement préparés par leur chef, savaient ce qu'ils avaient à faire. Saisissant les monstres par les cheveux, selon la méthode brillamment improvisée par Axis lors de sa première patrouille, ils leur enfonçaient une épée, un couteau ou une lance dans une orbite, les tuant sur le coup. Repoussés dans le vide, des centaines de Skraelings s'écrasèrent sur la neige, où leurs cadavres se désintégrèrent aussitôt.

Mais les défenseurs aussi payèrent un lourd tribut. Le cou déchiré, des dizaines de soldats moururent avec dans les oreilles les cris de triomphe des monstres, enivrés par le goût incomparable du sang humain.

Axis et Belial réussirent à être partout à la fois. Dès qu'une ligne d'Acharites semblait devoir céder face à l'assaillant, ils se précipitaient, ensemble ou séparément, pour colmater la brèche, redonner du cœur au ventre à leurs hommes et forcer la vague mortelle à refluer une nouvelle fois.

— Le feu ! cria Axis. Utilisez le feu !

Les soldats restés en arrière approchèrent avec des chaudrons, les vidèrent par-dessus le parapet, puis jetèrent des torches sur les Skraelings aspergés d'huile. En flammes, les créatures lâchèrent prise, basculèrent en arrière et s'écrasèrent dans la neige où elles se transformèrent en autant de petites flaques de boue visqueuse.

Les réserves de combustible n'étant pas inépuisables, les défenseurs durent de nouveau recourir à leurs armes pour repousser les vagues suivantes de Spectres. Au pied des murs, la masse de créatures devenait de plus en plus dense, et d'autres continuaient à émerger de la brume. Pourtant, alors qu'il courait le long du chemin de ronde, Axis estima que la muraille de la ville tiendrait. En l'absence de brèche importante, alors que le combat faisait rage depuis un bon moment, tous les espoirs semblaient permis.

Au moment où son moral remontait en flèche, le Tranchant d'Acier vit deux Skraebolds jaillir de la brume. La grappe de monstres subalternes s'ouvrant devant eux comme une mer, ils s'arrêtèrent à vingt pas des portes, détendus comme s'ils se promenaient sur une place de marché, puis levèrent vers les défenseurs des yeux où se lisait… un amusement mêlé de dédain. L'un des deux se permit même de se gratter le ventre en étudiant les portes.

Axis remonta le chemin de ronde pour se camper face à eux.

— Bien le bonjour, Rivkahson, siffla un des Skraebolds. Nous sommes venus spécialement pour toi. Regarde !

Moqueur, le monstre tendit un bras vers la « surprise » encore dissimulée par la brume.

Les Skraebolds fondaient sur leur proie. Parfaitement informé de la relation existant entre un Envoûteur et son fils, Gorgrael avait été très précis sur le sort qu'il convenait de réserver à Vagabond des Étoiles.

L'aîné des monstres ailés, OmbrePeur, ordonna à ses deux compagnons de continuer à massacrer les Eubages et les Envoûteurs de moindre envergure. Certain de pouvoir se charger seul de la cible prioritaire du Destructeur, il enfreignit les ordres, qui consistaient précisément à agir tous les trois ensemble. Mais le doyen des Skraebolds avait sa fierté et il entendait être celui qui livrerait l'Icarii à Gorgrael. La meilleure façon possible d'affirmer définitivement son statut de chef des cinq favoris. Après tout, n'était-ce pas lui qui avait tiré leur futur maître des entrailles déchiquetées de sa mère ?

Sa longue formation d'Envoûteur n'avait pas préparé Vagabond des Étoiles à une situation pareille. Il n'avait jamais imaginé qu'il serait encore de ce monde quand la Prophétie s'éveillerait – en admettant que cela dût arriver – et aucun de ses pouvoirs ne pouvait l'aider à repousser une attaque de ce type. Pourtant, malgré sa peur et la rage de se sentir impuissant, il ne lui vint pas une seconde à l'idée de prendre son envol pour fuir le champ de bataille. Même au péril de sa vie, il n'était pas question qu'il abandonne les siens alors qu'ils tombaient comme des mouches.

Entendant un bruit dans son dos, il se retourna… et découvrit une créature qui n'aurait jamais dû exister.

— Vagabond des Étoiles, je suis venu pour toi, siffla le monstre en tendant ses mains griffues.

Parfaitement calme, l'Envoûteur releva la tête.

OmbrePeur avança d'un pas, la tête inclinée pour mieux observer l'Icarii. Ainsi, c'était lui, le *père* ? Eh bien, il était très laid, avec tout ce blanc et ce jaune…

— Aimes-tu ton fils, Envoûteur ? demanda-t-il, sa langue démesurée dardée hors de son bec.

Vagabond des Étoiles n'hésita qu'un instant.

— Oui, dit-il d'une voix assurée, j'aime Axis, et mon cœur était plein d'amour pour lui, même quand je le pensais mort. Depuis que je le sais vivant, ce sentiment a grandi comme un bourgeon qui s'épanouit.

— Non ! rugit OmbrePeur. Je parle de ton autre fils. Ton héritier ! Celui dont la gloire et la puissance empêcheront à jamais ton nom de sombrer dans l'oubli. Aimes-tu Gorgrael ?

— J'ai pitié de lui, répondit Vagabond des Étoiles, les yeux durs et froids. Mais je n'ai pour lui ni amour ni respect, et aujourd'hui je lui tourne le dos. Dis-lui qu'il n'est pas mon héritier !

Les ordres du Destructeur oubliés, le Skraebold se lança à l'attaque.

En l'entendant crier d'horreur, Axis se tourna vers Belial et le regarda dans les yeux un moment. Puis il se concentra de nouveau sur l'abomination qui avançait vers la partie est de la muraille. Sa tête évoquant vaguement celle d'un cheval, le monstre aux yeux d'argent, comme toutes les créatures de Gorgrael, avait la gueule garnie de crocs aussi pointus que ceux des Skraelings. N'était que chez cette horreur géante, ils faisaient six bons pieds de long, soit la taille d'un homme déjà plus grand que la moyenne. Le cou et le dos hérissés de crêtes de chair rougeâtre, le reste de son corps était annelé et fractionné comme celui d'un ver. Ses énormes flancs distendus ondulant comme de la gelée, il semblait sur le point d'exploser pour libérer des milliers d'œufs ou de larves. Dépourvu de pattes, il rampait vers le mur sans se soucier d'écrabouiller sous sa masse les Skraelings trop lents pour s'écarter de son chemin.

Dans un accès de lyrisme morbide, Gorgrael avait baptisé « vers de glace tueurs » ces enfants tout droit sortis de son imagination.

— Axis, regarde ! cria Belial.

Le Tranchant d'Acier tourna la tête et vit que quatre autres vers émergeaient de la brume.

— S'ils attaquent sur toute la longueur de la muraille, puissent les dieux nous venir en aide ! Belial, suis-moi !

Les deux hommes coururent jusqu'à la section de mur que visait le premier monstre. Au passage, Axis s'empara de l'arc d'un soldat et prit une poignée de flèches dans son carquois.

— Attrape, mon ami ! cria-t-il en lançant l'arme à son second. C'est toi, le champion de tir à l'arc, pas moi ! Surtout, vise les yeux !

Belial s'assouplit les doigts, puis encocha une flèche.

— Que la chance soit avec moi…, murmura-t-il en armant l'arc.

Les traits tendus par la concentration, il attendit que le ver géant soit à dix pas de la tour de garde et se dresse sur sa queue tel un serpent. Comme tout bon tireur, il relâcha son souffle en même temps que la corde de l'arc, comme s'il voulait guider la flèche vers sa cible.

Le projectile toucha le monstre sous l'œil droit… et rebondit sur les écailles qui couvraient sa joue.

Dès qu'Axis lui eut tendu une nouvelle flèche, Belial tira de nouveau, presque sans viser, puisqu'il gardait en mémoire sa ligne de mire. Et cette fois, il fit mouche.

Un flot de sang jaillissant de son orbite, le ver bascula en arrière. Lorsqu'il s'écrasa sur la neige, son corps se fendit en une dizaine d'endroits et des Skraelings émergèrent de ses entrailles, se tortillant comme des anguilles prises au piège.

Glacé de peur, Axis saisit le poignet de Belial.

— Va dire aux archers de se concentrer sur ces monstres ! Il faut les abattre avant que leur tête soit à la hauteur de la muraille. Sinon, ils nous vomiront des Spectres dessus !

Belial partit au pas de course rameuter les archers.

Le Tranchant d'Acier étudia un moment le cadavre du monstre, puis il regarda où en étaient les quatre autres. Enfin, il chercha à localiser les Skraebolds et ne les vit pas.

Puis, du coin de l'œil, il capta un mouvement, près des portes.

Azhure trébuchait sans cesse sur des cadavres d'Avars, d'Icarii ou, très rarement, de Skraelings. Parfois, des mains rouges de sang se tendaient vers elle, implorant de l'aide. Plus souvent, des griffes tout aussi rouges tentaient de lui lacérer les chairs.

Hébétée, l'humaine avançait, les mains pressées sur le visage tandis que ses jambes, par elle ne savait quel miracle, consentaient à continuer de la porter. L'image de la fin terrible de Pease gravée dans son esprit, elle fuyait sans même se demander s'il existait encore au monde un endroit où elle ne serait pas en danger.

Un Skraeling parvint à lui poser une patte sur l'épaule et la força à se retourner. À l'instant où elle sentit une griffe s'enfoncer dans sa chair, une colère comme elle n'en avait jamais connu fit voler en éclats l'angoisse qui la tétanisait. Tendant une main, elle prit une flèche dans le carquois d'un guerrier icarii tombé à genoux à côté d'elle, et, sans réfléchir, la planta dans l'œil de son agresseur.

La pointe de fer perça le globe oculaire, qui explosa comme un furoncle bien mûr et aspergea de sang le visage et le cou d'Azhure.

Elle retira la flèche de l'œil du monstre déjà à demi liquéfié et se tourna vers un autre Spectre qui s'acharnait sur un Avar, à deux pas d'elle. Le saisissant par les cheveux, elle le força à renverser la tête et lui planta sa flèche dans l'œil. Avec des cris de démente, elle repéra un autre monstre, le tua exactement de la même manière et passa au suivant, puis à celui d'après.

Autour d'elle, les Avars et les Icarii reprirent en chœur son hurlement et, l'imitant, commencèrent enfin à se battre. Le cercle de fureur guerrière grandissant peu à peu, des dizaines de couteaux et de flèches semèrent la mort dans les rangs des Skraelings.

La vermine crevait!

Les chefs de Crête parvinrent à organiser leurs forces et leur ordonnèrent de piquer sur le dos des créatures, pour les prendre par les cheveux et leur enfoncer des flèches dans les yeux.

Alors, la vermine commença à paniquer.

Plaqués contre les battants bardés de fer des portes de Gorken, les deux Skraebolds, les bras et les jambes en croix, entonnèrent une mélopée de destruction qui sembla faire exploser l'air autour d'eux et perça les tympans des défenseurs.

Le crâne déchiré de l'intérieur, Axis crut qu'il allait perdre la raison. Alors qu'il tombait à genoux, les notes du chant protecteur icarii jaillirent d'elles-mêmes de ses lèvres et neutralisèrent les effets de la cacophonie des favoris de Gorgrael. Mais sur une vingtaine de pas, de chaque côté des portes, les défenseurs lâchèrent leurs armes pour se prendre la tête à deux mains. Certains s'écroulèrent, du sang coulant de leurs yeux et de leurs oreilles. Désormais libres de leurs mouvements, des Skraelings prirent pied sur le chemin de ronde et se jetèrent sur ces malheureux.

Si le chant d'Axis le protégeait des monstres, qui l'évitaient soigneusement, il ne pouvait rien pour ses hommes, impitoyablement déchiquetés ou dévorés.

Le Tranchant d'Acier se pencha de nouveau pour observer les portes. Les Skraebolds n'avaient pas bougé, mais du gel jaillissait de leurs doigts pour s'attaquer au bois, qui ne tarda pas à se fendiller. Dans quelques minutes, les battants exploseraient et ce serait la curée.

Axis courut vers le parapet intérieur du chemin de ronde et se pencha de nouveau pour regarder les soldats postés derrière les portes. Si l'horrible chanson ne les avait pas encore tous neutralisés, beaucoup se grattaient frénétiquement les oreilles en regardant le bois se fissurer.

— Reculez ! leur cria Axis. Et trouvez-vous des abris !

Tous les soldats battirent en retraite pour aller dénicher de meilleures positions défensives, à l'intérieur de la ville.

Le Tranchant d'Acier se tourna vers la bataille. Plusieurs vers géants gisaient sur le sol, un œil transpercé et le corps éclaté. Mais l'un d'eux, à une centaine de pas à l'ouest, était parvenu à hisser sa gueule de cauchemar à la hauteur des créneaux. Tout son corps ondulant, il émit d'ignobles borborygmes puis vomit quelque quatre cents Skraelings à l'intérieur de la ville.

L'estomac retourné, Axis espéra que les unités qui défendaient les ruelles d'accès pourraient contenir cette marée de Spectres. Mais un deuxième, puis un troisième et un quatrième ver parvinrent à imiter la manœuvre du premier et déversèrent de l'autre côté du mur leur atroce cargaison.

Sous les pieds d'Axis, les portes explosèrent, littéralement arrachées à leurs gonds.

— Sois maudit, Vagabond des Étoiles ! cria Axis à la face du ciel. Pourquoi n'es-tu pas là pour me montrer ce qu'il faut faire ? Oui, sois maudit !

La charge du Skraebold fut si furieuse – un ballet mortel de mains et de pieds griffus, d'ailes hérissées de piques et de coups de bec vicieux – que l'Envoûteur, sans ses réflexes inouïs, aurait pu être décapité dès la première seconde. Son chant de protection étant sans effet sur le monstre, il fut projeté sur le sol et sentit des crocs et des griffes s'enfoncer dans sa chair.

— Tu pensais que tes sorts minables m'arrêteraient, Envoûteur ? siffla OmbrePeur. Te crois-tu plus fort que ton fils, crétin prétentieux ?

La douleur devenant intolérable, Vagabond des Étoiles lutta pour ne pas perdre le contact avec le pouvoir de la Danse des Étoiles, mais il lui devint très vite impossible de se concentrer. Alors que le bec du monstre lui déchirait une aile, sa vision se brouilla et il comprit que la cause était entendue. Impuissant contre ce type d'attaque, il allait mourir ce soir.

Mais le Skraebold cria de douleur et de surprise et la pression de ses griffes se relâcha. Mobilisant ses dernières forces, l'Envoûteur se dégagea et roula sur le côté. Penchée sur le monstre, une femme remuait frénétiquement la flèche qu'elle lui avait enfoncée dans la nuque.

Les mains refermées sur la hampe du projectile, le monstre tentait de l'arracher. Pour l'instant, il ne se souciait pas de la femme. Hélas, ça ne durerait pas. Vagabond des Étoiles se releva, cria de douleur à cause de ses ailes déchiquetées, mais se jeta quand même en avant, saisit la femme par la taille et la tira à l'écart du Skraebold. Face à ses griffes et à son art du combat, la pauvre n'aurait pas eu l'ombre d'une chance.

Au moment où le monstre allait lui porter le coup de grâce, l'Envoûteur avait soudain compris comment il pouvait aider les siens, s'il vivait assez longtemps pour ça. S'appuyant sur la femme au moins autant qu'il la soutenait, il tituba vers le cercle de pierres encore embrasé. Par un incroyable coup de chance, les Skraelings n'avaient pas lancé leur attaque avant que les flammes jaillissent. Car elles seules les empêchaient de fondre sur l'Arbre Terre.

— Pendant que nous traverserons, dit-il à sa compagne, ne respire pas !

La tirant vers une arche, il lui appuya une main sur la bouche et le nez puis se jeta dans le feu. Les ailes plaquées contre le corps, il sentit roussir ses cheveux et ses plumes, mais il parvint à passer sans se transformer en torche vivante. Tenant toujours la femme, il boitilla en direction de l'Arbre Terre et vit Raum courir vers lui.

Quasiment indemne, l'Eubage se décomposa quand il mesura la gravité des blessures de l'Envoûteur.

— Vagabond des Étoiles, laisse-moi t'aider !

— Pas le… temps…, marmonna l'Icarii, au bord de l'évanouissement. Nous devons approcher de l'Arbre… Il y a… une… chance, si l'Amie de l'Arbre existe vraiment… d'arrêter ce massacre… et de sauver la forêt.

Raum échangea un bref coup d'œil avec Azhure. Unissant leurs efforts, ils aidèrent l'Envoûteur à atteindre l'Arbre Terre.

— Raum, il faut que tu m'aides à contacter cette femme… Quel est son nom, déjà ?

— Faraday.

— C'est ça… oui…, souffla Vagabond des Étoiles, à bout de forces.

— Azhure, cria l'Eubage, empêche-le de tomber ! Mais fais attention, parce que ses ailes sont en bouillie.

L'humaine s'agenouilla derrière l'Icarii et l'aida à tenir assis. Quand elle écarta délicatement ses ailes, pour ne pas lui faire mal, elle vit que la chair, presque partout où le monstre l'avait blessé, était déchirée jusqu'à l'os.

La douleur tirant l'Envoûteur de son hébétude, il s'appuya contre Azhure, heureux qu'elle le soutienne.

— Merci… Au fait, quel est ton nom ?

Raum voulut répondre, mais l'Icarii lui saisit un bras et l'en empêcha. Les yeux rivés sur la femme, il se concentra, troublé malgré le brouillard qui envahissait son esprit. Cette humaine lui disait quelque chose. L'avait-il déjà rencontrée ?

— Je m'appelle Azhure, Vagabond des Étoiles.

— Azhure…, répéta l'Envoûteur.

Se tournant vers Raum, il lui lâcha le poignet, lui prit la main et posa sa paume libre contre le tronc de l'Arbre Terre.

— Eubage, aide-moi à contacter Faraday, je t'en prie. Tu la connais, moi pas… Avec son aide, nous ferons chanter l'Arbre plus fort que jadis…

À travers leurs doigts emmêlés, Raum sentit l'Icarii soumettre son esprit et sa volonté à l'Arbre Terre. L'assurant de son amour, il l'implora de l'écouter et lui demanda de l'aide. Décidé à soutenir Vagabond des Étoiles, l'Eubage posa sa main libre sur le tronc et invoqua l'Arbre, les Enfants Sacrés et la Mère. Avec leur assistance, pensa-t-il, ils pourraient *appeler* Faraday.

Rarement conscient de ce qui se passait dans le monde de ces étranges bêtes toujours avides de se déplacer, l'Arbre cessa un instant de contempler les mystères qu'il avait découverts dans les entrailles de la Terre, entre ses racines, et ceux dont ses feuilles lui transmettaient les échos après avoir été effleurées par les douces vibrations de la Danse des Étoiles. Un instant, il écouta l'Eubage et l'Envoûteur, et éprouva un sentiment qui lui était étranger depuis un millénaire.

La surprise. L'Amie de l'Arbre ? L'Amie de l'Arbre arpenterait ce monde ? Fasciné par ce nouveau mystère, l'Arbre lui consacra quelques secondes de réflexion, puis il retomba dans son sommeil.

Pétrifiée de terreur, Faraday, assise sur son lit, se serrait convulsivement contre Yr. Campé devant la porte, épée au poing, Timozel semblait persuadé de pouvoir repousser une centaine de Skraelings s'ils osaient menacer l'ultime refuge de sa dame. L'attaque du fort et de la cité paraissait avoir commencé une éternité plus tôt. Pourtant, dans un coin de son esprit, la duchesse d'Ichtar savait qu'elle durait depuis moins d'une heure. Les tympans agressés par les ululements des Spectres et les cris des défenseurs, elle tentait de s'en isoler en enfouissant sa tête contre l'épaule d'Yr. Très pâle, la Sentinelle murmurait une incessante prière à la Prophétie, implorant qu'ils survivent tous à cet assaut. Sans trop savoir si elle cherchait à réconforter Faraday ou à *se* rassurer, elle berçait tendrement la jeune femme.

Soudain, elle la sentit se raidir dans ses bras, puis l'entendit pousser un petit cri, comme si elle avait mal.

— Faraday ?

La jeune femme marmonna des propos inintelligibles et ses mains se refermèrent douloureusement sur le dos de la Sentinelle.

— Faraday, que se passe-t-il ?

— Un problème ? demanda Timozel en se retournant.

— Raum ? souffla Faraday.

— Ce n'est rien, champion, répondit Yr en se forçant à sourire. La pauvre petite a peur, voilà tout…

Le jeune soldat plissa le front et reprit sa position.

Yr se pencha vers sa protégée et lui releva le menton pour sonder son regard. Il était vide, comme si son âme l'avait désertée.

Poussée par un sentiment d'urgence irrésistible, Faraday luttait pour s'enfoncer à contre-courant dans un océan de lumière émeraude. Jusque-là, elle n'avait jamais eu peur de la lueur verte, mais elle la sentait si puissante, et tellement furieuse, qu'elle gémit d'angoisse. Puis elle comprit que cette colère ne la visait pas. Folle de rage, la lumière ignorait comment frapper ses adversaires.

— Faraday ? chantonna une voix basse et musicale.

— Oui ? répondit la jeune femme.

Elle tourna lentement sur elle-même, dans la déferlante de lumière, pour tenter de voir qui lui parlait.

— Faraday, dit une autre voix, nous avons besoin de ton aide.

— Raum ? C'est bien toi ?

— Mon enfant, écoute Vagabond des Étoiles…

— Faraday…, répéta la première voix.

Près d'elle, Faraday vit apparaître un homme-oiseau d'une incroyable beauté, à la peau et aux plumes si blanches qu'il semblait entouré d'une aura argentée dans la mer de lumière émeraude. Souriant, il tendait un bras vers la jeune femme, ses yeux bleu clair l'implorant de se fier à lui.

Incapable de résister, Faraday prit la main de l'Envoûteur.

— Amie de l'Arbre, dit-il, aideras-tu les Icarii et les Avars en ces heures tragiques ? Chanteras-tu pour l'Arbre, afin qu'il leur permette de survivre ?

— Avec plaisir ! s'écria la jeune femme.

S'il le lui avait demandé, elle se serait de bon cœur offerte en sacrifice aux hordes de Skraelings !

L'Envoûteur battit doucement des ailes et l'entraîna dans un tunnel sinueux de lumière vert argenté. Après un long moment, ils jaillirent à l'air libre et survolèrent une plaine boisée, puis un bosquet où se dressait un grand arbre entouré d'un cercle de pierres en flammes. Partout ailleurs, des gens se battaient furieusement dans un brouillard qui empêcha la jeune femme de voir clairement les détails. En revanche, le cercle de pierres et l'arbre lui apparaissaient avec une extraordinaire netteté.

— Faraday, dit Vagabond des Étoiles, c'est l'Arbre Terre. La vie de la forêt dépend de sa puissance et de sa vitalité. S'il meurt, ou simplement s'il reste indifférent, Avarinheim disparaîtra. Veux-tu chanter pour lui et le tirer du sommeil qui l'isole du monde ? Lui demanderas-tu de protéger ceux qui l'aiment et ont besoin de lui pour survivre ? Amie de l'Arbre, Gorgrael frappe le cœur même d'Avarinheim. Es-tu prête à tenter de le sauver ?

— Avec plaisir, répéta Faraday, incapable de refuser quoi que ce fût à l'Envoûteur.

Ils se posèrent doucement au pied de l'Arbre, où les attendaient trois silhouettes floues. Faraday crut reconnaître une humaine, penchée sur un Icarii blessé, et un Avar qui tenait la main de l'homme-oiseau. En transe, tous les deux avaient plaqué leur paume libre sur le tronc.

Ils n'accordèrent aucune attention aux nouveaux venus, à l'inverse de l'humaine, qui leva les yeux vers eux. Faraday éprouva une sympathie spontanée pour cette inconnue et lui sourit du fond du cœur.

— Viens avec moi et touche l'Arbre, murmura Vagabond des Étoiles.

Faraday posa sur l'écorce une main que l'Envoûteur recouvrit de la sienne.

— Chante, ordonna-t-il. Si tu ne parviens pas à le réveiller, nous mourrons tous.

Faraday obéit sans savoir d'où lui venaient les notes qui sortaient de sa gorge, mais sentant néanmoins qu'elle puisait dans le pouvoir que la Mère lui avait offert, sous le bouleau pleureur. Vagabond des Étoiles reprit la mélodie et leurs voix unies dessinèrent dans les airs de merveilleux motifs qui dansèrent devant leurs yeux, lentement tissés par chacune de leurs intonations, avant d'envelopper puis de pénétrer l'écorce de l'Arbre Terre.

Depuis des milliers d'années, personne n'avait interprété cette mélodie pour l'Arbre. C'était *sa* chanson, composée lors de sa jeunesse, puis confiée aux bons soins de la Mère.

L'Arbre Terre soupira, submergé par les joyeux souvenirs de la forêt d'Avarinheim, à l'époque de sa naissance, quand tout n'était qu'espoir et joie. Non sans regret, il s'arracha à la contemplation des mystères qui le fascinaient tant et revint à la conscience. S'éloignant de plus en plus vite de la grande caverne, au centre du monde, où ses racines aboutissaient, l'Arbre s'avisa que quelque chose n'allait pas. Depuis des siècles, la forêt avait subi d'intolérables assauts, et les choses, aujourd'hui, étaient pis que jamais. De répugnantes créatures osaient même fouler le sol du bosquet qu'il tenait pour son foyer.

L'Arbre Terre hurla de rage.

Surprise, Faraday faillit perdre le contact avec le végétal, et sa voix trembla comme si elle allait cesser de chanter. Mais Vagabond des Étoiles l'empêcha d'écarter sa paume de l'écorce, et, son propre chant plus assuré que jamais, l'aida à ne pas se laisser réduire au silence par les cris de fureur de l'Arbre.

Soudain, la jeune femme comprit, sans savoir comment, qu'ils vivaient un moment décisif. Si la rage submergeait l'Arbre, il ne se contrôlerait plus et tuerait indifféremment amis et ennemis. Pour l'en empêcher, elle devait continuer à lui parler par l'intermédiaire de la chanson magique. Aussitôt, sa voix redevint claire et limpide.

Vagabond des Étoiles se livra à des variations, d'abord imperceptibles, puis de plus en plus marquées, sur la mélodie initiale, et Faraday s'adapta docilement à son rythme. Abruptement, l'Arbre cessa de crier et se joignit à eux, sa voix puissante retentissant sur toute la partie nord de la forêt.

L'Icarii et l'humaine se turent, fascinés d'entendre l'Arbre Terre interpréter *sa* chanson – la musique même qui avait présidé à sa création.

La voix du végétal fit trembler tout le bosquet, où les combattants s'immobilisèrent. Une fraction de seconde plus tard, les Skraelings explosèrent. Leurs crânes se fendirent, leurs yeux éclatèrent, leurs mains se détachèrent de leurs bras et leurs torses, privés de jambes, s'écrasèrent sur le sol avant de se liquéfier.

Les deux Skraebolds indemnes tirèrent leur compagnon blessé – la flèche encore enfoncée dans la nuque – loin du cercle de pierres. Impuissants face à l'Arbre Terre, car Gorgrael ne leur avait pas conféré ce pouvoir, ils rugirent de rage et de défi avant de se volatiliser, uniques rescapés des terribles hordes du Destructeur.

Les Avars et les Icarii survivants, presque tous couverts de sang, se tournèrent vers l'Arbre, émerveillés par sa puissance.

— Il chante, souffla Vagabond des Étoiles. Oui, l'arbre chante. Merci, Faraday. Pour le réveiller, nous lui avons fait entendre la musique des étoiles et celle de la Mère. Désormais, il veillera sur Avarinheim, et la route du Sud, pour Gorgrael, sera beaucoup moins facile que prévu.

Du bout des doigts, la jeune femme caressa la joue de l'Envoûteur.

— Vous êtes Vagabond des Étoiles, n'est-ce pas ? Le père d'Axis... Il vous cherche, car il a besoin de vous. Viendrez-vous à son secours ?

— Tu le connais ?

Toujours inconsciente de l'effet qu'elle pouvait avoir sur un homme, Faraday sourit et eut un léger rire de gorge.

— Je l'aime, Envoûteur ! Votre fils est d'une incroyable beauté, et... (Sentant le pouvoir se dissiper, la jeune femme eut l'impression que la main de l'Icarii perdait de sa substance. L'heure de repartir venait de sonner.) Aidez-le, Vagabond des Étoiles ! Je vous en supplie…

— … Aidez-le ! acheva Faraday dans sa chambre, au fort de Gorken. N'abandonnez pas votre fils !

Ouvrant les yeux, elle découvrit le regard inquiet d'Yr, qui la serrait toujours contre elle. Puis elle reperdit conscience.

50

Les rues de gorken

Toute la nuit, Axis s'efforça désespérément de rallier ses forces autour des cinq demi-cercles défensifs mis en place devant les portes du fort. Résolu à tenir la muraille le plus longtemps possible, il avait regardé tomber ses hommes, fou de rage, jusqu'à ce qu'il soit évident que leur résistance devenait inutile. D'autant plus que les vers géants continuaient à vomir à l'intérieur de la cité des grappes de Skraelings qui risquaient de leur couper la retraite.

Une fois donné l'ordre de se replier, de nouvelles difficultés se présentèrent. Une unité entière périt sous les griffes des monstres qui l'attaquèrent par-derrière, et davantage d'hommes encore, trop pressés de fuir, perdirent la vie en basculant des échelles. Avec l'aide de Belial et des officiers survivants, le Tranchant d'Acier s'efforça de maintenir un semblant d'ordre et de discipline – souvent sans succès.

Les Spectres de Gorgrael reprirent bien entendu du poil de la bête. Naguère effrayés par le grand humain aux cheveux jaunes, ils savaient que plus rien ne les arrêterait, pas même son pouvoir…

Axis resta sur le chemin de ronde beaucoup trop longtemps, en tout cas au goût de Belial. Certain que son chef était perdu s'il s'exposait une minute de plus, il le prit par le bras et le tira vers une échelle encore debout.

— Axis, tu ne peux plus rien faire ici, et les survivants ont besoin de toi. Viens !

Arrivé devant l'échelle, le Tranchant d'Acier se retourna une dernière fois pour regarder les défenseurs coincés sur le chemin de ronde. La plupart disparaissaient déjà sous une masse de Skraelings affamés.

— Belial, j'aurais dû être capable d'empêcher ça ! rugit Axis, une main refermée sur l'épaule de son second.

Craignant de basculer dans le vide, tant la pression du Tranchant d'Acier le déséquilibrait, l'officier se retint à un montant de l'échelle.

— Bon sang, Axis, épargne-moi cette séance d'auto-apitoiement ! Reprends-toi et occupe-toi de tes hommes. Tu ne les entends pas t'appeler ?

Dans les ruelles, tout en affrontant les Skraelings, des soldats criaient le nom de leur chef.

Belial se libéra de la prise d'Axis, le força à s'engager sur l'échelle et le suivit sans tarder.

Le Tranchant d'Acier sauta bien avant d'avoir atteint le dernier barreau et glissa sur du sang en se réceptionnant.

— Autour de moi, mes guerriers ! cria-t-il, marquant ainsi le début d'une bataille de rue perdue d'avance.

La configuration des ruelles, étroites et sinueuses, parut d'abord jouer en faveur des défenseurs, puisqu'elle interdisait aux monstres de lancer un assaut massif. Mais les lignes de défense serrées à l'extrême se révélèrent très vulnérables aux attaques venues des toits, dès que les monstres eurent compris qu'ils pouvaient passer par là.

Axis accourant dès qu'une barricade menaçait de céder et ses hommes, galvanisés par sa présence, firent des prodiges face aux Spectres de plus en plus nombreux. Tenté par la politique de la terre brûlée, le Tranchant d'Acier fit mettre le feu à quelques maisons, entre les attaquants et eux. Les murs s'écroulant trop souvent sur ses propres forces, il dut renoncer à cette idée. Pour sauver Gorken, les Haches de Guerre et leurs camarades de l'armée régulière devraient seulement compter sur leurs épées.

En face, les deux Skraebolds dirigeaient toujours l'attaque. Habiles à repérer les points faibles de l'adversaire, ils stimulaient leurs troupes en les accablant d'injures et de menaces. Ainsi motivés, les Skraelings submergèrent en quelques minutes des défenses qui auraient tenu plusieurs jours face à une armée humaine. Dotés de griffes, les monstres pouvaient escalader les chariots renversés, et, pis encore, profiter de leur manque de substance pour se faufiler par la plus minuscule brèche d'une barricade. Affichant un obscène sourire, ils semblaient s'amuser follement de la terreur des hommes qui les voyaient surgir ainsi de nulle part.

Les Spectres s'offraient un véritable festin ! Derrière chaque barricade renversée, ils laissaient des dizaines de cadavres déchiquetés et vidés de leur sang, et gagnaient chaque fois un peu plus de substance.

À l'aube, Axis et ses hommes durent abandonner l'avant-dernière ligne de barricades – sur les cinq censées empêcher l'ennemi d'approcher du fort. Acculés à se battre devant les portes de la place forte, tous comprirent que leur dernière heure ne tarderait plus.

Couverts d'une pellicule de glace – le résultat d'une brillante idée tactique ! –, les murs du fort se révélèrent très durs à escalader, même pour des créatures griffues. Les rares qui y étaient parvenues ayant péri dès leur arrivée au sommet, leurs camarades ne se risquaient plus à tenter l'aventure.

Les vers géants, qui avaient vomi tant de monstres à l'intérieur de la cité, se révélèrent trop petits – d'une bonne soixantaine de pieds – pour répéter la manœuvre face au fort.

Pourtant, les défenseurs de Borneheld commençaient aussi à tomber, et la majorité des soldats piégés dans la cité appartenaient à *son* armée ! Courant de long en large sur les créneaux, le Seigneur de Guerre insultait ses hommes – une façon, croyait-il, de leur donner du cœur au ventre – et maudissait le bâtard qui n'avait pas réussi à tenir sa position.

Dans une tour de garde, blancs comme des morts, Jorge et Magariz regardaient le désastre en cours au pied du fort. Si courageux qu'ils soient, les défenseurs n'avaient pas une chance, et le soleil se coucherait sur un charnier.

Les deux guerriers brûlaient de voler au secours du Tranchant d'Acier et de ses hommes. Hélas, c'était impossible. Sur l'ordre du duc d'Ichtar, les portes du fort resteraient fermées quoi qu'il arrive en ville. Une décision cruelle mais justifiée. Massacre ou pas, aucun officier digne de ce nom n'aurait pris le risque de mettre en danger le dernier bastion…

Après vingt-quatre heures de veille, dont douze passées à se battre, Axis et ce qui restait de ses hommes étaient à bout de forces. Tous blessés et affaiblis par la perte de sang, ils profitaient du moindre répit pour reprendre leur souffle, appuyés contre les murs ou écroulés sur le sol, même s'ils savaient, dans cette position, être irrémédiablement condamnés si des Skraelings leur sautaient dessus. L'instinct de survie prenant le dessus, certains parvenaient à se relever malgré leurs jambes en capilotade.

Les unités ayant été décimées puis éparpillées, les Haches de Guerre et les soldats de l'armée régulière combattaient côte à côte, toutes leurs différences oubliées.

Dès que la bataille lui laissait quelques minutes de calme, le Tranchant d'Acier s'efforçait de puiser au plus profond de lui-même le pouvoir qui *devait* s'y tapir. S'il était parvenu à chanter la Litanie de la renaissance pour une inconnue, pourquoi, face à la mort de ses hommes, restait-il incapable de déchaîner une tempête mortelle contre les Skraelings ? Parce qu'il avait besoin de son père, comprit-il malgré la fatigue et le désespoir. Comme s'il était redevenu le petit garçon qui, à cinq ans, avait tenu pour la première fois la garde d'une véritable épée. Conscient qu'il s'agissait d'une arme mortelle, mais trop faible pour la soulever, il s'était contenté de la traîner derrière lui en boitillant pathétiquement.

Alors qu'un Skraeling lui sautait dessus – recevant aussitôt dans l'œil la pointe de sa lame –, Axis cria le nom de son père, comme s'il avait pu le faire apparaître à ses côtés.

Hélas, seul son bras, désormais assez fort pour brandir une arme, l'aiderait peut-être à sortir vivant de ce cauchemar. Comme les trois mille survivants qui luttaient avec lui – sur les huit mille hommes affectés à la défense de la cité –, l'épuisement le privait d'une grande partie de ses moyens, l'empêchant de conserver actif le sort de protection icarii qui lui avait valu de rester indemne plus longtemps que ses compagnons. Mais la mort était-elle un sort si détestable que cela ? Après tout ce qu'il avait vu cette nuit et ses vains efforts pour renverser la situation, ne méritait-il pas un peu de repos ?

Axis s'adossa à un mur puis se laissa glisser sur le sol, sa lame tendue devant lui.

Couvert de sang, les traits ravagés comme s'il avait vieilli de vingt ans en une nuit, Belial vint s'écrouler près de son chef.

Le Tranchant d'Acier ferma les yeux… et les rouvrit quand il entendit un homme crier.

— Ils reviennent…, souffla Belial en aidant son ami à se relever. Ne se sont-ils pas assez rempli la panse ?

— C'est moi qu'ils cherchent, je crois… (Axis titubant, son second le soutint le temps qu'il retrouve son équilibre.) Leur voracité ne se calmera pas tant qu'ils n'auront pas goûté mon sang. S'ils y parviennent, Achar sera à eux, et tu auras tout intérêt à t'enfoncer ta propre épée dans le corps… (Frappé par une idée terrifiante, il écarquilla les yeux.) Belial, si je meurs, qu'arrivera-t-il à Faraday ?

— Borneheld la défendra… Viens, les hommes ont besoin de toi.

— Les dieux savent qu'elle préférerait mourir sous les griffes des Skraelings plutôt que finir ses jours avec ce rustre, marmonna Axis en suivant son second.

Les monstres se pressaient devant l'ultime ligne de barricades. Certains prenaient déjà pied au sommet des amas de chariots renversés et de caisses. Alors que Belial caracolait loin devant lui, une silhouette massive venue du ciel atterrit lourdement à quelques pas du Tranchant d'Acier, qui s'arrêta net, les yeux plissés de surprise.

— Tes hommes crèvent, Axis Rivkahson, siffla le Skraebold, et tu n'en as plus pour longtemps toi-même.

La créature avança, les ailes écartées et les mains prêtes à frapper. Malgré sa lassitude, Axis se prépara au combat. Se laisser déchiqueter aurait été plus facile, mais des centaines de braves comptaient encore sur lui. Non, décidément, ce n'était pas l'heure de mourir. Les choses ne pouvaient pas s'arrêter comme ça…

Il leva lentement son épée.

Le Skraebold ricana de joie quand il vit trembler la main du guerrier. Une victoire facile l'attendait, et il n'avait rien contre les triomphes sans péril. La tête inclinée, il cria son défi au ciel puis bondit.

Hélas pour lui, Axis restait plus déterminé à survivre qu'il le paraissait. Décrivant un arc de cercle avec sa lame, il toucha son adversaire à l'épaule – un coup au but aussitôt récompensé par un geyser de sang.

Le Skraebold couina de douleur, s'écarta vivement et repassa à l'attaque, accroupi pour que le prochain balayage horizontal du Tranchant d'Acier passe au-dessus de sa tête. Profitant de l'ouverture, il saisit Axis à la taille, bascula en avant afin de le faire tomber et profita de sa position dominante pour lui lacérer les flancs et la poitrine.

Malgré sa force supérieure à celle de la plupart des hommes, le Tranchant d'Acier ne put pas se dégager, car la puissance du Skraebold n'avait rien de naturel. Et son haleine, qu'il lui projetait à la face, sentait la charogne au point de lui couper le souffle. Axis essaya pourtant de changer de prise sur la garde de son épée, pour pouvoir l'enfoncer dans le dos du monstre. Au moment où il allait y parvenir, les griffes incroyablement dures du Skraebold firent éclater sa cotte de mailles et s'enfoncèrent dans sa chair. Tétanisé par le choc, le Tranchant d'Acier lâcha son arme… et comprit qu'il allait bel et bien mourir aujourd'hui.

Était-ce si dramatique que ça, après avoir perdu tant d'hommes placés sous sa responsabilité ? Périr avec eux était certainement plus digne d'un chef que leur survivre.

Le Skraebold jubilait tandis que ses griffes déchiquetaient les chairs de l'humain. Pour cet exploit, Gorgrael le récompenserait grassement, ça ne faisait pas de doute.

Le monstre savourait toujours son triomphe imminent quand Belial lui enfonça son épée entre les ailes. Déséquilibré par l'impact, l'officier manqua basculer en arrière, mais il mobilisa toutes ses forces pour ne pas lâcher son arme et pour résister aux contorsions du Skraebold qu'il espérait agonisant.

Pourvu que je ne sois pas arrivé trop tard, pensa-t-il, terrifié par la pâleur de son chef – qu'il apercevait au gré des mouvements désordonnés du monstre – et par le flot de sang qui rougissait le caniveau.

— Crève, vermine ! cria-t-il en remuant sa lame dans la plaie déjà béante du monstre.

Quand il sentit la cage thoracique se déchirer de l'intérieur, il lâcha son arme, la laissant plantée là où elle était. Le tenant par une aile, il fit rouler le cadavre loin du corps martyrisé de son chef. Quand le Skraebold atterrit sur le dos, l'épée s'enfonça davantage et la pointe, avec un bruit écœurant, émergea de sa poitrine. Après un dernier hoquet, il cracha un flot de sang et se désintégra.

— Espèces de salauds ! cria Belial, les yeux levés vers les remparts du fort. Ouvrez les portes ! Axis agonise sous vos yeux !

Puis il souleva le Tranchant d'Acier et le hissa sur son épaule. Étonné que ses jambes tiennent le choc, dans son état de fatigue, il se tourna à demi vers les barricades, sur le point d'être submergées, et avisa Arne à la tête d'un ultime carré de Haches de Guerre et de soldats réguliers.

— Recule ! lui cria-t-il. Bats en retraite vers les portes !

Sans attendre de savoir si son vieux compagnon l'avait entendu, Belial tituba jusqu'aux portes et faillit glisser dix fois sur la neige rouge de sang.

Sur le chemin de ronde, le comte Jorge se tourna vers Magariz.

— Je prends la décision d'ouvrir les portes, dit-il. Vous n'y êtes pour rien, et comme je suis votre supérieur, la responsabilité retombera sur mes épaules.

— Trop tard, mon ami… J'ai donné l'ordre d'ouvrir depuis cinq minutes.

Les deux hommes se regardèrent un instant, puis coururent vers une échelle et la dévalèrent.

À l'autre bout du fort, près des murs du donjon, Borneheld cria de rage lorsqu'il vit les portes commencer à s'ouvrir. Décidé à empêcher qu'elles continuent, il partit au pas de course, écartant sans ménagement tous ceux qui se dressaient sur son chemin. Trahi par sa fatigue et le sol de pierre irrégulier du chemin de ronde, il s'emmêla les pieds et s'étala de tout son long. Sa cheville droite lui faisant un mal de chien, il renonça à tenter de se relever et resta étendu sur le dos, rouge de fureur, à éructer des ordres incompréhensibles.

Portant Axis sur son épaule, Belial franchit les portes quelques secondes avant un raz-de-marée de soldats, dont beaucoup soutenaient des camarades blessés. Désorientés par la mort d'un de leurs chefs, les Skraelings ne se lancèrent pas à la poursuite des fuyards. Et le Skraebold survivant, hébété par la triste fin de son frère, ne songea même pas à les insulter pour les forcer à réagir.

Grâce à l'humanité de Magariz, à la maladresse du duc et à la confusion des monstres, très peu d'hommes eurent la malchance de périr à quelques pas du but.

Quand tous les survivants furent entrés, les battants bardés de fer se refermèrent au nez des Spectres enfin sortis de leur stupéfaction.

Le siège du fort de Gorken venait de commencer.

Faraday s'enfonçait dans une forêt enchantée pleine de grâce, de beauté, de paix, de sérénité… et d'étranges oiseaux aux yeux de diamant.

Mais ce doux rêve ne dura pas et les oiseaux s'envolèrent.

Dérangée par les bruits d'une bataille, la jeune femme sortit de son songe pour être projetée… dans l'horrible vision que lui avaient envoyée les arbres.

Axis, son épée arrachée de la main… Du rouge, du rouge partout! Et la chaleur…

Un Homme Sombre regarde, réjoui par le spectacle. Une femme implore qu'on la libère. Un soleil de sang en suspension au-dessus d'un champ jaune.

Et du sang. Du sang… Pourquoi y en a-t-il autant ?

Où est Axis à présent ? Se retournant, Faraday voit que du sang ruisselle sur tout son corps, empoissant sa barbe et ses cheveux. Et quand il tend une main, une énorme goutte de sang jaillit et retombe sur elle.

Un fluide chaud coule entre ses seins, et lorsqu'elle regarde Axis, elle ne voit plus qu'un corps taillé en pièces et une silhouette blanche et jaune qui s'élève lentement derrière lui.

Un cœur et ses battements inutiles…

Un soleil de sang…

Un cœur…

Du sang…

Les griffes et le bec de la créature qui s'enfoncent dans le cœur palpitant.

— Axis ! cria Faraday en se dégageant de l'étreinte d'Yr.

La Sentinelle tenta de la retenir, mais sa protégée fonçait déjà vers la porte. Prenant un manteau au passage, elle écarta Timozel, qui réussit à lui saisir un poignet.

— Enlève ta main de là ! lâcha froidement la jeune femme.

Troublé par sa détermination, le jeune soldat obéit.

Tout en enfilant le manteau, Faraday dévala le couloir, ses deux gardes du corps sur les talons.

Timozel et Yr échangèrent un regard angoissé. Que se passait-il donc ?

Faraday déboula dans la cour au moment où Belial y entrait, Axis sur son épaule. Même de très loin, elle vit que le Tranchant d'Acier était couvert de sang.

— Mère…, murmura-t-elle, certaine qu'il était mort.

Puis elle remonta le bas de sa robe et courut vers Belial. Yr la suivit, blanche comme une morte.

Faraday s'arrêta près du second d'Axis au moment où il posait son chef sur le sol, sous l'avant-toit des écuries. Vidé de ses dernières forces, il s'écroula près de l'homme qu'il avait en vain tenté de sauver.

La duchesse d'Ichtar écarta les soldats qui accouraient et s'agenouilla près du blessé. Il respirait par à-coups, la peau déjà couleur de cendre. S'il avait raté le cœur d'Axis, le Skraebold lui avait quand même lacéré les poumons.

— Faraday, gémit Belial, c'est fini…

— Je n'abandonnerai pas tant qu'il lui restera un souffle de vie ! Donnez-moi votre couteau !

Le soldat regarda la jeune femme comme s'il n'avait pas compris ses paroles.

— Votre couteau, bon sang ! explosa Faraday. Je dois découper ses vêtements.

Yr s'agenouilla près de sa protégée et prit entre ses mains la tête du Tranchant d'Acier. Son premier contact physique avec lui, depuis qu'elle avait renoncé à sa forme féline. Et il lui glaça les sangs…

On eût dit que la force vitale de l'Homme Étoile l'avait déjà quitté. Si on ne la lui rendait pas, tout serait perdu. Livré à Gorgrael, le monde se désintégrerait, et la Prophétie volerait en éclats avec lui.

Quand elle eut découpé puis écarté la tunique d'Axis, Faraday blêmit, épouvantée par la gravité de ses blessures. Le Skraebold lui avait lacéré la poitrine et le flanc gauche, sept ou huit blessures laissant apparaître l'os ou le tissu spongieux des poumons. Une dizaine d'autres, moins graves, zébraient son abdomen.

— Yr, dit calmement Faraday, lâche sa tête et aide-moi à enrayer les hémorragies.

Les mains déjà rouges de sang, la jeune femme dut s'avouer qu'elle se berçait d'illusions. Pratiquement exsangue, Axis agonisait.

— Mère, aide-moi à le sauver…, murmura-t-elle.

Les yeux fermés, elle tenta d'atteindre, au plus profond de son être, le « cadeau » que la Mère y avait déposé.

Le pouvoir explosa en elle, si impétueux qu'elle dut lutter pour le contrôler et l'orienter vers la tâche qu'elle lui affectait.

Ayant réussi à se rasseoir, non sans mal, Belial fut le seul à voir le changement chez Faraday. Surpris par la lueur émeraude, dans ses yeux, il recula un peu. Mais le plus impressionnant fut de voir le voile de… pouvoir… qui tomba sur le visage de la jeune femme.

Faraday plongea les doigts dans les plaies du Tranchant d'Acier, explorant un corps qui ne tenait plus à la vie que par un fil. À son annulaire gauche, le rubis d'Ichtar brilla intensément avant de disparaître dans le sang du moribond.

Les soldats qui observaient la scène sursautèrent. Que croyait donc faire la duchesse ?

Peu à peu, les doigts de Faraday persuadèrent les tissus de se ressouder. Usant parfois d'une étrange séduction, ils aidèrent les vaisseaux sanguins à se reformer puis à se régénérer. Et tout le temps que cela dura, la jeune femme s'encouragea en murmurant une prière, ou une incantation, dont les mots ne franchirent pourtant jamais vraiment ses lèvres.

Yr devina ce qui se passait. Après s'être penchée pour étudier le visage de Faraday, elle se tourna vers Belial, tout aussi stupéfait qu'elle. Une fois les plaies les plus graves refermées, l'épouse de Borneheld s'attaquait maintenant aux blessures superficielles. Quand elle eut terminé, ses yeux cessèrent de briller, son visage redevint normal et elle fut prise de tremblements.

— Qu'ai-je fait ? demanda-t-elle en regardant Belial.

— Vous lui avez sauvé la vie, répondit l'officier avant de lui prendre la main. Et je ne vous remercierai jamais assez.

— Que se passe-t-il donc ici ? beugla Borneheld. (Il boitait bas, un handicap qui ne l'empêchait pas d'écarter à grands coups d'épaules les hommes massés autour d'Axis.) Quel crétin a ordonné l'ouverture des portes ? Si les Skraelings en avaient profité pour charger, nous serions tous morts.

Le duc baissa les yeux sur sa femme. Agenouillée près du Tranchant d'Acier, dont la tête reposait sur les genoux d'Yr, elle finissait de panser quelques égratignures avec des bandes de tissu arrachées à son manteau.

— Si c'est tout ce qu'il a récolté en perdant la ville, railla Borneheld, je parie qu'il a passé plus de temps à courir qu'à se battre ! Faraday, relève-toi ! Ta servante finira de cajoler ce couard. Une dame de ton rang ne se traîne pas dans la boue.

Faraday obéit et tituba un peu, les jambes coupées par les efforts qu'elle venait de fournir.

— Borneheld, s'occuper des blessés fait partie des devoirs de la châtelaine du fort de Gorken. Et d'autres ont besoin de moi.

Sur ces mots, la duchesse se dirigea vers un petit groupe d'éclopés étendus sur le sol à quelques pas de là.

— Je répète ma question ! rugit le duc. Quel abruti a fait ouvrir les portes ?

Magariz ouvrit la bouche pour répondre, mais Faraday se retourna et le devança.

— C'est moi, mon époux. J'en avais assez de voir des hommes mourir pour rien, alors qu'ils auraient pu se mettre à l'abri.

Du regard, la duchesse défia Magariz de la contredire. La bouche toujours ouverte, il hésita, terrorisé par les risques que courait la jeune femme. Dans cet état, Borneheld pouvait faire n'importe quoi, y compris à son épouse.

De fait, il la foudroya du regard, indigné qu'elle ait osé violer un de ses ordres.

— Espèce de stupide…, commença-t-il, avant de se ressaisir, mais non sans efforts.

N'importe qui d'autre aurait reçu une volée de coups. Mais Faraday était sa duchesse… et une simple femme. Ignare en matière de tactique, comment aurait-elle mesuré le danger qu'elle avait fait courir à la garnison ? Voir tomber tant d'hommes l'avait bouleversée, et elle avait cru bien faire. Comble de malchance, elle avait dans la foulée sauvé la vie du bâtard !

— Ne te mêle plus jamais de ce qui ne te regarde pas, grogna finalement le duc. Éponge le sang des blessés, si ça te chante, mais ensuite, rentre dans tes appartements, assieds-toi près du feu et n'en ressors pas. Je ne permettrai pas que ton sentimentalisme mette de nouveau ce fort en danger.

Il foudroya son épouse du regard quelques instants de plus, puis se détourna et boitilla en direction du donjon. Sans chercher à dissimuler son soulagement, Faraday leva les yeux vers Magariz, campé devant elle.

— Ma dame, dit-il, en sauvant le Tranchant d'Acier et avec ce que vous avez fait pour moi, vous venez de forcer l'admiration de tous les hommes présents. Je m'incline devant votre courage… et devant le pouvoir qui est en vous. Votre serviteur, duchesse !

Après une révérence dans les règles, le guerrier partit à son tour vers le donjon.

Faraday le regarda s'éloigner, puis elle s'agenouilla près de Belial et lui posa une main sur le front.

— Laissez-moi vous aider…, souffla-t-elle.

51

Le lac de la Vie

Le vent jouant dans ses cheveux blonds, Jack fixait le nord, immobile comme une statue. De très loin, la Chanson de l'Arbre Terre venait caresser ses oreilles et apaiser un peu ses tourments. Aucun être vivant ordinaire n'aurait pu l'entendre, à une telle distance, mais Simplet était une Sentinelle et il fallait bien que cela ait parfois quelques avantages.

L'Arbre Terre était éveillé ! La forêt d'Avarinheim lui étant interdite, Gorgrael devrait faire passer ses hordes par le col de Gorken. Une bonne nouvelle, après tant de désastres…

Ses chers cochons à l'abri dans une vallée, au sud des collines d'Urqhart, le porcher s'enfonçait au nord depuis une semaine, à la recherche de la cinquième Sentinelle.

La Prophétie n'avait enrôlé et… recréé… qu'eux cinq. Jack lui-même, un vagabond chargé de l'essentiel du poids de leur mission. Plus Ogden, Veremund, Yr… et Zeherah.

En deux mille ans, aucun d'eux n'avait eu de nouvelles de Zeherah. Ni même *senti* sa présence. Et cela était très inquiétant. Depuis leur création, les Sentinelles vivaient à l'écart les unes des autres, attentives à n'être jamais toutes les cinq ensemble, de peur que cela suffise à donner vie à la Prophétie. Mais leurs esprits s'étaient touchés, même quand des centaines de lieues les séparaient. Ce n'était pas le cas avec Zeherah, purement et simplement volatilisée. Et s'il ne la trouvait pas à temps pour qu'elle joue son rôle, tout serait perdu. Pourtant, elle s'était certainement éveillée, comme les autres, lorsqu'Axis était entré dans leur vie.

Jack n'ignorait pas que Gorgrael, la nuit précédente, avait frappé durement. À l'aube, si tout avait été normal, il aurait dû sentir la joie et la vitalité nouvelle du Soleil. Mais l'astre du jour s'était levé à contrecœur, et l'hiver continuait à serrer dans son poing de glace les terres qui s'étendaient au nord de la Nordra. Les rituels du solstice n'avaient certainement pas été conduits jusqu'à leur terme. Avec un peu de chance, cependant, ils auraient été menés assez loin pour que le Soleil parvienne à se frayer un chemin jusqu'au printemps.

Le porcher eut des larmes aux yeux en repensant au massacre qui avait eu lieu dans le bosquet de l'Arbre Terre. Il l'avait senti dans sa chair, chaque cri lui déchirant l'âme. Et pourtant, à Gorken, cela avait été plus terrible encore. Axis et Faraday avaient-ils survécu ? Ogden, Veremund et Yr étaient toujours de ce monde, puisqu'il captait encore leurs esprits. Mais les deux autres… Le Tranchant d'Acier avait-il péri avec les milliers de malheureux dont les âmes avaient défilé devant lui jusqu'à l'aube ?

Assis au milieu du fleuve infini de la nuit, Jack avait vu passer les morts. Les Icarii, déchiquetés et parfois privés de leurs ailes. Les Avars, encore stupéfaits par tant de violence. Et les milliers de défenseurs de Gorken, égorgés, éventrés ou décapités…

Tous ces désespérés, dérivant dans les Fleuves de la Mort, en route pour le Grand Portail de l'Après-Vie…

Jack s'était levé après que le dernier soldat tombé à Gorken fut passé devant lui. Au moins, il n'avait pas vu Axis. De quoi espérer encore un peu, même s'il pouvait être mortellement blessé et sur le point de faire le grand voyage.

De sa position, dans le col de Garde-Dure, au cœur des collines d'Urqhart, Simplet apercevait les contours de Sigholt, à une lieue au nord. Pour l'heure, la place forte restait inviolée. Mais quand Gorgrael traverserait Ichtar, elle risquait de tomber, si son antique magie ne la sauvait pas.

Jack ne s'attarda pas sur Sigholt, même s'il s'agissait d'une des trois anciennes places fortes de Tencendor encore debout. Contemplant la grande dépression qui s'étendait à ses pieds, il essayait de reconstituer les contours de très anciennes berges. Car à cet endroit aurait dû s'étendre un des quatre lacs sacrés de Tencendor. Mais, comme Zeherah, il s'était volatilisé…

Toutes les Sentinelles avaient un lien spécial avec un des lacs. Pour Yr, c'était le Graal. Pour Ogden et Veremund, les inséparables, le Chaudron. Pour lui-même, celui des Ronces, également nommé la Mère. Zeherah était liée au lac de la Vie, le plus magique de tous, à ce qu'on disait. Pendant des millénaires, Sigholt avait veillé sur ses berges. Désormais, la place forte protégeait une cuvette pleine de neige en hiver et de poussière en été.

Le lac de la Vie avait été drainé, peut-être par un des ducs d'Ichtar qui multipliaient les infamies depuis deux mille ans.

Quoi qu'il en soit, le lac de la Vie était mort, et le grand amour de Jack avait disparu avec lui. Zeherah… Oui, Zeherah…

Simplet baissa la tête et ne retint plus ses larmes. Mais, pour une fois, il ne pleurait pas à cause de la Prophétie, que l'absence de la cinquième Sentinelle risquait d'anéantir.

Il se lamentait sur la mort probable de la femme qui, dans une autre existence, avait été son épouse.

Toutes les Sentinelles appartenaient à la quatrième race de Tencendor, depuis longtemps perdue. Les Charonites. Ces Passeurs dont les embarcations descendaient et remontaient inlassablement les canaux du Monde Souterrain.

52

Le bosquet de l'Arbre Terre

— Il vivra, Plume d'Or, dit Barsarbe, mais il ne volera pas avant un long moment. Regarde ces deux blessures, sur sa poitrine. Les muscles qui commandent ses ailes sont touchés et il leur faudra du temps pour guérir.

Barsarbe soupira, épuisée et désespérée après les heures terrifiantes qu'ils venaient de vivre. Comme elle, tous les Eubages survivants avaient passé la nuit à s'occuper des blessés.

— Dès qu'il sera de retour sur le mont Serre-Pique, les sources chaudes l'aideront à se rétablir plus vite.

— Merci, Barsarbe, dit Plume d'Or. Pour lui, tu as fait *plus* que ton possible.

L'Eubage s'était acharnée quatre heures sur les blessures de Vagabond des Étoiles. Après avoir recousu les plaies les plus graves, elle avait saupoudré les autres d'herbes médicinales pour éviter l'infection et accélérer la cicatrisation.

Un petit groupe entourait l'Envoûteur, toujours étendu au pied de l'Arbre Terre. Près d'Azhure, Crête Corbeau, Libre Chute, son fils, et Gorge-Chant n'avaient pas quitté un instant le chevet du blessé. Pâle d'angoisse, Plume d'Or s'était assise en tailleur près de son mari. Un peu plus loin, cinq membres de la Force de Frappe, désignés par Œil Perçant, veillaient sur la sécurité du Roi-Serre et de son héritier. Pendant l'attaque, Crête Corbeau et Libre Chute avaient été contraints de quitter le bosquet, et un petit détachement de guerriers les en avait tenus éloignés jusqu'à ce que le danger soit passé.

Gorge-Chant avait sauvé Plume d'Or. Alors que les Skraelings attaquaient Pease, la jeune Icarii avait ceinturé sa mère. Mobilisant toutes ses forces, elle s'était envolée pour la déposer sur une branche, très haut dans la frondaison. Si musclés qu'ils fussent, très peu d'Icarii étaient capables de transporter ainsi une autre personne.

Assise sur ses talons, Gorge-Chant regardait Barsarbe s'occuper de Vagabond des Étoiles. Dotée des cheveux blonds de son père, mais bouclés et coupés court, et des yeux violets de son oncle, elle était d'une beauté saisissante. L'intérieur de ses ailes était de la même couleur que sa chevelure, mais elle en avait teint l'intérieur en violet, afin de l'assortir à ses yeux. Pour l'heure, les muscles de la poitrine atrocement douloureux, elle les tenait repliées dans son dos. Recroquevillées sur leur branche, Plume d'Or et elle avaient assisté au massacre, trop effrayées pour crier, même quand Vagabond des Étoiles, qu'elles ne pouvaient pas aider, était tombé entre les griffes du monstre volant.

Déjà abattue par l'assaut sur le bosquet, Gorge-Chant avait du mal à se remettre des révélations du Roi-Serre. Informée que ses parents avaient perdu leur premier enfant, elle savait qu'ils ne s'en étaient jamais totalement remis. Et maintenant, voilà que leur fils défunt revenait d'entre les morts !

Habituée à être un enfant unique, la jeune Icarii trouvait étrange l'irruption dans sa vie d'un frère aîné héritier des pouvoirs de leur père. Vagabond des Étoiles, elle ne l'ignorait pas, avait rêvé de les lui transmettre. Hélas, il était vite devenu évident que la graine qui grandissait dans le ventre de Rivkah n'aurait pas plus de pouvoirs que sa mère. Malgré cette déception, Vagabond des Étoiles aimait profondément Gorge-Chant. Qu'en serait-il, à présent que son fils, s'il réussissait à le trouver, était prêt à reprendre le flambeau ? Encline aux réactions excessives, la jeune Icarii éprouvait bien plus qu'une pointe de jalousie.

Son regard se posa sur Azhure, une humaine qui avait su gagner son respect et son admiration. Alors que Plume d'Or et elle tremblaient sur leur branche, la jeune femme avait largement contribué à inverser le cours de la bataille et Vagabond des Étoiles lui devait tout simplement la vie. Dans les rangs des « défenseurs », personne n'avait fait montre d'une telle détermination, et beaucoup de membres de la Force de Frappe en concevaient une honte justifiée. Alors qu'ils voletaient inutilement, hurlant de frustration, Azhure avait su rallier à elle les Avars et les Icarii coincés au sol. Au cours des jours à venir, les chefs de Crête devraient se livrer à un examen de conscience sans concession...

Assis près de son fils, Crête Corbeau ne décolérait pas, indigné par sa propre impuissance, face à l'attaque, et par la piteuse prestation de ses officiers supérieurs. Quelques heures plus tôt, en inspectant la Force de Frappe, il n'avait pas caché sa fureur. À quoi bon avoir des guerriers, s'ils étaient incapables de protéger leur peuple ? Fallait-il, pour qu'ils réagissent, que l'ennemi les prévienne une semaine à l'avance qu'il comptait attaquer ?

Le Roi-Serre aurait volontiers continué des heures sur ce registre, mais il n'avait pas voulu humilier totalement ses soldats et leurs chefs de Crête. Comme les Avars, les Icarii vivaient depuis longtemps en paix – en raison de leur confinement – et on perdait vite les compétences nécessaires pour repousser un assaut puis contre-attaquer. Sur ce plan, Crête Corbeau était aussi responsable que les officiers, et il n'aurait pas la malhonnêteté de le nier.

Même s'il aimait et respectait son frère, le Roi-Serre lui en voulait d'avoir déshonoré la maison du Soleil Levant. Avec l'aide de l'Eubage Raum, l'Envoûteur était parvenu à réveiller l'Arbre Terre, dont la chanson continuait à retentir au-dessus du bosquet et de toute la forêt. Contraints de battre en retraite, les Skraelings ne reviendraient plus. Mais cette « victoire » avait coûté atrocement cher aux deux peuples.

Des centaines d'Icarii et d'Avars avaient péri. Pénalisés par leur passivité – et rivés au sol – les Enfants de la Corne avaient payé le plus lourd tribut. Ce soir, dans les bosquets environnants, devant de grands bûchers funéraires, les survivants recommanderaient l'âme des disparus aux Fleuves de la Mort. Les Avars demanderaient que leurs défunts trouvent le chemin du Bosquet Sacré, et les Icarii prieraient pour que les leurs n'oublient pas la Chanson des étoiles, afin qu'ils renaissent un jour au cœur même du cosmos.

Consciente que Gorge-Chant la regardait, Azhure espérait avoir bientôt l'occasion de connaître un peu mieux la jeune Icarii, car tout en elle la fascinait. Mais pour l'instant, l'atmosphère sinistre ne se prêtait pas à la fraternisation. Comme Pease, Hogni, la fille de Fleat, était tombée sous les coups des Skraelings. Par bonheur, les plus jeunes enfants, escortés vers le sud – entre autres par Fleat – avaient échappé au massacre.

En dépit des remerciements sincères des deux peuples, Azhure se sentait plus que jamais tenue à l'écart. Et son avenir lui semblait encore plus incertain.

Qu'allait-elle devenir ? Dans le clan, Pease était depuis le début sa plus fidèle alliée, et son cadavre brûlerait bientôt sur un bûcher. Parviendrait-elle un jour à oublier le regard qu'elle lui avait lancé, alors que les monstres la déchiquetaient ? Ou serait-elle à jamais hantée par cette vision ?

Assise près de l'Arbre Terre, Azhure baissa les yeux sur ses mains et tenta une nouvelle fois d'éliminer le sang coagulé sous ses ongles. Penser à l'avenir n'avait décidément rien pour la réconforter.

— Vagabond des Étoiles, tu peux parler? demanda Crête Corbeau en s'agenouillant près de son frère.

L'Envoûteur tendit une main et le Roi-Serre l'aida à s'asseoir. Malgré les soins de Barsarbe, le torse du mari de Plume d'Or restait en charpie, et Azhure eut le cœur serré quand elle l'entendit gémir de douleur.

Depuis que l'Eubage les avait recousues, ses blessures lui faisaient encore plus mal. Et les plumes qu'elle avait dû lui retirer pour accéder aux lacérations lui manquaient cruellement – une torture de plus, quand on connaissait la vanité des Icarii.

— Je peux parler, oui, et nous avons beaucoup à nous dire, Crête Corbeau...

Les yeux rivés sur le sol, le Roi-Serre garda un long moment le silence. Puis il releva la tête et plongea son regard dans celui de l'Envoûteur.

— Quels dégâts ont provoqués les Skraelings, Vagabond des Étoiles?

Conscient que son frère ne parlait pas des dégâts physiques, l'Envoûteur prit une grande inspiration et grimaça aussitôt, rappelé à l'ordre par ses blessures.

— C'est très grave, mais ça aurait pu être pire. Nous n'avons pas conduit les rituels jusqu'à leur terme, c'est vrai... Heureusement, l'attaque a eu lieu après l'embrasement du cercle de pierres. Le Soleil renaîtra, n'aie aucune crainte. Hélas, j'ignore s'il sera assez fort quand viendra le moment du dégel. Pour émerger de la neige et de la glace, la terre devra lutter encore plus durement que d'habitude. Crête Corbeau, nous avons évité le pire. Si le cercle ne s'était pas embrasé, cet hiver n'aurait jamais connu de fin.

— Mais Gorgrael a gagné du terrain…

— Moins qu'il l'espérait, intervint Libre Chute, debout derrière son père.

Approchant de la maturité, le moment où il pourrait jouir pleinement de ses droits de naissance, le jeune prince, depuis deux ou trois ans, assistait à tous les conseils présidés par son père et assumait quelques-unes des tâches quotidiennes inhérentes à la position dont il hériterait un jour. De l'avis général, il avait tout pour faire un grand Roi-Serre. À l'inverse de son père, il ne laissait jamais son arrogance innée l'empêcher de prendre la bonne décision.

— Vous avez raison tous les deux, dit Vagabond des Étoiles. Gorgrael espérait beaucoup plus de cette attaque. Si ses Skraebolds lui avaient obéi à la lettre, Avarinheim vivrait un éternel hiver et je serais entre les griffes du Destructeur.

— Que veux-tu dire ? demanda Plume d'Or, décomposée.

— J'ai sciemment provoqué le monstre. À mon avis, il était chargé de me capturer et de me livrer à son maître.

— Pourquoi Gorgrael voudrait-il te garder prisonnier ? lança Crête Corbeau en regardant Œil Perçant, qui venait de rejoindre le petit groupe.

Les mains sur les épaules de son mari, pour le soutenir, Plume d'Or le sentit frissonner.

— Parce qu'il a besoin de l'enseignement de son père, comme n'importe quel Envoûteur. Le Destructeur, que ça te plaise ou non, est un Envoûteur icarii, au même titre que l'Homme Étoile.

— Là, avoua Libre Chute, je ne comprends plus… S'il lui faut tes lumières, comment a-t-il *déjà* acquis un tel pouvoir ?

— Pendant que Barsarbe recousait mes blessures, j'y ai réfléchi longuement. Un excellent moyen de ne pas trop sentir la douleur… Libre Chute, tous les Envoûteurs tirent leur pouvoir de la Danse des Étoiles, la musique que produisent les astres en évoluant dans le cosmos. Mais le Destructeur, jusqu'à ce jour, a puisé le sien à une autre source.

Vagabond des Étoiles tourna lentement la tête pour dévisager ses interlocuteurs. Un instant, ses yeux s'attardèrent sur Azhure, qu'il trouva terriblement abattue.

— Je crois, reprit-il, que le pouvoir de Gorgrael est alimenté par la *cacophonie* que produisent également les astres. Vous savez tous ce qui arrive quand les étoiles manquent un pas de danse et se percutent les unes les autres. Ou quand elles oublient la Danse au point de devenir des géantes rouges et d'exploser. Deux types de musique retentissent dans le cosmos, mes amis. Celle de la Danse est la plus forte, et les Envoûteurs, depuis toujours, apprennent à l'écouter et à en tirer leur pouvoir. Presque inaudible, la mélodie qu'entend Gorgrael est celle qui conduit les corps stellaires à leur fin – la Danse de la Mort. Beaucoup d'Envoûteurs, depuis l'aube des temps, redoutent que l'un des leurs sache un jour utiliser cette musique. Et j'ai peur que nous en soyons là…

— Mais de qui le Destructeur a-t-il appris à…, commença Libre Chute.

Vagabond des Étoiles l'interrompit avant qu'il ait fini de formuler la question qui lui glaçait les sangs.

— À présent, dit-il, Gorgrael doit vouloir que je lui enseigne à tirer parti de la Danse de la Vie et de l'Harmonie. S'il contrôle les deux mélodies, plus rien ni personne ne l'arrêtera, y compris son demi-frère. Ce monde conquis, il passera au reste de l'Univers, car il pourra traverser le Portail des Étoiles.

Un lourd silence ponctua ces paroles. Accablé, Vagabond des Étoiles se demanda comment ses interlocuteurs auraient réagi s'il ne leur avait pas caché le pire ? Gorgrael ne pouvait pas avoir appris seul à utiliser la Danse de la Mort. Alors, qui le lui avait enseigné ? Oui, qui ?

L'Envoûteur entendait consacrer une longue réflexion à cette question. Ensuite, il devrait également en apprendre plus sur son autre fils. De quels pouvoirs disposait-il exactement ?

Crête Corbeau jeta un nouveau coup d'œil à Œil Perçant, puis dévisagea son frère.

— Vagabond des Étoiles, tu bénéficieras désormais d'une protection égale à la mienne ou à celle de Libre Chute. Un détachement de la Force de Frappe te suivra comme ton ombre, car ta vie est encore plus précieuse que celle de ton fils.

— Et que ferons-nous pour Axis ? demanda Libre Chute.

Intéressée, Gorge-Chant se pencha un peu en avant.

— Nous devons l'aider, dit Vagabond des Étoiles. Tant que l'Arbre chantera, Gorgrael ne pourra pas traverser la forêt pour gagner le Sud. Il lui reste donc le col de Gorken, et pour ça, il devra raser le fort.

— Tu voudrais que nous volions au secours des Rampants ? demanda Œil Perçant, indigné. Les monstres qui nous ont exilés au-delà de la chaîne de la Forteresse ?

— Nous n'avons pas le choix… As-tu oublié la Prophétie ? Pour vaincre Gorgrael, les trois races devront s'unir. Et dois-je souligner qu'Axis est aussi un Rampant ?

— Peut-être, mais il a assez de sang icarii pour chanter comme un Envoûteur ! insista le chef de Crête.

Le Roi-Serre se décida à intervenir. Lui non plus n'avait guère envie d'aider les soldats du fort de Gorken.

— Vagabond des Étoiles, je sais que tu penses d'abord à ton fils, mais combattre aux côtés des Rampants n'est pas une décision à prendre à la légère. Et encore moins précipitamment. (Du regard, il consulta Libre Chute et Œil Perçant.) Pour en débattre, il faudra tenir une Assemblée dans la grotte centrale du mont Serre-Pique.

Maître absolu des affaires quotidiennes, le Roi-Serre, pour les décisions capitales, devait obtenir l'aval de l'Assemblée, une instance suprême composée de tous les Icarii de plus de vingt-cinq ans. Encline au tapage et à la contestation, cette noble institution ruerait dans les brancards si Crête Corbeau autorisait de son propre chef une intervention au fort de Gorken.

— Au nom du cosmos, mon frère, grogna Vagabond des Étoiles, si les Skraelings ont lancé le genre d'attaque que nous venons de subir, comment veux-tu que les Rampants s'en sortent ? L'Arbre Terre ne chante pas pour eux, sais-tu ? La Force de Frappe devrait partir dès maintenant !

— Ce n'est pas une décision à prendre à la légère, insista Crête Corbeau.

— Alors, tentons au moins de sauver mon fils ! Je t'en prie, écoute-moi !

— Père, intervint Libre Chute, je crois qu'il a raison. Si Axis doit affronter le Destructeur, il a besoin d'une formation, si talentueux soit-il.

Les yeux brillants de colère, le Roi-Serre se tourna vers son fils.

— Je ne prendrai pas seul une décision qui tire un trait sur mille ans de haine entre nos peuples ! Axis ou pas, je répugne à courir au secours de gens qui risquent de nous cribler de flèches en guise de remerciements.

Libre Chute recula et jeta un bref coup d'œil à Gorge-Chant.

— Comme tu voudras, père... Comme tu voudras...

Il tourna les talons et s'éloigna, suivi par sa cousine.

Alors que le petit groupe se séparait, Barsarbe approcha d'Azhure.

— Je ne t'ai pas encore remerciée, pour cette nuit, dit-elle, aussi imperturbable qu'à l'accoutumée.

L'humaine se leva et tira sur sa tunique.

— Je sais que vous n'approuvez pas…, commença-t-elle.

— La violence nous répugne, coupa l'Eubage, mais tu nous as sauvés. Azhure, je ne saurais préjuger de la décision de mon peuple, mais je parierais que les clans, lors des fêtes de Beltide, accepteront que tu te joignes pour de bon à nous.

Un instant, Azhure se demanda si les Icarii n'avaient pas fait discrètement pression sur l'Eubage, pour qu'elle change ainsi d'avis. En tout cas, prise de court, elle ne sut trop que dire.

— Azhure, lança soudain Vagabond des Étoiles, tu devrais venir avec Plume d'Or et moi. (Appuyé sur son épouse, l'Envoûteur souriait avec une authentique chaleur.) Je sais que tu m'as sauvé, mais c'est par pure amitié que je te fais cette offre.

— Azhure, accepte, je t'en prie ! renchérit Plume d'Or. J'aimerais tant que tu viennes. Le mont Serre-Pique est un si bel endroit.

Comment résister au sourire d'un Envoûteur ? se demanda Azhure. Et à une invitation si clairement venue du cœur ?

— Merci, dit-elle. Je brûle d'impatience de découvrir votre foyer.

53

Départs

Moins de quarante-huit heures après le massacre de la nuit du solstice d'hiver, les Icarii se rassemblèrent pour le long vol qui les ramènerait chez eux. Malgré de longs débats avec les Avars, Crête Corbeau était resté sur sa position, refusant de secourir les Rampants avant d'avoir l'aval de l'Assemblée. En revanche, ordonner que la Force de Frappe quitte la forêt ne lui posa aucun problème. Tant que l'Arbre chanterait, Gorgrael ne s'y aventurerait pas, car aucun de ses monstres ne pouvait approcher à portée d'oreille de la Chanson et survivre.

La traversée des Éperons de Glace, jusqu'au mont Serre-Pique, ne serait pas de tout repos. Avec un vent aussi violent, qui créait des appels d'air entre les pics, le risque de s'écraser contre une falaise serait constant. Contraints de voler très haut, dans l'air raréfié de la haute atmosphère, les Icarii, faute de zone d'atterrissage adaptée, devraient voler vingt-quatre heures de suite.

Deux éclaireurs étaient déjà partis avertir de la catastrophe les hommes-oiseaux restés sur le mont.

Impatient de retourner chez lui, Crête Corbeau contemplait ses compagnons… et se demandait toujours s'il avait pris la bonne décision. N'aurait-il pas mieux valu retarder le départ d'un jour ou deux ? Un peu de repos supplémentaire n'aurait sûrement pas fait de mal aux Icarii, après la terrible bataille. Mais le vent était favorable, et ça risquait de ne pas durer… Décidément, partir semblait la meilleure solution. D'autant plus que le mont Serre-Pique, tant que la Force de Frappe restait dans les Bosquets, ne serait pas correctement défendu.

De plus, le Roi-Serre voulait rentrer au plus vite, afin d'entendre les rapports des éclaireurs chargés de surveiller le col de Gorken.

Il y avait une dernière raison, moins rationnelle. Après la crémation des morts, la nuit précédente, personne n'avait envie de s'attarder dans un endroit où les cendres d'amis et d'êtres aimés s'envolaient au vent.

Une vingtaine d'Icarii, dont Vagabond des Étoiles, regarderaient bientôt leurs compagnons décoller. Trop gravement blessés pour retourner chez eux, ils ne seraient pas en état de voler avant des jours, voire des semaines. Avant de partir, Crête Corbeau devait parler avec son frère et déterminer comment ses compagnons et lui reviendraient au bercail.

Il regarda l'Envoûteur qui était appuyé contre une des pierres verticales du cercle, Plume d'Or à ses côtés. La veille, Vagabond des Étoiles avait insisté pour conduire le rituel funéraire, et on voyait encore, après une journée de repos, que cet effort lui avait beaucoup coûté. Accompagné de Libre Chute, Gorge-Chant embrassait son père et sa mère pour leur dire au revoir. Les deux jeunes gens ne se quittant presque jamais, le Roi-Serre supposait qu'ils officialiseraient leur union après avoir accompli leur service militaire. Chez les Icarii, les mariages entre cousins étaient fréquents, et ça leur ferait du bien à tous les deux.

Les voyant décoller, Crête Corbeau ouvrit une ou deux fois ses ailes en guise de salut. Un peu plus tôt, les deux amoureux étaient venus lui dire au revoir d'une manière plus protocolaire… Oui, ils feraient un beau couple. Et si

Gorge-Chant parvenait à contrôler l'impétuosité de son mari, si bien intentionné fût-il, tout le monde y gagnerait.

Crête Corbeau approcha de son frère et lui tapota l'épaule, attentif à ne pas toucher ses ailes blessées.

— Frère, quand penses-tu être capable de voler jusqu'à ton foyer ?

Avant de répondre, l'Envoûteur jeta un coup d'œil à son épouse.

— Dans bien trop longtemps, Crête Corbeau... Beaucoup de blessés ne pourront pas voler avant des semaines, mais je ne compte pas attendre jusque-là. Le mont Serre-Pique aura besoin de nous tous, et, comme tu le sais, je veux absolument défendre ma position lors de l'Assemblée.

Le Roi-Serre remarqua le nouveau regard qu'échangèrent son frère et Plume d'Or. Quand elle quittait les Icarii pour rejoindre les Avars, l'humaine suivait les rives de la Nordra, qui prenait sa source au pied du mont Serre-Pique. Traversant les Éperons de Glace, elle atteignait assez rapidement Avarinheim malgré les difficultés du parcours. En plein hiver, certains passages de cet itinéraire, escarpés et couverts de glace, seraient impraticables pour la plupart des blessés, y compris Vagabond des Étoiles. De plus, dans ces conditions, le voyage deviendrait presque aussi long que la convalescence dont son frère avait parlé. Dans ce cas, attendre n'était-il pas plus raisonnable ?

Mais en matière de bon sens, Vagabond des Étoiles n'était pas toujours un modèle, comme le montrait le choix de son épouse.

Connaissant très bien son frère, l'Envoûteur devina sans mal ce qu'il pensait.

— Rassure-toi, Crête Corbeau, je n'ai pas l'intention de passer par les montagnes. Pour regagner Serre-Pique, il existe un chemin plus sûr, plus rapide et plus... *sensé*.

Perplexe, le Roi-Serre plissa le front.

— Nous demanderons de l'aide aux Charonites, annonça Vagabond des Étoiles, imperturbable.

Bouche bée, Crête Corbeau recula d'un pas. Depuis des milliers d'années, plus personne n'avait croisé l'ombre d'un Charonite. S'il n'avait pas eu une mère et un frère Envoûteurs, le Roi-Serre n'aurait même pas su qu'ils existaient. Et très peu d'Icarii, voire aucun, auraient compris de quoi parlait Vagabond des Étoiles.

— Mon frère, il est temps qu'ils sachent que la Prophétie s'est éveillée, car cela les concerne aussi. Et ils nous aideront à rentrer chez nous.

— Tu es sûr qu'il y en a encore, Envoûteur ? demanda Crête Corbeau. En ce moment, être privé de toi parce que tu erres dans les cavernes des Éperons de Glace serait une catastrophe. Et s'ils refusent de t'aider, que feras-tu ?

Pour avoir eu la même conversation avec Raum, quelques heures plus tôt, Vagabond des Étoiles était préparé aux objections de son frère.

— Crête Corbeau, laisse-nous une Aile de la Force de Frappe, et tout ira bien. Si nous échouons, les guerriers nous ramèneront dans les Bosquets, puis ils viendront t'annoncer que mes plans ont changé. Mais, avec l'aide de Raum, je suis presque sûr de trouver les Charonites.

Comme par miracle, l'Eubage émergea de derrière une pierre dressée pour étayer les arguments de l'Envoûteur.

— Roi-Serre, dit-il, les Eubages pensent que les Charonites, par certaines nuits d'été, viennent encore naviguer sur les eaux de la Nordra. Une fois tous les cent ans, ils ne peuvent résister au plaisir de voir les étoiles se refléter dans l'onde. À croire qu'ils restent encore attachés au Monde de la Surface. Bref, il y a sûrement un accès à leur royaume pas très loin d'ici.

Crête Corbeau trouva cette succession d'hypothèses fort peu convaincante, mais il vit que son frère ne changerait pas d'avis. Sensé ou pas, il partirait à la recherche des Charonites, si mythiques qu'ils puissent être devenus.

— Raum, tu partiras avec Vagabond des Étoiles ? (L'Avar acquiesça.) Mais on aura besoin de toi, ici ! Depuis la mort de Mirbolt, tu es le doyen des Eubages. Ne devrais-tu pas rester avec les tiens ?

— Mon peuple reformera ses clans et tous retourneront dans la forêt. Pendant mon absence, Barsarbe me remplacera. De plus, j'entends exposer mon point de vue lors de votre Assemblée. L'avis d'une des rares personnes ayant croisé Axis vous sera précieux.

Même si tout cela ne lui disait rien de bon, le Roi-Serre comprit qu'il devait capituler.

— Une Aile de la Force de Frappe t'accompagnera, mon frère. Ça ne me plaît pas, mais nous ne pouvons pas risquer de te perdre. Aucun Envoûteur, je le sais, n'est assez puissant pour te remplacer.

— Et tu ne convoqueras pas l'Assemblée avant mon arrivée ?

— J'attendrai une semaine, pas un jour de plus. Si tu n'es pas là pour leur parler, j'ignore ce que décideront les nôtres. (Crête Corbeau marqua une courte pause.) Voici Œil Perçant, qui se demande sans doute ce que je fais. L'heure de mon départ a sonné, mon frère. Et toi, quand comptes-tu lever le camp ?

— Demain matin…

Ils se réunirent une heure avant l'aube, petit groupe composé d'une vingtaine de blessés, les plus mal en point soutenus par des guerriers, de Vagabond des Étoiles, de Plume d'Or, de Raum et… d'Azhure.

Après un sommeil réparateur, elle bouillait d'excitation à l'idée de découvrir le mont Serre-Pique. Ravi d'avoir pensé à l'inviter, Vagabond des Étoiles la couvait d'un regard à la fois amusé et plein d'intérêt. Comme Raum et Plume d'Or, cette femme avait rencontré Axis. Grâce à elle, il aurait un lien de plus avec son fils.

Levée très tôt pour leur dire au revoir, Barsarbe, malgré ses propos de la veille, fut soulagée de voir partir Azhure. Cette humaine ne lui plaisait pas, et son goût pour la violence n'expliquait pas tout. Oui, il y avait plus que cela... Quelque chose, en elle, qui éveillait chez l'Eubage une vague jalousie teintée de ressentiment.

Pour l'heure, il lui suffisait que l'intruse s'en aille. Si les Avars n'avaient en aucune façon besoin d'elle, les Icarii, avec un peu de chance, lui trouveraient une utilité.

Après avoir fait ses adieux au groupe, l'Eubage prit Azhure à part, lui donna des sachets d'herbes et lui expliqua comment les utiliser pour soulager les blessés lors du voyage.

Quand ce fut fait, elle pria pour ne plus jamais croiser le chemin de cette humaine.

Dès qu'il eut donné le signal du départ, Vagabond des Étoiles reprit le cours de ses sombres méditations. Malgré l'assurance qu'il avait affichée devant son frère, la veille, il doutait toujours du succès de son plan. Que se passerait-il s'ils ne trouvaient pas l'entrée du Monde Souterrain ? Et même s'ils y parvenaient, rien ne garantissait que ces êtres étranges accepteraient de les aider. Avant que le contact soit rompu, les relations entre les Icarii et les Charonites n'avaient jamais été très chaleureuses...

Par les étoiles, j'espère ne pas m'être lancé dans une aventure absurde...

Tous les membres de l'expédition étaient chaudement vêtus, et seuls Raum et Azhure portaient des paquetages. Flanquée des guerriers, qui sondaient nerveusement le ciel, leurs arcs prêts à tirer, la petite colonne avançait avec une lenteur angoissante.

Alors qu'elle approchait des berges du fleuve, Raum et l'Envoûteur échangèrent un regard inquiet. Depuis des années, les eaux de la Nordra n'avaient jamais été aussi basses. Avec un printemps et un été presque inexistants, dans les terres du Nord, le dégel n'avait pas joué son rôle habituel. Depuis le retour de l'hiver, l'eau des affluents du fleuve gelait, le privant du peu de « renfort » qu'il aurait pu avoir. Si le niveau baissait encore, les poissons mourraient par milliers, condamnant les Avars à la famine.

Rattrapé par la douleur, Vagabond des Étoiles cessa très vite de penser à ce problème. Une bonne moitié de ses blessures le torturaient, et les plus profondes envoyaient dans sa poitrine des lances de souffrance qui l'empêchaient de respirer à fond.

Consciente de ses difficultés, Plume d'Or marchait à côté de lui, un bras passé autour de sa taille. Le sentant glisser, elle l'empêcha de tomber plusieurs fois, et grimaça en l'entendant crier de douleur quand elle le serrait plus fort pour mieux le soutenir.

Ils marchèrent lentement, contraints de marquer de courtes pauses pour laisser les blessés se reposer. Azhure et Raum passèrent le plus clair de leur temps à descendre et remonter la colonne afin d'encourager les éclopés, et, à l'occasion, pour les aider à avancer. Quand Vagabond des Étoiles ordonna une véritable halte, à midi, Azhure soupira de soulagement, ravie d'avoir le temps de préparer un peu d'infusion analgésique pour soulager les Icarii de plus en plus mal en point.

Lorsqu'elle eut distribué les chopes avec l'aide de Raum, Azhure se servit à boire – une simple tisane, pour se réhydrater – et alla s'asseoir avec les autres. Plume Pique Chant Fidèle, le chef d'Aile de la Force de Frappe, sonda la forêt, scruta le ciel, puis vint prendre place à côté d'elle.

Azhure lui fit un sourire timide. Peut-être un peu moins beau que ses compagnons, il restait très séduisant avec son plumage rouge foncé et ses yeux noirs bienveillants.

— J'ai vu ce que tu as fait dans le bosquet, dit-il. Tu es une femme courageuse et pleine de ressources.

— J'aurais dû réagir plus tôt…

— Certes, mais nous pourrions tous en dire autant, et tu as été la première. As-tu jamais suivi une formation militaire ?

— Non, répondit Azhure en serrant un peu plus fort sa chope.

— Dans ce cas, aimerais-tu t'entraîner avec mon Aile, quand nous serons chez nous ?

— Non, ça ne serait pas…

— Azhure, coupa l'Icarii, je sais que tu inquiètes les Avars, mais ils sont parfois… eh bien… étranges. Moi je t'admire, et beaucoup des miens partagent ce sentiment. Réfléchis à ma proposition. Tes talents déplaisent aux Avars, pas aux Icarii ! (Les yeux de Plume Pique pétillèrent d'amusement.) Je ne suis pas trop mauvais à l'arc, et t'enseigner mon art serait un plaisir.

Alors que l'humaine hésitait, l'homme-oiseau se leva.

— Réfléchis à ma proposition, répéta-t-il avant de s'éloigner.

Azhure tourna la tête vers Plume d'Or, qui lui fit un clin d'œil complice. Rose d'embarras, elle baissa les yeux, profondément troublée par les propos du guerrier.

Un long moment, tous gardèrent le silence, l'oreille caressée par le chant des oiseaux et le roulement régulier de la Nordra. Puis Vagabond des Étoiles vida sa chope, leva la tête et vérifia la position du soleil. Pas très loin devant eux, le chemin devenait très accidenté, et il refusait de faire courir aux blessés plus de risques que nécessaire.

Après avoir tendu sa chope à Plume d'Or, il fit signe au chef d'Aile d'approcher.

— Plume Pique, dit-il, à partir d'ici, les berges du fleuve sont envahies de broussailles. (Il changea péniblement de position et espéra que l'infusion agirait rapidement.) En continuant à pied, nous risquons de manquer l'entrée du Monde Souterrain. Que dirais-tu d'effectuer un petit repérage aérien avec quelques-uns de tes soldats ?

— Je veux bien, mais que devrons-nous chercher ?

Le souffle coupé par un élancement dans la poitrine, l'Envoûteur attendit que cela passe pour répondre.

— Un affluent qui débouche d'une caverne, dit-il enfin. L'entrée du Monde Souterrain ne doit pas être loin. À une lieue d'ici, le fleuve commence à être bordé par les murailles rocheuses des Éperons de Glace. Plume d'Or, en longeant la Nordra dans cette zone, tu n'as jamais repéré d'affluent qui provienne d'une grotte ?

— Non, il n'y a rien de semblable au cœur des Éperons de Glace. En revanche, je ne connais pas très bien le secteur où nous sommes. Au sortir des montagnes, je bifurque en général vers l'est…

— Envole-toi, chef d'Aile, et explore le terrain. L'entrée est sûrement très près de nous.

Alors que le détachement d'Icarii décollait, Vagabond des Étoiles s'appuya contre Plume d'Or, ravi de pouvoir se reposer un peu.

Il n'eut pas le loisir de reprendre beaucoup de forces, car Plume Pique revint à peine dix minutes plus tard.

— Nous avons repéré un étroit canal qui relie le fleuve à une grande grotte. Par chance, elle est sur cette rive. Envoûteur, vous aviez raison : du sol, nous ne l'aurions pas remarquée, à cause des broussailles qui se dressent au point de jonction entre le fleuve et le canal. À ras de terre, l'entrée de la grotte n'est pas visible.

— Ce canal est très loin, Plume Pique ?

— Moins d'une demi-heure de marche.

— Alors, en route…, ordonna Vagabond des Étoiles.

Quand sa femme l'aida à se relever, il ne put retenir un gémissement de douleur.

Une demi-heure plus tard, très précisément, ils entrèrent dans la grotte d'où coulait paisiblement le petit affluent de la Nordra. À l'abord de l'entrée, les guerriers icarii avaient dû tailler dans les broussailles, étonnamment denses, pour ouvrir un chemin à leurs compagnons. Avec ce rideau de végétation, comme l'avait souligné Plume Pique, il était impossible, du sol, d'apercevoir la gueule de la caverne.

Le canal qui se déversait dans le fleuve n'avait rien d'un cours d'eau ordinaire. Ses rives, parfaitement régulières, étaient bordées de pierres et, sur toute sa longueur, il mesurait rigoureusement quinze pieds de large. Dans la grotte, il s'élargissait pour former un grand bassin rectangulaire entouré de blocs de roche grise qui semblaient avoir été extraits de la face extérieure de la muraille rocheuse. Au-delà de l'entrée, à peine large d'une cinquantaine de pieds, la grotte s'élargissait, la voûte mesurant une bonne soixantaine de pieds de haut, et s'enfonçait dans l'obscurité sur une distance impossible à estimer.

— Oui, dit Vagabond des Étoiles en regardant autour de lui, je crois que c'est bien une entrée du Monde Souterrain. (Il tendit soudain un bras.) Regardez !

D'un côté de la caverne, deux barques à fond plat étaient arrimées à une saillie rocheuse basse.

Plume d'Or avança le long du bassin, s'arrêta et se retourna vers son mari, l'air de n'y plus rien comprendre.

— Vagabond des Étoiles, cette étendue d'eau est *fermée* ! Comment peut-elle donner accès au Monde Souterrain ?

L'Envoûteur sourit et approcha de sa femme d'une démarche aussi légère et gracieuse que le lui permettaient ses blessures.

— Mon amour, le Monde Souterrain est très loin sous nos pieds. Même avec leur magie, les Charonites ne peuvent pas forcer l'eau à couler vers le haut ! Ils ont donc taillé plusieurs escaliers qu'ils gravissent lorsque le besoin de sentir l'air de la nuit sur leur visage les tenaille. Si nous jetions un petit coup d'œil ?

Sur la saillie où étaient arrimées les barques, Plume Pique trouva des torches qu'il alluma avec son briquet à amadou. Après les avoir distribuées à ses guerriers, il leur ordonna d'explorer la grotte. Le sol de pierre, lui aussi très régulier, continuait sur une cinquantaine de pas, jusqu'à un mur de roche lisse.

Azhure jeta un regard inquiet à Raum, qui se contenta de sourire et lui prit gentiment le bras.

— Vagabond des Étoiles n'a pas pour rien la réputation d'être l'Envoûteur le plus puissant depuis des générations d'Icarii. Regarde...

Le mari de Plume d'Or fit signe au groupe de s'arrêter, puis, d'une démarche de plus en plus raide, il avança vers l'obstacle apparemment infranchissable. Le longeant lentement, il le sonda du bout des doigts, étendit ses ailes et frôla la pierre de la pointe de ses plumes. Un son semblable à un froissement de soie monta aux oreilles de ses compagnons, qui ne le quittaient pas des yeux.

Un peu à gauche du centre de la muraille, il s'arrêta, tapota la roche, se retourna et sourit à ses compagnons. À la lumière des torches, il eut soudain, à la surprise générale, l'air espiègle d'un gamin sur le point de jouer un sale tour à ses parents.

— C'est ici, à mon avis. Les Charonites ont bien dissimulé leur ouvrage, mais pas assez bien pour tromper un Envoûteur.

Il se campa de nouveau devant le mur et fredonna en pianotant en rythme sur la roche.

— Oui ! s'exclama-t-il. J'y suis, j'y suis !

Chantant d'une voix plus puissante, il mêla quelques mots à son étrange mélodie, dont les notes fascinantes se répercutaient sur toutes les parois de la caverne.

Puis il se tut, serra le poing et frappa le mur de toutes ses forces.

— *Ecrez dontai Charon !* cria-t-il.

Quand le mur se désintégra, il bondit en arrière, ses ailes battant en vain, mais ne parvint pas à éviter la pluie d'éclats de roche et s'écroula sur le dos.

Plume d'Or et le chef d'Aile coururent à son secours. Couvert de la tête aux pieds de poussière, Vagabond des Étoiles n'était plus qu'une masse grise, à l'exception de ses yeux bleu pâle et de traînées rouges, là où ses blessures venaient de se rouvrir. Pourtant, il repoussa les mains de son épouse et de l'officier et se releva seul, toujours souriant et excité comme un petit garçon.

— Regardez ! cria-t-il.

Un peu derrière l'endroit où se dressait le mur, ses compagnons découvrirent une sorte de voile en marbre blanc si fin et si translucide qu'il évoquait irrésistiblement un rideau de dentelle. Soutenu par de minces colonnes qui montaient jusqu'à la voûte, il représentait, quand on regardait de plus près les « dentelles » – en réalité des sculptures d'une incroyable précision – un groupe de danseurs en robe longue où ne figuraient que des femmes et des enfants. Stupéfaite par le talent des artistes, Azhure crut voir bouger les silhouettes de marbre.

Au centre de ce mur qui n'en était pas un, une porte en bronze trônait sous une grande ogive en marbre jaune.

Vagabond des Étoiles secoua ses ailes puis s'épousseta du mieux qu'il put. Alors qu'il aurait dû paraître plus épuisé que jamais, on l'eût cru régénéré par sa dernière mésaventure.

— Un jour, dit-il en prenant la main de sa femme, je t'ai promis de te montrer des merveilles. Marche à mes côtés et sois la première femme de ta race à franchir le seuil du Monde Souterrain.

L'Envoûteur se tourna vers la porte et la poussa délicatement du bout des doigts. Elle ne résista pas, cédant le passage aux deux époux. Alors que Plume Pique et ses guerriers les suivaient au pas de course, Azhure et Raum aidèrent les blessés à entrer dans le royaume depuis longtemps perdu des Charonites.

54

Les Charonites

Derrière la porte de bronze, le petit groupe découvrit un grand puits circulaire d'où un magnifique escalier aux marches de marbre rose translucide, plaqué contre la paroi, s'enfonçait dans les ténèbres. Pour éviter les chutes, consécutives à un faux pas, les constructeurs avaient prévu une rambarde à hauteur de taille. Alors que Plume d'Or, toujours guidée par son mari, commençait à descendre, Azhure regarda autour d'elle et fut ébahie par la complexité et la finition de cet ouvrage, sans parler de la beauté des sculptures murales.

— Viens, lui dit Vagabond des Étoiles, nous avons un long chemin à faire.

Ils progressèrent lentement, Raum, Azhure et les guerriers soutenant les blessés. Grâce à la largeur des marches – pas du tout abruptes, elles ne glissaient pas non plus –, les Icarii les plus gravement touchés n'eurent pas trop de difficultés. Après environ une heure de descente silencieuse, Vagabond des Étoiles prit la parole. Sans qu'il ait besoin de crier, son cours d'histoire, amplifié par la cage de pierre, fut clairement compréhensible pour tous ses compagnons, y compris ceux qui fermaient la marche.

— Les Icarii et les Charonites sont des peuples cousins – les Enfants de l'Envoûteuse !

— L'Envoûteuse ? demanda Azhure.

— La première magicienne, mon amie, celle qui découvrit le pouvoir de la Danse des Étoiles. Les Charonites et les Icarii voient en elle la fondatrice de leurs races, et ils la vénèrent. Comme d'autres le devraient…

Que signifie cette remarque énigmatique? pensa Azhure.

Pour l'heure, elle jugea plus sage de ne pas formuler cette question, qu'elle poserait plus tard à Plume d'Or.

— Depuis toujours, continua l'Envoûteur, les Charonites sont des solitaires renfermés sur eux-mêmes. Préférant la profondeur à l'altitude, ils aiment mieux baisser les yeux que les lever. À les en croire, ils ont renoncé à voler parce qu'ils ne se languissaient plus de sentir le contact des courants ascendants sous leurs ailes. (Il se tut, incapable de comprendre qu'on puisse se passer de l'ivresse du vol.) Je sais qu'on juge souvent les Icarii trop arrogants et excessivement portés sur le mysticisme… (Il jeta un rapide coup d'œil à sa femme, qui tenta de rester impassible, mais ne put s'empêcher de ciller.) Pourtant, comparés aux Charonites, nous sommes de pâles amateurs… Il y a plus de treize mille ans, ils se sont réfugiés sous terre, clamant qu'ils aimaient mieux explorer ses entrailles que sa surface. Depuis, ils ont sillonné et colonisé les canaux du Monde Souterrain. À ce qu'on dit, ils ne s'étendent pas seulement sous ce qui fut jadis Tencendor, mais aussi sous les océans. (Il haussa les épaules.) Qui sait s'ils ne sont pas reliés à d'autres mondes?

Un long silence suivit, chacun réfléchissant aux Charonites, à leurs canaux souterrains et aux secrets que ce peuple devait connaître.

— Très peu de gens savent qu'ils existent, reprit Vagabond des Étoiles, et je doute que Gorgrael soit du nombre. (Il réfléchit un moment.) Selon la légende, au centre du Monde Souterrain, une grotte à la voûte de cristal abrite un bassin aux eaux miroitantes où tous les lacs sacrés de Tencendor prennent leur source. C'est de là que partent les canaux que les Charonites sillonnent sans cesse, cherchant la réponse à d'innombrables mystères. J'espère qu'une de ces voies mène aux entrailles du mont Serre-Pique. Avec un peu de chance, les Charonites accepteront de nous y conduire, mais j'ignore quel prix ils exigeront.

— Un prix ? demanda Plume Lisse, un des Icarii blessés.

— On dit qu'ils ne font rien gratuitement, mais c'est peut-être l'expression de notre dédain pour un peuple qui a choisi de vivre sous terre alors que le ciel aurait pu être son royaume.

Après cette déclaration, un long silence suivit, uniquement troublé par le crissement des semelles des bottes sur le marbre. Puis Vagabond des Étoiles regarda derrière lui et ordonna une courte pause. Alors que tous s'asseyaient, fasciné par l'exposé de l'Envoûteur sur les cousins perdus des Icarii, Plume Pique relança la conversation :

— Vagabond des Étoiles, pourquoi les deux races ont-elles rompu tout contact ? Chacune aurait pu enseigner beaucoup de choses à l'autre, et comme elles sont parentes…

— Les relations se sont brusquement… rafraîchies, répondit l'Envoûteur, mal à l'aise.

— Pour quelle raison ?

Vagabond des Étoiles aurait donné cher pour que le chef d'Aile ne pose jamais cette question. À présent, tous les regards braqués sur lui, il devait répondre. Sinon, ses compagnons concevraient les hypothèses les plus folles.

— Les Charonites ont affirmé avoir été cruellement traités par un de nos Envoûteurs-Serres.

— Lequel ? demanda Plume Pique, sans penser à mal.

Vagabond des Étoiles lui aurait volontiers tordu le cou !

— Le neuvième, grogna-t-il en foudroyant l'officier du regard.

Occupée à changer le pansement d'un des blessés, Azhure releva les yeux, alarmée par un silence de mort. Tous les Icarii étaient figés comme des statues. Que se passait-il ? Plume d'Or, elle-même, avait baissé les yeux…

— Bien, dit Plume Pique, je crois que nous nous sommes assez reposés.

L'Envoûteur refusant d'en dire plus sur les Charonites, personne ne desserra les dents pendant un long moment. Très bizarrement, alors qu'ils s'enfonçaient de plus en plus dans les entrailles de la Terre, un vent chaud et doux vint leur caresser le visage. Perplexe, Azhure s'arrêta et se pencha à la rambarde pour sonder l'obscurité. Une rafale ascendante la frappa de plein fouet, menaçant de faire sauter les épingles qui tenaient ses cheveux.

— Vagabond des Étoiles, cria-t-elle, savourant la chaleur de cette brise, qu'est-ce que c'est ?

— La respiration du monde, mon amie. Un jour sur deux, il inspire, et, le lendemain, il expire. Aujourd'hui, on dirait bien qu'il expire… (Un coup de malchance, car un vent arrière les aurait bien aidés.) Tous ces puits, et il y en a beaucoup en Tencendor, sont ses voies respiratoires. J'ignore si les Charonites les ont forés ou s'ils se sont contentés d'y ajouter des marches.

Le vent chaud sentait merveilleusement bon, comme des épices fraîchement cueillies puis laissées à sécher au soleil. À mesure que les marcheurs approchaient du pied de l'escalier, il se fit plus fort, ce qui n'étonna personne.

— À quelle profondeur sommes-nous ? demanda Plume d'Or quand ils atteignirent enfin un sol de pierre plat.

— Qui peut le dire ? En tout cas, nous avons atteint un des canaux.

Azhure regarda autour d'elle. Ils venaient de déboucher dans une grande grotte aux parois et à la voûte de pierre grise. Entendant clapoter de l'eau, elle avança vers le centre de la salle naturelle.

Entrant par une arche, d'un côté de la caverne, un cours d'eau se déversait dans un canal et coulait jusqu'à la paroi opposée, où il disparaissait par une autre ouverture. Large d'environ trente pieds, ce canal était signalé par deux rangées de pierres blanches translucides afin d'éviter qu'un visiteur y tombe accidentellement.

Dans l'onde aux reflets vert foncé, Azhure distingua des étincelles très brillantes qu'elle fut incapable d'identifier. Alors qu'elle plissait les yeux pour mieux voir, une main se posa sur son épaule.

Les yeux rivés sur l'eau, Vagabond des Étoiles ne tenta pas de dissimuler son émerveillement.

— Tout compte fait, dit-il, les Charonites n'ont pas abandonné les étoiles derrière eux. Ce sont elles qui luisent sous la surface…

L'Envoûteur avait raison, des astres brillaient bel et bien dans les profondeurs de ces eaux. Sans réfléchir, Azhure se pencha et tendit un bras pour effleurer l'onde.

— Non ! cria Vagabond des Étoiles en lui prenant le poignet. Ne la touche pas ! J'ignore ce que ça pourrait te faire.

— Et maintenant, quel est le plan ? demanda Plume Pique en approchant.

— Appeler un Passeur, évidemment !

L'Envoûteur désigna la grosse cloche en or suspendue à un trépied du même métal. Il s'en approcha, hésita un peu, puis la frappa du bout des doigts.

Elle sonna trois fois et se tut.

— Maintenant, dit Vagabond des Étoiles, attendons qu'il arrive…

Vaincus par la fatigue, ils finirent par se laisser tomber sur le sol – sauf Vagabond des Étoiles – et quelques blessés s'étendirent même pour dormir. Après s'être occupés de ceux qui restaient éveillés, Raum et Azhure forcèrent l'Envoûteur à s'asseoir et lui ordonnèrent de se tenir tranquille pendant qu'ils le soignaient. Après avoir nettoyé ses plaies avec l'eau de leurs gourdes, ils appliquèrent dessus une lotion astringente qui fit hurler de douleur leur patient, en recousirent deux – cette fois, l'Icarii les injuria – puis répartirent dessus les herbes médicinales et la poudre cicatrisante que Barsarbe avait données à l'humaine.

— Et voilà, dit Azhure, souriant à un Vagabond des Étoiles plus blême qu'un mort, vous êtes de nouveau présentable.

— Merci, marmonna l'Envoûteur alors que la douleur due à la lotion et aux points de suture se calmait un peu.

— Vagabond des Étoiles, cria Plume Pique, quelqu'un vient !

Raum aida l'Icarii à se lever et ils approchèrent de l'eau. Dans le tunnel de droite, une lumière vacillait.

— Un Passeur…, souffla Vagabond des Étoiles. Après des milliers d'années, nous allons revoir nos cousins perdus…

Malgré l'enthousiasme de l'Envoûteur, Azhure frissonna d'angoisse. Les Charonites seraient-ils aussi ravis de ces retrouvailles qu'il semblait le croire ? Faute de mieux, elle espéra que oui…

Un bac apparemment dépourvu de moyen de propulsion entra dans la grotte et approcha des visiteurs. Le visage caché par son capuchon, les mains croisées sur les genoux, une silhouette grise était assise à la poupe.

— Qui a appelé le Passeur ? demanda une voix bourrue quand l'embarcation s'arrêta à la hauteur du petit groupe. Oui, qui a fait sonner la cloche ?

Vagabond des Étoiles approcha, s'inclina devant le Passeur et tenta en vain d'en profiter pour apercevoir son visage.

— C'est moi, Vagabond des Étoiles Soleil Levant, un Envoûteur icarii ! Puissent les Sentinelles revenir un jour saines et sauves chez elles.

Le Passeur ne réagit pas.

Mal à l'aise face à son silence, l'Envoûteur cessa de manifester son excitation. Le dos bien droit, il écarta les ailes et les baissa lentement – le salut pacifique traditionnel de son peuple.

Les Charonites ont-ils oublié ces gestes de politesse ? pensa-t-il, se demandant s'il devait ajouter quelque chose.

Mais le Passeur lui répondit enfin.

— Les Sentinelles ont abandonné leur foyer pour toujours, Envoûteur. N'as-tu donc pas compris la Prophétie ?

Par les étoiles, je voulais simplement être courtois…

— Elles sont parties veiller sur tous les fronts parce que la Prophétie s'est éveillée. (Les Charonites savaient-ils qu'elle arpentait désormais le monde ?) Qui peut dire ce qu'il adviendra ? Sous une forme ou une autre, les Sentinelles rentreront peut-être un jour dans leur foyer.

— Tu parles bien, Envoûteur. Peut-être même trop bien, puisque ta séduction est responsable de la naissance de Gorgrael.

Vagabond des Étoiles se rembrunit. À son goût, les Charonites en savaient beaucoup trop long.

— Sais-tu à qui d'autre j'ai donné la vie ?

Le Passeur se leva, dépliant lentement sa très haute silhouette, puis fit une révérence à Plume d'Or, debout un pas derrière son mari.

— Je te salue, Rivkah. Et j'espère que ton humanité, chez ton fils, aura un peu tempéré l'arrogance typique des Envoûteurs.

Plume d'Or sourit et inclina la tête.

— Je te salue, Passeur. Sache que j'ai honte d'avoir jusqu'à ce jour méconnu les mystères qui se cachaient sous mes pieds. Je m'efforcerai d'apprendre, pour que mon ignorance ne soit plus une source d'embarras.

Le Passeur parut séduit par le sourire et la grâce de son interlocutrice. Depuis toujours, l'arrogance des Icarii agaçait prodigieusement les Charonites.

Il leva ses mains tavelées par l'âge et baissa son capuchon. Malgré son crâne chauve et son teint de cadavre, ce vieillard gardait de nettes ressemblances avec les Icarii : la forme des yeux, les pommettes hautes et le nez étroit…

Paisibles mares violettes enchâssées dans son visage décharné, ses yeux aussi vifs et brillants que ceux d'un enfant contrastaient avec le reste de sa personne.

— Rivkah, voilà de bien sages paroles, pour la fille d'un des peuples qui ont oublié la joie des mystères… (À la surprise générale, le Passeur se tourna vers Azhure et s'inclina, les mains sur le cœur.) Sois la bienvenue, Fille Sacrée et Mère des Nations, et puisses-tu trouver la paix…

Un long moment, le Passeur resta quasiment prosterné devant Azhure. Stupéfait, Vagabond des Étoiles dévisagea l'humaine.

Tout aussi surprise, Azhure resta bouche bée un instant, mais se ressaisit très vite. Ayant remarqué que les propos de Plume d'Or avaient fait mouche, elle décida de s'en inspirer.

— Je partage avec Rivkah la honte d'avoir trop longtemps méconnu tes mystères, dit-elle avec une dignité que ses compagnons ne lui avaient jamais vue. Puisses-tu trouver la paix, Passeur…

Fille Sacrée ? Mère des Nations ? Qu'est-ce que ça veut dire ? pensa-t-elle.

Je parle d'un temps à la fois antérieur et postérieur à la Prophétie, dit la voix du Passeur dans sa tête.

Alors qu'il se relevait, Azhure parvint de justesse à ne pas vaciller de surprise.

— Envoûteur, dit le Passeur, à cause des deux femmes qui t'accompagnent, je n'exigerai aucun prix. Où veux-tu aller ?

— Jusqu'au mont Serre-Pique, répondit Vagabond des Étoiles. (Il ne put s'empêcher de poser la question qui lui brûlait les lèvres.) Quel paiement demandes-tu, d'habitude ?

Le Passeur recula et fit signe à Plume d'Or et à Azhure d'embarquer les premières.

— Le prix normal est une vie, Envoûteur. Le plus grand mystère de tous. (Il eut un sourire cruel.) Qui aurais-tu choisi ?

Oui, qui aurais-je choisi ? pensa Vagabond des Étoiles, très pâle.

Tout le monde monta sur l'embarcation, largement assez grande pour autant de passagers. Quand les Icarii et l'Avar furent assis sur des coussins, le Passeur fit signe aux deux femmes de prendre place à sa droite et à sa gauche, à la proue. Aucune ne vit de système de propulsion. Pourtant, dès que le Passeur eut recroisé les mains, son capuchon toujours baissé, le bac se mit en mouvement.

Ils traversèrent des tunnels de pierre claire – la même que celle des murs du puits d'accès – éclairés par la seule lueur verte de l'eau. La voûte était si basse que le sommet du crâne de leur guide la frôlait souvent. Après un long moment, Azhure se tourna vers le Passeur.

— Puis-je te parler ?

— Bien entendu, répondit le vieillard en inclinant la tête. Mais ne sois pas vexée si j'omets de répondre à certaines de tes questions. Il y a des mystères que nous n'évoquons pas…

— Je comprends… Acceptes-tu de me révéler ce que sont ces canaux ?

— En partie, oui… Ils donnent accès à des lieux du monde physique, mais ce sont aussi des corridors qui relient les mystères du temps et de vies passées ou à venir. Des mondes disparus, d'autres qui restent à naître, ceux qui n'ont jamais été et ceux qui *pourraient* être. Les canaux sont toujours un moyen d'atteindre une destination…

Perplexe, Azhure fronça les sourcils. Non loin d'elle, Vagabond des Étoiles plissa le front, concentré à l'extrême.

— Êtes-vous les seuls à pouvoir les emprunter ?

— Non, répondit le Passeur, visiblement décidé à ne pas en dire plus.

— Comment avance ton bac ?

— Grâce à sa propre volonté, et parce que je lui ai assigné une destination.

— Il y a des étoiles dans l'eau, Passeur, dit Azhure, évitant délibérément la forme interrogative.

— Les canaux sont le fidèle reflet de la route des étoiles, ma dame, et les étoiles se reflètent dans leurs eaux.

Vagabond des Étoiles eut un petit sourire, car un mystère commençait à trouver une solution dans son esprit. Pour soulager ses ailes douloureuses, il changea légèrement de position.

— Pourquoi demander une vie, Passeur ? lança-t-il. N'est-ce pas un prix trop élevé pour suivre le chemin des étoiles ?

— Tu prends trop de libertés, Envoûteur ! Je ne répondrai pas à cette question.

Vagabond des Étoiles hocha la tête et n'insista pas.

Plume d'Or regarda son mari, puis s'adressa elle aussi au Passeur.

— Tu connais tout de la Prophétie et de ce qui est advenu, dit-elle. Pourtant, tu vis sous la terre. Ton omniscience est surprenante et me remplit d'humilité. Consens-tu à nous parler des Charonites et de leur vie dans le Monde Souterrain ?

— Nous naviguons sur les canaux pour comprendre les mystères de l'Univers.

Les Sept Grands Mystères, pensa Vagabond des Étoiles avec un hochement de tête.

Le Passeur remarqua son manège et eut une moue agacée. Les Icarii croyaient tout savoir, et les Envoûteurs étaient encore pires que les autres.

— Les mystères ne sont ni grands ni petits, et nul ne saurait les compter, car il y en a des multitudes. (Le Passeur se tourna de nouveau vers Plume d'Or.) Ma dame, il me serait difficile d'évoquer notre vie dans les canaux. Non parce que je m'y refuse, mais parce que les mots me manquent. Depuis que nous avons commencé à explorer le Monde Souterrain, nous avons changé. Avant, nous étions de proches cousins des Icarii. Aujourd'hui, je n'en suis plus si sûr... Les canaux sont très étranges. Parfois, ils nous conduisent dans des lieux où nous aurions préféré ne pas aller.

— Passeur, puisses-tu trouver la paix, dit soudain Raum, assis à mi-chemin de la proue du bac. (Le Charonite salua l'Eubage de la tête.) Ton peuple a-t-il cartographié les canaux ? Y trouve-t-il facilement sa route ?

— Eubage, sois le bienvenu sur mon embarcation. Les visites de membres de ton peuple sont très rares... Des cartes, dis-tu ? Le chemin des canaux n'est-il pas facile à voir pour tout le monde ?

Notant que le Passeur semblait sincèrement surpris, Vagabond des Étoiles hocha de nouveau la tête. Mais cette fois, il prit la précaution de protéger ses pensées.

Pour la première fois, le Passeur rompit le silence :

— Eubage, as-tu vu les Sentinelles ?

— Oui. Enfin, deux d'entre elles. Jack et Yr, près de la Mère.

— Vraiment ? dit le Passeur avec un grand sourire. Yr est ma fille. Allait-elle bien ?

— Oui, répondit Raum, aussi étonné que tous ceux qui suivaient la conversation. Elle m'a paru en très bonne santé.

— Tant mieux...

Le Passeur se tut... et quelque chose qui ressemblait à de l'embarras passa sur son visage.

— Ma dame, reprit-il, s'adressant à Plume d'Or, je me suis peut-être montré négligent en ne demandant aucun prix. (L'épouse de Vagabond des Étoiles écarquilla les yeux.) Rassure-toi, il est trop tard pour revenir sur ce marché. Mais m'accorderais-tu une faveur ?

— Laquelle ? demanda Plume d'Or, toujours méfiante.

— Ma dame, je voudrais que tu redeviennes Rivkah. C'est elle qui doit sillonner Tencendor et aider son fils, pas Plume d'Or. Le prix est élevé, je sais, mais nécessaire, j'en ai peur.

Plume d'Or prit le temps de la réflexion. À son arrivée chez les Icarii, elle avait changé de nom pour rompre totalement avec son ancienne vie et prendre un nouveau départ. Depuis trente ans, Rivkah était une étrangère pour elle. Une très jeune fille trahie et mise à mort au nom des luttes de pouvoir qu'affectionnait la haute société acharite.

Elle regarda Vagabond des Étoiles, qui la dévisageait, impassible. Quand elle leva un sourcil interrogateur, il haussa les épaules pour signifier que cela n'avait pas d'importance pour lui. Elle avait choisi de s'appeler Plume d'Or, et revenir à Rivkah la regardait. De toute façon, il l'avait aimée sous les deux identités.

— Passeur, je te donnerai ce que tu demandes, dit-elle.

Après quarante-huit ans passés à s'exposer aux intrigues de la noblesse acharite, puis des Icarii, *Rivkah* connaissait parfaitement le sens de l'expression « donnant-donnant ».

Puisque le Passeur était persuadé de lui avoir arraché un prix élevé, elle entendait lui en extorquer un en échange.

— Cette faveur accordée, reprit-elle, souffre que je t'en demande une. Si mon fils Axis a besoin de ton aide, de quelque façon que ce soit, promets que tu la lui fourniras. Le feras-tu pour Rivkah ?

Le Passeur éclata de rire.

— Tu as bien appris ta leçon, Rivkah ! Donnant-donnant ! J'accepte le marché. À présent, je ne parlerai plus. Avant d'atteindre le mont Serre-Pique, vous aurez une longue réflexion à mener…

Le Charonite se tut et refusa de répondre chaque fois qu'un de ses passagers l'interrogea.

55

L'assemblée des Icarii

Vagabond des Étoiles relâcha sa tension musculaire et retint son souffle jusqu'à ce que son corps se soit adapté à la température très élevée de l'eau. Parfaitement détendu, il se laissa dériver loin du bord du bassin. Ses ailes écartées, plongées dans l'onde, battaient doucement pour le maintenir à flot. En une semaine, la plupart de ses blessures s'étaient refermées, avec une cicatrisation satisfaisante. Mais les plaies les plus profondes, sur son torse, le réveillaient encore la nuit. Avant ces derniers jours, l'Envoûteur s'était cru indestructible, confiant en sa jeunesse et en son éblouissante santé. L'attaque des Skraebolds n'était pas passée loin de lui coûter la vie, l'amenant à méditer sur un sujet qui ne l'avait jamais effleuré jusque-là.

L'idée de la mort tracassait rarement les Icarii. Dotés d'une fabuleuse longévité, ils conservaient en général leur mobilité et leur santé jusqu'à la fin. Alors, en quelques semaines, ils s'éteignaient simplement, comme si un soleil, à l'intérieur d'eux-mêmes, venait de tomber à court de combustible. Les disparus n'étaient jamais pleurés longtemps. Après un deuil aussi intense que bref, les Icarii reprenaient le cours de leur vie, profitant avec délice de chaque instant. Avant le massacre du bosquet, et depuis mille ans, très peu d'entre eux avaient succombé d'une mort violente. Et il ne restait plus de survivants de la Guerre de la Hache pour rappeler aux jeunes générations ce qu'on éprouve en voyant ses parents et ses amis être fauchés en pleine jeunesse par des barbares.

Depuis leur retour sur le mont Serre-Pique, tous les Icarii se livraient à une morbide introspection. Les pertes étaient énormes. Chaque membre de la communauté avait perdu un enfant, un parent ou un compagnon de perchoir. Parmi les blessés, certains garderaient des séquelles jusqu'à la fin de leur vie. Tous les Icarii présents dans le bosquet avaient vu l'horreur déferler sur leurs amis et sur eux. Et qu'avaient-ils fait ? Pratiquement rien, à part céder à la panique. La Force de Frappe, si souvent vantée, semblait avoir atteint un summum d'incompétence. À présent, toute la communauté cherchait des explications.

Les chefs de Crête s'en prenaient aux chefs d'Ailes qui soufflaient dans les bronches de leurs hommes. Le Roi-Serre, lui, incendiait tout le monde. Les conseillers censés déterminer un plan d'action bavassaient pendant des heures, puis se séparaient sans avoir pris l'ombre d'une décision. Les Envoûteurs, Vagabond des Étoiles comme les autres, se lamentaient sur les morts brûlés dans la forêt d'Avarinheim et se demandaient s'ils auraient pu éviter cette boucherie. Rongé par la culpabilité, le mari de Plume d'Or avait battu sa coulpe devant ses pairs, honteux de n'avoir pas compris plus tôt que réveiller l'Arbre Terre pouvait inverser la situation. Refusant de le laisser porter seul le blâme, les autres Envoûteurs avaient souligné qu'il était intervenu, malgré ses blessures, pour sauver ses frères de race et les Avars. Sans Azhure et lui, les choses auraient été bien pires.

Parfaitement détendu, l'Envoûteur ouvrit les yeux et étudia la grotte de la Vapeur. S'infiltrant par les fissures du mont Serre-Pique, des sources chaudes minérales alimentaient ces thermes nichés au cœur de la montagne. Très friands de bains chauds, les Icarii se rendaient plusieurs fois par semaine dans cette caverne, ravis d'oublier un peu leurs soucis, quels qu'ils fussent.

Vagabond des Étoiles tenta de repérer Azhure et Gorge-Chant, venues se baigner avec lui. Ayant découvert les thermes dès son arrivée, l'humaine y passait de longues heures chaque jour.

Souriant, Vagabond des Étoiles aperçut sa fille et Azhure parmi les Icarii en train de se déshabiller sur les marches qui descendaient en pente douce vers l'eau.

Après que Plume d'Or – non, Rivkah – lui eut fait promettre d'aider Axis, le Passeur n'avait plus desserré les dents. Rivkah avait réagi avec une remarquable vivacité d'esprit. Depuis mille ans, elle était sans doute la première à avoir arraché une telle concession à un Charonite.

Toujours taciturne, le Passeur les avait déposés dans une grotte apparemment identique à celle d'où ils étaient partis. Avant de s'en aller, il avait simplement désigné l'escalier qui les conduirait au cœur du mont Serre-Pique.

L'Envoûteur fit la grimace au souvenir du calvaire que lui avait valu l'ascension des maudites marches ! Il leur avait fallu une demi-journée pour en venir à bout. À la fin, leurs jambes étaient si douloureuses qu'ils redoutaient qu'elles refusent de les porter plus loin. L'escalier, avaient-ils découvert, débouchait dans un tunnel abandonné qui conduisait à une grotte de stockage, dans la partie la plus basse du complexe. Après plusieurs heures d'ascension, ils avaient enfin rencontré quelques Icarii qui s'étaient étonnés de les voir déjà là. De fait, ils étaient arrivés quelques heures après que le dernier contingent d'hommes-oiseaux venus du bosquet se fut posé sur le mont. Également surpris par l'exploit de son frère, Crête Corbeau l'avait bombardé de questions. Épuisé, Vagabond des Étoiles s'en était débarrassé avec la promesse de revenir plus tard sur le sujet. Un engagement qu'il doutait de tenir, jugeant plus prudent, pour le moment, de ne pas s'étendre en détail sur le Monde Souterrain. Cela dit, il en parlerait peut-être avec Libre Chute. Ce garçon avait l'esprit vif et un œil capable de capter une ombre ou un mouvement là où lui ne voyait qu'une lumière éblouissante.

Vagabond des Étoiles contempla de nouveau Gorge-Chant et Azhure, occupées à déposer leurs vêtements et leurs serviettes sur un banc de pierre. Quand ce fut fait, il les regarda avancer vers l'eau. À peu près du même âge, les deux femmes s'étaient très vite rapprochées. Comme Raum, Azhure habitait désormais dans la demeure que l'Envoûteur partageait avec sa femme et sa fille.

Avec une moue approbatrice, Vagabond des Étoiles la regarda lever les bras pour finir d'épingler son chignon. Elle était merveilleusement belle, peut-être plus que Rivkah au même âge, et il ne restait jamais indifférent devant une femme jolie et sensuelle. De plus, le respect que lui avait témoigné le Passeur augmentait son intérêt pour l'humaine.

Avisant les cicatrices qui labouraient le dos d'Azhure, il se demanda si les Guérisseurs-Envoûteurs pourraient faire quelque chose pour elle.

Quand il la vit plonger précipitamment dans l'eau, son sourire s'élargit. Désorientée par la joyeuse mixité des thermes icarii, elle se sentait mieux dès que son corps n'était plus exposé à tous les regards. Cette pudeur lui plaisait, et lui donnait envie… d'aller plus loin. Mais pourquoi le Passeur s'était-il montré si déférent ? À cause de la beauté d'Azhure ? Non, sûrement pas. Il ne semblait plus en état de coucher avec un sac de grain, alors, une fille comme elle…

Vagabond des Étoiles détourna la tête et ferma de nouveau les yeux. Comment pouvait-il penser à l'amour alors que ses ailes lui faisaient mal dès qu'il tentait de les déployer ?

Le corps caressé par les eaux apaisantes, il repensa à Rivkah, qu'il avait désirée dès le premier coup d'œil. Très jeune, à l'époque, il avait achevé son service dans la Force de Frappe quelques années plus tôt, pour passer immédiatement – sous la tutelle de sa mère, Étoile du Matin – aux phases plus intenses de sa formation d'Envoûteur. Grâce à la rapidité de ses progrès et à ses stupéfiantes aptitudes, il avait depuis deux ou trois ans été choisi pour conduire le rituel de Beltide. Au souvenir de son union d'un soir avec Ameld, une jeune Avar, Vagabond des Étoiles s'agita un peu dans l'eau, taraudé par la culpabilité. Après les festivités, désireux d'avoir un peu de temps pour lui, il s'était envolé vers le sud au lieu de retourner au nord. Un beau matin, alors qu'il se laissait porter par des courants ascendants, au-dessus de Sigholt, il avait aperçu une jeune mère qui donnait le sein à son bébé.

L'Envoûteur sourit à ce souvenir. Impétueux par nature, et peu enclin à penser au danger, il avait piqué vers le toit de la forteresse et séduit la jeune beauté en quelques minutes, les cris rageurs de son fils délaissé faisant écho à leurs gémissements d'extase. Méprisant toujours le péril, il était revenu régulièrement, trop fasciné par sa belle pour retourner chez lui. Le jour où elle lui avait annoncé qu'elle était enceinte ne s'effacerait jamais de sa mémoire. Si jeune qu'il fût, il avait senti que le fils qu'elle lui donnerait serait hors du commun. Lorsqu'ils s'étaient retrouvés, après le séjour forcé de la jeune femme au cloître de Gorken, apprendre la mort de l'enfant l'avait bouleversé.

Il avait couvert Rivkah d'attention et d'amour, honteux qu'elle ait tant souffert alors qu'il avait échappé à la colère de Searlas. Malgré les objections de beaucoup d'Icarii, il n'avait jamais regretté de l'avoir prise pour épouse.

Ne l'avait-il pas aimée au premier regard ? Jeune et belle, elle avait un esprit aussi vif et débordant de curiosité que le sien. Hélas, elle ne s'était jamais vraiment sentie chez elle sur le mont Serre-Pique. Elle avait tout essayé, son mari la soutenant, et la plupart des Icarii faisant aussi leur possible. Après la naissance de Gorge-Chant, quand elle avait pris l'habitude de vagabonder des mois en compagnie des Avars, son mari s'était retrouvé seul, avec l'unique compagnie d'une petite fille pour lui rappeler sa femme. Pendant des années, il lui était resté fidèle. Mais depuis six ou sept ans… Eh bien, toujours aussi sensuel, il avait eu du mal à résister à certaines tentations. Après tout, c'était elle qui s'en allait, pas vrai ?

À contrecœur, Vagabond des Étoiles dut affronter une réalité incontournable : Rivkah vieillissait sous ses yeux, et il restait un homme jeune sujet aux pulsions correspondantes. Même s'il aimait encore sa femme et la désirait toujours, il lui arrivait de la regarder et de se demander ce que l'avenir leur réservait.

Il ouvrit de nouveau les yeux et chercha Azhure du regard. Comme beaucoup d'Icarii, il était un être vaniteux et égoïste…

Le lendemain, peu après le repas de midi, tous les Icarii de plus de vingt-cinq ans gagnèrent la caverne centrale pour assister à l'Assemblée convoquée par Crête Corbeau. Le mont Serre-Pique, qui dominait les autres montagnes des Éperons de Glace, était le refuge du peuple ailé depuis mille ans. Bien avant que les Haches de Guerre les chassent du sud de Tencendor, les Icarii aimaient déjà beaucoup cet endroit et ils venaient souvent y passer l'été. Jadis le centre d'une activité volcanique intense, tous les monts des Éperons de Glace, et particulièrement Serre-Pique, étaient truffés de tunnels sinueux et de cavernes. Au fil des générations d'exilés, les

Icarii les avaient aménagés pour s'en faire un foyer digne de ce nom. Dans une région où l'air était en permanence glacial – et le climat inhospitalier dans le meilleur des cas –, les sources chaudes qui alimentaient les thermes assuraient une atmosphère toujours tiède et confortable. Assez peu performants lorsqu'il s'agissait de guerroyer, les Envoûteurs, des siècles plus tôt, avaient appris à maîtriser les Chansons adéquates pour éclairer en permanence les entrailles du mont, nourrir ses habitants et leur fournir de quoi se vêtir. Expulsés de leurs terres traditionnelles, bien plus au sud, les Icarii avaient ainsi pu continuer à céder à leurs penchants pour le mysticisme, la magie, la séduction... et la décoration intérieure. Toutes activités où ils se montraient supérieurement doués.

La caverne de l'Assemblée était un des meilleurs exemples de leurs talents architecturaux. Circulaire, elle contenait des dizaines de rangées de bancs où les membres adultes de la communauté prenaient place lors des Assemblées – une occasion où ils adoraient s'exciter et faire du tapage. Selon la plupart des Anciens, cette caverne ne semblait jamais aussi belle, esthétiquement *et* politiquement, que lorsqu'elle était vide.

Alors que les bancs et les murs étaient revêtus de marbre blanc veiné de jaune, la zone circulaire, au centre de l'amphithéâtre, était dallée d'une variété particulièrement translucide de marbre jaune veiné de violet. Quant aux coussins bleus ou jaunes posés sur les bancs, il n'y en avait jamais assez pour le nombre de participants, prompts à se voler dans les plumes pour s'en approprier un.

Les trois rangées de sièges inférieures étaient réservées aux Anciens, aux Envoûteurs et à la famille du Roi-Serre. Ces bancs-là proposaient – en nombre suffisant – des coussins pourpres pour les Anciens, turquoise pour les Envoûteurs et violets, la couleur royale, pour la maison du

Soleil Levant. Les six rangées supérieures, elles, accueillaient les membres de la Force de Frappe. Estimant que les guerriers, musclés et endurcis, n'en avaient pas besoin, on avait jugé inutile de les munir de coussins.

Mais le plus frappant, dans cet amphithéâtre naturel, n'était pas les gradins, qui s'élevaient pourtant jusqu'aux trois quarts de la hauteur des murs. La vraie merveille restait le cercle de colonnes qui supportaient le dôme artificiel de la caverne. Copies conformes de celles qui entouraient le Portail des Étoiles, elles aussi représentaient des Icarii, mais cinq fois plus grands et imposants, avec une alternance d'hommes et de femmes absente dans les entrailles du tumulus. Autour du Portail, presque toutes les statues avaient les bras pliés, la tête inclinée et les yeux fermés. Ici, les ailes et les bras joyeusement écartés, elles écarquillaient les yeux d'émerveillement, la bouche ouverte sur une chanson muette. Elles étaient dorées à l'or fin et émaillées – un arc-en-ciel de couleurs brillantes – et des pierres précieuses extraites des profondeurs du mont Serre-Pique leur tenaient lieu d'yeux et constellaient les torques qu'elles portaient autour du cou. Leurs plumes et leurs cheveux étaient rehaussés à l'or ou à l'argent, et tous les muscles de leurs corps, entièrement nus, étaient soigneusement sculptés et peints pour imiter à la perfection la couleur ivoire de la peau des hommes-oiseaux.

Ces colonnes soutenaient un dôme recouvert de miroirs de bronze finement polis et enchantés pour diffuser la douce lumière jaune qui baignait la caverne.

Pour entrer, les Icarii devaient passer entre les arches formées par les bras et les ailes des statues. Une fois à l'intérieur, selon leur humeur, ils voletaient gracieusement ou dévalaient les gradins, en quête d'un siège adapté à leur rang – et, si possible, muni d'un coussin. En cet après-midi de la première semaine du mois du Loup, quelques jours après la nouvelle année, les Icarii faisaient montre d'une remarquable retenue. Conscients de devoir prendre une décision capitale – faire la guerre ou non –, il leur aurait suffi, s'ils l'avaient oublié, de regarder entrer la Force de Frappe au complet et armée jusqu'aux dents. D'autant plus que les chefs de Crête et un grand nombre de guerriers avaient déjà teint l'extérieur et l'intérieur de leurs ailes en noir, la couleur du combat.

Tout en haut de la caverne, au pied d'une colonne, Raum à ses côtés, Azhure regardait les Icarii s'installer. Comme l'Eubage, l'humaine portait une robe longue – mais gris clair, alors que celle de l'Avar était vert foncé.

Les Anciens, les Envoûteurs et les membres de la maison royale entrèrent les derniers par la porte dissimulée dans les rangées inférieures de gradins. Alors qu'ils avançaient vers leurs sièges, Azhure prit le temps de les étudier en détail. Comme son fils, Libre Chute, Crête Corbeau était vêtu en violet et ivoire, et il portait autour du cou un torque incrusté de pierres précieuses identique à ceux des statues. Plume Brillante, sa femme, arborait aussi une tenue violette, mais d'une nuance moins vive. La mère du Roi-Serre et de Vagabond des Étoiles, l'Envoûteuse Étoile du Matin, marchait devant le mari de Rivkah, magnifique dans sa toge pourpre et jaune où était brodé, sur la poitrine, un soleil éblouissant. Surprise, Azhure remarqua que tous les Soleil Levant avaient les pieds nus.

Frère du roi et Envoûteur le plus puissant présent dans la salle, Vagabond des Étoiles eut l'honneur d'ouvrir la séance. Alors que la foule se taisait, il avança jusqu'au centre du cercle de marbre jaune, fit du regard le tour de l'auditoire, puis s'inclina, les yeux baissés et les ailes et les bras pointés vers le sol, en signe de respect et d'humilité. Dans cette position, il tourna lentement sur lui-même, afin que chacun se sente personnellement salué. Alors que les pointes de ses ailes, quasiment guéries, effleuraient les dalles derrière lui, tous purent voir les cicatrices qui couraient encore entre ses plumes.

Azhure en eut le souffle coupé. Le salut de Vagabond des Étoiles était un des ballets les plus gracieux et courtois qu'elle eût jamais vus.

Dès qu'il se fut redressé, l'Envoûteur commença à chanter. Très doucement, au début – pourtant, chacun de ses mots était audible sur la dernière rangée de sièges – puis avec une puissance et une passion qui finirent par faire trembler les miroirs de bronze du dôme.

Alors qu'il utilisait son antique langage, Azhure constata de nouveau qu'elle n'avait aucun mal à le comprendre. Et les intonations exotiques de sa voix semblaient faire chanter jusqu'à son sang…

Vagabond des Étoiles évoqua les origines des Icarii, l'époque où ils avaient enfin maîtrisé l'art de voler, puis le jour où ils avaient découvert les étoiles et le Soleil. Il vanta leur héritage, dont ils devaient être fiers, leur domination passée sur Tencendor, et les danses et les chansons qu'ils avaient dédiées aux étoiles, très haut dans le ciel estival, au-dessus des lacs et des forêts magiques de leur terre natale.

De plus en plus ému, il parla du temps où les Icarii, qui pouvaient se laisser dériver librement sur les courants ascendants, volaient des Éperons de Glace jusqu'aux lointains rivages de la mer de Tyrre. Une époque où les enfants, quand ils s'initiaient à la Voie de l'Aile, ne devaient pas être protégés des flèches qui jaillissaient du sol.

Il passa à la chute des Icarii, incapables de comprendre que les Rampants craignaient et jalousaient leurs trop magnifiques cousins. Au fil du temps, cette angoisse et cette jalousie avaient été un terreau fertile pour les murmures haineux de l'ordre du Sénéchal.

Au souvenir de tout ce qui leur avait été volé, beaucoup d'Icarii pleurèrent sans retenue, et Azhure s'aperçut que des larmes roulaient aussi sur ses joues.

Vagabond des Étoiles passa à la Guerre de la Hache, ces terribles décennies au cours desquelles leurs ancêtres avaient connu un désastre. Résolus à détruire la forêt et à massacrer tous ceux qui ne leur ressemblaient pas, les Rampants avaient forcé les Icarii, comme les Avars, à fuir en pleine nuit, fous de chagrin, au-delà de la chaîne de la Forteresse.

Arrivé à ce point de sa Chanson, l'Envoûteur s'attarda davantage sur les détails. Décrivant par le menu tout ce que les Icarii avaient perdu, il insista sur leur incapacité à combattre les mensonges du Sénéchal et les haches des Rampants ralliés à sa cause. Bouleversée par la tristesse de sa voix, d'une beauté qu'elle n'aurait pas crue possible, Azhure continua à pleurer, sa tristesse remplacée par un sentiment de honte et d'humiliation. Son peuple avait-il vraiment osé chasser de Tencendor des créatures aussi incroyablement gracieuses et douées ?

Vagabond des Étoiles parla ensuite du nouveau foyer que les Icarii s'étaient construit en un lieu désolé mais miraculeusement hors de portée de la fureur des Haches. Louant l'ingéniosité avec laquelle ils avaient transformé une montagne en un lieu plaisant et confortable, il évoqua les années de paix qu'ils y avaient connues, les mystères dont ils avaient trouvé la solution et l'imprenable vue sur les étoiles que leur offrait le mont Serre-Pique.

De peur que son auditoire se console avec l'idée que ces merveilles compensaient celles que les Rampants s'étaient appropriées, l'Envoûteur rappela la longue liste de sites sacrés détruits ou désormais interdits au peuple ailé. La majeure partie de la forêt d'Avarinheim, où abondaient les bosquets magiques, avait disparu sous les morsures cruelles de la Charrue. En manque d'amour, les lacs sacrés agonisaient et les forteresses des Envoûteurs, quand elles n'avaient pas été rasées, pourrissaient sous la souillure du Sénéchal.

Il rappela la perte de l'énigmatique Spiredore, de l'île de la Brume et de la Mémoire, où les dieux étaient piégés par des pirates crasseux et malades. Il mentionna les neuf Hautes Prêtresses de l'ordre des Étoiles, très certainement violées et contraintes de porter les rejetons de leurs ravisseurs. Puis le sépulcre de la Lune, muré et condamné à l'obscurité. Et les antiques tumulus, qui s'écroulaient. Et enfin le Portail des Étoiles, sûrement perdu…

Alors que les Icarii se lamentaient et se tordaient les mains, Raum entendit Azhure gémir. Surpris, il se tourna vers elle et la dévisagea. Pourquoi pleurait-elle ? Comprenait-elle la Chanson de l'Envoûteur ? L'Eubage avait eu besoin de longues années d'études pour saisir passablement la langue sacrée des Icarii. Et voilà que cette humaine pleurait comme si elle avait compris chaque mot de l'Envoûteur ! Plus que perplexe, Raum riva de nouveau les yeux sur Vagabond des Étoiles.

— Aujourd'hui, dit celui-ci après avoir abruptement cessé de chanter, nous avons une chance de retrouver ces merveilles.

Il se tut, ferma les yeux, croisa les mains et passa à une autre Chanson.

La Prophétie du Destructeur ! Jusqu'à l'endroit, en tout cas, où elle devenait la propriété exclusive de l'Homme Étoile. Il alla pourtant au-delà, chantant les derniers vers d'une voix si riche et vibrant de telles résonances qu'on eût cru entendre un chœur dont les mots, en raison de multiples échos, restaient curieusement incompréhensibles malgré leur limpidité.

Bouleversé par l'extraordinaire talent de l'Envoûteur, Raum prit la main d'Azhure. Jusqu'à ce jour, l'Eubage et l'humaine n'avaient pas eu l'occasion de découvrir la splendeur et la profondeur du don de Vagabond des Étoiles. Béats d'admiration, comment auraient-ils pu concevoir que cette prestation n'en donnait qu'un infime aperçu ?

Quand l'Envoûteur se tut, son auditoire n'émit pas un son pendant de longues minutes. Plus ardemment que jamais, Vagabond des Étoiles venait de rappeler aux Icarii qu'ils n'étaient plus que les ombres falotes de leurs formidables ancêtres. Une race déchue dont le fief, si beau fût-il, n'égalait pas les splendeurs du passé. Mais tout n'était peut-être pas perdu, car la Prophétie du Destructeur, si stupéfiant que ce fût, contenait peut-être aussi un message d'espoir.

La tête inclinée et les bras croisés, Vagabond des Étoiles écouta religieusement ce silence qui en disait tant. Des larmes roulant sur ses joues, Rivkah ne le quittait pas des yeux, certaine de ne l'avoir jamais aimé autant qu'en cet instant.

L'Envoûteur leva la tête, rompant le charme. À ce signal, des murmures houleux coururent dans la caverne. Les bras le long du corps, Vagabond des Étoiles s'approcha du banc réservé aux siens, s'assit entre Rivkah et Gorge-Chant et leur sourit. Au grand désespoir de sa femme, qui aurait tant voulu lui tenir la main, il croisa de nouveau les bras.

Crête Corbeau se leva et vint prendre la place de son frère, la traîne de sa toge drapée sur son bras gauche.

— Mes frères et mes sœurs, dit-il d'une voix forte et limpide, vous connaissez les événements de ces dix derniers jours, et vous savez que la Prophétie s'est éveillée. Vous me permettrez pourtant un bref résumé… Mes frères et mes sœurs, comme vous l'avez déjà appris, l'Amie de l'Arbre est apparue et l'Arbre Terre a chanté. Nous affrontons Gorgrael, le fils de Vagabond des Étoiles et d'une Avar du nom d'Ameld, du clan Marche Loin. (Crête Corbeau ne vit pas son frère baisser piteusement la tête.) L'Homme Étoile, ainsi que nul d'entre nous ne l'ignore, est le Tranchant d'Acier de l'ordre du Sénéchal. Appelé Axis, il est également le fils de Vagabond des Étoiles… et de la princesse Rivkah. Aujourd'hui, il nous faudra répondre à deux questions. Devons-nous voler au secours d'Axis, piégé dans le fort de Gorken, et pouvons-nous tenir un membre du Sénéchal pour l'authentique Homme Étoile ?

Des sifflets indignés montèrent de l'assistance. Après que Vagabond des Étoiles leur eut si brillamment rappelé tout ce que la Hache leur avait volé, comment les Icarii pourraient-ils accueillir un Tranchant d'Acier en leur sein ?

— Mais d'abord, continua le Roi-Serre, faisant mine de n'avoir rien entendu, nous devons prendre connaissance des dernières nouvelles de Gorken. Chef de Crête Œil Perçant Éperon Court, qu'as-tu à nous dire ?

L'officier se leva de son banc, plus impressionnant que jamais avec ses ailes noires.

— Roi-Serre, ces nouvelles sont mauvaises. Le fort est assiégé par une armée de Skraelings vingt fois plus puissante que la force lancée contre le bosquet de l'Arbre Terre. La ville est déjà tombée, et tous les Rampants survivants se sont réfugiés dans la place forte. Mais la cité n'a pas cédé sans combattre, et les affrontements furent féroces. Dans le bosquet, des centaines d'Icarii et d'Avars ont péri. Les pertes des Rampants se montent déjà à des milliers de soldats. L'estomac plein, les monstres ne s'attaquent même plus aux monceaux de cadavres. Quatre Skraebolds dirigent le siège, et des dizaines de milliers de Skraelings encerclent les défenseurs ou se tapissent dans la brume, attendant leur tour d'attaquer. Les mots me manquent pour décrire les horreurs que les Rampants voient chaque fois qu'ils se penchent aux créneaux de leur fort.

— Ils tiendront ? demanda une voix, au milieu des gradins.

— Non, répondit l'officier après une courte réflexion. À la fin, le froid et le manque de vivres – ou peut-être simplement la terreur – auront raison des défenseurs. L'armée de Gorgrael est trop puissante, et il pourra bientôt marcher vers le sud. Pour l'instant, l'élite de l'armée des Rampants, ou plutôt ce qu'il en reste, est coincée dans le fort de Gorken, à la merci du Destructeur.

— Et mon fils y est aussi, dit Vagabond des Étoiles.

— C'est exact, confirma Œil Perçant. Mes éclaireurs l'ont aperçu sur le chemin de ronde, sanglé dans son uniforme noir de Tranchant d'Acier. Même de si loin, ils ont vu à son teint grisâtre qu'il a dû être blessé et perdre beaucoup de sang.

L'Envoûteur gémit et prit enfin la main de Rivkah, aussi décomposée que lui.

Libre Chute se leva et vint rejoindre son père.

— La question est simple, dit-il. Devons-nous porter secours aux Rampants ? Pour moi, la réponse s'impose. Pouvons-nous laisser l'Homme Étoile, notre seule chance de vaincre le Destructeur, mourir sur les remparts du fort de Gorken ?

— Du calme…, souffla Crête Corbeau, agacé que son fils soit intervenu si tôt dans les débats.

Libre Chute ne tint aucun compte de cette réaction. Bouillant de passer à l'action, il défia l'assistance du regard.

— J'affirme que nous n'avons pas le choix !

Un vacarme épouvantable ponctua cette affirmation. Très dignes jusque-là, les Icarii s'interpellèrent d'un banc à l'autre, chacun décidé à crier plus fort que son voisin.

— Il y a toujours un choix, et c'est pour ça que l'Assemblée existe !

— Pour prendre une décision pareille, il faut des jours et des jours de réflexion !

— Que pourrons-nous, contre les Skraelings ? Ne vaudrait-il pas mieux renforcer les défenses du mont Serre-Pique ?

— Si Gorgrael veut simplement Achar, pourquoi ne pas le laisser faire ?

— Aider les Rampants ? Tu perds la tête, mon garçon ? Que fais-tu de la fierté des Icarii ?

— Elle a brûlé avec nos morts, dans le bosquet de l'Arbre Terre ! cria Libre Chute, les poings serrés et les ailes frémissantes comme s'il allait s'envoler.

D'une main, Crête Corbeau prit le bras de son fils. Puis il leva l'autre pour rétablir le silence. N'obtenant aucun résultat, il se mordit les lèvres de fureur et hurla :

— Taisez-vous !

Répercutée par les miroirs de bronze, sa voix sembla vouloir faire trembler jusqu'aux colonnes. En un clin d'œil, tout le monde se tut.

— Croyez-vous que je n'ai pas réfléchi avant de me présenter devant vous ? Pensez-vous que je n'ai pas passé des nuits d'insomnie à imaginer les horreurs qui nous attendent si nous n'intervenons pas ? Et celles qui nous frapperont si nous agissons ? Imaginez-vous que je prends à la légère la haine que nous vouons aux Rampants, et celle qu'ils nous rendent bien ? Mes frères et mes sœurs, réfléchissez... J'entends que nous débattions calmement, puis que nous prenions une décision rapide et la moins douloureuse possible. Vagabond des Étoiles, toi qui en sais beaucoup plus long que nous, et qui es plus directement impliqué, expose-nous ton point de vue.

Le Roi-Serre recula, entraînant son fils avec lui.

Son frère lâcha la main de Rivkah, se leva et avança.

— Je parlerai comme un Envoûteur... et comme un père, annonça-t-il. Gorgrael attaque et nous devons réagir.

L'inaction signera notre perte, plus celle de tout ce que nous chérissons. Un seul être peut nous sauver, et c'est Axis, le Tranchant d'Acier des Haches de Guerre. La Prophétie l'affirme, et je sais qu'il en est ainsi. Mais il a grandi sans mon soutien, structurant sa vision du monde sans que j'éclaire son chemin. (Il haussa les épaules et eut un sourire désabusé.) Au fond, ce n'est peut-être pas plus mal… Par bonheur, je connais mon fils parce que j'ai posé la tête contre le ventre de sa mère, quand il s'y développait. Pères icarii, vous chantez tous pour vos futurs enfants. Mais combien vous répondent ?

L'Envoûteur attendit que les murmures de stupéfaction retombent.

— Mon fils a chanté la Litanie de la naissance ! Oui, il s'est créé lui-même ! J'ai planté la graine et Rivkah l'a nourrie, mais Axis a pris en chacun de nous ce qui lui plaisait et il s'est fait tout seul.

Un long silence suivit. Ces révélations étaient incroyables.

— Pensez au pouvoir tapi dans cet homme, prêt à se déchaîner, dit enfin Vagabond des Étoiles. Par pitié, ne le laissez pas mourir au fort de Gorken. Sans lui, nous sommes tous condamnés.

Des murmures coururent parmi les Icarii, très loin d'être tous convaincus. Axis avait peut-être le potentiel pour devenir le plus grand Envoûteur de tous les temps. Mais pouvait-on se fier à un hybride d'Icarii et de Rampant ? À un Tranchant d'Acier ?

Tout en haut de l'amphithéâtre, Raum avança, tirant Azhure derrière lui.

— Écoutez-moi ! cria-t-il.

Des milliers de têtes se tournèrent pour tenter de voir qui venait de parler.

— J'ai deux choses à dire, déclara l'Eubage, un peu nerveux que tant de regards pèsent sur lui. D'abord, n'oublions pas qu'Axis n'est pas seul au fort de Gorken, où se trouvent aussi trois Sentinelles. Dois-je vous rappeler que leur mort serait un désastre pour nous tous ? Mais ce n'est pas tout, car le fort est aussi l'ultime refuge de l'Amie de l'Arbre, Faraday, probablement déjà devenue la duchesse d'Ichtar.

La main de Rivkah vola jusqu'à sa gorge. À la lisière de la forêt, Raum s'était retourné pour dire à Axis quelque chose au sujet de Faraday. Mais de quoi s'agissait-il ?

— Pouvons-nous nous permettre de la perdre aussi ? demanda l'Eubage. Vagabond des Étoiles a eu besoin d'elle pour réveiller l'Arbre. Si elle n'avait pas été là, la forêt ne se dresserait pas sur la route de Gorgrael. Mes amis, avec en son sein tant de personnes mentionnées dans les prédictions, le fort de Gorken est pratiquement *devenu* la Prophétie ! Cette seule raison devrait suffire pour vous décider à voler au secours des Acharites. Mais il y en a une autre. Surtout, ne prenez pas mal ce que je vais dire, car je porte le même jugement sur mon peuple. (L'Eubage marqua une courte pause.) Comme les Avars, les Icarii ont besoin d'un chef de guerre ! Contre Gorgrael, seul l'Homme Étoile peut nous guider. Ma rencontre avec Axis fut brève mais édifiante. J'ai vu comment ses hommes lui obéissent et à quel point ils le respectent. Aujourd'hui, il dirige probablement le meilleur corps d'armée de Tencendor. J'ai également découvert sa compassion, car c'est grâce à elle que je suis en vie. En Achar, son nom est déjà une légende, alors qu'il commande les Haches de Guerre depuis cinq ans à peine. (Il se tourna vers Azhure.) Mon amie, dis aux Icarii tout ce que tu sais sur ce Tranchant d'Acier.

Azhure prit une grande inspiration, baissa les yeux sur l'assistance et parla d'une voix qui ne tremblait pas :

— Nos jeunes hommes feraient n'importe quoi pour servir sous ses ordres. En son nom, des gamins se battent à l'épée avec des bouts de bois. En buvant leur bière, les hommes mûrs parlent de lui avec admiration… et un rien de jalousie. Et les femmes… (Azhure eut un petit sourire.) Eh bien, toutes rêvent de passer une nuit dans ses bras.

Vagabond des Étoiles sourit aussi. À l'évidence, son fils n'avait pas hérité seulement de ses pouvoirs magiques… Azhure avait-elle aussi désiré Axis ? À cette idée, l'Envoûteur se rembrunit.

— Axis est l'homme qui pourrait rallier tous les Acharites à sa cause, continua Azhure. Il commande des soldats d'élite, et je ne vois aucun autre chef de guerre, dans le royaume, susceptible de se gagner le cœur et les bras d'autant de mes compatriotes.

Avant qu'un Icarii émette des objections, Raum reprit la parole.

— Pour toutes ces raisons, je joins ma supplique à celle de Vagabond des Étoiles. En aidant les défenseurs du fort de Gorken, c'est à vous que vous rendrez service ! Si Gorgrael tue Axis, les Sentinelles et l'Amie de l'Arbre, la Prophétie mourra juste avant nous. Le fils de Vagabond des Étoiles doit devenir notre chef de guerre, car nul autre ne saurait tenir ce rôle.

Dès que l'Eubage en eut terminé, les membres de la Force de Frappe se levèrent pour hurler leur indignation. Ils affronteraient Gorgrael, et leurs chefs de Crête, Œil Perçant le premier, sauraient les conduire à la victoire lors de cette guerre sainte. Commandés par le grand Crête Corbeau, les Icarii et les Avars écraseraient le Destructeur.

Libre Chute vint de nouveau se placer au centre du cercle de marbre.

— C'est vrai, un Soleil Levant nous mènera au triomphe ! cria-t-il. Mais ce ne sera ni Crête Corbeau ni Vagabond des Étoiles ni moi ! Axis doit être notre chef ! Ressaisissez-vous, mes amis ! Auriez-vous déjà oublié le massacre du bosquet de l'Arbre Terre ? Laisserez-vous l'orgueil des Icarii nous pousser au tombeau ? L'expérience du combat et l'art du commandement d'Axis nous sont indispensables ! (Il reprit son souffle, les yeux brillant d'exaltation.) Il est le Tranchant d'Acier des Haches de Guerre, objecterez-vous ? Et alors ? Quelle meilleure formation aurait pu avoir l'Homme Étoile ? Après tout, ce sont ses prédécesseurs qui nous ont chassés de Tencendor !

» Permettons à un Tranchant d'Acier de nous y ramener !

Libre Chute recula, comme vidé de ses forces, mais ses paroles avaient fait mouche, et Vagabond des Étoiles l'en remercia d'un hochement de tête approbateur.

Perchoir Solide Garde Sûre, un des Anciens, se leva et vint se placer au centre de l'arène.

— Votre Tranchant d'Acier n'est-il pas en train de perdre la bataille de Gorken ? S'il a commis une grossière erreur stratégique, comment être sûrs qu'il ne recommencera pas ? Et…

— Honorable Ancien, coupa Vagabond des Étoiles, mon fils ne saura pas contrôler son pouvoir, et encore moins l'utiliser, tant qu'il n'aura pas reçu mon enseignement. Pour l'heure, il n'est que la moitié d'un homme, et est peut-être menacé de sombrer dans la folie à cause de la puissance indomptée qui l'habite.

— Je veux entendre votre décision ! cria Crête Corbeau en avançant vers le centre du cercle. (Beaucoup d'Icarii sursautèrent, comme s'ils avaient oublié qu'il était là.) Aiderons-nous les Rampants du fort de Gorken ?

— Comment ? lança une voix. Dans le bosquet de l'Arbre Terre, nous n'avons pas pu empêcher une tuerie !

Libre Chute saisit l'occasion au vol.

— C'est justement pour ça que nous devons envoyer au fort de Gorken un émissaire qui négociera avec les Rampants… et Axis. Pour les batailles à venir, nous placerons-nous sous ses ordres ?

Les guerriers recommencèrent à murmurer, mais Œil Perçant leva une main pour leur imposer le silence.

— J'ai passé des nuits entières à réfléchir à notre échec, dans le bosquet de l'Arbre Terre, dit-il sans dissimuler la honte que lui inspirait ce souvenir. Il a fallu qu'une Rampante, Azhure, nous montre comment utiliser nos armes. Ai-je envie de voir la Force de Frappe sous les ordres d'un Tranchant d'Acier ? Sûrement pas, mais nous n'avons pas le choix. S'il est aussi bon qu'on le dit, je lui céderai ma place sans regret. Mais j'exige qu'un chef de Crête fasse partie de la délégation qui partira pour le fort de Gorken.

— Sommes-nous d'accord sur ce plan ? intervint Crête Corbeau. Enverrons-nous des émissaires négocier avec les Rampants et Axis ? Leur proposerons-nous notre aide ?

Le Roi-Serre écarta les bras, exigeant une décision rapide.

Tous les Icarii se levèrent. Alors que certains semblaient mécontents qu'on leur force ainsi la main, d'autres paraissaient convaincus qu'Axis saurait les tirer du piège de la Prophétie et les ramener en Tencendor.

— Oui ! crièrent quelques voix isolées.

Peu à peu, d'autres les imitèrent, et des milliers de « oui » firent bientôt trembler les miroirs de bronze de la voûte.

Quand Libre Chute lui donna l'accolade, Vagabond des Étoiles détourna la tête et éclata en sanglots.

56

Libre chute soleil levant

À la pâle lueur de l'aube, sur le toit du donjon du fort de Gorken, Axis, Belial et Magariz, emmitouflés dans de lourds manteaux, regardaient les Skraelings massés au pied du mur d'enceinte. Deux semaines après la chute de la cité, la situation des défenseurs du fort continuait à se dégrader régulièrement. Encore faible, Axis avait quelques difficultés à rester debout longtemps sans vaciller. Mais il était vivant, un miracle pour lequel, selon son second, il devait rendre grâce à Faraday. Sous son manteau, le Tranchant d'Acier palpa ses flancs, car les cicatrices, encore fraîches, le démangeaient. Personne n'avait pu lui expliquer comment Faraday l'avait guéri, et il n'avait pas eu l'occasion de lui poser la question. Depuis la chute de la ville, la jeune femme était pratiquement restée cloîtrée dans sa chambre. Soucieuse de ne pas s'exposer à la colère de Borneheld, elle s'excusait platement et le couvrait de mots tendres dès qu'il daignait venir la voir. Malgré cette débauche d'efforts, le duc demeurait très froid avec elle. Parce qu'elle avait violé un de ses ordres ? Sans doute, mais le crime qu'il ne lui pardonnait pas était plutôt d'avoir sauvé Axis. À présent, il ne fallait surtout pas qu'il devine les vrais sentiments de la duchesse pour le Tranchant d'Acier. Sinon, au plus fort d'une crise de jalousie, il risquait encore de planter son épée entre les omoplates de son rival.

Alors qu'ils étudiaient l'armée ennemie, leur manteau plaqué contre leur corps par le vent du nord, Magariz eut le sentiment qu'il frissonnait surtout à cause de la présence d'Axis. Indigné que le seigneur ait laissé Faraday assumer seule la responsabilité de l'ouverture des portes, le Tranchant d'Acier ne lui avait pratiquement plus adressé la parole depuis ce terrible jour. Et, en toute honnêteté, Magariz ne pouvait pas l'en blâmer. Bougeant légèrement sa jambe blessée afin de la soulager un peu, il en profita pour regarder Axis du coin de l'œil. Combattre aux côtés de cet homme, même pendant quelques courtes semaines, avait bouleversé sa hiérarchie des valeurs et radicalement inversé sa loyauté. Depuis des années, il était le bras droit de Borneheld – en tout cas, son officier le plus en vue – qui lui avait confié une place forte stratégiquement vitale. Aujourd'hui, comme tant d'autres, il se demandait si le titre de Seigneur de Guerre n'aurait pas mieux convenu à Axis.

Agacé, le seigneur soupira.

Belial l'entendit et se tourna vers lui.

Par Artor, le chagrin d'Axis et de Faraday nous sape le moral à tous.

L'amour valait-il qu'on souffre autant ? N'aurait-il pas été préférable que les deux jeunes gens se résignent, tentent de s'oublier, ou, au minimum, admettent que leurs destins les poussaient sur des chemins différents ?

Artor, pensa Belial, *fasse que je n'aime jamais une femme au point de connaître de tels tourments !*

Entièrement dévoué à sa carrière, l'officier n'avait jamais envisagé de fonder une famille. Dans sa vie, les femmes entraient et sortaient comme des ombres, certaines pour une nuit et d'autres, plus rares, pour une semaine ou deux. Aucune n'avait laissé de traces dans son esprit et il s'en félicitait. Il soupira à son tour, ébahi que des hommes, et pas les moins brillants, puissent se torturer ainsi à cause de l'amour.

Ayant entendu ce concert de soupirs, Axis se tourna vers ses deux compagnons, très irrité.

Dans le fort, tout le monde broyait du noir du matin au soir. Face aux hordes de Skraelings qui grouillaient dans la ville et au pied des murs du dernier bastion, il pouvait comprendre cette réaction, même s'il la regrettait.

Les monstres avaient pratiquement rasé la cité. Après avoir entassé les gravats, certains s'étaient glissés à l'intérieur. Non sans inquiétude, le Tranchant d'Acier se demandait ce qu'ils entendaient faire là-dessous.

Les portes du fort, bardées de fer, résistaient aux griffes de glace des Skraelings et leurs gonds restaient solidement en place dans la pierre. Mais leur nombre augmentant chaque jour, les assaillants finiraient bien par avoir raison des défenseurs.

Sinon, la famine s'en chargerait... Cela dit, si la plupart des soldats estimaient inévitable la chute du fort, aucun ne pensait que Gorgrael perdrait des semaines, voire des mois, à attendre que ses adversaires soient morts d'inanition. Pressé de partir pour le sud, il ne pouvait pas non plus laisser derrière lui une force aussi importante – qui s'empresserait de le prendre à revers s'il lui en offrait la possibilité. Bref, la question était simple : quand attaquerait-il ? Déjà éprouvés par la perte de Gorken, les hommes ne supportaient plus cette attente...

Depuis qu'il était sorti de son lit de convalescence pour reprendre son commandement, Axis n'était pas à prendre avec des pincettes. Exaspéré, Belial avait profité d'un moment de tranquillité, dans leurs quartiers, pour lui dire ses quatre vérités. À la place d'Axis, avait-il crié, tout autre chef aurait perdu la ville plus vite, et sans ramener l'ombre d'un survivant au fort.

Facile à dire, avait répliqué Axis, pour l'homme qui avait *vraiment* sauvé les ultimes combattants coincés dans les rues et ramené son chef sur ses épaules, comme un vulgaire sac de grain.

Écœuré par tant d'autodénigrement, Belial avait explosé de rage. Pour éviter de frapper son supérieur, il était sorti de la pièce en trombe…

Seuls sur le toit du donjon, le point le plus haut du fort, les trois hommes continuèrent leur sombre méditation jusqu'à ce que des battements d'ailes les fassent sursauter. Encore traumatisé par l'attaque des Skraebolds, au cœur même de son fief, Magariz fut le premier à dégainer son épée, les yeux sondant le ciel lourd de nuages.

Trois silhouettes se posèrent sur le toit, à bonne distance du trio de défenseurs, qui avaient tous dégainé leur arme.

Axis plissa les yeux et étudia les hommes ailés qui ne faisaient pas mine d'approcher. Si les deux premiers avaient des ailes noires, le troisième, aux magnifiques cheveux blonds, arborait des plumes blanches comme la neige et des yeux d'un violet intense qu'il n'avait jamais vu chez une créature vivante. Les mains vides, ces étranges visiteurs écartèrent les pans de leurs manteaux de laine pour montrer qu'ils ne portaient pas d'arme. Puis ils baissèrent leurs ailes, dont les pointes effleurèrent le sol de pierre.

Un des inconnus aux ailes noires s'avança et inclina brièvement la tête.

— Je te salue, Tranchant d'Acier Axis, dit-il d'une voix curieusement musicale. Oui, je te salue, Homme Étoile !

Les trois humains sursautèrent. Comment la créature savait-elle qu'elle s'adressait au chef des Haches de Guerre ?

Magariz ne se contenta pas de tressaillir. Bouche bée, il regarda Axis. Homme Étoile ? Avait-il bien entendu ?

— Je suis le chef de Crête Éperon Voltige Aile Noire, de la Force de Frappe icarii.

Axis manqua en lâcher son épée.

Des Icarii ! pensa-t-il, le cœur battant la chamade.

— Mon compagnon aux ailes blanches se nomme Libre Chute Soleil Levant, héritier légitime du Roi-Serre. L'autre est Plume Pique Chant Fidèle, un chef d'Aile de notre corps d'armée.

Libre Chute avait dû insister des heures pour que son père le laisse partir avec les deux officiers. Venu le saluer avant qu'il s'envole, le Roi-Serre n'avait pas caché que l'inquiétude le rongeait.

Éperon Voltige se tut et regarda Axis comme s'il attendait quelque chose. Ce qui était évidemment le cas…

— Bien sûr, oui… Je vous présente le seigneur Magariz, commandant du fort de Gorken sous la tutelle du duc Borneheld d'Ichtar. (Le guerrier inclina la tête sans quitter du regard les trois Icarii.) Et mon second, Belial…

Belial salua à son tour, le regard amical. Ainsi, le peuple du père d'Axis ressemblait à cela ?

— Il est étrange, dit-il, que ma première impression, face à des Proscrits, soit de les trouver éminemment… fréquentables.

Magariz en fut de nouveau stupéfait. Des Proscrits ? Ces êtres ne ressemblaient en rien aux monstres décrits par l'ordre du Sénéchal.

Libre Chute avança et s'arrêta à moins de trois pas d'Axis, qui baissa son épée et se tourna vers ses compagnons.

— Nous n'avons rien à craindre de ces Icarii. Rengainez vos armes.

Il remit sa lame au fourreau et Belial l'imita une seconde plus tard. Hésitant davantage, même s'il n'estimait pas que les Icarii fussent menaçants, Magariz finit par faire de même. Mais les cicatrices qui continuaient à le torturer lui avaient appris à se méfier des adversaires ailés…

Axis regarda de nouveau Libre Chute, ébloui par sa beauté. Comment s'étonner que sa mère ait aimé un Icarii ?

Magariz prit le bras de Belial, et, les yeux écarquillés, regarda alternativement Axis et les trois hommes-oiseaux.

— Artor, aie pitié de nous ! souffla-t-il. À présent, je devine de qui, ou de *quoi*, Axis est le fils.

— Très bien vu, seigneur, répondit Belial. Notre ami a du sang acharite *et* icarii.

Magariz dévisagea le second du Tranchant d'Acier. Jusque-là, il ne s'était pas douté qu'Axis et Belial étaient informés de cette stupéfiante filiation. Et encore moins qu'ils connaissaient l'identité de l'Homme Étoile – et pour cause !

Les trois Icarii étudiaient Axis avec une fascination presque studieuse. Était-il l'Unique qui les sauverait ? Voyant des rides d'épuisement autour des yeux du Tranchant d'Acier, et un manque évident de confiance en soi dans son regard, Plume Pique se demanda s'il avait vraiment l'Homme Étoile en face de lui. L'Élu de la Prophétie n'aurait-il pas dû paraître plus assuré ?

Libre Chute sourit à son cousin et lui tendit la main. Non sans hésiter, Axis s'avança et l'imita.

— Je te salue, cousin, dit l'Icarii en refermant ses doigts sur ceux du Tranchant d'Acier. Vagabond des Étoiles et Rivkah me chargent de t'assurer de leur amour. Ils regrettent de n'être pas venus en personne, mais ta mère, hélas, n'est pas dotée d'ailes, et ton père se remet des blessures qu'un Skraebold lui a infligées la nuit du solstice d'hiver.

Axis tituba, comme si ses jambes refusaient de le porter. Inquiet, Libre Chute le retint par le bras.

— Que t'arrive-t-il, mon cousin ?

Du coin de l'œil, le Tranchant d'Acier vit que Magariz semblait au moins aussi sonné que lui.

— Rivkah est vivante…

Alors qu'il croyait depuis toujours que sa mère était morte en lui donnant la vie, voilà qu'un Icarii – son cousin ? – lui annonçait en souriant qu'il n'en était rien. Mais comment avait-elle survécu aux machinations de Jayme et Moryson ?

Libre Chute cilla de surprise, puis comprit ce qui troublait tant Axis.

— Bien sûr, cousin ! Décidément, dans votre famille, la confusion semble de mise. Jusqu'à ces derniers jours, Vagabond des Étoiles et Rivkah pensaient que *tu* étais mort. Depuis qu'ils ont appris la vérité, ils sont impatients de te voir.

Après tant de mensonges et une existence passée à se sentir seul au monde, Axis venait de découvrir que ses deux parents étaient vivants et qu'ils l'aimaient. Ses parents… Quel étrange concept ! Jusque-là, il lui avait été totalement étranger. Au fait, pourquoi cet Icarii l'appelait-il « cousin » ?

— Avons-nous un lien de parenté ? demanda-t-il abruptement.

Libre Chute sourit avec plus de bienveillance. Comme tout cela devait être étrange pour le pauvre Axis !

— Vagabond des Étoiles est le frère de mon père, le Roi-Serre Crête Corbeau. Sais-tu que tu as une sœur appelée Gorge-Chant ? Oui, Axis, te voilà avec toute une famille sur les bras ! Bienvenue dans la maison du Soleil Levant.

Libre Chute hésita un instant, puis donna l'accolade à son cousin.

D'abord pétrifié, Axis lui rendit son étreinte.

— Libre Chute…, ricana-t-il alors que des émotions longtemps étouffées explosaient en lui. Quel nom ridicule !

— Et Axis, alors ? Il n'y a jamais eu d'Axis Soleil Levant, mais ça ne sonne pas si mal que ça. Et je suis heureux que nous t'ayons retrouvé.

Les quatre témoins de la scène sentirent l'émotion qui passait entre les deux cousins, et tous en eurent un pincement au cœur. Belial avança et serra brièvement les épaules de son chef.

— Axis Soleil Levant ? répéta-t-il, souriant. J'aime bien… Et tu aurais une sœur ? Bon sang, il me tarde de la rencontrer. Si elle n'a pas hérité de ton caractère de cochon…

Libre Chute sourit à l'humain, qu'il trouvait fort sympathique, mais il jugea préférable d'étouffer dans l'œuf son intérêt pour Gorge-Chant.

— Elle a pris tous les mauvais côtés des Soleil Levant, Belial ! Crois-moi, tu ferais mieux de l'éviter. D'autant plus qu'elle s'est mis dans la tête l'idée terrifiante de devenir ma femme.

— Toutes mes excuses, Libre Chute… et mes sincères condoléances. Je supporte Axis depuis des années, et imaginer sa version féminine me donne des sueurs froides.

— Libre Chute, dit Axis, son sourire un peu fané, je dois rejoindre mon père.

— Je sais, cousin. C'est en partie pour ça que nous sommes venus.

Libre Chute se tourna vers les deux autres Icarii et leur fit signe d'avancer. Les présentations terminées, tous les trois avaient replié leurs ailes.

— Axis Soleil Levant, dit Éperon Voltige, nous connaissons la Prophétie, et nous supposons, puisque des Sentinelles t'accompagnent, qu'il en va de même pour toi. (Le Tranchant d'Acier hocha la tête.) Axis, tu es l'Homme Étoile, celui qui forcera Gorgrael à mordre la poussière. Mais ici, tu es impuissant… (Voyant l'expression accablée d'Axis, l'Icarii précisa sa pensée.) Non, ne te sens pas coupable ! Personne n'aurait pu éviter cette débâcle. Et sache que les Avars et les Icarii, face aux Skraelings, n'ont pas fait mieux que toi. Il a fallu qu'une Rampante, Azhure, nous montre comment tuer les monstres !

— Azhure ? s'écrièrent ensemble Axis et Belial.

La fille de Hagen vivait désormais avec les Icarii ? Et que signifiait ce nom peu flatteur « Rampante » ?

— Elle n'a pas perdu la main, on dirait..., marmonna Belial en se tapotant l'arrière du crâne.

Éperon Voltige ignora la réaction des deux hommes.

— Axis Soleil Levant, pour affronter Gorgrael, les trois races doivent s'unir. Nos fiers guerriers n'ont rien pu faire contre les Skraelings. Même si beaucoup d'Icarii ont du mal à l'accepter, nous pensons que tu dois nous conduire à la bataille. Tu as l'expérience, la filiation et le pouvoir requis. Tranchant d'Acier, nous te demandons ton aide contre le Destructeur. En échange, nous volerons au secours du fort de Gorken.

— Axis, dit Libre Chute, une main sur l'épaule de son cousin, pour développer ton pouvoir, tu dois être auprès de ton père !

— Je sais... Mais qui suis-je, en réalité, Libre Chute ?

L'Icarii dévisagea Axis. Puis, sur une inspiration, il lui prit la main droite, retira le gant et lui fit lever le bras pour montrer à tous les reflets de la lumière sur l'or et les diamants de la bague de l'Envoûteur.

— Je crois que tu le sais déjà, Axis, comme le prouve ce bijou. Mais pour développer tes pouvoirs, l'aide de ton père est indispensable. Ensuite, tu seras assez fort pour vaincre Gorgrael. Tu es ce que tu es, mon cousin. Accepte la vérité, ou nous mourrons tous...

Axis soutint le regard de Libre Chute, puis il hocha simplement la tête.

— Je suis Axis Soleil Levant, fils de Vagabond des Étoiles Soleil Levant. Et pour devenir un Envoûteur capable de conduire à la victoire les peuples de Tencendor, j'ai besoin de l'enseignement de mon père.

— Oui ! approuva Libre Chute. Bienvenue chez toi, Axis ! Bienvenue parmi les tiens !

Contre toute attente, Axis eut vraiment le sentiment d'être de retour chez lui. S'étant découvert une famille, il avait enfin les moyens de se libérer des mensonges de l'ordre du Sénéchal qui l'emprisonnaient depuis sa naissance.

— Que se passe-t-il ici ? tonna soudain une voix rageuse, à l'autre extrémité du toit. Vais-je enfin avoir une preuve de ta tendance à trahir les tiens, Tranchant d'Acier ?

Axis dégagea sa main droite, que Libre Chute tenait toujours, se retourna, constata qu'il s'agissait bien de Borneheld, comme il l'avait deviné, et dégaina son épée. Belial eut le bon sens de garder la sienne au fourreau, et Magariz, toujours stupéfait par tout ce qu'il venait de découvrir, recula d'un pas, la main sur la garde de son épée, qu'il réussit de justesse à ne pas tirer au clair.

Borneheld traversa le toit à grandes enjambées. Derrière Jorge, Roland, Gautier et une horde de soldats en armes, Axis aperçut Faraday et Timozel.

Alors qu'il s'entraînait à l'épée, comme tous les matins, le duc avait remarqué l'étrange groupe, au sommet du donjon. Sa lame brandie, il s'arrêta à quelques pas d'Axis et des hommes ailés. Près de lui, Gautier aussi pointait agressivement son épée. Plus loin, Timozel, le regard glacial, empêchait sa dame de courir vers le Tranchant d'Acier.

Aussitôt sur leurs gardes, les Icarii déployèrent leurs ailes, prêts à s'envoler. Ils surveillaient le fort de Gorken depuis trois jours, guettant un moment où Axis serait relativement isolé. Informés par les éclaireurs – et leurs propres observations – que le duc explosait facilement de colère, ils n'avaient aucune intention de lui en donner l'occasion.

Et plusieurs soldats, derrière leurs chefs, brandissaient des arcs prêts à tirer. Une situation dangereuse… Oui, bien trop dangereuse.

Magariz fut le premier à oser parler.

— Seigneur duc, ces émissaires des Icarii sont venus nous proposer de l'aide contre les Skraelings.

Le guerrier jugea plus judicieux de ne pas préciser qu'un des hommes-oiseaux était le cousin d'Axis – ou, pire encore, qu'un Icarii avait jadis séduit la mère de Borneheld.

— Ainsi, c'est à ça que ressemblent les Proscrits ? ricana le duc. Pendant des siècles, nous avons eu peur de ces bouffons ? Nous sommes-nous vraiment réfugiés sous nos lits, terrifiés à l'idée qu'ils viennent nous persécuter ? Quelle ironie… Vus de près, ils sont bien trop… mignons… pour effrayer quiconque ! Je devrais m'acheter une cage et les y garder afin qu'ils chantent pour moi, quand je serai un vieil homme fatigué de la guerre et des femmes. (Il tendit la main, proposant aux trois hommes-oiseaux des graines imaginaires.) Petits, petits…

Éperon Voltige recula, insulté jusqu'au plus profond de l'âme. Aucun être prétendument civilisé ne pouvait se comporter ainsi, n'est-ce pas ?

— Borneheld, dit Axis, parvenant par miracle à conserver son calme, nous ne pouvons pas refuser les mains qu'on nous tend. (Il serra plus fort la garde de son épée, un détail qui n'échappa pas à Libre Chute.) Sans secours, le fort de Gorken finira par tomber. Nous avons besoin des Icarii !

En proie à des émotions conflictuelles, le duc dévisagea un long moment son demi-frère.

— Je sauverai le fort ! rugit-il soudain, empourpré de colère et de haine. Je n'ai pas besoin d'aide, et je ne m'allierai jamais à la vermine qui ose salir le toit de mon donjon !

Timozel approuva du chef. Oui, c'était exactement le sens de sa vision. Borneheld serait le sauveur d'Achar.

Après un rapide coup d'œil à Jorge, le duc Roland s'avança.

— Seigneur duc, dit-il d'un ton apaisant, écouter ces Icarii ne saurait nous faire de mal. Certaines de leurs informations peuvent même nous être utiles. Par exemple, s'ils ont repéré des faiblesses dans les lignes de Gorgrael…

Ravalant sa fierté, pourtant rudement éprouvée par les actes et les propos de Borneheld (comment la douce Rivkah avait-elle pu mettre au monde un fils pareil ?), Libre Chute passa devant le chef de Crête et se plaça entre Axis et le duc.

— Mon seigneur Borneheld, dit-il courtoisement, je viens vous transmettre les salutations de mon Roi-Serre, et vous offrir l'aide de la Force de Frappe pour chasser les Skraelings du nord d'Ichtar. Nous sommes prêts à combattre sur la position de votre choix…

— Je ne veux rien devoir aux Proscrits ! grogna Borneheld. Vous êtes des bêtes maléfiques, et nous n'aurions pas dû vous permettre de survivre et de vous multiplier, même loin d'Achar ! Lors de la Guerre de la Hache, nous avons commis l'erreur de ne pas vous détruire en même temps que la forêt, ce repaire de démons ! Quand j'en aurai fini avec les Skraelings, je viendrai dans vos montagnes, et vos nids flamberont jusqu'à ce qu'il ne reste plus de vous que des cendres et des mauvais souvenirs.

Libre Chute se pétrifia, n'en croyant ni ses yeux ni ses oreilles. Comment son peuple s'allierait-il aux Rampants, s'ils brûlaient d'une haine aussi aveugle ?

Roland tenta une nouvelle fois de ramener le duc à la raison :

— Borneheld, tu sais que nous affrontons Gorgrael. La Prophétie affirme que nous devons nous allier avec les… hum… Proscrits. Qui peut dire si c'est vrai ? Mais il faut au moins écouter ce que ces… hommes… ont à nous dire.

Libre Chute sentit Axis bouger, dans son dos, et se souvint qu'il avait dégainé son épée. Il se retourna, prêt à l'empêcher d'attaquer.

—Axis, tu ne dois pas…

Borneheld frappa à la vitesse d'une vipère dérangée dans son nid.

—Voilà pour ta maudite Prophétie ! cria-t-il en plongeant sa lame entre les omoplates de l'Icarii.

Le coup, d'une puissance inouïe, traversa la chair et les muscles, pulvérisa les os et transperça le cœur de l'héritier du Roi-Serre.

Faraday cria en voyant l'épée traverser le torse de Libre Chute. Elle voulut s'approcher, mais Timozel l'en empêcha une nouvelle fois. À cet instant, tandis que la lame ressortait par la poitrine de l'Icarii, l'antipathie mêlée de peur qu'elle éprouvait pour son époux se transforma en haine et en mépris.

Grognant comme un bûcheron, Borneheld posa une botte contre les reins de Libre Chute, et, grâce à ce point d'appui, retira son épée du dos de sa victime. Avec un bruit de vieux tissu qui se déchire, la lame ressortit de sa gaine de chair ensanglantée.

Axis avait simplement capté un mouvement, derrière son cousin, puis lu sur son visage une surprise infinie. Ensuite, en un éclair, il avait vu une lame sortir de la poitrine de l'Icarii et disparaître presque aussitôt.

Quand Libre Chute bascula en avant, il le rattrapa, incapable de comprendre ce qui venait de se passer. Puis il croisa le regard de Borneheld et tout devint clair.

—Et maintenant, à ton tour, mon frère, siffla le duc en avançant d'un pas.

Axis baissa les yeux sur Libre Chute. Les bras et les ailes inertes le long des flancs, l'homme-oiseau agonisait, ses yeux violets déjà grisâtres. Quand il tenta de parler, du sang coula de sa bouche, et il dut faire un terrible effort.

— Axis, rejoins Vagabond des Étoiles…, gargouilla-t-il.

Alors que la vie le quittait, il prononça les paroles les plus étranges qu'Axis eût jamais entendues.

— Le Passeur te doit une faveur, Axis… (Sa voix mourant, le Tranchant d'Acier dut se pencher davantage pour entendre.) Découvre les secrets et les mystères des canaux et ramène-moi chez moi ! J'attendrai près du Portail. Jure de me conduire auprès de Gorge-Chant !

— Je le jure…, souffla Axis alors que Libre Chute rendait le dernier soupir dans ses bras.

Dans la brume de ce cauchemar éveillé, même s'il avait eu le temps de chanter la Litanie de la renaissance, cela n'aurait servi à rien. Car Libre Chute n'était déjà plus de ce monde.

Et sa mort donnait au Tranchant d'Acier le seul motif assez puissant pour le décider à entraîner Achar dans une guerre civile. Jusque-là, il n'avait jamais envisagé que son lignage pût lui permettre de prendre le pouvoir dans le royaume. Désespéré par la fin de Libre Chute et horrifié par l'acte de Borneheld, il sut que c'était la seule solution. Si Priam et le duc refusaient une alliance entre les Acharites, les Icarii et les Avars, il leur livrerait une guerre impitoyable. Ce combat fratricide serait inévitable.

Axis posa doucement Libre Chute sur le sol, lui effleura le front pour le bénir, et lui confia mentalement combien il regrettait de l'avoir connu si peu de temps. Puis il se leva et défia Borneheld du regard. À présent, tous les deux savaient que seule la mort comblerait le gouffre qui les séparait. Et aucun n'avait conscience du tumulte, sur le toit.

Après que le duc eut frappé Libre Chute, Belial avait tiré Éperon Voltige à l'écart du danger.

— Écoute-moi ! lui murmura-t-il à l'oreille. Je conduirai Axis au pied des Éperons de Glace ? Tu m'entends ?

Les yeux rivés sur le cadavre de Libre Chute, le chef de Crête hocha la tête.

— Peux-tu le retrouver là-bas avec d'autres hommes-oiseaux ? Réponds ! Ou Libre Chute sera-t-il mort en vain ?

Éperon Voltige regarda enfin Belial et sembla comprendre ce qu'il disait.

— Alors, envole-toi avec ton compagnon, avant que Borneheld vous taille en pièces ! (Belial flanqua une bourrade dans le dos de l'Icarii.) Envole-toi, bon sang ! (L'homme-oiseau tourna de nouveau la tête vers la dépouille de Libre Chute.) Il est mort, tu ne peux plus rien faire pour lui ! (Furieux, il secoua comme un prunier le chef de Crête.) Axis viendra vous rejoindre au pied des montagnes. À présent, va-t'en !

Belial secoua aussi Plume Pique, aussi tétanisé que son supérieur.

— Envolez-vous ! Je ne peux rien faire de plus pour vous !

Les deux Icarii prirent enfin leur envol. Derrière Borneheld, plusieurs soldats levèrent leurs arcs.

— Ne tirez pas ! cria Magariz, sortant de sa torpeur. Baissez ces armes et laissez-les partir !

À contrecœur, les soldats obéirent et regardèrent les deux hommes-oiseaux filer à tire-d'aile vers les Éperons de Glace.

Axis et Borneheld se défiaient toujours en silence. Puis le duc, avec un sourire méprisant, se pencha vers le cadavre, essuya sa lame sur les plumes blanches de ses ailes et la rengaina.

— Tu devras attendre un peu, mon frère, dit-il. Après avoir écrabouillé de la vermine, je me sens enclin à la clémence…

Axis aurait aimé lever son épée, frapper et rayer de la surface du monde le tas d'ordures ambulant qui osait se donner le nom d'« homme ».

Libre Chute, pensa-t-il, *je dois aller rejoindre Vagabond des Étoiles et les autres Icarii. Si je le tue, qui protégera Faraday ? J'ai les mains liées, mais un jour…*

— Un jour, tu mourras pour expier ce crime, Borneheld. Je jure de te tuer, lors d'un duel loyal, pour venger mon cousin, Libre Chute Soleil Levant. Ce jour-là, tu finiras sur une des montagnes de déchets qui entourent les cités d'Achar. Les corbeaux se régaleront de ta carcasse, duc d'Ichtar, et aucun troubadour ne chantera jamais ta gloire. Priam a deux héritiers, mais tu ne survivras pas assez longtemps pour porter la couronne. Bientôt, c'est moi qui conduirai le royaume au combat contre Gorgrael.

Le calme du Tranchant d'Acier ajoutait de la force à ses propos. Les yeux froids, les muscles détendus, il avait baissé son arme – et pourtant, Borneheld connut la plus grande frayeur de sa vie.

— Emparez-vous de lui ! cria-t-il alors que la dernière phrase de son demi-frère s'imprimait dans son cerveau, comme gravée au fer rouge.

Cousin ? Il avait appelé ainsi le Proscrit mort ?

— Saisissez-le ! C'est un Proscrit !

Et un de ces chiens a violé ma mère !

Gautier et trois soldats bondirent sur Axis, qui n'esquissa pas un geste pour résister. Gautier lui arracha son épée des mains, prit la hache glissée à son ceinturon et jeta les armes dans le vide. Depuis des semaines, le second du duc enrageait de voir les hommes des deux armées vénérer le

Tranchant d'Acier. Participer à sa chute le réjouissait et lui rendait confiance en lui.

Borneheld recula et détourna la tête pour ne plus croiser le regard de son frère, toujours aussi terrifiant de sérénité.

— Fais-le jeter dans une cellule ! cria-t-il à Gautier. Il mourra demain, pendu comme un criminel de droit commun. Soldats, balancez la carcasse du Proscrit au pied du mur. Que les Skraelings s'en régalent ! Cette charogne a trop longtemps souillé le toit de mon donjon.

Le duc regarda autour de lui, puis il partit à grandes enjambées furieuses. Alors que Timozel entraînait Faraday avec lui, Gautier et ses hommes tirèrent le prisonnier vers la trappe.

Accablés, Jorge et Roland consultèrent Belial et Magariz du regard. Que pouvaient-ils faire ? Et si Axis était vraiment un Proscrit, comment devaient-ils le considérer ? Lentement, eux aussi se détournèrent et suivirent Borneheld. Assister à un meurtre de sang-froid les avait révulsés, mais pas au point de se retourner contre le duc. Loyaux à la monarchie acharite, ils se devaient de respecter l'homme qui la représentait à Gorken. Si Priam ne sauvait pas le royaume, Borneheld en serait peut-être capable. Condamné à mourir le lendemain, Axis ne les conduirait sûrement pas à la victoire. Si vaillants qu'ils fussent, le duc et le comte étaient trop vieux et trop confits dans leurs croyances pour défier l'ordre établi – confortable pour eux – afin de contribuer à la naissance d'un nouveau monde.

Bientôt, Magariz et Belial se retrouvèrent seuls sur le toit avec la dépouille de Libre Chute. Deux hommes de Gautier avaient tenté de la jeter dans le vide. Couverts d'insultes par le seigneur, ils avaient détalé sans demander leur reste.

Magariz garda un long moment les yeux baissés sur l'Icarii mort.

— Belial, souffla-t-il, es-tu avec Axis ?

L'officier comprit le sens profond de cette question.

— Oui, comme tous les Haches de Guerre survivants. S'il nous le demandait, nous le suivrions jusque dans les fosses de l'Après-Vie. Comme les Icarii, nous pensons qu'il est le sauveur dont parle la Prophétie.

— Dans ce cas, je suis avec toi, Belial. Oui, je suis avec toi…

Magariz se tut, désorienté. Jusque-là, le concept même de trahison lui était étranger. Et voilà qu'il venait de franchir le pas ! Bizarrement, cela lui semblait moins ignoble qu'il l'aurait cru. Sans doute parce que la véritable infamie eût été de renier Axis, surtout après les stupéfiantes révélations des Icarii sur le destin de Rivkah.

— Qu'allons-nous faire, à présent ?

Belial se pencha sur Libre Chute et écarta une mèche blonde de ses yeux vides.

— D'abord, offrir à Libre Chute Soleil Levant le service des morts qui convient à son rang – pas l'indigne traitement que lui réservait Borneheld. Les frères Ogden et Veremund sauront ce qu'il faut faire. Si Libre Chute ne peut pas être près des siens au moment de son départ pour l'Après-Vie, nous lui tiendrons lieu de famille.

57

La fuite du fort de Gorken

La mort de Libre Chute avait donné à Axis le désir et la rage de survivre. Alors qu'il croupissait dans une cellule obscure et humide, il ne céda pas un instant à l'auto-apitoiement auquel il s'était abandonné après la perte de la cité. En mémoire de Libre Chute, il devait réussir ! La prison et les menaces d'exécution de Borneheld ne comptaient pas. Il vivrait pour son cousin, le premier membre de sa famille qui l'avait accueilli « chez lui ». Pour s'en tirer, il avait Belial, et son second s'appuierait sur Faraday. Au bout du compte, ce serait elle qui se chargerait de lui ouvrir le chemin…

Penché sur sa chaise, Belial débattait ferme avec Borneheld. Les joues rouges, pas de colère, mais parce qu'il argumentait avec une conviction qui lui faisait bouillir les sangs, l'officier savait qu'il avait raison. Le duc finirait par capituler. Surtout s'il pensait, et c'était le cas, qu'Axis ne survivrait pas au plan qu'on lui proposait.

— Seigneur duc, dit-il, tant pis si mes paroles vous offensent, mais le fort de Gorken ne tiendra pas. Le meilleur commandant du monde, et même vous, seigneur, n'y pourrait rien changer. Il n'y a pas assez de vivres pour les hommes retranchés derrière ces murs, et de nouvelles hordes de Skraelings arrivent chaque jour. Les vers grandissent, comme vous le savez. Bientôt, ils réussiront à vomir par-dessus les remparts leur cargaison de monstres. Gorgrael frappera bientôt, et Artor seul sait quelles armes il a encore en réserve. Seigneur, il est temps de battre en retraite vers l'intérieur d'Ichtar. Nous verrons alors s'il est possible de contenir les Skraelings dans la cuvette qui sépare les fleuves Azle et Nordra.

Borneheld regarda Belial avec une froideur mortelle, mais il ne l'interrompit pas. Lui aussi était arrivé à cette conclusion incontournable. Il allait perdre Ichtar, ça ne faisait aucun doute. L'enjeu, à présent, était de sauver ce qui restait de son armée, pour se battre plus tard sur un autre terrain. Les Skraelings détestant l'eau, il y avait effectivement une chance de les arrêter entre les deux fleuves. S'il parvenait à arriver jusque-là vivant et avec tous ses hommes.

— Continue, dit-il à Belial.

— Seigneur duc, pour que le gros de la garnison puisse partir vers le sud avec une chance de ne pas se faire massacrer, il faut qu'une force se sacrifie pour attirer les Skraelings loin du fort. Les Haches de Guerre s'en chargeront, si Axis est à leur tête. Car sachez qu'ils ne suivront personne d'autre. Nous sommes encore quinze cents en état de combattre, et presque autant de montures nous attendent dans les écuries du fort. Si nous brisons le cercle de Skraelings, ils nous poursuivront vers le nord, et vous pourrez…

Belial s'interrompit. Il avait failli dire « détaler vers le sud » mais ce n'était sûrement pas la bonne façon de présenter les choses au duc.

— … conduire vos forces vers le sud, acheva-t-il, et les regrouper au Ponton-de-Jervois.

Ils étaient assis à la longue table, dans la grande salle, près de la cheminée. Jorge, Roland et Gautier siégeaient avec eux, et Faraday était debout derrière la chaise de son mari. Les mains sur le repose-tête, elle ne quittait pas le second d'Axis du regard.

— Belial, dit Jorge en pianotant sur la table du bout des doigts, la troupe qui servira de chèvre, si expérimentée soit-elle, ne survivra pas à ce plan.

Borneheld jeta un coup d'œil au comte, puis fixa de nouveau Belial.

— Aurais-tu le goût du sacrifice, soldat ?

Le second d'Axis ne broncha pas. Il devait à tout prix convaincre Borneheld.

— Rester ici équivaut à une condamnation à mort, seigneur duc. Comme mes hommes, je préfère tomber en combattant, et sauver ainsi d'autres frères d'armes. (Il changea de ton, un rien ironique, comme s'il ne croyait pas lui-même à ses propos.) Et puis, qui sait, certains d'entre nous vivront peut-être assez longtemps pour faire sauter leurs petits-enfants sur leurs genoux ? S'il y en a, les rescapés tenteront de vous rejoindre au Ponton-de-Jervois.

Borneheld eut un sourire cynique. Il lui restait une dernière question à poser.

— Votre sacrifice ne servira à rien si vous mourez à vingt pas des portes, dit-il. Belial, pour que ce plan réussisse, vous devrez traverser les lignes de Skraelings et les inciter à vous poursuivre vers le nord. Tu crois que c'est possible ? Tes hommes resteront-ils en vie assez longtemps ?

— J'en suis persuadé, seigneur. La surprise jouera en notre faveur, parce que l'ennemi ne s'attend pas à une sortie. Pour améliorer nos chances, j'ai prévu que tous les hommes soient munis de flambeaux. Le feu sèmera la panique parmi les Skraelings et nous pourrons passer.

Belial croisa le regard de Faraday, au-dessus du crâne rasé du duc. Il avait placé sa survie, celle de ses hommes et celle d'Axis entre les mains de la jeune femme. Le feu était son idée, et elle pensait pouvoir le rendre encore plus efficace. Pour qu'ils traversent les lignes ennemies, bien sûr, mais surtout afin qu'ils aient une chance de s'en tirer vivants.

Le commandant en second des Haches de Guerre avait parlé au duc de quinze cents guerriers – les survivants du corps d'armée d'Axis. En réalité, Faraday et lui espéraient que le Tranchant d'Acier franchirait les portes à la tête du double de combattants. Avec l'impopularité de Borneheld, il semblait plausible que mille cinq cents soldats de l'armée régulière, commandés par Magariz, se rallient à sa cause.

Borneheld se tourna vers Timozel, également assis à la table. Ces derniers temps, il se fiait plus au jeune homme qu'à ses officiers supérieurs. Roland et Jorge échangeaient trop de regards conspirateurs, et Magariz, selon lui, n'était plus le même depuis que les Skraebolds l'avaient mis si mal en point. Et Gautier, dont la loyauté n'était pas suspecte, songeait beaucoup trop à sa carrière pour dire vraiment ce qu'il pensait.

Mais Timozel lui était vraiment fidèle. Le duc en aurait mis sa tête à couper. Selon le jeune homme, seule la trahison avait empêché le duc de sauver le fort de Gorken. Et Borneheld le croyait. La rencontre d'Axis et des Proscrits, sur le toit du donjon, confirmait ses soupçons. Il avait choisi la bonne stratégie et l'exécution s'était révélée parfaite. Hélas, la déloyauté de certains avait miné ses efforts. Si un désastre menaçait Achar, ce n'était pas sa faute.

Voyant Timozel sourire et hocher la tête, le duc prit sa décision. Puisque les Haches de Guerre avaient hâte de mourir, pourquoi les contrarier ? Surtout si cela offrait à ses hommes une chance de fuir…

En prime, ce plan réglerait le sort d'Axis. Malgré ses menaces, deux jours plus tôt, Borneheld ne l'avait pas encore fait mettre à mort. Une exécution publique risquait de provoquer une émeute, et une liquidation plus discrète n'était pas sans risques non plus.

— Qu'il en soit ainsi, Belial. Quand veux-tu tenter cette sortie ?

— Demain.

Soulagé, l'officier se radossa à son siège.

— Quand les Haches de Guerre franchiront les portes, j'entends qu'Axis soit à leur tête.

— Ce sera le cas, seigneur duc. Nous partirons dès l'aube. M'autoriserez-vous à réquisitionner tout ce qui peut brûler ? Je voudrais avoir autant de flambeaux que possible.

— Si ça te chante, tu peux faire du bois avec cette table, Belial. Ne rien laisser aux Skraelings est dans mes intentions. Messires, la séance est close. Pour être prêts à évacuer le fort, nous ne devrons pas chômer.

Dans une petite écurie, Faraday, Yr, Belial, Magariz et quelques Haches de Guerre travaillaient sans relâche. Les chevaux attachés à l'extérieur, les stalles débordaient de morceaux de bois proprement empilés. Au fond de la salle, quatre hommes trempaient les flambeaux improvisés dans une huile spéciale qui leur permettrait de brûler plus fort et plus longtemps. Un morceau de tissu vert entre les mains, Faraday sourit, amusée par le doute affiché sur les visages de Belial et de Magariz. Deux hommes qu'elle n'oublierait jamais en raison de l'affection et de la loyauté qu'ils témoignaient à Axis.

— Croyez-moi, dit-elle, je peux vous fournir une protection suffisante pour franchir les lignes ennemies. En plus, je vous donnerai le moyen de tuer des milliers de Skraelings, une fois que vous les aurez attirés loin du fort. (Elle se tourna vers Yr.) Timozel est toujours occupé ?

— Oui. Il prépare la retraite avec Borneheld, dans le grand hall.

— Parfait.

Faraday déplia en partie le morceau de tissu, révélant à ses compagnons son étrange mélange fluctuant de vert, de bleu, de violet et de marron. Un moment, elle ne parla pas, se contentant de caresser la matière douce et brillante.

— Mère, protège-les…, murmura-t-elle enfin.

Les yeux fermés, elle plongea au plus profond d'elle-même pour entrer en contact avec le pouvoir qu'y avait déposé la Mère. Cette puissance ne se refusa pas à elle, jaillissant dans son corps avec plus de vitalité que jamais.

L'entendant gémir, Yr prit Faraday par les épaules pour la soutenir. Un long moment, la jeune femme resta immobile sous le regard des hommes. Puis la robe émit une vive lueur émeraude qui les incita à reculer d'un pas.

Artor, protège-moi ! pensa Magariz. *Qui est cette femme ? D'abord la guérison miraculeuse d'Axis, puis ce prodige…*

Faraday prit une grande inspiration et serra la robe contre elle, se souvenant de la colère de la lumière émeraude, la nuit de la première attaque des Skraelings, quand elle l'avait traversée pour rejoindre Raum et Vagabond des Étoiles. Ce soir-là, la lueur avait voulu frapper, sans savoir comment s'y prendre.

— Mère, pardonne-moi si je fais un mauvais usage de ton pouvoir, mais la protection, cette fois, sera un peu plus active que tu le pensais…

Faraday lutta pour contrôler la lumière qui pulsait entre ses bras. Puis elle lui parla, lui révéla ce qu'elle attendait d'elle, lui proposa un exutoire pour sa colère et l'implora d'accéder à sa demande.

La lueur brilla soudain trois fois plus intensément, illuminant toute la rangée de stalles. Elle se dissipa tout aussi abruptement, laissant Faraday debout devant ses compagnons, une longue robe aux couleurs fluctuantes entre les bras.

Elle regarda Yr, qui la serra un peu plus fort, consciente de son épuisement.

— J'ai réussi, Yr, j'ai réussi..., soupira la jeune femme avec un petit sourire. (Elle se tourna vers Belial et Magariz.) En traversant les lignes ennemies, vous ne risquerez rien et vos coups seront plus mortels que jamais. À présent, nous avons un travail à faire.

Faraday posa la robe sur le sol et en déchira un bon tiers.

— Découpez ce morceau en lanières, dit-elle, puis donnez-en une à chaque homme qui partira avec vous, pour qu'il se la noue autour du bras. Surtout, dites bien aux soldats, au moment où ils le feront, de remercier la Mère de sa protection et de son amour. Sinon, ça ne marchera pas. N'oubliez pas de les avertir !

Magariz se pencha et prit la bande de tissu.

— Je le ferai, ma dame, et je rendrai chaque jour grâce à la Mère de vous avoir envoyée pour nous guider et nous aider.

Faraday soupira de soulagement et de lassitude.

— Dehors, Artor ne pourra rien pour vous, seigneur, et vous devrez compter seulement sur la Mère. Assurez-vous que les hommes feront ce que je demande. (Alors qu'Yr l'aidait à se relever, la jeune femme posa une main sur le bras du guerrier.) Magariz, je vais venir avec vous, et nous leur parlerons ensemble...

Le seigneur hésita, craignant que la duchesse s'attire encore plus d'ennuis avec son époux.

— Ma dame, Borneheld...

— Il sera trop occupé, ce soir, pour s'aviser de mon absence. Allons voir vos hommes...

Ils vinrent le chercher une heure avant l'aube. Toute la nuit, il avait entendu les bruits étouffés d'hommes et de chevaux se préparant au départ. *Que se passe-t-il donc ?* s'était-il demandé en faisant les cent pas dans sa cellule. Depuis qu'on l'avait jeté dans ce trou à rats, le duc ne lui avait pas autorisé de visite, acceptant de mauvaise grâce qu'un garde lui apporte une couverture et un peu de nourriture.

La couverture sur les épaules, Axis continua à marcher de long en large. Bon sang, voilà des années qu'il n'était plus un simple homme d'armes forcé d'attendre que ses chefs aient pris une décision !

Comment ai-je supporté ça, à l'époque ? se demanda-t-il. *Je n'ai jamais été vraiment taillé pour obéir...*

Alors qu'il allait hurler de frustration, le Tranchant d'Acier entendit une porte s'ouvrir, puis des bruits de pas dans l'escalier en colimaçon qui menait aux cellules. Une lueur filtra à travers les barreaux et devint de plus en plus brillante.

Axis cligna des yeux et se les protégea d'une main.

— Mon frère...

La voix de Borneheld. Baissant le bras, le Tranchant d'Acier tenta de s'habituer à la lumière. De l'autre côté des barreaux, le duc le regardait, Gautier, Magariz et Belial quelques pas derrière lui. Un trousseau de clés à la main, Borneheld affichait un sourire méprisant.

— Belial a décidé de ton sort, dit-il, que ça te plaise ou non ! Ton second semble pressé de mourir et il veut t'entraîner avec lui, ainsi que tous vos hommes. Accepteras-tu sa sentence ?

Axis chercha le regard de son ami, qui lui fit un imperceptible clin d'œil. Après avoir vu Magariz hocher la tête, il n'eut aucun mal à prendre sa décision.

— Je lui confierais ma vie les yeux fermés, dit-il en se débarrassant de la couverture.

Même dans cette ignoble geôle, il conservait son maintien altier et sa grâce féline.

Borneheld éclata d'un rire gras que son demi-frère trouva un peu forcé.

— Vraiment ? Dans ce cas, ne te gêne pas ! (Le duc tendit les clés à Belial.) Départ dans quinze minutes, pauvre crétin ! Fais en sorte que mon frère soit prêt à chevaucher avec vous – en première ligne, s'il en a le courage. Magariz, Gautier, suivez-moi !

Le duc repartit dans le couloir, son second sur les talons. Après une brève hésitation, Magariz leur emboîta le pas.

Belial ouvrit la porte et donna l'accolade à son chef.

— Avec l'aide de la Mère, nous allons traverser les lignes de Skraelings et… entrer dans le royaume de la Prophétie.

— La Mère ? répéta Axis avec un frisson dans le dos. Faraday t'aurait-elle converti ?

— Il semble que la Mère, dit Belial, un peu penaud, qui qu'elle puisse être, nous sauvera pendant qu'Artor fera la grasse matinée. (Il sortit de sa poche une lanière de tissu et la noua autour du bras droit de son chef.) Comme tu le vois, je porte aussi ce brassard. Selon Faraday, il te protégera. Tous nos hommes en ont… Mais pour que ça agisse, tu dois remercier la Mère de son amour et de sa protection, et lui faire aveuglément confiance.

— D'après ce que tu m'as dit, elle m'a déjà évité la mort par l'intermédiaire de Faraday. Alors, la remercier et me fier à elle ne me pose pas l'ombre d'un problème. (Axis plongea son regard dans celui de Belial.) Mon ami, qu'allons-nous faire aujourd'hui ?

— Dans quelques minutes, Axis Soleil Levant, les Haches de Guerre tenteront une sortie pour éloigner les Skraelings du fort et permettre à Borneheld d'évacuer ses troupes, qui se regrouperont au Ponton-de-Jervois.

— Implorons la Mère de veiller sur Faraday, Belial… Nous filerons vers les Éperons de Glace ?

— Oui. Il est temps que tu retrouves ton père. Pour nous conduire à la victoire contre Gorgrael, il faut que tu deviennes pleinement toi-même.

Axis boucla le ceinturon que lui tendait son second, puis y glissa une hache et une épée.

— Je ne suis pas sûr de vouloir découvrir qui je suis, mon ami. Cette vérité-là est peut-être plus effrayante que tout ce que le Destructeur me réserve. (Le Tranchant d'Acier marqua une courte pause.) Combien d'hommes consentiront à me suivre ?

— Bien plus que tu le penses, Axis, mais tu le verras bientôt par toi-même. Maintenant, va dire au revoir à ton frère. Il croira que ce sont des adieux, mais il se trompe…

Quand Belial et Axis sortirent du donjon, Arne se précipita vers son chef pour lui tendre son manteau et ses gants. Dans la cour bondée, les deux officiers durent jouer des coudes pour se frayer un chemin entre les unités déjà en formation. Afin de ne pas alerter les Skraelings, tous les soldats avaient reçu de strictes consignes de silence. Pourtant, Axis entendit son nom sortir de centaines de lèvres, et beaucoup d'hommes lui tapotèrent l'épaule au passage.

Près des portes, les Haches de Guerre survivants étaient déjà en selle, flambeau au poing. Sellé et harnaché, Belaguez piaffait d'impatience en attendant son maître.

Axis aperçut, un peu à l'écart, Borneheld, Faraday et Timozel, debout à côté de chevaux également prêts au départ. Yr n'était pas très loin, car elle accompagnerait sa protégée. Alors qu'Axis se dirigeait vers ce petit groupe, il vit du coin de l'œil Ogden et Veremund, perchés sur leurs fidèles baudets blancs.

— Eh bien, Sentinelles, qui allez-vous choisir aujourd'hui ? L'homme qui part vers le nord, ou celui qui s'en retourne au sud ?

— Pendant un temps, nous suivrons notre propre chemin, Axis Soleil Levant. Mais nous ne serons pas séparés longtemps, je crois…

Axis étudia un moment les deux vieillards. Des mois durant, il les avait trouvés insupportablement casse-pieds. Mais il avait appris à se fier à eux, malgré les agaçantes énigmes de la Prophétie.

— Alors, Sentinelles, faites attention à vous, et veillez sur vos ridicules baudets. (Il tira affectueusement l'oreille de l'animal le plus proche.) Je suis sûr que vous reviendrez vite m'embêter…

Veremund se pencha et tapota l'épaule du Tranchant d'Acier.

— Puisses-tu trouver la paix, Axis Soleil Levant.

— Vous aussi, messires, souffla Axis.

Se détournant, il alla se camper devant Borneheld. Comme de juste, les deux hommes se toisèrent du regard.

— J'espère que tu mourras aujourd'hui, mon frère, dit le duc d'une voix pleine de défi – et maintenant encore, un peu forcée. C'est pour ça que je te laisse partir.

Soudain, Borneheld regretta d'avoir renoncé à son plan original. Pendu au milieu de la cour, le bâtard aurait été mieux à sa place qu'à la tête de ses hommes.

— C'est faux et tu le sais. Si tu m'avais fait exécuter, toute la garnison se serait révoltée. Je ne mourrai pas, Borneheld. Et un jour, je reviendrai. Prépare-toi à cet instant, et sache qu'il arrivera tôt ou tard.

Glacé par le regard et le ton du Tranchant d'Acier, Borneheld se retint de justesse de reculer d'un pas. Et le rictus dont il parvint à se fendre n'eut rien de convaincant.

Avec un sourire méprisant, Axis se détourna du duc. La prochaine fois qu'il le verrait, espéra-t-il, serait la dernière, et tous les deux brandiraient une épée.

Il s'approcha de Timozel et le dévisagea un long moment.

— Tu as changé, soldat, et je doute d'aimer ce que tu es devenu. Au moins, essaie d'être loyal à Faraday plus longtemps qu'à moi…

Axis saisit Timozel par les pans de sa tunique et le tira vers lui jusqu'à ce que leurs visages se touchent presque.

— Veille sur elle ! Et tire-la de ce piège mortel ! Si tu accordes la moindre valeur à ton serment de champion, conduis-la en sécurité !

Le regard dur, Timozel se dégagea.

— Je vis pour Faraday ! rugit-il. Inutile de me dire comment la protéger !

Axis s'éloigna de son ancien soldat et sourit quand il s'arrêta devant Faraday.

— Survis, lui dit-il simplement. Si tu meurs, je ne pourrai pas le supporter.

Des larmes aux yeux, la jeune femme tendit la main et caressa le brassard du Tranchant d'Acier.

— Que la Mère soit avec toi, souffla-t-elle, et avec moi aussi. Je lutterai pour ne pas mourir, Axis, et j'espère que tu vivras pour moi.

Désormais, Faraday se moquait que Borneheld connaisse ses véritables sentiments pour Axis. Cela n'avait plus d'importance, puisque sa mission était accomplie. Grâce à elle, le duc n'avait pas tué son demi-frère.

Le front plissé, il les observait, justement...

— Borneheld, lança joyeusement Axis, je viens de m'apercevoir que je n'ai pas usé de mon droit du sang pour embrasser ta jeune épouse ! Tu m'excuseras de réagir si tard. J'ignore ce qui a pu me faire oublier ainsi l'étiquette de la cour !

Sans laisser au duc le temps de répondre, il se pencha, enlaça Faraday et l'embrassa deux fois sur la bouche. Puis il la lâcha et recula.

— Dame Faraday, duchesse d'Ichtar, daigne accepter ce qui sera sans doute le dernier salut du Tranchant d'Acier des Haches de Guerre. (Il tapa du poing sur les deux haches brodées au-dessus de son cœur puis s'inclina.) Et n'oublie pas tes serments, noble dame. Jusqu'au dernier...

Axis fit volte-face, bouscula le duc en passant, ravi de son air stupéfait, et enfourcha Belaguez.

— Vous êtes prêts, Haches de Guerre ? lança-t-il.

— Un instant ! cria un cavalier monté sur un étalon noir, un flambeau à la main.

— Magariz, s'avisa Axis, étonné.

— Je partirai avec l'Homme Étoile.

Insensible aux hurlements de rage du duc, le seigneur ajouta :

— Qui m'accompagnera ?

— Nous ! crièrent des centaines de gorges.

La longue colonne qui attendait derrière les écuries entra dans la cour pour rejoindre son chef. Bien plus de quinze cents soldats, tous avec un brassard et un flambeau.

— Cette trahison te coûtera la vie, Magariz ! rugit Borneheld. Pars avec mon frère illégitime, si ça te chante, mais n'espère pas bénéficier de ma clémence quand tu me demanderas pardon à genoux. Pour ce que tu as fait aujourd'hui, je jure de te traquer et de te tuer de ma main.

Magariz immobilisa sa monture devant l'homme qu'il avait si longtemps servi.

— Prends garde, duc, lâcha-t-il, car une sentence de mort pèse déjà sur ta tête, pour le meurtre de Libre Chute Soleil Levant. Avec ce crime, tu as rompu les liens qui m'unissaient à toi. Mon honneur m'oblige à chevaucher avec l'homme qui m'inspire du respect, pas aux côtés de celui qui l'a perdu. (Il talonna sa monture et rejoignit Axis.) Acceptes-tu mon serment d'allégeance, Axis Soleil Levant ?

Le Tranchant d'Acier saisit le poignet de son ami.

— Avec plaisir, Magariz. Tes hommes et toi êtes les bienvenus à mes côtés.

Le soutien de Magariz le touchait plus qu'il n'aurait su le dire. En se joignant à lui, le seigneur et ses hommes bravaient délibérément la mort. Jetant un coup d'œil à Belial, très droit sur son cheval, Axis remercia tous les dieux de l'univers de lui avoir donné des compagnons de cette trempe.

Il voulut lancer de nouveau son appel aux Haches de Guerre, mais s'aperçut que la formule rituelle ne convenait plus.

— Mes amis, cria-t-il, êtes-vous prêts ?

— Nous attendons tes ordres, Axis Soleil Levant ! répondirent des milliers de voix.

Axis frissonna, ému comme il ne l'avait jamais été lors d'un départ en campagne.

Il regarda Borneheld, toujours blanc de rage après la « trahison » de Magariz.

— Je pars en quête de mon héritage, mon frère, dit-il. Quand je reviendrai, prends garde à toi !

Alors que les portes s'ouvraient, laissant filtrer les murmures excités des Skraelings, Axis talonna Belaguez.

— En avant ! cria-t-il en délestant de son flambeau un garde posté près d'une poterne. En avant !

Brandissant sa torche, il franchit le premier les portes du fort qui aurait pu être son tombeau.

Les guerriers d'Axis Soleil Levant combattirent comme des possédés – très exactement ce qu'ils étaient, puisqu'ils luttaient avec l'aide de la Mère.

Avec les instructions précises de Magariz et de Belial et l'Homme Étoile à leur tête, comment auraient-ils pu perdre ? En formation serrée, ces trois mille fous de guerre, leurs flambeaux brandis devant eux ou sur les côtés, semèrent la panique dans les rangs des Skraelings, terrorisés par ce raz-de-marée de flammes et de fureur.

En les voyant s'éparpiller, les Skraebolds tentèrent de rallier les Spectres, auxquels ils avaient appris à ne plus redouter le feu. Mais ces flammes-là n'avaient rien d'ordinaire, car leurs pointes émettaient une lueur émeraude. Dès qu'un Skraeling n'était pas assez vif pour éviter qu'elles le frôlent, il s'embrasait comme du bois sec et se liquéfiait dans la neige.

Tous les soldats hurlaient à gorge déployée le nouveau nom de leur chef, Soleil Levant. Informés par Magariz et Belial de la rencontre, sur le toit du donjon, ils savaient tout de la filiation d'Axis, l'Homme Étoile qui les guiderait à la victoire contre le Destructeur. Pour avoir servi des années sous ses ordres et combattu à ses côtés, les Haches de Guerre n'avaient aucune raison de douter qu'il était le seul chef, en Achar, digne que l'on sacrifie sa vie pour lui. Les soldats de l'armée régulière qui accompagnaient Magariz comptaient naturellement parmi ceux qui le pensaient aussi. Beaucoup d'entre eux avaient patrouillé en compagnie d'Axis et rapporté aux autres qu'il était l'unique officier apte à combattre efficacement les Skraelings.

Alors qu'ils traversaient la ville, les monstres s'écartant sur leur chemin, Axis se dressa sur ses étriers et brandit son flambeau.

— Vous m'entendez, Skraebolds ? rugit-il. Allez-vous abandonner si facilement la poursuite ? Devrai-je dire à Gorgrael que ses lieutenants sont des lâches ? Lui apporter ma tête ne vous tente pas ?

Ce défi fit perdre tout bon sens aux Skraebolds. Hurlant de plus belle, ils ordonnèrent aux Spectres de se lancer aux trousses de la colonne.

Depuis les remparts du fort, les sentinelles virent la horde de monstres se ruer vers les portes de la cité.

— Par Artor ! cria Jorge, présent sur le chemin de ronde, ils suivent Axis. Regardez ! Il les entraîne loin de nous ! (À cette distance, la colonne du Tranchant d'Acier ressemblait à un serpent de feu.) Nous sommes sauvés ! (Le comte se tourna vers Roland.) Axis nous a sauvés !

Ils chevauchèrent jusqu'à ce que leurs montures soient au bord de l'épuisement, puis firent volte-face pour affronter leurs poursuivants.

— Offrirons-nous un répit à Borneheld et à Achar ? demanda Axis à Belial et à Magariz. Est-ce un endroit convenable pour se battre ?

Belial hocha la tête et se chargea de mettre en formation les trois mille hommes massés derrière leur chef. Après une trop longue fuite, tous bouillaient d'impatience de tailler en pièces les Skraelings. Axis Soleil Levant, l'Homme Étoile, chevauchait à leur tête. Qui pouvait douter qu'il les mènerait au triomphe ?

Stimulés par les cris de rage des Skraebolds et l'arrogance des humains qu'ils traquaient depuis deux heures, les Skraelings foncèrent tête baissée. Beaucoup de flambeaux ne brûlaient plus et les chevaux de leurs adversaires titubaient de fatigue. Avec l'avantage du nombre – au moins cinquante contre un –, ils étaient certains de s'offrir un festin de roi.

Exaltés, ils ne réfléchirent pas une seconde au danger.

Axis attendit qu'ils soient assez près pour qu'on voie briller les yeux et claquer les mâchoires des Spectres du premier rang. Quand leur murmure lui perça les tympans, il se dressa de nouveau sur ses étriers, aussi gracieux que d'habitude malgré les raclements de sabots furieux de Belaguez.

— Au nom de la Mère, cria-t-il, et des étoiles, qu'on nous envoie de l'aide !

Il lança sa torche très haut dans le ciel.

À l'instant où il atteignait l'apogée de son vol, s'apprêtant à retomber, le flambeau explosa en une formidable boule de feu qui retomba en pluie sur les hordes de Gorgrael, myriade de flammèches vertes exultant à l'idée de semer la mort.

Les Skraebolds qui volaient au-dessus des premières lignes de Spectres crièrent de rage. Prenant à peine le temps de beugler à leur troupe l'ordre de se disperser, ils se volatilisèrent à l'instant où la pluie de feu s'abattait sur eux.

Dès qu'elles percutèrent leurs cibles, les flammes se répandirent à une vitesse hallucinante. Ce matin-là, au nord du col de Gorken, des milliers de Skraelings, balayés par la fureur de la Mère, brûlèrent en hurlant de douleur. D'autres périrent sous la charge des cavaliers qui les saisirent par les cheveux, et, selon les ordres, leur enfoncèrent une lame dans un œil.

Le feu émeraude continua à faire des ravages, parfaitement inoffensif pour les hommes qui portaient des brassards.

Quand ils n'eurent plus d'adversaires à tuer, les cavaliers regardèrent les monstres survivants, en déroute, battre en retraite vers la ville.

— J'espère que le duc aura eu le temps d'évacuer le fort, souffla Belial, blême d'épuisement.

— Et qu'il pourra rallier Achar pour retenir les Skraelings au Ponton-de-Jervois, ajouta Axis. Jusqu'à mon retour…

58

Soleil levant

Par un crépuscule glacial, les cavaliers immobilisèrent leurs montures au pied des Éperons de Glace.

— Nous n'irons pas plus loin, dit Belial, les yeux rivés sur les murailles rocheuses qui jaillissaient abruptement des plaines enneigées. Le reste ne concerne que toi…

Axis se tourna vers son second. L'exaltation de la matinée disparue, il semblait aussi épuisé que ses compagnons.

— Et que feras-tu, mon ami ?

Belial ne répondit pas tout de suite, le regard toujours braqué sur les montagnes. Puis, lentement, il tourna les yeux vers son chef.

— À la tête de ton armée, je chevaucherai vers le sud à travers l'est d'Ichtar, dans les plaines du Chien Sauvage, jusqu'à ce que je trouve un endroit sûr. À mon avis, les Skraelings ne nous ennuieront pas, car ils préféreront se lancer à la poursuite de Borneheld. Nous t'attendrons au sud des plaines du Chien Sauvage, Axis Soleil Levant. Peut-être même à Sigholt, si les Spectres n'y sont pas. Ne tarde pas trop à nous rejoindre…

Des larmes perlant à ses paupières, Axis posa une main sur le bras de son vieux compagnon.

— Merci de ton amitié et de ton soutien, Belial. N'aie crainte, je vous rejoindrai aussi vite que possible. (Il lâcha le bras de son ami, se laissa glisser le long du flanc de

Belaguez, tendit les rênes à Belial et flatta l'encolure du cheval.) Occupe-toi de lui. À mon retour, j'aurai besoin d'une bonne monture.

Axis se tourna vers Magariz et lui serra la main.

— Merci de ton aide, seigneur. J'espère que tu n'auras pas à en souffrir…

— Si tu veux l'éviter, reviens-nous très vite, dit le guerrier balafré avec un grand sourire. J'ignore qui nous rencontrerons en premier, Gorgrael ou Borneheld, et je sais encore moins lequel des deux est le plus dangereux !

Axis sourit puis salua ses hommes, qui l'acclamèrent longuement.

Avec le sentiment de se ruer vers l'inconnu, il leur tourna le dos et se dirigea vers les montagnes.

En silence, ses guerriers le regardèrent avancer vers un avenir incertain.

Ses bottes faisaient crisser la neige; Axis ajusta son manteau sur ses épaules. Il marchait depuis une dizaine de minutes et était arrivé à moins de cinquante pas de la muraille rocheuse, quand les cinq Icarii qui l'observaient depuis le début se posèrent devant lui.

Axis reconnut Éperon Voltige et Plume Pique. Il supposa que deux des trois autres hommes-oiseaux, avec leurs plumes noires, étaient des membres de la Force de Frappe. Le dernier, comme Libre Chute, arborait des ailes blanches, des cheveux blonds… et de magnifiques yeux bleu clair. Sur son torse nu, Axis vit courir les cicatrices d'une bataille récente. Et son visage semblait le reflet du sien, comme si le jeune homme s'était tenu devant un miroir.

Il voulut parler mais ne trouva pas les mots, incapable de détourner le regard de son père.

Vagabond des Étoiles avança lentement, certain que cet homme était bien son fils. Le sang d'Axis chantait pour lui, l'appelait, criait en lui, et il entendait le sien lui répondre.

Tandis qu'il étudiait l'uniforme noir, il fit la grimace et de la colère passa dans ses yeux. Leurs regards se croisant de nouveau, il s'arrêta à moins d'un pas d'Axis. Et si des larmes perlèrent aux paupières du jeune homme, les yeux de l'Envoûteur restèrent parfaitement secs.

Non sans hésitation, il tendit le bras et posa sa main à plat sur la poitrine d'Axis pour sentir son cœur battre la chamade. Puis il referma ses doigts sur le tissu de la tunique, et, d'une seule traction, arracha les haches d'or qui souillaient le torse de son héritier.

Dès qu'il eut jeté l'infâme insigne au loin, la rage de l'Envoûteur se dissipa. Après une courte hésitation, il avança, donna l'accolade à Axis et prononça les paroles rituelles normalement réservées aux nouveau-nés – en les modifiant un peu :

— Axis, bienvenue dans la maison du Soleil Levant et en mon cœur. Je suis Vagabond des Étoiles, ton père. Chante bien et vole haut, et que plus rien ne puisse éloigner tes pas du chemin des étoiles.

Pleurant enfin sans retenue, Axis enlaça son père et le serra très fort contre lui.

Achevé d'imprimer en juin 2009
Par CPI Brodard & Taupin - La Flèche (France)
N° d'impression : 52561
Dépôt légal : juin 2009
Imprimé en France
81120003-2